春风吹绿太行山（下）

——以前南峪为缩影的中国农村改革纪实

徐富敏 著

图书在版编目（CIP）数据

春风吹绿太行山：以前南峪为缩影的中国农村改革纪实：全2册 / 徐富敏著. —石家庄：花山文艺出版社，2018.12
ISBN 978-7-5511-2435-5

Ⅰ.①春… Ⅱ.①徐… Ⅲ.①报告文学—中国—当代 Ⅳ.①I25

中国版本图书馆CIP数据核字(2018)第273846号

书　　名：春风吹绿太行山
　　　　　——以前南峪为缩影的中国农村改革纪实
著　　者：徐富敏
选题策划：赵锁学
责任编辑：于怀新　王玉晓
责任校对：李　伟　李　鸥
封面设计：陈　淼
美术编辑：胡彤亮
出版发行：花山文艺出版社（邮政编码：050061）
　　　　　（河北省石家庄市友谊北大街330号）
销售热线：0311-88643221/29/31/32/26
传　　真：0311-88643225
印　　刷：石家庄众旺彩印有限公司
经　　销：新华书店
开　　本：710×1020　1/16
印　　张：51.5
字　　数：800千字
版　　次：2019年5月第1版
　　　　　2019年5月第1次印刷
书　　号：ISBN 978-7-5511-2435-5
定　　价：128.00元（上下册）

（版权所有　翻印必究·印装有误　负责调换）

第六章 绿满太行

一

　　1982年春夏之交，既没有春寒，炎热还要过些日子。高高的、飘动很快的白云在蓝色天空中飞过，一阵强烈的、没有变化的风吹起来，昨天被雨打湿了的路上扬不起一点儿尘土。翠柳发出飒飒声，闪闪地发亮，在风里摇来摆去——一切都在动，都在飞扬；远处小山中鹌鹑的叫声越过草木畅茂的幽谷传来，仿佛这叫声也有翅膀飞了过来似的。一群白嘴鸦在晒太阳。在那条平直的、光秃的地平线上，有一些像黑色影子似的东西移动着——农民在拿他们的犁悠闲地耕第二遍地。

　　此时，邢台县山区建设办公室主任郭成山同他的上级王世平一样，也正为地委书记倡议召开的那个大型的山区治理改造经验交流会而做着若干的筹备工作。鉴于这次大会已经决定在全国山地绿化十面旗之一的邢台县召开，开会地点选在著名的山乡古镇将军墓，其大会经验也主要是由邢台县山地建设的先进典型进行介绍，那么落在郭成山肩头上的筹备此次会议的担子，甚至比他的上级山建主任还要重。况且，邢台县又主要为山区县，从五十年代始，治山绿化造田的口号就在山山水水之间喊得震天响。为此项事业涌现出来闻名全省全国的劳动模范一个接着一个。作为这样一个县的举足轻重的职能部门山区建设办公室，其主任此时的忙碌程度将是可想而知。

　　但是郭成山没有单纯地忙于筹备会议的事务工作，他想，不管做什么工作，必须首先了解情况，进行调查研究。"没有调查就没有发言权。"

要想探索山区治理改造的规律，单凭一时的热情，单凭主观愿望，事情断然是办不好的。即使硬干，也要犯"闭着眼睛捉麻雀""瞎子摸鱼"的错误。要想总结山区治理改造的成功经验，必须详尽地掌握全县所有山沟的底细，了解山区治理改造的来龙去脉，然后为这次大会做出正确的判断和部署。

他下决心要把邢台县山区所有大山的沟壑自然情况摸透，亲自去掂一掂邢台县山区治理改造究竟有多大分量。

根据这一想法，郭成山在新任县委书记白少玉的支持下，组建了由二十四个人组成的山区调查队伍，赴邢台太行进行一次深入的调查。此调查队伍由四个部门组成，分为四个组，"山建"牵头，科委、水利局、林业局派员参加。

县委书记临行动员的话音刚落，调查组立即奔赴征程。

郭成山靠坐在草绿色的吉普车座椅上，心中浮起一丝淡淡的、似乎又快意的微笑。他相信，自己这样简洁地组成山区调查队，一定会总结出邢台县山区治理的成果，会给山建办大多数工作人员留下印象的。他需要不断加强这种印象。他看了看坐在前面的小孟的背影和旁边沉默不语地看着窗外的李新平，除了对这少数几个刚进机关的年轻人需要艰苦磨炼外，他还需要对全县山建办工作人员进行影响和感召。领导干部凭什么当领导？归根结底应该凭你的正确、果断、远见、负责，凭你比一般人更善于工作的榜样。对于自己这样年轻、工作经验少的人，尤其要靠工作来建立威信，靠自己的工作来形象地说明政策。

在此之前，郭成山所领导的县山建办，曾经集中利用一年多时间，对全县山区所有大山的沟壑进行筛选，已选出五百零四条有些水利条件的大沟，待一一进行改造治理。此次作为调查队的总指挥郭成山，将这五百零四条大沟摆在了自己的眼前，他认真地审视了它们之中几十条大沟的治理成果，又分出主次轻重向四个组分头交代了任务。全队二十四名成员在将军墓公社的食堂里，吃了一顿宽粉条炖肉，便分别扎到山沟里去。

今天，他就要用一系列行动，把全体山建工作人员的思想引到新的高度。他坐在座位上，随着吉普车的颠簸，感到浑身涨满了弹性，似乎因为血管扩张而有些发热，想做个什么有力的动作。他轻轻握了握拳，嘴角露出一丝不易觉察的笑意。他要用自己独特的工作作风和思想魅力来吸引和感召全体工作人员，用改革家的大动作来加强山区建设的步伐。

现在汽车已经驶进了浆水公社。南面逶迤的山岭已经显出了清晰的面目，如同屏风一样立在天边。浆水公社依傍着东岭，在广大的山区展开。

郭成山将自己的住地选在了浆水公社。这一方面因为浆水于邢台山区各公社处于四通八达的位置，交通又较为便利，便于集中各调查组的情况和反映；另一方面还有一种纯属郭成山自身的原因。

什么原因呢？也许郭成山学自浆水一中，又在浆水工作不短的一段时间，可以称之为半个浆水人，对于浆水他有别人无法相比的亲切和熟悉。但郭成山成年累月地往山乡、山沟里钻，哪个山村他不亲切和熟悉呢？此时如果让郭成山回答那另外的一个原因，恐怕和前南峪的大山有关联了。1982年，前南峪人已经治理了十条大沟中的五条，其中他直接参与规划的就有三条。此时，前南峪那满山的水平沟围山转，果树尚小，枝丫披散着；叶子肥厚，已经不是春季里那种碧绿鲜嫩的样子，金色的风把它们冶炼过，变得老绿而坚实；用手触动，会给人一种玻璃或是铁片的感觉。在初夏的热烈中蓬勃成山上十分好看的风景。郭成山要趁此调查的机会冷眼再审视一下前南峪大山的治理，真正沉下去总结一下它的长处和短处，更重要的是借此机会和其他乡村不同类型的大沟做一个较为科学的对比。

对于大山的治理，前南峪水平沟最优，这一点已经在郭成山这个山建主任的心里肯定了，并且肯定得十分坚决，但仅仅靠表象或者并不十分系统的论证，在80年代恐怕显得有某种不足和缺陷。郭成山此次就是要客观地实事求是地解决这个问题，将前南峪的水平沟总结出几条令人信服的经验。当然，作为这种肯定并不一定要变成这次交流会的"独家之言"。

换句话说，那就是前南峪大山的治理，在众多的社员面前和百里邢台太行之间，尚需时间和实践的检验。1982年，把它的长处说得过于绝对，起码于大会各种经验的交流并无好处。

但是，郭成山又必须把它的优于其他的长处充分总结出来。这正比如自己之所珍爱，在它的过人之处还没有充分显现之时，就更需要珍爱者格外的珍视和着意的展现。

初夏的风抚弄着庄稼，时而把它吹弯，时而把它扬起，仿佛大地在进行着有节奏的呼吸。那一垄垄成熟的小麦也都有了生命，风从那边来，传来麦穗与麦穗间的细语。郭成山兴致非常好，他独自走出公社给他腾出的那间小屋，从街上向西，直奔大山中间的浆水沟而来。他的身上散发着潮乎乎、热腾腾的汗气，顺着山风飘过来。他是三十六七岁的年轻人，被汗水浸透了的洗得发白的衬衫，紧裹着他那健壮而匀称的身躯。他那黑里透红的结实的面孔，像涂了油彩似的闪闪发光。两条漆黑的、细长的眉毛，有力地向上扬着。一双又黑又大的眼睛明亮而有神采。一出公社便觉豁然开朗。一条林荫道一路下坡弯转着伸向前方，远远的在一片片村庄的团影上，西山像云一样若有若无，南边北边的山影也隐隐约约。这时，牛毛细雨下起来了。群众叫"箩面雨"，那雨像丝线一样细，像面粉一样轻，随着轻柔的夏风，在天空中飘洒着，扬落着。柔风扬着细雨吹到脸上，麻酥酥的痒。路边的杨树一棵棵走过，两边一块块梯形的麦田也很快路过。下了一个坡，过了一座石桥，混沌的河水在桥下喧响着，一个拐弯就扭过来和道路并肩往前奔着。往常铺满鹅卵石的河滩现在是满当当的急流。雨雾中，那片灰蒙蒙的山沟就是浆水沟了。远远地，他透过牛毛细雨，望着矗立在雨中远远近近的山峰，山峰升起潮湿的云气，烟似的升腾着，山那边就看不清楚了，只见一片迷蒙的烟雨。

邢台县山建主任尽管在大山上的努力是多方面的，但是前南峪的大山却时时地牵动着他的肝肠，使他的事业现出了一隙无可遮掩的光辉。

郭成志比郭成山小了一个年级，但在中学里同为班干部，最为亲密。两年的时光，在一个人的生命史上不算太长，却因为他们之间是学习中的交往，患难中的情谊，所以比亲生的哥儿俩还亲。那是在郭成山初中即将毕业的一个周末的黄昏，在前南峪的林荫山路上，两旁全是整齐的钻天杨，一棵挨着一棵，枝干挺拔，高耸入云，探出头朝上看，两排树中间夹着一线蓝天。不时，白杨林带后面会闪出重重叠叠、连续不断的山峰，山峰青得像透明的水晶。郭成志和郭成山散着步，谈着那个时代年轻人最愿意谈的理想。

"你最喜欢的颜色是什么？"郭成山问。

"红色。"郭成志答道，又反问，"你呢？"

"我喜欢红色和白色。"

郭成志奇怪地皱了一下眉："为什么？"

"我从小就喜欢这两种颜色。白色纯洁，红色燃烧，是吗？"郭成志这才注意到郭成山上身穿着红色的秋衣，白色的衬衣，对比鲜明，又很协调。郭成志还想到了郭成山画的一幅国画《红装素裹》，茫茫雪山上悬着一轮红日。

"你的理想是什么？"郭成山问。

郭成志想到了英雄的董存瑞左手托起炸药包，右手拉响了导火索，坚定地站在"桥形碉堡"下边；想到了黄继光飞快地扑向敌人的机枪火力点，回过头来，眼睛望着冲锋的战友和胜利的红旗；想到了张思德正挑着一担刚出窑的木炭，从安塞的山里边笑呵呵地走下山来；想到了江姐还穿着那件红色的绒线衣，步伐是那样坚定有力，神色是那样泰然自若……无数的人民英雄在他眼前出现了！有的为新中国举起了炸药包，有的为中朝人民用胸膛堵住了枪口，有的为了人民的解放事业，勤勤恳恳工作到最后一息，有的为了实现人类崇高的理想，含着笑容走上刑场……但他更想到了家乡人民的贫困落后，想到了党和人民政府开发太行山区的英明决策。早就准备为建设家乡贡献自己一切的郭成志，他还有什么可以选择呢！于是，他果断地回答：

"改变山区的贫困落后面貌。"

"那你最喜欢的座右铭是什么？"

"百折不挠。"

郭成山沉思着不说话了。他明白，郭成志这种自我奉献、改天换地的精神可以惊天动地而泣鬼神！这种精神，太行山装不下，浆水河也载不动。只有在我们的国家里，在社会主义制度下，年青一代才能是这样忘我、纯洁、真诚！

"你不喜欢？"郭成志问。

"不，我非常感动。"

郭成志站住了，看着郭成山；郭成山也站住了，转过来迎着郭成志的目光。

被晚霞染红的河水在郭成山身旁粼粼地闪闪发光。那轻轻地跳跃着的细密的浪花，就像一片燃烧在浩瀚无垠的绿色草地上的火焰，呼啦呼啦地直舔着长空。

郭成山这天正想去前南峪，附带摸一摸调查组的工作情况，连告诉郭成志自己有意往深里总结一下前南峪水平沟的若干优越和目前发现的不足，让郭成志也仔细考虑考虑，提出自己的想法。他想，郭成志的某些见解有时出人意料的高明和新鲜。他估计，这次交流会肯定有前南峪的发言，而且还是重点发言。把经验总结透，有利于传播和推广，也可以增加前南峪的知名度。或许，目前的前南峪和郭成志需要把名字再扬得远一些大一些。

郭成山想到此，心上陡然增加了一种莫名的忧虑。是啊，这些天广大农村轰轰烈烈地推行了包产到户等多种形式的责任制，大胆进行了农村改革。包产到户在河北遍地开花，河北的农民们说："河北在新中国成立后有三笑：1955年搞初级社时是微微笑，1961年搞责任田时是嘻嘻笑，1982年搞包产到户是哈哈笑。"好一个三笑。三次笑反映出三个历史时期农民的心态，唯有第三次笑笑得开心，笑得爽朗，笑得扬眉吐气！在包产到户深入农村改革中，前南峪村更是因地制宜，实事求是地继续坚持了集体专业承包责任制。但村里的一些人却错误地理解中央一号文件精神，闹起了分山风波，其事态之严重，问题之复杂，令人担忧。因此，邢台县委还专门派出工作组到前南峪村调查解决问题。眼下，前南峪能不能闯过急流险滩，高歌猛进？党支部书记郭成志有胆量和气魄，大胆进行农村改革，继续坚持集体专业承包责任制吗？

想到这里，郭成山心急如焚，正要锁门去前南峪，郭成志站到了他的身后，说：

"咋？成山，要出去？"

"嗨哟，真是说曹操曹操到，正心里念叨要去找你，你倒颠儿颠儿地自己跑来了。"

"咋？不许来？早想找你了，一直没空儿。火上眉毛了，再没空儿今天也得见一面。"郭成志蹙着眉，把烟头用力踩灭在脚底下。落日把他的影子放大了，黯淡地投在地上、墙上。

郭成山这才发现这个人们称之为自己亲兄弟的人，眉毛间皱着一团焦虑，平时开开朗朗的一张脸，也有些压抑和委顿，说："出了啥事了，这么急？"

郭成志用力把一张纸抓揉在手里，狠狠地一点点攥进手心，手上的筋肉凸起着，他大发雷霆地喊道："成山，中央一号文件究竟是啥精神，你仔细研究过吗？"

院里人全静了。从郭成志到公社大院来，还没有人见他像这样失去控制过。郭成山这才知道郭成志的焦虑是因为什么，听着郭成志不该提出的问话，他知道可能前南峪村里发生了比较严重的事。或者是有什么话戳到郭成志的心坎子上，使他的心里产生了沉重的负荷。作为领导和好友，他有责任帮助眼前的人卸下包袱：

"成志，不是传达也传达了，学习也学习了？去年十月中旬县里到前南峪搞民意测验，咱们两个还专门拿着文件抠了抠。内容就是实行多种生产责任制。成志，我再告诉你一遍，据我了解，县委主要领导是支持你们的集体专业承包责任制的。但是，成志，作为一个党的干部，在一场巨大的变革面前应该清醒，家庭联产承包责任制土地分户经营确实是解放我国农村生产力的一个好形式，在全国各地普遍实行是正确的。但这并不说明你们的集体专业承包责任制是错误的。三中全会最重要的贡献不是恢复了党的实事求是的路线吗？"

这是一次难度很高的谈话。这种谈话，看着平淡，但它常常比处理一个轰轰烈烈的场面更有实质作用。一想到自己是在困境中开拓道路，郭成山的心中就涌上来一种有力的冲动。他愿意在复杂的环境中施展和锻炼自己的政治才干。他要用最坦率、最诚恳的话语打开郭成志的心窗。

"可有人说我反对中央一号文件，反对邓小平同志。"郭成志两眼冒着火，"这不是拿屎盆子往我脸上泼吗？"

郭成山明白了郭成志这个平时极有主张的人，今天为什么表现出了某些失态和极度的愤怒。人往往会碰到这种情况，当你遇到某些人非常恶毒伤害的时候，而且这种伤害是打着正义的旗号进行的，再坚定的人也难以控制自己的愤怒之情。伴随着愤怒，精神上也会有短暂的迷惘。

"听那个干啥？自己干了啥事还不清楚。天地良心，党性人德，自有历史评说。成志，走！不管他那，上前南峪的大山，我想看些小果树呢。"郭成山故意把话说得轻松，又故意想把郭成志拉到他百看不厌的山上。他知道，一到山上，郭成志会把所有的不愉快忘掉。他还想让郭成志把他那个集体专业承包责任制总结一下呢。但这时候不能谈，怕一谈郭成志又控制不住情绪。到山上吧，到山上会好的。这么想着，就不由分说地将郭成志推出了门外，两人相跟往一里半地之外的前南峪的山上走去。

郭成志迈着结实有力的步伐，在山间崎岖不平的小路上走着，路面上的小石头子儿，在他那双千层底鞋子下边喀噔喀噔地响着。那响声是沉闷的，跟这个年轻人这会儿的心情一样沉闷。

五月末的北方傍晚，远方宁静阴暗，一片片幼树葱翠鲜绿，莽莽的山野辽阔无际。离山路不远的宽阔田野里，一台不知疲倦的拖拉机"突突"地在拉运化肥。凌空飞架的高压线密如蛛网。灌溉渠道纵横交错。抽水机"嘟嘟嘟"地把灌区的水送上高山，滋润着百亩果园，千顷良田。

郭成志沉默了一下："成山，我可以告诉你，对前南峪的事，对我的下场，我什么准备都做了。"

郭成山看着郭成志。郭成志的神情则又严肃起来。

"你看过这土崖没有？"郭成志指着眼前的悬崖说道。

郭成山探头看了一下。土崖下面是很宽的河滩，一片片绿色的玉米地，然后是蜿蜒平缓的河水；对面远远地立起土崖，再上面是黄土山坡，一层层梯田，小麦已经黄熟。

"多少年，水才冲出这样的地貌，才有这样的平地。看着它我就想，人生其实是很短暂的。我也要像这河水一样，要在人类社会的社会地貌上留下奋力冲击的一点痕迹。我的话你明白吗，成山？"

太阳正向着山边慢慢地落下去。啊！来一阵风也好啊！但是没有风，乌云从四面推来，天色越来越昏暗，空气潮湿、闷热，使人喘息不过来。暴雨要来了。

他们刚刚来到前南峪的山上，就遇到了暴雨。顷刻之间，山上一条条水平沟沟满水溢，而一行行板栗树更加葱绿活泼。暴雨越下越猛，整个太行山区变成了一片汪洋。郭成山想："嗬，洪水呀，等还等不到哩，你自己送上门来了。"那天他们下山后，临分手时他们约定时间第二天还到这里查看。

二

郭成山回到公社后，第二天连停也没停，就带着办公室的两名同志按约定时间到了前南峪的山上。眼前只有水，哪里有路？他们靠着各人手里的一根棍，探着，走着。这时，雨越下越大。接着又一连打了几个霹雳，暴雨瓢泼而下。山里、山外、田野、村庄，烟雨茫茫。水声、雷声混凝成一片，好似天塌地陷一般。两个青年恳求着："你回去休息吧郭主任，把任务交给我们，我们一定保证按照你的要求完成任务。"郭成山没有同意，继续一路查看，一路与郭成志交谈着。

他站在洪水激流中，同志们为他张开伞，他详细记录经济林和用材林的数字对比，具体的树种是哪些，管理怎样？等他们赶到了胡家楼村，支部书记樊守善看见郭成山就吃惊地问："一片汪洋大水，你是咋来的？"

郭成山解开褂子上的纽扣，敞开胸怀，抢着手里的棍子说："就坐这条船来的。"

樊守善让他休息一下，他却拿出自己的笔记本，一边指点着，一边滔滔不绝地告诉樊守善："你们四沟注意了沟坡兼治、工生结合，但一千四百七十亩山场，一年收入仅四万元，除去有些果树尚小的因素外，恐怕主要是因为树种、栽植方法以及管理措施都有缺欠所致。"他觉得抓住这些问题的实质是现实，制定新的规划是理想，现实加理想就勾画出了广大干部群众的雄心壮志。这种雄心壮志鞭策、激励着县山建主任，使他胸中那团火越烧越旺。他一仰头，伸手抓住樊守善的肩膀，那么深情、那么亲切、那么激动地望着这位一心为集体的支部书记。

樊守善完全明白郭成山的心，他觉得从肩膀头上那只热乎乎的大手上，有一股暖流传导到他的心里。他心里也在燃烧着一团火啊！他万万没有想到郭成山的领导工作竟这样的深入细致。到吃饭的时候了，他要给郭成山派饭，郭成山说："雨天，群众缺烧的，不吃啦！"说着就又向风雨中走去。

送走了满天飞沙的狂风，又送走了劈头盖脸的大雨，四个调查组在风里、雨里、大山里跑了一个月零七天，方圆跋涉五千余里，终于抓到邢台县山区治理改造的第一手资料。可谓仔仔细细、深深入入、一丝不苟，每个数据都带着山沟里的石头味儿，硬硬邦邦使郭成山这个"总指挥"几天来心里异常兴奋。但郭成山是个内向的人，以至于调查组在将军墓公社集中的时候，二十四个人谁也没有看出他们的"头儿"的喜和乐。连在食堂里带有庆祝胜利意味的聚餐，在"宽粉条子炖肥肉"香气缭绕的氤氲中，也没有听到郭成山几句情绪激昂的祝贺之类的赞语。

夏夜的野外，安谧又清爽。

远山、近村、丛林、秃岭，全都朦朦胧胧，像是罩上了头纱。黑夜并不是千般一律的黑，山村林岗各有不同的颜色；有墨黑、浓黑、浅黑、淡黑，还有像银子似的泛着黑灰色，很像中国丹青画那样浓浓相宜。所有一切都不是静的，都像在神秘地飘游着，随着行人移动，朝着行人靠拢。

圆圆的月儿挂在又高又阔的天上，把一片珠白的光辉抛撒在朦朦胧胧的水面上，河水舞动起来，用力把这银子抖碎；撒上了，抖碎，又撒上了，又抖碎，好像无数的星星在那里跳动，看上去十分动人。麦子地里也是很热闹的，肥大的穗子们相互间拥拥挤挤，喊喊喳喳，一会儿声高，一会儿声低，像女学生们来到奇妙的风景区春游，说不完，笑不够……

郭成山把一份份调查材料放在供电不足的灯光照耀下的桌子上，微微皱起眉心，一个一个地校正着自己记忆里的数字：土门、前掌、水门、北寺沟、后沟、上稻畦……每翻到一个村，他首先看看经济林和用材林的数字对比，在哪些地方哪个沟里种的，长势怎样，现在到了什么程度？

郭成山有个记忆数字的习惯，这也许是他跑山村转山沟长期积累的结果。县上的人都说郭成山是个活字典。哪个部门报个报表总结个材料，有的公社有的村数字没到或者说觉得数字不太准，都会找到郭成山那里。他一准能给来人一个满意的答案，而且还非常准确，从没有出现过差错。

今天郭成山却不仅仅是在校正自己的记忆，他要根据自己所掌握的材料，和眼前的这些材料进行综合，补充和丰富自己之后，再找出一些规律性的认识，总结出一条治理邢台大山的正确路子，提供给有关领导和此次大会。他知道自己的励精图治，今后将在整个山区建设中"标新立异"。现在，他只能从一加一等于二开始。而整个蓝图能否实行，成败的关键恰恰在今天这些一加一等于二的基础工作。

郭成山发现治理大山较好的山村，也都有令人不大满意之处，共同的一点，就是经济效益仍然较低。比如老典型浆水沟共两千零七十亩山场，其中八百三十亩经济林，年收入也不过十四万元，而且经过1963年的大水，毁坏惨重，虽经重新整修，但1981年7月的一场大雨又有较严重的破坏。浆水沟效益不高除工程措施欠合理外，主要也是树种和管理措施不得当；另外前掌村的四千七百亩山场遍种了洋槐，每年轮伐二百亩，收入不足两万元。就靠着每年的这一点钱打井、修路、兴水利，那真是杯水车薪，根本无法解决长期的"贫困"二字……

如何才能让治理大山较好的山村，不！应该是整个太行山区的农村都尽快脱贫致富？他的心里充满了春天。他有自己的欢乐和追求。那一片片绿生生的树苗，是他和山区人民的绿色希望。在他的眼前，常常展现出县委书记给全县人民指出来的美景。这幅美景是动人的：一座座山被绿荫遮蔽了，春天开出白雪一般的鲜花，秋天结出金子一样的果实；大车把果实运到城市里去，又把机器运回来。那时候，整个邢台县乃至邢台地区，山村里全是一律的新瓦房，有像城市那样的宽坦的街道，有俱乐部和卫生院；浆水河两岸立着电线杆子，奔跑着拖拉机……

想到这里，郭成山点燃一支烟，夹在手指缝里，脸上绽出了一丝笑纹。

发香的烟味儿，在这有点清凉的小屋子里散开了。

郭成山边看材料，边自言自语说："经济效益是最根本的，没有经济效益就谈不到后劲，谈不到根治，到头来仍是恶性循环。老百姓见不到钱或者只见到很少的钱，没有利益的驱动，劲头岂非无本之木？"

这经济效益又来源于正确的方法。而郭成山想，必须经过这次会议，为邢台太行的社员们找出一条治山的正确途径。

夜深了，他轻轻推开屋门，一个人走出公社大院，来到村外，踏上小石桥，桥下流水潺潺，流到不远的地方叠在一起，跌到石头下面，发出弹琴吹箫一般的声音。

露水下来了，在月光下飘落着，一颗、两颗、千颗、万颗，像夜空璀璨的繁星，像碧波上洒满了宝石，无声无息，无影无形。它是万物不可缺少的养料，麦穗儿喝着露水，正在壮大颗粒吧？玉米喝足了露水，正在拔着节儿吧？大豆秧喝足了露水，正在伸展着圆形的小叶子吧？板栗树喝足了露水，又在它那果实上涂抹着颜色吧？

一切一切都在承受着甘露，承受着大自然的恩惠，都在壮大着自己。

人呢？人也承受着甘露的滋润，新思想的幼苗也在拔节儿……

这会儿，郭成山的心胸像夜间的星空一样的高阔，像空气一样的清爽，像月亮一般的明亮，他正平心静气地考虑着为山区人民寻找一条治山的正确途径。在他的脑海里，一个个村影，一张张面孔，就像电影片似的闪来闪去。他又一次想到了前南峪。郭成山不用看材料，也知道前南峪的山一旦果树长大，到了盛果期，那经济效益将是多么丰厚，而且抵御洪灾、旱灾的能力哪个村也比不了。他和郭成志、王世平早已不是计算过一次了。就拿仅八百七十亩的东沟来说，如果苹果树长大，小板栗树每株结果到五斤板栗的水准，那一条沟的收入最保守的估计每年也在二十五万元之上。

所以，在大会召开之前，他又几次找到了郭成志和王世平，还请教了河北林学院的专家于宗周、安建昌，他要把这一条治山的正确途径总结成熟一些，设想它能禁得住历史的考验。郭成山不是一个一时而被雄心壮志所鼓舞的人，他的沉稳和干练以及丰富的山区阅历，保证了他绝对能够做到这一点。

治山经验交流会于1982年8月如期召开。这天上午8点，在雄壮有力的《东方红》乐曲声中，大会开始了。大会主席首先讲话。接着，大会的重点发言开始了。在热烈的掌声中，郭成志站在扩音机前，以洪亮的声音，介绍前南峪在大山治理中，成功地采取了一条"生态经济沟"建设的新模式……

郭成志嘹亮有力的声音，在宽敞明亮的大厅中余音袅袅，回荡不息。他的发言不时激起全场一片热烈掌声，受到与会者的一致称赞。

"郭成志！""河北省劳动模范！"……郭成志这个名字显然是为山区建设领域所熟悉的。自70年代中期以来，这个不为世人所知的前南峪党支部书记，在治理荒山重建家园、科技兴山、高标准建设经济沟的重大举措中，取得了一系列赫赫功绩。他的名字犹如奇峰突起，已经传遍全省乃至全国。可是，他显然是个埋头苦干的人。他从不接触记者，不让报刊和电视屏幕上出现他的形象，也极少有人知道他的经历。总之，人们一般听说郭成志的姓名和功绩，顶多还知道他是个男性，此外一无所知。他是个带神秘色彩的人物。此刻，这个名字像闪电般传遍了整个会场，引起了剧烈的震动和反响。许多人纷纷站起来朝前面眺望，扩音机上不断闪烁着镁光……

但此刻人们可以看到，本来应该春风满面的郭成志，眉宇间却藏着掩饰不住的心事和愤怒。人们不知道，麦收后郭成志又经历了一场"磨难"，以至于邢台县的领导和有关人员，又到前南峪村搞了一次民意测验。民意，自然倾向真正为民的人，而且，郭成志领导的前南峪人，对于大山改造的贡献，是无可置疑的。

特别是这次治山经验交流会之后，一条多么清晰的治山路子摆在了欣喜万状的太行人面前：在前南峪大山治理中，人们找到了一条"生态经济沟"建设的新模式，即在整体规划上，生物措施和工程措施相结合，封造管相结合；在工程布局上，坡面坑坪相结合，梯壕相结合，沟内谷防坝和塘坝相结合；在生物配置上，陡坡山顶松橡槐相结合，缓坡中干果干鲜果相结

科学种植示范园

合，峡谷川道杨柳相结合。施工方式以爆破整地取代单纯人工锨镐整地。

一时间，全区上下，大力推广了"生态经济沟"建设的新模式。社员们日日夜夜盼望的那个日子，终于来到了。

规划设计，爆破整地！

爆破整地，规划设计！

好多人从治山经验交流会后的当天下午，就摩拳擦掌地待不住了。他们都知道，修起了水平沟围山转就是一个胜利；等到把板栗树栽到山上，那就算把最后的胜利拿到手里啦！在这个日子口上，谁还能够安静呢？特别是年轻人，好像要过年似的，高兴得睡不着觉；一直到了半夜，还能听见街上有人说笑，院子里有磨钢钎、铁镐、铁锨的声音。

东方泛起了鱼肚白，月儿坠到西天边，处处都寂寥无声，只听得浓雾笼罩、睡意蒙眬的树木上，有不少露珠点点滴滴落下来的声音。

北方的山村，静极啦！

每一个农家的门儿：大排子门儿、木板门儿、小栅栏门儿，都轻轻地、轻轻地打开了，"嘎吱吱""吱扭扭"，一片响声。男男女女，老老少少，一个跟一个地走出来。他们每个人肩膀上都扛着钢钎、铁镐和磨得飞快的铁锨，在月光中闪着亮儿；有的人揉着眼睛，有的人系着纽扣，跟走到一块儿的人高声大嗓地互相打着招呼：

"三叔！"

"咋？"

"喝早汤啦！"

"喝啦！"

"今儿干啥活？"

"支书说都上村西大山上修水平沟去！"

"行！庄稼人就得整治大山，生着法叫大沟贡献出板栗。"

这边，男人们说着，那边妇女们也拉着：

"她婶子！"

"啊！"

"烧火了吗？"

"烧啦！"

"你今儿可早啊。"

"早吃了好上山修水平沟呀！俺大妮子天不亮就烧锅贴饼子。"

这边也说，那边也拉，满街上高高兴兴，热热闹闹。

"啪啪啪……"喜根家房檐上那群鸽子一齐飞起来，展翅高翔，在村庄上空飞了一圈，又向村西大山飞去了。

山脚下那儿汇集了一大群人，奔山上去了；又汇集了一大群人，也奔山上去了……

脚步声、笑语声，惊醒了沉睡的大山。在月光的斜射下，峰峦起伏的群山，笼罩着一层稀薄的雾气，更增加了它那离奇神秘的色调。在薄雾深处隐约地传来开山炮的隆隆声。

社员们一个个站在山上，望着昨天刚刚爆破之后的山坡，仿佛看到水林路融于一山，"材树头、干果腰、水果脚"在山上排列有致，叠翠碧透，心都醉了……

川林村的张玉杰，这个老垒埝人，从打记事儿起，经过了多少个秋打石冬垒埝，经过了多少个这样的黎明哪！可是他从来都没有像今天这次修水平沟围山转，今天这个黎明这般高兴过。他挽了挽袖子，弯下腰去，开了第一镐；一镐刨下去了，泥土溅在他那围着胡子楂的嘴，好似有一股蜜水，流进他的心里。接着，"咚"一声，那块石头，就让他给刨出来了。

这是一声进军号，霎时间，铁镐、铁锨遍地飞舞，"咚咚""嚓嚓"，响声一片，多么动听，多么美呀，这又好似迎娶新娘入门的乐队……

红旗下，团支书孟群秀带领着韩巧梅、王香芬、张海景这一茬青年人，朝气蓬勃地干着活。在他们"青年突击队"的带领下，许多中年和老年人都抡起铁镐不歇手。女青年王香芬穿着浅粉色的确良短褂儿，脊梁后已被汗水浸湿一大块；短短整齐的乌亮头发，随着镐头的一起一落，一忽一闪地飘拂着，灰裤卷到膝盖上，露出红润坚实的腿干，两只不大不小板正的脚，插在刨起来的泥土里，一挺一挺的，蛮有劲。抡了一阵大镐，满手掌都打起了血泡。泡磨破了，流水；水挤干了，淌血；血，染红了镐把。她觉得镐头千斤重，手掌钻心痛，似乎再也挺不住了。可是，修水平沟，就得在节骨眼上坚持住！越到挺不住的时候，越要精神抖擞地抡镐猛斫，一镐比一镐快，一镐比一镐有力——"咔、咔、咔！""吭、吭、吭！"

天色由黄变成银灰，又变成乳白，在人们不知不觉的时候，东山梁吐出了一缕嫩红。

三

但这并没有挡住极个别人出于不同目的到公社、县委去告状。他们中有人扬言:"为什么要阻止我们?我们就是要上省、上中央告状!郭成志实行集体专业承包责任制,不让分山,就是抗拒中央一号文件!"

一个政府工作人员解释道:"中央一号文件讲的是实事求是,郭成志带领前南峪群众因地制宜,实行集体专业承包责任制,不让分山,完全是从前南峪的实际出发。"

这下激怒了其他几个人,他们一齐上前"抗议":"不!郭成志就是与中央精神背道而驰,我们坚决不答应!"

一个二十出头的青年,像发了疯似的非要冲过去不可。他的眼睛里冒着火,简直是要拼了……

这些人,激昂慷慨地宣扬着自己的错误观点,冷静缜密地筹划着自己的行动方案,大张旗鼓地反对集体专业承包责任制。他们仿佛积压了太多的愤怒,他们不顾工作人员的一次次劝阻,硬是将郭成志的"罪状"上升到了"反对邓小平路线""反对中央一号文件"的政治高度,告到了邢台县委和邢台地委。在不到一年的时间内,上级三次派调查组到前南峪村调查。先后组织了三次民意投票表决:

第一次投票:1981年10月,全村338户,301户写"不分",37户写"分"。

第二次投票:1982年7月,全村338户,314户写"不分",24户写"分",比上一轮少了13户。

第三次投票:1982年10月,全村338户,321户写"不分",17户写"分",比3个月前少了7户。

这是前南峪有史以来第一次对决定全村命运的三次大表决。民意是金。表面看来是为了"分地还是不分地",而实质上,是对郭成志最直接的民意调查,是对他执政以来的无言评说。

村里哪个社员心里没杆秤?哪头重哪头轻越掂量人们越认得准看得清。那定盘星就在肚皮底下,躺在炕头上每天都能摸它几遍。

随着"郭成志要被撤职"的舆论被描绘得越来越"真实",那几个人

"分山"的劲头也越来越高涨；前南峪人回忆、描绘治山的事，交流着喜悦，念叨治山的前景也越来越多。

"我长这么大，都没见过这么好的生态经济沟建设！"

"生产队就是出奇事儿嘛！"

"有人硬说治山植树实行集体专业承包责任制不好？"

"林子大了，什么鸟儿没有？"

"好事儿摆着，有眼的，心正的，谁看不见？他们越说不分山不好，越证明咱的专业承包责任制好；他们说好，那就糟啦！"

"不是实行集体专业承包责任制，咱村十条经济沟现在能治理好五条？再说剩下那一半，还治不治？一分，还不定猴年马月才能治理啦！"

"我这些天就高兴得睡不着觉。要不是反对那些闹事的家伙，按着他们的心思硬分下去，治好的山又变秃了，我们不就干瞪眼啦！"

……

人们雪天围在大队部里讲，晚上在热炕上说；老人堆里，夫妻家常话中，全家老小推下饭桌之后，在山上阳坡下的午饭毕……一边治着山，一边讲着治山，一边念叨着治山的好处；哪个人的贡献大、吃苦多、最玩命，最后九九归一，都归到了支书郭成志身上。

人们念叨最多的是，那年修通东西沟通建滩的那条四里长的盘山路。

1979年麦后，正准备着治理东沟，郭成志跑邢台上省城联系来了日本的客商。说是一两个月后，人家要从东洋渡海过来，亲眼看一下前南峪的板栗，然后再订购货协议。

板栗的价码，在中国的市场上也正一天紧似一天地猛涨。卖到国外，价钱更是大得让人眼里发热。前南峪的社员虽然久居深山，可这信息，还是都有耳闻。日本人要来，虽然订的是以前栽的、老祖宗留下的树上板栗，可也得有条好走的路让人家上山哪！有钱的外国女士们，装束华贵，都娇气得很。要是眼下她们漂洋过海来了，一定要上山，那只有从山脚下往上爬。她们虽然没有在深谷里行走，可是这些山路本身便是深谷。随着山路越来越险，累得人发喘。这时她们大概既无心思看画，又无心思翻历史，只觉着像在登天。说到底，横竖不能让人家像咱山里人一样踏着小路半爬着上去。再说，咱也得让人家看看前景。西沟的山治完了，满沟满坡小板栗树站在"围山转"上，山上山下，全是绿色茂密的板栗树林。从树叶稀疏的地方望出去，近处的山，布满了板栗树林，现出一片浓绿。远处的山也布满了板栗树林，现出一片苍黑，天上一点云也没有，阳光明亮亮地射下来，使人觉得绿得耀眼。让风一吹，像是朝外国人笑着拍响了小巴掌。那外国人一高兴，还能不订咱的货？

对！修它一条盘山路。这条路规划里有，就是离计划修的日期还远，这回趁着日本人来，咱把它提前了吧。

班子一研究，后天就上山。那时候，人们治山的劲头早高涨起来了，根本不用大动员，四百多口子一下子就拉到了半山腰。一面绣着"前南峪生产大队"金黄大字的红旗，插在这无边无际、无遮无挡的山野上了。夏日的微风，吹拂着它，使它发出呼呼啦啦的响声。

方位由大队干部和六个小队长头一天就测量好了。刚刚楔上的木头橛子，一根又一根，一直伸延到站在半山腰向上看不到的高山顶上。有的木橛子上搭着背心，有的挂着帽子，还有的吊着一只盛水的红葫芦头。

修路的社员，按生产小队分成了六段，一个接着一个地排成长长的一队。他们挥舞着锹镐，一起一落，好像很有节奏的样子。所有的男社员都脱光了膀子，汗水淋淋，从头顶、背上往下流。他们仿佛提前进入了六月三伏天。妇女们也担子、挑子上了肩膀，快步生风地扭了起来。

郭成志光着膀子，卷着裤脚，两只脚结结实实地站在土堆旁。两只肌肉隆起的胳膊，挥动着一把亮锃锃铁锹：一锹土，一锹月光。

他的身旁，是一群壮实的小伙子。有郭俊刚、郭双群、郭天刚，长长地排成串。他们一起挥锹铲土：左一声，右一声，声声掺在一起，汇成巨响。"咔嚓""咔嚓""咔嚓""咔嚓"，惊飞了丛林里熟睡的小鸟，吓哑了庄稼棵里欢噪的青蛙；远处的村落也受到牵动，小狗"汪汪"地咬，毛驴"嗷嗷"地叫。天空洒着露水，身上流着汗水，身上、地上都闪耀着古铜器似的光辉。

过去的西沟，大半个山只有一条灰白色蟒蛇的小路，弯弯曲曲地在山林中隐现。人们叹气，有啥办法呢？今年山路照样乱石纵横，跟过去一点不差。可是前南峪的人变啦！"人定胜天"的思想，就像春天的种子在他们的心田里冒了芽，扎了根。如今党支部亲自动嘴、动手地组织发动，一场新的战斗很快就掀起来了：第一生产小队带头修路，一个小队力量单薄，就几个小队合伙搭手一块儿干。真是"人心齐，泰山移"。人们心中有了明确的奋斗目标，干起来格外有劲。那冲天的劳动热情，使盘山大道修建的进度，一天比一天快。只四五天时间，就完成了一大半的工程。从早上一直干到午夜，社员们看着盘山大道越来越宽，也就越干越欢了。

这时，郭素平领着一帮妇女，一人挑着一担土走来。她们脖子上飘着一色的白毛巾，个个精神抖擞，迈着大步，那扁担闪起来就像是天鹅的翅膀，煞是好看。转眼间走到面前。郭素平一见郭成志，便停下来，把肩上的那担土放在路旁，和郭成志他们打招呼，随又回头对身后的一个健壮的姑娘说："红丽，你把大伙儿领到大道前方左边低洼处去，填完了再填右边低洼处。"

"哎！"那叫红丽的应了一声，领着大伙儿健步如飞地从郭成志他们身旁穿了过去。

郭成志看了这帮妇女们的干劲，不禁脱口夸道："嗬，真有精神！"

妇女们听到称赞，一边走着，一边高兴地咯咯咯地笑起来。

郭素平一边用毛巾擦着汗，一边笑着对郭成志他们说："哪有你们有精神！晚上收工那么晚，早晨又第一批上山去！"

郭成志说："还是你们妇女辛苦，既要处理家务，又要干在前头，真是起到了半边天的作用！你看——"他指了指远处半山坡说，"今晚上山的妇女真不少哇！"

郭素平回过脸去看了看半山坡，兴奋地说："是呀！今天出工的妇女，比往常多一小半，天不亮时我就和云芳分头去动员，我们跟她们一算细账，把道理跟她们一讲，她们说，这回修盘山路，要做出贡献，俺们得干！她们就来了。"郭素平说得很兴奋，她一边用手向后理着被热汗贴在腮边的头发，一边微微地喘着气，又说，"临时山上托儿所问题一解决，过两天人还要多哩！"

对面的远处，也有人影晃动，铁锹响声。那是郭明耀和郭明谦率领的另一队人，从山的下游往上修。一盏风灯，挂在中间的一棵歪脖子的小树上，作为两队人马会师的标号。那明灯越来离着越近，两边的人们都想抢先修到那里，所以都暗暗地使上了劲，干得更加猛烈。

"嗨，加油哇！"

"加油！加油！"

两队人碰面了，掺到一块了，"咔咔嚓嚓"，一片声响；呼声喊声，还有"吭哧、吭哧"的使劲声，震得两边的庄稼叶子只抖动。

原计划的任务是十天完成。你想四五里的盘山大道，汽车、拖拉机计划都要在上边跑，日本人坐的明光瓦亮的小汽车也不能在上面打误，愣是要十天就给修完。就凭这个期限，也能看出前南峪人治山的情绪已经高涨到了什么程度。

活儿一干热火了，自己都不知道自己有多么大力量。十天的任务才满一个星期，便"鸣金收兵"，得胜而归。

这条盘山路叨叨完了。有人发表了议论，说："修盘山路这么个干法，足足表现了咱村实行集体专业承包责任制以后的新气魄；虽说开山劈岭工程艰巨，但是所有来到工地的干部和社员都是信心十足，都掏出全部力气劳动。这么快的速度，如果把山分下去，一家一户地干，别说干不成，就是家家都来干，怕也得干到猴年马月。那不明摆着吗？分散着来，人有那么齐心吗？这家和那家能叫得起劲来？不叫劲能有那么高的速度？"

有个人插了嘴，说："咱别议论修路了，不说修路不伤心。那年修乔坪那条路还不是把一个活生生的小后生砸死了。"

又有人说："可不是嘛，那小后生也是太不听话，休息时大伙劝他别往上面有活石头的山根上坐，他笑嘻嘻的就是不听，那意思笑大伙是胆小鬼。结果咋样？把那么年轻的一条命搭进去了。"

一说到伤人死人，大伙心里便涌起了沉痛，边沉痛着沉痛的话也就多了起来，说："麻峪沟那里不也死了个小青年吗？也是胆太大。放炮的规程讲得大队干部嘴上都起了茧子，就是不注意。炮哑了大伙说你等会儿再过去，就非立马去不行，不也把命给搭进去了？"

有人说："甭管他怎么死的，也是为了治山。如果咱们的山治不好了，治过的保不住了，那人命不是白搭进去了。就冲着那死去的年轻人，说什么也不能分山！"

接着，又有人讲伤着的人，说："人家郭麦喜真算是有股子英雄气。"

那天，靠近山顶上的炮哑了，左等右等就是不响，年轻力壮的郭麦喜一看，急了心，红了眼，恐怕突然响了伤着山腰里的人，便自告奋勇要去排哑炮。

生产队长张贵云站在对面的土堆上边，感到自己的肩上责任重大，他两眼紧盯着山顶上随时可能爆炸的哑炮，头脑里闪电般地考虑着，汗珠从他的额角上滚下来。他要对这个即将完成的修路工程负责，但更要对这个忘我奋战的社员的生命负责。像一个指挥员在战斗中要爱惜战士的生命那样，在这千钧一发的紧要时刻，他使劲摇动手里的草帽子，高声呼喊："嗨，停下，停下，哑炮不能去！"

郭麦喜却大喊了一声："不用怕，我能去！"说罢，头也不回，直往炮窝点爬去。

张贵云不顾一切，要冲过去拦阻郭麦喜。

人们扯住他的胳膊不放开，同时朝郭麦喜大声地喊：

"你聋啦，还不快停住！"

"你听见没有，不要命啦！"

郭麦喜喘着粗气，好不容易爬到了炮窝点，去揪雷管导火索。

张贵云看得明白，在这万分危险的时刻，郭麦喜的退路是没有了，想扑过去，拉郭麦喜一把；就挣脱众人，一边跑一边喊："丢下雷管，自己跳下来，快，快！"

郭麦喜惊呆地望着张贵云那张红灯笼一样的脸，听着张贵云那雷鸣般的呼喊。

是进，是退，是丢下雷管，还是赶快跳下去？这一切一切，他都已经来不及选择了，只听雷管"轰隆"一声震天巨响，犹如天崩地裂一般，一股烟尘冲天而起。那声音在山谷里滚动，就像沉闷的雷声。灰黄的烟尘像浓雾一样在山谷里散开来，吞没了地上的一切。郭麦喜只觉眼前一片漆黑，脑瓜子里边轰的一声，被抛到炮窝一边……

"哎呀！不好！"

"炸着人啦！"

在场的人们惊叫了起来。喊声像晴天的霹雳，震动了工地上所有的人，大家急忙放下自己手里的活计，潮水般地涌向烟尘中的炮窝点。

张贵云第一个不顾一切地踏着碎石冲到炮窝点。郭文刚、郭长同等几个青年也随着冲了过去。

郭麦喜昏迷地倒在碎石上，手指给炸断了，流着鲜红的血，头上、脸上都划破了，衣服也挂碎了……

张贵云抱起郭麦喜，急切地呼唤着："麦喜！麦喜！"

郭麦喜没有回答。

张贵云看到他的手上还在流血，忙松开了手，急速地从自己的白衬衣上哧的一声撕下一块布片，把郭双喜的伤口包扎起来。

接着大伙历数了伤手的伤一只眼的，大约有那么十来个人。这些人现时都受到村里的照顾。有些文化的当了教师，当了会计；没文化的也都干了力所能及的工作，年底结算时工资也不少拿。还真是亏了治山植树，倒退十年想照顾也照顾不成——你有那个心，穷得让你没那个力量。冲着这个照顾也是不能分，一分下去还怎么个照顾法？

家里炕头上的话题，绝大多数是女人受的罪。男人说："咱前南峪的妇女，你就挨个数，个个脑袋后边少一圈头发，长年累月地扛石头磨的呗。可苦了你们当孩子妈妈的，照顾老的拉扯小的，到时候一天不落的得上山。"

女人说："你这话说得还算有点儿良心。那年治建滩沟，往山上背着上百斤的大石块，从那道陡坡爬上去，人简直连腰也直不起来，劳动强度如同使苦役的牛马一般。一到中午，烈日当头，前后相接，人影晃动，但见大山无边！手臂机械地反抱着巨石，腰，弯得酸了，疼了，麻木了。然而，谁也不直起腰或者躺下歇一会儿，都怕成为落在最后的一个。"

一旦落在最后，那你就会面对大山，产生绝望，甚至产生恐惧。你会觉得被大山所吞。尽管你不停地背、背、背，尽管一片又一片的山坡在你眼前倒下、倒下、倒下，但大山仍然是无边无际的。你别指望有人接应你，谁也顾不上你，谁都在拼命地机械地背。即使有人只超过你十米，你也休想赶上！你始终在背，你始终在追赶别人，你无论如何追赶不上，你永远是最后一个。你哭也罢，你喊也罢，你怒也罢，你骂娘也罢，你在地上打滚也罢，随你怎么样！

郭海亮媳妇刘改棉的孩子兴许还不到五个月，刘改棉就跟大伙上了山。那活累得人死去活来。大男人都得把牙咬得死紧，何况妇女。沉重的石头几乎要把她挤压到土地里去。汗水像小溪一样在脸上纵横漫流，而她却腾不出手去揩一把；眼睛被汗水腌得火辣辣地疼，一路上只能半睁半闭。两条打战的腿如同筛糠，随时都有倒下的危险。三天下来，她的脊背就被压烂了。她无法目睹自己脊背上的惨状，只感到像带刺的葛针条刷过一般。一累，孩子哪来的奶？就一个劲儿地咬着奶头拼命哭，把个女人愁得够呛。连"山上托儿所"看孩子的阿姨们都愁得没法。那孩子怎么长大的？不就靠阿姨们用代乳粉尽心去喂才变成活蹦乱跳的小淘气。

一提起"山上托儿所",在旁边支棱着耳朵瞪着眼珠听爹妈说话的孩子就来了精神,喊娘:"俺也上山上托儿所,俺也上山上托儿所。"

当妈的把孩子拉过来照着小屁股噴怪地就是一巴掌,说:"你在家里面有奶奶照看着可是享大福啦,没有你奶奶你们能活得这么自在,连你爹妈都得加上一倍的罪。"说着,就又把怀里的孩子推给也在旁边听说话的老人。

为啥要建"山上托儿所"呢?不是谁的发明,那是成堆成摞的活把前南峪人给逼出来的。你想年轻的妇女一个不落地都得上山,哪个女人没孩子?家里没老人看着,孩子还在怀里吃奶,当妈能半截跑下山来喂奶吗?那就只得把托儿所临时建在山上。一个临时就临时了四五年,无论冬夏都有托儿所长期不离治山的"大军"。早晨妈妈拿着奶瓶子抱着孩子上山,晚上再背着孩子下山。中间由责任心强的上点岁数的"阿姨"照看着,喂水喂吃尽心尽责。

中午孩子们一睡下,六十多岁的王桂琴和三个老阿姨又忙乎开了:有的给二愣修鞋子,有的给胖三缝裤子。老阿姨王桂琴把栓根露出脚指头的鞋子脱下来,坐在栓根脚边钉补。鞋子泥多,针扎不透,她不停地在那白花花的头发上磨针。她的眼不得力,一边钉鞋,一边揉擦眼睛。有时候,针上的麻绳掉了,她穿针要穿好一阵子。看来,她老人家做针线活,是蛮艰辛的。但是她一针针地缝,一针针地纳,好让这些托儿所的小淘气们穿上钉补的鞋子平安、健壮。有时候,她停住手,长久地望着孩子们,听他们梦里的呼唤声。她那昏花的眼里,闪着泪花,闪着说不尽的疼爱和怜惜!

夏日的微风真像个娃娃躺在黄毯子上了,嘻嘻地笑着,从这一边,滚到那一边;跌下去,在小河的水面上翻翻身,在草坡子上蹽个蹦儿,又躺到黄毯子上,又从那一边,滚到这一边。

老阿姨们有时互相贴住耳朵说什么,她们轻声慢气,生怕扰醒孩子们。这明媚而静谧的山坡上,有一股温暖的感情在流动。哦,这从老阿姨那伟大而慈善的心里流出来的感情,在艰难的时日里,给了人多少力量,哺育了多少生命啊!

那托儿所夏天建在坡地的树林里,又凉快又避雨;冬天建在阳坡上,又暖和又得太阳。孩子们倒是挺高兴,妈妈们想起来就心疼——再好也不如在家里呀！……

夫妻俩说着说着就来了气，说咱们全村人这么着拼命地干了四五年啦，那一半山还得四五年，为的是个啥呢？不就是为了那满沟满坡的小板栗、小苹果、小山楂树吗？为了这些看着喜人的小树长大了好为前南峪人往下摇钱吗？为了前南峪人彻底摆脱贫穷吗？那些非闹着要分山的人咋那么糊涂呢？他们不知道前南峪就那么每人几分只能立下一把锥子的粮地，不是全靠山了吗？分到每家每户有多少家能管好那个树？再治好那一半的山？现时的法子该多么好，有果树队精心管理着，你该多省心。咱就管干活，出力气，人家指到哪咱打到哪就行了呗。再说，咱把剩下那一半山治完了，十几万棵干果水果的每年得给咱拿多少钱！享福的日子在后头呢！我看那些人眼光忒短了，光想着眼跟前三寸半的那点事。私心越大越闹不好，真要分下山去数他们孬，不把那树管死才怪？……

再后，人们的议论集中到了干部们的身上，说前南峪的干部是那贪货懒货稀泥软蛋的干部吗？打60年代起，郭明耀、郭明合、郭明让、郭明考、郭成志……不论支书、副支书、大队长，哪个人不是跟石头土疙瘩玩命出身？就说这几年的治山，光说大队长郭明谦，他管量地管检查管验收，一旦发现违规的，便毫不留情，不是在群众会上公开点名，便是当场教育。

再说老支书郭明耀吧，从1952年复员回村，一直支书、治保主任、副支书地干着，没脱离过干部的岗位，功劳不小苦劳更多。从来就没见过他脱离劳动。1979年治理东沟的山，一块石头滚下来把他的腿给砸了。当时，郭明耀突然感到一阵剧烈疼痛，从额角上渗透出来的汗珠像黄豆那么大，他的牙齿紧紧咬着下嘴唇。他不知道自己有多大力气，下嘴唇给咬得显出一个个白色的牙印子。他脚重头沉，山坡在他面前旋转，一座一座山在他面前旋转，整个天空在他面前旋转……

人们从四面八方向他急忙跑来，噙着满眶热泪，大声喊："老支书，老支书！"

很快，大家跑到了郭明耀跟前，赶紧搬掉压在他腿上的石头，将他紧紧抱在怀里，发现他的脸死一样灰白，汗水像雨一样流着。

这时，合作医疗医生郭明化也闻讯从山那边背着药箱子跑来了，一看，果然是破了一个大口子呼呼地直冒血，赶紧上药包扎，然后把老支书背到一个向阳的山坡上，说："您先歇一会儿，待会儿我喊个年轻人把您背下山,到村医务室再看看骨头怎么样?即使没伤着骨头创这么大口子,也得在炕上躺他个十天小半个月。"

一会儿,支书郭成志也气喘吁吁地跑来了,看了看纱布上印出的血,他忍不住一阵揪心的疼痛。他含着热泪,望着郭明耀那张亲切、熟悉的脸,说:"老支书,老支书,我来了,我就在您跟前呀!"

郭明耀陷在昏迷中。阵痛,焦虑在他心里交织着。当他痛得忍不住要叫喊时,他就把手绢塞在自己嘴里,使劲咬住。那块小手绢不一会儿便被他咬得像黄蜂窝似的,布满了密密麻麻的齿痕。……

郭成志把郭明耀的手,握在自己两只火热的大手中间,轻轻地抚摸着。

郭明耀的嘴唇动了半天,声音微弱地说:"成志,我影响大家干活了……"

郭成志声音发哑地说:"老支书,您不要说了,我们马上送您到公社卫生院!"说完,他冲着齐剑峰几个年轻人大声喊:"马上把老支书背下山,赶快送到公社卫生院!"

齐剑峰他们像是接到了将军的命令,什么话也没有讲,应了声"是",转身就要背郭明耀下山。

这时,郭明耀睁开眼,向郭成志摆了摆手,说:"成志,你甭大惊小怪地喊,我自个儿身上的伤我还不知道怎么回事?没啥大事,骨头和筋都没伤着,就是创了个口子流了血。肉跟石头碰在一块了,那肉还能不疼?疼几下就过去了甭惊动旁人。大伙正玩着命呢,可不敢为俺这点小伤影响群众情绪。"

郭成志说:"老支书您看您说到哪里去啦!人受了那么大的罪还不许喊人把您背下山吗?要不,我来背您,咱这就回。"

郭明耀的手摆得更厉害了,到后来脸都涨得紫红,眼珠子也瞪了起来,那意思成志你再送我下山,我可真跟你急啦,告诉你不当紧不当紧你偏要送,不看看大伙都干什么呢!

郭成志这才把又处理别的轻伤号的医生郭明化喊了过来,嘱咐他:"你就守在老支书身边不许动,别的小伤由另外的人来处理,时刻观察着伤情,如果发现不好的迹象,你就去那边喊我,紧记住,不许离开!"

当然,人们谈论最多的还是支书郭成志,平时对他干的事没细想没多聊,也就是那么平平淡淡地过去了,等到把支书从七十年代到眼前的治山，一桩桩一件件的事摆开了，仔仔细细地放在嘴边，搁在眼前，这么一回味，这么一细看，那真可以说是功劳赫赫。

间作谷子、截潜流、玉米得奖、科技招待所、养兔、养鸡、养羊，电视村、王金章嫁接、五改一加强、一直到眼前的治山，一桩桩一件件都成了人们的话题，一聊起来还是没完没了。

四

这是在1982年的一个炎热的恼人的夏季。晴空万里，天上没有一丝云彩，太阳把地面烤得滚烫滚烫；一阵南风刮来，从地上卷起一股热浪，火烧火燎地使人感到窒息。杂草抵不住太阳的暴晒，叶子都卷成个细条了。每当午后，人们总是特别容易感到疲倦，就像刚睡醒似的，昏昏沉沉不想动弹。连林子里的小鸟，也都张着嘴巴歇在树上，懒得再飞出去觅食了。等到了果实累累的七月中旬，当高天里的阳光，涂染着青苹果上艳艳的红色的时候，潮润的秋风将一个消息吹到了前南峪的村街上，说是中央政策研究室一个专门负责山区的干部，要来前南峪搞调查，看看在河北邢台的一个叫作前南峪的山村，那里究竟发生了什么事？

中央政研室山区组组长李占魁中等个头，五十多岁，背有点驼，但脸总是刮得干干净净，穿着雪白的衬衫，领结打得很端正；不过，外套却是揉皱的，这是一个可靠的标志，证明这个人有许多时间是在汽车里度过的。他从外表看来，与其说是政研部门的领导人，还不如说是个教授。他善于保持庄重、从容、沉默的风度，人看着沉稳干练。在地县两级研究室负责人的陪同下，来到前南峪村。

这天，李占魁一行在农户灶上匆匆吃完了饭，然后就和郭成志一起去了大篷峪。

大篷峪在离前南峪四五里的一条大沟。全村集中起三百多社员，在大篷峪的山上修筑水平沟围山转。按照规划设计，正在修建一条高标准的生态经济沟。

大暑过后，一进入中伏，垂直地悬挂在空中的太阳，几乎不是放射光芒，而是在喷射火焰了。大地上热浪滚滚，一片灼人似的炙热。好在太行山区有充足的风，这些日子，还不像东部平原那样昼夜如同扣在闷热的蒸笼里，令人窒息。

　　李占魁一行来到大篷峪时，社员们正在荒山野坡修一条条水平沟。刹那间，铁镐、铁锨遍地飞舞，"砰砰""嚓嚓"，响成一片。人群中，郭俊刚干得非常起劲，汗水从他那刚剃过的头顶流到浓黑的眉毛上，又顺着通红的两腮滴到地上。他上身只穿一件汗背心，臂膀的肌肉隆起，显得特别健壮。

　　郭成志用手指着山上的水平沟，对李占魁说："我们前南峪在长期的大山治理中，找到了一条'生态经济沟'建设的新模式。如果按这条路子治山，最后表现在大山上的具象为水林路融为一山，'材树头、干果腰、水果脚'。"

　　很快，他们又转遍了已经治完的阳面的五条大沟，还到正要来人做规划的麻峪沟里转了一圈。李占魁被前南峪人的拼命精神和创造精神感动了，连连称赞："前南峪领导班子是个坚强的班子，否则前南峪人绝对创造不出来这些令人难以相信的事迹！"

　　后来他们又深入到党员群众中了解情况。人们自然真诚地把那从心窝里掏出来的话讲给了中央来的人。

　　四五天里，他们参观访问了前南峪，见识了前南峪村实行的集体专业承包责任制。他们看到了有组织的劳动，有计划的生产，有条有理、扎扎实实建设新农村的安排。他们看到了太行山上这片新生土地上所萌发起来的、生命力强大的新事物。李占魁临走时没有更多的表态，只是神色严肃地说了一句话："多种形式的责任制好嘛！"

　　接着，前南峪村虽然仍然不断小有"风波"，但郭成志带领社员治山的劲头，便比以前更来了无可阻挡的高涨。在短短的时间里，整个前南峪立刻处在一种激荡的气氛中，郭成志自己当然更忙得不可开交了。他规划设计，整夜修改前南峪生态经济沟发展图。郭成志眼睛里布满红丝，平时整整齐齐的头发这些天也顾不得梳理，乱蓬蓬地耷拉在额头上。天不亮他又和社员们忙着上山搬石砌堰，往石堰里填碎石。从山上到山下，到处欢欢乐乐，热热闹闹。人们觉得没有时间去理睬那些已经没有"市场"的瞎说，仿佛只有上山大干，才是最需要做的事。

　　这天，云暗天低，太行山上变成茫茫的一片。细雨如丝，纷纷地飘洒。泥泞的路上，无声无息地冒着泡，纵横不定地流着水。只有两旁地里的青庄稼叶子，发出如同用铁箩筛沙子一样的"唰唰"响声。

由骡马、毛驴，还有黄牛组成的一串长长的送公粮队伍，在雨水中，艰难地行走着。牲口那各种颜色的皮毛经过雨水洗刷，都紧紧地贴在身上，好似涂了油涮了漆一样闪着光泽。它们既紧张，又沉着，小心地放着蹄腿，抖动着耳朵，或打着响鼻。每一个牲口都拉着装有粮食口袋的车子。口袋装着簸净、晒干的小麦。口袋上遮着油布、雨衣，以及衣服和门帘子。车子的旁边，都跟着一个脸色严肃的保护者：专心一意地赶着。这一切，不仅给这喧闹的大地增加了特殊音响，也添了异常的色调。

车子走出村西口，牲口开始迅速地迈开蹄子。胶皮轱辘在泥泞而冰凉的大车道上颠簸着，顺着沟川，一路向北驰去。

蒙蒙细雨下在山谷里，烟笼远树，景物迷茫。沿着山根蜿蜒着的溪流，潺潺流淌。风轻轻地吹拂着，吹过那发青的柳树趟子飞叫着，发出呼呼的响声。沙鸡子咕噜噜地沿着柳树趟子飞叫着，豆鼠横过车道奔跑。一只黄褐色的老鹞鹰鸣叫着，在天空里飞旋，它那两只像大簸箕似的羽翼张开着，一动不动，悠闲地把身子停在空中，时不时地向左右转动着脑袋。它那镶着黑圈的琥珀色的眼睛，犀利地凝视着地面，一会儿突然盘旋下降，接触到地面，像攫住了捕获物似的，用力扇动着几下翅膀，向远远的高空飞走了。

沟洞子很长。两侧，波浪似的山岭，像两道连绵不断的屏障矗立着。山坡上的茂密的青草，在细雨下面，闪着油油的绿光。柳树趟子发着嫩青色，从大车道两旁的田地里，散出一种嫩柳枝的苦涩和潮湿的泥土的发酵气味。当大车拐过一座山嘴巴时，一只在车道附近觅食的野鸡，惊吓得咯咯地啼叫起来，扑棱着彩虹般的翅膀，向对面山坡上飞去，然后钻进一片密密层层的庄稼地里去了。郭成志在前边引路。他指挥着人们，哪一段路直走，哪一段路绕过，哪一段路应当谨慎地慢行。他挽着湿淋淋的裤腿，两只光着的大脚，在泥水中有力地跋涉着。他头上的旧草帽，因为浸水过多，帽檐沉重地朝下弯垂着，周围滴着串串水珠，好像挂上了穗子。他带头把小布褂苫在粮食口袋上，那赤裸着的宽大的脊梁，浸着水，宛如披着金属的胄甲。他的情绪振奋，越往前走，那胸膛就挺得越高。他的心，像抖起翅膀的小鸟，在天空中飞翔。

……

他忍不住地扭转头看一眼，满沟洞子的送粮车子，它们从村口，一辆挨一辆直排在大车道上。赶车的尽意把拉车的牲口打扮得精神十足，特别是马额头笼着璎珞，脖颈上挂着串铃。大车道上，充满了人们的吆喝声、车马的铃铛声、清脆炸耳的响鞭声。其中，赶着牲口奔走的人里边，有年轻的郭天刚、郭长同，有年壮的张利群、许金泉，有年老的李文和郭海山，还有少年赵宪文。他们的岁数不同，秉性差异，思想觉悟也不一样。可是，"农村改革"这个法宝，把他们带到光明灿烂的大道上，点燃起他们的久久埋藏在心底的革命热忱，做起他们从来没有做过的平凡而又伟大的事情。他们都是农民和农民的后代。按照传统的制度和观念，他们习惯了为个人，为个人的小庄稼院奔波操劳。如今，他们变了：劳动组织变了，思想感情变了，行动也变了。一个事业可以说是神圣的孩子，若不领她到分娩的时期，他们是有责任的。它是他们的血，他们没有权利拒绝它的创造，他们的全部力量，他们的整个灵魂，他们的肉体与他们的精神都是属于它的。像母亲有时为她所分娩的亲爱的孩子而牺牲一样，他们的事业若要他们耗尽精力，他们就不去爱惜自己，就时刻准备为它的成功而捐弃他们的生命。如果它没有让他们牺牲了生命，如果它成功了，很茁壮很活泼地存在着，那么，他们将没有别的事情可做，就是重新开始另一件工作，只要他们站着，保有他们的智慧与他们的健壮，他们就连续做下去，完成了一件工作，再来一件工作，他们将永远不停止他们的努力。他们都把国家和人民的利益看得高于一切，甘心情愿缴纳爱国粮，支援国家建设。有了这样几亿可靠的群众，最美好的远大目标，就一定能够实现！

　　他这样想着、看着，发现小宪文的脸色发白，嘴唇发紫，有些心疼。多好的孩子啊！为了送缴爱国粮，和大人们一样顶着满天冰冷的风雨。这孩子年纪小，可不能把他淋坏。他看着赵宪文，感到对这样的好孩子该有多少话要讲啊！千言万语在他的心窝里翻腾。可是，这个不善于表达自己感情的年轻人，只是轻轻地搂住少年那湿淋淋的肩头，说："宪文，把褂子从车子上揭下来，拧干，穿上！"

　　赵宪文咬着嘴唇，竭力忍受着雨打和风冷，摇着脑袋说："不冷！"

　　"看你身上直打哆嗦！"

　　"打哆嗦也不冷！"

　　"哈哈哈！"

赶着牲口的人们，也同时被赵宪文的话逗笑了。

人声压倒了雨声。雨不停地落着。雨水沿着人的草帽和雨衣的边缘，一点一点地往下滴。大车道上，只听见人们脚踩稀泥的声响。

郭成志跟赵宪文并肩走着，给他挡着从南边吹过来的风，说："你知道这粮食是给谁运的吗？"

"当然知道啦，给浆水公社粮站。"

"那浆水公社的居民里边，还有你的爸爸呀！"

"就是。没有我爸爸，我也要来送粮食。"

"对，因为住在这里边的大多数是我们的亲人。大多数是为革命建设出力气的人。那里边有工厂的工人、机关干部，还有中学学校的老师和学生哪！"

"这个我也知道。"

大车道上，人披着雨衣，戴着草帽，牛也有雨衣，但没有草帽，只有一条，头上的两角之间绑着一顶破草帽。那是李文的牛。他叫牛戴着草帽的理由是："人畜一般同，人的脑门心子淋了生雨，就要头痛，牛也一样。"

李文是体贴牛的，也爱骂牛，现在他又在骂了：

"嘚，嘶，还不快走呀，贼滑的家伙，我一鞭子抽得你稀烂！"

郭成志好久没有赶车了，牛欺生，老是站住，掉转脑壳来看他，好像要辨识他是什么人一样。郭成志抽了它一鞭，它用劲一冲，跑不两步，它又停下，掉转头来望。

"那是一条烈牛，支书，"说这话的是李文，"我跟你对换一下，你来用我这一条。"

信了李文的话，两人对换了牛拉。奇怪的是，郭成志原用的那条调皮牛，在李文的恶声咒骂里，规规矩矩，不快不慢地前进。它听惯了李文的亲昵的痛骂，没有这个，好像是缺少了什么。

郭成志一边赶着牲口奔走，一边继续对赵宪文说：

"咱们生产队里需要文化人，需要很多的。你不是喜欢看书、听故事吗？"

"喜欢。你再给我讲一个吧。"

"你不是正看着这个好故事吗？咱们的生产队、整个前南峪，每时每刻发生的好多事情，都是故事。"

"张庆波打媳妇的那个事儿，就挺有意思。"

"那不是主要的。去年，有人闹分山的事情，还记得吗？"

"记得，记得。那一天，是你在麦田里跟我们一块干活的时候，给我们讲的呀！"

"那是个重要的故事，跟错误思想斗争。今儿个，我们为了把新农村的建设搞好，把我们的日子过好，又来跟那些人摔跤比力气。最近一个时期，为什么党支部一提集体专业承包责任制，村里就突然变得风风雨雨。这……到底为什么？你懂得这个道理吗？"

张利群跟在赵宪文后面那头大青骡子旁边，听到郭成志说到这一些话，抹了抹脸上的雨水，无限感慨地插了一句："是呀！到底为什么？好多的事情，处在当时当地，倒不是太害怕；事后回头一想，才觉着吓人。我这一辈子，经过这样的事情太多啦！"他也沉思起来，"好久以来，这个问题就在我脑壳里打圈圈。我觉得这要从我们的工作上来检查。唉！农民嘛，究竟是——"

郭成志截住说："不，不是我们和农民的关系问题。我疑心还是些坏人在暗里作乱！"

张利群有点茫然："什么？你说是村里闹分山的人？"

"当然还有另外一些年轻人。不过，他们还是主要的。"郭成志又用手抹一把脸上的雨水，热情地说，"利群大叔！许多事情已经提醒了我们，我觉得我们不能忘记村里闹分山的人是不会轻易善罢甘休的。这就要我们认清形势，警惕他们的举动。利群大叔，这些难道您都忘了吗？"

"怎么会忘。"张利群说，"村里那些人不满意我们搞集体专业承包责任制，那是自然的。对于他们的举动，我们是要提高警惕。"

刚才谈的这些，郭长同听得十分专心，并且有自己的想法和看法。他希望他们继续谈下去，觉得无论是郭成志的讲法，或者还是张利群的讲法，都对他深有启发，他更进一步理解到了面临的情况，将是非常复杂的。于是他说："有些人就是不长记性，疼过去以后，肿还没消，还是按照老规矩干。你们看咱村那些少数头脑简单的年轻人，总跟村里闹分山的人学坏，反对党支部实行集体专业承包责任制、带领群众治山植树，闹得一村子七零八落。如今怎么样呢？一丁点教训也不接受，办啥事儿，照样儿信听村里闹分山的人的胡诌八扯，盯着那些人的脚后跟迈步。"

张利群说:"他们不是记性不好,是因为财迷心窍,身在火坑里不知道会烧死,还觉着挺暖和哪!"

众人被他逗得笑起来。

张利群说:"不用笑,是真情,我有这种体会。"

郭成志说:"这就是不觉悟。我们社员得用嘴开导那些闹事的人,首先的工作,就是把党的政策讲给他们,把他们心上的疑云扫清,同时,又得拿出实际行动做样子,帮着他们从梦里醒过来。"

接着,人们又谈论起张家院子最近发生的事情。有人传说,自从徐秀萍两口子和解后,张云海这一程子很怕他的儿子张庆波,亲眼看见张庆波训斥张云海,张云海一声不吭。还有人传说,庆波妈也敢大声说话、正眼看人了;有一回,她还帮着二儿子张庆天,说张云海几句不好听的话;张云海没动手打,也没还嘴说,赌气地躲到后院去了。

雨点密了,雨丝粗了,路上泥水中的水泡子变得大了,跳得高了,响声也急了。山上的树枝、树叶、花卷作一团,而接着又整个地散落在水上。小溪载着花粉使它们向远方繁殖,溪水混浊得变作黄色。苇塘中的鱼也惊呆了,你能听到鲤鱼在水面张口的声息。茫茫的远处,出现柳梢摇动的踪影,还能看到木桥横跨的模糊轮廓。他们已经来到了浆水河。

赵宪文忽然喊:"要下大雨!"

郭长同逗他说:"你那么个小人,还能看出这个?"

"你听,打雷了!"

"那是山洪响。"

"不是吧?"

"没错儿。"

"山洪还有这么大的声音?"

"水火无情嘛!"

"它能冲垮河中的木桥?"

"能。"

"有那么可怕?"

"别说木桥,真要洪水暴涨起来,恐怕连地里的庄稼都要给淹了!"

郭成志用手把脸上的雨水一捋,朝远处看一眼,就急走几步,又跑到前边引路。

每个人都警觉起来，紧紧地抓住牲口的笼头，扶住粮食口袋。

浆水河的洪水声越来越响，河上的木桥越来越清楚。水流以其全部重荷，扑压木桥，扑得浪浪开花，并且撒野地、暴躁地激溅为白色浪沫，再鼓勇向前，就像那狂怒的烈马，要觅路跃越。可在它穿过桥孔前，它总是被木桥打回。打回，再前去，再前去，它就像拼命在龇出锐齿，在啃啮木桥。有时它变作巨大的有气无力的回圆；有时它扑踊天际，暴戾如一头魔怪，喘息着类似受伤忍痛的野兽。跟着，从它那儿，发出巨吼，吼声就像百门大炮在齐射轰鸣，也像整群恶狼，在放声悲嗥。水流这么哮喘着、挣扎着，对每一处桥孔，都进行着相同的争斗。而在那不可测的深渊之上，你还能听到群鸟在凄凉地鸣叫，仿佛触目惊心，竟把它们吓丧了胆似的。他们透过雨烟，还看到了柳枝在风中弹跳抖动。

上坡的路面，表土被冲走，留下无数曲曲弯弯的小沟，清水顺着小沟往下淌。

桥的那边，有一个人，站在高处，使劲摇摆胳膊，大声地呼喊着。洪水的翻腾声，把他的喊声吞没，河这边的人，根本无法听清楚。

郭成志首先发现了那个人，就对大伙说："你们先停一停，我问他喊什么。"

众人赶紧拦住了牲口。

郭成志急步走上桥头。他立刻辨认出来，河对岸的那个人，是浆水村的高江涛，就把两手卷成个喇叭形，套在嘴上，大声答话："高江涛，有什么情况吗？"

高江涛的声音隐隐约约地送过来了："成志哥，别过来，桥坏了，危险！"

郭成志听惯了高江涛慢声细语的说话。高江涛这几声洪亮的喊叫，像几颗炸雷，盖过了风雨声。他吃惊地发现，好像这声音不应是高江涛的，倒更像吓破敌胆的战斗英雄所发出的喊声。他大声喊：

"别着急，慢点说！"

"桥，坏了！"

"噢？什么地方坏了？"

"桥梁柱子，要倒！"

郭成志赶紧弯下腰，把那木桥从头到尾看一眼，并没发现有歪扭的现象。他小心地拽着野草和紫穗槐的棵子，试探地抬腿迈步，顺着堤坡走到水边。

滔滔的洪水,从西边滚滚而来,浪头撞着浪头,又和在一起拍打堤岸;旋转一下,相互攀登着、重叠起来,水头汹涌,以奔马之势挤过桥孔,像遮天的瀑布倾倒入下游的河床,摇撼着支撑桥面的立柱。立柱根根,在超过它抵抗能力的冲击中抖动。波涛澎湃,激浪飞腾,十里外都可以望见白蒙蒙的水雾,几十里外都可以听见哗然的水声。

郭成志仔细查看一遍仍旧没有找到要倒的柱子,就又朝那边的高江涛喊:"喂,冲坏的柱子在什么地方呀?"

高江涛俯着身子回答:"靠我这一边。从东数,第六根!"

水边的浪涛声更大了。郭成志没有听清数目,又喊:"高江涛,大点声,第几根?"

高江涛一字一句地喊:"第——六——根!"

郭成志终于听到了。他用手指点着,数到第六根,虽然离着远,看不太准,也能发现那柱子有点朝南倾斜。他的心,紧张地往上提起,面对着一次将要出现的洪水冲倒木桥的灾难,这个对木桥构造方面的知识很少,而和洪水进行抗争的经验又不足的郭成志,第一次感到力不从心了。但是,他凭着十九年前在前南峪村战胜特大洪水灾害时亲身经历的一些体会,感到横架在浆水河上的这座木桥,目前已经有了异常的变化,第六根桥柱出现了倾斜。他感到不好。而送公粮的社员赶着牲口车子正要跨过木桥。他们吵吵嚷嚷,正闹腾呢!郭成志甚至老远就认出是五队社员老李头赶的那挂车子。这会儿,他也不管别人怎样吵嚷,仍然不紧不慢,一手挥鞭哄着前套马,一手牵着辕马,把车从从容容顺上道来。听到有人埋怨车子和牲口拥挤,他却笑呵呵地冲着赶车的社员喊道:

"好事嘛!车多、粮多,好年景啊!"

不知谁问了一声:

"李大爷,你们队今年又是多缴爱国粮?"

"可不!全是上等粮!籽粒饱满,只要瞧上一眼,心里就舒坦坦、乐滋滋的。"

……

郭成志感到艰难险阻压在头上,挡在面前。他两只脚不由得往下迈去。洪水挑逗般地涌了过来,飞起的浪花,打到他的裤子上。

站在路上牲口车子旁边的人，一直盯着他，见他往水边走，几乎同声朝他喊叫：

"嗨，危险！"

"别往下走！"

"快上来吧！"

郭成志没有回答。他丝毫也没有听见人们这急切的呼喊，他正站在洪水翻滚的浆水河坡上。他还未站稳，波涛就轰鸣地向他扑来。这会儿，他两眼在奔腾怒吼的洪涛中失神地望着木桥。他的心像刀绞一般的疼痛。他鼻子一酸，泪水像抑制不住的泉水涌了出来。他想，洪水把桥冲坏，不能走过去，这可怎么办呢？把送公粮的车子打发回村，等水小了，或是桥修好了，再说。这是最平安保险的办法。可是，按照这样的办法去做，任务怎么按时完成？想到这些，他的眼前，闪起今天临出发的时候，男女社员一齐装粮食、备牲口的那个热烈场面——浆水河的那一边，党在召唤着他带领这支队伍前进；全公社几万名人民群众，期望着他带领这支队伍早点儿到达；而前南峪的乡亲们，又是那样信赖地等待他们胜利而归！没料到，眼前横着一条凶猛的大河，是一座随时就会坍倒的木桥，是生命的危险……

他呆呆地站在河坡上，两只发红的眼睛，紧紧地盯着翻滚的河水。然而，郭成志毕竟是一个永远不会被征服的钢一样坚强的共产党人。他在心里责备自己："怎么？你在前南峪遭遇的特大山洪暴发面前没有流过泪，你在无辜遭受了严重撤职打击面前没有流过泪，你在少数闹分山人的恶毒攻击和疯狂暗算面前没有流过泪，现在，为什么在一根倾斜的桥柱面前流泪呢？现在不需要眼泪，而需要战斗！"他用手擦去脸上的泪水，霍地抬起头来。

风吹他，雨抽他，一股加重的寒气袭击着他。脚下的泥，被他踩进很深，泥水埋没了他的脚面。

他猛抬脚，急转身，回到送公粮队伍跟前，人们又几乎是同声叮问他：

"怎么样？出啥事了？"

"那边的路不通了？"

郭成志抬头看看，站在面前的，是这些可爱的社员，是跟他一起从过去那个灾难日月闯到今天的伙伴；是生产大队的财产，是他们千难万难购买和繁育的牲畜；是宝贵的粮食，是他们汗水一粒一粒浇灌出来的，是城镇的人们急需的东西……他的心又不由得翻腾起来。他觉得千斤担子一下子压在自己的肩上。说老实话，他对如何来战胜眼前的困难心里也没有底。刚才他下去了一下，洪水把桥冲坏，还不是不能过了。这木桥究竟能支撑多久？粮食和牲口车子如何过？自己也拿不出什么办法来！可是作为一个共产党员、一个生产大队的带头人，自己的态度是举足轻重的。自己能在这个关键的时刻表现迟疑吗？不能！但能不顾这些群众和财产的安全，硬要往前闯吗？他相信，他只要下了决心，发出上桥过河的命令，这一伙里，不会有一个人反对。可是，自己不能盲目下命令。现在怎么办呢？决心应当怎样下，命令又应该怎样发？

他把桥下的柱子被洪峰冲歪的情形，以及这样走过去的危险性，都告诉了大家。

人们听到了这个意外的消息以后，都像郭成志一样地紧张起来。

李文说："这桥本来就是浮搭着的，全靠下边的柱子顶着，要是说倒，可就哗一下子呀！"

郭海山也说："这种事儿，我早年可见过。桥塌比决口子还厉害。我们是得小心点儿。"

郭长同有点发急，一把抓住自己那头驴的笼头，说："这会儿还好好的，能那么巧，正赶上咱们走到桥上它就塌？你们胆小，我先过。我就不信一个大木桥那么容易倒。"

郭天刚一跃身子，张开两只胳膊拦住他："别急，别急，听听成志哥有啥打算。"

郭成志又把脸上的雨水抹掉，说："问题是比较严重，但要看我们怎么来对待它。刚才我下去看时，桥面还没有发现问题，说明过桥还是能行的。再说送公粮已经进行到这样的程度，我们取得胜利的决心决不能动摇。不管遇到困难多大，我们一定要过去，还得快过。桥要是一倒，那就根本不能过去了。等把它修上，哪得几天？"

"对！"郭天刚昂起他那充满青春光彩的脸，闪着炯炯有神的双眼接上说。刚才他所以沉默，是想听听郭成志和社员们的意见。现在知道郭成志的决心和他是一致，非常高兴。他继续说："对木桥的底还摸不透，可是我们自己心里早就有了底，那就是实干、巧干！像成志哥说的那样，就是困难再大，也要过去！"

党支部书记的英雄气概，民兵班长的战斗决心，给了大家很大的鼓舞。人们的脸上活跃了起来，郭长同尖着嗓子叫起来："对呀！实干加巧干！"

"对，俺赞成！"李文也微笑地点着头。

郭成志说："现在的问题是我们怎样来闯过这道难关，战胜这个拦路虎。我们大家议一议，'三个臭皮匠，赛过一个诸葛亮'嘛！"

"天刚，你说怎么样？"郭长同接过话头问郭天刚。

郭天刚正拧着眉头在那里思索，被大伙儿的干劲触动了，抬起头说："我心思桥面板是个关键，只是这桥面板有没有问题，我可说不上……"

一时大家又纷纷议论起来。郭成志见郭海山和李文把目光转向他，心里知道他们是把希望寄托在自己身上了。可是，他觉得只有启发大伙儿动脑筋，集中群众的智慧，才能想出好办法。刚才郭天刚的发言，给了他很大的启发：群众有丰富的与自然界做斗争的经验。想到这里，他发人深思地说：

"刚才郭天刚的发言，给我们提出一个值得思考的问题。我们能不能正确地判断一下我们所面临的情况呢？眼下就要从实际中出发。"

郭成志把大伙儿心里的明灯点亮了，脑子里也清醒得多了，又纷纷议论起来。

正讨论得热烈的时候，郭成志说："你们再等一下，我看看桥面怎么样。"他说着，转身又往桥上走。

七八只手把他紧紧扯住了：

"这可不行！"

"我们过不去，另打主意，不能让你冒险！"

郭成志抽出胳膊，严肃地大声说："听我的命令，各人管好牲口，都不要动。"

赵宪文脸都吓黄了："成志哥，让我去吧。我会水，掉下去也能游上来。"

李文一把抓住郭成志的手说："我经的事多些，水性也好，支书让我去！"

"我去！"

"我去！"

七八个嗓门，一齐发出了请战声，七八双强有力的手，同时抓住郭成志的手不放，七八颗火热的心，在一起激烈地跳动！

郭成志轻轻地推开他们，把众人都拦到身后，态度十分坚决地说："都不要争了，我先上！"

他的脸色是那么严肃、庄重！他那一往无前的精神，好像几辆卡车一齐开动，也不能把他拉回半步！

还有什么好争的呢！每一个人的心里都十分清楚，眼下必须有人到桥面上探查一下，才能打定主意；而探查的人，除了郭成志自己，他又怎能让别人代替呢？社员们压着心跳，停住了争吵，惶恐地盯着郭成志已经开始的危险行动。

郭成志从容地跺跺脚上的泥，弯下腰，卷了卷裤脚，一直卷到大腿根；直起身，朝河那边看一眼，两只手同时抹着胸脯子上的雨水，便走上桥头，踏上桥板，一步一步地朝前移动。他的两只眼睛，紧紧地盯着那承受过无数次人踩车轧，经历了无数次风雨侵蚀，已经呈现出糟朽的痕迹的木板。雨水从木板缝流下去，跌进沸腾的河里，河里滚动着波浪，好像浓厚的乌云在眼下翻飞。

如果说，生活是万分美好的话，那么，郭成志的心境格外优美！作为党支部书记，他有一种天不怕、地不怕的胆略，有着不获全胜决不收兵的牛劲。他心里燃着一把火。这把火，就是一个极其响亮、极其豪迈的誓言：探险过桥！

郭成志，时时刻刻都用自己一颗赤诚的心体会着这种创业的伟大意义。用不着谁去明明白白地讲一句这是在创业，但是他清楚地意识到这一点。而且也正是在这种崇高精神的鼓舞下，向新的战斗目标发起了最猛烈的冲击。

赶着牲口车子的人们站在河岸上，一个个全都睁圆了眼睛，屏住呼吸，紧张地盯着他那两只脚。在浪涛翻滚的轰鸣声里，在雨注泼洒的烟幕里，谁也不知是虚是实，反正大家都觉得那桥面在郭成志的脚底下直颤抖，好像立刻就要哗啦一声倒塌……

郭成志没回头，没停步。他信心百倍地暗暗给自己鼓气："不可急，不管桥面有多危险，也要探个水落石出！"他一边往前试探着，一边仔细地察看。他终于走过木桥。

桥这边，一直替他揪着心的高江涛，快步地迎上来说："成志哥，你不用试，肯定不行！"

郭成志没搭腔。他缓了口气，使劲地一摇脑袋，把挂在浓黑眉毛上的水珠儿抖掉，又从桥面上返回来。他一步一使劲地踏着桥板。他没有听到反响，只是感到脚下边软绵地颤悠。他这样试着，推敲着他的打算。

他走过人群这边来。社员们热情地欢呼起来。这欢呼声压过了风雨声和洪水的咆哮，在浆水河上空长久地回荡。

人们一拥而上，一起开口问他：

"怎么样，能行吗？"

"是过还是不过？"

郭成志用宽大的手掌，抹掉了满脸的汗珠和雨珠，眼睛闪放着异样明亮的光辉，下决心地打个手势："过！"

人们立刻返回身，赶着自己管理的牲口车子。

此刻，社员们都强烈地感受到，仿佛有一股巨大火热的气流，在山野掠过。究竟是一种什么力量支持着人们奋勇向前？是改革开放深入人心，是农村共同富裕的道路指引着前进方向。

一群群鸟雀，拍打着翅膀，胆怯地在吹刮着冷风苦雨的山野上空结队飞过，畏缩的啼叫声，在高空隐约回荡，消失在远方。

郭成志果断有力地说："马上把粮食口袋卸下来……"

"卸在这儿？"

"这要干什么？"

郭成志说："先用人扛，一口袋一口袋地扛过去，放在桥那边，回头再赶牲口车子……"

"哎，这个办法好！"

"对啦，让牲口车子空着走，分量轻，保险！"

"万一掉到河里，牲口车子也能搭救。"

郭成志说："立刻行动。年轻的人扛口袋，年纪大的管牲口。咱们能运过去一口袋，也是胜利。"

人们呼喊着从牲口车子上卸下粮食口袋。哪里还分年轻年老，大伙都抢着把粮食口袋扛在肩头上，排成一字长蛇。一口袋一口袋粮食，从一个个肩膀，飞快地往安全地带扛运着。

郭成志扛了一口袋，走在那随时可能倒塌的桥面上，不时被风雨打得左右摇晃。

"小心！"郭成志一边提醒着自己，一边扛着一大口袋粮食走在前面。

"支书，你扛得太重，够呛吧！"郭长同关心地说。

"长同，是你呀！"郭成志听出声音来了，他说，"没问题。有社员们和你在我身边，别说风雨吹不动，天塌下来也能把它顶回去！"

是啊，几十个社员在风雨的打击下坚持着，由他们组成的这条运输线，慢说是风雨，任何力量也吹它不断！

桥面在重压之下，使劲地颤动着。雨点下得更密了，河水翻得更猛了。

扛粮食的人们终于胜利地到达对岸。这一来，人们更有了信心，放下口袋，飞一般往回返。

高江涛也跟着跑过来，帮着扛口袋。

他们真是飞的一般，两条腿像轮子一样向前急滚，上桥滚得快，下桥滚得更快，两只臂膀只是前后拨动，不是翅膀是什么呢？谁也不知道什么叫作疲倦，谁也不甘落后一步，一趟又一趟，把粮食全部搬过桥，把牲口车子全都赶过桥。

郭成志紧紧地扯着赵宪文的手，最后走过来。

河水暴怒了，一个大洪峰，像推来一座倾倒的小山，"哗"地扑到桥前，撞得桥梁木柱摇晃起来，发出"嘎吱吱"的响声。洪水顶尖的一团浪花，从西边冲过来，陡地翻起，通过桥面，摔落到另一边的波涛里，激起巨大的浪花，浪花和水沫在半空上凝结成白蒙蒙的水雾，像升起的一大片白云，又像炸起浓厚的炮烟，风雷震天，滚滚腾腾。

胜利的欢呼声，在靠近浆水公社的桥的这一边响起来了。

五

远远望去，平原里一片灰蒙蒙；远的山被雨雾遮掩，变得朦胧了，只有两三处白雾稀薄的地方，露出了些微的青黛。近的山，在大雨里，显出青翠欲滴的可爱的清新。家家屋顶上，一缕缕灰白的炊烟，在风里飘展，在雨里闪耀。

雨不停地落着。屋面前的芭蕉叶子上、板栗树叶上、藤蔓上和野草上，都发出淅淅沥沥的雨声。雨点打在耙平的田里，水面漾出无数密密麻麻的闪亮的小小的圆涡。篱笆围着的菜地饱浸着水分，有些发黑了。葱的圆筒叶子上，黄瓜毛茸茸的大叶子上以及尖嘴豆角的长叶子上，都缀满了晶莹闪动的水珠。

经过了夏天过多的雨水不倦地洗浴，太行那座座亮丽的秋山水墨画般的风景摆在了人们的眼前。

前南峪集中起来了部分人力进山收果。今天是今年社员们第一次参加的集体采摘板栗，大家的心情很不平静。加之，在进行了农村社会主义改革后，大家觉悟有很大提高，懂得这次采摘板栗，不只是给集体增加经济收入，更主要的是，显示农村实行集体专业承包责任的优越性，显示农民当家做主的强大力量；用行动，用事实，打击一些闹分山人暗中的阴谋活动，从而将集体专业承包责任制这个新事物，在前南峪确立起来。所以，人们都很兴奋，全都沉浸在一片无比欢乐和热闹的气氛中。进山时男男女女，老老少少，提着筐篮，扛着棍杆，纷纷向山沟沟里的板栗树林拥去了。那闪金耀亮的板栗，不断映入社员的眼睛。老枝新柯上，那一嘟噜一串的栗蓬，像珍珠镶嵌在树丫间，像宝石辉耀于枝叶里，它们以果实的纯焰，强烈点燃起人们的甜蜜意识。嫩褐、浅褐、浓褐、紫褐的板栗，斑驳陆离、溢光泛彩。世上有多少种褐，在这板栗树林里都能觅到它们的倩影。来到板栗树下，已经到处是乱纷纷的人群了。他们挥竿的挥竿，捡板栗的捡板栗。喊声、笑声，棍杆敲打板栗树枝的噼啪声，混响成一片，撩拨得人心在胸膛里乱跳弹。一棵棵板栗树的枝杈上，像猴子似的攀爬着许多年轻男人和学生娃。他们兴奋地叫闹着，拿棍杆敲打树枝上繁密的板栗。随着树上棍杆的起落，那亮晶晶的板栗便像不断溜儿的阵阵栗雨，又像一个个的调皮猴儿，跳到人们的头上，蹦到人们的肩上，更多的则是在地上滚来滚去。

妇女们头上包着雪白的毛巾，身上换了素净的衣裳，头发也精心地用木梳梳得油黑发亮；她们一群一伙，说说笑笑，便把黑宝石般冒着油光的板栗，一颗颗珍重地装入身边的筐篮和麻袋中。

人们还发现，连最爱红火的老家伙郭兆全也能利索地爬到板栗树上去了！他脚上穿的是方口青布鞋，青布裤子，裤腿卷在膝盖下边，一片蓝布的衣角，搭在板栗树上。只因密枝和栗蓬挡着，看不到他的脸。他拿一根五短三粗的枣木棍，一边打板栗，一边嘴里还唱着民间小调——

八月里来秋风香嗯哎嗨哟,

叫一声妹妹来打板栗那么嗯哎嗨哟……

地上的妇女们立刻向板栗树上的郭兆全喊道:"兆全,亮开嗓子唱!"爱耍笑的郭海亮的媳妇刘改棉还喊叫说:"来个酸的!"

郭兆全的兴致来了。还在年轻的时候,郭兆全就练就一手好歌。他给地主当长工时,每到夏天歇晌的工夫,不是地主家那几个少爷打闹得他睡不好,就是地主老婆指使他多干点活。等到他刚刚睡着,地主又催撵他上地了。所以他一吃了晌午饭,就躲到山沟里歇晌来了。当他走进山沟,一看见那绿波滚浪的板栗树林,他又不想睡了。一个满身精力,自觉有一身本领的小伙子,怎么能不学会唱山歌呢?那时,他听过多少女人们对他的赞赏,听到过多少甜滋滋的毫无用处的话语啊!郭兆全一想起这些往事,就高兴得忘记了自己的年纪了,他要在这些女社员面前显露一下他的本事。他索性把棍杆往树杈上一横,仰起头,眯起眼,嘴巴咧了多大,放开声唱开了——

大妹子刘改棉嗯哎嗨哟,
你爱个酸来我就来个酸那么嗯哎嗨哟,

大妹子你人长得好嗯哎嗨哟,
樱桃小口一点点那么嗯哎嗨哟……

妇女们都笑得前俯后仰,刘改棉朝树上笑骂道:"把你个挨刀子的……"

是的,在农村改革的大潮中,前南峪村实行起专业承包责任制集体干活,把个人的生产、生活、命运真正和集体——和社会主义的集体联系在一起,他们怎么能不特别感到激动和欢欣呢?

郭兆全咧开嘴正准备继续往下唱,可马上又把脸往旁边一扭,拿起棍杆只管没命地打起板栗来,再不唱了——他猛然看见,他儿媳妇冬梅正在不远的板栗树下捡板栗哩!年轻的儿媳妇臊得连头也抬不起来,真替他公公着急啊!起初当着全村社员高声大嗓也就算了,这会儿,怎么这样放肆嬉闹，一点也不顾忌长辈的尊严呢？

众人马上发现郭兆全为啥不唱了，越见他不好意思唱，越追问得起劲。于是一边继续起哄，一边快乐地仰起头，朝板栗树上面秋天的蓝空哈哈大笑了——啊呀，这比酸歌都让人开心！郭兆全满脸通红——唉，要不是儿媳妇在场，他今天可能把酸歌唱美哩！只要冬梅不在，就是他儿子风林在他也不在乎！

外贸的车队就停在山口，殷切地等待着将山里的收获，拉给外面的世界。

这似乎仅仅是前南峪人收获若干年之前的劳动成果。那一万多棵早年栽下的板栗，在王金章他们辛勤的管理之下，该将迟到的果实摇落在人们渴盼的心田了。

而在远离村庄四五里之遥的阴面的大山，大篷峪和五沟的开山炮声，也以雄壮的声势为秋天的成熟壮行。

尚没有在秋天里结果的小树，倚仗着在山上排成的声势浩大的阵容，在阵阵秋风中呼唤着自己无可阻挡的未来。

山下的秋玉米正在灌浆，它们吸取阳光的渴望是那么强烈。一株株一人多高的玉米，牛角似的玉米棒子插在粗壮的茎秆上，棒子露出黄金一样的牙齿，谁见了不生爱慕之心。微风拂过，红缨像在起舞一样徐徐飘动，绿叶哗啦啦地响着，好像在为红缨的精彩表演鼓掌喝彩。

青翠和金黄，仍然是前南峪秋天的主题。

山货的收毕和庄稼的待收，刚好是一次短暂的间歇。勤劳的前南峪人也刚好在这几天舒舒筋骨，迎接每年一次全家和美的中秋。

这时候，南太行也许正在进行着一次等待，等待着当年一个在这里出生入死的儿子到来。

河北省新任省委第一书记高扬，自京城出发，沿北太行的山麓和平原，开始了他的赴任行程。第一书记钻山沟访百姓，察民情问教育，几经辗转，才来到省城。石家庄的夜，是迷人的。在挺立着高楼大厦的峡谷中穿行时，多少楼房里的灯火，像撒在头顶的繁星，把天空照得亮晶晶的。人们真觉得惊讶，这星光为何离自己这样近，似乎伸出手掌，就能触摸到神秘天空，而街道上那一长串的路灯，更是将一座座巍峨挺拔的高楼，照耀得如同白昼。多少楼房的门楣上，闪烁着一盏盏红红绿绿的霓虹灯，又像是向行人问好。

中央政研室山区组组长李占魁，结束了在前南峪的调查，途经河北省城石家庄。他自然要将自己的调查结果，向省委做一次汇报。因为寄自那里的"告状信"曾经源源不断地飞向北京，省城当然不会少。作为中央部门独立的调查是必要的，但调查结果上下级之间的沟通，也是必不可少的。

"告状信"也曾经摆上了新任省委第一书记高扬的案头。他第一眼扫到信封上的地名，便如被火头灼了一下地吃了一惊。"前南峪"三个字，对于他太熟悉了；他也确实太想到那里的大山看看了。那里的大山养育了他青壮年时期一段令人难以忘怀的革命生涯。书记一闭眼，便有许多熟悉的面孔和无数战斗的故事涌到了眼前。这些无不催发第一书记的热泪，呼唤着一个老革命家壮怀激烈的青春岁月。

中央政研室山区组的调查结果，省委第一书记也已经看到。本来，高扬这一段时间对南北山区几个地区的工作，还是较为满意的。这些地区大部分都实行了生产责任制，大规模生产方式的改变，极大地刺激了农民的生产积极性，初步改变了极度贫困的生产状况，使大部分群众解决了基本的温饱问题。

他们的重要经验就是敢闯，没有一点闯的精神，没有一点"冒险"的精神，没有一股气呀、劲呀，就走不出好路，走不出一条新路，就干不出新的事业。不冒点风险，办什么事情都有百分之百的把握，万无一失，谁敢说这样的话？一开始就自以为是，认为百分之百正确，没那回事。改革开放胆子要大一些，敢于试验，不能像小脚女人一样。看准了的，就大胆地试，大胆地闯。现在建设有中国特色的社会主义，经验一天比一天丰富。经验很多，从各地区的情况来看，都有自己的特色。这样好嘛，就是要有创造性。

当然，"冒尖户"还是少数。眼下并不像某些满怀热情的作家用肤浅的文艺作品所宣扬的那样，似乎农民都发了财，动不动就把电视机抱回了家。我们的农民难道我们还不清楚吗？他们过去在某种程度上已经穷到了骨头里，新政策的优越性不可能在短期内就把所有人都变成大富翁。对于大多数农民来说，解决了吃饭问题，这就是一件多么了不起的事啊！一切都还在刚刚开头，许许多多的新问题和新矛盾接踵而来，需要迅速而有力地给予解决。

但是，省委书记感到，这段时间来，党的某些基层组织和它的负责人，本身在认识方面都不同程度地存在着一些因循守旧的观念。是啊，现在农民的日子刚刚好过一些，就有人怕富。所以说不坚持农村改革开放就没有希望。现在，有"右"的东西影响我们，也有"左"的东西，但根深蒂固的还是"左"的东西。有些理论家、政治家，拿大帽子吓唬人，不是"右"而是"左"。"左"带着革命色彩，好像越"左"越革命，"左"的东西在我们党的历史上很可怕呀！一个好的东西，一下子被它搞掉了。"右"可以葬送社会主义，"左"也可以葬送社会主义，中国要警惕"右"，但主要是防止"左"。改革的阻力由此可想而知。毫无疑问，我国整个农村的进步乃至最终走上现代化的道路，有待于一个长时期不断改革的艰难过程。

无论如何，这个省的南北山区已经迈出了令人鼓舞的一步，并以此昭示了未来多方面的广阔的发展前景——这是任何眼睛没瞎的人都能看得见的。应当指出，在这一方面，邢台地区走在了全省的前列，前南峪村又是邢台地区山区建设的先进典型。

可是，偏偏前南峪的告状信最多！

唉，中国呀！什么时候才能把那些诸如"人怕出名猪怕壮""枪打出头鸟""出头椽先烂"等等"经典哲学"从我们的生活词典中剔除呢？

他想，什么叫太快？什么叫调整？如果不是几年来发展了一下，你拿什么来调整？我不反对调整，但要抓住时机发展自己！关键是要发展农村经济，现在周边省份和地区发展那么快，如果我们搞得太慢，老百姓一比较就有问题了。能快的地方就要快，能发展的地方就要发展，我们不要挡，来之不易呀！

近一段时间，高扬主要把自己的精力放在落实东部平原地区农村生产责任制方面。

中外历史证明，革命常常容易在最贫困落后的地区开始。而较富庶的地方，变革往往要困难一些。

当山区以户为主的生产责任制已经实行一段时间的时候，本省东部平原地区的农村还在吃"大锅饭"。不是群众不愿意改变这种状况，而是这些地区的许多领导一直抵抗着，长期按兵不动。

三中全会精神是强调实事求是，强调要解放思想。三中全会同时对实践是检验真理的唯一标准的讨论，给予充分的肯定和很高的评价。这些领导讲话的出发点当然都是对的，维护社会主义方向嘛！遗憾的是他们讲的都是一般的道理，是和现实不怎么合拍的道理。他们恰恰没有引用三中全会公报的道理，没有注意实践检验真理这个普通道理。我们共产党人，首先要尊重客观事实，要正视矛盾，要关心人民疾苦，这是最起码的要求。客观事实是什么？穷！农村还有不少农民缺吃少穿，困难得很哪！群众要求摆脱贫困，要求改变现在的面貌，我们为什么不正视它呢？扣帽子是容易的，解决农民吃饭穿衣就不是那么容易了。多年来，我们因为极"左"的政策吃的苦头还不够吗？大呼隆、大锅饭、瞎指挥、割尾巴，给农民造成的灾难还少吗？这种情况能允许继续存在下去？能抱着这一套死死不放吗？不，不行了！群众绝不会答应。

高扬认为，平原地区农村的"大锅饭"应该赶快砸烂。为此，他通过答省报记者问的形式，号召平原地区仿效山区的榜样，大规模实行生产责任制。没有人公开反对新政策，但实际工作中抵抗的大有人在。他们采取的是口头上拥护实际上对抗的方法。这些人在会议上一口一个要坚决贯彻"上面的精神"，而在私下里，却用一种嘲弄的口气讥讽所有的改革。而严重的是，这些人往往领导着一个几百万人口的地区或几十万人口的大县份。一段时间来，高扬为了改变这种局面，改换了东部平原几个地区的领导班子——这些地区的农村已经渐渐处于一种急剧变革的状态中……

但是作为一个在临近京都大省就任不久的"一把手"，他还是想亲自到山区去看一看情况。这主要是因为一段时间来，他忙于平原地区的工作，对山区的当前情况摸得并不透。除此之外，还在于省委第一书记内心深处有一腔热血在涌动；一个老革命家的心太想贴一贴那里的土地了，他也太想看一看当年那些亲切熟悉的山里人的面孔，握一握他们锉刀般的大手了……

但是，第一书记太忙了。无数个问题、无数个决定正潮水般地向他涌来。这天凌晨，秘书小李把高扬迎进办公室，抬腕看看手表："已是三点二十分啦！高书记，您老是这样没日没夜地工作……"她噘起嘴，痛心地摇摇头，准备帮助高扬脱下那两只袖口已磨出了底线的灰黑色呢大衣。

"不用啦，我自己可以脱。"高扬一面脱下大衣，往衣架上一挂，一面回头望着秘书，歉然而关切地说，"我刚接待完一位外宾，就到了现在这个时候。小李,让你久等了,你去睡吧。"

说着,高扬走到写字台前,他又开始批阅文件,还要再干一个通宵。

啊,日理万机的省委第一书记,怎么可以抽出身来,有暇专门来一趟"故地重游"呢,可他能够不去吗?——他必须成就此行。

六

这一天,他突然想到,我何不借此而成就南太行之行?冀北大地,已经烙下了他深深的足迹,而冀南大地,正等待省委第一书记的光临。

于是,刚刚过完国庆节不久,他便一头扎进了南太行的群山之中了。南太行的秋天是美丽的。天高气爽,浮云流逝。在蓝湛湛的苍穹下,四周群山显得低矮了。野河滩里一马平川,黄熟的谷子、玉米、大豆,发出阵阵诱人的香气。野河水清澈见底,绿得发蓝。省委第一书记没有忘记约上在太行和自己一起并肩战斗过的战友和下级,当年邢台县抗日政府的县长,此时正任河北省政协常委的胡震。

他们自石家庄出发,先赞皇而临城再邢台最后沙河。省委第一书记的安排如此精到,应该说这是当年那令人怀念的战斗生涯给予他独有的赐予。

满头银发、身躯高挺的省委第一书记,自青年时起经历了半个多世纪的革命斗争和政治斗争风云的磨炼和考验,他那智慧的额头极富思辨能力,言谈话语间透着政治家的老练和成熟。

黑色的新式"伏尔加"小轿车在灿烂的秋阳中穿过绿色海洋般的东部平原,由北向南,向邢台飞驰而行,车轮在积水的柏油路面溅起一溜白雾。北太行像一抹荒凉的海岸线消失在北方遥远的天边。透过车窗,从辽阔的平原上望过去,南方巍峨的太行山脉渐渐出现在视野之内。一列列钢蓝色的山峦像大海中的舰队一般威严,突兀的峰巅之上,隐约可以瞭见那苍黑的岩石。

小汽车在奔驰。绿色,还是绿色。无边的绿色中,有时会闪过一片雪白或一方金黄——那大片绿森森的田野上,金色的谷子地里,低垂着一串串黄澄澄的谷穗,在微风中轻轻地摇摆,发出沙沙的声响。早熟的玉米,像一片密密的金色的树林,一尺多长的圆壮的棒子,几乎压弯了秆棵。那在麦茬地里点种的晚玉米,也已经挂着红缨,结满了茁壮丰满的棒子。成熟的棉田，像一块块点缀着绿色花纹的洁白的地毯，铺在金黄色的大地上……丰收的秋天从中国的南方走来，开始用金色装饰北方的大地了。

绿色中飞驰的小轿车急速地绕过一个抛物线似的大弯道，把弧线内一座巨大的化工厂甩在后面，重新转入笔直的路面，在平原上继续向南飞奔。道路两旁晃过一排排青杨绿柳，那枝叶被刚刚下过的秋雨洗得油光鲜亮，成对的燕子翻飞着低掠过雾气腾腾的农田……

高扬坐在车子的前座上，有时出神地打量着田野景色，有时回头和秘书小李、省政研究室山区组徐组长讲几句话，可以看出，他的情绪是很好的。

徐组长低低问小李：

"我们先到哪里？"

"先到西边山区，高书记要看老根据地。"小李悄悄地说，"跟高书记出差要有点熬劲，要不真吃不消。别看他年纪那么大，劲头足着呢！"

"你们也不劝劝他？不能让他太累了。"

"劝？你试试看。他不剋你才怪。就拿这次来说，他要用半个多月时间，跑山区，跑平原，要跑上千里路，十多个县，还要访问、座谈、开会，你等着瞧吧！"

"那他能吃得消？"

这时，小李没有回答徐组长的问话，向高扬那边努努嘴，说："你看高书记！"

徐组长看看高扬，见他身子坐得笔直，正全神贯注地望着什么。她看不见他的眼睛，但从侧面也可以看出，他似乎被一种什么思绪困扰着，眉头几乎攒到一起，打量着车窗外闪过的零星村庄。

高扬沉默地坐在车内，对原野上的一派秋光并不特别在意。他不是诗人，也不是游客，看来无心观赏这撩拨人的飞红流绿。

实际上，在这个头发银白的人眼里，此次车窗外依次出现在的只是这个东部省的两种截然不同的地貌。北方那消失了的一抹黄色，就是荒凉的北太行。那里沟壑纵横，土地被流水切割得支离破碎。这季节那里仍然是一望无际的荒凉。

展现在眼前的这几百里绿色平原，犹如大海翻滚着起伏的绿波。当然是全省的"白菜心"了。这块肥得流油的土地。不过，对于全省来说，这块风水宝地毕竟太小了。

南边云雾缭绕的蔚蓝色山峦，是南太行。那里土壤单薄，怪石嶙峋，与北太行一样，同属半封闭状态的贫瘠山区。

中间一点"白菜心"，周围大半个是"菜帮子"，这就是本省大自然面貌的写照。目前，虽然这些地区大部分都实行了责任制，初步改变了极度贫困的生活状况，但一切都还在刚刚开始。党和国家经历了那么长时间的动乱，堆积了山一般的问题，有那么多惨痛的教训，现在当党中央号召解放思想，认真总结历史经验时，各种人物的思想观点都摆了出来，有正确的，有保守的，有走向极端的，甚至带有某种政治目的，为某种势力摇旗呐喊的，这并不奇怪。回想这一时期，该有多少争论啊，连邓小平同志重新恢复工作，都还有那么大的阻力嘛！但结果呢，三中全会召开了，全党终于有三中全会这个历史性的文件了，今年党中央又发出中央一号文件。所以说，争论本身并不是件坏事。但是，三中全会刚刚开过，中央在指导思想上，在许多重大问题上，都已有了明确的指示；在农村问题上，把以家庭联产承包为主的责任制推向全国。他想到在现实生活里、在前进的道路上的阻力，想到党内不少同志的精神状态，想到农村依然贫穷落后的现实。正因为此，他作为省委第一书记，此刻哪有心思把大自然的风光看成是一幅五彩图画呢？他深感责任重大。他心情是沉重的，特别是面对自己曾经生活战斗过的地方。是啊，十八万八千九百平方公里的土地，七千一百万人哪！

邢台太行，是他的第二故乡和"母亲山"，所以，他到邢台后，稍稍停留，便在邢台地委书记周基及其他地县领导的陪同之下，车队向西百转千回开往他向往已久的地方。

省委书记坐在车内，弯着腰，只是沉默地一支接一支抽烟。他脸色是白皙的，皮肤已经失去了光泽。颧骨和前额都很突出，整个头颅像一块粗糙的岩石。

这样的人物，面部总会有一些特点——高扬的特点主要表现在眼睛里。即使是缺乏睡眠，这两只眼睛也总是充满了活力和机警，并且像年轻人一样闪烁着锐利的光芒。当然，如果走起路来，风风火火，踩得大地"咚咚"直响，那神态就更像一个小伙子。

其实他已经六十四岁了，他原来的身体倒不像现在这样发胖——当年曾经像运动员一样健壮哩。可惜一副好身体在"文革"的牛棚和监禁中耗费了大半。这是他吗？他是高扬吗？高扬是黑帮和"三反"分子吗？这个移动困难的，即使上厕所也有人监视的衰老的身躯，就是那个形象高大、动作有力、充满自信的高书记的身躯吗？这个像疟疾病人的呻吟一样发声的喉咙，就是那个清亮的、威风凛凛的书记的发音器官吗？唉！那时间，他本以为，自己的后半生就要在"牛圈"里窝囊地结束了，而不能再出去为人民拉犁耕作。谁能想到，在他已过花甲之年，中央却把这么重大的责任交给他来担当。

　　责任的确是重大啊！他在上任前就充分估计到了这里工作面临的困难。但一进入实际环境，困难比想象到的更为严重。过去，他一直是在上层机关工作的，对下面的特别是占全国人口绝大多数的农民的生活情况，并没有什么实际感受。这次，他到这个省来，能真正接触到实际，真正感受到什么叫贫穷落后了。农民的生活状况，特别是老区人民的生活状况，使他大为震惊，他的心像爆裂似的疼痛起来了。

　　他当然知道，在二十多年的时间里，我们党在农村确实做了很多正确有益的工作。在水利建设、农业机械、教育卫生、农村改革等方面都取得了很大的进步，这些都是不能否认的。抹杀这些成绩，全盘否定我们党的工作，是不能允许的。但是，我们党本来可以做得比现在好得多，好上几倍。五十年代中期所取得的伟大成果，就是明证。后来，被一阵狂热的风吹得晕头转向，我们党的建设步子开始慢下来，而"左"的风，却越来越猛，我们党就落后了。特别是在农村，许多地方，还是那种原始落后的生活方式，人民还是那么贫困。我们是社会主义国家啊！我们是伟大的中华民族啊！我们怎能容忍这种状况长期存在下去呢？几十年革命生涯，使他早已把自己的一切和党融化在一起。他很想从一个省做起，按照党的十一届三中全会精神，认真调查研究，花大力气把经济建设问题，特别是农村贯彻落实中央一号文件的工作抓一下，摸索出一条切实可行的改革路子。但是，他没想到阻力是这么大，干部的精神状态使他吃惊，你苦口婆心，他我行我素。中央的精神，到了下面，他们也能把它慢慢"化"了，化成一种他们所需要的模式。群众要求改革的呼声，有的人充耳不闻，甚至视为异端，那种可贵的创造精神继续受到压制……这一切都使他心情异常沉重。

　　可是话说回来，如果没有困难，此地一片歌舞升平，那要他高扬来干啥？党不是叫他来吃干饭的，而是叫他来解决困难的！他意识到，这是他一生中最重大，也许是最后一次为国为民效大力的机会了。他绝不能辜负中央的希望和信任，他要殚精竭虑把全省的工作做好。他要成为一架辉煌的、巨大的机器的一部分，在这部机器的运转中，他会感受到自己的觉悟、智慧、精力、责任心，感受到自己的分量，他的生存的意义。记得离京前，中央一位老领导特意找他谈话，鼓励他放开手脚工作，以便迅速打开这个省的落后局面，他是有信心的。党的十一届三中全会，为整个国家做出了历史性的总结，同时又展示了辉煌的发展前景。他强烈地意识到，一个新的历史时期开始了，而眼下又是一个艰难的转折阶段：既要除旧，又要布新；这需要魄力，需要耐力，需要能力，需要精力，当然也需要体力——尽管这一切他高扬都感到不够，但他自信他的生命还具备最后的爆发力！

省委书记在车里一边抽烟，一边静静地望着车窗外光秃秃的山岭和稀疏的树木。他心里说："山区人主要靠山，这一点是毫无疑义的。我们共产党人的奋斗目标，就是要使全体人民过上富裕的日子。但是，如何使最穷最苦的山区人民逐步过上好日子，当年我们这样想过，但残酷的斗争没有容许我们有太多的时间去做。新中国成立之后，我们尽管经过了这样那样的努力，始终没有解决好这个问题。今天，改革开放的春风吹遍了全国。中央又把京畿重省的大任交给自己。那么我能够带领全省人民尽快摆脱各种羁绊，奔向快速发展经济的康庄大道吗？"

省委书记这样想着。第一站，他来到了位于将军墓沟的稻畦村。村里总共有三十来栋矮小石屋，屋顶上都压着大石片，以免山风将屋顶掀跑。一缕缕炊烟，在这些大石片上缭绕。村子后面的山坡上，是一片片金黄色的玉米地，粗壮的茎秆长了一房高，棵棵都结了两三个大棒子。棉花长了满腰深，桃子结得金铃吊挂，开着黄色的白色的花朵。村前的峡谷里，流着清澈的溪水，临溪有几块梯田，田水映着蓝天。

稻畦，是太行深山中的一个普普通通的小村，它距离将军墓约有十五里，坐落于西北方向的大山中，距离当年邢西县抗日政府所在地的浆水公社亦不足二十里。稻畦隶属于冀家村公社。

冀家村公社，是邢台山区和山西省的邻界公社。当年，高扬就是从山西的大山中徒步到了浆水，受命组建邢西县委、县政府，开辟了这一带山区革命根据地。

而稻畦村,是高扬同志频频出入的"堡垒村",那里,住着他终生难忘的"老房东"孟永平。

1982年10月8日,天空蓝得像匀净的大海,没有风沙,也没有雾。广袤的大山,更显得像洗了一样青翠,和蓝色的天空辉映成深浅不同的颜色。太阳光很灿烂,在远远的天际边,可以找到有几丝薄得像弹飞了的棉絮的云彩。这天上午,我们的省委第一书记,就是以按捺不住的激动心情,来看望1937年入党的孟永平一家和稻畦村的社员们。

七十六岁的孟永平,头一天晚上被告知高扬要来看他。以如此高龄仍然耳聪目明的老人,出出进进自家的小院再也坐不住了,一整夜在炕上都在念叨着高扬当年的事。老两口你一句我一件的没完没了的话题,热切地回忆着当年的斗争,回忆着和高扬一起的那些牺牲了的同志,那些依然健在的人们……

1938年10月,有一次情况十分危急,邢西县委书记高扬立即派孟永平送一包秘密文件到赞皇县去。

半夜里,高扬将孟永平刚刚送出村,就被敌人盯住了,枪子儿像冰雹一样朝他们泼过来。高扬把孟永平按在地上,两个人就往前爬。爬过两块梯田,另一股敌人也迎面扑上来了。他们又转头往北爬,北边有一个大坎子,叽里咕噜一滚,下了沟。他们顺着沟跑,见坑就跳,见水就蹚。被树枝绊着,跌着……帽子丢了,裤子撕破了,手掌流血,衣服凉冰冰地贴在身上。他们,眼睛模糊,看不清路,上气不接下气,脑门顶里猛烈地跳动着。向东,向东,背着西边天空挂的月亮向东跑。跑了一节儿,迎头又是一阵乱枪。他们又转身往山崖上爬。爬着爬着,刚刚爬上一座崖头,孟永平回头一看,呀!高扬的腿部中了一枪,血已浸透他的裤腿。孟永平抓住他。高扬急促着叫道:

"放开我!快,敌人追上啦!"

"不,高书记!活我们一起,死我们一起!我绝不撂下你!"

孟永平拼死拼活地把高扬背进一个小山洞。除了那一包文件和每人一颗手榴弹,所有的东西都丢光了,连高扬那顶洗得发白的布帽和那只最心爱的搪瓷茶缸,也都不见了。

敌人驻扎在村子里，大小山头上都安了岗，把个山谷包围得水泄不通。这个小山洞倒是很保险，不光处在地势较高的乱石丛中，还有一团野葡萄秧子从洞口上垂挂下来，正好把洞子挡住。高扬靠墙坐在小山洞下边的地上，流血和过度疲劳，使他昏迷不醒，脸煞白。

缓歇了一阵，高扬慢慢地醒来了。他觉得天也转地也动，眼发黑心发烧，七窍像是冒火生烟。一阵儿，他又感到透进骨头的湿冷，全身发抖，活像打摆子，脑子里也乱乱的。

孟永平急急忙忙把褂子全都撕了，才给高扬包住伤口，高扬昏过去醒来，醒来又昏迷过去。只有三十多岁的孟永平，还是第一次经历这种艰苦的事儿，他蹲在洞子里，看着高扬，愁得不得了。怎么办呢？连自己这个身强力壮的人都饿得够呛，受了伤的县委书记一定是很难过呀！

孟永平说："高书记，你在这儿等着我，我去找点吃的呀！"

高扬微微睁开眼，他的眼光和孟永平的眼光遇到一块了，摇着头说："不能冒险。"

孟永平着急得眼里直冒火，说："高书记，我不能让你带着伤挨饿！"

高扬打断他的话，艰难地说："你呀……同志，这里到处都是敌人，饿也得忍着。"

敌人在村子里杀猪、杀鸡，又给站岗的敌人送到山上来。山头上架起火堆，又烧又煮，顺着风，香味儿一股子接着一股子地朝这边扑过来。

孟永平饿得两眼冒金星，他看看高扬，高扬安静地躺着，不哼，也不说。

敌人一边大吃大喝，一边朝这边乱喊乱叫："嗨，八路，别藏着了，快出来一块儿吃肉吧！"

孟永平气得牙根发颤。五六分钟的时光，都不作声。他轻轻地短促地呼吸着，像是只要有一个人开口，或有人咳嗽一声，就有什么好大的东西要猛烈爆炸。他看看高扬，高扬依旧躺着，不动一下，连眼睛都不眨巴。

一阵阵大风，沉重地滚转过山头，山沟呜呜地吼叫着。风沙满天，天昏地暗。

敌人吃饱喝足，在山头上又是唱又是笑。

到了后半夜，孟永平再也忍不住了，一个年轻人不顾一切的火气烧得他跳了起来。他摸摸高扬，高扬已经睡着，便抽下手榴弹，朝洞子外边爬，还没有爬到洞口，他的腿就被高扬扯住了。

高扬说："不能出去！"

孟永平急了："我宁可到外边让枪子儿打死，也不受这份气了！"

小山洞鸦雀无声，孟永平呼哧呼哧地生气，心脏怦怦地跳动像擂鼓一样响。他两眼发黑，脑子里乱成一片，他觉得好像有谁用铁锤敲着他热腾腾的心，滚热的眼泪呼啦啦地落下来！

高扬看看孟永平，也急了，声音抖动地说："同志，你的任务是把党的文件送到，不是死！"

孟永平喊："在这儿躺着，不是一样死呀！"他用拳头猛烈地捶打自己的胸膛，像是胸膛里有什么东西要爆炸似的。

高扬抑制着自己涌动的感情，说："不，坚持就是胜利……"

饿，饿，饿，饿得要命，两个人都感觉到他们的生命，就很难再延喘下多少时间了。人消瘦憔悴成这种样子，是从来没有看见过的，而且以后永远也不希望看见。他们的容貌整个全变了形状，叫人真不能相信。高扬固然也改变得凄惨，也衰弱得连手都从胸口上拿不起来，但他依然在坚持着。他以极大的忍耐力，忍受着苦痛，一句抱怨叫苦的话也不说，而且还努力鼓励孟永平，用尽他的方法，叫孟永平打起希望来。孟永平呢，虽然刚一饿着的时候，头昏眼花，心里空得难受，但事实上竟比高扬所感到的痛苦少，四肢的消瘦也比他来得轻，而且在他只能吞吐几句含混不清的话语的时候，孟永平的神志却也还能保持到清楚得令人吃惊的程度。他们又渴又饿地躺到第二天黄昏，孟永平费了好大的劲儿才坐起来，扒开野葡萄秧朝山下一看，村庄冒起炊烟，村头有庄稼人来往，周围的山头上，再不见敌人的岗哨了。一股子生命的力量支持着他，他的眼睛放光，噌地一下子站了起来，就要往洞外跑。

高扬喊住他："别，别出去……"

孟永平说："敌人撤走了。我先给你弄点吃的来，吃饱了，我再背你下山。"

高扬说："别忙，别忙，等等再说。"

孟永平急得搓手跺脚，他心里猛烈的仇恨混合着撕心的痛苦，令他浑身颤动，嘴唇发抖。哪怕他孟永平一分钟以后就死去，但是在这一分钟以内，他也要给高扬把吃的东西找回来！

这当儿,枪声突然从四周围的山上响起,哭喊声又从村子里传来。

孟永平出了一身冷汗……

又经过难熬的一夜,敌人真的退走了。

孟永平挣扎着爬到高扬身边,说:"我能背你走。"

高扬用很大的力气说:"你,你自己走吧。"

孟永平扳着高扬的肩头,带着哭腔说:"不,就是死,我们也要死在一块儿。"他感觉到一种肢体被割裂的痛苦。滚热的眼泪呼啦啦地从脸上淌下来,淌在满是血污的手上,淌在被子弹打破的衣服上,淌在多灾多难的土地上。

高扬那张没有血色的脸上,严肃起来了,脸色光辉而刚强。那明亮的眼睛,叫人吃惊,好像他生平第一次用这样锐利的目光盯着孟永平,好像那平时被压在心底里的深厚感情,全部从眼里喷出来:"同志,你的任务是保护这包文件,不是保护我一个人。况且,我没有挂什么花。腿上擦破了点,也不碍事。同志,我们的情况还挺危险。兴许,前头还有更大的战斗。你是共产党员,要坚强地站起来,站起来吧!"

孟永平扶着石壁,站了起来。他觉得头有斗大,两条腿像是抽去了筋骨,不住地颤动,眼前旋转起一块块的黑雾。但是,他一看县委书记高扬,就感觉到一种力量在自己胸腔里跃动。

高扬依旧严肃地命令着孟永平:"卷一支烟抽,提提精神。"

孟永平顺从地掏出纸,捏出烟,可是他两手发抖,卷不上。

高扬从孟永平手里要过烟、纸,卷了一支递给孟永平,又卷了一支,叼住,让孟永平替他点着。

高扬说:"同志!……共产党员不是平常的人。中国没有他们,中国就要灭亡;劳动人民没有他们,劳动人民就永远不能翻身。他们活会活得很坚强,死会死得很英勇……因为他们知道,他们对劳动人民负着什么样的责任!"他看着孟永平的脸膛,"我们做的事儿,不是你一个人、我一个人的事儿,是几万万人的……不论大事情、小事情,都得想到几万万人……不能蛮干,要稳,要稳……"

孟永平默默地听着。

两个人,一个站着,一个躺着,抽开了。

一支烟抽完,高扬又命令孟永平:"把裤带勒勒。"

孟永平心里很奇怪，又顺从地勒了勒裤带。

高扬又说："再使劲儿勒勒。对了，你现在可以出发了。不管过村不过村，都要绕过去，不要进去找东西吃；要忍着，多饿，也要忍着，能吗？你说一句能不能办到？"

孟永平用力地点了点头："能！"

高扬那张没有血色的脸上露出一丝微笑："对了，永平同志，遇到困难，就得勒着裤带干，要永远做硬骨头。想想，我们一爬出娘肚子，饥饿、穷困，就像灵魂一样不离我们。我们没有参加革命的时候，闹不清自己活到世上到底为了什么，也不知道浑身的力量往哪里使，满肚子冤枉往哪里倒；更不知道自己受的一切痛苦是从哪里来的！可是，如今我们变成了真正有用的人。……你听懂我说的话吗？你说说。"

孟永平又用力地点了点头："懂。"

风徐徐地刮着。天空飘着一块块像是岛屿一样的黑云彩，现在从上部崩裂起来，而那些碎块便在天空飞奔着。这云彩像是无穷尽似的，风将它摊开，拉长，扩大，从那里面取出无数黯黑的帐幕，并将那些帐幕展开在本来是黄的、爽朗的，而现在变成了寒冷而且深沉的铅色天空上面。簌簌簌的树叶，一直在单调而轻微地响着。路边干枯的蓬蒿，也在无声地摇摆。村外高粱地里是一片蛙声！

于是，孟永平又使劲儿勒了勒裤带，背着文件，急匆匆地赶路了。他带着战斗的创伤，顶着乌云，披着寒风，艰难地行进，随时准备厮杀。两天两夜，他没有进村子，几番勒紧裤带，支持着他完成了任务。

回来的时候，高扬已被八路军救走了。"不论大事情小事情，都得想到几万万人。""要永远做硬骨头！"这些话，却深深地印在孟永平的心上，伴随着他走过漫长的战斗行程！

孟永平自高扬奔赴新的战场之后，就没少念叨他，后来，在新中国成立后听说他在东北当了省委书记，又当了什么部的部长，乃至中间遭冤枉受了批判，一直都在牵动着老人的心。最近才听说，老高离开京城来到石家庄，当了自己所在省份的书记。这不，正和老伴念叨着，为当年那个"干革命干得邪乎"的老高高兴得没完没了。孙子要去省城看望高扬爷爷，老人说什么也不让："那不是给你高爷爷添乱？有啥事搅和人家当着一省之长的人。不沾！"

没想到，当年的大老高，就要进村看俺老孟来了！

正在这个时候，年过半百的村支书孟长胜"噌噌"地跑来了。他老远就摇晃着胳膊喊："嗨，嗨，报告好消息，报告好消息，高书记来了，高书记来了！"

这是多么好听的声音呀！整个稻畦村的社员都欢跳起来，天地都像放了光芒。

省委第一书记果真来了。上午10点钟，高扬、胡震还有地县领导来到了孟永平干净平整的小院。小院里东边一堆柴草，西边一堆粪肥。赭红色的石头房没有变，似乎比以前矮了一些，只不过屋子是新泥抹的，窗户也是新糊的。老孟和老孟嫂子人老了却也还精神，当年的风骨仍然依稀可辨。令一下车就泪水汪汪的高扬心里有几分欣慰。

"高书记！"孟永平嘴唇一动，却没有喊出来。他想拔腿向高扬奔去，可双足却像被粘在了地上似的。

"老孟！"高扬喊了一声，大步跨过来，伸出两只大手，直奔孟永平。高扬那一双威严的浓眉下，两只炯炯有神的眼睛从一开始就深情地、关切地、慈祥地注视着孟永平，高扬那线条刚直的嘴角显得无比沉着、坚毅。

"高书记！"孟永平终于喊出声来，激动地蹒跚着迎了上来。

两人到了跟前，愣了片刻，高扬把孟永平紧紧地抱住了。

孟永平也把他抱住了。

在这种情况下，语言显得实在太无能了；什么样的词汇，能把稻畦村的这些男的、女的、老的、少的此时此地的心境描写出来呢？又有什么样的字句，能把这位上级和这位下级，这两个老战友此时此地的情感记录下来呢？

四十年了，岁月能不催人老吗？孟永平看着高扬头顶上那如雪团般的白发，他在寻找当年的那个在大山中健步如飞，使敌人闻风丧胆的大老高……

高扬想去村里走走，去看看乡亲们的日子，没留意中，小院已里三层外三层地围满了人，犹如当年一样，乡亲们又来看望自己的亲人"八路军"。

不用细看，省委第一书记也知道，改革开放才刚开始，乡亲们的日子还紧巴。在孟永平的家里，他一边吃着甜津津的大枣，一边察看了戳在厢屋地的玉米、麦子；还爱抚地搓着老人自家打下的板栗、核桃；他欣喜地看着顺小院墙头吊下的硕大的倭瓜和吊吊挂挂的山豆角，笑着问孟永平夫妇："现在农村实行'包产到户'，社员们都有啥反映？"

"过去社员懒得出工，就是出工也不肯出力。现在搞了'包产到户'，社员参加劳动的积极性大大提高了，甭说男社员，就连带孩子的妇女都下了地。社员们说，要照这样搞下去，农民再也不用为吃饭发愁了。"孟永平夫妇回答。

"农民生活好吧？"他又问。

"粮食产量提高了，生活不孬！"孟永平夫妇又回答。

"有钱没有？"他再问。

老孟嫂子眯眯地笑了，那意思像在说，怎么回答呢？半晌她说："这个，咱得慢慢来呀！"

多好的群众！他有几次对和他一块儿来的干部说："解放这么多年了，现在这里的群众温饱问题才基本解决，省委心里很不安呀！"停了会儿，他又说，"一定不要忘记革命根据地的群众，忘记了他们就是忘本啊！"

高扬于1938年任了十个月的邢西县委书记后，又在太行区一地委任地委书记(那时，对外称之为八路军办事处主任)。一地委下辖河北南部山区如临城、内丘、邢台、赞皇及山西东部山区如昔阳、和顺等十几个县委。在抗日战争的艰苦岁月里，日寇的炮火无时无刻都笼罩着太行山。巨大的火焰回旋在夜空，陪衬着冲霄红火，更显得悲烈而雄壮。黑纱似的烽烟在舞着，随风飘向古老村镇的田野，整个太行山的村庄，埋在浓烟烈火底下。这更加激起了高扬转战东西，纵横驰骋河北、山西的太行之间，领导抗日人民开展反"扫荡"、生产自救等艰苦卓绝的斗争，在极端残酷的环境中奋勇作战，和那里的人民结下了深厚的血肉之情。

"老房东"又何止孟永平一家！可孟永平又是他当年出没于太行山水间"歇脚"最多、结下友谊最深的一家。

按照安排，省委第一书记一行中午到浆水公社吃午饭。可高扬看着孟永平那依依不舍的神情，心里头也产生了一股子强烈的情感，他也舍不得迈出老人的农家小院了。

灶膛里的火，旺盛地燃烧着，毕毕剥剥地吐着火舌头，舔着灶门；火光红彤彤的，烤着老孟嫂子兴奋的面孔，也烤着老孟嫂子激动的胸膛。

转眼之间,锅里的水开了。老孟嫂子直起身,打开锅盖,在咕咕冒泡的水上吹一吹,看看里边的水多少,又盖上锅盖,在上边压了个盆子,沿着锅盖边又围了一圈儿抹布,为的是不让里边透出气来。随后,她又把铁锅刷干净了,又在灶里点着了火,又往锅里倒上油。就像变戏法儿那么快当,眨眼的工夫,就把一大碗菜炒好了。菜好了,饭也熟了,还是当年的倭瓜米粥,锅边再贴上喷香的玉米饼子,菜饭的香味儿飘散开,立刻代替了刚才的烟雾。

老孟嫂子先给高扬盛了一碗饭,又给老孟盛了一碗。这时候,她才透了口气。一面擦着脸上的汗珠,一面小心地朝高扬的脸上扫了一眼。这一眼好像是没有看清楚,又仔细地看一眼。她想在那张脸上找一点什么,可是她没有找到。那张看一眼就会让人感到亲切,就会获得力量和信心的脸上,依然是当年那样的温和,那样平静。

高扬捧着碗吃了一口,又带着几分开玩笑的口吻对老孟嫂子说:"嘿,很好吃,还是你的手艺高哇!"

小院外面的人群里,响起了"啧啧"的羡叹之声……

七

当省委第一书记坐在沿山路而行的汽车里,他轻轻摇下车窗玻璃,向路边的山上眺望,公路两边熟悉的山山峁峁都亲切地出现在视野之内,看起来已不再荒凉。沟道里和山峁上,到处都有了深深浅浅的绿色。这里不久前曾落过半锄雨,暂时还可以抵挡一下阳光烈火般的烤晒。他看见野河两岸的沟道和山头,庄稼再不像往年一大片一大片都是同一种类。现在,各种农作物一块块互相连接而又各自独成一家。每一块地都淋漓尽致地表现出了主人的个性。个把地块庄稼长得不好,你就知道它的主人肯定不是个勤快人。

村庄里,有的秋庄稼已经上了禾场。金黄的颗粒被赤膊的庄稼人一锨锨扬向蔚蓝的天空,碎雨似的五谷落下来,撒在嬉闹的孩子们的身上。山野的小路上,农妇们挑着送饭罐悠悠然然地走着。沟道里,牛、羊、驴、马,成群结队的很少,往往三三两两,被一些大孩子放牧着。各个村庄里,看来没有什么人闲待着。新的生活和劳动是平静的,对于每个家庭来说，那一天中的节奏充满了忙乱和紧张……

高扬在车里一边抽烟，一边在座位上静静地深思。他想，邢台县的大山，在整个太行绿化中是往上数的，但仍然有许多光秃秃的裸山刺人眼睛。就眼前的邢台太行而言，应该承认，社员们的日子还贫苦，他们还没有把大山的命运牢牢地攥入自己的手中。如何找到一种办法，使我们的大山丰富起来，使山里的社员日子也和丰富起来的大山一样，多一点色彩和生动？

是的，南北两个山区一直是高扬最为关心的地方。那里农村的温饱问题虽然已基本解决，但治山植树，发展农村经济仍然是他工作的重点。但最令他心焦的是，越是贫困落后的地区，那里的领导往往受"左"的思想影响越深，脑筋也更僵化。改变那里的贫困状况首先要改变那里的领导状况，这是最咬手的问题。他已经让省委主管组织工作的副书记尽快提出意见，调整和加强南北几个地区的领导班子……

高扬眼睛有些肿胀，很想在车里迷糊一阵，但就是睡不着。他不由得又联想到了那"告状"信最多的前南峪。他知道，前南峪离抗日县政府所在的浆水镇不足两里，当年抗日军政大学总校曾经建在那里。他当年也没少在那里落过脚，乡亲们有不少也熟悉。但是，那"顶着不分"的年轻支书郭成志是谁家的孩子呢？听县里人说他父亲是当年的地下交通员，那个交通员是哪一个呢？我大概应该知道吧……

高扬熄灭了烟蒂，把脸扭向了同车而行的当年大名鼎鼎的邢台抗日县长胡震。胡震听了省委书记的问话，悄悄默想了一会儿，也抱憾地摇了摇头："唉！人老喽，忘性也大了，抗战时期的地下交通员，我这个当县长的按说都应该熟……"

车窗外掠过一棵棵白杨树。天空明朗湛蓝，田里一片片硕大饱满的谷子，把秸秆压弯，向辛勤的耕耘者晃头致意。一台红色的拖拉机在远处田间的路上行驶着，好像海面上的一艘小艇，牵动着高扬的目光，最后消失在峰峰相夹的青山峪里。伏尔加在沙石路上微微颠簸着，他感到很舒坦。

省委书记又把思绪拉回到前南峪的山。他知道，前南峪村是四乡有名的穷村，那里的山也绝对是穷山恶水，山里当年有些零星的板栗树、柿子树，也不太多。据说那个叫郭成志的支书领着全村人在山上已经拼了五六年，而且靠科学技术治理得井井有条，搞成了综合效应的"经济沟"。果真那样,倒不失为山区人们致富的一条好路子。高扬停顿了一下,进而想到,我们现在管理生产有行政手段,比如下计划,下种植亩数;有经济手段,比如超产奖励啦,调整价格啦,等等;还可以有科学技术手段。像前南峪培养农业技术人员管理板栗,这叫由下而上,各方面都可以出这样的技术权威,还要自上而下加强科学技术指导。这样自下而上,自上而下,互相结合,就一定会出现各种形式、多级的科技辅导员、辅导站、辅导中心。慢慢联成片,联成网,就可以从里面产生出新的农业生产的指导体系和管理体系。

可是这个支书遇到了压力,而且是相当大的压力。近一年多来,有关郭成志的告状信不断地从前南峪涌向省城和北京。中国其他事干起来不容易,但告状却相当简便——买一张邮票就可以了。这些信件寄到中央以及省的人民来信来访办公室,更多的信直接寄给了省委正副书记。郭成志知道有人告他,他也知道地县三次派调查组到村调查,但他不知道告他告得如此猛烈。他顶着"不分"的行为,看起来似乎是"逆潮流"而动的。可是我们党一贯是倡导实事求是精神的,改革开放的本身就是实事求是。任何一种实事求是,都是顺乎潮流、顺乎民意的。也许,这个年轻支书的作为应该支持一下,是的,应该支持!

高扬于是把头尽量伸到座位的前方,眼睛闪电似的扫过去,想透过轿车的前窗看一下邢台地委书记周基的车距离有多远。他想干什么呢?也许,他是想和地委书记交流一下看法,或者是再问一问情况。终于,他感到他此时想做的并不现实,也就自嘲地笑了一下,把头重新又靠回到后椅背上。

这天,省委第一书记的到来,让郭成志惊慌和忐忑。因为这个"不分",不同于"逼"群众相信科学,这毕竟是中央文件的指示精神,全国上下都在"一窝蜂""一刀切"地贯彻执行,他甚至与前不久刚刚在这里搞过调查的中央政策研究室山区组组长李占魁一行的事联系起来。这个五十多岁的山区组长带领一帮人在这里待了四五天,把山里转了个透,只是赞许和感叹了前南峪和郭成志的治山精神,并没有对山是"分"还是"不分"的问题表态。这个中央的李组长,走时说是要去省委一下,他会不会把前南峪的事向省委书记汇报呢?此后,郭成志总是不踏实,对各级领导的意图也摸不着头脑。是啊，领导有领导的难处，全国、全地区、全县的土地都分了，唯独前南峪通过民意调查不让分，事关重大，地委、县委不敢表态和做主，就先"放"起来"冷处理"了。

话虽这么说，可是郭成志的难处又有谁能理解？又有谁来做主解决？前南峪这么重大的问题，你县委不敢表态，你地委总该表态吧？一个月不行，半年不行，一年多了行不行？外国人嘲笑中国人办事不讲效率，难道我们真的不能振作起来，惜时如金吗？再说那些带头闹事的人，又不是省油的灯。他们一次次地骚动起来。所有的人现在都把愤怒集中在党支部，要"分"的人闹得非常欢，告状信据说也是紧锣密鼓。有人还闯到家里，当面质问郭成志：

"你为什么不分山，到底是图啥哩？"

"图的是咱们村的集体富裕！"郭成志斩钉截铁地回答。

街上贴出了大字报："根除大锅饭""郭成志不分地、不分山、对抗中央""坚决把郭成志拉下马"……还有人风传县里要研究撤郭成志的村支书。

郭成志此刻正在大队部门前烦乱地来回走着，手里拿着一根纸烟，像通常那样，不点着抽，只是不时地低头闻一闻。他现在十分焦急。他知道，今天省委第一书记如果再不支持前南峪，恐怕村里那些人闹得更凶。到时候，恶性循环，再传染上其他的人，就会影响到治山植树。那时候，别村的支部书记就会在背后指着他的脑勺嘲笑他郭成志。他甚至想，莫非省委书记今天就是来判前南峪"生死"的吗？

他同时也对县委、地委领导不理解：为什么不能设身处地地为前南峪实行集体专业承包责任制着想呢？难道你们三次派调查组到村调查，还不能下结论？不是中央政策研究室山区组组长李占魁一行也称赞前南峪的工作吗？还有什么不能表态的，不就是一句话吗？……

不过，光焦急并不能解决前南峪村的现实问题。眼前最当紧的是，要争取省委第一书记支持一下工作。但是省委书记怎样才能支持前南峪的工作呢？他的工作那么忙，能不能让他亲自上山实地察看前南峪村生态经济沟建设的情况至关重要？如果省委书记真能实地考察，那他郭成志现在别说受那些闹事人的窝囊气，就是上刀山下火海也心甘情愿。

他焦急不安，他一筹莫展，他知道全村人都在等着看他怎么办，他也知道现在有人咒骂他、上告他。他现在内心并不抱怨这些骂他、告他的村民，反而意识到，不论怎样，前南峪村的人在关键时刻还指靠着他郭成志哩！为什么不骂别人，上告别人呢？大家还是把他郭成志当作一村之主嘛！

他现在先不管别人如何骂他、上告他，而是怎么争取省委第一书记亲自上山察看前南峪村的生态经济沟建设，如果这件事他再不想办法，就会直接影响前南峪村治山植树的生态经济沟建设！他想他得大干一场！

不到下午两点钟，静寂的热气在大地上蒸腾，闪着光，闲散而轻柔地晃动着，俨如在溪里游动着的鱼。在远处，那些挡住了视野的山崖不停地闪着青或白的反光，底下是一片被灼热的日光所照临的田野，玉米的花粉在田里飘浮着，像一片轻烟。

一辆崭新的伏尔加小轿车，停在前南峪大队部门前后，"省委第一书记高扬来咱村了！"的消息就像一股旋风似的刮进了前南峪村的每一户社员家。

男的、女的、老的、少的庄稼人，从前南峪一条大街，八九个小胡同的每一个石门楼、砖门楼、排子门、栅栏门走出来，奔向前南峪大队部。

不论是喜悦的，还是好奇的，每个人的心情都异常振奋，每一个人的脸上都闪着光，每个人的脚步都格外快速。

车门打开了，先后走出六个干部。几百双眼睛，一齐望着他们。很多人认识走在前边的那三个。一个是县委山区建设委员会主任郭成山，一个是县委书记白少玉，一个是地委山区建设办公室主任王世平。最后下车的那位，跟地委书记周基、河北省政协常委胡震并肩前进的那一位是谁呢？为啥让很多人能看着那么面熟，那么亲切？

站在人群中的郭成志、郭明谦、郭明耀等人，惊喜地呼喊一声："高扬书记！"快步迎了上去。

邢台抗日县县委书记高扬，又回到前南峪了！在前南峪这块肥沃而又普通的土地上，他是一个热情、辛勤的播种者，他把社会主义新农村的种子，播撒在农民的心田。

高扬热情地和郭成志他们握着手，他特别注意地打量了下郭明耀，高兴地说："啊，我们见过面，那时候你当游击队的队员。唔，是个闯将！"

受到省委书记的赞扬，郭明耀有点不好意思，他谦逊地说道："不沾，俺是个新战士哩！"

前南峪什么时候这么欢乐过？只有在那翻天覆地获得解放的时候，只有在抛弃了一家一户的私有制向集体化的时候。现在，前南峪的干部群众，又为他们在伟大的农村社会主义改革中，用自力更生的双手，建起了新农村，迎来了省委第一书记高扬，而纵情欢乐起来了。

高扬看到会场上这一片欢腾的景象，兴奋地说："哈，你们今天真热闹呀！"

郭成志和郭明耀说："是呀，群众的兴头可高了，这是前南峪一件大事呀！"

郭明谦说："可不，这是我们前南峪大喜的日子呀！"

高扬也爽朗地笑着说："我今天就是特地赶来向你们学的！"

"高书记，俺们欢迎你！"人群中有人喊起来。

"高书记，欢迎你！"大伙喊着，簇拥高扬，连同省、地、县的几位领导迈上了高台阶。

省委书记高扬，看上去不过六十岁上下，身材高大，穿着一身深蓝色的中山服。他不住地点头和人群里相识的社员打着招呼，那白皙的脸上挂着兴奋的笑容，微微的热汗，在阳光下闪着金光。那双明亮的眼睛亲切地扫视着每一个人。他那火热的革命热情，淳朴的气质，认真负责的精神，平易近人的作风，是前南峪村每个干部群众都非常熟悉的。

周基，满面红光地站在高台阶上，热情洋溢地向人们，介绍他们的老县委书记、时任的省委第一书记高扬同志："省委第一书记高扬同志来看望大家，来跟我们一块儿贯彻党中央和省委的指示，来跟我们一块儿搞深化农村改革的工作。他认为我们地区的深化农村改革的工作，基本上是健康的！"

高台阶上下，响起热烈掌声。

周基接着说："他认为，浆水公社，特别是前南峪，深化农村改革搞得最出色！"

又是一阵掌声。

周基说："你们搞的深化农村改革，是符合发展生产力的要求和规律的。从这个行动中，使他，还有我们，看到了广大农民的社会主义积极性越来越高。看到我们基层干部搞社会主义的才干越来越增强，看到了我们深化农村改革的趋势！现在，请他讲几句话吧。"

更加热烈的掌声欢迎他，欢迎这个播种者来验收农村改革的巨大成果。

高扬走到台正中，怀着激动万分的心情，举手向全场的干部群众敬了礼，便开始讲话了。他那白皙的长方形的脸，由于激动而涨红了。他眼里跳跃着充满革命激情的火花，他那洪亮的声音强烈地激动着人们的心。

"乡亲们！你们多年来艰苦奋斗地治山植树，你们日夜盼望的新农村建成了！这是农村社会主义改革的重大成果！……"

群众又鼓起掌来，并且此起彼伏地喊起了口号。

"我来向你们学习。我已经从老周那里，间接地学到不少你们创造的宝贵的东西！"

又响起一阵经久不息的掌声。

高扬越说越兴奋，越说越激动："……但是，这仅仅是成功的开始，只是万里长征走完了第一步。以后的路程更长，工作更伟大更艰苦！"

最后高扬以高昂的声音，结束了他的讲话。

"同志们！因为我受到你们的教育和启发，所以走出大机关，亲自听听、看看，最后打算实事求是总结我们的经验教训、制定我们的政策。前南峪前进了，你们应当不停步、不松劲地前进，你们一定能够飞快地前进！"

狂欢的呼喊和掌声，震撼着前南峪的天空，震撼着辽阔的太行山，传到四面八方的村庄，也传到太行群峰中的每一个角落，尤其永远地响在每一个渴望在改革开放大道上走下去的那些人的心里。

在人们的热烈欢呼声渐渐平息之后，邢台县委书记白少玉拉起郭成志，奔到省委第一书记高扬的跟前，将郭成志向省委书记高扬介绍之后，高大魁梧、满头银发的高扬此时早已笑容满面，喜形于色了。他笑呵呵地看到被山野的风吹得黑黝黝瘦削的年轻支书，站在自己的面前有些手足无措，赶忙以老人的慈爱握住郭成志那只握锄杆、搬石头的手，说了句："哈哈，你的名字我早听说了，原来是个很精明的小伙子啊！"郭成志的心激动得"怦怦"狂跳，他不敢想象省委第一书记亲自来到前南峪。当他明白这一掌温暖、这一脸微笑就是高扬时，心底那一只惊慌的兔子竟然倏忽不见了，他猛地感到面前这位慈善的老者极像自己已故的父亲。

"看把你热的，年轻人，别紧张，擦擦汗。"高扬这样爽爽朗朗地说着，用手拍拍郭成志的肩膀，"我就是来村里随便看看，没耽误你的事吧？"

"没有，没有……"郭成志面红耳赤地嗫嚅道，"村里办公条件差，看……看……连个正经坐的地方……"

"那就不坐了，走，年轻人，你领着我们去山上看看。"省委书记高扬边说着，边拉着郭成志的胳膊，朝自己的轿车跟前走，"你坐我的车，这样咱俩说话方便。"

郭成志坐在轿车的前座上，心情彻底放松下来。

省委书记高扬望着车窗外，树木、山峦、田野，秋意已浓，金子般的黄，玛瑙般的红，翡翠般的绿，宛如版画家精心绘制的色块，感慨地说："前南峪我来过，变化不小啊，大不一样了。"

"高书记，听说您在将军墓的稻畦村打过游击，后来还当过邢台地委书记。"郭成志有点惊讶地问，"可没听说您来过前南峪啊，高书记，您是哪一年……"

谈到这里，高扬已陷入沉思之中，那是1938年的春天，向太行山区大举进攻的日本侵略者，已经占领了邢台。冀南平原沦为敌后，疯狂的日寇到处烧杀抢掠。我们的区、县机关，都改编成武工队的形式，大家拿起枪来，就地坚持斗争。那时候，高扬在山西太行分区工作。有一天晚上，大概是十点多钟吧，政治处李主任派人来叫高扬，到了他的屋里，空旷旷的。房间让成年累月的炊烟，熏得乌黑。墙上挂满作战地图。靠窗子跟前，放着张破旧的桌子，桌子上堆着一沓沓的文件材料。

这里多宁静啊，连针掉到地上都能听到！

高扬看见李主任站在黑洞洞的窗下，望着阴沉沉的天空出神。昏暗的灯光，照见了他的军帽下边的几丝白发，脸色显得异常阴沉。高扬心里一动：大概是出了什么事吧？李主任看了看高扬，默默地点了点头说："邢台的情况你听说了没有？"

"没有。"高扬说，"什么情况？"

"第一武工队垮啦！"他的声音非常低沉，"刘修海和张积申都牺牲了！"

啊！这简直是一个晴天霹雳，高扬呆呆地站在那里，惊得半天都说不出话来。第一武工队是八路军很有名的一支武工队，刘修海和张积申也是高扬多年的老战友。高扬熟悉他们那各种各样悲惨的经历，熟悉每一个人的脾性，也熟悉他们当中哪一个人枪法好、哪一个人是拼刺刀的能手，哪一个人能独身冲入敌人群中而毫无惧色。在往日那猛烈而残酷的战斗里，曾有多少次，高扬的血和这两个战友的血流在一起啊！到邢台来，他们两人就一直坚持在邢台的南部，邢台的特务一提起刘修海和他的武工队，都吓得直伸舌头。这次侵犯太行以东的日寇进入邢台后，邢台就变成了敌人的据点和运输线。因此，组织上就把他们俩和第一武工队调到了这个重要而艰苦的地区。他们坚持在邢西公路两侧，打汽车，割电线，袭击日寇，严重地威胁着敌人的运输线。可是，想不到他们竟然遭受了这么重大的损失，而且是这样的突然。

他俩都在努力，不使眼光相遇，很长时间没人说话。沉重的空气在他们四周流动，蚕豆大的灯焰，晃悠晃悠地闪着。

高扬眼睛盯着李主任的炕沿。啊，这不是刘修海、张积申吗？他们负伤了，躺在门板上，满身是混合着沙土的血浆，昏迷不醒……突然，眼前的景象全消失了。高扬心头涌起毛辣火热的悲痛："他们到底是怎么牺牲的？"

"叛徒，"李主任愤愤地说，"队伍不纯，出了叛徒。教训！血的教训！我们以往从组织上没有干净彻底地清除叛徒，遗给了今天这样大的祸害，这责任我们是不能推卸的，再加上我们最近的麻痹松懈，以至于宿营地被敌人包围了，打了整整的一天……队伍垮了……"李主任的话突然停住了，大口地抽起烟来。他抽了一支又抽一支，一直沉默地抽了很久，望着窗外。天地间是黑漆漆的一片，河两岸是黑乎乎的大山。远处，闷声闷气的爆炸声滚过天空，空气中还有硝烟味。沉默的邢台城，像在思索着马上要到来的灾难。最后，他突然转回身来，提高了声音说："老高，组织上决定派你到邢台去，接替老刘，担任第一武工队队长，李都同志给你当助手，连夜出发，赶快去把队伍整顿起来，继续坚持斗争。你有什么意见？"说罢，一双深沉的眼睛，就紧紧地盯着高扬，显出了无限信任和希望的神情。

高扬能有什么意见呢？当前的情况异常清楚地摆在面前：邢台地区一定要坚持，第一武工队一定要整顿恢复，斗争一定要继续。党在这种极其困难的时候，把这样一个艰巨而又光荣的重担放在他的身上，是表示了多么大的信任啊！高扬早已站起来了。年轻的清瘦的脸上，英俊的黑眉毛耸高了。他是那样的严肃，用燃烧的眼光看着李主任。为了报答党的信任，为了给老战友报仇，为了拯救邢台地区正在遭受着敌人蹂躏的老百姓，前面就是刀山，是火海，他也决不退缩！

李主任很信任这个勇猛无畏的年轻人，但还是仔细地讲了关于斗争形势的残酷性和敌后武工队的组织……并严肃地强调："武工队的任务是配合山里抗日根据地的军事斗争，掌握与破坏敌人交通，从内部打击敌人。配合山里粉碎敌人的经济封锁，夺取敌人的物资，援助主力部队。展开政治攻势，瓦解敌伪，搜集敌人内部及交通线上的军事和政治情报。高扬同志，你和李都同志到达后，迅速加强政治组织整顿，清除叛徒，马上展开武装斗争。"

和李主任紧紧地握过手之后，高扬出来找着了李都，立刻就从山西出发，翻山越岭来到邢台，清除叛徒，整顿队伍，组织邢台的抗日县委和县政府，前赴后继，浴血奋战，狠狠打击了日寇的嚣张气焰。随着革命斗争形势的发展，1939年高扬担任八路军办事处主任。

高扬眼眶湿润了，不无感慨地说："是啊，为了抗日有多少将士为国捐躯，才有了今天，太行山是无数革命先烈的鲜血染红的地方。"停顿了一下，他抬起头来，看着郭成志，"不是邢台地委书记，那时候叫太行地区，对外称八路军办事处。我任主任，所以后来人们说我是邢台地委书记，其实这不准确。"

"噢，是这样啊！"

高扬发自肺腑地说："这一晃都四十多年了啊，我1938年从山西徒步翻山越岭来到邢台，受命组织邢台的抗日县委和县政府，就住在离你们这儿不远的稻畦村一个叫孟永平的'堡垒户'家里，今天上午，我还特意去看了看他。当时，你们村也有地下交通员，所以我来过，负责联系他。"

郭成志兴奋地说："我父亲就是那个时候的交通员。"

"噢！"高扬挑挑眉头问，"你父亲叫什么？"

"郭俊富。"

"郭俊富？"高扬眯着双眼，重复着这个名字，似乎在记忆中搜索着那些烽火岁月里的往事和人物。哦，记起来了，是有一个叫郭什么的地下交通员是前南峪的。有一次，县委派他到浆水村的一个同志那里去联系工作，半道上被敌人的便衣捉住了，被打得头破血流，可他什么也不说。

第二天，天刚微亮，便衣队便从四面八方，用马鞭、棍棒、枪托子驱打着前南峪村的男女老少，赶到村头破庙里的广场上，叫他们看——对郭同志剖腹挖心。

村长的老婆，抱着个吃奶的孩子，哭成个泪人，披头散发，被驱赶着来了。身后面跟着她一对双生的小姑娘，没穿裤子，露着两条干干的小腿，"妈呀！妈呀！"哭着拉着妈妈的衣襟。

农会主席的七十多岁的老妈妈，白发苍苍，抱着她那两年前死了亲娘的小孙子，被敌人一甩一个跟头，跪着，爬着，一跌一撞地被赶来。

这天天冷得出奇，吐口唾沫立刻成冰。便衣头子赵汉光不愿叫郭同志快死去，先扒去郭同志的棉袄棉裤，浑身上下扒得只剩下薄衫短裤衩，然后把郭同志悬在广场上的一棵老板栗树上，用皮鞭蘸着凉水进行拷打。赵汉光心黑手狠，先用鞭子抽打郭同志的头部，鞭子落处，血顺着嘴角、鼻孔、脸颊倒流下来，惨不忍睹。被圈在破庙里的群众，有的捂起了眼睛，有的低垂下眼睑。郭同志刚开始还骂着，后来昏过去了。

敌人用香火的烟把他熏醒过来。

"怎么样，你还硬吗？"赵汉光冷笑着。

郭同志垂着头，鼻子、口里淌着血水，身上千奇百怪地痛，像谁用刀子一片一片剐他。过了一会儿，他抬起头，说：

"我说……"

"早说早没事了。放下来……"

"我说，我说你们这些狗强盗的末日快到啦！你们鬼子爹快完蛋啦！你们这些杀人精，我有一口气也饶不了你们……"

"他妈的！你的死期到了。"

赵汉光手中的皮鞭上下飞舞，不到一袋烟的光景，郭同志的脸上、背上血肉模糊，他又昏了过去……

赵汉光用一桶冷水，劈头向郭同志浇来，开始准备匕首，对郭同志剖腹。正在这时，外边传来一片震耳欲聋的喊杀声。一个便衣跑进破庙来报告："八路军一支部队进村了。"赵汉光从怀里拔出手枪，想在撤离时了结郭同志性命，贫雇农蜂拥而上，和便衣队展开夺枪的肉搏，赵汉光开枪时手腕挨了老贫农一枪托，子弹带着尖厉的呼啸射了出去，没打中郭同志要害，打穿了郭同志的左腿腕。赵汉光仗着年轻力壮，翻出后墙仓皇而逃……

高扬眼里闪着泪花说："具体名字记不清了。那时候的太行地区，包括临城、内丘、赞皇、山西东部的地下交通员，我都联系过，太多了，几十年了，名字记不得了。如果见了，估计我能认识。"

郭成志黯然道："可惜他1961年就去世了，我当时才十七岁。"

"你父亲去世时多大？"

"才四十七岁。"

"唉，英年早逝啊！"省委书记高扬叹口气道，"我知道你们这一带很穷，典型的穷山恶水啊，过去老百姓都吃柿子盖。"

"现在好了，群众不但有粮吃，有钱花，村集体也壮大了，公共积累连年递增。这些年，村里做山的文章，我计划再有几年，把十条大沟四十六条支沟都综合治理出来。"

秋日的山岗，五彩缤纷，红艳艳的苹果树，黄灿灿的板栗树，红通通的柿子树，紫红色的山楂树，像漫天披挂下来的彩云，又像是镶满了宝石的金丝绒，闪闪灼灼，奇光异彩。顺着两旁的山崖走势，层层叠叠地延伸到天空的极目之处。人仿佛置身在巨幅的画廊里徜徉……

省委书记高扬在邢台地区三级领导的陪同下，目不暇接的一路赞叹着；这里地势起起伏伏，道路弯弯曲曲，高处是成排成行的板栗树林，低处是长方不等的谷子地和玉米田。这里不像大甸子那样一望无际，也不像平坦的土地都是一种颜色，要绿都绿，要黄都黄，到了大涝天又是一片水汪汪。这里是丰富多彩、五颜六色的，你把眼光落在哪儿，都找不到形状相同、色调一样的地方，一会儿穿沟，一会儿爬坎，一会儿钻进不透光线的密密树林，一会儿阳光耀眼，不仅格外空旷，又能高瞻远望。各种少见的果树，稀罕的鸟雀，层层的石堰，都给这儿增加了奇异的调子。如果有谁是从大平原长大的，光是这里的美妙景物，就足以使他赏心悦目，情绪焕然一新。

他们穿过一道干涸的砂石河，爬上一面坡，来到早在1978年就被河北省科委命名的太行山区改造示范点，后来又正式命名为河北省科委前南峪生态经济沟示范区的治理改造过的山上。

省委第一书记一到山上，眼睛就被满沟满坡整齐排列的绿油油的小树吸引了。一棵树一个绿的波浪，层层叠叠卷上去，像一个立体的湖泊。天放晴的时候，湖泊纹丝不动，绿得隐隐透蓝；逢着刮风下雨了，满山就温柔地拂动，绿深起来，碧碧的，青青的，末了，似乎欲晶莹了，在这黄褐褐的世界里，像一颗颗偌大的绿宝石，灿灿地映照出一切。看得出，这位对大山有着极深厚的感情，经历了几十年斗争风雨的老革命家心潮难以平静了。前南峪，曾经是穷山恶水，为什么发生这么巨大的变化？除了他们因地制宜实行集体专业承包责任制，探索出一条生态经济沟发展之路，最主要的是，他们有一个坚强的党支部和一个好的党支部书记。目前，河北广大的山区虽然基本解决了温饱问题，但仍然不富裕，要真正实现脱贫致富，就要像前南峪那样！高扬停下来，眯着眼睛远眺葱郁的群山，说："如果整个太行山都像前南峪这种干法，那就不能叫太行山了，得叫花果山了啊！"

他转过头问郭成志："像这样治理的大沟，还有几条没整完啊？"

郭成志说："已经治理了五条，还有五条。"

高扬问："什么时候能改造完，需要几年？"

郭成志说："五年。"

高扬又问："你有什么困难，需要怎样的支持？"

支持？这些年前南峪在最困难的时候，还没有向上级伸手，更别说现在经济发展了。前南峪人深知国家还很贫穷，应该把更多的物力支持给更加贫困的地区。但前南峪也有前南峪无力回天的难处，且是火烧眉毛，十万火急——前南峪因地制宜实行集体专业承包责任制，本是发展农村经济的一条很好的经验，并且探索出一条生态经济沟发展之路，可是却招之一些闹"分山"人的上告，其风波之大，时间之久，影响之坏，而且地、县领导迟迟不敢表态，因此太需要省委第一书记说话了。想到这里，郭成志毅然向高扬表态："没有，目前以前南峪的物力、人力和治山经验，我们完全有能力克服一切困难，只是……"说到这里，郭成志看看其他的地、县、乡等各级领导，突然欲言又止。

"有话你尽管说。"高扬看看郭成志，"什么话都可以说。"

郭成志出口长气，把心一横，脸一红，小声嘀咕道："高书记，如果把山分了，这大山的综合治理，就落空了。可不分吧，村里有人……"

高扬摆摆手，斩钉截铁地说："这个事，不用说了，我都知道。因地制宜，实行集体专业承包责任制，符合中央一号文件精神，没有什么可担心的。要抓住农村改革的机会，加快山区建设，现在就是好机会，我就担心丧失机会。发展才是硬道理。如果分析不当，造成误解，就会变得谨小

原河北省委书记、邢台县委第一任书记高扬视察生态经济沟建设

慎微，不敢解放思想，不敢放开手脚，结果是丧失时机，犹如逆水行舟，不进则退。"

党始终同人民想在一起、干在一起，改革就有了战无不胜的力量，就能不断从胜利走向新的胜利。

高扬顿了一下，又说："年轻人，我看你干得不错，不要怕！一个人躺在炕上睡觉，还会蹦出一两个跳蚤咬人呢，何况这么大一个村啊，不稀罕，你也别害怕！"

这一刻，刚强的郭成志激动得落泪了。他有千千万万的肺腑之言要向敬爱的高书记尽情倾诉，但一时却找不到适当的语言，一切都梗塞在喉头，回旋在心底。他目不转睛地望着高扬那两只明亮的大眼睛，那双眼睛像明镜般亮莹莹，闪烁着异彩。他仿佛从这明镜中又看到了前南峪集体发展的壮丽远景……

郭成志为这份理解而感动，省委书记的劝慰，让他强烈地预感到，前南峪的山和地，也许可以"不分"了，有省委书记这个坚强的后盾，就可以继续在前南峪实现自己上任伊始规划的宏伟蓝图了。

他的眼泪是为什么流的？斗争经验丰富的省委第一书记第一眼就读懂了。

本来，高扬还想在村里找几个人聊聊的，也想看看老人们，找一找有没有他所熟悉的人。结果，在山上占去了他过多的时间，下山的时候，已经是夕阳西下，太阳把它那金色的光网抛撒在谷地的底部，被浓绿的板栗树林覆盖着的远山、玉米田、碧波粼粼的河水，统统都罩在了晚霞织成的金色罗网之中。晚风徐徐吹动，好像它那轻缓甜蜜的呼吸也被罩在网下，连省委第一书记的脸上也感到那彩色网线的轻软柔和，好像这金色的光网正从他的脸上向西滑落。太阳像网住一片斑斓的鱼群一样，把整个河谷的一片金光和美景尽收网中，现在它正把这一切向西拖去。光网从山峰上向下收缩，从密林的上端向铺缀在秀丽河谷上的玉米田移动，光网后面是不断扩大的沉沉暮色。

省委第一书记在下山的路上，庄重地对邢台地委书记周基说：

"我看，像前南峪这样的村，地可以不分。保留一两个试试看嘛，这也不违背中央精神啊！"

老革命家的话，说得极其谨慎，又包含着不容违逆的气度。

八

不久，邢台县委再次派工作组前往前南峪村召开群众大会。

这天，吃过早饭，人们就开始向大会会场赶来。

天气非常晴朗，带着五谷飘香的秋风，缓缓吹来，显得比前几天更加令人神爽了。人们三个一帮，两个一伙，踏着街道上枝干交错的树影儿，缕缕行行地一路说笑着走过去。清晨潮湿而润凉，风顺着小河沟的树趟子流动，悄悄地吹拂着生长在河岸边上细柳的柔韧枝条，也悄悄吹拂着人们的脸颊。村大队部的院子里，比往常都显得热闹，人们从四面八方向这里拥来。有的想来听听县长的讲话，有的带着好奇心理想看看县委来了几位啥样的领导干部。会场的周围竖满了一杆一杆迎风飘摆的红旗，墙上贴满了标语。人们三五成堆地在一起抽着烟，唠着嗑。姑娘媳妇在一起叽叽呱呱地说笑；小孩子们高兴得像家雀似的，叽叽喳喳，在院子里追逐，围着大人们的身旁不停地转来转去捉迷藏。……

郭明谦站在凳子上高声喊道："社员们，往院子里边集中集中，准备开会啦！"

高台阶的大槐树下边，男的、女的、老的、少的，一群一群的人们，互相招呼着，说笑着，是一片喜气洋洋的面孔，是一股欢欢乐乐的声浪，往主席台前边移动。随后，他们又搬砖块，找木头，准备坐下来。

郭明谦见参加会的人都进来了，就亮开洪亮的嗓门，大声宣布："请大家安静一下，听我宣布大会注意事项！"

郭明耀、郭玉先、郭素平三个人各站在会场的一角，帮助他维持会场秩序，好不容易才使喧哗的声音安静下来。

郭明谦解开了蓝布褂子上的布扣子，先用双眼扫了一下开会的人们，然后打开他的小本子，捧在手上，刚要念注意事项，会场的外圈又发起一阵骚动，你挤我，我挤你，吵吵嚷嚷，闹得他无法讲下去，只好停住，问郭素平："喂，素平，后边干什么哪？你说说他们，别嚷嚷，别乱动，就要开会了！"

外圈的骚动，节节深入，骚动面积越来越大，会场上所有朝前坐着、立着的人都转过头去，朝中间挤过来的一个人观看、议论，有的还指指点点。

孩子们和那些妇女们早忍不住哧哧地发笑,现在竟然放声哈哈大笑起来。

那些青年和壮年们也都互相对看着,哈哈地笑了起来。

从外边愣冲地挤进来的这个人,又矮又胖,粗壮结实,带着一股子憨劲。他满脸通红,脑门上挂着汗珠子;一只胳膊上搭着一件单衣,一只手扯着一根新线绳的缰绳,缰绳的另一端,拴着一头金色的小黄牛。这牛活蹦乱跳,扬着尾巴踢着腿,迫不及待地往前冲,好像浑身有使不完的劲儿,真叫精神,真让人喜欢!

郭明谦本来挺生气,一见这黄牛,也不噘嘴瞪眼了,一个劲儿打量马少东,好像问:"这是怎么回事儿?这是哪儿来的牛呀?"

马少东牵着牲口,时前时后地跟着小黄牛行走。有时,他把身子紧贴在小黄牛的前胁上,和它并排走。有时,他把一只胳膊搭在小黄牛的项背上,用手掌抚摸着牛颈间像锦缎子一样亮光光的皮毛。牛用皮肤和血管轻微的颤动,回答主人的爱抚。马少东一边傍着小黄牛身子走,一边低声地叨咕着说:

"我的心爱的伙伴,你要走了!你再不是孤零零的一个,对那独槽饲养的日子了。你呀,你要长大好好地干活,为大伙多出力,要干得出色才行啊!……你也许还留恋住了自家的院子,和那属于你的小小的圈棚。可这又有啥留恋头呢?多孤单的日子啊!大伙在一起会热闹多了……"

马少东牵着牛,不管不顾地在人群里挤,一直来到主席台前。两只眼睛紧紧地盯着郭成志,大口地喘着粗气,着急地问:"喂,喂,成志兄弟,我没落在外边吧?"

在场的人都被他这股子愣劲逗得又是笑又是说的,闹得会场"嗡嗡"地响成一片。

马少东不管这一切,仍旧冲着郭成志,很庄严地说:"我起五更上浆水赶集去了,买来这头小黄牛。"

郭成志心里一动,好像明白了马少东的举动,用手势制止大家的喧哗。郭成志原来不晓得马少东牵着牲口要干些什么,听到他讲了这些,心里不由得暗暗高兴。原来马少东脑壳里也不全是落后观念。他对马少东当初啃麻峪沟得到的印象,一下子变了。他接着想:"马少东能这么想,也真不容易啊！过去只是为了个人，现在，却把希望寄托给社会主义新农村了。这个变化该有多大呀！"他还待想下去时，马少东咽口唾沫，润润喉咙，继续说："我活这么大，一年到头不是愁吃，就是愁烧，没有过一天囤有余粮、兜有钱的日子。自从村里实行集体专业承包责任制，我才算看清了，我看明白了党和政府领导咱们走共同富裕的道，我就什么都豁出来了。我就决心把自己的一切交给共产党，交给国家了。第一年一家人闹个肚子圆，不高不低正平衡；后来这几年，我跟你嫂子一算计，除了吃用，还有富余。你嫂子说，这富余是村集体给的。我说，对，咱们不能忘了成志的帮助教育，应当贡献给村集体。"他说着，略微停了一停，笑嘻嘻地用手抹了抹胡子，然后才又回手拍了拍小黄牛，"这不，我用余钱买下这头小黄牛。"他又朝旁边一伸手，拉过他那个二儿子小花牛，"还有我的小儿子。这是两头小牛，全交给咱们的生产队，让他们一块儿给村里建设效力吧！哈，哈，哈……"他的快活的笑声，立刻传染了听众，会场上的人也跟着他"轰"的一声爆起大笑。

郭成志高举起两只大手，带头给马少东鼓掌。他见人们亲热地围上了马少东，围上了马少东的儿子小花牛和他买来的小黄牛，跳跃着，欢笑着，心里边激动极了。

这当儿，从大街上传来一阵"滴滴"的响声，又使得人群骚动起来。

小振荣高兴得一蹦老高，一边朝里跑，一边拢着嘴巴向会场上喊："嗨，小汽车！小汽车！"

郭明谦赶紧往外挤。他发现一辆墨绿色的吉普车停在大门口，在车掀起的尘烟里，"呼啦、呼啦"，从车上跳下好几个县里的干部。郭明谦立刻认出第一个、第二个跳下来的人，喜出望外地喊一声，"董县长！郭主任！"

听说县长来了，会场上的人们都拥到院门口来了。大家分成两行，夹道排开来，热烈鼓起掌。郭成志、郭明耀、郭玉先和郭素平等人都高兴地迎到了院门口。只见董县长、郭主任老远和郭明谦亲切地谈着走了过来。

"董县长、郭主任！"郭成志、郭明耀、郭玉先、郭素平等人热情地打着招呼，快步迎上去，紧紧地握住董县长、郭主任伸过来的大手，激动地说，"来得真好，我们从心里盼你们来呀！"

董县长走进会场，从那向他投过来的亲切的目光，认出来一张一张熟悉的脸孔。他一边从让开的一条通向主席台去的窄道走过，一边不停地向老年人问候,和年轻人握手,向站在远处望着他的人点头打招呼。一种说不出来的亲切之感从他的心里涌上来:"这就是我时刻惦记着的山乡父老兄弟呀!"

大家用热烈的掌声,欢迎县委副书记、县长董梦芝讲话。董梦芝走上主席台,来到长桌中间的麦克风前。

掌声潮水般退下去,会场安静下来。

他沉静地把一个小笔记本在主席台上摊开摆好,压上钢笔,然后面向会场,露出一丝亲切的微笑。县长董梦芝一反以往在重大事情面前不直接表态的做法,干干脆脆地讲了三条硬邦邦的意见:

"社员们,关于前南峪的责任制问题,经过研究,我讲几条意见。第一,中共中央一号文件里讲得很明确,在我国农村目前实行多种形式的生产责任制,其中包括你们现在实行的集体专业承包责任制,所以,前南峪的生产责任制形式是符合中央文件精神的。第二,经过县委几次派工作组进行的民意测验表明,绝大多数社员同意实行目前的集体专业承包责任制。县委、县政府认为,多数人支持的责任制形式,可以在村里试行。第三,县委、县政府同意并且支持前南峪目前实行的集体专业承包责任制,并且认为是有利于发展前南峪村的生产力,特别是有利于前南峪村对于荒山的改造和治理!"

全场不约而同地起立,又一次爆发出雷鸣般的经久不息的掌声。

郭成山在此之前,作为一个县的山建主任,时常来到正在治山中的前南峪,应该说是极为正常的事。但他个人来,绝口不提责任制的事,只讲治山。此次,郭成山在群众大会上,被人们推到主席台前。他看着一张张兴奋异常的面孔,看着一双双闪着光芒的眼睛,看着男女老少庄稼人都浑身是劲、信心百倍的神态。记忆里的许多面孔和往事,在他心头翻江滚浪般地涌现出来。他也发表了一番极动感情的讲话。他说:"我作为半个前南峪人(他的家乡尽管离前南峪五十多里远,但巧合了前南峪村多数的姓氏,还巧合了前南峪的排辈方式),也想把许多天憋在心里头的话对社员们讲一讲。社员们都知道,我郭成山1969年到1973年当过你们的公社书记,后来当山建主任往你们这里的大山里跑的趟数也不少。成志支书是我在浆水中学的小我一届的同学,我们之间的接触比较多,也相互了解。但对前南峪的社员,哪一家我郭成山可以说都不陌生。当年前南峪村不到三百户的时候，我算了算吃了二百八十七户的派饭，只有六户我没吃过。前南峪当年穷到什么程度我能不了解吗？今天，跟社员们说句心里话，可能当年派饭时还是为我这个公社书记做得比较好的饭。我哪一顿吃完心里都不好受，有时候还躲出去偷偷地抹两下眼泪。为什么？不是嫌社员们的饭赖，慢待了我，我是山里的苦孩子出身，还在乎饭的好赖吗？是责怪我这个公社书记的工作没做好，让社员们受苦了。社员们可以回忆一下，我为啥一次一次地组织社员们的垫地大会战，就是为了让社员们能吃饱了，吃上正经八百的粮食，甭再野菜橡面地胡乱掺和着吃。可是，我走以前没能解决这个问题，说起来遗憾哪，可成志支书领着你们把这个问题解决了。不单解决了吃饭，还要解决花钱，过上富裕日子。这才又领着大伙治了山，在山上拼死拼活干。可巧，我郭成山又是当了县里治山的头，又跟成志支书心碰在了一起，我们俩为啥那么近，为啥比亲兄弟还亲，为啥我坚决支持成志，就是为了你们那个山！"

郭成山的一席话，把人们的心说疼了。会场下面一片唏嘘声。

"现时，"郭成山接着往下讲，会场随着他的声音很快平静了下来，"你们的山有了眉目，说一句不客气的话，我郭成山也投了心血，我和社员们是一样的高兴啊！可我今天要告诉那些坚持分山的人一句话，也许我这话对他们说得迟了一步，但我还要说，那山，不能分！"

人们呼喊起来：

"没问题，至死不会变心啦！"

"只有一条幸福道儿，我们看准啦！"

紧接着，大家用热烈的掌声，欢迎郭成志讲几句话。郭成志走到主席台前，挺起结实的胸膛，举起粗壮的胳膊，呼喊道："社员们，董县长、郭主任把我要说的话说了，大家把我要表的决心表了，前南峪庄稼人的新生活就从我们身上开始了！往后，我们在生态经济沟治理上，困难还少不了，这没有什么可怕的！我们有各级党委的领导，我们有团结一心的干部群众和共同富裕的道路，我们一定能成功！咱们要趁热打铁，马不停蹄，大干吧！"

郭明谦加了一句："咱们还要把火烧旺点，快马加鞭哪！"

很快，在举国上下几乎是轰轰烈烈"一盘棋"，认真贯彻执行"家庭联产承包责任制"的时候，前南峪因地制宜不仅没有分地，反而更加坚定地走社会主义集体经济的康庄大道,加快了大干快上生态经济沟建设。

九

辽阔的太行山区在凛冽的寒风中进入了1983年。

地还是那些地,人也还是那些人,就是把农业经营体制改变了,实行了家庭承包等多种经营之后,极大地调动了亿万农民的生产积极性,极大地解放了农村的生产力。

家庭联产承包等多种责任制的实行,必然冲击到在"大跃进"运动中兴起的人民公社体制。

1980年6月18日,四川省广汉县(今广汉市)"向阳人民公社管理委员会"的牌子被悄然摘下,换上了"向阳乡人民政府"的牌子。

1983年1月1日,中央颁发的农村工作一号文件,要求对实行二十多年的人民公社体制进行改革,实行政社分开,撤社建乡。人民公社逐渐退出了历史舞台。

元月,这是一年中最寒冷的月份,气温通常都在零下五摄氏度左右。据记载,本地当月最低气温可达零下十摄氏度到零下十一摄氏度。

小寒前后,西伯利亚的寒流就不时通过北方缓坦的草原和沙漠,向中国的北方漫过来。太行山区千山万岭已经光秃秃地看不见任何一点绿颜色了。一座座山峁像些赤身裸体的巨人,任凭严厉的风鞭抽打自己黄铜似的躯体。大小河流,顿失滔滔,全部被坚冰封盖。河两岸的悬崖上,垂挂着巨大的冰帘;晶莹、空明、清丽……那细细的冰牙,倒挂的冰凌,壁立的冰墙,幽深的冰窟,鬼斧神工,是一个冰雕玉琢的世界。那是西王母苍苍白发凝结的冰封?是伏羲的白髯飘逸而凝固的冰川?千丝万缕的寒光和太阳金线交织成灵光弥漫的冰川。在城市和村落的上空,袅袅地飘荡着黑色的炭烟和白色的柴烟。人们都穿起了臃肿的棉衣棉裤,披上了老羊皮袄;路上的行人笼着手,嘴里喷着白雾,胡子上、眉毛上都结成了冰花……

可是,在这样严寒的日子里,前南峪村的男女劳动者谁也没想待在自己的热炕头上。建设高标准生态经济沟的战斗在这时候正进入高潮。到处都摆开了农田基建的战场。只要有生产队的地方,就有红旗;只要有红旗的地方,就有劳动的人群。虽然寒风扑面,但人们的身上和头上都冒着热气。到处都在打坝，修水平沟，垫河滩……

村民们攒足了劲一镐刨下去，在冰封的土地上只出现一道白印印。打过十几镐之后，有的震裂了虎口，鲜血染红了镐把。好容易刨开冻土层，下面却是红胶泥里掺营草，一镐只能刨掉拳头大的一块黏土。

任务艰巨，民兵们也开上去了。

赵宪文人小力微，抡了一阵大镐就吃不住劲了，手上磨出了两个血泡，血泡又被挤破了，粘上了沙粒，疼得钻心。他嘴里不停地嚷嚷着："这哪是黏土，分明是钢筋水泥呀！"

郭俊刚瞪了他一眼："加油！钢筋水泥怕啥？别说手里还拿着铁镐，就是用牙啃也得把它啃下来！"

赵宪文猛劲刨着，嘴里还是叨叨咕咕："谁说怕来？你这个人！你能用牙啃下来，我就敢吃下去！"

这一边，女队的劲头更足。郭素平罩着件红花格的棉坎肩，领着姑娘们一马当先干在前面，在冰封的工地上显得格外的鲜明，像一团燃烧的火焰，又像一面引路的红旗。人人不说不笑，镐头底下见高低，暗暗地和男队竞赛。不大会儿，个个都出了一身汗，头发上挂了雪白的霜花。

风越刮越猛，但劳动并没有停下，没有一个人袖起手站在一边。人们的干劲儿十足，透着一股子蓬蓬勃勃的气势。他们抡圆了铁镐，他们飞舞着铁锨，他们用双手搬着冰凉的冻土块和大石头，寒风在身边直劲儿地呼叫。

赵宪文累了，刨一镐长叹一声："唉——当年社员们治山的威风哪里去了！"

郭俊刚火急火燎地喊："快快快！干干干！工地就是战场，面对着顽固的敌人，哪来的那份闲心？"

霎时间，谁也不吭声了。男民兵们抡起大镐拼命向前，女民兵们挑起荆筐往来如飞。多刨一镐，多挑一筐就多一份胜利。工地上挥汗如雨，社会主义劳动的烈火把凛冽的朔风变成了温煦的春信，把千年冰雪化为潺潺溪流。

我们姑且不谈论这些行为的实际价值，或者是否通过这种手段就可以改变中国农村一穷二白的面貌。仅就这种倒山改河的气势，你也不能不为中国劳动人民的伟大劳动精神而赞叹。当你看见他们像蚂蚁啃骨头似的，把一座座大山啃掉；或者像做花卷馍一样把水平沟围山转从山脚一直盘到山顶的时候；当你看见他们把一道道河流整个地改变方向，如同把一条条巨龙从几千年几万年甚至亘古未变的老地方牵到另一个地方的时候，你怎能不为这千千万万的"愚公"而深受感动呢？怎能不从他们的声音笑貌里受到感染，怎能不为他们选择的新道路而欢呼，而欣喜若狂呢？而且应当知道，他们是在什么样的条件下完成这样的壮举啊！人们也许会回想起那轰轰烈烈的土改的日子吧！那时候，农民分得了土地，把牲口拉回家里。那可是前所未有、翻天覆地的大事啊！从那以后，大家就过起小门小户的日子，虽然组织了互助组，但生活却仍像跋涉在沙滩一样，步履艰难。他们有时一个人一天吃不到一斤粮食，更不要说肉了；拿着和古代老祖先们差不多的原始工具，单衣薄裳，靠自己的体温和汗水来抵御寒冷……他们想，既然大伙能团结在一起打倒几千年的封建地主，为什么不能在一块奔向那摆脱贫困的富裕大道呢？他们从心里怀恋那种叱咤风云的日子。他们该多么渴望那种大伙同心协力、气壮山河的劲头再来呀！现在，牲口又拉到一起了，那种热火朝天、生气蓬勃的日子回来了。就这样，他们又经过人民公社，如今在农村社会主义改革中，一锹锹一镢镢地倒腾着山河！这就是我们中国的劳动人民！他们曾经修建起雄伟的万里长城，凿通横贯南北的大运河……今天，他们又气势如虹地宣称，他们要把"地球戳个大窟窿"……

　　在支书郭成志的带领下，全村干部群众人人挥起古铜色的臂膀，舞起锹镐……经过多年的艰苦奋斗，全村十条大沟全部治理，累计投工200多万个，动土石1700多万立方米，筑护地护村大坝17公里，新修水旱地446亩，修林果梯田1480亩，围山转3620亩，打谷坊坝784道，完成水利配套工程35项，建起了一个以板栗为主、干鲜果树达23840棵的果品基地，使8300亩荒山形成了"用材林戴帽、干鲜果缠腰、小梯田抱山脚"的立体开发格局。昔日的不毛之地变成了林茂粮丰花果飘香的花果山，植被覆盖率达94.6%，林木覆盖率达90.7%，荣获联合国环境保护"全球五百佳"提名奖，被国家林业局专家誉为"太行山最绿的地方"。

　　时间进入到1996年8月，河北省南部，受西伸的太平洋副热带高压影响，地面则受南方沿海各省热低压影响，冷暖空气相遇而暴雨濒临。

　　几日前，长江上游的县份已出现50毫米的降水量；紧接着，长江中游另一地区雨量达到了日降85毫米。

同日下午，冷锋劲旅经过太行山区最南部上空。暴雨倾盆而泻，并以迅猛之势潜入该地区中南部；范围之大，足数百公里。最大日降雨量的县份，已高达一百四十毫米。

第二天中午，副冷锋之旅掠过邢台地区上空。大雨如注似倾，袭击了整个邢台山区。

哗啦啦的大雨越下越大，似银河倾泻，沧海倾盆。

到了第八天，干旱无奈的静静的大山终于被激怒了，像台风在海洋上掀起狂涛巨浪一般，特大山洪的来势是惊心动魄的。人们最先只能听到它可怕的喘息，从太行山黑暗的遥远处传来。那不是吼声，是尖厉的呼啸，类似疯女人发出的嘶喊。在惨淡的月光下，雪头般的洪峰的高墙，从太行山上疾速地推移过来，碾压过来，以排山倒海之势呼啸着、咆哮着，向着邢台县西部山区四条山川滚动过来，激起一个个雪白的浪花，发出一阵阵雷鸣般的巨响，山体滑坡了，果树冲走了，成千上万亩庄稼压成一片荒沙……

六百万邢台人民被突如其来的特大山洪震慑住了。整个邢台山区百分之六十的耕地被洗劫一空，百分之九十的水利设施惨遭破坏。仅邢台县西部山区就被冲走果树三百万株，出现滑坡、泥石流三百五十处。而前南峪用三十年筑起的绿色工程，却成功地抵御了这场特大洪水灾害。满山遍野的果树比平时更加葱茏，快熟了的山楂，亮光光红嫣嫣地显得非常可爱。板栗树长得十分茂盛，刚熟的栗蓬一串一串地下垂着，那水中的倒影漂亮极了，就像有千万颗金黄的宝石浸在水里的一样。还有苹果，那压弯枝头的红富士苹果，那么鲜红透亮，那么光彩照人；大金帅苹果则亮似黄金，呈现出一片黄灿灿的颜色。带着雨水珠的树叶，在清晨的微风中，一阵摇晃，水珠就像一阵骤雨似的落在松软的沙土上，好一个欣欣向荣的生态经济沟画景。

这是人间的春风，这是富裕的源泉。郭成志和前南峪人为传统的中国农村带来了科技，带来了财富，带来了活力，也带来了方向……

一时间，中央电视台、《人民日报》、《光明日报》、《农民日报》等数十家新闻媒体竞相报道了前南峪村生态经济沟建设的成功经验。《河北日报》在头版头条赫然推出了《任凭暴雨施淫威，太行明珠更璀璨》，生动地报道了邢台县前南峪村生态经济沟建设的成功经验和启示：

1996年8月3日,天气骤然巨变,一场凶猛的山洪暴发,邢台县西部山区四条山川满目疮痍,山场一片狼藉,农田基本设施毁于一旦……而前南峪用几十年筑起的防护工程在自然灾害到来的时候,起到了决定性保护作用。天意怜幽草,辛劳有回报。暴雨过后,山上绿树葱茏,山下沟谷清水潺潺,千万棵枝头果实丰硕。实践再次证明,前南峪的生态建设绿化工程经过特大暴雨考验是非常成功的。对此,河北省副省长陈立友批示道:"邢台县前南峪村生态经济沟建设的巨大经济和社会效益在这次特大暴雨袭击时再次充分显示出来,它从一个侧面告诫我们,生态建设不仅是发展经济的需要,也是减灾防灾的有力措施。希望大家痛定思痛,进一步加强和加快生态环境建设,为减轻自然灾害进行顽强的斗争。"

相继,两鬓斑白的国务委员宋健满怀激情地读完了前南峪生态经济沟建设的经验材料,浮想联翩,夜不能寐。第二天正值邢台人民抗洪救灾三十三周年纪念日,霞光透过玻璃窗,在宽大且简朴的办公桌上渲染了一层热红。宋健身披银灰色中山服,迎着灿烂的晨曦,挥笔做出了重要批示:"大自然是公道的,总对掌握规律的人们以厚报。邢台县前南峪今年的遭遇和1963年相比形成鲜明对照。请向前南峪的同志们转达我们的祝贺和欣慰。植树造林能保持水土、抵御灾害,这是颠扑不破的科学真理。"

英勇的前南峪人,高举艰苦奋斗的抗大旗帜,战天斗地,发奋图强,终于使一个贫穷落后的小山村发生了巨大变化。山不再是昔日那座山,梁也不再是昔日那道梁,它披上了绿色的盛装。太行山笑了,太行山人民笑了,党和政府也露出了欣慰的笑容。

第七章　二次创业

一

自从人类成为我们居住的这个星球上的主宰以来，由狩猎采集到驯养农耕，由蒸汽机工业革命到今天的光电信息时代，人类对这个星球上资源的掠夺日甚一日。无论是昔日金戈铁马的残酷杀戮，还是今天西装革履的唇枪舌剑，其背后无时无刻不在闪现着不同利益集团对这个星球乃至星球外空资源的占有和支配权争夺的刀光剑影。

伴随着人类文明的发展，大量垃圾、废水、废气的无节制排放，使得茫茫宇宙中这个蓝色的星球已不堪重负。那滚滚的漫天黄沙，那一条条干涸的河流，那一片片鱼尽虾绝的湖泊，那赤潮频发的海洋，是大自然向人类发出的无声抗议和红色警报——人类开始遭受到大自然的惩罚，无奈地吞食着自酿的苦酒。

人与自然是生命共同体，人类必须尊重自然、顺应自然、保护自然。人类只有遵循自然规律才能有效防止在开发利用上走弯路，人类对大自然的伤害最终会伤及人类自身，这是无法抗拒的规律。付出了惨痛代价的人们方才大梦初醒，开始了遵循自然规律、建设和谐社会的深刻思索和可贵的实践。

身处太行深山的前南峪人并没被耸立的大山遮住眼，也没被眼前的蝇头微利诱昏头。不谋全局者，不足谋一域。当东部沿海发达地区和大城市的"三高"（高污染、高耗水、高耗能）企业纷纷向内地和农村转移的时候，他们却痛下决心相继关闭了历尽千辛万苦在20世纪80年代办起的两座生产工业硅、金属镁的冶炼厂和一座生产硫化碱和硫酸钡的化工厂。保护蓝天碧水。三个厂的关闭，顿时使这个人口仅一千三百四十人的村纯收入损失四百四十万元。

他们心痛不已，但他们又别无选择：山里人不仅想到了自己的子孙后代，他们更清醒地意识到，山是风之路，山是水之源。前南峪在邢台市百里之西的上风头，又是重要的水源地。为了让太行山吹出的风清，为了让前南峪流出的水甜，憨厚善良的山里人甘愿做出无悔的牺牲。

谈起关闭高耗能和高污染的这三个村办厂，站在我面前的郭成志的话语似乎并不轻松。他的心头一下子掀起巨澜！甜酸苦辣咸，什么味道都来了。固然，这三个村办厂不仅为村民增加收入立了功，更为绿化大山提供资金出过力。不过，更令他难割难舍的情缘是，当年为了办起这几个厂子，他几乎耗尽了全部心血。

20世纪80年代初，刚刚跨越温饱线的前南峪人，田改了，水兴了，山治了，社员们的日子一天比一天好起来了。经历过几十个春种秋收的庄稼人，都异口同声地称赞：今年的果树是最好的，景色是最美的。

最美的秋景是劳动者创造的，果树枝头上的累累硕果都是他们心血的结晶。

东沟的红富士苹果长得特别好，一个个红艳艳的大苹果散发着阵阵诱人的香气，它们就像挤在一起的胖娃娃，扒开绿叶笑眯眯地往外瞧。社员们钻进这红色的果林里，"咔吧""咔吧"地给生产队摘苹果。

火红的太阳升高了。金色的阳光洒满田间，把社员们照得通红。人们爬上了高腿木凳，苹果落在粗大的手掌中，落在箢篮子里，一种新鲜的香味，便在那些透明的光中流荡。马少东在东沟果林里下苹果，已经二十几年了，他总是不爱说话，沉默地，像无动于衷似的不断工作，像不知道苹果是又香又甜似的，像拿着的是土块、是石头那么一点也没有喜悦的感觉。可是今天呢，前南峪村实行集体专业承包责任制，果林还是那些果林，社员也还是那些社员，就是把这个农业经营体制改变了，他的嗅觉像和大地一同苏醒了过来，像第一次才发现这葱郁的、茂盛的、富饶的环境，连红富士苹果都发亮了，都在对他眨着眼呢！

年年听这样的声音，只有这一次爽心悦耳。

马少东乐呵呵地喊叫儿子："花牛过来，我跟你说……"

花牛也跟大人摘苹果，听到喊声，就钻来钻去；先从那茂密的苹果树枝空隙里看到两条大腿，钻过去一看，是郭天刚。

郭天刚伸出手指头在花牛的脑门儿上弹了一下说："傻小子，你爸爸叫你哪，往我这儿跑啥？"

花牛咧嘴一乐，又接着钻。他听到另一行果树里有"唰唰"和"咔吧"的响声，钻过去一看是郭玉金和马秋英。她们从这个枝上换到那个枝上，苹果逐渐稀少了，叶子显得更多了。马秋英抑制不住自己的欢乐，把摘下的大红苹果，扔给在邻树上摘苹果的张玉珍，苹果被接住了，大家就大笑起来，苹果落在地上了，树下的人便争着去拾，有的人拾到了就往口里塞，旁边的人必然大喊道："你犯了规定啊，说不准吃的呀！"

"哈，摔烂了还不能吃吗，吃咱专业承包队的一个不要紧。"

也有人同郭更仁开玩笑说："更仁叔，把东沟的果林给了集体专业承包队，就打破了你看苹果园这碗饭，你还高兴？"

"看苹果园这差事可好呢，又安静，又不晒，一个人成天坐在这里抽烟，口渴了，一伸手，爱吃啥，就吃啥，更仁叔——你享不到这福了！哈……"

一阵哄笑，又接着一阵哄笑。这边笑过了，那边又传来一阵笑，人们都变成好性子的人了。

苹果一篮一篮地堆成了小山，太阳照在树顶上，果林里透不进一点风。有些人便脱了小褂，光着臂膀，跑来跑去，用毛巾擦脸上的汗，却并没有人说热。

郭玉金从果树上下来，拍拍花牛的头，笑着说："这孩子，好像跟你爸捉迷藏哪！你爸爸在左边那行果树里呢！"

花牛又钻，因为听到骂声，才顺声音找到他的爸爸。

马少东又骂儿子两声，"呼呼"两口气，替儿子吹掉头顶上的蜘蛛网，说："你别摘了，回村，叫你成志叔开着拖拉机，往场上拉苹果吧。"

花牛答应一声就要跑。那密密的果树枝儿，被他撞得摇摇晃晃"哗哗"响。

郭天刚又朝地头上喊："花牛，别空着手走，拿笆篓背回一点去。"

花牛还没来得及回话，赵志杰提着满满两篾篮子苹果走过来，遇见了郭天刚，带着喜悦的心情说：

"啧啧，今年这苹果真少见！"

"唔！真稀罕人哩！"

"照俺看，一亩地得摘这个数！"赵志杰一边往苹果堆上倒苹果，一边伸出了一只巴掌说。

"看你说的！那几年，张红岐那个队就靠近这个数，今年呀，少说得这个数！"郭天刚一扭脸，伸出大拇指和食指举到赵志杰的面前说。

"八千！能吗？这是苹果呀！"赵志杰惊得睁大了眼睛问。

"嗨！浇了五遍，又上了圈肥，又追了化肥，它吃饱了，喝足了，能不结果？"郭天刚笑着说。

"唔，是哩，是哩！"赵志杰喜滋滋地点着头，他信服了。

郭天刚由于自己估产得到了赞同，变得更加高兴起来："嗨，过去做梦也不敢想哩！"

"那时候是计划经济，哪能比得上集体专业承包责任制？"赵志杰豪迈地说，"再说，这回农村改革搞得好，全村都走上了富裕的道路，大力建设高标准的生态经济沟，才夺取了今年的丰收哩！老弟，来得不容易呀！"

花牛乐呵呵地拿过笆篓，装了多半下大苹果，停住手，故意逗马少东："爸爸，人家让背咱们家去吗？"

马少东转过身，站在儿子的跟前，把胸脯一挺回答说："这苹果是咱们的，谁敢不让背呀！"

杨红玉也探过身来说："花牛，你忘了农村改革啦？这山是咱们的了。咱们的山，咱们种的果树，如今长熟了，就归咱们自己采摘，收了苹果咱们自己吃。"

花牛嘿嘿地乐了，摇晃着脑袋说："知道，知道，我早就知道啦！夜里我做了个梦，梦见爸爸摘苹果。啊！多么可爱迷人的苹果树啊！像一把撑开的大伞。在那又大又绿的树叶下，挂着一个个成熟的大苹果，金黄、火红，像一颗颗亮闪闪的星星，扒开树叶，俏皮地偷偷向人们笑。……"他一边说，一边笑，从地上的苹果堆里抱一抱苹果装进小笆篓里；小笆篓满了，他轻轻摇摇，又抱一抱往里装，笆篓上边都冒了尖儿。

杨红玉说："行了，多了背不动。"

花牛说："背得动。"

杨红玉怕把孩子压坏，硬拦住了花牛；等花牛坐在地下，背靠笆篓，把一只小胳膊伸进笆篓里的时候,就抓着筐沿,用力一提,帮花牛站立起来。

花牛移动着两只小腿往前走,沉重的筐子在他背上"吱吱"响。

马少东不放心地朝他喊:"能背动吗?"

花牛头也不回,说声"行"!

在一旁的张翠平,背着苹果紧走几步,赶上花牛说:"咱们一块走吧。"

"嗯。"

张翠平一边走,一边问花牛:"你上几年级啦?"

"上完一年级,现在上二年级了。"花牛咧开小嘴,似笑非笑地望着她回答。

"什么时候开学呢?"

"快啦,今儿个不算,还有五天。"

"你们班有几个老师?"

"三个,两个男老师,一个女老师。"

"你喜欢哪一个呢?"

"我吗?"花牛侧过脸来,用明亮的大眼睛望着张翠平,然后接着说,"我喜欢女老师,女老师是我们班主任。"

孩子的心是淳朴的,他不停地告诉她学校里一些有意思和有趣的事,说到热闹的地方,他几乎就想扭起来,跳起来了。

杨红玉忍不住地扒着沉甸甸的果树枝子,看看远去的儿子。儿子背负着他们的梦想,也背负着他们的心血、希望和骄傲。她看到儿子的脚步越走越快,这一次,她才实实在在地把农村改革的伟大意义和集体专业承包责任制的丰硕成果在心里边联结在一起了,越想越高兴!

马少东忍不住地感慨,说:"这日子越过越觉着变化大呀,真是做梦也没有想到有今天哪!"

……

今年秋天,这丰饶的山野,充满了欢乐。人多,车辆多,各种声音也特别多。一阵说笑声追着一阵歌唱,立刻又掺进车轮"轧轧"的响声里。庄稼人感到时间过得特别快。

生活渐渐好起来了,这仅仅是第一步。郭成志和村干部们,为了早日摆脱世代囊空如洗的困境,他们勒紧腰带,又开始了新的追求。

1984年早春,社会大变革的浪潮异常迅猛地向深度和广度发展。以深圳经济特区为标志,中国条件优越的沿海地区的改革,已为全世界所瞩目。

落后的西部山区,就像过去参观大寨那样,由各级领导带领,纷纷组团结队,到温暖的南方去取经。

过去没啥名气的深圳成了中国瞩目的地方。灯火辉煌的摩天大楼和千姿百态的各种建筑争妍比美,奇形怪状、色彩缤纷的小汽车如潮涌街头,花花绿绿的商业招牌和大幅霓虹灯广告交相辉映,琳琅满目的超级市场和供人翩翩起舞的夜总会熙熙攘攘……

现代化生活的一切,一下子展览到人们面前。宾馆客房里,三间卧室、三台彩色电视机,至于会客间、餐室、浴室、电冰箱、空调设备,应有尽有。房间里铺满着图案华美的羊毛地毯。

穿臃肿老式棉衣的西部山里人,参观浏览一圈回来以后,有的羡慕惊讶那里的开放与发达;有的则摇头叹息,大发"国将不国"的哀叹,说沿海地区完全成了"西方世界"……

不管怎样,去那里转了一圈的西部山区各级领导,都受到了巨大的冲击。有些干部率先改革了自己的服装,穿起做工粗糙的西服,戴起鸭舌帽、变色镜,披上了米黄色风衣。当然,他们各自也或多或少取回了一些"经"。他们最为震惊的是,江苏省昆山县乡镇企业的经济产值竟然超过北方某些地区的产值。昆山之路就是强县之路。要强县,就必须把经济搞上去。而发展经济只能靠自力更生。这是一个没有权威没有上帝的时代。从来就没有什么救世主,也不靠神仙皇帝。上帝就是我们自己,权威就是我们自己。哪一个"主义",哪一个国家,哪一个地区,归根结底总是要靠自己。自力更生才能自强自胜。昆山之路之所以可贵,就在于不是你要我发展经济搞开发区,而是我自己要改革开放要搞开发区,所以才不是眼睛向上伸手要钱而是眼睛向下动手苦干。不在编、不"正名"、不给政策也干,只要对国家有利、对人民有益、符合改革开放的大势就坚决干。缺人才缺资金缺技术就"横向"联合,把"东西南北"风都借得来。没有条件自己创造条件,创造出一个实实在在生气勃勃的开发区。看来,仅仅在农业经济上做文章显然远远不够了,必须大力发展乡镇企业。沿海地区的口号成为新的经典在西部山区传播开来:无农不稳,无工不富,无商不活!

1984年初夏以后,不管条件是否成熟,各地的乡镇企业星罗棋布般发展起来。改革开放搅动了五千年凝固的群山,蕴藏在山里人血液里的一切善与恶,一切积极性和消极性都释放出来了。山地热火朝天,山人眼花缭乱,山区日新月异。各种确有才能的人和一些冒险家纷纷申办起各种工厂和公司。挂着"总经理""董事长"等等头衔的名片满天飞。其中有些单位的全部人马就是"总经理"自己一个人——他们的"公司"就在腋下的皮包里装着。

从总体而言,沉睡的西部山区打了一个哈欠,伸了一个懒腰,开始苏醒过来,似乎准备动一番干戈了。发展经济的热情急骤地高涨起来。

这天,太阳虽然已经离开了中天,微微有点偏西,但并没有失去它的威力和强光。只不过这种威力和强光,在这个时刻,像一个血气方刚的人开始进入中年一样,隐隐地含蓄着一种温柔。大地在它的照耀下也显得温暖和安适。郭成志拿着一块重晶石,兴致勃勃地来到他的母校浆水中学。在这里上初中时,他非常崇拜化学教师赵泽昌,那些关于重晶石的化学试验真是神奇得很。他当时觉得,赵泽昌太有本事了,没有他干不成的事。今天,郭成志就是来找他讨教的。

见了赵泽昌,郭成志开门见山地问:"我们村有很多重晶石,你看能干什么用,有没有价值啊?"

赵泽昌说:"当然有价值了,从重晶石里能提炼出硫酸钡。"

郭成志有些兴奋了,脸颊上荡漾着一种梦样的光辉,问:"能不能办个工厂?"

"能啊,咋不能?"

"赵老师,技术上没问题吧,你能帮帮我吗?"

赵泽昌说:"技术上没啥,从咱学校教研室里随便拉个老师都能干。"

郭成志心花怒放:"那你帮我干吧!"

"没那么简单啊!"赵泽昌叹口气,心情沉闷得就像梅雨天气一样,看看郭成志说,"现在是商品社会,凡事都得用钱,学校抽人帮你,你得给学校出钱,或者有好处才行啊!"

"噢,"郭成志惊讶得像头顶炸了个响雷,沉吟片刻道,"这样啊,我可没想到这个。我今天只是来向你请教,班子里还没有商量呢。"

赵泽昌揶揄地笑笑说:"你这大支书,现在出了名,这点主还做不了啊?"

"不是。"郭成志也苦涩地笑笑道,"我见别的村子把重晶石都卖到外面了,我们村的山上也有不少这玩意儿,就琢磨看能不能干点啥,比如办个厂子什么的。别的事还没多想呢,我回去开会商量一下吧。"

辞别了赵泽昌,天色已近傍晚,太阳在板栗树那边下去。斜的光线射在树间,叶丛都成为古铜色,树下一抹一抹的阳光,像金色的台布一样摊在那里。远处黄绿色的山野,渐渐地淹没在一种模糊的寂寞中。郭成志又在学校悄悄找到几个化学教师帮他参谋。

教师们跟他嘀嘀咕咕算了一笔账:一吨重晶石,卖给矿管所是十五元,可加工成硫酸钡,一吨却至少价值五百元,扣除水、电、煤、人工、开采、运输等生产成本,纯利润最少三百元。就是说,重晶石经过加工,比单纯卖重晶石原料,利润高出二十倍!

这个二十倍,使郭成志不由得心里倒吸了一口凉气!也使他那单纯"摸情况"的心里,来了一次质的飞跃,坚定了他那本来就有的办厂决心,毋宁说,是加快了他实现这个决心的速度。

初秋的深夜,月亮落下去不久,晴朗的天空是灰、黄和蓝色的混合。芦苇的空隙,露出条条缕缕的清水,反映着星斗的微光。各种小虫子在草棵里不停地鸣叫,鸟儿在树丛中偶尔啼唤几声。青蛙被人们的脚步惊动,"扑通""扑通"地跳进水里。一只小动物钻进菜地里,碰得叶子"唰唰"响。追逐手电光的蚊虫,常常撞到人们的脸上。

郭成志回到村里,夜已经很深了。他顾不上吃饭,立即召开党支部班子会。郭成志激情澎湃地讲了前南峪大山上蕴藏着极其丰富的重晶石,而重晶石可以提炼出化工原料硫酸钡,并且重晶石经过加工,比当地单纯卖重晶石原料利润高出二十倍,以及前南峪要真正实现脱贫致富,就要大力发展乡镇企业。

讲到这里,郭成志眉开眼笑,脸色特别红亮。这不是风吹雨打的,也不是那炎炎烈日烤的,而是心里发热,又有些发急。他说:"同志们,我这样想,国家眼下没有力量投资,咱们能不能发动群众搞呢?先从全村林业积累中拿出仅有的四十万元,创办一所化工厂呀!这是个初步的打算,是用改革精神,发展乡镇企业的蓝图,请大家敞开思想,充分发表意见。"

"我来开头一炮!"

在一旁的郭俊刚,听到这儿先动了心,等不及地说:"噢,支书,闹了半天,你是打着大算盘,给群众找脱贫致富的生产门路哇?学深圳,搞化工厂建设,就是要敢想敢做,说干就干。现在重晶石能提炼出化工原料,大家劲头很大,都盼着早日动手哩!嘿,你怎么不早说呢。"

郭成志看他一眼:"早说?刚有个影子,还没经过党支部讨论决定,我让你大惊小怪地到处给我广播去呀!"

郭双群在郭俊刚的后背上捶了一拳头,两个年轻人都乐了。

郭明谦成了积极的响应者。在他的身体里沸腾着一股充沛的、生气勃勃的精力,这股精力在他的全身,在他的每一条血管里汹涌澎湃,就像浆水河激越奔腾的流水。郭明谦的理想,就是要用双手来重新安排家乡的山河,把自己的整个身心都投入到这种改天换地的事业中来!他说:"成志,你想得真正是既全面又深远,既大胆又实际。唤醒前南峪的山山水水,打开了自然界的无穷宝藏,让它们造福于人民群众,为建设新农村服务,这是无数革命先烈的美好愿望,今天,终于要在我们手里实现了。"

郭玉先接着说:"村民们说得好:要想变,就得干,大干大变,小干小变,不干不变!我们就是要学习深圳人彻底改革的精神,画出一张前南峪的新图!"

"我们前南峪吃亏就吃在没有乡镇企业上。无农不稳,无工不富。我们就是要抓住这条命脉,先一着是把化工厂建起来。"支委郭明山说。

……

在大家热烈讨论时,郭明耀却一声不吭,一手托着腮,一手捏着旱烟管,吱吱地抽着闷烟,一股股浓浓的烟柱从他鼻孔里喷出来,成团的烟雾,遮掩住了他的眼睛和脸面。他沉思一会儿,拍着郭成志的手腕子说:"成志,你这个想法的确不错,很有价值,很使人受启发。只是,咱们这些扛锄头的人,要搞化工厂,恐怕只能是个美妙的理想吧?"

郭成志说:"我们不会的东西可以学嘛。几年前,我们拿着铁镐刨石头,会修剪果树吗?会搞水平沟围山转吗?都是工作需要,逼上梁山的,都是一边干一边学习的呀!"

郭明耀说:"在工作实践中学习,这是我们成功的宝贵经验。但是,这要有一个过程,不可能一拿就会,一举就成吧。况且咱马上创办化工厂，能做到吗？当然喽，大家这种敢想敢说的精神，雷厉风行学深圳的作风，都很好。唔，不过根据前南峪现有的条件，搞这样庞大的化工厂，唔，是不是切合实际？会不会挫伤群众的积极性？值得好好研究研究。"郭明耀说到这里，停了停，扫了大家一眼，吸了两口烟，想观察一下大家对他这番话的反应。

会场上鸦雀无声。

郭俊刚越听越觉得不是味道，他觉得郭明耀这番话是怕风怕水，忍不住开口了："样样怕难，什么事情也不用办了。有困难就有克服困难的办法，现在要改革开放，从某种意义上来说，就是要跳出前南峪的小圈子、小天地，不跳出这个小圈子、小天地，就永远是小生产小经济小家子气，也永远不可能把前南峪建设好。"

郭成志说："俊刚说得对，我们要大胆解放思想。现在搞化工厂，我认为能做到。技术上有浆水中学教师赵泽昌负责。开发矿山，发动群众开采，它投资少，见效快；咱村的群众，世世代代跟石头打交道，开采重晶石是他们的拿手好戏，所以，成功的把握也大。"

随着郭成志的讲话，会场上的每个人的情绪、表情都渐渐地起了变化，听到最后，会场的气氛完全焕然一新。

大家拍手叫好。

人们一边听着郭成志的讲解，一边跟自己平时的一些零星的知识和实践生活中的感受串联、挂钩，使他们认识到，担任党的支部成员，不是简单的职务问题，而是一副光荣而又艰巨的重担子。

……

会场的气氛越来越热烈，最后，全体一致同意并通过了开办硫酸钡化工厂的决定。

接着郭成志便频繁奔波于前南峪和母校中学之间，很快达成了一项办厂协议。条件自然是优惠于曾经给了郭成志知识和道德理想启蒙的恩师们。协议规定：前南峪拨给浆水中学三亩滩地，以解决全校员工吃菜问题；厂子办成后浆水中学教职员的家属子女可安排到厂上班。浆水中学化学教师台中杰邀到厂内为全权技术指导。

赵泽昌作为前南峪委托的筹建总代理，马不停蹄开始了建厂的若干动作。工地上，夜班的工人披着深秋的寒露，正紧张施工。明亮的电灯，汇成道道长廊,连起天上的繁星。那忽闪忽闪的电焊弧光,把千山万岭涂得通明透亮。车辆人群,变成了一串串活动的剪影,在呼喊,在奔忙。前南峪人则是适时地将四十六万元建厂资金划拨过来。不久,便在靠近浆水川的崖边不足百米的地方,崛起了一座山里人从没见到过的小化工厂。

一进入厂区,真应上那句话了:繁忙喧闹,热烈欢腾!只见各种色彩的烟雾,蒙在烟囱、车间和厂房的上空,满载矿石、煤炭的拖拉机"突突突"地开进来,满载硫酸钡的拖拉机又"突突突"地开出去。拖拉机、翻斗卡车,像在赛跑一般。头戴柳条帽盔的电工们,正在架设高压输电线路。

村副支书郭玉先任了化工厂的第一任厂长,而筹建此厂功劳赫赫的教师赵泽昌任了技术厂长。

整个邢台县化工厂的生产也如赵泽昌所预料般顺利:一次试车成功。产品合格且销路通畅。当年以四十六万元的投资赚回利润二十万元。

郭成志去镇里开会,总会被好多人呼喊,跟好多奔过来的人拉手,跟好多人说笑一阵儿。因为浆水镇的大多数村干部,除亲近他之外,还特别尊敬他。

"成志,听说你出门了?多会儿回来的?"

"成志,听说你们办了化工厂?你们可真敢干哪!"

"化工厂怎么样?赚回多少利润?"

"等下完种,我要带上人到你们前南峪参观去。"

……

这个被周围的村、被"四邻八舍"的乡亲所羡慕的小小化工厂,实在是郭成志的一种试验品。他要通过办这个厂做一个尝试,看一看自己的力量、村民们的力量——或者说,山里农民的力量。或许,是他品尝到了这次成功的滋味,他的办企业的劲头便因而一发而不可收。一如当年他组织社员初次开上麻峪沟,那四百亩山场也刚好是它的试验品。

二

1985年春天,霏霏细雨,把空气洗得怪清凉的。嫩树叶儿依然很小,可是处处有些绿意。含羞的春阳只轻轻地从薄云里探出一些柔和的光线,地上的人影、树影都是很微淡的。野桃花开得最早,淡淡的粉色在风雨里摆动，好像奸弱的小村女，打扮得简单而秀美。郭成志作为新当选的河北省人大代表，兴致勃勃地从太行山上来到省城参加河北省第六届人民代表大会。有一种庄重而又做主人的心态在郭成志的心里充溢，宛若水一样流动的饱满和旗一样的辉煌。

前南峪的党支部书记在听着省长作报告的时候，仍没有忘记时而摸一下他中山装布兜口袋里装着的两小块雪白的石英石。那是他开会出发前特意来到山药沟山。大沟小沟，足足爬了一天，连一口饭都没有吃上。随同他一起去的郭双群，几次劝他回来，他硬是不干。结果呢，太阳都落山了，他要找的石英石才找到。回来的路上，又饿又累，加上天黑坡陡，"哗啦"一下子，把他摔到沟里去了。回到家里，媳妇郭玉金一边给他往腿上抹着红药水，一边嗔怪他咋为了两块破石头，把腿上碰了好几块紫色的擦伤？郭成志却笑着把两块石英石满意地装在郭玉金为他准备的最好的一件衣服口袋里。媳妇想给他掏出来他不让掏，想给他搁到书包里他说怕掏丢喽，说只有搁在这个地方才保险，更主要的是能提醒他：你那里还有两块石英石。

趁开会的间隙，郭成志找到冶金厅一位姓魏的工程师。他有五十几岁了吧，但那头浓密的黑发，并没有白去几茎。只是那白皙双颊上塌陷的深窝，那饱满额头上深深的皱纹，向别人透露了他年岁的秘密。魏工摆弄着两块洁白如玉的石英石，眼里放光道："这种石英石品位很高。你去找'石钢'吧，他们炼钢需要用硅铁，而这种石英石正是冶炼硅铁的重要原料啊！"

郭成志精神大振，正准备去"石钢"，恰巧省矿山冶金设计院的高级工程师翟方当晚来看望家乡的省人大代表。

贵宾室几扇厚重的门一齐敞开了。翟方身着浅灰色中山服，出现在门口。

原在室内的省人大代表，眼睛中一齐闪射出欣喜的光芒，都把视线凝聚在翟方身上。

"翟老！"一见面，郭成志就激动地朝前平伸出双手，握住翟方的手，迫不及待地问，"您在'石钢'和冶金系统有熟人吗？"

"有啊，什么事？"

郭成志掏出两块石头说："这是两块石英石，是俺村山里的，专家说品位不错,能炼硅铁。'石钢'用这东西,您要是跟他们熟,帮我引见一下。"

"成志,你开会还想着为村里办事啊!"翟方高兴地说,"好,定个时间,我亲自带你去,直接找他们厂长。当初'石钢'建厂,还是我们设计院给搞的规划和设计呢。"

郭成志兴奋的目光灼灼地望着翟方说:"那好,我们明天就去吧。"

第二天,郭成志和翟方带着这两块石头,找到了石家庄钢铁厂。一进厂子大门,是个挺大的圆形花圃,两条柏油小路,从花圃左右两旁绕了过去,像两条筋骨挺好的胳膊,搂着个大笸箩。路边,是挺直的白杨树。树干上的疤,活像人的眼睛,瞪着来来往往、进进出出的人,也那么瞪着翟方和郭成志。白杨树下,是修剪得一般高低的小松墙。松树的针叶上,布满了从厂区的烟囱里冒出来的煤灰,叶子黑不黑、绿不绿。

花圃后面是办公楼,办公楼后面是一个挨一个的车间。右边,几乎看不到边的广场上,一辆辆崭新的汽车,排列得整整齐齐,像列队的新战士,穿着刚发的新军装,背着乌光锃亮的冲锋枪,很有一些排山倒海的气势。

在厂长办公室里,他们见到了安厂长。没想到,翟方几年不见,五十多岁的安厂长头发几乎全白,脸色也暗了许多,那双灵敏的大眼睛也有些浑浊了。虽然明显地老了,但一说起话来,还是立刻让人感到他语言和思维同别人的不一般。人老了,他的脑子并没有老。他的话简明扼要,又极具条理。

在翟方说明情况之后,安厂长这次把自己对于郭成志他们炼硅铁的兴趣又发挥得更进一步,说:"我们不但用你们的硅铁,我们这儿还有一套闲置的锰铁炉子,和炼硅铁的大同小异,不用改造炼硅铁就呱呱叫。可有一样,我们就是没权处理给你们,这个权不大不小不在中央也不在石家庄市,刚好在两头的中间位置,必须得找主管副省长签字,找省长签字前还得到省冶金厅去批扶贫项目。"

"啊呀,还有这样的事,签个字,还要找主管省长?"郭成志想批扶贫项目有可能,俺们正好是贫困地区,可找主管省长着实不好办,遂把头转过去看翟方的表情。

一看翟方那里正嘬牙花子,像听安厂长讲一通神话故事后,可能心里在说，安厂长你先给我们来个热罐子抱着，然后再说你那罐子里装着一颗手榴弹。

回来的路上，金灿灿的阳光毫无阻拦地从小轿车窗口泻在他们的身上，车内的温度似乎在升高，绚烂的光彩四处洋溢……

翟方挺直脊背，靠在松软的车座上，说："成志，你就别指望石钢的锰铁炉子啦，原来想的怎么办还怎么办，只当咱们光搂了一筐草半路上没跑出一只兔子来。"

郭成志此时脑子里光剩下石钢的那台锰铁炉子了。当天晚上，他就跑到省科委常务副主任董桂海家。郭成志的事你甭想董桂海不答应，一答应还是全心全意全力以赴。

怪不得别的村别的乡都说你比得了人家郭成志？人家省里有硬人、科委董主任那里，郭成志比哪个不硬？

董桂海让郭成志坐进了自己的小汽车，径直地开到了合作路的副省级干部楼，干啥？去找河北省常务副省长李锋。

他们走进省级干部大院。穿过一层门道，上了一道台阶，又穿过一排大楼，还接着往里走。

郭成志活到这样的年纪，从来没有进过这样的"深宅大院"。虽然只有五排大楼，东西也就十几间宽，他却觉得深不见底，宽不见边。他这儿看看，那儿瞧瞧，没有一样东西不新鲜。他细细地看着，发现连脚底下走的路都这般讲究，用各种石子儿镶着图、嵌着字。小路两边绿树鲜花把那些房屋遮掩得露出一面窗，现出一角檐，似有似无，更增加了奇妙的色彩。他被这里的幽静、整洁、秀丽的景色深深吸引住了。他左顾右盼，望着那掩映在树丛里的一幢幢乳白色的楼房，望着那洁净的小道，望着那修剪得异常整齐的树木花草，望着那楼群外面闪闪发光的蓝色的河流，简直难以相信，在这个纷纷乱乱的世界里，还有这么一个幻境似的如此优美的地方。

这地方和前南峪村，可以说是难以比拟。即使把两者连在一起想一想，仿佛都是荒谬可笑的。它们之间，太没有共同点了。

郭成志跟在董桂海身后，都没有说过一句话，他像走进一个圣殿，害怕一说话就要亵渎它。董桂海几次注意地看他，他也没有觉察。郭成志一边走，一边看，一边想：难怪省长是了不起的人物，瞧人家住这地方，简直是

"神仙洞府"。他想：人家省长日理万机，自己为建个小小硅铁厂，还要惊动董主任，打扰常务副省长，于心不忍哪！可话又说回来，没有省长签字，那闲置的锰铁炉子不能处理啊！想到这儿，他的心里又一阵内疚。

到了月亮门外边，正巧碰见尹秘书要外出办事。董桂海说明来意，尹秘书为难地对他们说："李省长这两天忙得很，白天黑夜，都在开会、审批文件。"

董桂海说："我们跟你一道去看看不好吗？"

尹秘书愣了愣，笑笑说："你们先在这儿等着我，我进去报告一声。"

郭成志赶紧朝着尹秘书点点头。

李锋正在审批文件，这会儿看见尹秘书走进来，他立刻镇静了一下，问："怎么这样快就回来啦？"

尹秘书说："半路上碰见省科委董主任和邢台县前南峪村的支部书记，说是为村办企业需要见您。"

李锋赶忙放下手头正在批改的文件，说声："赶快请董主任他俩进来吧。"

尹秘书连忙转身跑出来，朝董桂海他俩招招手："快来，快来，李省长请你们。"

郭成志听到"快来"，就开始迈腿；听到"省长请你们"，激动得全身的热血一股一股地往上涌。他跟在董桂海后边，像腾云驾雾一般地移动着步子。花池边上的砖牙绊了他一下，往边上一闪，丁香树枝又在他的脸上抽了一下。他抬头一看，瞧见李锋披着一件大衣，半边身子斜支着桌角，歪着头，抱着耳机，拼命在叫唤："喂，喂！总机，陈副省长，要陈副省长的电话……怎？没有回来，谁说的，他回来了，嗯，嗯……摇通了接过来，我是李锋。"哎呀，这是一个住着这样宅院，管着几千万人的常务副省长！几千万人，不要说吃饭，就是喝水，也得喝干几条河呀！……这样一个大人物会怎样对待山区一个小小的村党支部书记呢？郭成志这样想着。

李锋放下电话，转身坐下，抽开抽屉，拿出寸把厚的一本宗卷，摊开在桌上，从里边抽出一份文件，刚刚揭开首页，电话铃又响了。接了电话，身子刚刚坐稳，又是电话。电话来，电话去，忙得满头大汗。李锋打完最后一个电话，没有注意到董桂海他们走进门来，突然听到有人在他身旁叫他，扭头一看，高兴得大踏步走上前来，紧紧地握住郭成志的手。一股暖流遍布了他的全身，他还不相信这是真的。但是李锋抓住他的手不放，说："你们辛苦了！"

"省长辛苦！"郭成志赶紧答话。

这时，李锋听了董桂海简要介绍后，他才放了紧握不放的郭成志的手掌，说："你们为山区人民脱贫致富，发展乡镇企业带了个好头。希望你们继续发扬革命老区的优良传统和作风，大胆改革创新，一定要把前南峪建设得更美好。如果在工作中遇到什么困难，党和政府一定会支持山区人民建设的。"

接着，对山里人充满热情的李锋，又领着他们找到了主管副省长。这么一绕，居然顺利得犹如探囊取物。大功告成后，连冶金厅的扶贫项目都捎带解决个圆满。

还多亏了郭成志的家乡属于贫困地区，又加了个"山区老区"四个字，这个三保险保佑了郭成志的好运。

这中间，郭成志已经先后往石钢跑了四次，将依据炼硅铁炉子规模而上的相应厂子所需资金，大体了解个八九不离十，然后回到家乡办理建厂的审批手续，更重要的是，跑资金跑贷款。

建厂手续一报就批了，厂名为"太行综合厂"。只是为资金问题让郭成志大费周折。

建厂共需资金156万元，连林果业利润积累，再加上小化工厂去年的利润，尚需缺口资金70万元。

前南峪筹资签订合同的期限，迫在眉睫。这是一个多么严峻的时刻呀！

不论跟这件事情有牵连还是没有牵连的人，凡是知道的，都表现一种关心。他们都变得挺敏感，从彼此的脸色和脚步上看出了紧张的情绪。不论在明处，还是在暗处，人们交谈的话题很集中：前南峪能不能再拿出资金？拿不出又该怎么办？郭成志有什么高明的办法？

摸底的人清楚，昨天晚上，前南峪党支部开了会。先是村干部开，接着是党员开，后来村干部又碰头汇报，闹了个通宵。

天空是漆黑的。

村干部碰头会散了，郭成志头一个走出会场。他急急忙忙走着，胸中似有千重浪花在翻腾，似有万把烈火在燃烧。他解开衣扣，敞开衣襟，让夜风尽情吹拂。在不辨天地的夜色中，忽然，他面前闪烁着数不清的光点，不知不觉中已经到了浆水河边上。

从烟雾弥漫的沉闷的屋子里走出来，呼吸到这夜间的河边特有的芳香的空气，看到了广阔无垠、万籁俱寂的夜空，郭成志似乎轻快了许多。也只有在这时，在这静静的田野边，在这静悄悄的河水旁，郭成志听见自己的心跳得那么响，好像旁边有人用小鼓槌在不断地敲打着。

他们决定了一个大胆的，也是冒险的解决眼前困难的办法：众人一齐伸手，饭碗里省，腰包里掏，有粮借粮，有钱借钱，积少成多，让前南峪与石钢签上合同。然而最让人焦心的是，群众囊空如洗，即使想集资也十分困难。卖粮集资吧，秋天的粮食还没有上场，他们家中的粮食也所剩无几。

郭成志走到河水拐弯处停住脚步，他深长地呼出了一口气，一颗心落地了。当他仰起脸来时，他发现一种清新愉快的亮蓝色的光线，在天空里闪动。黄色的星星变淡了，一颗接着一颗消失。披着绿衣的大地，在黎明的深青色的暗影里显露出一种静谧而又庄严的气象，这预示着一个光辉灿烂的早晨就要来到了。郭成志用眼睛四下望着，然后，一边急着往回走，一边自己拿着主意："天就要亮了，我要快点回家装粮食，自己是党支部书记，要头一个交。"

堂屋里，浮漾着稀薄的白色水蒸气。当郭成志走进来时，郭玉金正从锅里往盆子里舀粥。她瞧见在外边忙了一夜的男人回到家来，急不可待地问："有办法了？"

郭成志一边舀水洗脸，一边信心十足地回答说："当然有办法啦。昨晚上我不是跟你说过了吗？"

郭玉金试探地问："除了这个，再没有别的办法吗？"

"对，我看这个办法最好。能显示咱们生产队的力量，给那些在路上来回晃的人做个样子！"郭成志回答说，"大家都不灰心，只要坚持搞下去，就一定能成功！"

郭玉金瞅瞅男人，认真地在听他讲话。

郭成志说："咱们不要小看自己，劳动人民最有本事，最有办法。世界文明是劳动人民创造的，粮食是农民耕种的，果树是农民修剪的，高山上的水库，地下的大渠都是农民修建的。咱们自己可别瞧不起自己！"

郭玉金又看看男人，把粥盆端到里屋，说声"你先吃吧"，就往外走。

郭成志喊住她："你干什么去？"

郭玉金说："我去找海平。"

郭成志说："等他回来一块吃吧。抓这个空子，咱俩先把粮食装出来，好早点交上。"

郭玉金脸上略带难色地说："你不用管这事了，下午我自己装吧。"

郭成志说："午前就要往一块集中，晌午就卖粮集资，全都提前迈一步。"他看媳妇一眼，皱皱眉头，"你怎么啦，也得让我做思想工作吗？"

郭玉金勉强地笑笑："你先忙着催催别人家去吧，一会儿在哪儿集中，我送去就是了。"

郭成志用不满意的声调说："这回是为建厂集资，咱们前南峪人就是要搞好村办企业。当然，眼前的困难很多，咱们能被困难吓倒吗？自然不能！筹集资金成了咱村创办太行综合厂的关键，咱们能眼看着让建厂筹资工作受影响吗？更是不能！"郭成志看了媳妇一眼又接着说，"玉金，咱们要长山区人民的志气，要大胆去干，不怕困难，不怕失败，要拿出不搞成决不罢休的气魄来。"

郭玉金说："小年，你放心吧，无论有多大的困难，咱们也要坚决把它搞成！"她情绪激动，声音洪亮，那样子就像是要去冲锋陷阵。

郭成志说："对，咱们就是要有这股劲。咱必须拿头一份。集中地点就在这个院子里！"他说着，进了里间屋，从被垛上扯下口袋，抖了抖，把口袋嘴挽在手上，撑开，很严肃地对媳妇说，"装吧。这会儿太紧急。"

郭玉金拿过小瓢，打开缸盖，从里边舀一瓢棒子，"哗啦"一声，流进那个大口袋里；再舀一瓢，又"哗啦"一声，流进那个大口袋里。

郭成志两手平伸地端着口袋的边沿，一会儿胳膊腕子就累酸了；媳妇不仅越舀越慢，而且从舀一瓢一倒，变成舀半瓢一倒，好像是有意地磨蹭时间。他心里心急火燎地想：这些年的光景里，媳妇的表现很不错。在他们的共同生活里，她经常是忘我地劳动着，舍不得吃，舍不得穿。从她的身上，找到的只是做妻子对丈夫的温存，做母亲对子女的疼爱，却找不到一点为自己的想头。特别是实行集体专业承包责任制前后，媳妇也飞快地进步。可是，就是这样一个跟我志同道合的媳妇，在今天这样的重要时刻，在这样的重要事情上，还又犯了私心。"庄稼人，往前迈这一步，是不容易呀！"郭成志心情沉重地想，"多少谣言和顾虑啊！每个人都有自己的想头，你心疼土地，他舍不得粮食……庄稼人眼睛只看见鼻子尖上那一点点儿，总是自己的好，要集体筹集资金，得费多大劲啊！"

郭成志反过来又想到自己："你呀，郭成志，说真话，你是不是也有点留恋什么呢？说吧，你到底留恋什么？就是为了一把粮食吗？啊！留恋这些，贫穷就会像蛇一样缠住你，把你的躯壳都蛀空了。"从他四十多岁的生活经验里，他没有找到，也没有看出有别的什么路可走。他已经完全把自己的心，自己的生命，和创造社会主义新农村的力量紧紧地连在一起。他这样想着，往缸前靠一步，说声"让我来吧"，就把口袋嘴塞给媳妇，从媳妇手里夺过小瓢子。他把手里的瓢子伸进缸里边，使劲一舀，没有舀着什么；往下伸伸胳膊，又一舀，只听"咔嚓"一声，瓢子已经触到了缸底。他的心不由得一沉："啊，空了？"

郭玉金没有回答，把头扭向一边。

郭成志一手扶着缸沿，一手抓着瓢子，呆呆地站了片刻，他的思想里斗争得很激烈。事实证明，郭玉金是个好同志，自己却犯了主观武断的错误。他把自己回家以后这一幕一幕的事都想了想。从不满媳妇让自己先催别人交粮食，暗暗责备媳妇犯了私心，直到自己从媳妇手上夺小瓢子。这中间，郭成志一直认为自己是在帮助一个同志改正落后的行为，要把她从错误中拧回来，而实际上却成了这个同志前进路上的绊脚石。他问自己："为什么别人都能看见她的优点，而我偏偏看不见呢？到底是什么东西蒙住了我的眼睛？"郭成志清楚地知道，这都是因为自己的思想落后于形势，又不调查研究，所以理解不了今天的同志。这样，竟把同志的规劝，当场顶了回去，反而认为是对方落后情绪的表现。基于这个错误的认识，才产生了一系列的错误思想和错误行为。想到这里，郭成志感到心都在痛，像是自言自语，又像跟媳妇检讨似的说："我还当你舍不得哪。"他扔下手里的瓢子，轻轻地扳着媳妇的肩头，低声问，"你生气啦？"

是的，世界上最痛心的莫过于被最亲近的人误解。

是的，世界上最痛心的莫过于应该最关心她的人却对她最冷淡。

这会使人特别感到孤独，这种孤独最能摧毁人奋斗的意志。

试想，跟你最亲近的人都误解你，跟你最亲近的人都冷淡你，你怎么能相信你所从事的事业是正确的，是必胜的？

郭玉金推开男人的手，拾起缸盖，盖好，让自己平静一下，说："我本来想再给你买几斤棒子凑上，可惜太少了。"

郭成志有点不好意思地笑笑，说："你还有钱哪？钱也行，快贡献出来吧。"

郭玉金说："你当支书，我啥时候不支持你工作？一年到头，我啥叫高兴？你工作顺利，我就高兴。处处我都小心，就怕给你找麻烦，招人说闲话。队上分东西，我拣少的拿，怕人家说干部家属沾光。上山干活儿，身子不舒坦我也去，怕人家说干部家属特殊。家里的锅碗瓢勺人家来借，明知是有借无还的主儿我也给拿，怕人家说干部家属眼里没人。我跟你这些年，能干的我都干了，能让的我都让了，能贴的我都贴了。就连这回，缸子里这点粮食，你说要集资建厂，我不是积极帮你装口袋？你见我拦过一回，还是说过一个不字？"

郭成志低着头。是啊！媳妇跟我一起这些年真难为她啊！

郭玉金说，"这回是为集体筹资，你当头的，就这么一点粮食，能拿出手吗？"

郭成志说："有多大的劲，掏多大的劲呗。当然，越多越好啦。"

郭玉金回身打开了小柜，从里边端出一个用花色彩纸糊成的小篓子，小心地捧给郭成志说："你拿到小铺卖了吧，要钱要棒子由你。"

郭成志打开小纸篓的盖子一看，里边盛着白花花的鸡蛋，不由一愣，两眼盯着媳妇说："嗨，这不是攒着留给你母亲治病时候吃的吗？花掉它怎么行呢？"

二十多年的共同生活，郭玉金对男人有着深切的了解。在漫长的岁月里，不知不觉中她习惯于他的思想，他的性格。现在呢，郭成志那火热的心，摆在郭玉金面前，跟一面镜子似的，有什么看不见的呢？为党的事业而工作，是他生活的全部需要，也使他的生命充满活力。离开了工作，他的眼睛不会再有光彩，他的生活不会再有乐趣。让他在工作里过吧！

郭玉金摇摇头，说："不用啦。往后不能再攒吗？如今可是火烧眉毛。为了建厂筹资，给咱们村出力，我什么都舍得……"

郭成志，这个刚强的汉子，听到这句话，胸膛里猛地翻起一个热浪头。他扔下小瓢子，两只大手使劲儿攥住媳妇的手；他两眼激动地看着媳妇因为他的举动而显出羞涩的脸孔；他的咽喉哽住了，鼻子一酸，眼圈不禁有些发红而湿润起来。这时，他一句话也说不出来，嘴唇颤抖着，好久好久，才说出话来："你说得对，做得对，我代表全村的人感谢你……"

郭玉金想抽出手来："别说这些了，快去忙你的吧。"

郭成志不肯松手，越发使劲地攥着说："你不要遇上一点事儿就揪着心，没啥可怕的。咱们的人都像你这样，一个心眼、一股劲儿，再大的难关也挡不住咱们！把口粮挤出一点集资建厂，厂子建成了，就接上茬了。"

郭玉金明显地感到男人的手在微微地颤抖。一时，她说不清自己内心是什么样的感情。她只是满怀深情地两眼凝视着郭成志，她觉得这个曾经在战火中朝夕相处、患难与共的战友，黑了，瘦了，但也更坚实了。她似乎从郭成志那熟悉亲切的眼神里，看出了比过去更为坚强，更为深沉的东西。她点点头："我也是这样想的……"

屋里两口子这种交流心意的情景，正巧让闯进来的郭俊刚看见了。他立刻就大喊大叫起来："嗨，快来参观呀，这两口真亲热，行握手礼哪！"

郭玉金红着脸，抽出手，瞪了郭俊刚一眼，跑到外屋去了。

郭成志故意对郭俊刚绷着脸说："你瞎吵吵什么？"

郭俊刚两手扶着郭成志的肩头，调皮地歪着脑袋，盯着郭成志的两只发红发潮的眼睛，小声说："告诉我，你们两个说啥体己话啦？"

郭成志推开他："你个光棍汉，告诉你也不懂。"

郭俊刚说："咱学习学习不行吗？"

郭成志说："你不会因为找对象不去劳动吧？"

郭俊刚笑着说："还记着我说的话吗？对于我来说，没有任何东西能叫我不去劳动。人要不劳动地活着，活一天也是多余。"

郭成志说："算啦，别往下说啦！"

郭俊刚说："咋啦？"

郭成志说："别急，等秋后咱们丰收了，你找下对象，我再训练你。这会儿先忙正经的吧。你把秤和笸箩都借来了吗？"

在院子里等候着的张利群，冲着窗户回答说："全齐备啦！吆喝人往这儿鼓捣粮食吧。"

郭成志走到屋门口一看，在院子里站着的，除了张利群还有许金泉和他的两个小儿子。

张利群肩上扛着一杆秤,手上提着一只长形的柳条编的笸箩,脸上是笑嘻嘻的。从打搞起责任制以后,他总是这样的神态,心里踏实嘛!

忽然,郭成志听到院墙外响起一片咚咚的脚步声,接着是人们兴高采烈的说笑声:

"兆宽大叔,你背着粮去哪儿呀?"有人问他,"你去赶集,还是去凑热闹呀?"

"我到生产队去,上交建厂筹资粮哩!"

"你也要上交粮食,那你家口粮还能剩多少?"

"不剩了,我已经拿定主意——要走农村社会主义改革道路。"

"哈,兆宽大叔……你……你也要走农村社会主义改革道路呀?……"

一个黑脸膛的中年汉子用手拿下正在抽着的小烟袋杆,咧开嘴,大声取笑。他的嘲弄引起站在街沿上的人们一连串轰然的笑声:

"哈,哈,哈……"

"你们笑什么?"许兆宽满不在乎地一边走着,一边说,"你们别看不起我老头子!郭成志大侄子在群众会上讲,咱村建厂遇到困难,大伙拾柴火焰高。我也要添把柴火,没多有少呀!"

"兆宽大叔,我看你还是把粮食背回去吧,都上交了,可没人给你打酒喝啦!"有人故意逗弄着他说。

"算了吧,你们再别取笑我老头子啦!"许兆宽和善地笑着,继续说,"唉,我的酒也喝足了。可这两年,每次喝醉酒醒过来的时候,我就想,有的人活着为治山植树,建设新农村,牺牲了性命;有的人净为自己打算。人不能光为吃为喝呀!我也要和大伙在一块筹资建厂,为社会主义新农村效点力吧!"

……

郭成志马上想到,上交粮食的村民就要拥进小院了。他来到张利群他们跟前,把手里提着的口袋往地下一放,说:"利群,先约一约我这个吧。"

张利群把笸箩放好。

郭俊刚从墙角拿过一根扁担。

其实,根本用不着扁担,张利群把口袋嘴一挽,用秤钩子一吊,一抬手就提起来了。而且,他不住地把秤砣往里移动。

张利群心里掂着分量：顶多几十斤。他想，这一定是郭成志家的口粮，全都打扫上了。成志呀，每时每刻都在为集体着想。1976年，你带着民兵修水利，豁出命干，大病了一场。郭双群他们抬你回来，你睁开眼，连我都不认识了。可你好了才两天，走路还歪歪斜斜的，又要回工地。社员们劝你：铁打的金刚也禁不住这么劳累啊！可你说，水利是农业的命脉，工地缺人，我不去不行。如今，村里要筹资建厂，你把全家粮食都交上，一家五口，日子怎么熬？再说，这么一星一点，哪能凑齐签合同那个数目呢？他想，唉，唉，刚刚解决了温饱的庄稼人，都在勒着腰带过日子，谁家里有余粮余钱呢？……

张利群倒提起口袋，抓着口袋嘴的手一松，"哗"的一声，金黄色的棒子粒流进那空空的笸箩里，又蹦又跳。糠皮也带着诱人的气息，欢快地飘舞起来。

随着这第一个响声，门口传来一片热闹的吵嚷，出现一群活跃的男女。走在前边的是郭明耀，后边跟随着的是村民们。

许兆宽一走进院子，立刻就被很多人围住了。

他这个人，越老心越宽，加之在外边转蹬，人变得很活泼，爱逗乐子，一说话，就惹人发笑，有时让人笑得肚子疼。但他自己却绷着脸，一点也不咋的。所以，村子里的青年人都很喜欢和他开玩笑。现在见他背着粮食要上交，大伙都很高兴，把他团团围住，挽胳膊的挽胳膊，拉手的拉手。这个问他和老伴商量通了？那个问他是不是想当模范？人们嘻嘻哈哈地嚷叫着，院子里顿时热闹起来。许兆宽顾不上回答别人的问话，只笑眯眯地冲着郭成志说："我把粮食背来啦，甭嫌少。"

"我们欢迎你呀，兆宽大叔。"郭成志从院子里面人丛中站起来，大声招呼着说。

"欢迎就好哇。"许兆宽带着满脸兴奋的表情望着郭成志说。

这时候，郭长同把背来的粮食口袋"嘭"的一声放在笸箩跟前，解开口袋嘴就要倒。

张利群说："约约再倒。"

郭长同说："大估摸吧，肉烂在锅里，约它干啥。"

郭成志拦住他说："不约不行，等我再找个纸条记记账吧。我们内部的事情，也要做到清清楚楚公平合理。"他说着，回到屋里，从本子上扯一张纸，找了一根铅笔头，蹲下身，把纸垫在膝盖上，望着张利群和郭俊刚抬着布袋约分量。

张利群说："三十七斤半。"

郭成志说："长同，你们借出来的太多了吧？"

郭明耀说："不多不多。我家人口多，一人才摊三五斤，怎么也省得下来；再说，素梅又在外边吃了，更有了剩余。"郭明耀满脸欢笑地大声说，"我昨晚寻思了一夜，党中央发出一号文件，那文件，使我决心下定了，不论路上遇见什么狂风暴雨，我也决不回头，坚决走农村社会主义改革道路！"

郭成志听了，大声表扬郭明耀说："好啊，老支书，你这实心实意奔农村社会主义改革道路的精神，很值得我们大家伙学习啊！"他说完话，向四周看了看，马上就转过脸落上了账。

李大婶抱着小花布袋，走到张利群跟前说："你们大伙可别笑话我，太少了。"

郭明耀说："不少不少。往咱集体这堆里加上一把，也算尽了心意。"

"你别看我人老，我的心可不老哇！那天成志大侄子和我讲的明白：大河有水小河满。只要村里集资建成了厂子，俺就放心。"李大婶快活而又天真地笑着说，"说真格的，多半辈子，没过几天好日子，眼看人老了，反倒越过越好起来。"李大婶脸上露出颇为激动的神色，她的话音里充满了感叹的意味。

郭明耀说："是啊！咱们都是老了才交了红运，你没见过有一种老来红的花吗？这种花越老开得越红。李大婶，你做得对呀，咱不为自己，还为儿孙后代哪！"

张利群给过了秤，说："三斤二两。"

郭俊刚接过来，解开口就要倒。

李大婶连忙拦着说："嗨，我那里边是小米子，别掺在一块呀！"

郭俊刚说："您为啥不早说？要倒在里边，别看三斤二两，一粒一粒地往外拣哪，三天也拣不出来。"

李大婶笑了。

旁边的人也笑了。

郭玉金赶紧从屋里拿出一个空簸箕，把李大婶的小米子倒在里边。

空落的小院子里，熙熙攘攘的，挤满了人，孩子们拥在大人身后，好奇地看热闹。在他们中间堆着半笆箩黄黄的棒子，还有簸箕里的小米子，显得很有生气。好几个人是愁云满脸地进来的，这会儿变得咧嘴笑。没轮着交粮食的人，带着羡慕的微笑，向已交粮食的农民表示祝贺：

"好啊！这回行啦，往一块筹集粮食啦！"

"是啊！这回就要筹集起来了！"

人们愉快地互相问答，互相庆贺。连平时不多言语的人，今天都把话匣子打开了。

满头大汗的王松扛着口袋腾腾地走进院子，挤到掌秤的张利群跟前，连声说："快，约我的，快约我的！"

郭立强伸出一只胳膊截着他，说："挨着个儿轮哪，下边该我了。"

王松往前挤着说："你等等吧。这是今个起五更现套碾子碾的小米子，电磨坏了，一点一点簸的，直忙到这会儿。"

"按着队排，省着乱了账，你就在我后边吧。"郭立强仍旧不肯让他，说，"你是村里群众，你想先交；可我也是村里群众，我也想先交。我知道你一心都在集体里，可我比谁不爱咱们集体？王松呀，我们这些人的命运，我们子子孙孙的幸福，都跟共产党、跟农村社会主义改革连在一起，那才真是打断骨头连着筋呀！"

王松抹一把汗，无可奈何地说："你这个人哪，跟着成志他们学了这么久，还是缺少友爱的精神。"

张利群约完了郭立强的棒子，又约王松的小米，有了这两家大户头，笆箩里棒子粒满了，簸箕里的小米尖了。

春天的上午，在山村本来是十分宁静的。小河湾在阳光的照耀下，闪着银白色的光亮。挺立在河两岸的细柳和白杨，在微风里摇曳着它们发了青长出紫色骨朵的枝条，明净的天空上，飘着几缕白鹅毛似的云彩。今天却被这一群一伙送粮凑款的人给打乱了常规。小院子里一片欢腾的闹嚷和笑声，像热闹集市一样。大家一秤一秤地约，一笔一笔地记，笆箩上了尖，两条口袋都快装满了。随着这粮食数目的增长，人们看到希望，看到力量，充满了信心，使那些忧愁的人欢喜了，欢喜的人更欢喜了。

郭成志被一群热情集资的人团团围住，感动得满脸通红，两眼放光。摆脱贫困的迫切要求和强烈的愿望，使郭成志的心，变得像铁石一样的坚定,他同别的农民一样,在生活的风浪里经受着磨炼,经受着自己心灵的斗争,才变得这样顽强,这样坚决。他激动地说:"浆水河的水是一滴一滴汇合的,生态经济沟是一片一片土连成的,人多力量大,众人捧柴火焰高哇!"

然而,尽管郭成志挖空心思,全村群众竭尽全力,但对于一个尚未摆脱贫困的山村,建厂还需要缺口资金六十万元,仍是一个无法填充的天文数字。

这几天,前南峪有好多人都心情不安地看着郭成志,最沉不住气的是年轻的一伙。第一因为筹资,第二眼看就到签订合同期限啦,这是全村人的头等大事。党支部书记为筹资绞尽了脑汁,想尽了办法。对于太行综合厂的成立,他们觉着多么神秘呀!心里偷偷盼着。现在,这样的日子真的来到了,别说建厂,连缺口资金还是一个天文数字。建厂,到底怎么个建法呢?真的要把党支部书记逼上绝路吗?他们的心烦乱得像刀子搅。他们在家里待不住,在村委办公室里坐不安,独立想念,找人谈论,心里边急得如同火烧火燎一般。

他们听说郭成志从浆水镇开会回来了,一个个又高兴,又紧张。几个活跃分子凑到高台阶的大槐树下边,喊喊喳喳一阵子,用最简短的时间议论了行动计划。

郭俊刚猛地站起来,说:"我说一句话,我们是共产党员,或是共青团员,我们立刻就去看党支部书记,给他宽心,给他鼓劲儿,在咱村筹资建厂最困难的时候,支持党支部的工作,支持党支部书记的工作,否则,我们还算什么共产党员呢?算什么共青团员?"

郭文刚说:"郭素平团支书!为了支持我们党支部书记……下命令呀!去拼,去跟困难拼呀!"

同志们雷一样的声音爆炸开来:

"拼呀!拼呀!"

"我们豁出来咯!拼呀!"

"拼……拼……拼……"

大家议论完毕,他们也觉察到并没有什么高明的办法,更谈不上有马到成功的把握。实际上,主要是凭着年轻人的青春热情、同志间的真诚友爱，想怎么办就怎么办，怎么办着痛快就立刻行动。

他们一路小跑地奔向郭家那所小院子。展开在他们眼前的，是他们从小就熟悉的村庄、树林、土地、河流和山岭。天空，发着蔚蓝色。太阳在他们的头顶上，闪耀着灿烂的光辉。

跑在最前边的自然还是郭俊刚。他"嗵嗵"地往前迈着大步子，敞着怀的月白色布衫被风鼓起，衣襟簌簌响。他那张紫红色的脸膛非常庄严，那双火热的眼睛格外明亮。他现在心里边在想什么呢？见了党支部书记问个好儿。说的时候甭添油也甭加醋，一桩一桩原原本本地说，可也别拉下。支书是个有见识的人，带过民兵，打过治山硬仗，老民兵连长啦！到了那儿，把村里筹资建厂的事情一摆，他呀，是个爱动脑子的人，一听就明白了。他急不可耐地要立刻看到郭成志。他觉着，天大的事情，见了面就自然有办法解决。至于跟郭成志见面之后，应该先说什么，怎么说，他没考虑。管它呢。想说什么就说什么，什么高兴就说什么，这是对谁呢，郭成志是知心的，知己的，性命拴在一块儿的人嘛！

跟在他后边的另外几个人都比他心细，也比他想得多。

郭素平估计郭成志会发火。她要用"稳如山"的道理说服郭成志：虽然搞企业的红心不能冷，但头脑却是要冷静！对待筹资建厂，是热好，还是冷好？我赞成心越热越好！我们不反对国家支援，可碰到困难也不能灰心。坐等等不出一个社会主义的新工厂来！人说这办法好，那办法好，自力更生的办法最好。我们就是要学习这种精神，一颗红心两只手，自力更生样样有。她觉得那一套道理能打动郭成志的心弦，更能平息郭成志的怒火。万一不能，她就像亲妹妹那样央告他，保证顶用。

郭文刚估计郭成志不会暴跳，但会痛苦。他要用自己仅有的一点体会和认识，还有他那模模糊糊的观察结果，帮助郭成志打开思路。支书啊，支书！你真是怎么说就怎么做啊！在你身上，我真正懂得：人的毅力，可以超越某些"生理限度"，去完成正常情况下完不成的任务。人民需要我们怎么工作，我们就能够怎么去完成任务——就是共产党员毅力的限度。他觉得郭成志有水平，有能力，也是有气魄的：在震动之后一定能够克制住自己。万一不能，他就以一个共青团员的身份，告诫他这个党员要给他们做出榜样。这样一来，一定能使他冷静下来。

他们来到郭家，发现一种意想不到的景象：

郭成志正在奋力劈柴，板斧在他手上舞动。

郭玉金正在忙着做饭，火焰在她面前喷吐。

完成这个任务真是那样困难吗？这些日子以来，郭成志一直在琢磨着这建设太行综合厂中的关键问题。想来想去，觉得那些"难关"并不是那么高不可攀的，就如同在实际生活中好多事情那样，看起来好似很困难，但是，一步步坚韧地、耐心地做下去，不是也一件件克服了？他记得小时候，曾经和一些小朋友到西山跟前去玩，那时在他们孩子们的心中，觉得西山高极了。可是，不久便看见有几个大孩子，攀着一块块石阶，不一会儿就攀到山顶上了，他看了很羡慕，但也有点不服气，觉得他们长着两只脚，我也长着两只脚，为什么他们能上去，我就不能？鼓鼓劲！上！于是，一步一步地、一块石头一块石头地向上攀，最后也攀到最高峰了，和那些大孩子并排站在一起，回头再一看下面，觉得一切都在眼下，原来西山也并不怎么高，只不过刚才自己把它看得过高了。

几个年轻人在门口愣住了。他们看着郭成志伏下身子的时候，乌黑的头顶冒热气；他们看着郭成志直起腰背的时候，汗水在隆起的胸膛上滚动；他们看着郭成志的手里的板斧，举上天，落下地，一道电闪，一股风啸，深深地穿进树根里；他们看着树根在板斧下颤抖、跳动、裂开了，像地雷爆炸了一般，"咔嚓"震耳响，四处飞溅着木屑和碎片……

这时，郭成志仿佛想起毛主席在《愚公移山》这篇文章中的教导，难道筹建太行综合厂这点困难就不能克服？不，只要"坚持下去"，"不断地工作"，所有"难关"都能闯过去的！想到这里，他又高高挥动着手里的板斧，向树根奋力劈去。

英勇奋斗的形象，银光闪耀的斧头，四分五裂的树根，把他们带到了烈火熊熊的熔炉旁，枪林弹雨的战场上；把他们带到了旗林人海、天翻地覆的崇高的神奇境界……

大家又激动又奇怪地想：这是怎么回事儿呀？莫非郭成志又有了筹集资金的渠道？

此刻，郭成志又回过头来，思考筹资建厂的过程，重新回忆筹资建厂是怎样一步步走过来的，现在它的难度更大、更重了，又该怎样走？最近这些天，村里的干部群众所提出的各种建议、想法，也都一齐出现在他的面前。郭明谦关于将林果业利润积累纳入的办法，郭明耀关于群众卖粮集资的建议……甚至郭俊刚关于到县办企业借款的天真想法，都在他脑子里成为具体的东西了，这些东西，开头好像都是东鳞西爪互不相关，但现在，脑子里忽然跳出根红线来，一个一个地把它们穿上；同时，它们又你穿我，我穿你。连平时看来一些不相干的零星印象，也拉到一块儿了……真奇怪，好像这些东西都是专门在等待他，就等他一声召唤似的。一下子，心里亮堂了，脑子的思路打开了。起初，思路像山涧的一条小溪流水，汩汩地流着，继之越流越湍急，越汇越汹涌，最后却像长江的浪涛一样，直泻奔腾！

别的人在遇到这类事情的时候，都比郭俊刚机灵。最机灵的是张庆天。他一看这情景，立刻挤到前边先进院子，头一个跟郭成志打招呼，随后拿起扁担勾起水桶，挑起来就往外跑。

郭文刚也照样子效仿，一转身子，从墙边拿过大扫帚，"哗啦，哗啦"扫起院子。

郭素平更有事儿占住手。她跑进堂屋，朝郭玉金做个"鬼脸"，抄瓢子，舀水和面，干起她最拿手的活儿。

郭俊刚呢？他好像根本没有发现伙伴们的紧张动作，更无暇猜度他们那复杂的心理状态。他愣头愣脑地走进院子，站在他的同志郭成志跟前。他腰挺着，腿叉着，手攥着，脸绷着，嘴张着，两只火热的眼睛直瞪瞪地盯着郭成志，像一尊石头的雕像那样一动不动。

此时此刻，他恍惚看见，在"轰隆""轰隆"的炮声中，郭成志扑到一挺吐着火舌的机关枪跟前，两个敌人机枪射手扔下机枪正要扭头逃走，他一脚踢开机枪反手刺死一个敌人，用枪托又打倒另一个敌人。敌人指挥官用枪逼着正在乱跑的士兵包围过来。郭成志独自被十几个敌人裹住了。他的手榴弹和子弹都打完了，敌人十几把刺刀对准他，围成一个圈子。郭成志端着刺刀左右旋转。全身的仇恨全身的紧张，都集中在刺刀尖上。敌人恐怖地盯着他。他们有的是刺刀、手榴弹、子弹，但不能施展；刺刀不敢逼近，打枪又怕打中他们的人。郭成志刀尖指向哪里，哪里敌人便慌忙往后躲闪……

最后郭俊刚终于忍不住地乐了："嘿嘿！嘿嘿！"

郭成志直起身，看看他："笑什么，你？"

郭俊刚从心坎儿上发出来的笑是闸不住的："嘿嘿嘿，嘿嘿嘿！"

郭成志又劈了一阵，身体实在支持不住了，眼前不时发黑，挥动板斧的手也显得无力。虽然，一想到筹资建厂，精神便来了；但这精神终于抵制不住过度的疲劳，他擦擦汗说："看你这个傻家伙，一点儿当机立断的机灵劲儿也没有。我劈了半个死树根啦，我浑身都让汗水泡起来啦！还不快着点张罗替换替换我？"

郭俊刚放声大笑，"哈哈哈！哈哈哈！"

这笑声惊得小鸟满天飞，惊得大公鸡跳上墙……

郭玉金说："瞧这个东西，多没正形。"

郭素平说："他是个疯子！"

郭文刚直起腰，没吭声，龇了龇牙。

郭成志也笑了，笑得很严肃。

郭俊刚说："我刚才好像看见你身陷敌人的包围之中，奋力杀出重围——蔑视一切的骄傲。在前，你也许没有当英雄的时候，口里不说，心里在鼓劲，还常常把想当英雄的想法带到梦里。待当了英雄，满身都是荣誉，可是跟别的英雄一比，你简直算不了什么；在伟大的集体行列中，你也只是一小点，不比谁高一头，也不比谁宽一膀。可是，眼下，敌人和你面对面时，过去那一件件的立功事迹都变成了最了不得的事。你有生以来第一次觉得，你是个英雄是条好汉，像是比周围的敌人高大十倍。……有了你在前面带领我们冲锋陷阵，我们就能战胜筹资建厂路上一个个困难。"

郭成志说："照你这么说，我们筹资建厂大有希望了！"

郭俊刚卷了卷袖口，勒了勒腰带，从郭成志手里抢过板斧，摆动着大手，冲着郭成志喊起来了："你说什么？哼，我看出来了，成志哥！你比板斧还结实，你比板斧还锋利，永远卷不了刃，永远裂不开口。不管什么东西，再硬，再强，再顽固，碰到你身上，也只能跟这榆木树根一样闹个粉身碎骨，最后变成灶膛里的灰！"

挑水进来的张庆天听到这句话，忍不住地赞美说："俊刚这句话说得太对了，成志哥真是一把板斧！"

这些天来，筹资的情景却使郭成志焦躁不安。前段时间，前南峪村审批太行综合厂的手续在各方面进展都很快，他克服了很多困难，又联系了一台锰铁炉子。但是，由于筹资任务没有完成，建厂合同一直签订不下来，这一点使郭成志特别难受。他好像对前南峪村干部群众负了债似的，见了他们也抬不起头来。他心里总在想：为什么南方沿海乡镇企业能自力更生地攻克了难关，而前南峪人却不能用同样的精神建设太行综合厂呢？今天，面对筹资签订合同的期限迫在眉睫，他的心情更加沉重了。那六十万元的缺口资金似乎直朝他心内烧，那六十万元的缺口资金似乎直往他眼睛里射，他忍不住掉转头去，但目光一下子又触及了那一张张和他同样焦灼的面孔，这使他的心更加不安，说："我是想当一把革命的大板斧，可是眼下还差着火候。要论勇劲儿、快劲儿，俊刚倒像……"

郭俊刚连忙摇头："不，不，不。我这把斧子，要论硬过得去，永远不会卷刃，就是容易镲口、裂缝。"

郭成志说："那是因为锤打得欠功夫，钢并不少。"

郭俊刚紧紧握着斧柄，激动地说："对，是应当回回炉，加加火。我时常想，为什么同在一个蓝天下，人家深圳的乡镇企业发展那么快？我们太行山区比人家缓半拍？这只能说明一个问题，说明我们缺乏人家敢闯敢干的精神。这次筹资建厂的战斗，对我们年轻人来说，是一次难得的机会。"

张庆天沉思地说："这么一讲，我的身上钢太少啦。碰到硬的不会镲，不会裂，就是爱卷刃。"

郭文刚在一旁插言说："我是钢也少，火候更不够，得扔在炉子里从头打，慢慢炼哪！"

屋里的郭素平问郭玉金："嫂子，你呢？"

郭玉金含蓄地笑笑："我呀，比起你们来，还不能算是一把板斧。"

郭素平扳着她的肩膀说："你怕啥，黑夜白天守着个老铁匠，早晚把你锤炼出来。"

郭玉金推开郭素平的手，一扭身子说："快一边去吧。你也跟俊刚学得没正形了。"

街道上，阳光灿烂，空气清新。喜鹊在溪边老树的枝头上喳喳地叫唤；公鸡站在粪堆顶上，伸长着脖颈啼鸣；白色的鹅嘎嘎地叫着，在闪着金光的溪水里沐浴。它们不停地用力拍打着两只像蒲扇似的翅膀，那呼扇掉的细碎的白毛片，便像棉絮似的飞扬起来，四下飘散，然后慢慢地落在水面，轻轻地随水浮动，漂流。在小溪拐弯的地方，几只鸭子在水里泅泳。母鸭不时把黄褐色的头插进水里去。公鸭沙哑着嗓子叫唤，像警卫着什么似的，挺起脖颈，它们头顶和脊背上那像缎子似的羽毛，在春天的阳光照耀下，闪着暗绿和深紫的光泽。

张庆天又喜盈盈地挑着水桶走来，竹扁担在他那结实的肩膀上一闪一闪的。

郭文刚手拿一把竹笤帚，弯着腰，把院子打扫得溜光明净。

两个妇女烧住了火。锅盖下冒出了香味儿。

郭俊刚干了个满头大汗，小褂子也变得湿淋淋，好像从水里捞出来的。剩下的一块树根在他手里那把板斧的左劈右砍之下，完全"粉身碎骨"了。

这时候，郭成志拦住了他的伙伴们，满意地看了看那一张张年轻人的脸。他很高兴，自己内心那炽烈的革命火焰，已开始把他们内心的火种点燃了，肯定地说，这火焰会越烧越高，越烧越旺。因此，他激动地说："筹集资金，建设硅铁厂，这是关系着农村改革发展的大事，关系着全村群众脱贫致富的大事呀！咱们一定要加大筹资的力度，趁热打铁，干他一场！"说到这里，郭成志朝他们跟前挪动了一下，"眼下，筹资到了非常关键的时刻，碰到的水沟、土坎、绊脚石特别多。这就需要我们用足全身的劲儿，跨沟、跳坎、搬石头，拼过来的呀！我已做好了精神准备，明天就到邢台跑资金，跑贷款，即使拼上性命，也要把事情办成！"

三

第二天，郭成志就不辞千辛万苦，风尘仆仆地来到邢台县政府。他先找县长董梦芝，请一县之长令银行开绿灯。无奈1985年第一季度后正赶上国家紧缩资金，一概不批项目贷款。任你东奔西跑磨破嘴皮使尽了真诚，人家银行自有银行的章法，最后只答复了郭成志一句话：我们只服从上级行的指令。

郭成志整整一个月的四处奔波，被这一句话打得落花流水！

可郭成志石钢那头还等着签正式协议。那个协议的签订可不是随便得来的，那同样是辛苦的汗水，再加上绞尽脑汁的思索，外加上不是一般人、一般情况下、一般领导的支持，那可是几种因素缺一不可糅合在一起的成果。

这样得来的成果，郭成志舍得放弃、能够放弃吗？如果放弃他今世还能够得到吗？

黄昏来了，一切都笼罩在莽苍苍的暮霭当中，但都透明而又沉静。在落日的返照中，小河显得白亮亮的，浅滩看来更加晶莹。郭成志在河岸上坐了很久，双手抱着膝盖，没有悲伤的眼泪，没有痛苦的叹息。他绝不向困难屈服，无论如何必须得到银行的贷款！

是中国农民的机智和山里人的顽强帮助了他，再加上他已经具有的省劳模和省人大代表的身份。

于是，他对自己的老熟人邢台县农业银行行长尹金河采取了软磨硬泡的办法，在一个星期内，他"紧追"尹金河身影而不舍。从早晨一睁眼，郭成志从小旅馆草草洗一把脸后，便直奔尹金河家笑容可掬地陪行长共进早餐，然后又紧陪行长上班入办公室。行长办公他陪在一旁看报纸，且悄无声息极其谨慎只是不离行长左右。行长若是召集有关人员开会他仍然规规矩矩坐在一旁看报，且对开会绝不做出有任何影响之举动。时至中午，又紧随行长其后回家且毫不客气地享用行长夫人准备下的热腾腾的午餐。下午的程序大略同于上午。只是在行长家晚餐用毕，再简单饮一些茶水，才告辞出来回他那个小旅馆。

开始，尹金河很生气地看着他。郭成志堆着一脸谦卑的微笑，说："能不能破例给俺村贷一下款，时间太紧，石钢正等着与俺们签正式协议呢！"

"笑话！这么普通的常识，你也不懂？不是不贷给你，是上边有政策，你不能让我犯错误吧？"尹金河气恼地又看了他一眼，"你总不能仗着你是省劳模和人大代表，跟我耍赖啊？"

尹金河连挖苦带损地发泄着自己的怒气，恨不得把憋在心里的郁闷一吐为快。一时，乱七八糟的事情都拥进脑子里来，好像雨季山洪暴发，咆哮着，夹带着沙石，翻滚着波浪。他的脑壳感到有些沉重，也有点疼痛，于是便竭力想排除这股子烦躁情绪。可是无论如何也做不到，这股子烦躁情绪怎么都排除不掉，而且越来头绪越乱，好像形成了一股泥石流，冲坏了桥梁，堵塞了交通……他的心都要碎裂了。他常常感慨现在的工作简直不好干。要么不干，只要干，就惹得他肝火上升。

比方眼前这个郭成志，要为村里建厂贷款，首先找上门来，这叫敬酒。实在不行，又去找县长，令银行开绿灯。

这种通过上级给自己施加压力的事，他见得太多了，何足为奇！别说前南峪一个小山村建厂，就是大的又怎么样？那一年，某位县长，不就是为一个大企业贷款，令银行开绿灯嘛！因为那个大企业的厂长，曾是那位县长的秘书，不必经过什么手续可以直接入县长办公室，话就好说多了嘛。他似乎感到了那被碾压的心灵的痛楚。风和风打架，水和水冲突，人和人矛盾，自己也跟自己过不去，这个充满矛盾的世界和人生！月亮缺了，还会复圆。你果真能断定，这复圆了的月亮，便是当初那缺了、窄了、暗淡的月亮吗？蚕蛾僵了，又出现了许许多多赶忙吃桑叶的蚕宝宝，你当然知道，这蚕已经不是那蚕。江河流水，一个浪头跟着一个浪头，后浪和前浪，它们之间的区别，它们之间的联结，又在哪里呢？尹金河在农业银行待了这么多年，哪年没有几个头头脑脑说上就上的项目需要贷款呢？国家紧缩资金，计划内的项目都不贷；计划外有县长的批示，却施加压力，有什么办法呢？——那就怎么来就怎么对付吧！那国家紧缩资金的严肃性自也不必提了。年年喊贷款资金短缺，没法儿不缺。制订得好端端的计划，谁想往上加一个就加一个。五个人吃的饭十个人吃，谁也别想吃饱。还要强词夺理，叫作"有饭大家吃"。不行，不行！农业银行是干什么的？是负责计划内的项目贷款的，不能按时完成计划内的项目贷款，出了问题，人们会把一切责任都推到你农业银行行长头上来！这个完不成建设项目，说你项目贷款计划有问题；那个完不成建设项目，说你计划内的项目贷款掌控有问题。这问题，那问题，都指着你的鼻子，说是你计划内的项目贷款造成的！

往下砍吧，压缩一下吧，你砍谁的？谁的后台都挺硬。于是就这么凑合着，谁也别想快，一个大中型的建设项目，搞个四年五年完不成谁也不着急，反正离自己的心、肝、肺还远着呢。

这真是一个多变的世界，变得使你做什么事情都有点拿不定主意。你认为这一步应当如此，可你刚刚迈出脚步，又发觉这步子迈错了。你认为绝对不可能发生的事情，它却又千真万确地发生了。你紧跟吧，可能一下子就掉进泥潭！你不紧跟，唱一唱反调吧，又可能摔一个大跟头。这真叫举步维艰。革命几十年，几时碰到过这种局面？真是一个艰难的时代啊！

事情就是这么进行的，就像人体某个重要部位的血管上长了一个瘤子，你不能割掉它，那会影响你的生命。血液不得不进行这种畸形的循环，把养料不断地送进那累赘的瘤子里去，养肥那多余的细胞，任它长大、膨胀，慢慢地侵吞着自己的生命或者是有一天突然爆炸。

而且，据说一个乡办企业，就派三四个人在邢台坐跑资金。在招待所里包了一间房子，一包就是几个月，进出都是租小汽车。光小汽车一项开支几个月下来就是六百多元，那是全乡农民的血汗钱哪。

尹行长知道，他生气也好，说刻薄话也好，不过是要小孩子脾气。这种事，他管得了吗？再说，人家可以找县长，甚至县委书记。更何况，郭成志要贷款的事情也确实有些特殊。

郭成志说："政策是文件，可人是活的。你有钱没有钱吧？"

"钱有啊。"尹金河顿时感到周身很多芒刺，原是饮茶听话，现在含在口里的已不是他平素喜欢的酽茶，而是苦涩的药水，几次努力再也咽不下去，撇撇嘴说，"可不能放啊！"

郭成志拉着长音说："这不得了，政策再硬，你想法子啊！铁还能钻出个窟窿呢，我不信你一个大行长，就没有一点办法，再说，我要的又不多。"

尹金河叹口气："你说你图啥哩，又不是你自己的事。村里的事，你干啥上这么大的劲啊，至于吗？"

"如果是我自己的事，打死我也不给你找这个麻烦，正因为是村里的事，我才求你。尹行长，实在对不起了。我这回就给你耍赖了，你就给我想想法子吧。你不给我弄点钱，我就一直赖着你，再不行，我就睡到你家的客厅里，一直腻歪你！"

"唉……"尹金河无奈地摇摇头，"没见过你这样当支书的，没见过你这样给公家干事的！"

偶尔，他也会有力不从心的惶惑和短暂地丧失信心。这时候，他只要在办公室里走上几圈，心里的郁闷渐渐就会被随时遇到需要他裁决的各种问题所驱散。他没有时间发愁，他必须把百分之百的精力投入这复杂的生活中去。

整整七天，不知道是尹金河被郭成志的精神感动了，还是被他"泡"烦了，终于在第七天头上，尹金河从办公桌后边的椅子上站起身来走过去，拍了拍坐在沙发上看报纸的郭成志，说：

"成志支书，还真不赖儿，信用社救了俺老尹一命，人家给挤了六十万贷款，已经划拨到浆水信用社，快回去找担保单位。紧记住，要快！"

郭成志早已经心急火燎，焉有不快之理？没顾上对行长多说几句感谢的话，心里想着我后边补吧，就马不停蹄地赶往邢台汽车站。郭成志走出胡同口，跑往汽车站。他那两只大脚板子，把邢台汽车站的水泥地面震得"咚咚"响。在赶回浆水的汽车里，他想好了先找供销社主任翟天河。

找到翟天河后，翟天河在这个问题上可没有了治山的痛快劲儿，他想起了国家有关规定，一对照似供销社这样的单位不能给郭成志的工厂做担保，关系再好翟天河还是摇了摇头。

翟天河一摇头，郭成志扭头就蹬起自行车，直向县菱镁矿"飞"去。

一大队拉麦子的大车从他面前的大道上开过来了，烟尘滚滚着，鞭子响着。

他躲闪到路边，绕着蹬过去了。

割麦子的人群在他身边的地里出现了。麦子滚着波浪，镰刀闪着银光。

他穿过麦子垄中间的小路，继续朝前蹬着。

他越过横头地，又绕过小河湾，前边就是奔菱镁矿的山路了。他回头看看，前南峪已经甩到背后，那边的一切声音都听不见了；将了将被风吹散的头发，又把大草帽戴上，系紧了帽带，还是照直往前蹬。

去县菱镁矿，是郭成志想好的第二家担保单位。郭明祥在那里当矿长，资产不小效益不差又是企业。郭成志想："这回没跑了，你郭明祥担保定了。要么，你还对得起你的出生之地吗？有何颜面见家乡父老。"

在菱镁矿上自然有一番斟酌议定。待担保协议起草完毕，又誊写了一遍，再吃完了酒饭已经到了晚上十点多钟。郭成志想着尹金河那个"快"字，执意要走。郭明祥到院里抬头看看天空，阴得乌黑乌黑的，没有星光也没有月亮，像要下雨的样子。他就一个劲挽留郭成志。争执的工夫郭成志看到了郭明祥那个厚塑料带拉锁的很严实的公文包，说："明祥你甭拦我啦，把这个包借给我用吧，那就是协议的'雨衣'。它雨果真下起来下得再大俺成志浇个落汤鸡，也要让盖着你菱镁矿大红印章的担保协议一丝雨水不挂。"

菱镁矿离前南峪十八九里路，郭成志没走出二三里，突然间浓云密布，狂风大作，紧接着，电闪雷鸣，像用大瓢猛泼猛倒的雨水，笼罩了旷野，压弯了树身，冲洗着道路，抽打着路上的行人、车辆……

邢台县西部山区也被暴风骤雨摇撼着……

在倾盆大雨之中郭成志整个成了一个水人。而唯有他那个塑料公文包成了雨中郭成志的第一呵护。雨再大他绝不允许有半点雨丝灌进去"侵犯"他那个协议。

郭成志在雨中半推半就地艰难前进了一少半路，他想拼过去剩下的一半的路就可以把雨彻底地甩到街上回到炕上美美地睡上他一觉。没想到雨大路滑，再加上夜黑，他骑自行车要拐过急弯，车轱辘轧到路面突出的一道石棱子上，"咣当"一声落下来。在车上的郭成志，只听"扑哧"一响，扭头一看自行车后胎，居然被什么东西扎了，不由得大吃一惊，喊了声"不好"，就连人带车摔倒在山坡下。

"真是想不到的事儿。今儿车后椅也没有带什么沉东西，走得也不急，怎么会把车胎扎了呢？"

郭成志的脑子里边闪过这样的念头，可是他顾不上说话。在昏暗中，他的眼睛使劲盯着自己一条腿，被自行车压住。同时那个自行车大梁，像刀刃一般往他的大腿骨里边剜，被压的那条腿麻木了，并从下肢往上传染。……他咬着牙，心里也鼓励自己一定要挺住，一定要坚持到底！

这时，阵阵大风卷起暴雨围住他呼啸着，旋转着。他向四处看，是狂暴的黑暗的水旋风。天空轰响着千百种声音。他闭住眼睛，一片巨大的瀑布扫在身上。他定定地趴下，只求狂风不要把他刮走！

他的衣服早已让暴雨浇得透湿，打了一个冷战。他借着电闪，想掀起自行车。可惜，那条腿被压在自行车下，怎么也抽不动。他直起身，咬了咬牙，就伸出两只大手，从被压的腿上往起掀自行车。嘿，两只手肿得有砖厚，手心里让锋利的石片割破的伤口，填满了沙土。肘子、膝盖都是血淋淋的。他习惯地去抓自行车，可是哪里抓得住呢？他恨自己：为什么不用心骑好自行车呢？唉，现在既不能掀自行车又不能动弹，睁大眼活生生地等死，世界上没有比这更让人难过的事了！他盯着自行车，满身的疼痛，都感觉不到了。这怎么好呢？郭成志浑身一阵颤动。他圆睁着眼，死死地盯着压在腿上的自行车。他想猛跳起来往起掀，可是身子不由自主啊！情况十分不利！郭成志拼尽全力去掀自行车。被雨水冲刷的自行车，又冷又坚硬。他掀呀，掀呀，被擦伤皮的手掌淌出血来，他都没有感到疼痛。

郭成志打起精神，自言自语说："成志啊成志，你不是常说，浑身这一百多斤交给党了。你这话是从心里往外掏的,不是在嘴上挂着的。今天不过是腿上、手上碰破了皮,尝到了一点滋味。顶多就是一条腿,就算折了,锯掉它,你照样能跟全村群众一块儿在脱贫致富的大道上奔哪!"

郭成志抹了抹脸上的汗水和雨水,稳稳神,用了很大的劲儿,才把那条被压的腿从自行车下抽出来,想站立起来。可是,他几次努力都没有成功。

又一阵雷鸣,一阵风起,雨点渐渐地稀了、小了,云彩开缝,天空放亮,不甚遥远的混浊的河水发出淙淙的声音往沟里奔腾。许多条冒着泡的小河顺着山坡,顺着红薯地,往大河下面流去。小河夹杂着被雨打掉的树叶子、从庄稼地里冲出来的草根和许多折断的玉米茎秆。冲积起来的软软的沙堆顺着红薯地往四面乱爬,埋没了红薯的秧蔓;闪闪发光的雨水把车辙冲得很深,顺着夏天的山路奔流,有着喧扰和开阔的响声。身旁每块石头的缝际间,唧寨唧寨,也有水在流,像秋天蟋蟀唱的歌。林啦、山野啦,以及看不到的茫茫远远的地方,全呈着意料外的恬静!被一阵暴雨洗过的青山、树林和岩石,显得多么明净,多么雄伟呀!

郭成志又用手背抹了抹脸上的雨水和汗水,抬头看,空中云块在移动;侧耳听,山下的洪水"哞哞"地叫。他心里想:说话就少半夜了,看样子还有大雨。如果自己被山洪截在山上,还怎么去跑第一笔贷款,哪岂不是误了大事?

郭成志强打精神,咬紧牙关,又连续试了三次,才站立起来,掀起自行车,但无论他怎么使劲,也迈不开步子;雨水拌着汗珠子簌簌地往下掉。他用衣袖擦了擦脑门子,推着自行车迈步,从慢到快,最后,他一铆劲儿,直起腰,朝前走去。

突然一声闷雷,震撼了寂静的山谷,排山倒海似的在颠连不绝的山峰群峦中回荡。刺眼的闪电,划破了漆黑的夜空。大团大团的乌黑的云层从四周包抄上来。天,宛若一只大黑锅,罩在群山之上。刹那间,呼啦啦地起了风,风越刮越紧,越来越猛。那些枯枝败叶被卷得老高老高,飘飘悠悠地在半空中旋转。狂风过后,伴随而来的是滂沱大雨,一霎时,仿佛天地之间都成了白茫茫的一片汪洋。暴雨好像把江河提到空中往下猛倒。掺着泥土和黄沙的水,从无数座悬陡的山崖上跌落下来,又在无数道弯曲的沟谷中奔跑,汇集到川底,形成了汹涛骇浪,猛烈地翻腾。桌子似的石头在滚动,屋子大的石头在颤抖。这惊心动魄的响声,震得人头晕眼花,站立不稳。

郭成志推着自行车，为了躲避山洪，东扑西撞，南绕北拐，好不容易才找到一条横在山脚半坡上的小道，终于走出了高山峡谷。

他在发烧。雨水打在脸上，冰凉冰凉的，他感到畅快。但是心脏跳得急促，呼吸也很困难，像得了气管炎似的张大着嘴巴。一双脚也不灵便，机械地往前挪动。

郭成志忍着腿骨刀剜般的疼痛，爬上一道高岗，四下里张望。可惜，天太黑了，几丈远的地方就模糊不清，只好摸索着往前迈步子。

他在漆黑的野地里走着，爬坎、过沟，穿过一片又一片的树林。雨声"沙沙"，脚步"咔咔"，像戏台上伴奏的胡琴和鼓点。这使得满怀激情的人，既不寂寞，也不恐怖。

脚上溅起泥浆，糊满了他的裤子。

肚子饿了，又慢慢地不饿了。

心里发烧，他扑到小河边喝了一肚子浑水。

发烧过了，又浑身直打冷战。上山他不是在走，而是在爬。下山时立脚不稳，溜了下去。

过小河时，一个个石磴在他眼前晃动，怎么努力也不能准确地踏上去。后来干脆不上石磴了，扛着自行车，直接走进了水里。

爬上最后一个山垭，已是深更半夜。郭成志忽然喊一声："嘿，到村了！"

只见不远的地方，有一片光亮在闪动。他直奔那个光明闪耀的地方，浑身越发长精神，脚步越发加快。

一道矮墙，一座石砌门楼，两扇门板开着，里边门楼上的灯光，一直投射到流着水的街道上，像喷出的一股烟，像铺上一层纯白的石灰。

郭成志一跨进自己家里的石门楼，就闻到一股柴草味和烟火的气味。他从来没有体会过，这些闻惯了的味道，此时此刻竟这样地叫人感到亲切和动心。

或许是老天有意识地考验一下郭成志的顽强，也许是警示一下农村支书郭成志：多难之后，必有后福。

在采访中，回忆到这里，郭成志感慨地对我说："那场大雨让我终生难忘，这是我办企业跑来的第一笔贷款，大雨像是我激动的泪啊！"

有了信用社的贷款进账，郭成志顿觉心胸饱满，便信心十足地赶到省城石家庄，第五次来到石钢的办公楼，和石钢人正式签订上硅铁厂的协议。

到石钢之前郭成志没有忘记找上工程师翟方，他觉得有了翟方这个一开始就在场的见证人协议签起来会更铁，将来有个风吹草动你想推翻中间还站着个见证人呢。

那天一进门，还没等郭成志开口，翟方便焦虑地问："我估计你还没有解决筹资问题吧？"

这几天翟方正为郭成志的硅铁厂犯愁。他想，你郭成志再是省劳模、人大代表，你有天大的本事，省长签字后边又来了个压缩资金，你还能有孙悟空的本事一个跟头翻过了天？不好，硅铁厂八成要泡汤！

"筹集了……"郭成志喜形于色地说。

翟方眼一亮，问："多少？"

"一百五十六万。"郭成志回答。

"我的天！"翟方冲动地从办公桌后面转出来，笑呵呵地握住了郭成志的手，"你不是用好话来哄我骗我吧？"翟方仰起脸来看着郭成志说。

"翟工，您把话说哪去了，俺啥时候骗过人，何况是您翟大工程师？"郭成志诚恳地说，"一切准备就绪，只欠和石钢的一纸合同，咱们快去签吧。"

翟方这才相信了郭成志的话是真的，他拍拍郭成志的肩膀，说："不简单哪，你们又闯过来了。"

郭成志说："我们还得闯下去！"

翟方说："完全对，干事业就是不停地闯关、过岭，永不松劲地往前冲！"

汽车开往去石钢的路上。马路两侧的街灯亮了。远远看去，像一条波光闪烁的长河。马路当中，一辆辆小汽车的红色尾灯流泻过去，像一艘艘小小的快艇。

翟方摇开车窗，风吹了进来，抚弄着他的头发，他的衣领。他觉得自己也像驾了一叶扁舟，驶向永远到不了的地方。他心里一个劲儿琢磨，还是人家做出突出成绩的省劳模、人大代表有面子。国家兴许是对这些人特殊照顾？心里想着嘴里也就问了出来。

郭成志不置可否。他不愿意把自己经历的"磨难"告诉翟方，只是半是点头半是摇头地还给了翟方一个"嗯"字。其实他心里想，翟方的问话也确乎有那么一点道理，没有这两个硬邦邦的头衔，尹行长那里你再熟，那一个星期的"追踪",也早就把人惹翻了……

也许不必那么悲观。生活毕竟前进了,人的思维方式已经变得更加科学。人们一旦从迷信和愚昧中挣脱出来,就会爆发出无法估量的能量。

和石钢人的协议规定:前南峪建硅铁厂时,由石钢负责安装矿热电炉并提供一切必要的配件;建厂后,由石钢提供生产技术并负责包销全部产品。前南峪出资十八万元人民币,一次付清购买石钢闲置的一台锰铁矿热电炉,并包括一切配件在内。

协议的双方盖毕公章的时间为1986年6月15日,恰恰经历了一年的时间,前南峪的又一座较化工厂规模更大的企业,巍然耸立在浆水川的另一岸,和化工厂遥相呼应,组成了前南峪一对多么雄伟壮丽的山村工业风景区。

高大的烟囱、水塔,巍峨的厂房,镶在碧蓝的天空里,像是一幅瑰丽的油画。

硅铁厂的大门口,汽车装着硅铁、原料,穿梭地进出着。

厂内人群似海,彩旗飘扬,震耳欲聋的锣鼓声,优美的欢歌声,震撼着天地。

在片刻静穆之后,前南峪党支部书记郭成志在主席台正中站了起来,他先向大型锰铁矿热电炉看看,又望着台下无数张兴奋而激动的面孔,然后向前南峪人民庄严宣布:

"太行硅铁厂建成了!"

"前南峪人民从此有了自己的大工厂!"

话音刚落,台下锣鼓齐鸣,鞭炮震响,成千上万干部群众万分激动地跳跃啊,欢呼啊。

"中国共产党万岁!"

"农村改革万岁!"

……

郭成志被拥在欢腾高歌的人群里,幸福的热泪止不住地往下流。

第一个发言的是村民代表,第二个是职工代表,接着是大会总结。村主任郭明谦宣布:"现在,我们欢迎党支部书记郭成志同志讲话!"

在热烈的掌声中,郭成志立即从长凳上站起来,迈开英武的大步,走到扩音器前。等掌声停下来之后,他一边用力抑制着那种浮漾在心头的激动的情绪，一边用那种民兵连长惯用的简洁有力的口吻讲起话来，那声音如同敲击钢铁一般高昂洪亮，震动人的心弦：

"乡亲们，这个时刻，是我们前南峪有史以来最光荣的时刻，是我们每一个村民终生最幸福的时刻，是我们子孙后代永远要纪念的时刻！……我们是一个艰苦奋斗的集体，几十年来，高歌猛进，冲破重重阻力发展到今天；只有在党支部的正确领导下，大胆改革创新，才建成了邢台县山区第一个大型乡镇企业！"

大家屏住呼吸，倾听着党支部书记热情洋溢、气势磅礴的讲话。这些话深深地打动着他们的心，嵌在他们内心的最深处。当党支部书记讲到令人感到振奋时，一片热烈的掌声和欢呼声又一次响遍整个山川。

"……我们是打了一个大胜仗，但是，我们前面还有更加繁重的任务，还有更大的困难，还要攀更高的乡镇企业高峰。"人声平息下来后，郭成志接着讲，"太行硅铁厂的成立，是新农村改革的开始，而不是结束。我们要将新农村改革进行到底！……"

欢呼声，震动着每一个人的心房！

欢呼声，传遍了整个太行山！

四

喜庆的锣鼓刚歇，前南峪人还没有从陶醉的情绪中苏醒过来，又一场"轰顶"大难几乎使郭成志那刚强的身躯从此被击倒，也差点使前南峪人刚刚建成的工厂水断路绝。

一天傍晚，月明星稀，家家户户的窗户里射出明亮的灯光。郭成志在家浏览着自家订的几份报纸，这几乎成了他经年累月的习惯。除非没有条件，只要有可能，几张大报和省地两级党报他每天必看无疑。

突然，《经济日报》上的一条简讯跳入了他的眼帘：我国硅铁生产已大量过剩，由近年来的旺销转为滞销……这不啻晴天霹雳，炸响在郭成志的头顶上。他心一惊，眼一黑，手里的玻璃茶杯"啪嚓"一声掉在地上，摔了个粉碎，泼了一地茶水。他声音发抖，语不成句地说："毁了，毁了……"

熟睡的小孙子宏波被惊醒了，刚要哭，一睁眼，看见了郭成志，一骨碌爬了起来，站到炕沿上，一蹿，就扑到郭成志的怀里，两只小手钩住了他的脖子："爷爷，您怎么啦？想您着哪。我正做梦，您长了大白胡子，还拄着棍子，让我给您捞鱼，我给您抓了一大条，一大条……"

郭成志看看宏波那天真的小脸蛋，听了这番话，心头一酸一热。在这一瞬之间，郭成志像是被火烫了一下，疼痛之后便是浑身冰冷，正是汗水淋淋的夏季，他却感到自己如入三九的寒冰之下。可是，另一股巨大的力量，在鼓舞着他，在激励着他，他又把心一横，暗想，太行硅铁厂是全村干部群众的血汗啊，如今厂子刚建成就赶上全国硅铁市场滞销，自己作为党支部书记，即使天塌地陷，也要把硅铁厂救活，把全部产品推销出去。想到这儿，他把孙子放到炕上，走出屋。

媳妇正在灯下做针线活，一见男人浑身发颤，又摔坏了茶杯，赶忙追上郭成志，说："小年，你深更半夜往哪里去？是我哪点做错了，对不住你，你说，你说，我错了就改……"郭玉金说到这里，再也拦不住满眼的泪水，一串串滚落下来。

"你没错，你哪儿都好，都对。"

"你哪不顺心，你要说，我都由着你。你可无论如何不能着急，气大伤身。"

"你不用乱想。"

"不是乱想。小年哪，我们是夫妻，我们跟别人家的夫妻不一样啊！我自打入了郭家门，你待我像妹妹，我待你像哥哥，甭管家里再苦再难，咱们从没犯过脸红，有福同享，有苦同吃；自打你当了村干部，你白天黑夜地干，进屋端碗就吃，放下筷子就走。人说我们家也就是支书的食堂，你听我埋怨过你一句没有？孩子长这么大，晚上睡觉，没枕过你的胳膊腕儿；早上起来，没见你给穿过衣服。大的小的都缠着我叫：爹呢，我爹呢？你又听我埋怨过你一句没有？"郭玉金越说越激动，声音中带着恳切的哀求，"你是党员，我知道你一心都在党里。你当支书，忙，顾不上家，家里大事小事都是我撑着。我爹死的时候，一手拉着我，一手拉着你，嘱咐咱俩活在一块活，死在一块死……"

郭成志脸上也淌着热泪，他伸开粗壮结实的双臂，把自己的女人抱住了，紧紧抱住了。郭玉金闭着眼睛，脸盘白净得像白玉石雕塑成。她任男人把她抱得铁紧，任男人的胡子楂儿在自己的脸上触得生痛。她只有一个感觉，男人回来了，不是梦，实实在在地回来了。就是梦，也要梦得久一点，不要一下子就被惊醒……

"玉金！"郭成志擦着脸上的泪水，说，"我在你身上，在孩子们身上，用的心太少了。这些年，我们这个家，里里外外全靠你一人。这，我知道，村里干部群众都知道。"郭成志用大手背一下子擦干眼泪，用灼热的眼光望着媳妇，"我比谁不爱我的家呀？我比谁不爱我的孩子呀？可是，没有共产党，没有社会主义，没有改革开放，我哪会有家？哪会有你？哪会有孩子？玉金呀，我不是跟你生气。"

"那你为啥发那么大的脾气，把茶杯都摔坏了？"

"是为咱村的硅铁厂遇到塌天大祸，刚建起来就得停产，那可是全村人的心血啊！我哪能不心痛，着急啊？"

郭成志理直气壮，浑身充满了力量，郭玉金感到了，看到了，心情渐渐平静下来。

"啊，原来是这样。"郭玉金撒开了双手，停了片刻，也着急地说，"就不能想想别的补救措施？"

"是啊，明天我就出远门找销路。"

第二天，郭成志便跑邢台、跑省城、上北京，果不其然，各硅铁厂家货积仓库，少有哪家买主问津！

郭成志到"石钢"洽谈，但是厂方此时却说，市场突然出现了骤变，谁也没有料到，原合同上那条包销产品的协议只好作废。

郭成志有口难张，有理难辩，谁让你遇上了倒霉的市场行情？

这才使郭成志又遇到了如泰山压顶般的大难，以前的磨难看起来那根本无法和这次的磨难相比，比起来也是小巫见大巫。

郭成志此次"麦城"算是走定了。

新建的厂房黑压压地矗立在那里，不能开工，不能生产，如同一座沉重无比的大山压在郭成志的心头。

村里拿了一百五十六万元，这可是前南峪人的全部血汗啊！

清早起来，人们跑到前南峪的硅铁厂一看，全都傻眼了。五队长张红岐是个急性子人，一股火气顶上来，坐在厂边上动不了窝，好几个人把他架回家去了。

唉，全前南峪的饭碗砸了！鸡不啼了，狗不叫了，孩子不哭了，女人不笑了，人人都像塌了架，丢了魂，一声长叹连着一声长叹。

如何向全村的干部群众交代？

郭成志第一步得先和乡亲们交代清楚，听听乡亲们的意见如何，怎么处置还没开工就得关门的工厂。

此时，群众不满的指责声，七嘴八舌的议论声，甚至幸灾乐祸的"叫好"声，落井下石的恶骂声从街巷四起。

"咱是凿木头的虫子，还买什么大厂家的洋设备，这下可好，一百五十多万打了水漂，砸锅卖铁也还不起。"

"支书失算了，钱都让人家弄走了。"

……

更有甚者，编了顺口溜："干部无能，石钢联营，钱被拿走，大头落成。"

市场的竞争是血淋淋的。这里没有温情，没有谦让，也不讲"主义"，它只有一句话：优胜劣汰，不叫你死我活至少也可以说是你上我下。

什么叫作吃亏？跳出谈判双方，看全局，看大局，生产发展了，经济上去了，全社会都有好处，谈不上谁吃亏。

有时候，在某个特定的情况下，"不平等条约"体现的倒是真平等，大平等！

干大事业者不仅能吃小亏，还要敢于吃大亏！

就是说，要在"不平等"里看到平等，要在"吃亏"里面看到便宜。

不然，怎么可能做到起步晚而起点高？

郭成志先干部会，后党员会，一个会一个会接着开了下去。目的是先统一干部党员的思想，寻求死路中的生机。当然在会上主要由郭成志"检查"自己的市场观念不强，才给村里造成这么大的被动，背上如此沉重的包袱。

是啊，一百五十六万，按前南峪人口计算，平均大人小孩每人一千多元。就是说，刚刚出生的娃子，就得背上那一千多元债才能慢慢长你的身体！如果这笔钱真的就这么打了水漂儿，郭成志岂不成了千古罪人！

郭成志每一次开会后，心里流一次"血"。

沉痛的教训，自然压得郭成志难以负载。郭成志觉着，经过这样一次大难，他受到了启发，受到了教育，也受了锻炼，他的思想又提高了一层。他认识到：搞改革开放，除了坚定不移，大胆改革创新，永远一心无二地走中国特色社会主义道路之外，还得有牺牲自己一切的精神准备。他甚至认识到：这里跟响着枪炮的战场没有什么两样。一个人如果没有这个准备，牺牲自己利益的事儿突然而来，又不能经受住，照样会败下阵去。郭成志经受住了，可是，也许因为没有这么充分的准备，而受到过分的震动吧？但是人在痛苦中昂起头来，或许就此便看到了希望和未来。

最后一个会开的是全体村民参加的群众大会。

在沉默了六天之后，郭成志在会上向群众"交代"办厂的前前后后经过，他说："人家开始讲包销产品，后来还是讲包销，写到协议上仍然是包销。一个包销，使咱忘记了市场，忘记了那'包销'二字是在市场行情看好的情况下说的、写的。咱便就此躺在人家的身上，把自己的整个命运都押给了人家。这叫啥呢？这就叫市场意识不强。"

最后，他几乎是哽咽着说了令全村人为之震颤的话：

"这是一次重大的失误，是我郭成志决策不当、市场意识不强造成的，责任由我郭成志一人承担。当然，我没有这么多钱，就是把我全部家当砸锅卖铁都换成了钱，也还不起这个债。但请大家相信我，我一定要寻找新的出路，让那些死设备活起来，一定投产见效。果真找不到，这笔债我郭成志死活要把它背起来，我今生还不完，我会让我的两个儿子还，儿子还不完，让我的孙子还，我郭成志会让我的后代，祖祖辈辈还下去……"

哦，支书哭了！支书不为自己哭，他是为事业哭，为人民谋幸福哭，一个不想干事业不想为人民谋幸福的人，怎么肯去做"乞丐"，又怎么可能在这种场合流眼泪呢？

诚则灵，真情会感动上帝的。

支书把受了伤的心掏给了群众，群众的心也在替支书"流血"。

郭成志的话还没说完，就有人上台了，挥动着胳膊说："这事不能记在郭成志一个人头上，办厂是班子研究的，是村民代表们同意的，谁又不是诸葛亮，能往后看它多少年。乡亲们，有福同享，有难同当，这是我们大家的事，绝不能昧良心，让郭成志自己把责任兜了，大家要齐心协力，共渡难关！你们说对不对？"

"对，这不能怨他，是咱们大家伙儿共同的责任！"

村民们噙着热泪，一个接一个上台发言，表达共同的心愿：共同承担债务，绝不能让郭成志一个人背着！为了村子富裕，他受过的罪，吃过的苦，比我们谁都多。

等到第十二个人上台时，郭成志激动得心在摇荡、血在沸腾，他抹掉了眼圈里的泪水，上台拦住了大家，声泪俱下道："乡亲们，不要再上台了。大伙对我郭成志那一片心意，我心领了。但是，我是支书，是决策者，责任必须承担，失误必须弥补。"

五

1986年7月28日，前南峪人和前南峪的历史，都记住了这个不同凡响的日子。这个日子，是热浪滚滚的盛夏中的一个日子。郭成志揣着从亲戚那里借来的一千五百元路费，踏上为硅铁寻找生机的漫漫长路。

媳妇郭玉金的眼泪只能送他上了路，却不能阻止他的路。

自此，郭成志三个月漫长的时间奔波在外，几乎过起了半是"流浪"的生活。但，他的信念是坚定的：苦，自己茹在心间，路，非踏出来不可！……

9月中旬，自郭成志离村外出已经过了小两个月的时间，天，眼看着一天天凉了起来。在山里，早晨晚上或是遇到了刮风下雨的天气，人们都要在内衣里挂上一点绒和棉了。每当这时候，村里的老人们都念叨起了郭成志，说咋就没个信呢？不知道那人现时在啥地方？风挨了没雨打了没？可不敢病喽！

年迈的母亲惦记着儿子，盼他早一点回来，她总是解不开儿子的心气；为啥一次又一次地遭难，还一次又一次地非要干，拼死拼活地这可是为了个啥呀？

媳妇郭玉金这会儿心中也同样有着和母亲一模一样的惦念。她一天天到公路旁边去，到浆水河边去。晚风，梳理着她的头发。小孙子宏波，拉扯着她的衣角。浑浊的浆水河水，模糊地印下她的倒影。这是一个苗条的身影，一张秀丽的脸庞。

她徘徊在浆水河旁，久久地凝望着前面的山和山间的路。湛蓝的天空，显得格外明净。欲落的太阳，闪射出耀眼的金光，照着浆水河岸边的山村，照着村前一马平川的庄稼地，也照着村庄后面那褐色的石崖和岭岗。从浆水河旁向北望过去，远远地，太行山像一座巨大的屏风似的矗立着，层峦叠嶂，气势雄伟。近处，可以看见山谷、丘陵和在灰色树林掩映里的若隐若现的村庄。村庄西头，浆水河的水面，也在阳光照射下，熠熠闪光。从村庄人家的屋顶上，袅起一缕缕烧晚火的炊烟，时不时地有妇女们唤猪唤鸡的尖嗓音，从村庄的街道里，传到浆水河边上来。公路上，上集推小车的，赶牲口的，挑担儿的，提篮儿的，抱着鸡的……已经换了季和还没有换季的庄稼人，踏起路上的尘土，在阳光下，络绎不绝地拥回山村。眼睛望痛了，脚也站麻了。她拉着宏波的手，在石桥上走动。从桥这边走到桥那边。又从桥那边，走到桥这边……

"爷爷怎么还不回来呀？"宏波瞪着大眼，问奶奶。

"在外边跑事的。"

"不能不跑吗？"

"不跑，工厂就不能按时开工。"

"那他今天会不会回来呢？"看来，小小的宏波，也尝够等人的苦味了。

"会的。奶奶今天过生日呀！"

"你们大人也过生日呀？"宏波偏着小脑袋，看着奶奶。

"傻孩子！大人、孩子，什么人都会有自己的生日的。"

"那，它呢？"宏波指了指被奶奶用野草捆住了的蝈蝈。

做奶奶的不知怎么回答自己的孩子了，一把将宏波搂在怀里。她是为了惦念男人而来的！现在，男人在哪里呢？她开始有点气馁，有点不满男人了。似乎在生活这方面，男人是个很执拗的人吧？不随和，考虑对方少吧？她突然想到："唉唉！小年现在肯定还没有找到销售硅铁的出路，不然，他不会不回来为妻子过生日吧？"她转念又一想，"要不就是从亲戚那里借来的路费花光了，没钱买回家的火车票吧？总之，他忙！他一定忙！他要到很远很远的地方给硅铁找销路，还能不忙吗？我怎么办呢？"郭玉金越思量越没希望，越觉得在这里等候，没有意义。

但她还在等着。

这时，那山间公路上，一辆红色客车开过来了。一声喇叭，震得满山响。她赶忙抱着孩子，向公路边走去。这是最后一班过路的客车了。他爷爷，该在这辆车上。

车停了，走下来三个人。还是没有他。

太阳快落山了，郭成志还没有回来。

屋里，飘着诱人的鸡肉香。一抹晚霞，从窗口斜射进来，把屋里照得亮堂堂的。房内的布置简朴而整洁。正中墙上，挂着一幅装在大玻璃镜框里的毛主席彩色画像，两旁贴着红纸对联，写着："基本路线百年不动，改革开放一往无前。"

一只铁锅放在火上，里面炖着一只没生过蛋的仔鸡，诱人的鸡肉香弥漫着这间小小的屋子。她在案板前忙碌着，细心地切着干牛肉，切着红辣椒、姜丝子。结婚二十多年了，她知道他特别爱吃姜丝、辣椒炒牛肉。今天，是她三十八岁生日。

"你站到屋前坪里望着去，看到爷爷从山路上下来了，就进来告诉奶奶。"

宏波点点头，听话地出去了。他牵着他的蝈蝈，到屋前的小坪里玩开了。

晚霞渐渐地隐退，天色暗淡下来。山野里虽然有几只秋虫在"唧唧"地叫，但那也只能更衬托出夜的寂静。秋庄稼，那些高粱啦、玉米啦，满身撒满露珠，发散出润湿清新的气息，听得见它们"咔吧咔吧"拔节的声音。

当屋里飘满了油香、肉香和煎辣椒的呛辣味。郭玉金亲亲热热地把一样一样已经做好的菜，满满地摆到了桌子上。宏波还没有进来报告。兀地，不知怎么，她心里有些不安起来，感到闷闷不乐，感到苦恼，感到无趣，感到抑郁……生日的喜悦消失得无影无踪，她像掉进一个冰凉的深井里。

"宏波，看到山上有人下来吗？"

"没！"

玩蝈蝈玩得正出神的宏波，听到奶奶喊他，抬头草草地望了一下，飞快地答复奶奶。她只好自己出来看了。山间的溪流淙淙直响，好像一个有生命的东西在歌唱。浓雾降着，并不使人感到秋夜的寒冷。她急步走到坪里，用手搭在额前，溶溶暮色里，一条黑乎乎的山路，冷冷清清地卧在山坡野草间。看不见一个人走动。

又闷等了一阵。天全黑了，几点星光，闪烁在远远的天际。桌上的菜，冷了。她只好把炖得滚烂的鸡肉，又倒入铁锅中，放到火上煨着。

终于，村里的干部们知道信了。那是翟工从石家庄打来的电话，说："成志得了急性胃肠炎，许是连急带累又吃不好喝不好才得的，病犯得挺厉害，已经在医院里住了七天。我也才知道。你们班子人快来看看吧。他住的是省第四医院，在建设大街找到省科协往西走就到。"翟工还特意加了一句，"成志嘱咐甭告诉家里，免得家里人着急上火。"

那天可把人吓坏了！老支书郭明耀和村主任郭明谦正在村委办公室研究治山植树工作，突然听到消息，几乎同时惊呼一声，又同时围了上去，把接电话的副支书郭玉先团团围住。

在山上的郭俊刚、郭素平都跑过来了：

"怎么啦，怎么啦？吐泻止住没有？"

"他是累的。跑成硅铁厂设备，又跑贷款，气还没喘，又四处奔跑给硅铁厂找出路。"

"唉，干活得悠着劲儿，哪有像他这么干的！"

知道信的第二天，村主任要干部全体出动，到石家庄看他们的支书。此时，是郭成志住院的第八天。

郭成志清醒过来，镇静了一下，吃力地握住郭明谦他们的手，说："麻峪沟治理得顺利吗？"

郭明谦忙说："顺利。你放心吧。"

郭成志又对郭明谦说："围山转水平沟要严格按照规划设计，一步一步抓紧落实啊！"

"是，是这样。"村主任一面回答，一面强忍着心痛给他讲了一些前南峪干部群众治山植树和村办企业建设的情况。安慰说，你的病是累的，需要安心养病，前南峪的发展比原来的估计更快一些。

郭明耀、郭明谦、郭玉先几个人在路上就明白了支书的病因——那不是明摆着的事。自打太行硅铁厂筹建那一会儿起，他有片刻清闲吗？别人干活，他干活；别人歇着，他开会；别人想不到的，他先想到了；别人想不通，他是那样不顾劳累，费尽心思去说服、动员……他好不容易把硅铁厂给建起来，他变得更忙了。每一天，他比钟表还要准时地起早到厂。别人有分工，或是运矿石，或是冶炼，他却跟着运料车辆来回跑：一会儿在采矿场装车，一会儿又在硅铁厂卸车。一天这样奔跑十几个来回，将近一百里地呀！下班卸车了，他不能像职工那样，回到家，就洗脸、吃饭、抽烟，倒在热炕头上睡大觉。他得检查每个车间、每个班组，不到半夜不能回家。他就是走在回家的路上，躺在炕上也得计算产品的销售。何况又遇上太行硅铁产品滞销，要为企业找出路。郭成志那个倔强性子，两个月没个果，还能不把人撂倒了？慢说人是骨头掺肉长的，就是铁打的，能禁得住吗？干脆，咱把支书劝回来算啦。没有过不去的冰水河，咱不是还有那个山吗？等小板栗小苹果小山楂长大了，一百多万贷款算个啥，咬咬牙一两年就能还上。只当那个厂子咱交了学费，或许市场哪一天硅铁又吃开了香，到那时再干也不晚。对，留得青山在，不愁没柴烧。甭钻那个死牛犄角，非得一脚踩下去就是一条路？把支书劝回吧，他在外头，家里的老小挂着，俺们也不放心呀！

来到医院郭成志的病床边，他们轮流着把路上的想法说给了郭成志。郭成志表面上"嗯嗯"地答应着，心里头根本就没走"回家"那股经，他两个月的奔波，什么样的罪没受过？什么样的冷脸没看过？什么样的"门槛"没迈过？虽然还没有什么成效，但他毕竟以自己的辛劳和孤苦为代价，熟悉了和硅铁相关的许多知识，这许多知识必将帮助他找出一条可行的新路。郭成志执拗地相信这一点，相信这一天的到来。

郭明谦站在电灯下，拎起热水壶给郭成志倒开水喝。灯光托起他那被拉长放大的身影，像一片乌云，停滞在刷过白灰的墙壁上。他的面前是害了重病的支部书记，忧愁像石头一样压着他的心：支书要是头疼脑热，过几天自会好起来，最怕是一种难治的病症。他那个家不能没有这个人，前南峪更不能没有这个人哪。十几年的工作，不论是过去，还是今天，他们之间不要说生气、吵嘴，连脸都没有红过一次。特别是这几年，他们志同道合，拧成一股劲地往前奔，郭明谦把郭成志当成为人的表率，工作的老师，两颗心紧紧地贴在一块儿了。可是，病魔，也只有这个力量，才能够把他们拆散呀！

夜里，皎洁的月光装饰了秋天的夜空，也装饰了大地。夜空像无边无际的透明的大海，安静、广阔而又神秘。繁密的星，如同海水里漾起的小火花，闪闪烁烁的，跳动着细小的光点。田野、城乡、树木，在幽静的睡眠里，披着银色的薄纱。山，隐隐约约，像云，又像海上的岛屿，仿佛为了召唤夜航的船只，不时地闪亮起一点两点嫣红的火光。

郭成志躺在病床上，他说什么也睡不着觉，两个月来的经历，一桩桩纷纷涌来叩响他记忆的大门。

从前南峪告别家人和乡亲们之后，他自邢台上火车来到了河北的唐山。他路过沙流河渡口，看到河上架起新木桥，堤上成群结队的民工，男的，女的，推车的，挑筐的，你追我赶，往来奔忙。红旗飘，喇叭喊，歌声、号子震天响……这种热闹场面，叫人看一眼也觉得长精神。

他走进丰润区，空地上修起许多新房屋，垒起许多新院墙，栽了许多小树，大小车辆挤满街筒子。十字路口附近，建起了供销社、新饭店，招牌、幌子一大串……这种繁荣景象，让人瞧瞧，真是打心眼里高兴。

张家铺也变得有了生气，远处就听到这里"叮叮当当"的打铁声，远处就能看到屋前小凉棚下边喷吐着鲜红的火苗子。

他知道唐山有一座老牌的矿冶学院，他的中学同学有的后来就考上了这所学院。他虔诚地向教师们讲了自己村里新上的工厂的处境，并渴望有学问的大学教师们能帮助自己摆脱困难。但是不巧，这所高校的冶炼和铸造专业没有开设硅铁冶炼课程，因而教师们对硅铁冶炼设备的改途他用也就知之不多。只有一个教师说可以改造生产电石，但究竟怎样改造，他并不知其所以然。

最后，热情的大学教师们还是向他指明了可以得到有关知识的去处，说东北工学院（即今东北大学）和吉林工学院（即今长春工业大学）有这方面的专业。

于是，他又千里北上，奔向白山黑水之间的北国。

从河北到辽宁，虽不是千山万水，但大大小小的沟坎、宽宽窄窄的河流可也不算少。郭成志过了一道难关，又一道难关，好不容易来到浓绿扑人的沈阳市，一种秀丽新奇的感觉，立刻把他裹住了。这宽阔平坦的大道，大道两旁浓密的树荫，树荫外整齐高大的楼房，树荫下如锦的红花，如茵的芳草，连续不断的紫杜鹃花墙，后面矗立着高大的柳林，林外闪烁着蔚蓝的波光，这座如画的城市，景物是何等的迷人啊！

沈阳火车站旁边是一个小镇子，正巧是集日，老远就能听到这里是一片由各种腔调汇合起来的喧闹声浪，老远就能看到这里拥挤着乡下人、叫卖小贩、看热闹的和各色游民杂凑成的密密麻麻的人群。

酷暑的八月，在严冬时滴水成冰的北国正是神仙也羡慕的季节。虽说正午的太阳也给城市洒下了一片灼热，但那灼热延迟的时间毕竟有限。晚上，在旅馆里不盖上一层薄被，一觉醒来，身上着实有点冷呢。

郭成志就住在一片俄式建筑的沈阳火车站的附近小旅馆里，虽说大城市的旅店再次也比县城乡下的车马大店要强，可一宿八元的住店费使这家小旅店的设施简陋到了不能再简陋的地步。管他呢？省钱就沾。横竖得有个睡觉的床铺吧。郭成志还图的另一点是，车站附近小饭馆多，虽然价钱相对要高，但是档次也要低得多，一个火烧、一碗捞面绝对高不过一盘市内饭店的最低档的菜。

郭成志现在转到那一圈卖茶饭的人堆里，想吃点什么东西。但看了看，大部分是卖羊肉的，煮在锅里的羊肉汤香气扑鼻。庄稼人一个个蹲在地上吃得津津有味。空气里飘散着诱人的香味。

他还是在一个卖羊肉拉面的小摊前停了下来。卖饭的是位年轻妇女，穿着一身浅蓝的布衣布裤，几绺乌而发亮的刘海短发从额头披下，脊背上用一条带子束着一个小孩，正趴在地下，像青蛙似的，噗噗噗地吹火。炉灶是临时就地掘下的小土坑，熄了又点，点燃又熄，空耗费了半盒火柴，只冒黑烟不起火，呛得她咳嗽连天，眼泪花儿直滚。郭成志盘算就在这里吃点东西，他看旁边拉下的面条还比较干净。

他正要开口对那吹火的妇女打招呼，那妇女倒先抬起头来，问："要几两？"

"半斤。"

"好嘞，你先坐下。"她一边说，一边俯下身去想给郭成志拿小板凳。

"不，我想马上吃，急着有事要办。"

"我这就给你下拉面！"说来也怪，刚才那妇女还为点不着火呛鼻刺眼，转眼在她的操作下，火居然燃得很猛。火一猛，黑烟便没有了。

这时候，那妇女脊背上的孩子"哇哇"地哭叫起来。

她把孩子解下来，抱在怀中，也不避生人，撩起衣服襟子，掏出一只丰满的乳房塞在孩子的嘴巴上。阳光直射下来，她的肌肤像绷紧的绸缎似的给人一种舒适的滑爽感和半透明的丝质感。尤其是她不停地颤动着的乳房，更闪耀着晶莹而温暖的光泽。而在高耸的乳房下面，是两弯迷人的阴影。她的皮肤并不太白，而是一种偏白的乳黄色，因此却更显得具有张合力和毫无矫饰的自然美。

郭成志满脸通红，一种无比难受的滋味堵塞在他的喉咙里。几天来的奔波，使他精神疲惫，使他心中充满了沉痛。

他虽然刚离家门不久，缝在内裤口袋里的钱仍然不见减少，但那毕竟是经过他周密算计的，是他三个月连差旅费带住宿的吃喝花销。这个花销到他的嘴边，是极其微薄的了。

三个月，一千五百元钱，这就是此时郭成志的整体经济实力。当然，后来他再节省，还是花光了。在石家庄又从翟方那里借了一些。

东北工学院是一座我国较有实力的北方工科院校，那里汇集着许多国内饶有名气的各种工业门类的专家学者，虽然在规模上比起哈工大等同类院校稍有逊色，但其教学力量和科研水平，论起来实属不菲。

这天，郭成志手里提着一个装满东西的干干净净的旅行包，也许是力气大，也许是包儿轻，简直像拎了束灯草，心怀忐忑地迈进了东北工学院宽敞的大门，便"刘姥姥初进荣国府"般的先是"自惭形秽"，犹如感到了自己从知识的荒蛮之地来到了一个学问的极致；细细打量这院区，却又吃了一惊。原来这院区的一切，都明亮、整洁，实验楼成"凸"字形，它由主楼和两侧的附楼组成。在面对院门的浅灰色的墙壁上，镶嵌着"实验楼"这三个雄浑、醒目的大字。楼前那翠绿的松柏以及花坛里暗绿色的侧柏相互映衬着，给人以清新、雅致之感。走上台阶，迎面看到的是淡绿色的玻璃弹簧门。仰头看去，便是廊檐下的三盏乳白色的花形吊灯。跨进大门，来到实验楼的底层，它的东西两侧都是化学实验室。继而再一看，一个个精神饱满的大学生匆匆地出入教学楼的洒脱神态，虽然他年龄已过不惑之年，仍然不由得在头脑中闪过学生时期的情景。他知道，他的远在河北省城的母校，现时也已经从中专改建升格为轻化工学院。当年如果不是家庭生活困难，或许他也能有一段较长时间的"洒脱"，说不定也可能后来迈入了高等学校的大门。一种强烈的境遇反差开始攫住了他那争强好胜的心。几分钟之后，他便在现实中苏醒，又回到了他那农村支书的身份，而且是个走了麦城又急欲摆脱这个麦城而来的农村支书。

此时的郭成志，胸中充满了对于知识的焦渴。具体地讲，是充满了对于"硅"知识的焦渴，他宛若一个口干舌燥七窍生烟的旅人，正在扑向一个甘泉。

学冶炼的大学生和满腹经纶的讲师、教授们一个比一个、一拨比一拨更热情地接待了这个来自陌生的山区农村支书，而且是来自神圣的抗大总校所在地的山村支书。

这天，郭成志轻轻敲敲教务处的玻璃门，不等回答，一拧手把，推开门,进了屋。

这是一个有套间的屋子,里屋门通着,外间有办公室,有床、有电话、有书柜,屋地上一盆盆烂漫怒放的紫丁香,轻盈如纱,恬淡似烟,又宛如一团团远方飞来的霞朵,在早晨的阳光下飘浮翻动,好似一阵风来,就会冉冉升空而去,显得又风雅又华贵。一个女教师正蹲在地上,歪着身子,用一把水壶给紫丁香浇水。短发斜垂在她的左肩上,随着胳膊的用力而抖动着。她听到开门声,扭头看,猛地抽身站起,高兴地招呼:"郭支书,你来啦!"

郭成志点头答应着,细看这个女教师三十多岁,苗条的身个儿,穿着一件橘红色的衬衣,一双黑黑的大眼睛,闪着机灵的光芒,气质文雅,态度热情,眉眼和神态都很熟识,想了一下,才想起,那年就是这位陈玉群老师和东北工学院科研处的同志到太行山考察。前南峪像迎接亲人一样,拉扯着、簇拥着,把东北工学院的教师们接进了村里。家家户户大门敞着,二门开着,等待着远方的客人来住。男女老少前后奔走着,左右张罗着。年轻人碰到年轻人,格外火热;姑娘们遇到姑娘们,特别亲密。两个相距千里之遥,不同省份地方的陌生的年轻人,一见如故,像浆水河和白马河汇聚起来一样,立刻融合在一起了。他们拉不完扯不断地谈起来,笑起来。东北工学院的教师们,受到这样热情的接待,激动得不知道说什么好……

陈玉群见郭成志露出疑惑的表情,就解释说:"几年前随学院科研处到太行山考察,到前南峪去过一趟。"

郭成志点点头,很实在地说:"乍一见,想不到是你,你跟那年也不一样了。"

陈玉群说:"也许有点变化,可惜变化的太小、太慢了。就是这一样一点变化,也是你们的行为对我教育和影响的结果。"郭成志不熟悉陈玉群,很难品味她这句话是客套,还是真诚。他不善于应酬,尤其不善于跟这样一位有知识的女讲师应酬,只是笑笑,算作回答。

陈玉群一边很麻利地给郭成志涮杯子、泡茶,拉过一把椅子放到办公桌前,让他坐下;一边情不自禁地回忆起她在前南峪白天上山参观"五改一加强"的科学管理板栗树和山区经济沟建设,晚上进夜校,和农民一起学习科学技术的情景。那是一次多么好的学习机会呀!

农民夜校设在大队部新盖的五间屋子里。新房宽宽敞敞,干干净净,头顶上两排日光灯把整个屋子照得亮堂堂的。当陈玉群迈步走进教室,满屋子嗡嗡的声音,正在自习。只有很少几个人听见门响,抬起头,看了看她。夜校教师正倒背着身子,给一个中年妇女讲解着什么。他的身旁,围着两个蓄着胡子的老汉和一个白发苍苍的老年妇女,灯光照着,白花花的头发像银丝一样闪着亮光。另外还有一个厚嘴的老年妇女,用两只枯干的像白杨枝的手,把课本举到灯光下面,用发花了的眼睛,吃力地看着,嘴里不住喃喃地读着"幼树摘心"几个字。

这时,一个年轻的姑娘悄悄地走到教师身边,低声说了句什么。夜校教师回过脸来,朝着陈玉群看了一眼,立刻就笑吟吟地站起来,说:"啊,陈讲师,你来啦,能不能给我们大伙讲点什么呀?"

夜校教师这一喧嚷,大家立刻都抬起头来,所有的目光都一齐集中到陈玉群身上了……

想到这里,陈玉群喜形于色地说:"到前南峪去那一趟,是我生活道路的一个转折点,是我终生难忘的宝贵经历。那一次,我目睹了你们重视科学技术、治山植树的感人事迹,受到莫大的鼓舞和教育,得到无穷的力量与智慧,使我第一次从活生生的事实中认识到,劳动人民勤劳朴实、热爱科学,他们是最高尚的人,我应当向他们看齐,才能成为一个真正的人民教师。"说到这里,她忽然想起一个人,"郭支书,那位家境贫寒的许金泉大叔如今日子过得怎么样呀?"

郭成志捧着飘散茉莉茶香的杯子回答说:"他呀,尝到了改革开放的甜头。活这么大的年纪,第一次成了不亏别人的钱,不欠别人粮的人。这可是不简单的大变化呀!"接着,郭成志向陈玉群详细介绍前南峪村在农村社会主义改革中发生的巨大变化,介绍许金泉这半年多的生活情景。他的眼前闪动着许金泉拄着柳木棍子,一瘸一拐地到处借债的愁苦身影;闪动着许金泉把自己亲手从土地上收获的金黄麦子,送到浆水镇缴公粮时候的幸福的笑容——他深深地感到这笑容的宝贵,而又来之不易,应当尽一切力量,保护这样的笑容永远留在许金泉那久经风霜、刻满皱纹的脸上。

陈玉群听着前南峪党支部书记的话,心里非常激动。她望着郭成志的脸,看着他那深沉睿智的眼光,严峻坚定而又乐观的表情,不禁更加敬爱起他来。陈玉群全神贯注地听着,她感觉郭成志的每一句话都是一个火花,每一个声音都像一阵春雷,带着巨大的鼓舞人的力量。听着,听着,她的思想蓦地在什么地方被触动了一下，接着很快又被打断了。她为许金泉的幸福而幸福地笑着，忍不住地拍起手来说："太好了，太好了！许金泉大叔能够克服重重困难，走上改革的大道，全靠现在的好政策，全靠你们党支部领导得好啊！"

郭成志连续地喝了三口热茶，眉头微微地皱了一下，沉思地说："依我看，这只是开始，前南峪不仅要治好生态经济沟，还要大力发展乡镇企业。正因为这样，村里建起了硅铁厂，刚上马，就遇上市场滑坡，硅铁滞销，因此我找你们教务处，就是想请你们进一步讲讲硅铁方面的知识，也好帮助我们利用硅铁设备转产。"

"是呀，要大力发展乡镇企业，改变山区贫穷的落后面貌，不管遇到多少困难，也要杀出一条血路来。"陈玉群高兴地说，"我的水平很低。可是我很愿意帮助你做好这件非常有意义的工作。咱们试试看，不行还可以找赵惠波教授指导。"说着她从讲义夹里拿出教材，尽其所知把关于硅、关于硅铁的知识讲给了郭成志。

短短三天里，郭成志已经结交了三个学生和两个讲师。大约，这些埋头于高等学府的佼佼者们，此时已经感受到了我国方兴未艾的乡镇企业的波及，投身于彼的愿望在他们头脑中亦有所萌生。

后来，前南峪的工业硅厂和镁冶炼厂，先后有几个来自东北工学院的教授和博士生莅临现场指导，就是郭成志此时结交上的朋友。

郭成志在大学生和他们的师长面前，非常激动。东北工学院附近的一家档次稍高的饭店，炒菜下锅的香味，飘荡在傍晚的空气里，有时轻微，有时浓烈。郭成志几次欲鼓起勇气将他们拉入其中，但他还是极现实地克制了自己的冲动。

囊中羞涩的郭成志，躺在小旅馆床上想到这里，心中煎熬极了，痛苦极了，好像欠下了人家的一笔"血汗账"！

可是郭成志尽管关于硅铁的知识骤增，仍然没有从这里找到他那利用硅铁设备转产他用的途径，他又绝不甘心就此善罢甘休。

因此，还是在大学教师们的指导之下，又有了吉林乃至武汉和上海之行。

乘车的旅客特别多，不仅没有空闲座位，连站人的通道上，也堆积着行李、包裹、口袋和装着杂七杂八东西的篮子。没抢着座儿的人，就都侧着身子，一个挨一个地挤在一起。男男女女，老老少少，各式各样的穿戴，相互不同的表情；有高腔大嗓说笑的，有喊喊喳喳"咬耳根"的，有闭着眼睛养神的。从外表看，很难断定他们都从事哪一种行业，又为啥去忙碌奔波。整个车厢，在烟雾腾腾的热气里，混合着甜咸腥香的种种食品味道，让心中有急火的人憋得冒汗，把不习惯出门旅行的人熏得头晕。

坐落于长江边上的武汉，八月中旬正泡在淋淋的汗雨中。郭成志挤在热气蒸腾的临近车厢门口那一排长条椅子的边上，就有点受不住这里的气味。这个邢台县前南峪村党支部书记、四十岁刚出头的庄稼汉，身上穿着一件深蓝色的半旧的衬衣。他那红扑扑的长脸颊上冒着热气，闭上汗水偶尔流过的眼睑，也曾勾画过万里长江的滚滚波涛和置身其中的润泽，也想象着那龟蛇二仙何以锁住滔滔不绝的江水？又神飞到黄鹤之楼观一位唐代大诗人如何构思出"故人西辞黄鹤楼"的不朽诗章。

他想，到武汉无论如何要看这两景，以解多年来心之所往。

大武汉，当时就已经繁华到一个历史上无与伦比的"极致"，琳琅满目、锦绣华芳，乃至美轮美奂，都不能形容她酷暑中的神采之一二。

火车的速度放慢了，它似乎在游动，一会儿便静止下来。郭成志从行李架上，取下了旅行包，然后来到武汉火车站，觉得开阔的场地上的一切景物和活动，都是光辉灿烂的。铁轨像一个壮汉身上的筋骨错综交叉，不知伸展到山南海北什么地方去。信号灯在天空变幻着颜色，列车喷着云彩一样的浓烟，响着悠扬的汽笛声，来来往往，轰轰隆隆，连老远的树枝和墙壁都随着颤动。人和机械发出的声响，汇成最动听的音乐。装卸工人来往奔忙，各种卡车、三轮车，出出进进，一天到晚喧闹不止。

走进宽阔的广场，屹立在他面前的是高大的"H"字形汉口火车站标志，它周身洁白，上方是巨型双面石英钟，准确地为四方来客报时。广场四周的建筑群是由邮政大厦、快餐厅、广告部等组成的。整个建筑群呈"W"字状，"W"是武汉"武"字的第一个字母，它是武汉的象征。

这里，使武汉和地大物博的祖国处处相连。在这里，郭成志看到从天府四川运来的雪白大米，从黄河两岸运来的金黄小麦，从中原地区运来的棉花，还有广州的香蕉、黑龙江的皮货、内蒙古的冻肉、新疆的葡萄干。同时，他也看到武汉大小工厂所出产的各种工业产品，大到几十人抬不动的机器，小到颗颗纽扣，都在这里集中起来，成包成箱，堆积如山，然后又一列车一列车地运发到东西南北。……钻惯了大山的庄稼人呀，忽而被这个牵动了好奇的心，忽而又被那个吸住惊愕的眼睛；他那活泼的思绪，像长了翅膀，腾空展开，飞向四面八方那些想象中的美妙境界……

这天，郭成志则是挤在闻名于世的"汉正街"附近一个胡同的小旅店，度过了他汗雨之中的武汉之行。

本来心情尚好的郭成志计划饱览一下武汉繁华的夜景，好调整一路旅途的憋闷和疲劳，以便在嘈杂的旅店中倒头一睡，好成就明天一大早的武汉矿冶学院之行。

他走进了那棋盘般整齐的街道，看着鳞次栉比的超高层摩天大楼，心里很兴奋。他从这大城市的昌盛景象，联想到首都北京，联想到他去过的县城，也联想到他只听说过而没有见识过的全国许许多多的大小城市和工业基地。他想，我们过去的家底那么贫困、破烂，又遭遇了十年浩劫，刚刚改革开放几年，城市村镇的变化发展就这么大，如果再进行几年改革开放，这山河的面貌会是啥样？如果再经过十年改革开放，将变得怎样的繁荣富强！那时候，我才五十岁出头，正当年，还能够干十几年哪！

这个庄稼地的年轻党员，除了听过歌曲，看过河北梆子剧以外，既没有吟诵过诗篇，更没读过一本诗集。可是这会儿，他那宽厚结实、热腾腾的胸膛，却产生了一股子强烈的诗兴。他心里太高兴啦！

今天，因为不是集日，武汉市附近村庄的农民来这儿的很少。郭成志可以随便地观看，可以尽兴地畅想，更不会遇上熟识的人而被打断和耽搁。

他游游荡荡地走在半路，不意正碰到警察围抄一家富丽堂皇娱乐城里的吸毒者窝点。大约事件已经到了尾声，那些面黄肌瘦猥琐不堪的男女吸毒者，被警察鱼贯押送上了警车，而那个主谋虽已俯首就擒却依然恶狠狠地。他上身赤臂露胸，有着扇面形的宽肩，胸脯上那两块结实的肌肉，和那白里透红的肤色，充分说明他有幸生活在我们这个不愁吃不愁穿的社会里，营养是多么充分，躯体里蕴藏着多么充沛的精力。唉，他那张脸啊，即使是以经常宣传教育为己任的郭成志，乍一看也不免浑身起栗。上下唇是没有形的，合成了一张很不像样的嘴巴，仿佛是脸上的一条深长的切痕。下颚是凶猛的，野蛮的，粗壮的。前额刀削似的向后倾斜到发际，这些头发剪得很短，显露着一个恶棍模样的脑袋上的全部肿块。鼻子被打断过两次，且被无数的打击这样那样地重塑过。特别是从那双一目了然地充斥着空虚与贪婪的眼神中，你立即会感觉到，仿佛一个被污水泼得变了形的灵魂，赤裸裸地立在了聚光灯下。

郭成志的心绪被破坏了，面对着这座如此豪华艳丽、美轮美奂的娱乐城，浮现在他眼前的却是破产倒闭企业的那道锈死了的车间大门！面对着这些轻世傲物、面黄肌瘦的男男女女，让他联想到的则是伫立在冰天雪地上的上万名连工资也发不了的下岗工人！

他不知为什么竟感到鼻子有些发酸。这个农村的支书若干年只知道在家乡的山田之间大干，对外边的世界知之甚少或者有些只是道听途说，真正让他目睹那样的丑恶现象，立即便表现为惊骇不已。

据说现在时兴的已经是一条龙服务：跳舞、吃饭、桑拿、唱歌、打牌、吸毒，从下午开始，可以一直玩到凌晨。消费一次，平均每位开支在千元以上！如有特殊需要，则会更多！

这一次的消费几乎就是一般工人两个月的工资！如果请的是十个人，那么也就意味着这一次的消费就是一个工人两年的工资，或者是十个工人两个月的工资，或者是二十个工人一个月的工资！

二十个工人不吃不喝整整劳动一个月，才能换来这一次的消费！

究竟是劳动力不值钱了，还是钱不值钱了？

郭成志一边吸着烟，一边在大街旁边来回踱步，经历思想上痛苦的斗争。他仿佛看到了许多下岗职工那副在贫困中苦苦挣扎的样子，产生了一股说不出来的心绪，是难过、痛苦，还是烦躁、愤怒……说不清楚，反正这股子滋味叫人很不好受。

这些人的钱又是从哪儿来的？

国家的企业，有那么多都在举债、亏损！数以万计的工人正在失业、没有工资！贫困线以下人口在急剧增多，然而银行的储蓄金额却在飞速增长！这就是说，穷人越来越多，钱也越来越多，那么，这些钱都到哪儿去了？

究竟是谁在大量地攫取鲸吞着国家和人民的财富？

迎面吹来一阵风，郭成志感到了炎热的8月特有的那种湿润气息，不像刚来武汉时，大汗淋漓闷热极了。他觉得自己仿佛走在雷雨过后的田野上，在雷声和光耀夺目的闪电过去之后，经过雨水的洗涤，周围的空气也显得更加洁净和清澈了。可是，生活啊，你并不像洁净和清澈的空气一样，那么单纯。你是这样复杂，充满着尖锐的斗争。

眼前的这种畸形消费又是谁促使它膨胀和发达起来的？

当然这也是一种社会的需要。发展是因为社会的需要，有需要才会有发展，这是人人皆知的常识。但维持工人们的最基本的生活要求，不也一样是一种更为迫切的社会需要吗？国有企业货真价实、物美价廉的国货产品，不也一样是人们所企盼所需要的吗？同私营企业相比，国有企业里对工人所能体现出来的最大的公平和公正，不也同样是我们这个国家最为需要的吗？尤其是社会的稳定和共同富裕不也一样是国家和人民长久的需要吗？然而为什么这种需要却无从发展，甚至有越来越萎缩的趋势，而像眼前这种需要却会如此蓬勃兴旺、蒸蒸日上？

郭成志的心里突然产生了这种说不出来的滋味。他在两个小时之内，眼前一直上演着令他惊心动魄的一幕，他一次一次地问自己：为什么在眼下的万紫千红之中会有如那个"窝主"样的无耻幽魂？为什么我们民族历史的悲剧还要由那些猥亵的男女吸毒者来重演？

郭成志莫名所以，他只是被自己不理解的现实震怒了，震撼了：一个山村人和一个劳模正直的心被灼得疼痛不已！

他甚至一时里忘记了自己的"磨难"和不幸。他觉得自己的"磨难"比起那个于我们民族都称得上不幸的事件，那简直算不上什么了。

他本来打算在游览完市容之后，吃上它一顿稍好一点的饭，他算了算几天来的"积累"，足以能成全他的这一顿好饭。可有了以上经历，郭成志的胃口全无，于是就走进一个小饭店，靠近柜台前边，问："有烧饼吗？"

青年服务员回答说："没有。"

"应当烤些烧饼，你们的花样太少了。"

服务员看他一眼，没吭声，就扭过身，从柜台上端起茶杯，喝了几口热水，又去应付另一个顾客。

郭成志想跟另一个女服务员商量一下，求她给做一盘焖饼，能填饱肚子也就算了。

年轻的女服务员两个胳膊肘挂在柜台上，两只手托着下巴颏，正津津有味地跟站在柜台外边的一个留着分头、穿着制服的男青年聊天。

"唉！"她摇摇头，"真难为你！"但随即她又笑了，"那么，还要我来教你？"

男青年涎着脸笑道："你教教我也好。"

"老实说，"她突然变得很正经，"我是喜欢跟你在一起。"

"你喜欢跟我在一起不喜欢跟别人在一起又怎样？"男青年口齿流利地说，"女人都是这样：喜欢了一个，然后不喜欢，然后又在第二个人身上缅怀以前喜欢的人。"

郭成志凑过去，叫了几声同志。

女服务员像没有听见，看都不看他一眼。

郭成志又退回原处，打算再找那个跟他打过交道的男服务员。

男服务员打发走一个顾客，正坐在凳子上抽着烟看报纸。他听见郭成志叫他，很有点不高兴地说："你这个人，说没有，就是没有。这是公家饭店，还能说假话！"

郭成志无可奈何，只好改变主意，要了一碗面条，草草地用完餐便欲起身离去。恰在此时又横遭了一个女主人模样的人的白眼，而且这个肥胖的女人嘴里还不干不净地骂了他一句令他半懂不懂的南方话。大约郭成志饮食和衣着的寒酸激起了这位"富婆"骂人的兴致。郭成志愤恨得真想扇那个女人两耳光，但一想人家又没指着你鼻子或提你名字，这么一闹岂非理亏？就说："这太不像话了。"

这下，可惹恼了那个胖女人。看她多厉害！她挺着胸，弓着腿，两手叉着腰，龇着牙，瞪着眼，歪着脖子，冲郭成志吼叫："你要干什么？穷小子吃不起拉倒，犯啥浑？"

郭成志也不示弱，他满脸通红，结结实实地站在那儿，上半身朝前倾着，两只大手同时比画着，大声地回答："我来你们饭店，吃多吃少，我付钱，又不少你们一分一厘，为啥要骂人？"

这时，有一个热心的顾客在一旁悄悄地提醒郭成志说："这个胖女人是个无赖，软硬不吃，有理难讲，别跟她纠缠不休。"

郭成志的这言与行，已经引起那个饭店的不满，所有的店员都凑过来。他们要组成一片欺人的云雾，包围这个很扎手的顾客。

郭成志早把他们看透了，他本来就厌恶这种蛮横，更不肯耽误时间。他的时间分分秒秒都要花在正经的事情上边，哪舍得花到这个不干净的地方呢？于是，他转回身，怒气冲冲地离开了柜台，又走出玻璃门。

郭成志的心情坏透了！

第二天清晨，他起了个大早来到了武汉矿冶学院。一幢幢富丽堂皇的乳黄色楼房前的那一片片鲜花开得十分艳丽。几处古典式建筑翘起的飞檐，在晨光中庄严肃穆。环绕着校园的黑色柏油路面像一条流淌的河，滞重地透迤向前。朝霞把路面映成了亮亮的青棕色，像鲨鱼背脊的那种颜色。这座早年称之为"中南矿冶学院"的著名高校，仍然以阔大的胸怀和知识的渊博欢迎这个来自山村的支书。

郭成志进入武汉矿冶学院一周来，他深深感到，这里的教师是那样无微不至地关心他，他所接触的讲师、教授都用一样炽热的心对待他。他一直生活在温暖的海洋中。一如在东北，郭成志的硅铁知识进一步丰富了，然而他的"转产"问题并没有得到解决。

之后，他便急匆匆地"逃跑"般地离开了这座繁华和丑恶现象伴生的大江之滨的历史名城，在火车上，他才想起了那渴慕已久的"龟蛇"及"黄鹤"，连个影子也未能扫上一眼。想到此，他又深深地懊悔了。

六

武汉的一去一返，他全部途经家乡城市邢台，他只是朝家乡的大山的方位，深情地瞄上了一眼，又在心里道着一声祝福，便被无情的汽笛声将他的思乡之情一扫而去。

这以后，他又从黄浦江之滨的大上海返回京后，毫不气馁地踏上了大西北的征途。他听说，兰州那里的硅铁厂颇多，他想他们大约也多半成了"硅铁市衰"的难兄难弟。那么多厂家大概不会甘于束手无策，可能会有些转产的办法。

火车在茫茫大雨中驶过奔腾起伏的群山。

车轮摩擦着铁轨，有规律地响着。经过岔道的时候，车厢猛地摇晃了几下。郭成志小心地把杯子放到茶几上，也不看车窗外流逝的重峦叠嶂和远处那一片宏伟的建筑物，如林的烟囱，蛛网般的脚手架，高压电线像一条条无限长的怪蟒，把头汇集在一个地方，身子向四方伸展。他伏在茶几上闭住眼睛。巨浪在心头一排排掀起，又猝然间落下。波浪中浮现出太行硅铁厂的倩影。

你不可能倒闭，太行硅铁厂！你会重新站起来的——这也许只是一场恶作剧。你会拥有广大的硅铁销售的市场，或者你会在兰州找到转产的办法，总之你一定会重新喷吐着滚滚白烟，在蓝天下，形成一抹长长的羽状白云，像一支正在横空疾书的白色鹅毛巨笔。你那么鲜活而蓬勃的生命，怎么可能在这个世界上消失了呢？……

当他恍惚地随着人群挤出省城的火车站，已经是夜晚了。他一生从未来过兰州，加上天一黑，叫满街通明的电灯和车站附近商店大楼上红、蓝、绿闪烁不定的霓虹灯一晃，就立刻有点懵头转向了。

城市繁密的灯火在雨中大放光华。积水的街道被灯光映照成了一条条流金泻银的长河，像扇子股似的，从站前广场，向三面伸开去。两旁矗立着一幢接一幢的高楼大厦，在灯光的照耀下显得更加庞大，更加威严。电车甩着长辫子，在夜空中碰击出蔚蓝色的火花，和公共汽车发着长长的鸣声，穿梭般地来往。人们在街道两旁，匆忙地走着。这里有下班的公务人员，也有上夜班的工人。透过雨帘，街道两旁五光十色的大橱窗看起来像德加的印象画。他感到一阵又一阵眩晕。这世界现在一切都和他毫不相干！他在这世界上唯一要寻找的，要看见的，是太行硅铁厂甜蜜的笑脸。难道它真的不能重振雄风了吗？对他来说，答案还都不是最后的！他同时又执拗地相信，过一会儿，他就能找到转产的办法。

两天两夜的火车赶过去一看，果真是"小硅铁"林立。大约皋兰山盛产优质石英，不然何以造就了雄壮一时的硅铁阵容？只是今天已经在市场的冲击下，大多"束手"，且个个在愁眉苦脸之中"无策"了。

郭成志又是一次"无获而归"。

这次从兰州归来，他有意识地走了"南线"，郭成志太想家了。几回回梦里，前南峪的他和他的伙伴们，急着往家奔。他们说着，笑着，往前走着，一派兴高采烈、威风凛凛的气势。

郭成志是他们中间最激动的一个，他跨着大步走在前边，遥望着无边无际的太行山。那上边是丛林、村庄，升降的鸟群，奔跑的牲畜。远远地看到了前南峪，那儿是用树木的枝条和房屋的平顶组成的像墨迹般的轮廓，高台阶的一角灰色的墙壁，村边，高高矗立的汉白玉雕塑的抗大纪念碑和抗大陈列馆。这里的一切都是他最熟悉的，不知为什么，却产生了一种陌生的新鲜感，奇特的诱惑力，无声无形的鼓动和召唤……

郭成志激动地沉浸在自己的幻觉中。不，他不认为这是幻觉。这一切都是真的！

近两个月的奔波，而且基本是属于未解决问题的奔波，使他太疲劳了，也太孤寂了。

疲劳和孤寂，是一对双生子，它能撕扯旅人的心，让你疼痛难忍。

郭成志从南线归来的目的，就是要途经邢台，而且在邢台要下一次车，待下车之后，再决定回不回他那两个月来魂牵梦萦的山村——前南峪。

9月中旬的邢台，处处呈现着秋天大丰收的欢乐景象：金黄色的谷子刚收割不久，高粱又熟得火红一片。邢台，这个不愧为水果之乡的大山上，今年的水果又获丰收。郭成志一下火车，便嗅到了"家乡味"。车站上摆满了著名的浆水苹果，这苹果又大又甜，人们告诉说今年苹果的产量，大大地超过了往年。

家乡味，那是多么令人难以言表，又多么令人神往的味道啊！今天，两个月在外奔波的郭成志得到了它。而得到的这种幸福，又是多么的不"容易"！

郭成志没有去找亲朋好友，也没有到县委县政府。他是邢台县大名鼎鼎的省劳模又是省人大代表，找到政府部门，享受一下规格不菲的接待，那是理所应当的。但郭成志却悄悄地"溜"进了火车站附近一家小旅店，他甚至害怕让熟人瞧见，那样，诚实的郭成志即使能编出两句谎话搪塞人家的问话，难免也会有一种尴尬局面令他难受，他不愿意遇到这种可以避免的尴尬。

接着，就只有他在小旅店床铺上的"回不回家"的思想交锋了。

郭成志躺在床铺上，听着外边的风声，火车站里铁轨发出低低的轧轧的声响，那是远处的列车开动，车轮与铁轨摩擦传来的声音。他的心里边反复思索着这些天经历到的事情。郭成志真想回家呀！他恨不得一下子就"飞"到家乡的大山里。

他不约而至，突然地推开门，站立在媳妇、孩子和母亲面前的时候，会给这些亲人们带来怎样的惊喜，怎样的欢乐呢？他的第一句话要说什么？他的第一件事要办什么？他怎么能够满足那些没有机会逛逛祖国大城市的人们的好奇心，回答他们提出的各种问题呢？他又怎样把自己那么多的见闻和感想，一宗一件地传给这些人呢？……这一切，实在有意思。

郭成志躺在旅店的床上，像通常一样，翻来覆去睡不着，心里这样想着。连他自己也奇怪，为什么要想这些，又是这样很有兴致地想着。同时，他笑嘻嘻地眯着眼，好像他才转身往东走。

前南峪还保留着过集时候的喜庆气氛，高台阶空场子上那个用四个大车轱辘搭成的戏台还没有拆除，场子上散乱地扔着人们当座用的砖头石块。家家新糊的窗户还挺白净，小孩子们身上的新衣服也是整洁的。街道两旁的粪堆和土堆增多了。有两家的破土屋拆掉，还有几处搭着脚手架，正在盖新房。虽是吃午饭的时候，远远的，还能看到东坑沿有好几伙人，有刨坑泥的，有用筐子往外挑的，都干得很欢。好多人家的院墙、寨笆也都修理过了……最让他魂牵梦萦的该是家乡的山，对郭成志有着多么大的诱惑力！

远望家乡的山，那富于色彩的连绵的山峦，像孔雀正在开屏，艳丽迷人。家乡的山不仅给人一种稀有美丽的感觉，而且更给人一种无限温柔的感情。它有丰饶的庄稼，有绿发似的板栗林。当它披着薄薄云纱的时候，它像少女似的含羞；当它被阳光照耀得非常明朗的时候，又像年轻母亲饱满的胸膛。那里的每一条大沟、每一个坝垛、每一层围山转，甚至每一块稍大一点的石头，在他的眼里都是那么熟稔。二十多年漫长的岁月，他都在跟它们打交道。那座座呆板的毫无生气的大山，是他亲手带着村民们，使它们生动起来，活跃起来，变成了令人羡慕的具有鲜活生命的景致。他郭成志何曾离开过它们。有时外出离开个三五天，最多十天八天，他就想得不行，回来之后，不管有事没事，即使是晚上，也要到山根下看一眼，用手摸一下坝垛上的石头，仿佛是摸着自己的孩子。

郭成志也着实想那些树哇，那是八千三百多亩满沟满坡的干果水果树，多得真让人数不清，竟有一万三千多棵呢！

那西沟里满满一沟的板栗，即使小树也有七八年的树龄了。树中十分幽暗，树叶上亿万颗水珠，被夕阳一照，每颗水珠都变成了巨大的钻石，迸射出夺目的光彩。微风拂树，水珠在枝头转动，由澄黄变橘绿，由亮蓝变靛青，由姹紫变嫣红，还有些天知道该用什么字眼来形容的光彩，真叫人眼花缭乱啊！他离家的时候，那惹人喜爱的栗蓬已经在枝条上开出来了，现在该是板栗收获的季节了。他多么想在树下，在村民们的欢笑声中，用力摇一下硬得像铁一样的板栗树干。你只要稍一用力，那栗蓬便会哗哗地落下，像落下一地山乡姑娘们好听的笑声。

还有东沟一枝枝、一树树成熟的苹果，像一群群风华正茂的妙龄姑娘拥挤在一起。它们并不羞羞答答，而是昂首侧脸、自得其乐地眺望着高远的天空、彩色的山野。生产队门前的广场上，收摘下来的苹果堆得像小山一样，成群的姑娘和小伙子们正在把这些驰名中外的红富士苹果包装到雪白的纸箱子里，一辆接一辆的卡车，又把这包装得整整齐齐的苹果运送到批发市场和火车站去。很快地，国内各大城市和国外一些地方都尝到了这芬芳甘甜的美味了。让那些吃到这种美味的朋友们，也都来分享一份前南峪丰收的喜悦吧。

他甚至想着，回到前南峪之后，怎样尽快把他提高了的思想认识，传达给伙伴们；用什么办法，让所有的人都清清楚楚地认识到：新农村的庄稼人不能光为糊口劳动，不能光为养活老婆孩子劳动，不能光为个人奔日子劳动，这是旧思想，是"农民意识"；应当把劳动跟国家、跟改革开放连在一块儿，要为农村改革开放劳动，为工业建设劳动，为实现小康社会劳动。他想，要做到这一步，首先得把郭明耀、郭明谦、郭玉先鼓动起来，让他们重视建设小康社会，大力发展乡镇企业，增加农民收入；同时，要加快生态经济沟建设。他想，只有这样，庄稼人才能在农村改革中，实现共同富裕。他想，用新的改革思想把人们发动起来之后，前南峪将会掀起一场如何轰轰烈烈的创业热潮，将会取得一个多么巨大而有意义的胜利成果？到那个时候，乡镇企业的经营利润上去了，生态经济沟的干鲜果品和农田的粮食丰收了；金子一样的小麦，银子一般的棉花，把大小车辆装得满满的，结成大队，举着红旗，浩浩荡荡地开到国家仓库，多有气魄呀！他想，那时候，就可以代表前南峪的人给工业战线的老大哥写信，就说：我们学着你们的样子做了，我们还要往前奔！

忽然，不远处火车的汽笛声在催促着郭成志：回去吧，回到你魂牵梦萦的地方去！

但是，郭成志能够回去吗？

尽管他知道人最大的悲哀莫过于"有家不得归"，而这个家又是那样地期盼他的身影，甚至盼得眼里出血、心里流泪！

郭成志猛地想起了临出来时那次群众大会，想起在会上他立下的誓言。一想起那句当着无数个村民仰起的热脸讲下的硬邦邦的话，热血汉子郭成志回家的念头便立刻荡然无存："难道事业的大门，真是铜浇铁铸的一般，不可动摇吗？难道我们刚刚点燃的一簇簇创业之火，就这样熄灭了吗？不，不！"

他躺在床上，十指交叉将两只手久久地压在后脑勺下面，望着窗外漆黑的夜空，他决定再尝尝人世间的甘苦，开始一种新的生活。

但是，郭成志该去的地方在他看来都已经走过了，得到转产的路子只有最初在唐山的一句话：可以转产电石。幸亏当时他多问了一句，才知道张家口市的下花园区有个电石厂。老实说，对于电石，他并不感兴趣，他朦胧地感到那玩意儿像是不大安全。村民们对于工业生产大多初学乍练，还是安全点为好。

可是，路，只此一条了。他想实在不行就电石吧。事都是人干的，到时候多请几个技术人，再把握得严一点，熟练了、掌握了也许就行了……

第二天早晨，当他一觉醒来的时候，银白的曙光渐渐显出绯红，朝霞映在千家万户的窗棂之上。隔着门朝远处一望，只觉得没有灰尘弥漫，处处明净，山也显得近，地显得宽，树显得格外翠绿。郭成志毅然地奔上了去省城的路。他要去那里通知石钢一声转产电石，然后取路上京转车至塞外的山城张家口，到下花园电石厂，和那里的领导做一番热诚的恳求，争取人家技术上的支持，同时要请两名技术人员。

他有信心做到这一点。

列车上响过一阵根本听不清的广播之后，"咯噔"一下停住了，接着那些提包裹、举篮子的人，一个跟一个，急匆匆地往车下挤。车下呢，更是拼着命往上挤。力气大的他，扒开人，使劲往里钻，好不容易抓住了车门的栏杆，踏上了踏板。他又抖擞了一下，重新振起，向纵深进军，终于在一片哇哇乱叫声中挤到了窗口座位旁边，抓住了扶把。然而他感到十分不舒服，怎么站都站不好，一会儿碰前边人的头，一会碰后边人的腰。左右前后都得不到个合适位置。周围的乘客纷纷埋怨。车上车下，几乎没有一个人不被这种异常的骚动干扰和牵动，变成乱哄哄一团。

郭成志挤在去石家庄的火车上，感到身上皱皱巴巴，浑身的骨头都不大得劲，头也稍稍有点儿沉。他想可能是昨天晚上光想家了，睡得不太好，再一不小心着了点凉，没事，抗一抗就过去了。

下车前，脑袋越来越沉，大约还有点发烧。偏巧，下车后云彩把天空遮住了，起了小风，大树的叶子"簌簌"地响。忽然，远处传来一阵"隆隆"的雷鸣。

郭成志抬头一看，吃惊地说："不好，又要下雨了！"

还没容他走出站台，大雨就像瓢泼一样落下来。冰冷的水冲在他的头上、身上，狂暴的风把他吹刮得摇摇晃晃。郭成志惊慌地跑进查票口不远处的廊下站了一会儿，看天没有晴的意思，雨虽然小了一些，怕是要转成连阴雨了。秋雨连绵嘛，没完没了地下在秋天是常有的事。

他赶忙顶着雨出了查票口，想尽快找一家小旅馆，蒙上头好好地睡一觉，睡觉之前来一碗热腾腾的开水下肚，发它个一身大汗，兴许这点小病就能好了。

雨水，阴凉阴凉地泼在他那结实的肩上、背上，顺着湿了的裤子，滚进鞋里。他昏昏沉沉地抬起头来，一辆接客的三轮车刚好停在眼前。车上人给他挤了一个位子。车夫顶着雨把他们拉到了南马路胡同里的一家小旅店。

一到旅店，郭成志感到窒息，闷塞。他闭上了眼睛，泪水从他的眼角涌出。热，什么都热，都臭……他到厕所往抽水马桶里吐口唾沫，想清清嘴巴。马桶不太干净。哦，什么都臭，什么都脏，都在挤压着他，都在把他的脑袋拉得变形……他一次又一次地上吐下泻，他哂哂嘴，用舌尖舔舔坚硬的齿背。吐出的东西中，有一颗颗像是食物的微粒，又粘又滑。嘴里像有一层薄膜……五脏六腑都在颤抖，虚弱，惊恐。

回到床边，连热水都只能喝上几口，用棉被蒙上脑袋，就势倒在床上。

服务员在郭成志刚进门时就发觉他有些异样，一脸灰黄，神色也黯然，估计这位旅客可能病了。待进屋里一看人正在被窝里小声呻吟，撩开被窝再一摸脑袋："哟，烧得不轻哩！火炭一样。"

四十多岁的女服务员杨海琴是个热心肠，跟经理商量了一下，她又搜罗了两件雨衣，就帮助郭成志披上雨衣，送他出了小旅店要上医院。

地下又黏又滑，杨海琴想扶郭成志上三轮车没扶上去，两个人一齐摔倒了。杨海琴爬起身，抱住郭成志，发现郭成志已经昏迷得不省人事。她想哭没有泪，想喊喊不出声，胸口像刀子剜着一般疼痛。

小旅店门口出现了一个大个子，身披雨衣，快步朝前奔跑。骤然间，一道耀眼的闪电，哧溜溜撕裂那黑沉沉的天穹，嘎啦啦摔下一个焦雷。接着，四处响起了噼噼啪啪的声音，刹那间连成了一片，仿佛江河倾泻。风魔喘息一会儿以后，重又挥起了肆虐的长鞭，抽打起世间的万物。虽然雨幕茫茫，看不清他的脸，杨海琴却认出来人是大个子经理李金和。风雨压得人喘不过气，一路上泥泞发滑。她见李金和一直奔他们跑来，差点摔倒，身上已分不出是雨水还是汗水，心头不由得一阵发热。

李金和跑到跟前，伏下身，说："来吧，把他扶给我，背上去。"

杨海琴连忙抢着说："我来吧。"

李金和说："算了，我看你也够呛了。快点吧，淋久了可危险哪！"

杨海琴不好再推，就将郭成志扶到李金和背上。李金和就势一挺身，背起郭成志搁在三轮车里。

杨海琴冒着风雨，拖着郭成志，稳稳当当往前蹬。大雨点砸在杨海琴的背上几个，她哆嗦了两下。雨点停了，黑云铺匀了满天。又一阵风，比以前的更厉害，柳枝横着飞，雨道往下落；风、雨混在一处，连成一片，横着竖着都灰茫茫冷飕飕，一切的东西都被裹在里面，辨不清哪是树，哪是地，哪是云。她像挥臂插入蔚蓝色的海水，朝着大海的深处游去，把喧闹杂乱的海滩远远地抛在后面，她的心里充满了一种解放的升华的喜悦。前方，蓝绸缎一样的大海，蓝得逼人眼睛，刺人心肺，叫人想畅快地哭一场。强大的冲动灌满了每一个细胞，震撼着每一根神经。她奋力游着，尽兴游着，她觉得通过有力的划臂和深深的呼吸，她同大自然正在融为一体，她的躯体的元素组合方式与海水、空气的元素组合方式的差异正在消失，界线正在消除，她达到了忘我的境地。这里，除了生命力的原始搏动没有别的运动；除了渗透一切的宁静没有别的存在，这才是大自然的深处啊！恢宏、迷人、神秘而又质朴。风过去了，只剩下直的雨道，扯天扯地地垂落，看不清一条条的，只是那么一片，一阵，地上射起了无数的箭头，房屋上落下万千条瀑布。几分钟，天地已分不开，空中的河往下落，地上的河横流，成了一个灰暗昏黄，有时又白亮亮的，一个水世界。

杨海琴的雨衣不知啥时早已被风刮到一边，衣服湿透了，全身没有一点干燥的地方。地上的水过了车胎面，已经很难蹬车；上面的雨直砸着她的头与背，横扫着她的脸，裹着她的裆。她不能抬头，不能睁眼，不能呼吸，不能蹬车。她仿佛浮上浪顶时，刚好能看到象征着生的海岸。那亲切的海岸，已经成了一丝隐约可见的细线。苍茫的海面上，没有一条船，除了她，没有一个人。她沉入浪谷时，致命的痛苦攫住了她的整个身心，没有任何人知道，她正无可挽回地向远海飘去。呼救、讨饶、后悔、挣扎都已毫无意义了。除了手脚还在机械地划动外，脑子里只剩下一个念头："我回不去了，再也回不去了。"在这半麻的混沌中，她像要立定在水中，不知道哪是路，不晓得前后左右都有什么，只觉得透骨凉水往身上各处浇，耳旁有一片雨声。她要把车放下，但是不知放在哪里好。想蹬，水裹住她的腿。她就那么半死半活的，低着头一下一下地往前蹬，先过了南马路的大桥沿裕华路东去。

雨小了些，杨海琴微微直了直脊背，吐了一口气："同志，再坚持一下，就会到人民医院。"

"大嫂，谢……谢谢了啊！"郭成志蜷缩在三轮车里哆嗦成一团说。

杨海琴咬上了牙，蹬着水不管高低深浅地蹬起来。刚蹬出不远，天黑了一阵，紧跟着一亮，雨又迷住她的眼。

拉到了人民医院，杨海琴安顿好郭成志，又赶紧挂急诊费了一百样周折，才看上了病，随之打针吃药。大夫以为跟来的是家属，说："病人烧到了39℃多得住院，可我们医院没了床，赶紧到建设大街附近的省四院看看，那儿近。"

雨住了一会儿，又下一阵儿，比以前小了许多。侠肝义胆的大嫂连郭成志都没商量一句，自作主张地就又把他送到省四院。等杨海琴一气蹬回了小旅店。她哆嗦得像风雨中的树叶。李金和给她冲了碗姜糖水，她傻了似的抱着一气喝完。喝完，她盖上被子，什么也不知道了，似睡非睡，耳中唰唰的一片雨声。

郭成志稍好一点后，杨海琴来医院看他，郭成志被大嫂的高尚行为感动得当着面就哭了起来。她使郭成志相信在我们这个国家里，这种人现在还大量存在。她们默默地、顽强地传递着助人为乐的火把，传递着"正直"和"恻隐之心"的蜡烛。她们用这灿烂的光调整着被打乱的人和人的关系。满屋病人和医生、护士才知道这又是一曲动人的社会主义新风尚之歌。人们纷纷感慨："现今黑心人不少，可还是好人多呀！"

郭成志躺在病床上，一边感激着杨海琴大嫂，一边想起了在武汉饭店遇到的那个胖女人。他百思不得其解，同样是两个素不相识的女人，咋就那么不相同：一个你没招没惹她，她愣是张开嘴就骂人；另一个无亲无故淋着雨蹬着三轮就送你上医院。两相对比，使他更加感到，饭店那里的同志的服务态度，应当更诚恳、更热情、更好，但是恰恰相反，多少辈子的庄稼人，都是被有钱人看不起的，都是被那些有钱人为了剥削穷人装出的和气和笑脸欺骗！你们今天到饭店工作，替国家卖饭，是为国家效力，是为人民服务。这跟抡锤子造工具的工人，跟拿锄把种地的农民，跟握枪杆子打侵略者的战士，跟站在黑板前教书的教师，都是完完全全一个样呀！你们为什么不诚恳、不热心，不想方设法让奔饭店来的人又省时间、又心满意足地用餐呢？为啥反而要把他们应付走，甚至骂走，把他们推到私人饭摊，让他们再去看那种假装的和气，造作的笑脸，让他们把自己劳动得来的钱，被人家抓过去，掖进吃得肥肥胖胖的老板的腰包里呢？这实在是一件让人解答不清楚的奇怪事儿！他感慨着这个世界呀真像个万花筒，五颜六色的黑的红的白的什么人什么事都有。郭成志想，要尽快呼吁各级党委和政府，餐饮业要彻底改变旧风气，树立新风尚，这就会有利于国家，方便大家。要是都变成杨海琴大嫂那样热心肠该有多好哇！可那不是件容易的事，不容易也得变！俺郭成志虽然是人大代表未必比得过杨海琴大嫂的风格，往后遇到同样的事，一定要照杨海琴大嫂的样子去做。

眼看着病快好了，这天郭成志习惯地撩开被子，想从床上坐起来。当他的脑袋猛然离开枕头的时候，只觉得嗡的一声响，脑袋像铅锭一样沉重，又立刻摔在枕头上。一阵剧烈的疼痛牵动了他浑身的每一根神经。他用手摸了一下酸痛的四肢，眩晕的头脑，使他意识到，自己是个病了好几天的人。于是，他停了一下，慢慢地活动着身体，想舒展一下筋骨，再锻炼着起来……

艳丽的霞光在玻璃窗户上闪动着。雄鸡站在村边的土堆上，一声接一声地鸣唱着。这个时候，郭大昌又在端着料瓢子，挨着槽头喂牲口吧？张清又在担着水桶，一趟一趟地挑水吧？花牛、振荣这几个跑校的中学生，开始烧火做早饭了吧？

郭成志依然躺在病床上，神态是那样的安稳，又是那样的沉静。两道凝重的目光仍旧盯着那充满着艳丽霞光的玻璃窗户……

郭成志仿佛听到，新建的太行综合厂工地上，机车转动，马达隆隆。郭成志仿佛看到，在金灿灿的谷子地里，青年小伙子们穿着背心，光着膀子，挥舞镰刀，展开了你追我赶的竞赛。在白花花的棉田里，姑娘们穿着色彩鲜艳的衣服，说着笑着，舞动灵巧的双手，把绽开的棉花摘进布兜里……秋天是收获的季节，正是多做点活计的时候呀！郭成志竟是这样无情地被关锁在屋子里。作为一个支部书记，在这样一个节骨眼闹起病来，实在太不是时候了。

他再也躺不住了，一咬牙，坐了起来。他那两只软弱无力的手，抖动地抓过衣服；喘一口气，伸上一只衣袖，再喘口气，又伸上一只衣袖。他同样艰难地穿了裤子，蹬了鞋子，倚坐在床边上，稳了稳神，站了起来，几乎是扑到了门口，抓住门框。他又略停片刻，便扶着墙，挪了两步，试试探探地迈进楼道。

多么新鲜的空气呀！他好像喝了一口井拔凉水，像含起一块薄荷糖，从周身到心里，立刻清爽起来。

多么美丽的景色呀，窗前的菊花，昨天黄昏还是含苞未吐，只一夜的工夫，就展蕊怒放了。你看，它们开得是多么热烈，多么茂盛。那黄的、红的、白的、紫的，一朵朵、一簇簇，迎着西北风，披着寒霜，争妍斗艳，喷芳吐香，开得满院子里简直成了一个锦簇世界。

郭成志两只手使劲地扶着墙，两条沉重的腿，尽力地轻抬慢放，往前挪动。最后，他挪到了医院办公室里，给工程师翟方要了个电话，主要是和他商量改产上电石的事。吓了一大跳的翟方把郭成志得病的过程问了个仔细，才朝前南峪村用电话报了信。

第八天村里来人了，转过天郭成志早早地找到了赵主任办公室，敲了敲门。

"谁呀，请进来！"赵主任笑着招呼他。

郭成志艰难地走了进去，在靠窗的一把皮靠背椅子上坐下了。

那间屋子好亮啊！又清洁又宽敞。那间屋子好静啊！没有门诊部那种杂乱的脚步声、乱哄哄的说话声和小病人的哭叫声。

郭成志说是还有急事必须得出院。他怕村干部这么一来，家里的、亲戚的、三好两厚的肯定要不断流地来，传出去自己面子就不大好；说这人没转成产倒先把自己转到医院里去啦。再说人来人往又花钱又耽误工夫。自己身体眼看着要康复如初，何苦惊动那么多人。更重要的是那个转产电石的事急着等自己办理，哪能在病床上把时间都给耽误喽？

赵主任看一眼他的焦急神情，就同他一起来到病房，又查了查治疗记录，再后拿了一支温度计让他试了试，一看水银线在36.5℃那个格上，就给他开了出院单。

这几乎是一个奇迹,以郭成志两个月来极为虚弱的身体,突然遭到这样一场大病的袭击,最后竟能在短短的时间好起来,内科大夫都感到惊异和庆幸。

接连下了几天雨,一阵冷风吹得树枝呼呼地响。雨后的阳光格外的明媚,强烈的光束直射进这长长的走廊,冷风也呼啸着迎面吹来。郭明谦倍加小心地扶着郭成志,慢慢地走出了病房。

七

郭成志在出院的第二天早晨,就坚持来到了石钢,告诉人家硅铁市场疲软我们已决定转产电石。

但石钢的工程技术人员却说:"转产电石干吗?转产工业硅多好啊,设备稍加改造就可以了,况且市场非常不错。"

"是吗?"郭成志两眼放光,"哪里生产这个啊?"

"咱石家庄的黄磷厂就有个工业硅车间,你去看看就明白了。"

踏破铁鞋无觅处,得来全不费工夫啊!

郭成志一听这话,惊奇得半截木头般愣愣地戳在那儿。他感到自己的呼吸分外急促。搏斗在成功和失败之间,怎能抑制心潮的奔腾起伏?等缓过了这口气,才自己抱怨开自己:这是怎么说的,合算俺郭成志两个多月的工夫,堆成山的苦白费了白吃了?当初咋不先到石钢跟人家工程师请教请教?后来紧接着把这种抱怨化为激动,激动之后便高兴得不能自己,和人家打了声招呼,他就急急忙忙往黄磷厂赶。

到了黄磷厂,工厂正用它强大的铁肺进行工作,不断发出轰隆隆的巨响。铁器的哗啷声,锤头敲打的叮当声,锯齿拉扯时的咯咯声,以及熔软了的金属尖头被敲打时的吱吱声交响成一片。煤烟现在是直冲九霄,喷吐着火焰,向四方撒下一束束的火花,恰如点着了的花爆。

快到车间出口,正巧碰到石钢的张工程师。他穿着一件藏蓝色的裤褂儿已经旧得发白,浓眉大眼平头阔嘴,很精神。张工从口袋里拿出的烟是五角钱的"官厅",郭成志连忙截住,递给他一盒一块钱的"大境门",他没有推让,接住了。张工在前南峪建硅铁厂时,曾受命于厂方来村里做技术指导，所以郭成志与他很熟悉。

张工问："成志支书有何贵干？"

郭成志说："还不是为倒霉的硅铁。"

张工说："我猜你支书准是为转产工业硅而来。告诉你吧，黄磷厂上工业硅费了九牛二虎之力，技术和资料保密，保得铁死，你想撬点缝钻进来，别说门子连窗口都给关得死严。"

郭成志蹙起了眉头想，俺见了晴天又来了一片黑云彩，就说："他再严俺也要钻进去！"

张工是个绝顶聪明的，又能洞悉别人心理状态的人。他嘿嘿一笑说："支书你甭费那个力气了，我给你想个办法，包你马到成功！"

郭成志一听这话，死命地拧着张工来到了街上的一家豪华的饭馆。这家饭馆，中间一张双层旋转式大圆桌，上面已摆满了杯筷碗盏、餐巾餐纸等餐具。金边吊顶的天花板上吊着一盏枝形水晶流苏大吊灯，四周还有几盏红绿双色的玉兰壁灯，地上铺着白底红云的大理石。饭馆的正面贴墙有一架古色古香的花案，上面放着一只白色雕花的瓷瓶，瓶中插一束深红色的玫瑰花，花朵清一色花苞半绽，带着一种处子般的紧凑和稳重，再配以白色的满天星，更加显示出一种大家闺秀的华丽和高贵。

郭成志把张工摁到了座位上就点开了菜。

虽然为了身份，为了礼貌，张工拱起手推让着，不肯坐上首席，但一发觉郭成志的执意，也就不再推辞。于是动手吃甜汤了。开始是一片混杂的调羹碰调羹和喝着滚汤开水时嘴唇皮咂出的声音。接着，就单是清脆的调羹碰调羹的声音了。咀嚼冷盘时的声音却要沉重得多。这期间，虽也有主客的对话，但都很简短：

"请！"

"好！"

"再请一点！"

"好好好！"

实际上就只这么单调！真正的谈话是酒到酣热之际才开始。

张工说："支书你真想转产上工业硅呀？"

郭成志说："张工你是不是成心拿我开玩笑？我不想转我留着你给我安的那个废热矿炉搁那里干啥？"

张工说:"支书你甭着急听我慢慢说。"他吃了两筷子菜,敬了郭成志一杯酒,"我问你认不认识一个叫武吉龙的人?"

郭成志把两个人面前的酒又斟了一巡,又不动声色地把球踢给他,说:"张工你甭跟我打哑谜了,有啥事你就直说,我还等着上工业硅呢。"

大家心照不宣地笑起来。张工抿了一口酒,终于开口了:"是这么回事,武吉龙那个人不简单,是个搞工业硅的专家,特别精通硅铁转产工业硅的技术。"

郭成志一听说有这么个人专门干硅铁转产工业硅的活儿,突地一下子眼睛亮了,赶忙给张工又满上了一杯酒:

"喝,张工,一口下去!你要是分成两口,就说明你这个人不够意思!"

"慢,支书,你知道我说这个武吉龙的名字给你支书听是啥意思吗?你又知道我老张今天到黄磷厂来是为了啥事儿吗?"

郭成志对于张工一连串的哑谜和"乖子"全然不解,但有一点他绝不放松,那就是逼着张工拿出解决硅铁转产工业硅的"实货",不达此目的,他郭成志今天是绝不会罢休。

"哎,我说张工,咱们这样说吧,你老哥给俺郭成志解决转产工业硅的问题。你有啥事,老弟拼死拼活也给你解决!你那个哑谜今天就此打住,赶快给我装进裤子口袋里。"

菜慢慢上着,酒慢慢斟着。郭成志以攻破张工拿出解决硅铁转产工业硅的"实货"为核心,慢慢与张工聊着。你不得不承认,在这个世界上,谁也不比谁傻。农民有农民的狡猾,农民有农民的智慧,农民有农民的情理,农民有农民的逻辑——农民有农民的一切。而他们的一切,无论是柴米油盐还是爱恨情仇,无论是精神根本还是物质源头,都与土地血肉同体,息息相关。民以厂增收,厂在地上建;民以居为安,房在地上建;民以食为天,食从地中来。一直是土地,始终是土地,土地就是他们的命。我们一直觉得,在我们广袤的太行山上,一块块旱涝保收的肥沃的土地就如同一只只饱满的乳房,农民们就如同辛勤的挤奶人,随着四季的更迭,他们源源不断地挤出了丰沛甘甜的乳汁,给城市喝,也给他们自己喝。现在,因为产品滞销而无法转产的太行硅铁厂,这一只小小的乳房,如同已经消逝的白马河一样,很快就会干瘪、枯竭,不复往日之能。这一群人,尽其所能地绞尽脑汁,要使太行硅铁厂转产工业硅,就是为了能从这只乳房里绞尽乳汁,绞尽他们能喝到的每一滴乳汁。

气氛越来越稠，微醺的张工也越来越让郭成志有底了。听了郭成志说出这样的话，本来不胜酒力的张工猛地一下子从桌上抓起酒杯，一仰脖就倒进了嘴里：

"好！成志支书，够意思，那你老哥就不客气啦！直说吧，武吉龙是工业硅的行家不假，干硅铁转产工业硅的行当也是百分之一百的真事。此人和我张工也并非是一面之交，说莫逆有那么一点虚妄也不太多。有一样，这个武吉龙有一个毛病，一般没有交情的人求他，他还是待搭不理。你这边急得头顶冒汗，他还是不理你那把滚开的壶。欲求武吉龙，就得靠我张工的面子。可你要知道，我也有件急事非办不可……"

郭成志正支着耳朵等着张工那件急事的下文，谁想张工又来个急刹车且慢悠悠地拿起筷子夹了一口菜，有滋有味地嚼了起来：

"成志支书，这件急事还是非得你支书先答应我才能说，你要是先不答应恕我还是不能先泄我那个密。"

张工一连串的"关口"，使郭成志如坠五里云雾之中。唉，谁叫咱摊上了这么一个硅铁厂呢？花好看，果难吃。郭成志举起了酒杯，说："不说它了，喝酒。"

那就先放下，两人继续闲话。一道道菜，一杯杯酒。酒酣菜热，闲话也便千头万绪，百花盛开：外出打工的难处，谁谁谁谁都得了性病；留守的老人、女人和孩子在家里的孤单，村里信基督教的人越来越多；什么东西的价钱都涨得快，就是粮价涨得比乌龟还慢；娶媳妇的成本越来越高，相亲见个面男方都得掏两百块钱的相看钱……有那么一瞬间，你也许有些恍惚，恍惚自己为什么听着这些话，这些和自己的日常生活天悬地隔毫无干系的话。然而也只是一瞬，你便将恍惚尽收。——你如果作为一个从乡村走出来的孩子，你确实跟他们久违了。但是，你乡村的根还没有死，离他们也就不算太远。

……

又一轮"围剿"上演，酒也将近喝完。

郭成志心里另一把火在烧着。一个多小时啦，连一句转产工业硅的准话都没从张工口里掏出来。他心里那把火能不越烧越猛？他的脸孔红一阵，白一阵，嘴唇咬得发白。可他转而一想，这知识分子真难斗，说话一个劲绕来绕去。干脆，他绕圈儿咱来直的，管他上刀山入火海，也甭管他啥事，咱先答应下来再说。

郭成志正心里这么想着，这时慢条斯理的张工却忍不住把话说出了口：

"成志支书，按说这件事在你省人大代表手里并不难解决，我老张绝不会难为你支书给我解决那根本解决不了的问题。再说了，谁叫咱们在一起共过事呢？谁叫咱们是一根绳上的蚂蚱呢？谁叫你小弟现在是省人大代表省劳模呢？能伸手就伸把手呗，谁没有用着谁的时候？再说了，你给我解了难，也就等于给前南峪解了难，你还不是转手就办了？说到底也就是帮个忙，对不对？"

郭成志不由得微笑，暗自佩服。要是批卷的话，张工这番话能得满分。亲切，温暖，且周到，真是什么都有了。连给前南峪解难的调子都定好，由不得自己不跟着唱。

接着，张工放下了酒杯，他的眼睛已经微红，说："你支书也清楚，石钢这地方是不能说赖，就是把技术人员卡得很死。你想出去和乡镇企业、社队企业掺和掺和，他那里算是没敞着一点门，除非退职。所以，我想往黄磷厂挪动挪动。人家那里活呀！谁承想，开始说行，黄磷厂这边也点头答应了，到办手续的时候，两边都变了卦，把我中间给搁了起来。成志支书，你想人到了这一步够多难受？今天遇到你省人大代表支书，我老张算是三生有幸喽。"

郭成志一听张工说的是涉及人事调动问题，平时外出开会时听人们讲这个问题最难办也最好办：上边没人难于上青天，反之有硬门子什么人间奇迹都能够创造！可这种难难易易的滋味，他郭成志则是从未曾尝过。到底是尝它还是不尝？郭成志一直担心的事情终于变成了现实。你不得不承认，人与人之间，就是有一种不可沟通性，哪怕是亲亲的兄弟。你怎么才能让他郭成志明白：为了张工办事在他眼里肯定是要付出太多太多的，但在张工眼里，很可能还是不够？你怎么才能让他明白：有时候，人家愿意难为他是在给他机会？你怎么才能让他明白：这盘互相利用的棋局，从一开始他就是彼此的棋子，看似是他想攻下张工，实质上也是张工想操控他？你怎么才能让他明白这些啊，弯弯绕的这些，恶心人的这些，你讨厌至极而又心如明镜的这些？

要想办成事，他郭成志必须首先付出。今天中午必须成事。心理较量不是什么时候都可以进行，要看你有没有和人家较量的资格。没有资格较量而硬要较量，那就不是较量，而是搬起石头砸自己的脚，是愚不可及的蠢。目前而言，张工有他郭成志想要的资源，这就是人家的撒手锏。张工固然想让他郭成志为自己首先付出，但郭成志也想通过他来转产工业硅。郭成志和他看似是对手，其实只是小对手，是人民内部矛盾。双方共同的大目标就是共赢，共赢才是双方都应该瞄准的目标。所以，此时此刻，绝不能让小心眼坏了大目标。如果必须有一方退让妥协，甚至付出很大的代价，那就让他郭成志来好了。内耗必须止于智者。这时候他郭成志就得舍出孩子去套狼——只要人家要孩子。空手套白狼？这根本不符合市场经济的规律。如果不是奇迹出现，空手只能套白忙。今天所幸俺老郭就尝他一次，反正俺是"傻小子睡凉炕，全凭火力壮"。你不尝也不行啊，你那个一百五十六万的厂子还在那儿死着呢！

想到这，郭成志连眼皮都没眨一眨，大有"横扫千军如卷席"的气度，借着点酒劲在饭桌上一挥手：

"俺郭成志今天就答应你张工。可今天咱说是在酒桌上，君子无戏言，俺老郭一给你办成你立马得给我办转产工业硅的那事。俺不管你找谁，不管他是武吉龙还是文吉龙，反正你张工就是哭也得给俺哭出一个转产的人！"

张工一想这事成了，去年春天省长签字的事到郭成志那里都是手到擒来，别说调厂这点屁事！不是一盘"小菜"？

张工那边打他的如意算盘去了。他想武吉龙那里一说准行，那人干工业硅干出了瘾。可郭成志你不这么将他一下子，他能给你办那么大的事？人事调动那么容易吗？非有郭成志的"硬门子"不可！

他越想越美，腰也挺起来了，头也仰起来了，两条腿又跟早先那样，神气地拧起来了，两只眼睛又不可一世地眯缝起来了：玻璃窗外飘动的柳条，"叽叽喳喳"叫唤的小鸟，郭成志喷出来的烟儿，组成了一片云雾，他就驾在上边了。

瞬间，屋子里温度上升，热流涌动。

"办！"

"办！"

两个杯子踫到了一起。

"干!"

"干!"

……

出了饭馆,凉风扑面。郭成志和张工分手之后他可作了大难。刚才酒虽然喝得不多,可毕竟有那么点酒劲在肚子里壮胆压阵,这会儿让秋天的小风一吹,脑子才越来越清醒,一清醒便心虚了起来。可张工的事还得办哪!你那件要命的事不是还等着人家给你办吗?

郭成志在这关键时刻,神经照例要集中到省科委常务副主任董桂海那儿来。一想到董桂海,郭成志这次倒是先来个怵头。他的心里交错着许多复杂的情绪。他想人家董主任是你啥?一不沾亲二不带故,再三地麻烦人家,你郭成志哪来的那么大的脸?也就是董主任那样的好人,换了个人早就把你晾到一边去啦!可不找董主任找谁呢?俺的"后台"就那么一个人。所幸,就最后一次,再找一次,这次解决了再也不麻烦人家老主任了。

心里这么斗争着,就下意识地看了看表,一看六点半过了,盘算着这会儿朝董主任家去正好把人碰在家里。本来想买点东西,又一想别惹主任生气,那样反倒把事办砸喽。郭成志带着满头大汗、一身热腾腾的气息,迈着大步,从饭馆街头朝董桂海家里奔。

他从前南峪发誓给硅铁找出路,直到走向董桂海家,按着时间计算的话,两个多月了。这两个多月的空间里,他没有一顿饭是坐在家里吃的,除了一场大病,只有三个多小时,是脑袋沾着枕头在炕上躺着半醒半睡的。

改革者,对于志在新农村建设,是最感到自豪的。"干事业要听党的话,搞改革四海为家。"这是他们的一句响亮的口号。改革者,哪里需要哪里去!一处工厂刚刚建成,马上就到新的工地,开始新的劳动,和新的困难进行斗争,去夺取新的胜利。改革者,当把崭新的厂房建成了,交付使用的时候,心眼儿里的那种高兴,是说不出来的。一处一处社会主义新农村的规划,都是改革者建设起来的啊!这些日子,他的足迹,遍布祖国的大江南北。他常常栉风沐雨赶路,餐风饮露操劳,成就和快乐也就在这种变化之中。

紧张吗?很紧张。他却在紧张中增长着精神。

焦急吗?很焦急。他倒从焦急里得到了愉快。

烦恼吗？这也是常常出现的情形。但是，每逢这股子情绪闪现出来的时候，他就做自己的思想工作：你是革命的后代，你这个家是党给的，你的好日子是党给的，不能忘本，不能不听话；党组织培养你，重用你，就是为了让你挑重担子，要你用战斗的精神去完成每一项革命工作，给群众效力谋幸福的；困难克服了，工作干好了，成绩出来了，群众受益，国家受益，你的全家也跟着受益，你动不动就发烦可不对呀！于是，一股热流在他身上涌动着，一种深沉的感情把他的心牵动了。他那非把自己要做的事情做到底儿不可的韧性，就变得更顽强、更锐利、更坚定不移了！

建一座庄稼人从来没有见过、更没有干过的太行硅铁厂，实在太复杂。从萌起念头，到设计施工、找省长签字、筹措资金、购置设备、签订协议等等，他花费了多少心思呀！太行硅铁厂建起来了。骤然间，又遭遇了全国硅铁市场滞销。这是支部书记万万没有想到的。一下子把一百五十六万元的全村群众的血汗钱砸在那里。大人哭，孩子叫。他郭成志如五雷轰顶，就是全家砸锅卖铁也弥补不了群众的损失啊！一时间，张庆天憋着火，王松压着气，村民们围上他要主意。那几个为了设计厂址路线，熬了不少夜晚的老人，除了郭明耀和马四奶奶外，都有点泄气；从不发牢骚的张贵礼，也故意冲着郭成志说起难听话。村主任郭明谦，似乎比郭玉先能沉得住气。可是，从这个本来粗直的伙伴那种故作轻松、生着法说开心话，又显得生硬、拙笨的样子里，郭成志能体会到他心胸里压着多大的焦急心火……于是郭成志在这紧急关头，立场鲜明地站在村民们一边，站在走社会主义新农村建设的人一边，顶着重重压力，积极召开党员会、群众大会，总结经验教训，鼓舞士气，重振雄风，于是一场破天荒的为太行硅铁厂寻找出路的序幕拉开了。两个多月奔波，他不知跑了多少省市，跑了多少高等院校，费尽了心机，磨破了口舌，最终招致了一场大病，要不是好心大嫂冒雨将他送进医院，他的性命还不知在哪？现在又到了太行硅铁厂转产工业硅的关键时刻，他又硬着头皮来找董主任……郭成志把这一切一切，都承担在身上，包揽在心头；又当机立断，把一切一切都先放下，抓主要的、当紧的事情，抓硅铁厂转产工业硅。他想，只要企业一转产工业硅，村民们的劲头就会被鼓起来，群众间的胡乱猜想、各种谣言和原因不同的担心，都会消除；到了那时再讨论发展企业的后劲，就会更有力，更有效果。

傍晚时分，西天缀满鲜艳的彩霞，郭成志走下公共汽车，来到董桂海家里。

董桂海的家是一个带着小院的二层小楼，地处市区边缘，显得非常寂静。几道翠绿的万年青像墙一样把院子分成方方正正的几块，十多棵松树在秋风中不亢不卑地摇摆着，尤其让郭成志感到新鲜的是，两株生机勃勃的桂花树，枝头上开满了黄艳艳的花朵，幽香扑鼻，给整个院子带来了一片生气！打远看去，院子里疏密相间、错落有致，一切都显得井井有条、相得益彰。这一切都明明白白地告诉你，院子的主人是个很知道生活也很会生活的人，而且也肯定是个心情非常平静和充实超脱的人。

郭成志有些惊讶地瞅着院子里的东西，心情顿时也好像愉快了许多。

他根本没想到这个院子里的变化竟会如此之大。董桂海刚搬过来时，院子里干干净净，还是一块不毛之地。然而这才多长时间，就长了这么一院子茂树修竹、绿草红花，真个是姹紫嫣红、暗香疏影，简直成了小花园了。

上到二层小楼，郭成志拉住董桂海的手，他这下子可把这两个多月在外边"有家不得归"的苦处，像黄河决口一样，"哇啦"给老人倒了个一干二净，中间时不时还动了很深的感情。弄得在一边听话的郑淑青，难受得像一个受委屈的小姑娘，不断地抹眼泪，又频频催促自己的丈夫：

"快给成志人家孩子办吧！看把成志憋屈成了啥样儿？一场大病脸倒给瘦下了一圈儿。"

董桂海下了很大决心似的一扭头，抄起了身旁的电话，仍然是要到李锋副省长那里，话足足说了有十分钟，仿佛有一股热力在胸膛里奔突的强烈感觉。他把郭成志上硅铁一天没能生产的困境充满同情地说个详尽。常务副省长那头答应了办办试试。

李副省长人家当然站得高看得远，他知道人才合理流动是大势所趋，"私家所有"这个旧观念旧体制要被打破，技术人员要求调动不该封锁得那么死，办这样的调动也许是件好事，就把电话打到了省人事厅。省人事厅又打到了市人事局。那都是头头之间的通话，传的还是省长的意思，岂有不办之理？三天之后，传过话来让张工办手续。

事情顺利得把急着等信的张工一时闹得目瞪口呆，目瞪口呆之后才知道真是顺利得像是吃羊肉馅饺子一样地可口，赶忙连跑带颠地办了手续。

等轮到了郭成志跟在矮壮的张工后边到了武吉龙的公司所在地藁城。

一见经理武吉龙，张工立刻一反平时在乡镇企业经理面前摆出的大厂大工程师的派头，赶紧迎上前来，连声说："武经理辛苦了！辛苦了！"

于是，他们当着那么多送料、运货工人的面，热烈地握手，放声地大笑。

矮个子张工咧着嘴说："武经理，这位就是省人大代表、前南峪党支部书记郭成志，兼村办硅铁厂厂长。"然后，张工说明来意后，又低声下气和不厌其烦地介绍着他和郭成志的关系如何铁，又以半央求的口吻说，"你武老弟无论如何要帮我这个'老铁'的忙。往后你有什么事再求到我张工的头上那是肝胆涂地，绝不吐半个不字。"

光脑袋的武吉龙点头哈腰："久闻大名，如雷贯耳；今遇良机，通力合作，真是三生有幸啊！"

其实，在一旁的郭成志早从武吉龙的神态中看出了没有张工的这个"铁"，武吉龙也绝对不会放弃又一次"改产工业硅"设备的机会。郭成志虽说不会像武吉龙这样诌几句酸腐的话，倒也有他自己一套装点门面的词儿。他拿出一副很有风度的姿态说："武经理如能不辞辛苦到我们那儿改产工业硅设备，是对我们前南峪村民雪里送炭，是您支持老区人民改革的热情高嘛！说真心话，我很佩服。希望您把这种精神保持下去。"

武吉龙连忙说："非常感谢郭支书的夸奖。"

10月下旬，和武吉龙签好了协议，只欠郭成志的一个公章。刚好距郭成志离家外出满满三个月。郭成志在自由市场买了一件腈纶夹裤，又在商场买了件新夹袄，穿在身上迎着绚丽的晚秋带着寒意的风，踌躇满志地得胜而返。

枝杈繁茂的老槐树，挂满了一嘟噜、一嘟噜像花生果一样的槐豆豆。成熟了的向日葵，像一根根竹竿子挑起的一顶顶黄色锦缎的帽子，伸出高高的院墙。墙头上，爬着豆秧。紫色的花朵开得正旺盛，垂着玻璃片似的豆荚。那中间，还有小磨盘似的倭瓜，如同涂了朱漆，上了油彩，又好像穿着红兜肚的胖娃娃，仰卧在那儿晒太阳。

多么丰盛的秋天景色呀！天是高的，云是淡的，风是轻的，无边的大地是湿润的，空气里都掺上了新米的芬芳！吸一口吧，这是大自然赐给庄稼人的庆功酒！

郭成志陶醉了，从打大雨滂沱的菱镁矿山路，到热浪滚滚的群众会发誓，再到这金一地、银一地的收获季节，刚刚跨进改革开放新时代门槛儿的庄稼人，闯了一段多么长的路程。用心血和脚步，回答历史提出的一个多么严峻的问题！收获，是播种的结果，又是播种的开始。在准备进行另一场春播的时候，还会遇到哪些风雪和阴雨呢？这是他们既能预料，又难以预料的事情。

年轻的党支部书记，不由得笑了，自言自语地说："嗨，真是太有意思啦！"

11月武吉龙带领人马改装成功，12月1日工业硅正式投产，冶炼厂终于起死回生。所产工业硅质优量多，把个前南峪满村的喜庆又抬到了一个高峰。

全村人集合在打麦场上，就着大戏台，召开了太行冶炼厂庆功大会。

台上插着十几面红旗，巨幅红布悬挂在台口，红布上的白花花的大字闪着光。台下打麦场上、草地上、岩石上到处站满了人，红旗招展，台上台下接连一片，场面庄严壮观。

当郭成志被人群拥到台前，他激动地说："同志们，乡亲们，咱前南峪干到今天这一步，多亏你们心齐，摽成一个膀子，出了大力，受了大累！感激你们，我在这里给乡亲父老鞠一躬。"

他对着台下深深一躬，挤站着一千多口人的打麦场上静得好像掉根针都能听得到。

这时，主席台上虽然有遮阳顶，但话筒前仍然是一片阳光，由于逐渐爬高的太阳的照射，郭成志额头上沁出了汗珠。他端起杯子，仰起脸，喝了几口。茶水顺着他的下颏流洒到洁白的衬衫上，胸前洇湿了一大片。喝完，他用手帕抹了抹脸，对着话筒继续讲道：

"咱们一辈子也忘不了为前南峪致富立过功的功臣，他们是郭明耀、郭明合、郭明考、郭明谦、郭玉先、郭明让、郭俊刚等，还有以前为前南峪出过力流过汗、现在又放弃大城市生活，重回咱前南峪安家落户的张丽珍、杨云辉，我也向他们鞠上一躬！"

郭成志又是深深一躬。

"致富难，真富了更难，人怕出名，猪怕壮。抬头看，头上有太阳形势大好，低头看地上有蚂蚁，平着看还有绿豆蝇嗡嗡乱飞。咱前南峪能有今天，能在太行山上头一个戳起太行工业硅冶炼厂，多亏有县委、县政府，特别是省科委董主任等的领导和支持。"

这声音尽管是从喇叭筒里传出来的,却是真挚的、生动的,充溢着感情的。在广播线中运动的电荷,产生了一种有强大吸引力的磁场;绿色的长方形共鸣箱,好像放射出一股热力,一股感召力,一股磅礴的气势。尤其,郭成志讲到这里,有意地停顿了一下,于是,"我代表全村父老乡亲向咱们的好领导们,鞠一躬!"的余音,在整个村庄的大街小巷,在整个村庄的各家各户门口,在整个村庄的上空回荡缭绕,久久不绝。

鼓掌声、欢呼声,雷鸣雨啸般地响起来。郭明耀在主席台站起来,大声喊:"明谦,把锣鼓搬出来,红火红火吧!"

郭明谦、郭玉先、郭俊刚和郭双群四个人,一齐奔到村委会的库房,打开了那把长了锈的锁头,到里边搬出铜锣、大钹,还推出一面安装着木头架子和木头轱辘的大鼓。

男女老少,又"轰"的一声把大鼓给围住了。

郭明谦最后从库房钻出来,连声喊:"嗨,找不到鼓棒了,找不到鼓棒了!"他这样喊着,来到大鼓跟前,嗖地一下跳上了红漆的鼓架,两腿叉开站稳,在人群里瞥了一眼,挽起左边的袖子,卷起右边的袖子,两只粗大带茧的手掌紧紧地攥成了拳头,高高地举起,又重重地落在那牛皮的鼓面上——"咚!咚!咚!"拳头在鼓上飞,大地在鼓下抖!

这大鼓,使冰冷的空气立即变得燥热了,使恬静的阳光立即变得飞溅了,使困倦的世界立即变得亢奋了。

使人想起:落日照大旗,马鸣风萧萧!

使人想起:千里的雷声万里的闪!

使人想起:晦暗了又明晰,明晰了又晦暗,尔后最终永远明晰了的大彻大悟!

容不得束缚,容不得羁绊,容不得闭塞。是挣脱了,冲破了,撞开了的那一股劲!

好一个红漆大鼓!

鼓声,震撼着每一个人的心胸!

鼓声,飞遍太行山上的千峰万壑!

不知为啥?"福毕祸至"偏偏总是伴随着前南峪人和郭成志。12月15日,县电力局一个电话打到了前南峪人办的冶炼厂,说无送电指标供给你厂，必须立即断电停产！

这次郭成志脑袋倒是没有太蒙，一次次地倒运，使他的神经坚强了许多。只是接到电话一整天一言不发。饭菜也只动几口，离不吃不喝只差那么几筷子。

夜，静得瘆人。寒冬的山风，像剃头刀儿一样扫荡着这黑沉沉的八百里太行。月亮像半张死人的脸，冷光熹微，根本刺不透沉沉夜幕。更何况还有那飘浮游动的黑云，像老天爷抖开的盖尸布，时不时将那半张死人脸遮住，使大地陷入一种伸手不见五指的漆黑深渊。

郭成志上身穿一件新棉袄，身影瘦长，两腿像灌了铅，脚步踉跄，晃晃悠悠，行踪飘忽，从前南峪村走出来。他似乎走进了比现实更加冥冥的夜里，周围的一切都模糊不清。夜色越来越黑，没有月亮，连一颗星星也没有。他仿佛沉在了墨黑的水底，什么也看不见，什么也摸不清，连脚也踩不到坚实的土地。他拼命地奔跑，为了逃出这黑沉沉的包围。可是，那漆黑的一团像水，像雾，总是缠裹着他，无法摆脱。他恐惧了，停住了脚步，怕前面是断崖，是深渊。他这样整整转了半宿啦！突然，他双脚一滑，身体飘落下去。他惊叫着，拼命地呼喊着，可是，就像有人掐住了他的脖子，怎么也喊不出声音来。他掉进一个坑里，抬头望去，看见了幽幽天光。他爬呀，爬呀，四壁是雪，是冰，怎么也爬不上去。冷啊，真冷，要冻僵吗？要在这里结束生命吗？他像在梦中一样走着，透过黑暗，他的眼睛里闪着怨恨的绝望的光。愤怒和耻辱感啃噬着他的心灵，正在摧毁着他的理智。为什么前南峪遇上的困难一个接一个，刚刚改装工业硅设备，又断电停产？

"我这是何苦呢？全村一千三百口子人，为啥就数我倒霉？"他陷身缧绁，满腔孤愤幽怨，真想大叫三声，撕破这铁板一样的夜幕，出出心里的这口怨气、闷气。一整天他几乎是靠抽烟和喝水活着，白天开会，坐在屋里装作没事人一样，晚上说啥也闭不上眼，与其躺在土炕上烙大饼、瞪着眼珠子数房梁，还不如到大山里溜达。他觉得屋子里空气太沉闷了，压得他喘不过气来。他急需要一种前进的力量，来帮助他跳出这个痛苦的深渊。一种急迫的心情，一种说不出的引力，驱使他不顾一切地冲出了自己平时心满意足的家门小院，向着宽阔的大地，向着生气勃勃的山林走去。人家都说白昼和理智是属于男人的，而他这五尺汉子却只有在无边的黑暗中才能找到一点安静和慰藉。

"当支书就是赌命,以前怎么就没想到这一层?……"郭成志肚里没食,头昏脑涨,东倒西歪,跌跌撞撞。气话可以说,大话也可以喊,真要叫他停产不干,还不甘心,咽不下这口窝囊气!就是强咽下去,肚里也会憋出个大瘤子。他忽然记起二十五年前回村参加社会主义新农村建设的时候,曾经说过的豪言壮语:只要心脏不停止跳动,在革命的道路上就永远前进,一分钟都不停留。他又记起在参加社会主义新农村建设不久入党时的宣誓:要为人类最美好的共产主义事业奋斗终生!现在,自己成了一个什么样子的人了呢?时代的列车在飞奔,难道自己不应该成为时代列车前进的火车头吗?可要想继续干下去,又怎么个干法呢?莫非真的山穷水尽、束手无策了吗?

已经到了下半夜,月亮早已隐去,周围是寂寥无边的黑暗。浆水滩难道死了吗?没有狗叫,没有鸡鸣,长蛇、蛤蟆早早地钻进土里,连小虫子的唧唧声也听不到。郭成志感到这样孤单,这样悲哀,真想大哭一场,反正也没人看见。

后半夜的风更冷了。当他走到东沟的大山跟前的时候,他忽然想到1963年一场特大暴雨,冲垮了大山,荡平了庄稼,全村人呼天抢地。在社员们被逼上绝境的时候,是党和政府为全村受灾的群众送来了救灾的物资,是县委派县长王永淮来到前南峪,大力号召群众自力更生,艰苦奋斗,重建家园。改革开放后,前南峪人因地制宜,实行了集体专业承包责任制,开始轰轰烈烈建起了一条条生态经济沟。有人错误理解中央一号文件,在村里硬是刮起了一场分山风波,他们甚至将上告信一直上告到省委和中央,在前南峪人再次遇到极大困难的时候,又是县委派县长董梦芝来到前南峪,宣布前南峪因地制宜,实行集体专业承包责任制,发展农村经济的路子完全符合中央一号文件精神,其经验要在全县推广。如今,太行冶炼厂二次上马,又遭遇了断电停产,前南峪再次被逼上了绝境,咱们为什么不去找县委支持?……

当深刻的痛苦代替了绝望,就能使人的智力变得更加聪悟。思索——郭成志用自己的全部力量进行思索,现在求助谁也不管用,只有靠自己去思考,去推断,战胜自己的恐惧、懦弱和犹豫彷徨。现在对他来说,才智比肉体更加重要。

想到这里，郭成志心里顿时觉得有了主心骨，赶紧往家里走，回到家里已是五更天。他找出了一根绳子，装进了人造革的手提包里，避开了媳妇和全家人的眼。

第二天一大早，和家里人打了声招呼，说我上邢台，就匆匆地上路。一上大道，司机给油加挡，从吉普车尾喷出一股青烟，如箭离弦般地向前冲去。

到邢台县政府，郭成志径直地闯进了县长办公室。新任县长王聚太正跟几个局长研究工作，一看郭成志进屋的神态先吃了一惊。郭成志把绳子掏出来往茶几上一放，说："王县长俺今儿个是上吊来的，要是不给俺解决问题，俺郭成志确实不能活了，只有死路一条。"

王聚太看看郭成志苍白的脸色，连忙问："成志，你怎么了？"

郭成志"哇"的一声哭了起来。县长办公室里人的心一下子也抽紧了！这个从骨子里到外面都响当当的男子汉，怎么眼泪说来就来得这么快？二十三年前，他向前南峪的父老乡亲报告下暴雨发大水的凶信时流过泪。今天，当着县长办公室里的人，有县长也有局长，有长辈也有晚辈，怎么又哭上了？他这一流泪不要紧，把大家的心也剜得又苦又痛，发软发酸。

"成志，怎么了？"王聚太过来安慰郭成志，"怎么像个孩子似的，有话慢慢说，别着急，别着急啊！"

郭成志没有抹眼泪，为了使说话时不抽搭，略微沉了一会儿，才接着往下说："王县长，今天你……你要是不帮我，我就死在你面前。这不，我是带着上吊绳来的……"

当郭成志抽泣着把自办企业以来遇到的所有艰难和委屈诉说了一遍之后，在场的所有人都忍不住掉下了眼泪。

"他太难了，王县长，我们先回去，你赶快给郭成志想想办法吧。"

"是啊，为村里的事，他也太受罪了。"

红脸的县长王聚太脸上的红色也愈发色重。毕业于河北大学的这个山区县县长，本来也是山区的苦孩子出身，听着郭成志的叙述，把山区人民长期经历的苦难乃至办点事比登天还难的回忆给勾了出来，就对郭成志充满了同情，感到全身的热血一股一股往上涌，便说："成志你先稳住气，下午我就跟你一起跑电的事，咱什么时候跑成什么时候算完。"

下午王聚太领着郭成志一起来到邢台市三电办公室，找到主任董锡琪。董锡琪又带他们找到主管"工交建"的市委副书记赵子斌。赵子斌当即给省电力局打电话,终于解决了用电问题。

工业硅生产正式开工。此后十几年,年年盈利,很快让前南峪村民的腰包鼓起来。

八

时过境迁,时代在变,前南峪人的勇于开拓创新、勇立潮头的坚定信念却始终不变。

今天,看到自己千辛万苦,几乎搭上自己的性命救活的这个厂又要被自己亲手拆掉,不啻当父母的为生计卖掉自己的儿女一样,郭成志心口的深处汹涌起巨大的酸痛波涛,几乎忍不住要放声痛哭。但前南峪人在局部与全局、眼前与长远之间,义无反顾地选择了后者!

然而,三个厂关闭了,前南峪又该如何又快又好地发展?此时忧心忡忡的郭成志躺在炕上怎么也睡不着,他又在考虑如何在前南峪进行"第二次创业"。直到郭玉金都在他身边均匀地响起熟睡的呼吸声,他还是睡不着。已经过了半夜了,他又翻过来想前南峪的明天:"我要让前南峪在我手里变得更绿、更美!"这是郭成志三十三岁任村支书时默默立下的誓言。今天重温当时的誓言,更加坚定了郭成志二次创业的雄心壮志。接着他又想到,要重新整合和包装前南峪的生态经济沟,结合抗大旧址、抗大纪念碑和抗大陈列馆搞红色旅游,以此带动更多其他收益。想到这里,郭成志再也不能入睡了。他想,事前没有想到这一步,要赶快把自己的大胆设想去跟郭明耀、郭明谦他们透透底,看他们还有什么好的建议。

郭成志轻轻地爬了起来,穿好衣服,轻手轻脚地开门、出屋,走到那黎明前的街头。

圆圆的月亮和繁密的星斗,洒下更加金黄黄的光辉。前南峪的一切一切,都在这光辉的照耀之下。群山环抱的山村,仿佛一个在摇篮中熟睡的婴儿,山村里偶尔的几句农民的梦语和小孩梦醒时发出的轻哭以及母亲哼着摇篮曲边拍着孩子的声音……没有一处不渗出山村的安谧、恬静与温馨。

郭成志准备先去找副支书郭明耀,忽然想到郭明耀昨天晚上在东沟值夜看护果树,这会儿肯定还在果树看护棚里,也得赶快去,去迟了他就交班了。

他这样想着，奔向飘着雾气的田野，踏上长着野草的小路。青草丛丛，缀满了晶莹的露珠。露珠被碰碎，沾湿了他的鞋子和裤脚。

多么清爽的小风！小风里带着湿气，也散着微凉。星斗悄悄地在晨曦中隐没，峰峦、巉岩、苍松、翠柳、村舍……大地上的一切都从朦胧中显现出来。乳白色的雾气在浆水河上蜿蜒徜徉，沁人心脾的幽香四处飘溢。山泉喷涌，溪水奔流，林中小鸟飞蹿鸣啭，到处都在唱着黎明的歌。

郭成志裹了裹白粗布小褂的衣襟儿。他那健康体魄的热气，立刻暖热了两只发凉的大手。他在草丛中蹀着步子。一只青色透明的小虫，从他那没穿袜子的脚背上爬了过去。

郭成志到了东沟果树看护棚，正好郭明谦昨天查夜也和郭明耀在一块儿值班。

碰头会就在看护棚旁边的一棵苹果树下开。郭成志简要地讲了前南峪当初办工厂是对的，但仅是权宜之计，是"穷时"的"过渡"。现在停产也是对的，必须由这些工厂换出足够的钱来保证前南峪的"继续腾飞"和正确"过渡"。同时也重点谈了谈他的几点重新整合和包装前南峪的生态经济沟，结合抗大旧址、抗大纪念碑和抗大陈列馆搞红色旅游的主要设想。

郭明谦听罢，兴奋地拍着大手说："成志把我们心眼里的话全都讲出来了。就是这么一回事儿。你怎么指示，咱们就怎么干呗。我去通知郭玉先，让他给各支委先传达一下，咱啥时候召开党员会议，支委们都提前有个思想准备。"

郭明耀也高兴得满脸放光："搞生态、干旅游成了大事情，我们就得多花心血，干漂亮点儿。这事只能抓紧，趁热打铁。干脆，今晚上就召集全体党员开会，让成志把咱们商量好的规划设想讲一下，就地讨论，接着就决定拆迁、建设。"

党支部的会场，设在村委会办公室西屋，跟村委会是一条脊的房子。

柔和的月色，笼罩着这个大院落安着玻璃的那个窗户，被灯光托出来，像在巨大的黑色夜空中悬挂起一块金丝绒的幕布，给人一种格外神秘的感觉。

刚才这儿很寂静。只有郭成志一个人在党支部会议室里忙开了。他擦好灯泡和玻璃窗，把桌椅放得整整齐齐，又拿起竹枝扫帚，唰唰地扫起来了。不常待人的凉飕飕的气息，被新生活替换了。当支部书记手脚麻利地把铺了青砖的屋地打扫干净，这儿立刻变得暖融融的，热气扑脸儿。

俗话说：人逢喜事精神爽。郭成志忽然想起，农村社会主义改革以来，前南峪确实发生了巨大的变化，老辈人做梦也不敢想到科学修剪果树、经济沟建设、发展乡镇企业，如今一桩桩、一件件都变成了现实。现在又要搞生态观光旅游。他心里热腾腾地燃着一盆火：前南峪二次创业的初步规划今天要在党支部扩大会议讨论通过了。

这时，门外响起一阵脚步声。郭俊刚一进门，就摊开两只手说："看看，今儿个支部书记来个包办代替，闹得我都失业了。"

郭天刚跟过来，笑着小声问："成志哥，我瞧你今个儿特别高兴，一定有新任务吧？"

郭成志拍打着衣襟上的灰土，含蓄地点点头，问郭俊刚："王双武回来没有哇？"

郭俊刚回答说："昨天出车到郑州了，恐怕三两天回不来。对了，他让我给你请假。"

参加会的党员和列席的积极分子，都陆续到齐了。凳子上、椅子上、横摆在屋地下的圆木上，都坐满了人。几个年轻的姑娘挤在一起，这里有安静而大方的郭素平，辫梢上系着粉红绸结的孙云芳，小巧玲珑、小鼻子、小眼睛的张艳霞和活泼的爱说爱笑的张丽娟。她们的左侧，坐着一些男青年，再后面便是一些中老年人。大伙儿聚精会神地望着讲桌跟前的党支部书记郭成志。

郭成志手里拿着前南峪村发展生态观光旅游园区的远景规划草图，正在兴奋异常地讲着。他那俊气的脸孔，红彤彤的。他那深沉的眼睛，亮闪闪的。他的声音并不高，但是很有劲儿，字字句句在四壁回荡，冲进人们的耳朵里，落到人们的心坎上。

他说："搞生态观光，发展生态农业和生态观光旅游，把前南峪村和所有的大山，变成一个一百一十六点八平方公里的大景区。"

郭成志提出的"生态农业"和"生态观光"，在当时还是个新概念，别说村里人不怎么懂，对大多数行政部门来说，也是个新名词。

大家问："什么是生态啊？"

郭成志用最通俗的话向村干部党员解释："说白了，就是要重新整合

经济沟规划现场

和包装我们现在的山、沟、树、水、路，以全村十条大沟为单元，建立高标准的生态经济沟，全部都像建滩沟那样，实施山、水、林、田、路统一规划，山坡、顶塬、沟崖、滩川立体开发，结合我们抗大旧址、抗大纪念碑和抗大陈列馆搞红色旅游，把我们家乡变成一个大花园、大景区，让全国各地的人来我们这里旅游。"

旅游，大家明白，一次性投入，可持续发展，号称"朝阳产物"，还能带动很多别的收益，比如食宿、购物等。

郭成志继续说："过去是温饱农业，现在我们要搞高效农业，过去是经济林沟建设，现在要搞生态观光旅游园区建设，这叫升级换代。我考察了一些地方，我们这里可以种植美国树莓、薄皮核桃、欧洲榛子、澳大利亚油桃、乌克兰大樱桃等品种，将这些洋水果建成精品园区，供游客采摘并举办采摘节，肯定能吸引游客。我们准备请专家给我们搞一个整体规划，打造出一个'水靠边、路上山、美丽田园在中间；水裹脚、米盈川、全村变成花果山'的前南峪！"

一幅绚烂亮丽的美景再次点燃了前南峪人的创业激情。众人的情绪很快就被他扇热了：

"没问题，你往哪儿指，咱们就往哪儿大干猛拼！"

"今儿开个通宵，也要把搞生态、干旅游计划安排停当。"

从当年为了吃饱饭而奋斗，到今天期盼有更清新的空气、更美的山水，人们对美好生活的追求不断提升，改革发展的理念也在深刻变化。

这是郭成志的"第二次创业"，是又一次决定前南峪命运的、义无反顾的重大战略转移。

郭成志没有老，郭成志依然年轻，依然充满豪情壮志和浪漫的幻想。他只是有点朦朦胧胧的感觉，如梭的时光之箭，让他有一种危机感，感到留给自己的时间不是很多了，他要从自己手里，把一个最美丽的前南峪交给子子孙孙，以告慰前辈，以回报自己的家乡。

郭成志见大家对搞生态和干旅游的意义认识上统一了，意见一致了，打算结合实际，研究一些具体的措施，就转着身子找郭明耀。他小声问郭明谦："明耀没来呀？"

郭明谦被这句话提醒，抽身站起，四下一看，奇怪地说："真有意思，怎么把他给丢了？明耀可是个有眼光的人。他有经验，又有办法，咱们搞生态、干旅游就要依靠这样的人。庄稼院的事儿都是实打实凿的，光靠咱那些团员们几分钟的热火劲，支持不了多久。"他蹙着眉头，用手搔着后脑勺，向着郭素平问，"素平，你没告诉你爸爸来开会呀？"

郭素平回答说："这个会，是你们一起在果树看护棚定下的，还用我告诉他？我是从夜校过来的，压根没见到他。"

原来今天晚上的党支部扩大会是郭明谦负责召集的，当他发现张艳霞还没有到会，就问孙云芳说："我不是让你去找张艳霞吗？你找到她没有？她咋没有来呢？"孙云芳说："找到了，艳霞正帮他爸收拾下屋呢，她说马上就来。"接着他又发现张丽娟也没到会，就又朝孙云芳说："你再去找张丽娟一趟吧！""我？现在可用不着我去了，有专人在这，你为什么不使唤呢？""谁是专人？"郭明谦一时没有想清楚。他看了看郭素平，又瞅了瞅张庆天，发现张庆天的脸唰地一下子红起来，他这才明白了。"庆天，有人推荐，你就自告奋勇跑一趟吧！"郭明谦带着好心的微笑，朝张庆天说。"我……你别这样开玩笑啦，让人家传出去，该多不好！……"张庆天有点口吃地说，脸臊得更红了。……可为什么别人都按时召集到了，就把郭明耀给忘了个一干二净呢？

想到这里，郭明谦说："那他到哪儿去了呢？把会场的地址听错了？"

郭素平赌气地站起身，说："你们接着开会，我去找他！"

就在这时候，会场的玻璃门"嘭"的一声打开了，一股凉风扑进屋，一个人跨进门槛儿。

大家扭头一看，这个人正是郭明耀。

粗壮矮实的郭明耀，肩上披着灰布衣服，一手提着风灯，一手提着木棒，被凉风吹得变了颜色的脸孔，流露着十分庄严的神色。

郭素平埋怨他说："您知道开会，为啥不早来？"

郭明谦一面让出一截儿凳子，一面也有几分不悦地对郭明耀说："快坐下从头听听吧！……"

没等郭明谦说完，大伙就在会场上围绕着二次创业悄悄地议论开了。

李玉民激动地对袁明雪说："支书说的是理呀！我早就听明白了。就盼着快点干起来啦。"

"是啊！大伙都等着急了，到底哪一天才能干呢？"袁明雪兴冲冲地附和着说。

这时，郭明耀把风灯放在桌子上，把木棒靠在窗台下，他不慌不忙地解释说："吃过饭，我到地里转了一圈儿，想转回来误不了开会。我正往回赶，听见浆水道上又喊又叫。我就过去看看。原来是后南峪一个大车到浆水镇去拉水泥，回来贪了黑，过小河沟子，车轱辘陷到水洼里去了。我跟那个车把式弄了半天，才算把车弄上来……"

郭素平听到这儿，神情立刻变了，就说："您应该回来找几个人一块弄嘛！"

郭明耀说："我估摸着一掀一推，就上来了，哪知道鼓捣这么久啊。搞半截，再回来找人，那不更误时间啦。"

郭明谦的脸上露出笑容说："我想您是不会轻易耽误开会的。"

郭成志在郭明谦开头问郭素平话的时候，安定地坐在那里，一边听着，一边望着台下。他看见郭俊刚、郭双群、郭春海、张贵云、王小堂……都坐在靠讲台左侧两排凳子上，后边是中年赵志杰、王云等人，在他们身后，几个留着胡须的老汉挤在一堆，这当中有蓄着黄胡须的郭大昌，黑胡须的王景林……他们都把胡须埋在烟雾里。郭成志一边用眼睛环视整个会场，一边听着大家谈论"二次创业"。这时，他听了郭明耀的解释，有点坐不住了，就把大家讨论的情形，简要地跟郭明耀述说了一下，补充几句："咱们搞生态、干旅游，是决定前南峪命运的重大战略转移，过去没有敢大干，也不敢想大干。不敢想，又不敢干，集体的优越性咋发挥出来呢？不发挥出优越性，咋把咱这农业变成工业的根基呢？这回我看火候到了，咱们要可着劲地大干一下子，把新门路打开。明耀，您就把您心里边想的那个大景区的谱子给大家摆一摆，哪儿不齐全，再让大家补充；齐全了，也让大家心里有底，好一块儿带着群众干。"

郭明耀移到桌子前边，先从右边的衣兜里掏出老花镜戴上，又从左边衣兜里掏出一个已经掖皱了的小本子，轻轻地打开，翻出一张叠着的图纸，铺在桌面上，用几根粗大的手指头摁着边缘，这才开口："刚才成志讲过了，咱们前南峪现在要搞生态观光旅游园区建设，我跟张红岐、王松和郭更仁几个人做了详细的计议。由于过去经过细致的勘测，我们都很熟悉，所以研究起来比较顺利。最后集中在重新组合的几个问题上，又一个一个具体研究了解决办法。同时，我们还考虑到建板栗加工厂、果品冷藏库等问题。本来想多琢磨琢磨，再跟大家商量。今儿个傍晚，成志让我牵头提到支部会上讨论。这一下可将了我的军。我赶快又跑到地里去看看地形,翻过来倒过去地又想想,我不能把一个二五眼的草图拿到支部会上来呀!"

众人一听,这才明白郭明耀大黑天跑到地里去干什么,也明白了他迟到的原因。

郭素平的脸上露出得意的笑容。郭明谦忙给郭明耀倒了一碗白开水端过来,催他说:"快摊开您那办法吧,行与不行,让大家听听评评嘛!"

郭明耀说:"要说办法倒也简单,我怕大家听不明白,就在党支部远景规划的草图上又往细里描了描,一块儿斟酌斟酌吧。"

大家一听,全都站起身凑过来,扳肩探头地观看那张刚完工的草图。呈现在大家面前的,是一幅很精细的图画,内容也十分丰富、全面。除了十条大沟本身有详尽的规划外,其他山、沟、树、水、路都有非常具体、生动的说明,连板栗加工厂、果品冷藏库等事项,都作为重要的一笔,画到这个上面了。

郭明耀指着图上的粗条细点,把自己的想法,向围拢来的人们详细介绍说:"你们看,我们要重新整合和包装我们现在的山、沟、树、水、路,以全村十条大沟为单元,实施统一规划,立体开发,就要在这儿建板栗加工厂,在那儿建果品冷藏库、蜂蜜加工厂和保健茶厂……"

啊,人们激动地望着小小的图纸。不,这不是图纸,这是前南峪的明天。明天的前南峪,将是一个多么美好的社会主义新农村啊!她同我们伟大的祖国一样,光辉灿烂,前程无限。

大家没等郭明耀把话说完,都拍着手说:"好,好,明耀大伯简直成了工程师!"

众人商讨了一阵儿,确实没有什么新鲜的意见可提了。每个人心里,都在兴致勃勃地琢磨着,就要在太行山上第一次出现的大花园、大景区,一次性投入,可持续发展,还能带动很多别的收益。有了这样的第二次创业,前南峪增加经济效益和社会效益,为农村翻番致富奔小康做贡献,那就打下扎实的基础!人们想到这些,一个个浑身鼓了劲。

然而,大家赞成搞生态,干旅游,却一百个不同意拆工厂。

"说啥,郭成志要把工厂砸掉?"

"这成志,是疯了还是傻了!"

"这工厂,当年可是他辛辛苦苦搞起来的,现在要推了、拆了,咋,他忘了他受的那大难大罪了?"

"厂子好好的,效益也不错,要是不干了,一年几百万不就没了!"

郭成志组织了五次班子会、三次党员会、三次村民代表大会,不让"拆工厂"的呼声很高,甚至又有人骂郭成志是败家子。

郭成志成熟了,老练了,不着急,不上火,只是抿嘴一笑。在决定村子重大"走向"的问题上,总有不同的声音。可是这次,是把正在红红火火的村办工厂生生拆掉,这等于是把到手的钱白白扔掉啊!

支部委员、金属镁厂的厂长王双武带头不同意,不但自己不同意,还发动党员们别同意郭成志拆工厂。

这天上午,天上明净无云,太阳光明亮而温暖;鸟的歌声和万千只昆虫的营营声,充满在空中;厂房周围的山野上挤满了一切颜色又丰富又美丽的野花,在浓露之中闪耀着,像是铺满了灿烂的珠宝的花床。一切都带着初夏的特性,它的美丽色彩正在进入盛期。

临下班的时候,太行金属镁厂开完车间主任会,人还没走完。厂长王双武正跟坐在沙发上的一车间主任史卫东几个人谈拆厂的事儿。郭成志推门进来,屋里的人赶紧站起来跟他打招呼。郭成志坐在沙发上,摘下草帽子,轻轻地扇着风,把每个人都看了眼,这才开门见山地对王双武说:"双武,你糊涂哩!"

谁也没料到,平时被人们看成不爱多说话的王双武,这会儿突然发起了庄稼人独有的那种火气。他硬着脖梗子道:"我才不糊涂,是你糊涂,打死我也想不通!"

郭成志说:"双武,你别急,听我摆摆理由。"

王双武粗暴地一摆手:"我不听,你没有理由!"

大伙儿一看王双武这神态不对头,都过来劝说着:"有什么话慢慢说,何必动这么大肝火。"

"就是嘛,喊得这么响,能解决问题吗?"

"这么吵,让职工听见,影响多不好!"

……

大伙儿的劝阻,丝毫也没有消减王双武的怒气。他仍然声嘶力竭地喊叫着:"每年收入几百万块钱,你要拆厂子呀!这是全村群众的血汗钱!像话吗?"

坐在一边的孙云芳扯扯王双武的袖口，说："双武哥，听支书把话讲完，你再发表意见，还不行吗？"

王双武使劲一甩胳膊，冲着孙云芳喊开了："我知道你们这些积极的人得先拥护。今个拆厂这事儿，你们谁拥护，我也不干！"他又转脸对郭成志，"好好的厂子，一年几百万，为啥不让干？"

谁能料到，从来不言不语的王双武，心里还有这样一本账，嘴里还能蹦出这样一套话。这些话，说到在场的多数人的心里，给他们本来就压着怒火的心头加了油。

坐在一边的二车间主任郭文刚虽然不吭声，但是他那神态表明很支持王双武。

年轻的孙云芳，看到王双武这样蛮不讲理地攻击郭成志，再也忍不住了，激动地说："双武哥，你要干什么？"

王双武把脸转向孙云芳，毫不示弱："我要钱，要我的钱！"

"你的钱？哪个钱是你的？开党支部扩大会你去了吗？拆掉严重污染的企业是为了二次创业！现在一说拆掉污染企业，怎么都成了你的钱了？"

王双武挥着大手向屋里转了一圈，说："我指的是咱的集体，咱的前南峪！"

"咱的集体，咱的前南峪，你一口一个我的，两口一个咱的，那么国家呢？党呢？革命事业呢？不要忘了，你是共产党员。党支部书记响应党的号召，带头这样做，虽说全村损失几百万元，我认为他做得好，做得应该！这是一个真正的共产党员应该做的事。当然，你有不同意见，还可以说，对党支部书记的做法，也可以反对。但是，要摆事实，讲道理，以理服人。光靠嗓门高不行。"

双眼喷火的王双武，对孙云芳这番尖锐、深刻的苦心劝告，不仅一丝一毫也听不进去，相反，他的怒火更加旺了："你甭光唱高调，这不行！就是钢刀搁在脖子上，我也绝不会缩一下！"

这个时候，凉爽的办公室里，好像着了火一般，又燥热，又沉闷。

郭成志依然耐心地对王双武说："你先坐下，让我把话说完，你再撒开吵，行不行呢？"

王双武一晃脑袋说："不行，不行。你想用什么大道理把我的心说软，办不到！"

郭成志苦笑一下说:"你歇一会儿,让别人发表发表意见,总可以吧?"

王双武又一摆手说:"谁举手拥护你这个也不行。我今个要跟你干到底了!你知道不知道,你这样做谁舒心谁不舒心呀?从打一土改,共产党给咱们穷人分了房子地,就有一伙人气红了眼,急黑了心,恨不得咱们翻身户'咔嚓'一下子都穷死,都饿死,都败了家,房子地都写在他们的名下。我们一抬手,他们就拴绳子,我们一迈脚,他们就挖坑,没有一件事情他们不跟我们做对头。好不容易找到了好道走,发展集体经济,治山植树,科技上山,建设生态经济沟,兴办村办工厂,甜日子刚刚尝到个头,你就把坏人忘了。就说农村改革开放后这些年吧,他们反对咱们搞集体专业承包责任制,把状都告到省委和中央,要不是县委支持,他们还不闹翻天?这会儿好好的厂子,你说拆就拆……你这是安的什么心哪?你想把我们带到中途路,就扔下吗?……"他说着,心酸了,再也说不出声。

在场的人们,听了这番话心里都发热,眼圈都发红。

最激动的是郭成志,他用两只手扳着王双武那颤抖的肩头,两只涌着泪水的眼望着王双武的脸,好久才说:"双武,你的心和我的心,永远是贴在一块的。我明白你,你也会明白我。为办这个厂你费了不少心,效益也正好着,拆掉你心痛。你咋知道我不心疼啊?这些企业都是我的心头肉啊,就像是我自己的孩子,是我一手拉扯大。现在不要了,我咋会不难受?可是,你仔细想一想,我们这些企业都是消耗资源的污染型企业,天天冒黑烟、流黑水、出黑渣,影响四周的村子。我们挣这样的钱,难道就心安理得吗?咱们要是不变着法治理好环境,推进生态文明建设,光是顾自己发财致富,搞得再好,能搞成社会主义吗?不能,绝对不能!双武,你往前看看,往远处想想吧!"

王双武摇摇头说:"我还往远处想什么?光想眼下,就够我受的了;没人说不让干,我们咋自己给自己掘墓呢?"

郭成志语重心长:"你还是看得太近,想得太窄。过去我们穷,认识上也不足。现在靠脏了别人来挣自个儿的钱,这种坏良心的事,我们前南峪人不能再干!我们村里的这些厂子排出的污水,都顺着村北后山边上那条河,流到浆水川,然后又流到朱庄水库里,那里的鱼都死了,河川下游两岸的草都枯了。如果别的村也像我们这样建工厂,那我们这山里会成啥样子啊!我们不能图现在赚两钱儿就不管我们的子孙。掏空了祖宗这块山，我们把一块块窟窿、一片片废墟留给子孙，我们死了也不瞑目啊！"

王双武痛苦地垂下头。

郭成志继续说："发展生态观光旅游，保护蓝天碧水，必须拆掉严重污染的企业，这一点没商量。我琢磨着，改革开放初期，发展乡镇企业，以牺牲环境和消耗资源为代价让人们迅速致富，那也是当务之急，但是，现在，人们的环保意识越来越强烈，虽然目前只是个提法，但国家很快就会出台一系列相关的政策和措施，会强制关闭或转产一批像我们这样消耗资源的污染企业。如果到那时候我们再停下来，可能损失会更大，更措手不及……"

王双武吃惊地抬起头来："真的假的？你估计到了？能看那么远？"

郭成志说："你应该相信我，二十多年了，哪一件事，我想错过或是干错过？"

在前南峪人的记忆里，郭成志做的都是对的。比如修剪果树、间种套作、走集体经济之路、兴办企业……

"可是……"王双武的思想有点松动了，"我看着心疼啊……"

"能转产的转产，能搬出去的搬出去。"郭成志坚决地说，"我们尽量把损失降到最小的程度。"

很快，全村的污染企业被改造成了板栗加工厂、果品冷藏库、蜂蜜加工厂和保健茶厂。

九

村头那栋气派、整洁的"前南峪山庄"，就是原化工厂的旧址。这个集会议、度假、休闲、餐饮、旅游为一体的三星级宾馆，平均入住率百分之八十以上，每年平均为前南峪上缴一百万元的利润。

一走进宾馆大门，人们仿佛不是进入宾馆，而是来到了充满鸟语花香的公园。映入眼帘的是一派大自然的景象：近处，花草繁茂，清泉潺潺，红鲤青鲫，漫游其间。远处，假山重叠，怪石嶙峋，山上有亭，翘角飞檐，金顶红栏，小巧玲珑，煞是奇绝。

每隔两天，前南峪的"首脑们"就要开一次碰头会。这种会都是非常干脆的，利用早饭前的那点时间，最长不超过一小时，有时二三十分钟就解决问题。干部们开会就更短，有事说事，没事散会。人一忙，该干的事情很多，就没有闲心老开会。但这个碰头会例外，不用通知，不用招呼，谁也忘不了，保准提前到场。这实际是个大调度会、信息交流会。

会场是在宾馆大楼的会议室里，它在这座大楼的最高一层。宽大而明亮的窗子，正对着辽阔的山野。这时候，橘红色的朝阳给巍然耸立的太行山，染上了一层金黄。浆水河两边上那一望无际的土地，像一块绛色的绒毯，上面缀满了翠绿色的麦地、宏伟的工厂。从雄伟的太行山，直铺到浩瀚的冀南平原。山野的上空，有一层淡淡的紫雾在飘动，一时鸟飞雀鸣，人欢马叫，车轮滚滚。所有这一切，构成了一幅瑰丽、雄伟的图画；说明建设社会主义新山区的勤劳、战斗的一天又开始。……那战斗的炽热的气氛，随着炽热的风不断吹到会议室中来。

此时，到会的"首脑"人物是：板栗加工厂厂长、果品冷藏库经理、蜂蜜加工厂和保健茶厂厂长、山庄宾馆经理和农业支部书记。他们一个个神情自若，气度从容。从前他们是地道的农民，现在在某些人眼里他们仍然是农民，可是在他们身上已经发生了剧烈的变化。这变化倒不单指他们穿戴得整洁了，手上的过滤嘴的名牌香烟代替了自卷的小喇叭和旱烟袋。而且是坐在这样漂亮的会议室里。最重要的变化是在骨子里，他们的自我感觉已经同历代农民的意识大不相同了。那是真正的男子汉的方队！队伍里集合了不同年龄、不同气质的庄稼人，他们穿上了一色的"料子服"。作为共和国大厦的地基，他们的嶙峋的肩架上曾背起过大寨的井架，他们手腕曾擎起过劈山造田的红旗！今天他们用新的智慧充实了自己的大脑，用新的物质延长了自己的手臂，在这片古老的太行山上开动了马达，建筑起大厦，奏响了仙乐，浇灌出鲜花，创建了法则，塑造了时代！他们仰起男子汉的头颅，那是成熟了的思想的果实，历尽了人间的雨雪风霜。他们的双脚是锋利的楼角，在时代的沟垄里插下希望和奇迹。他们身居要职，是做大事、赚大钱的人。他们盘算的不光是自己一家一户，他们要动脑筋为自己的命运和自己单位的命运拿主意，他们不再是只有两只眼的农民，现在睁开了第三只眼睛——智慧！

会议主持人前南峪党委第一书记、邢台县益发实业公司、邢台前南峪农业开发有限公司董事长郭成志还没有到，大家扯闲篇儿。

这边，农业支部书记王小堂向郭天林说："这一次备耕给了我很大教育，是应该依靠群众啊！我感觉，咱们的生产计划，也要从群众中来，多听听群众的意见，不然很可能订的不合适。"

"你这是指的什么？是不是说的开河滩地的计划呢？"党委书记直截了当地问。

"我是这么想，我估计一定有很多群众不赞成。"王小堂吞吞吐吐地说。

"那不一定吧？也许会有很多人赞成的。"党委书记微笑地说，"做计划要听取群众意见，可听群众意见并不等于放弃领导。领导要站得高，看得远，要善于把群众意见集中起来，坚持下去。领导要有预见，对群众的意见也要进行分析，哪些是真正代表广大群众的意见，那些是落后分子的意见，不能把落后分子的意见当成广大群众的意见。好吧，会后咱们一起到河岸边去看看。"

那边，郭双群和板栗加工厂厂长李亚东坐在最前边。郭双群对李亚东说："别看你老是这么能耐那么能耐，我出个问题考考你——金钱能买什么？"

李亚东眨眨眼："凡是金钱能买到的东西都不值钱。"

郭双群抽抽嘴角："故作清高，你成天就是坐着钱边抠钱眼儿，还专门培养了一个'张铁嘴'到订户家去讨账。"

"这是两码事。"李亚东突然又变得一本正经了，"双群，你这个负责基建的副大队长能不能保证，在六月底之前把扩建的厂房全部收尾，交给我使用？"

郭双群仰起脸，在心里计算着。

李亚东又逼了一步："如果你六月底能把新厂房交给我，下半年我保证再增加二十万元的利润！"

郭成志恰巧这时走进来，他基本上已经摸清李亚东的思想症结所在了，因此，接上话茬儿："好吧，六月十五日你用不上新厂房，郭双群就自动下台。"

"书记，你怎么知道的？"郭双群心里发热，他算服了，郭成志对部下可真是知根知底！

郭成志想，人们的思想也真怪，怎么会有那么多千奇百怪的想法？李亚东居然会用扩建新厂房来逼郭双群！但仔细一想，丝毫也不奇怪。李亚东今年要超额完成利润，原有厂房已经占满，如果没有新厂房做保证，还怎么扩大板栗加工厂的生产？正是这些包袱，压得他抬不起头，硬不起腰杆，迈不开脚步，不能充分发挥作用。李亚东所以把问题向郭双群提出来，并非想吓住他，迫使他同意自己的观点。于是，郭成志坦率地也是真诚地说："亚东，我知道你责任大，如果职工们认为可以干，我们支持你干！干失败了，我们总结教训嘛！这个责任我们完全可以负。"

别的人并未注意郭双群的神色，都用诧异的眼光盯住郭成志。这位"首脑团"里的灵魂式人物，今天从头至脚全部换成新式装备：崭新的黑色牛皮鞋，而且是新式样，大大方方；一身藏青色中山装，质地考究，裤线笔挺；脸上刮得精光，只有那黑得发亮的头发还显得有点"土气"。别人发富以后气色都有明显的好转，发富本应带来发福，怎么可能设想家里炕席底下压着一厚沓人民币的人，怎么还会这样面容清瘦？只有两道重眉又黑又长，充分显露了他的身份和威严。

他站在宽敞的会议室中间，好像有意展览一下自己的服装，让部下们看个仔细。挺直瘦长的身架，还真有一副豪雄气派——

"各单位有什么问题？讲吧。"

他当了多年党委第一书记，越来越深刻地认识到思想在工作中的重要性。一个主导思想，明确而坚定的主导思想，等于编入电子计算机的一套固定的程序。人有了这个主导思想，在处理纷呈杂沓的事务时，就像不论给电子计算机输入什么数字它都能迅速地显示出正确的数值一样，人才能当机立断，做出正确的反应。这种反应会成为一种直感、一种本能的反应。在很多时候，人都是靠这种本能来做工作的。如果在日理万机的情况下，遇着每一件事情都要思考一番，研究一番，不能当机立断，那实际上是主导思想不清楚的表现，从而也说明这个人还没有具备一个领导者的品质。

全是非说不可的老实话，去掉了一切装饰和打扮，只剩下事实和数字。三下五除二，最后听郭成志做总结：

"这些年咱们为什么发展得这么快？城市工业正在调整，他们船大不好掉头，管理办法笨得要命，让我们钻了空子，一下子打进去，现在站稳了脚跟。也许三五年，也许十来年，等城市里调整好，人、财、物上都会比我们占优势。所以从今天起你们要改变观念，由靠勤劳致富、卖大力气赚钱，改为靠科学致富，打技术，打质量，打新产品。昨天党委开个会，决定把经济权再下放，责、权、利一块往下交。"

郭成志的语气是富有鼓励性的，他时常挥舞着的手势，显示了他的果断、坚决与冲刺精神。这是一种力的表现，一种强者的表现。这种语气和手势，使抽象的思想变成了可触可见的具有立体感的实体。当他说到什么"宏观经济""微观经济"的时候，由于他并不是照着稿子念，比较深奥的东西自然流畅地表达出来，也变得不那么深奥了。

李亚东插嘴："得了书记，我的权力越大，压力越大。你放一次权，我就掉几斤肉！"

郭成志打动了干部，干部也感染了他；他使干部相信了他的话是完全可以实现的蓝图，干部的信任也使他更坚定了必胜的信念。

郭成志看看这个混账小子，他心里喜欢这个敢跟他捣蛋又十分能干的小厂长，脸上却毫无表情。继续往下说：

"一切权力都给你，把加工厂搞上去是你的本事，把加工厂搞垮了也是你的本事，没胆子搞不垮。搞上去供着你，搞垮了养着你。从今年起，村党委设千元奖，板栗加工厂、果品冷藏库、蜂蜜加工厂和保健茶厂，每企业每年多创造纯利润，就多给予奖励。以下事项由你们自己做主：一、聘请各种人才并决定其工资与奖金；二、与外单位搞多种形式的联合经营及决定投资和分成比例；三、对所属干部的任免；四、对优秀职工的奖励和对犯错误职工的处理，直至停工或开除……"

干部们又快乐地嗡嗡喧闹起来。那些打扮得比较时髦的女干部，她们像枝头的麻雀一样，高兴地互相叽叽喳喳开了："哎呀！你们那一位这次可逮着啦！他承包那个工厂要完成了利润，不马上就拿数万元吗？"

"要真这样办，我这会儿就去买两只鸡给我们那个营养营养。他晚上一两点还不睡觉，说是搞一项技术革新哩！"

挤在人群里的戴眼镜、面孔白皙的范杰都露出了矜持的笑容，"数万元"虽不敢想象，高额奖金还是可能到手的。

郭成志不看本子，也不假思索，全凭脑子一条一条地讲来，条理分明。可见这些事在他脑子里不知翻过多少个了，早已烂熟于心。艰苦的尝试，可怕的打击，在这一系列的搏击之中，他的身体像榨干了的秣秸秆，思想却变得极其敏锐和灵活，他需要不断琢磨出新鲜思想，输送给他的部下。

他的部下们埋头往小本上记，包括最不驯服的李亚东，在他面前也是个心悦诚服的小学生。这固然是由于他量宽而得人抓心，但更重要的是经验已经使他变成了一个农村经济学专家，似乎还是个哲人，他的思想闪闪发亮，说得干部们动容，低首心折。

接着，郭成志用坚定而亲切的语气像和干部叙家常一样讲：

"……以上十条你们可先斩后奏，有的还可以只斩不奏。那么要我干什么用呢？当你们的领导，当你们的公仆。抓大事抓小事不抓具体事，其实大事小事是一码事；把关口，看方向，识才用人。你们有什么意见？"

"没有。"大家只觉得脑子开窍，身上有劲。但需要回去仔细再嚼嚼郭成志话里的滋味。

"啊，公仆！"这个名词只有在书本上读到过，看起来那么近，而与现实却是那么遥远。人们想也没有想过他们的领导是他们的"仆人"，他们无法想象把他们的领导和"仆人"这个词联系起来。有的人开始认真了，有的人开始哂笑了，有的人开始迷惘了，有的人开始产生了强烈的兴趣……

"你们没有意见我现在就抓几件小事，"郭成志把目光转向张贵云，"从今天起，所有干部开会、会客、外出，一律穿顺眼的好衣服和皮鞋。谁要说买不起我给他买，以上三种场合再有人穿带补丁的衣服就罚他！"

没有惊人之语，也不哗众取宠，不像过去的党支部书记，满嘴政治术语，为什么什么而"斗争"等等。干部们听到的都是日常生活中的小事。干部们的要求并不高，多年的经验使他们不敢想象有多大的变化。"只要把这件事做到就行啦！""要是这个能实现就可以啦！"……干部们第一次听到这种不是政治而又是最严肃的政治的政治报告，满意的笑容在朴朴实实的干部们脸上绽开来。

"好，我赞成！"胡立刚第一个响应，"电影里、电视上、小说、画报，都把农民弄成土里土气，蔫头蔫脑，穿家做的衣服，说话拙嘴笨舌，迟钝，呆板。反正是怎么不像样子就怎么捉摸农民，我们要改改这个章程！"

"这叫改变农民形象。"郭双群文绉绉地加了一句。

"贵云，你哪？"郭成志问。

"行啊，那皮鞋穿脚上舒服吗？"张贵云无可奈何。他心里本想说："我看你们是有点钱烧的！"

他们按照美的原则去修剪着生活。行啊！仰起头来吧，农民兄弟们！你们已经作为先进生产力的代表，走上了历史的舞台！用你们手中的剪刀，去剪断传统束缚在你们身上的绳索。这是新的农民运动史！在韧性的抗争中，取得你们的自尊、自立、自强！

老话说人一到五十岁便没有胆子了,这个"变化莫测,海阔天空"的男子,到了五十八胆子更大。他不可能对任何事情总有把握,只能凭勇气和力量做自己认为是正确的事。他拼上性命领着大家发展壮大集体经济,可不是为了让每家每户拿钱捆当枕头。他的雄心是改变千百年来的农民意识,打开农村这个消费市场,打开农民的精神世界,消灭城乡之间的差别。

如今最关键的是,按照郭成志的理念,拆掉"冒烟"的工厂之后,将十条生态经济沟全部建成"前南峪生态观光旅游景区"。其中人文景观和自然景观达一百八十多处,共分十大景区。即抗大观瞻区、生态观光区、化山览胜区、川林果园区、九龙峡景区、三支锅景区和大石岩景区等。来这里旅游,是真正的"红色之旅、生态之旅、绿色之旅、文化之旅、科普之旅、体验之旅、艺术之旅、探索之旅"……

第八章　秀美山川

一

2001年春，全国"两会"刚刚开过不久，县委书记赵庆钢带领有关部门的领导和技术人员出发了。淡蓝色的小轿车和雪白的中轿约有十大几辆，载着车里人连同他们的急迫，就像脱缰的野马似的奔向了前南峪。

车窗外太阳照射到的地方暖洋洋，背阴处却还藏着残冬的微寒。这时节，虽然某些角落还有已被阳光吸吮过的没有融化净的残雪，但蓝湛湛的天空却显得更加深邃。赵庆钢无法目睹春天的色彩，所以才更贪婪地谛听春天的声响——被和煦的春风亲切地吹拂着的光秃的板栗树冠发出来的低低的碎语，受惊的山鸟的啾啾叫声。这些声音在春日里显得分外清晰。车在沙石路上微微颠簸着，他感到很舒坦。发展生态农业和生态观光旅游，把前南峪村和所有的大山，变成一个生态观光旅游景区，这是县委的一个重要决策。这次请国内六家设计单位到前南峪村，让郭成志定夺被选中的最佳设计方案，事关重大。

他听见刘颖在身后唰唰写字的声音，心中笑了笑。这位记者抓动态，抢新闻，"力求轰动舆论"的热情他很理解，也很赞赏。干事业没点儿冲劲怎么行？报道邢台县，包括报道他这个县委书记的别出一格的行动，赵庆钢都不反对，甚至希望这样。他是力求用自己的创造性实践去影响社会。当然，他也经常以谦虚之辞表示不同意记者的某些报道，那是因为他觉得过早的报道有时会造成工作的被动和处境的复杂化。

汽车不知何时已经沿着盘旋的山路爬了一阵坡。左边，长着茂密板栗树的岩壁贴着车窗掠过去；右前方，远远亮起一片浩渺的波光。

一个多小时后，到了前南峪。郭成志带领"双委"班子的全体人员迎到了村口，人们都用一种欢迎、兴奋的目光朝着那边张望。在村口还有一群看热闹的妇女和孩子。大人和孩子都是穿着过年时还没有脱换的光鲜的衣服，使欢迎的人群增添了令人喜庆的色彩。

汽车开到前南峪村口停了下来。郭成志立刻紧走几步，来到赵庆钢身旁，张嘴笑着说："嗨！老远，俺就认出是您了。你们大清早出市，来得好快呀！"他边说着边伸出大手和县委书记赵庆钢及有关部门的领导和技术人员一一热情握手。

早春的风虽然还带着微微的寒意，但春天的阳光却是红艳艳的。和郭成志一起在村口热情迎接的还有前南峪村"双委"班子的全体干部。

"咱们先到前南峪的山上转一转，下午再正式开会。"赵庆钢见人们都下了车，还没等郭成志说安排大家先到村委办公室，便一指建滩沟说道。

人们闹不明白，这节气尚早，满山的果树还没怎么绿，这山上有啥好看的呢？

他们不明白，县委书记随身就带着去年由有关技术人员做的前南峪"第二次创业"的改造规划，他已经看了许多遍，他要到建滩沟实地查看，力争把会议主持得"内行"一些。他还想到，有郭成志在身边，我有什么不明白之处，不是可以随时问？这可是有山有树有实景，对于我这个县委书记了解前南峪或者说太行山，真是一次不可多得的机会。

2001年的春天来得好像比往年早一些，刚有一丝春意，气候马上就变暖了。前南峪的大山虽然还没有被绿色所覆盖，但远看去已不再是一片呆滞和暗黄，而是呈现出一派令人振奋的黛青。一条条小溪闪着亮光，沿着村里的街道向前奔流，遇到小石块阻拦，便发起怒来，喷出一团团的白沫，把木屑和鹅毛冲得滴溜溜地直打转儿。在大水洼里，倒映着蔚蓝的天空，蓝天上飘浮着仿佛不断翻卷的团团白云。雪水从屋檐上像珠帘似的滴落下来，在地上叩出清脆的音响。一群群麻雀散落在路旁的板栗树梢头，它们正在朝着东方晨雾中升起的鲜红太阳纵情歌唱。它们唱得那样响亮，那么激昂，以致在这一片叽叽喳喳声中，其他什么声音也听不清了，处处都能感到生命的骚动和欢乐。

冬雪消融了，只有在洼地里，在几片枝条茂密的苹果树丛中，还剩下几堆已经发黑的残雪。光裸、潮湿、温暖的土地从雪衣下面袒露来，它休养了整整一个冬天，现在正饱含着新鲜的汁液，满怀着再一次做母亲的渴望。一层稀薄的水汽从黑色的土地上冉冉升起，把解冻的土地的气息——那种清新惬意而又浓郁醉人的春天的气息，散布到空气中去。

好了，春天已经来了，我们就期待着前南峪人将要开始何等壮烈的大作为吧！

赵庆钢带领着一行人，在前南峪"双委"班子人员的陪同下，顺着已经硬化的一号生态经济沟（即西沟）周边山路且行且看且指指点点。他们走进板栗树林，踏上山坡，从板栗树树林的空隙间望出去，可以看到山谷中各处的景色。对面一座座的小山，有些小山上都长满了整片板栗树，蜿蜒曲折的溪流又不时映入眼帘。过了好一会儿工夫，才在山岗上的板栗树林里下了坡，又来到河边，这是河道最狭的一部分。他们从一座小桥上过了河，只见这座小桥和周围的景色很是调和。这地方比他们所到过的地方要朴素些，山谷到了这儿也变成一条小夹道，只能容纳这一湾溪河和一条小径，小径上果木夹道。郭成志及前南峪班子的人分别回答着他们提出的问题。大约赵庆钢和他属下一行人，其中绝少有人以这样步行的方式"亲密接触"前南峪的大山。虽然众多果木并未能以婆婆绿色得宠于众人的眼目，但他们都觉得对前南峪的大山有了进一步的认识，关于果木的知识也有了直观的"丰富"。

大约走了一个小时后，众人来到了即将由他们亲自参与改造的建滩沟。

建滩沟两山对峙，中间的山谷有五百米长，宽阔弯曲，一条浅浅的山涧流经其间，两旁生长着高大的苹果树。山坡上面是一片连绵不断的水平沟围山转，长满了浓密的板栗树，洋洋洒洒地展开了八百二十亩的茂密果园。一到盛夏，近处葱葱茏茏，远处绿浪翻滚。在建滩沟半山腰有一间石砌的房子，那就是果林队护林的所在地。这要看什么呢？这是邢台县山区高标准的生态经济沟，也是河北省科研课题研究基地，邢台县人大都看过。人们面山迎风站着，静等着县委书记开口。

此时的县委书记赵庆钢和郭成志不停地交谈着，并在坡上坡下频频地走走停停、指指点点，两个人都汗水淙淙了。

郭成志急着说："您不要以为这是一片水平沟围山转，只要有力量把它重新整合和包装出来,保证前南峪建成生态观光旅游园区。"

赵庆钢说:"这些天,我也在想这个问题。"

郭成志激动地说:"您是咋想的?"

赵庆钢接着说:"我是想,我们一是要继续深化农村改革。二是要抓紧把水平沟围山转重新升级换代。"

郭成志笑了:"我不是早对您讲了嘛,二次创业,并不太困难,只要专家具体设计出方案,啥都解决了。"

赵庆钢拍着郭成志的肩头说:"我想,最紧要的,还不是设计方案,是我们如何按照党中央的文件精神,进一步解放思想,发展和壮大集体经济。"

郭成志盯着赵庆钢的脸,马上说:

"您提起这话,我的气就来了。前些日子,我看到别的地区,都着手组织二次创业,我就想搞了。有的人啊!脑壳像核桃一般,看是长得那么大,可是里边仁子很小,他们一百二十个不同意拆掉污染企业,发展生态观光旅游。真气人啊!"

赵庆钢问:"现在呢?"

郭成志说:"通过我们做大量细致的干部群众的思想政治工作,讲二次创业的重要意义,现在前南峪村所有污染企业已被改造。"

赵庆钢点点头:"是的,我们只有通过具体的行动,日常的工作,才能有力证明我们共产党人是无私的,是忠心耿耿为人民的。我们为群众做了事,群众就更加热爱我们的党,支持我们的农村改革。"

于是,众人也跟随县委书记在建滩沟里上下查看了半个多小时,直到坪台上接人的汽车响起了喇叭,他们才离开脚下的山土。

下午按照安排,前南峪的第二次创业改造的设计方案论证和选优会议正式开始。县委书记赵庆钢主动担任了会议的主持人,他照例将郭成志拉到自己的座位旁边,以示郭成志为最后选项决定权的不可动摇的地位。

这位热情朴实的县委书记,大约四十岁上下,身材魁梧,方圆脸盘上,宽宽的浓眉下边,闪动着一对明亮、深沉的眼睛。现在他站在主席台前,满面笑容,以无比欣喜的心情和洪亮的声音,向最近两天从北京、天津、石家庄、保定等地赶到前南峪村的中国林科院、天津大学、河北农业大学、县科委、县林业局、县水利局等六家设计单位的代表,特别是中国林科院派来的两位博士表示热烈欢迎。他们人数不多，却代表着当代林业、水利科学领域第一流的设计水平。

前南峪人自家烧的土暖气已于一个星期前停止了供暖，为了此次会议，村里决定又重新烧起了供暖锅炉。外地来人的住宿客房里暖烘烘的，只是在坐满三四十人的大房间里，就像浸进了冷幽幽的秋水里一样，浑身好一阵颤抖。郭成志及时地把这批专家学者及各位领导引领到工厂办公小楼暖融融的地下餐厅里，摆上些办公桌和椅子。人们一看，这不是既温暖又宽敞的一间会议室？就纷纷点头称赞。

这样，赵庆钢的开场白里就加了一句："……看来，这地下室让人心里发暖的温度，也来预示咱们这次会议的成功。"

会议开始后，赵庆钢坐在主席台前，端起茶杯，喝口茶，润润嗓子，咳嗽两声，拿起短短的铅笔，好似乐队的指挥棒似的，一边在半空比画着，一边说："这些年前南峪村的发展，靠自力更生、艰苦奋斗，靠改革开放，也和全国一样，形势大好，困难不少，办法很多，前进的道路谁也挡不了！怎么叫形势大好呢？就拿前南峪山区建设来说吧。目前，不仅生态环境和水土保持大大改善和提高，而且经济效益也大幅度提升，果品产量由1978年以前的14万斤，到去年增加到360万斤，果品收入由1978年以前的402万元，到去年增加到560万元。同时社会效益也得到充分发挥，麻峪沟的'小流域治理措施及效果''建滩沟的经济沟建设'被省定为科研课题进行研究，'太行板栗技术开发'还被列为国家星火计划。看看这形势发展得多快，多好！并且一天比一天更好！"

会场上热烈地鼓起掌来。

赵庆钢转了话题："同志们，随着农村社会主义改革的深入发展，前南峪并没有就此止步，当东部沿海地区的'三高'企业向内地和农村转移时，他们却砍掉污染企业，实施'二次创业'。为了实现这个目标，他们还有困难没有呢？有！我想说的是，困难得分啥性质的困难。比如说，高山顶上尽是宝，我们去取它。尽管有困难，可是爬一步，距离那宝地就近了一步。今天请大家到前南峪来的目的，就是为发展农业生态观光旅游景区建设提供最佳设计方案。"

会场上变得静极了，每个人都直起身子、昂起头，心里如同一锅滚沸的开水！

赵庆钢大声说："下边，请中国林科院，而后天津大学，再后河北农业大学等单位各自宣读完毕自己的设计稿，待与会者有了一个总体印象后，再返过头来，一家宣读完设计稿后，大家提出对这家设计稿的论证意见。照此程序，逐家进行。最后，大家再拿出一个总体的评价。最终由前南峪的党委第一书记郭成志定夺被选中的设计方案。"

第一个宣读设计方案的是中国林科院。三十六岁的杨博士在讲桌前坐下来，他摸摸上唇，轻声干咳了几下，不慌不忙地介绍着中国林科院的设计方案，大厅中鸦雀无声，即使掉在地上一根针，几十名听众也能听清。他偶尔挥舞一下右手，或者伸出一根手指，来加强他的某些语气："……集中力量，加大生态观光旅游园区建设，是前南峪村发展经济的着力点，也是该村优势后劲所在，我们要按照前南峪村区域发展功能定位，着力做好旅游资源整合和规划，打造经济发展亮点，做出特色，努力实现生态观光旅游景区的跨越发展。主要做好以下几点：一是对村容村貌的规划设计。在该村村南建设一定范围的水域，实现亭台如画、舟船如梭乃至渔歌声声。……二是以该村十条经济沟为单元，重新整合包装，立体开发……"

接着宣读设计方案的是天津大学、河北农业大学……

最后是邢台县林业局。周麦生微微皱了皱眉头，但很快又恢复了平静。这位邢台县林业局主管技术的副局长将自己的双手放在讲桌上，有条有理地讲道："……我们要加快开发前南峪村生态观光旅游景区建设，把该村生态观光旅游园区做大、做强、做优，一要实施山、水、林、田、路统一规划，立体开放，结合'抗大'旧址、纪念馆，搞红色旅游。……二要建设高科技园区，在建滩沟扩大种植九百亩果树，从国内外引进五十多个'名优特稀'果树品种。同时要改造土壤，从山西高山顶上拉回六百吨积留多年发育成熟的老羊粪。如果最高山顶上有困难，中高山顶的也行……"

全场中响起暴风雨般的掌声。周麦生宣读完后，昂起面庞，离开讲桌，迎着几十张笑脸，向自己的座位走去，不断地朝人们微笑、颔首致意。

在人群中他忽然发现了县水利局的工程师刘金生。

"周局长！"刘金生紧握住周麦生的手，热情地叫道，"祝贺你，竟能一口气讲出那么缜密、具体而又切实可行的设计方案，而这一切又是在刚才一瞬间产生的！"

"你错了，刘工！"周麦生松开刘金生的手，深沉地微笑说，"为了设计前南峪村生态观光旅游景区的方案，我在整整一年中耗费了艰苦的劳动，付出过无数不眠之夜……我带来的手提包中除了设计方案，什么也没有！"

"是吗？你可真沉得住气呀，周局长！连我都瞒着！"

"这是我的个性：事情没有圆满成功之前，绝不声张。"

六个长短不一的设计稿，宣读了整整一天；对各家的设计稿的评价，也用了两天。明天就要宣读选优结果了。这天傍晚，让郭成志可作开了大难：这六家的设计方案，各有长处，特别是中国林科院的设计方案，那可真是高屋建瓴，眼光独到而且精心别致，可是这么好的设计咱们不能用哇！不是为别的，还是那个最重要的"钱"字。好是太好了，如果是按照做了，结果肯定辉煌耀眼，可咱硬是做不成，那几千万的投资咱拿不出来呀？"钱老虎"在那里挡道，没办法，咱只能割爱了。可咱们那选不中的理由，在会上怎么张嘴呀？人家要问："你没钱早干吗来着？你没钱还找我们搞设计，不是跟我们开玩笑吗？"

他要找赵庆钢，想把自己的担心跟县委书记讲一讲。

于是，郭成志来到前南峪山庄宾馆，在银白的月色中，看见赵庆钢在地面铺着灰砖的院中漫步，在一株垂柳树下站住了。他就走到赵庆钢跟前。聪明的赵庆钢见郭成志一脸难色，就知道准为公布选优的设计方案而来。这位平时极有主见的山村书记，怎么也一筹莫展了？赵庆钢略一思考，才感到问题确实十分复杂。六家设计单位，个个都很强。要说哪家设计方案最好，当属中国林科院，还是人家国家级的设计单位见多识广，学问又博大精深，人家博士手里出来的东西果然不同凡响。可好和用按理说应该是一回事，但在前南峪，现今还不能当作一回事。究竟哪家的设计既属于上乘之作，又适合前南峪的第二次创业应用呢？应该是县林业局的设计方案，具体讲，就是副局长周麦生的设计方案。可前者不能直接否定——那是集大成者智慧的方案，是照耀前南峪村"二次创业"的上乘之作。另外，还有其他四家也很优秀。

想到这里，赵庆钢把双手抱在胸前，仰首望着晴朗的星空，巨大的银河穿过深邃广阔的天空，从头顶倾泻下来，真像一道气势磅礴的瀑布。那晶亮闪耀的密集的星群，恰似瀑布飞溅的水花。他又瞧着郭成志问道：

"你数得清天上的星星吗？"

"有几百亿、几千亿呢，光肉眼能看见的也有好多万，怎么数得清！"郭成志再次遥望星空，那黑得无边无际的夜空中的点点繁星，虽然神秘，却也美得醉人，他为难地笑笑。"呀，一颗流星！"他突然惊讶地叫了一声。刹那间的光芒，使周围的星星都成了附属品。那转瞬即逝的流星使他想到了昙花，虽然短暂，但它绽放出了美，使自己的价值充分爆发出来，生命也就有了意义。

"那我们是一颗流星吗？我们应该成为一颗流星吗？"

"我们是独一无二的，不管我们是谁，既然神秘的宇宙中有我们，那我们就应该放出自己的光芒，不为任何原因、目的，单凭我们是宇宙中的一员，也不应该浪费生命。我们要成为一颗流星！"瞬间，郭成志感觉星空被满天星斗映衬得更加明亮了，他的心情舒畅了许多。

"在人类社会中，我们要放出属于自己的光芒，即使不为人所知。何必太在意目的？重要的是过程，是体现自己的价值、说明自己走过一回的过程。"赵庆钢发人深思地说。

"天上的星有千万亿，过去、现在和未来的人类也有千万亿。人民不就是太空那灿烂的繁星吗？六家设计单位的工程师不就是太空那灿烂的繁星吗？正像星球内部具有巨大能量一样，在他们中蕴藏着无穷无尽的聪明、智慧和创造力。"

郭成志眨着眼，望着美丽而又奇妙的星星，全神贯注地倾听和思索着。

谈到这里，赵庆钢激动起来了："为了农村社会主义改革的胜利，也为前南峪村'二次创业'的胜利，我们必须在任何时候都要爱护、珍惜像六家设计单位的工程师一样的人才。有时，一个杰出的人才在农村社会主义建设上发挥的作用是很大的，甚至是难以估量的。成志，你说我讲的是这样吗？"

"当然是！"郭成志斩钉截铁地回答说。接着，他转念一想，心里豁然开朗了，转向赵庆钢说："六家设计单位中，人家林科院的设计是上乘之作，我们不采纳，但不能说是人家设计上的缺点，只能说是有不适合咱前南峪现时应用的地方。那就是，村南的水面设计得过大了，也太理想化了。一是占地过多，把俺前南峪的滩地占去了一少半，咱想种点菜什么的地方都没有了；再者，太理想化了。光讲究水中亭台如画、舟船如梭乃至渔歌声声，却没有想到那水源能够供给充足吗？光指望从后南峪流下来的那点山水能不断补充那大水面的蒸发量吗？当然要是下决心花大力气也不是不能逼出水来，那得花大钱呀！咱前南峪现时可以拿得出些钱，就是不能花大钱。不是还得保证乡亲们的富裕生活吗？明天在公布选优的结果时，'缺点'二字一定不提。在把人家林科院设计方案的长处说透之后，只说一句，'那么大的水面目前我们前南峪无法解决水源问题，所以只能忍痛割爱了'。"

赵庆钢说："对，只讲人家设计方案的长处，要尽可能地爱护、珍惜人家设计单位工程师的创造力。"

郭成志品味着县委书记的话，默然无语。

"所以，成志同志，你还得给我保证一件事，那是一件非常重要的事……"

郭成志用询问的目光望着赵庆钢。

"什么重要的事呢？是因为有一颗星星要掉下来了——一颗奇彩焕发的明星。我不希望他掉下来，不希望他变成一颗流星，而希望他在自己应有的星座上，与其他千千万万的群星一起发热发光……"

"噢！赵书记，我懂了，您指的是周麦生副局长的事吧？"郭成志脑海中一亮，忽然想起前些天他随赵庆钢去县林业局参加"二次创业"设计方案讨论会时所看到的情景，激动地说，"您对每一个人都是那样无微不至地体贴、关心、爱护！这些日子，您为周局长的事已经操了多少心啊……"

"你猜对了，成志！周麦生是个少有的人才，我们不能把他看成一个单独的人，要把他当作我们中间的一员，重要的一员。"赵庆钢爽朗地笑了，"明天在公布选优的结果时，当你说选中小周的设计方案时，要给周麦生的脑袋上加个头衔，那就是澳援项目组中方专家组组长、林业高级工程师，千万记住要加这个！"

郭成志兴奋地、目光灼灼地望着赵庆钢说："赵书记，您的话，我一定照说无误，其他的就看我成志的行动吧！"

早春的夜风飒飒吹过，从垂柳树和槐树上落下的残叶，在青砖地面上滚动，发抖似的窸窣作响。可是郭成志却感到浑身暖洋洋的。他觉得在早春的夜里吹来的这一股春风，一股使天地充满盎然生机的春风，一股使沉睡的万物复苏的春风,是那样的迷人……

第二天,前南峪村第二次创业的设计方案论证会结束了。郭成志照例是以十分饱满的热情说足了感谢的热话,照例是捎上了前南峪的特产大板栗和红苹果,同时也捎上了前南峪人的歉意和心意。告别了那远道而来的客人之后,紧接着,就开始了实施动员大会。

公务繁忙的赵庆钢还没舍得离去,他一连接了县委、县政府几个请示电话,他的心被繁忙的事务交织着,缠绕着。他不知道是离是留,反正样样都有。按理说,赵庆钢本该急着立刻赶回县委机关,那里的工作实在需要他呀!可他经过慎重考虑,最后还是决定参加明天上午的实施动员大会。首先是在实施动员大会上作一次重要讲话,以鼓舞士气,壮大声势。其次是对邢台县山区建设办公室等四家单位提出更高的要求。第三,更为重要的是,要面对邢台县政府四家单位及前南峪村全体干部群众,举行一次隆重的"点将"仪式,以使新上任的前南峪村第二次创业的总负责人深深地感到自己肩上的重量,从而为这个重量拿出全身本领甚至"万死不辞"。

当然,这个人对他肩头上的这个重量,此时此刻正茫无所知。

第二天,当火红的朝霞一片一片在东边天际霍霍燃烧的时候,前南峪村就召开了第二次创业实施动员大会。

参加这次实施动员大会的有邢台县山区建设办公室、科委、水利局、林业局等单位。再就是前南峪村里的十几名"干将",比如前南峪党委书记郭天林,还有党委副书记王小堂等人,他们是带领村民实施的"主力军",理所当然要参加实施动员大会。

周麦生是以县林业局副局长和澳援办副主任兼中方专家组组长的双重身份参加实施动员大会的。

第一天下午,赵庆钢着意嘱咐郭成志,千万要盯紧了生性活跃的周麦生,可别让他趁着人家外地的参会人走的时候,假借送老朋友悄悄地溜走去忙别的事情。郭成志自然明白县里最高领导的意图。当天下午,郭成志就拉着周麦生到野外去散步。这两年,郭成志早就盯上了"有机果",像星星一般缀在他的心上。黑夜去而复来,星星总在闪着微弱而永恒的光亮。他到处打听有机果的事,请教了许多科技人员。郭成志问周麦生:"你那个'名优特稀'都是些什么果树啊?"

他一捋胳膊,笑呵呵地望着郭成志,说了句"听我给你说"。接着,他就打开了话匣子:"要说果树品种,可是多了去了。要按类别来说,也得有二十多类。这二十多类下边要细分品种,大约得有五十多种。"

他的"五十多种"一出口,完全把正洗耳恭听的郭成志镇住了,就想催促周麦生快点讲个详细。只见他又来个一捋手和胳膊:"听我说,你不要说!……"

这次,他的习惯动作被郭成志清清楚楚地看在眼里。郭成志清清楚楚地看到他的胳膊是那样的粗壮有力,双手是那样的厚实粗大。上面布满了风霜摧残的皴裂、劳作留下的厚茧,瘦硬的骨节像是从雪里泥里露出的竹根。刹那之间,郭成志又想到,正是这样的有力胳膊和双手,才献给了我们国家一方土地上的果实的甜美和绿色的丰腴。今天,他又在自己面前有力地捋起他那胳膊,哦,郭成志看到那是一只短粗有力的胳膊,如同老专家于宗周一样的胳膊,如同栉风沐雨辛劳耕作的前南峪人一样的胳膊,如同前南峪的山岗、河流、道路、树木……这样的一捋胳膊和大手的有力摇动,还要向他深爱的土地和山峦奉献多少美好呢?

周麦生说话时,脸上涨红了,青筋突起,身子微微地向前倾:

"……我只给你举四种果树。这四种果树里其中有一种咱们国家独一份。记住啊,在咱们国家任你找遍大江南北,绝对没有!还有一种整个太行山没有。人们都说在太行山上不长那玩意儿,栽在太行山上除去死还是死。我们要栽活,不仅要活了,还要活得非常之好。至于怎么好法,待会儿我详细地给你讲。还有三种也是咱们国家少有的……"

郭成志一听面前这个周麦生,果然是学问深厚,敬佩之情不由发自心底,睁大眼睛望着周麦生,迫不及待地等着他接着讲下去。

到了山上,暮色像一层层灰蓝色的薄纱从天上落下来,把被晚霞镀亮的群山慢慢罩起来,把小小的前南峪村也罩起来。黄昏正在黯然退去,在越来越浓的暮色中,整天在外觅食的鸭鹅成群结队地回到沙滩上去,准备到一些冷清的水池里去度过黑夜的时光。成阵的乌鸦也停止鸣叫,飞回到自己的窝巢里去了。他们沿着"之"字形的小路走下前南峪村外西崖的十几丈黄土陡壁,来到河滩上。这里暮色更浓些。隔着疏疏树影,能看见河水的闪光,听到河水的声音,能感到脚下沙滩的细腻松软。

"……那四种中第一种,就是樱桃,我们第一个要栽的也是樱桃。这樱桃里又有各式各样的许多种。我主要给你说说,那种乌克兰大樱桃。记住，它的特点，一是个头大，有小海棠大小。二是成熟早，在'五一'前后就能成熟采摘。三是漂亮好看，有早熟红宝石之称。四是属于有机食品，因为结果早，病虫都怕天冷，所以没病虫害，不用打药。这一不打药又施得是有机肥，还能不是有机果？五是树特别美。不结果只当景观看就能把人迷得死去活来，何况还结那么大那么甜美好吃的果子！这是樱桃。"

周麦生说得挺流利，一句接一句，像瀑布似的，一个不留神就得听漏了一大串。他眼睛没命地眨着，还拿粗壮的右手在胸前打着手势。周麦生说到这里，看一眼郭成志，唯恐对方不相信自己，说："我刚才说的那个太行山独一份，就是指这个说的。你要是不信你满太行去找，这八百里太行要是能找到另一家，我就服你郭成志。"

郭成志朝他微笑地摇了摇头说："我没那能力满太行山去找樱桃，就是有能力也不去找。我信你的话，周工。"

两个人慢慢走着，离河靠得近了，这里的沙滩变得湿软。

周麦生接着滔滔不绝地说："第二种，是油桃，名叫澳洲秋红，产于澳大利亚。它的特点，一是世界上罕见，只有澳大利亚产。现在在中国要产了，就只一个地方，那就是太行山上的前南峪。二是果实好看光亮没毛，呈金黄色。自古以来桃子都是红色或红绿色、红黄色或是绿色，这一金黄的桃子，就成了世上珍稀。物以稀为贵嘛，你什么时候见过浑身金黄的桃子？你又什么时候见过没长毛的桃子？大凡桃子无论是水蜜桃还是那大个头的深州蜜桃，最讨厌之处就是那浑身的毛。你拿在手里看着那快要流汁的桃子，恨不得一口将它吞到嘴里，可不敢下嘴呀，不是还有桃毛在那里挡着嘴吗？赶紧得找刷子刷，手头没刷子咋办，急了拿卫生纸擦，越擦越不干净，还得弄满手桃毛，闹得浑身上下都跟着手一起痒痒。这不是你一想吃桃子就恨那该死的桃毛了吧，恨不得在某一天把世上的桃毛都给它除得干干净净。这不，这没有桃毛的桃子来了，就要在前南峪的山上长着，你还能不一想吃没毛的桃子，就想到前南峪去一饱口福？三是口味独特，酸甜可口。大多是桃子都是甜的。人们判定桃子的优劣，也是主要指桃子的甜度。可爱吃酸甜水果的人也不少，还有越来越多的趋势。为啥？"

两个人在蒙蒙的黑暗中走着，高高的土崖在河滩边黑魆魆壁立着，延伸着，土崖上的工厂亮起密匝的灯光。宽阔的河滩连同中间的一脉河水也在苍莽中向前延展着。远处，河滩对面黑乎乎的山坡上，亮起村庄昏黄的点点灯光。

郭成志突然转过头很有感染力地笑了："都是让一种时下流行的糖尿病吓得。也有不少孩子对病茫然无知，却专门爱吃酸甜的水果，而且这种孩子也是越来越多，大约是来源于大人的长期熏教，从小就给他酸甜的东西吃，还能不习惯成自然？"

"你说得很对。"周麦生说。

夜晚的风沿着河滩迎面吹来，送来河边的窃窃低语。一对年轻人从河边站起来，回头看了看，姑娘咯咯笑着，从小伙子的怀抱里挣脱出来，沿着河边，跑过沙滩，跳上水中的岩石，一边跑，一边调皮地回头看看落在后面的小伙子，撒下一路银铃般的笑声。小伙子紧紧追着，踩着浅浅的河水，溅起一路水花。姑娘沿着像手臂一样伸向河川的巨石，一直跑到屹立在河之中的岩石上。四周全是茫茫的河水，没法再跑了。姑娘弯下腰，两手拍打着河水往小伙子身上泼去，小伙子也毫不示弱地回泼着。两个正嬉闹着，姑娘身子一歪，掉进河里，小伙子也随着纵身跳进河中。两人手拉手哗哗地蹚着没膝的河水到对岸去了。

"惊了鸳鸯了。"郭成志笑笑，看着周麦生，"你还继续讲吧。"

周麦生也微微笑了笑，把说话的中心位置重新引向"那五种"：

"第三种是美国凯特杏。它的特点，一是成熟早，大约五六月就能摆上人们的果盘，领先其他水果让人们领略果品的味道。二是个头大，跟早熟的嘎啦果有一比，对人们的视觉有较大的吸引力。三是味酸甜，此酸甜又有别于秋红桃的彼酸甜，丰富了酸甜水果的家族序列。四是产量大又好管理。五是耐贫瘠耐干旱，犹如鲜花家族的月季花，无论在多么恶劣的土壤条件下都能开出大朵色彩缤纷的月季。当然这凯特杏你种在肥力好又墒情适中的土壤中，也一定能结出小苹果样的大凯特杏。孩童捧在手里一个劲地用小嘴啃，也一定会啃出一脸灿烂的笑容。"

"第四种是澳洲大桑葚。它的特点，正如它名字前面的形容词，一个'大'字把此桑葚提高到市场上较高位置和畅销阵容。此外，这种桑葚还有一般桑葚无可比拟的优长之处，那就是汁多且风味足。有了那两项特点就决定了它的诱人之处和市场地位……"

郭成志跟在周麦生身旁，一边迈着碎步，悠闲地走着；一边凝神细听，不插嘴也不大笑，嘴巴微微张着，眼睛睁得大大的，像是恍惚走进了前南峪第二次创业的生态观光旅游景区，满枝满坡果实累累的樱桃树，宛如一条条丹霞在飘拂，一片片火烧云在飞腾，走路稍不注意撞上它们，立即晃动起来，响起悦耳的、轻音乐似的声音，一阵阵异常馥郁芬芳的香味也随之浸入心脾……

周麦生一口气介绍完了四种即将属于前南峪的具有前锋性的水果品牌之后，反过头又说起他特别钟爱的红樱桃。因为这包括有大大小小红樱桃果粒若干品种的红樱桃，在后来被称为万邦珍采摘园里为游客欢迎之最，其产值也最高。他几乎是怀着诸多感慨再次说起了他那个红樱桃。

郭成志一边如痴如醉地倾听着，一边就暗暗下了决心："这回咱第二次创业的高科技果园必须得搞成有机果，即使搞不成全部的，也得搞成一部分，不，要搞成它绝大部分，力争来它个全部。"

等到他们回到前南峪山庄宾馆，星光闪烁的天穹下，挺拔而险峻的太行山上正升起着潮湿清新、令人感动的气息。庄严的黎明，新的生命，正在这气息中一点点地孕育着。一颗清亮的晨星在黑魆魆的地平线上慢慢升起。它自信、冷静、倔强地闪烁着，在天穹中照亮着山下的河流、村庄、河岸上的白石头，村口的井台和山坡上一层层错落有致的发黑的梯田。随着天体的旋转，在冥冥碧空中划出着它顽强磊落地升起的轨迹。

在实施动员大会上，县委书记赵庆钢在一片掌声中健步走向主席台。他一面向人们报以鼓掌，一面在简短致辞中向大家表示热烈的问候。

赵庆钢有力地摆动着大手说：

"同志们，今天我们召开这次前南峪村第二次创业实施大会，意义非常重大。这关系着全县发展生态农业和生态观光旅游的大事，关系着四十万邢台县人民山区建设的大事呀！……发展生态农业和生态观光旅游，将前南峪村所有的大山建设成一座一百一十六点八平方公里的大景区。这是一次决定前南村命运的、义无反顾的重大战略转移。其中必然会遇到这样和那样的困难和问题，对此，我们必须有足够的思想准备。但是，无论困难有多少、有多大，我都相信，有我们'二次创业'总负责人的正确领导，有前南峪党委和全体干部群众的顽强拼搏，有邢台县委、县政府的坚强支持，只要我们大家按照县林业局的设计方案，严格认真，一丝不苟地狠抓落实，上下一心，团结拼搏，继续发扬具有光荣革命传统的抗大精神，前南峪村第二次创业的宏伟目标就一定能实现！……"

会场上响起了暴风雨般的欢呼和掌声，打断了县委书记的话音。它持续了许久，在前南峪村上空飞旋。

接着，赵庆钢以洪亮有力的声音，在会场上庄严地宣布：

"经我和郭成志同志共同研究，现在决定任命周麦生同志为前南峪第二次创业实施的总负责人。"

会场上沉寂了一秒钟，突然又爆发出雷鸣般的掌声和欢呼。

一个任命，将云里雾里的周麦生"打"了个晕头转向，使他不由得又惊又喜。所惊者：一是他脑子里还在想着一准是郭成志要新任这个总指挥，不然干啥整整半天，还有大半个晚上追着自己问那么多的果树知识？果真这个总负责人落到自己的头上，开始真有点儿发愣，何况自己还有局里和澳援办的事情要干呢？二是这件事关县委的重大举措，县委书记事先也没有告诉自己一声。三是实施"二次创业"困难重重，自己身为总负责人，又如何带领前南峪村的干部群众创造性地落实好县林业局的设计方案？所喜者：自己身为县林业局主管技术的副局长，又兼着澳援项目组中方专家组组长，自己不冲锋陷阵，更待何人？更何况这也是县委对自己的一次严峻考验。

想到这里，周麦生在这掌声中，激动得胸膛猛跳，脸上热乎乎的。他立刻从会场的座位上站起来，憨厚地微笑着，向所有参加会议的领导和前南峪的干部群众招手，鼓掌，频频领首致意。然后，他挺起结实的胸膛，举起粗壮的胳膊，向县委书记大声地说：

"我周麦生绝不辜负县委和前南峪父老乡亲寄予的深情厚望，决心和前南峪党委一块儿掏出全部心思和劲头，带领全村的广大干部群众，按照县林业局的设计方案，一步一个脚印地干下去，争取早日把前南峪村建成一个生态观光旅游的大景区！"

会场上再一次响起了雷鸣般的掌声，而且越来越热烈。

县委书记赵庆钢的开场动员实际上是宣布对周麦生的任命，宣布后，跟与会者打了声招呼就离开了会场。郭成志和郭天林起身把他送到村口上。

飞驰前进的淡蓝色的小轿车，渐渐地融入金色阳光下的崇山峻岭之中，只有赵庆钢从车窗口伸出的大手，一闪一闪地挥动着。

郭成志凝神地望着远处，感叹地说："真是及时雨呀，碰到事情，正没办法，领导就来了。"

郭天林点头说:"看得出,对这'二次创业',领导跟咱们一样地挂心哪。"

二

郭成志和郭天林回到村里,繁星一批接着一批,从浮着云片的蓝天上消失了,独独留下残余的下弦月。他们在郭立强家扑了空,两个人商量一下,决定先分头找找这个组的组员们谈谈,调解调解,好把修剪板栗树的事儿接着干下去。

郭天林要去找洪月,一再向郭成志保证,要用新的认识、新的方法说服洪月。

郭成志相信他,目送他一阵风似的走去,消失在夜色之中,这才转身走,拐过一条街。这条街是前南峪村最先有的街道。街道当中还夹着几块菜园子。只有张景波大门口外面,有一片空场。空场旁边,长着一棵空了心的老板栗树,看样子也上百年了,可以做前南峪村历史的见证。说来也巧,这些年,伴随着前南峪村的蒸蒸日上,空了心的老板栗树似乎也恢复了青春,生长了许多柔嫩的枝条,而且一年比一年显得生气蓬勃,蓊郁青翠。此刻,郭成志通过老板栗树下,来到张景波大门外面,轻轻敲打他的家门。

"谁呀?"一个声音从北屋里传出来,郭成志听出这是张景波的媳妇。

"我,郭成志。"郭成志粗声回答。

开门的是陈凤霞。在半年多的光景里,这个女人有不小的变化,没走娘家,不串门,一心搞生产,踏踏实实地过日子。看样子她刚起来,用手扣着衣扣,对郭成志说:"找你兄弟来了?我正数叨他哪。他说,等天亮再找你去,免得耽误你睡觉。又是谁的嘴这么快,去告诉你啦?"

郭成志说:"我这时候能在家里睡觉?我们组也修剪果树哪。"

陈凤霞压着声说:"你兄弟是个没心眼的炮筒子。当初我跟他说,别人郭立强那个组,他偏偏看上郭立强的手艺。加上,郭立强为人也还公道。农村改革后,郭立强收入不断增加,腰杆便一天一天地硬了。他那张紫堂堂的脸很少有笑容,而且越绷越紧了。见人说话也不像过去那么随便,总是不大愿意理人,说起话来也不那么爽快,总用一种吞吞吐吐、装模作样的腔调。有时，还故意把两只胳膊背在后面，用下巴颏点东道西，俨然变成一个庄稼院的大当家的了。这回吃了亏，才明白，手艺好不如心眼好。我看哪，早散伙比晚散强，你就让他们散吧，明天我家好转到你们那个组里去。"

郭成志说："这可不行。咱们实行的是集体专业承包责任制，得带着大伙一齐朝前走。遇上心眼不好的人，我们应当用改革的思想帮着他们变。……"

余怒未消的张景波在院里的屋檐下边搭了腔："我可没有你那套本事把他这个大能人变过来。最近，郭立强办事情一点也不公道，总是偏着这个向着那个，谁家富裕就向着谁。他因为自己是个组长，所以在组里，事事都从富裕户利益出发，把贫困户的困难摆得老远老远的。在贫困户和富裕户发生纠纷时，他又总是偏袒富裕户。一般人一时也看不出，这样就使他得以维持住表面上的威信。我虽然嘴里不说，但心里也明镜似的。有些事情，我明明看出不合理，但为了顾全大局，就硬装着没看见。可我任怎样也没想到，他郭立强那天也会对我耍上这种手腕了。他也把穷人看得太扁了，我人穷志可不穷啊！俗话说，欠债还钱。况且，我也没欠谁的债，即是欠了，我就是卖掉裤子，也要把钱还给人家。我受不了他的摆布和欺侮。那天我找他连屋都不让进，就在大门口答对他时，我心里冒火：这简直是把我当成讨饭的了！这回我算彻头彻尾把郭立强看清楚了，真是吃一堑，长一智呀！跟你说一句痛快的话吧，集体专业承包责任制这条道我走定了，就是不能跟他一块儿走！"

郭成志来到张景波跟前说："今天不在一块走，明天得在一块儿走，反正得走在一条道上，一个也不能让他丢下！"

张景波说："一个也不能丢下，那就他走他的，我走我的。成志哥，我今天就入你的组。"

"这不行。"

"你看我这劳力不强吗？"

"不是。单干时候劳力不强，组织起来就强了。靠集体的力量，咱们能把牲口变成拖拉机！"

"你看我劳动不积极吗？"

"不是。你在果树组，生产抓得很紧。你不怕吃苦，干劲很大。你的确是全心全意想把果树组搞好，这是值得大家学习的。"

"你们组的人员满了？"

"不是。我们现在才八九户人家，再多一点更好。"

张景波奇怪地望着郭成志："那么，你为啥不要我？"

郭成志说："因为你已经参加郭立强的组，我不能拆散他的组，壮大自己的组；这样，我只抓住你一个，丢下了赵家、郭家等等一大群人。这些人都是跟我们连着命根子的改革村民。"说着，他有点沉重起来，"再说，你作为果树组副组长，除了带头生产，终日辛辛苦苦，协助组长抓果树组的具体工作也不多。有时问题发生了，也没有及时处理，一拖再拖，使得群众都不满意。自己只顾和群众一起劳动，却没有想到应该好好倾听他们的意见，积极改进工作，甚至与组长大吵一场，还要入别的组。景波兄弟，你说说，我们能忍心丢下他们不管吗？"

张景波的心头一热，回答不出。

郭成志继续说："我们坚持集体专业承包责任制发展生产，进了一大步。好事情、优越性显眼了，矛盾出现了，咱们就要彻底地解决这个矛盾，把不合理的事情让它合理。"

"那你就答应我跳组吗？"

"不是跳组，是发展壮大集体经济。"

"真的？就像你常说起的新农村建设的典范那样？"

张景波抬起头来，望望天空，尽管天空仍然是漆黑一片，但他此刻，仿佛看见几朵白云，像轻柔的棉絮，在天空里飘浮。早来的雁群，嘎嘎地叫着，从头顶上飞过去了。张景波心里感到万分高兴，这即将来临的一切，使他深深地激动……他真的像长上了翅膀，要向远处展翅高飞。是啊，新生活在向他召唤，催促他马上迎上前去……

郭成志说："对啦。坚持集体专业承包责任制，不断深化社会主义农村改革，全面实现翻番致富奔小康。……"

"这样好，这样舒心，我拥护！成志哥你一定要带我们这么干。"

"那就得顾全大局：眼下支持郭立强在果树组里干，不断发展集体经济。"

张景波想了想说："你书记看到了不合理，知道我们吃了亏，让我们吃亏在明处，不让我们干吃亏，最后再闹一项自私、落后的帽子戴，我这一肚子气就消了一大半儿。你书记又有不让我们吃亏、受气的办法，眼下就是吃多大的亏，我也能忍。成志哥，我听你的。可得有一条：他郭立强要当着大家的面认错，检查自己官僚主义、脱离群众、作风生硬、处事不公，事实也就是这样。无论男女组员见了他就害怕。群众怕他开会批评。他干起事情来，也很机械，只知道贯彻，不问具体情况。你思想不通吗？他就压服，不是说服。群众提意见，他更是不听。"说着，张景波有点愤慨起来，"大家觉得提意见没有用，逐渐谁都不愿作声了。他说现在忙了他一个人，的确是这样。但你自己一个很忙，大家都不忙，又能有什么用呢？果树组原想实行集体领导，但他时常一句话就把大家的意见推翻了。比方最近三包方案等等，他说怎么办，大家只能怎么办；他说不办，大家就不敢办。"

郭成志说："郭立强是个好面子的人，不一定要立刻逼他认错。他要是亲自登门来找你和别的组员去修剪果树，这行动就是认错了。他好好地跟我们一块儿走正道，不比一句空话强吗？"

张景波摸着下巴颏没吭声。

陈凤霞在一旁对郭成志说："成志哥，你别白费唾沫了，他懂个啥呀？你怎么说，他跟着怎么做就是了。"

郭成志也转了话题，向张景波详细地问起这个小组的组员情况。他从这个组里发生的许多新的矛盾，进一步坚定和加深了他在建滩沟里萌长起来的新的认识，心里感到很高兴。

说话之间，天色不知不觉中变了颜色，从墨黑变成了灰白，已经是黎明时刻。

陈凤霞隔着门帘，向西屋里叫着说：

"景波，你快把饭桌摆好，把酒烫上。我的菜都整治好了，你们就一边喝一边唠吧。"

张景波听了，连忙进屋把饭桌放在屋地中间，回身把酒瓶里的高粱白酒倒在一只小锡壶里，然后又把火盆端到近边，煨煨火，烫上了。陈凤霞把筷箸和羹匙摆好，她让郭成志坐桌前。郭成志不肯，说："我得立刻找找别的组员和郭立强。景波兄弟吃完饭就准备接着上山吧。不早点把果树修剪出来，不早点加强管理，收不到板栗，是你们的损失，也是集体的损失呀！"

两口子都像从心上搬掉一块大石头似的，轻松愉快地把党委书记送到大门口。

雄鸡比赛着啼叫起来。灰蒙蒙的街道上，开始有阵阵炊烟的气味。广场和菜园子地里，融化出一块块湿渍，像衣服上的补丁似的。迷蒙的乳白色的水汽，从那儿蒸腾起来，变成一条白纱似的雾带，缓缓地，顺着小河湾的树趟子，向村外飘去。

郭成志大口大口地呼吸着潮润而新鲜的空气，心上顿时涌出一种非常畅快的春天的感觉。在这一刹那，使他把一切压在心上的烦恼，都抛到九霄云外了。他轻松又愉快地走在街道上，觉着这个组的问题虽然不少，今个闹起来主要是张景波和郭立强。现在已经把张景波说服好，郭立强那边就容易办了，因为郭立强是个爱名誉的人，刚刚贯彻上级关于深化农村社会主义改革的指示，他的组就第一个垮台，他这个小组长是丢脸的；就算心里边一时转不过弯子，他也愿意把这个组维持下去。同时，他还是镇劳动模范。一个劳动模范要把自己交给集体！党分配什么任务，就接受什么任务，不能讨价还价。一个劳动模范应该随时准备为集体贡献自己。特别在任务紧急的时候，不能临阵退却，当逃兵。问题只在他有没有决心。郭立强你问问自己：你在披红挂花的时候怎样在群众大会上表决心的？郭成志接着想。另外，从打去年因为果树组的事，郭成志不仅从声誉上照顾了他，在经济上也帮了他的忙，郭立强对郭成志信任的程度也在不断地加深。那么，有了这些条件，就有可能让这个组不散。以后再多花些力气，帮他们整顿整顿，也能巩固下去。

郭成志一边走一边想，发现前边的水池周围的堤坡上，长满了茸茸的小草，远远望去，笼罩在神秘的薄明中。一群鹅鸭在追逐玩耍。水池边上有人小声喊喳。他到眼前才看出是郭天林和郭天刚。

郭天林见郭成志走过来，就说："你快来听听吧，真是漏子到处有。天刚，你再给书记汇报汇报。"

郭天刚披着小夹袄，两手揪着衣襟，心情沉重地说："我们那个组，一直是有名无实。昨天我跟党委委员杜玉林提意见要真干，他立时答应一定搞起来，说得蛮漂亮。谁想，今个起五更杨少锋叫我爸，要搭伴到浆水镇雇人修剪果树去。"

郭成志打个愣："什么，雇人修剪果树？"

他心里的血液猛然往上一涌，浑身紧张起来：杜玉林错误地主张他所领导的果树组的组员们,到浆水镇去雇人修剪果树,别说浆水镇没有现成的人修剪果树,就是有,你能保证他们的技术精湛,对集体事业认真负责吗?如果组员们花钱雇来的人修剪果树,或因技术不精,或因工作不负责任,最终半途而废,将给组员们造成多大的经济损失?将给集体的果树造成多大的损失?到那时,组员们要是因为自己出钱雇工,纷纷退组,你杜玉林怎么向上级交代?顿时,他感到事态十分严重。但在这一瞬间,他躯体里突然生长出一种新的力量,问题越是复杂,他越是镇静。他从头到脚充满了精力,仿佛面前就是千百斤的重担他也挑得起,就是来了猛虎他也擒得下。可他转念一想,立刻阻拦他们雇人修剪果树吧,上级还没有禁止雇工的政策。

这时,郭天刚打断他的思绪,说:"是呀。因为他们在村委会上报的一块地修剪一天,根本就是办不到的事情。几个人又不死心,要跟你们果树组比一比。我把我爸爸拦下了。他也不大愿意花钱修剪果树,想等我哥哥回来再动手。我去找杜玉林,正碰见郭立强在杜玉林家里。"

郭天林说:"要制止,不能让他们瞎胡干!"

郭成志摇摇头:"不必。我们要找他们摆出咱们的意见,他们一定要这样干,就由他们去试试,做出来让大伙看看,也没坏处。"

"果树组能雇工剥削人吗?"

"上级并没有规定禁止雇工的政策,咱们也不好硬阻拦。"

"支书,"郭天刚插入说,"我看只要广大干部群众站得稳,不散,果树组无论如何是散不了的。天塌不下来!"

"对呀!就是这样。"郭成志应道。

"可是,你听着!"

"我听着。"郭成志抬起头,见郭天刚显出神秘的样子。

"可是,现在是杜玉林想搞垮果树组。"

郭成志微皱着眉头说:"可是现在果树组里的确有些事情还乱糟糟的,村民们都有点散漫了,而且最近表现得很突出。"

郭天刚愤慨起来:"支书,你可要当心他们,要是果树组这么干,影响太坏了。"

"你得相信群众的眼光。谁都知道,他们搞的是假果树组,这个黑锅不会扣到果树组的头上。没有平地,不显高山,没有黑也显不出白来。拿果树组的行动跟他们比一比，让大家看一看，我们这个新时代，是靠人能办事儿呢，还是靠钱能办事儿！"

郭天林冲着郭天刚说："瞧瞧，咱俩瞎着急，他倒想得开！"

说到这里，他们三个人都不禁大笑起来。郭成志哈哈地笑，看来活泼得像个小伙子。郭天林和郭天刚呢，他们抖动着肩头嘻嘻地笑，笑别人，也笑他们自己。沉郁的心情一扫而空了，锁着的眉头也展开了。他们深深感到站在自己面前的是一位可敬的党委书记，也是一位可亲的朋友。

村子里渐渐亮起来了，活泼的谈话还继续着。

郭成志说："工作咱们还得做。有的事情，不见见事实，光靠说是说不通的。白天得空，天林找张利群谈谈，天刚跟你爸爸和你哥哥谈谈，我找找李玉清和闫宁。咱们赞成啥主张，得跟他们说明白，把责任尽到。"

他们又谈起刚才正进行的工作。郭成志告诉郭天林，张景波那边的问题已经基本解决，跟郭立强一碰头，就算成功了。郭天林告诉郭成志，他已经找了洪月，当面承认在地里谈话压了他几句不对；还把要壮大集体经济，翻番致富奔小康的想法转达了。洪月挺满意，给郭立强提了几点意见，答应一块儿在果树组里再干下去。谈了一阵，郭成志要去杜玉林家，郭天林继续找郭立强组的别的成员，郭天刚回家再劝说他的爸爸，三个人就在黎明的街头分手了。

启明星正在渐渐淡起来的天幕上闪烁，周围的景物已出现了轮廓。小溪旁边暖融融的，地上印着树枝疏朗朗的阴影，一群鹅鸭在浅青色的波光中戏水。郭成志走着，两只雪白的公鹅，伸着脖子，一看见有人走来，便很快下到水里，游到对岸边上去了。郭成志一边欣赏着鹅鸭，一边又在心里掂量杜玉林果树组雇人修剪果树的事情。他想，这是一个没有遇见过的，也不可能估计到的新问题。他想，杜玉林这个党委委员带头用果树组的名义雇工，肯定是错误的，可是必须先向党委汇报，才能对杜玉林采取组织行动。他想，在这样重大的、有关前南峪村集体果树生长的问题面前，为了对党负责、对前南峪的广大群众负责，也是为了对同志负责，他应该更加冷静和慎重地对待杜玉林用果树组的名义雇工。自己是党委第一书记，一言一行都得努力做到符合党和政府的政策，要不然就会给工作造成损失。

他这样想着、走着，路过张利群的家门口，听见里边传出脚步声，就停住了。

大门"吱呀"一声打开，走出来的果然是那个一心奔好日子的张利群。

"利群大叔，您这么早哇？"

"不早，不早。书记忙啊？"

"你们组修剪果树的事儿安排好了吗？"

"我们正想办法哪。"

"有人提出要雇人修剪果树，您也干吗？"

"那……"

"利群大叔，要是雇人修剪果树，您能相信雇来的人修剪果树过关吗？如果您花钱雇来的人修剪果树半途而废了，将给您和果树组造成多大的损失呀？这些您都想过没有？"

"……我得看看。……再说吧。"

"利群大叔，我担心你们那个组有名无实。"

"啥名不名的，反正管好树，过好日子就行呗。"

"利群大叔，您得看准一条：单干是过不好日子的。"

"如今改革了，人民的天下，跟过去不一样了。"

他相信农村社会主义改革，决心走党指引的道路。但他也不是没有犹豫，没有考虑的，有时候，晚上睡不着觉，他也曾这样反反复复地想："参加果树组将来到底会咋样呢？……真的能像说的那样吗？……能办得好吗？……八九户在一块堆，要是打起叽叽来，有的闹退组，那可怎么办呢？"

郭成志朝张利群跟前移动一步，加重语气说："改革正在深入。单干的路越走越窄！您可要看清形势。这几天发生在你们果树组的许多事情，已经很够我们明白了。有人主张雇人修剪果树，绝不是只对您、对杨少锋几个人的，实际上是向整个果树组组员施加压力。您千万不能后退，要顶住！"

一番颇带感情的火辣辣的话，似乎把张利群的心拨亮了。是啊！这绝不是他个人的事情，也不是杨少锋几个人的事情，这是关系到整个果树组成员今后能不能挺起腰杆，关系到果树组能不能办好的大事情啊！他张利群作为一个村民，作为前南峪整个果树组队伍的一员，既然决心把自己的命运和果树组联结在一起，就应该不怕任何风浪！然而，遗憾的是，郭成志煞费苦心，张利群并没有认清形势。

张利群看郭成志一眼，不以为然地说："书记，要说果树组有好处，倒也不假；把个人过日子说得那么玄，简直像吓唬三岁的小孩子。"他这样说着，听着背后传来大花牛嚼草的响声，想起那天从浆水河边回到前南峪，杜玉林跟他说的那一片吓人的话，对这个热情的党委书记不满地摇摇头，"唉，不管党委委员这个组是真是假，反正我们几家就在一块儿了，别的组再好，我也不干。……这个，书记你不用再多挂心了。"他把话收住，照着他起床时候的打算，朝小胡同走去。

郭成志独个儿站在张利群家门口前，久久没有动。张利群刚才令人刺心的情绪，以及张利群不管果树组是真是假反正几家在一块的话，使他难受，由此而派生出的一股强烈的不满，像风暴一般，仍在他广阔的心海里，不断地回旋、冲撞。他无法一下平静。他冲着张利群的后背自言自语："不，您这样迷了路还不回头，我一定得多挂心！"

东天边悄悄泛起的银白光亮，渐渐地显出一点橘红的颜色。水池边上响着水桶的叮当声和扁担钩子的哗啦声。

郭成志在通向高台阶的那条路上，碰见了杜玉林和郭立强。

杜玉林赶紧来个先下手："书记，我们正要到家里去找你。立强的果树组散了。"

郭立强急忙配合，大声嚷嚷着说："我的心也到，力也到：一人难称百人意，众口难调哇！"

杜玉林说："立强的果树修剪半截撂下，这哪行呀！"

郭立强说："我先找你不在家，就去找杜玉林。杜玉林说让我参加他那个组。"

"冷静一点吧，立强。"郭成志生怕一下子弄僵了，连忙安顿着郭立强说，"到底是咋回事儿呢？"

郭立强把张景波当着大伙的面发誓的事，原原本本地说了出来。最后，郭立强稍微冷静了一点，但他坚持自己的意见说："大家既然要散，为什么一定要硬撑呢？"

郭成志说："你咋知道大家要散呢？大家也并不像你想的那样。"

"你别净替他们说好话了。"郭立强气愤地说，"你说说，果树组里群众的思想有多乱？群众对组长不信任，不尊重，也不服从。"

郭成志说："你不要夸大其词了吧。"

杜玉林说："我们先帮他对付一阵子，把半截的果树修剪出来，以后的事情咱们再说。"

郭成志对杜玉林这种做法非常不满，也立刻明白了他的用意，只是当着郭立强这样一个群众的面，不便当场批评。他等着两个人把"双簧"式的话演完之后，就对郭立强说："你那个组不会散，也不应当散。"

这句话因为打在郭立强的心病上，立地生效，他喃喃地说："从心里说，我也不乐意让果树组垮台。乱子出了，有啥办法呢？"

郭成志说："什么地方有病，就在什么地方开刀，啥病吃啥药，有矛盾咱们就一块儿解决。"接着，他又明确地提出了自己的意见，说，"咱果树组依靠的就是骨干村民。我的意见是：要把那些想散的人争取过来。我就不信，这点困难克服不了！咱不能让雇人修剪果树影响群众的积极性。我看应该找他们谈谈，劝他们把自己的命运和果树组联结在一起！"

"你去找他们也白搭。"郭立强望着郭成志说，"人家组员就是要散，你也不能强拉。你说你替人家想办法，可人家还有个相信不相信哪！"

"你别把什么都看死了。那样，你就要犯主观了。"郭成志用一种冷淡的、不愿意再争论下去的语调说。但接着，又感觉话说得太生硬了，就往回拉了拉，补充地说："不过，我希望你不要对人抱成见。人总是要变的。人的觉悟也会一天比一天提高。"

"唉，解决不了啦，张景波当着大伙的面发了誓。"

"洪月和郭彦啥态度？"

"他们随着。"

"宪文呢？"

"他们娘俩多会儿也不咬群儿。"

"除了张景波起誓要散组，还有别的人没有呢？"

"我的书记，这一个还不够让我丢人的呀！"

郭成志笑笑说："我就是来给你送信的，你要是听到，一定会乐！"郭成志故意逗弄着郭立强说，"你猜一猜，是什么消息吧？"

"什么消息？把张景波调到别的果树组了，是不？"郭立强望着满脸堆笑的郭成志，狐疑地问。他看郭成志笑着直摇头，便说："我猜不着了，你告诉我吧，到底是咋回事？"

郭成志看郭立强已经完全摆脱了刚才那种愁苦的情绪，才爽快地向郭立强说："张景波已经承认自己吵着散组不合适，要跟大伙一块儿干，快些上山修剪果树。别的组员，我估计更得赞成这样办。"

郭立强迷惑不解地小声说："不会吧？当时张景波可坚决着哪，都骂了娘。"

郭成志说："你先到他家去看一看，就知道是真是假了。立强，你是小组长，是领头的，诸事都应当比组员先进一些，也应当看到自己做得不对的地方，有错就认错，大家都自我批评，还有组里的一切事情，当组长的都得生着法儿往公正办。你们组有好多事情是不公正的，还有脱离群众，作风生硬。"

郭立强埋头思索着，浑身热辣辣的。他一边听着，一边好像受着烈火的焚烧。汗珠从额角渗出来，脑筋乱得很。他对自己忽然感到很失望，心里十分沉痛，慢慢抬不起头了。他想到自己是一个小组长和劳动模范，受组织的培养，组织把责任交给自己，而他却这样对不起组织，不禁眼睛一红，几乎要滚出几滴热泪来。

接着，郭成志继续说："当然，这不能全怪你，怪我们党委领导，特别是我，事前没有指点，中间没有帮助你。说实话，好多事情我那会儿也没有认识到。往后，咱们得一块摸经验，一块解决矛盾。快去吧。吃过早饭，我到山上找你们，一块儿开个团结会，重新安排一下修剪果树的计划。"

郭立强这会儿的心理状态，完全像郭成志估计的那样。他怕丢脸，怕组员们散开以后都到外边败坏他的名声。他先找郭成志，后找杜玉林，都是为了找个主心骨、拿事的人，帮他"化凶为吉"，给他搭个过河的便桥，平息风波，把果树组维持下去。不料想党委委员杜玉林听说果树组散了，没问青红皂白，开口就拉郭立强入他的组。郭立强觉得既然大面子不易捞回，能有一个像杜玉林这样的组立刻接受他当了组员，也算捞回一点，于是就答应了。这会儿，他听郭成志这样热情、诚恳地一说，自然又动了心；开头怕杜玉林不高兴，犹豫中间，见杜玉林没说跟郭成志扭着的话，就壮了胆。他想有郭成志、郭天林、郭素平和村子里一些坚持集体专业承包责任制的党团员、村民骨干分子时，他的思想立刻又坚定起来了。他相信在党委的领导下，又有这些骨干，就是有困难，也一定能克服。集体专业承包责任制都坚持下来了，果树组办起来就是用膀子扛，也要把它扛住，不能让它垮呀！"我的主意是拿定了！"他看看杜玉林，抱歉地或是解嘲地"嘿嘿"一笑，就转身迈步找张景波去了。

杜玉林心里有些不平，他对郭成志插这一杠子，打乱了他的好事十分不满，又知道自己理亏，不可在这上边纠缠。他打个哈欠，说："行啊，问题解决了，我也忙着操持操持果树组修剪果树的事儿去呀。"

郭成志拦住他："别走，咱们马上开个党委碰头会吧。讨论一下，咱们党委对郭立强这个果树组，下一步应该怎么做工作。"

说完凝视着杜玉林黑黑的柿饼脸，眼光是温和的，只不过带了点儿迫切想讨论工作的焦灼，在杜玉林的感觉里，却觉得很刺人，禁不住打了个冷战。他皱皱眉头说："这么忙，自己的组还顾不上，还能顾他们？"

郭成志批评他说："你这种态度可不好。郭立强的组出了矛盾，一闹散伙，你立刻就拉人，这实际上是房子没倒就抽檩头的手段；他那个组对付上了，你又撒手不管，实际上是还等着它垮，看着它散。我们前南峪目前落实党的农村政策，就是坚持集体专业承包责任制，极大地调动广大农民的生产积极性，深化农村社会主义改革。为什么要强调调动广大农民的生产积极性呢？因为广大农民发展生产有困难，迫切需要解放农村的生产力，走共同富裕的道路。可是，你好像忘了他们，不讲怎样组织他们实现共同富裕。杜玉林同志，一个党委委员应当这样吗？"

杜玉林被抬到病上，光疼不敢说疼；镇静一下，装作不高兴的样子说："你总是这样把人家的好心往坏里猜测，这还让人家活不活呀！"

郭成志说："是猜测，还是实际事儿，你心里比我清楚。一个共产党员，应该是襟怀坦白。共产党员对党的组织，要忠诚老实。在党组织面前，应该有啥说啥，而不应该有所保留，甚至弄虚扯谎。我也希望你凡是碰到这样的事儿，都能够用一个党员的标准，量一量，自己反省一下，发觉一些不好的东西，舍得用刀割，让自己不断进步，别越走越往下坡溜！"

对杜玉林来说，郭成志这番话，无疑是一柄突然敲到头上的铁锤，震得他差点摸不清东南西北，只觉得天旋地转。他所惧怕的倒不是共产党员应有的忠诚老实原则。他害怕的是这个原则所培养出的思想观念，培养出来的道德标准和纪律标准，人们将拿这来要求他。一听语意便明白，郭成志那些话，绝不是随便说的呀！

不行，得想办法。"书记！"杜玉林火急地争辩，尽量抑制住颤抖的嘴皮，"你这帽子太大了……"

"我给你提问题，让你想一想，这算什么扣帽子？你到高台阶等等，我去叫郭天林。"

"眼下忙着修剪果树,这个会,过几天开不行呀?"

"这会关系着修剪果树的成败,不能不开。"郭成志赶紧表示意见说,"听说你们组要雇人修剪果树,群众有反映,咱得慢慢说服教育,打通思想。你急有啥用呢?我们几个应当先坐在一块儿,分析分析,像你这样别出心裁的做法合不合适?我们要按党的农村政策办事,用党的思想,来检查检查自己的行动。"

郭成志把话说完,轻轻地嘘了一口气,用眼睛看着杜玉林。杜玉林拧着眉毛,沉吟了一下,然后侧过脸,向郭成志说:"你这话是什么意思?你让我检查什么?"

"你是党委委员,怎么能不遵守党委决定,在底下另搞一套呢?"

三

实施动员大会名为动员实为讨论施工过程中的具体步骤。会议开到第二天上午,在讨论怎么搞新品种果树生长的水平沟围山转时,干部会变成了"吵架"会。

周麦生刚一提:"此次整地必须坚持高规格,变水平沟为水平梯田。标准是,宽二米五到三米,深二米到二米五。"

此话刚一说完,便遭到前南峪干将们的极力反对。

周麦生站在会议桌前,挥舞着双手,大声叫喊:"同志们,静一静啊!静一静啊!同志们……"

郭天林也慌忙站起来说:"大家不要急躁,有话慢慢说。"

周麦生满头大汗,有气无力地劝说着:"同志们,前南峪村第二次创业,县里是非常重视的。特别是赵庆钢书记,千方百计为着大家想办法。你们想想,要是搞不好新品种果树,搞不好'二次创业',怎么向县委交代?怎么向前南峪人民交代?"

"我们前南峪二十多年来生态经济沟一直是水平沟围山转,那是经过众多科技人员的指导和认可的整地方法,也是经过省科委认定和肯定的样板模式,怎么到你周总指挥这里就不行了呢?"

……

一阵乱哄哄的吵嚷声，把周麦生的话打断。

郭天林站在周麦生前边，挡住拥挤的人群，涨红了脸，喊着："不要吵啦！不要吵啦！听周局长说下去。"

一阵嘈杂声过去，周麦生又继续说："同志们，人心都是肉做的。你们每个人，屈起指头算算看，自从我来到前南峪，为了设计生态观光旅游景区的方案，我付出了多少个不眠之夜，整整一年我都没有睡过一个囫囵觉，这都是为什么呀！不都是为前南峪'二次创业'？不都是为搞好新品种果树吗？啊！"

人群里霎时又好像起了一阵旋风，叫喊得更急了："你干脆一点，搞新品种果树，非得用你那整地方法吗？不用就不沾吗？那水平沟可是省科委的样板模式！"

周麦生仍是劝说道："同志们，你们就听我这一次，按新的整地方法搞新品种果树，不会上当的。你们手摸胸口想想，我周麦生骗过你们谁呢？我周麦生来到前南峪，所做的一切，哪一件事情不是为着你们大家呢？整地……"

李富强从人群里挤到前边，指着周麦生说："俺前南峪就是要搞新品种果树，也用不着你这样来操心，不要把俺耽误了……"

郭天林一见李富强指手画脚，直冲着周麦生大喊大叫，心里实在忍不住了，走上前去，推开李富强说："你干吗？你往后站……"

周麦生向郭天林摆摆手，提高嗓门喊道："同志们，你们不要光用老观念看问题，只要我们动动脑子，解放思想，积极采用新的整地办法，就能搞好新品种果树。……"

王小堂在人群里站出来，把郭天林推开，质问周麦生说："俺问你，你那变水平沟为水平梯田对于新品种果树生长到底是有好处，还是没好处？"

郭天林早就看到王小堂站在人群里领头反对，心里气得怦怦乱跳。这时，一见王小堂奔着周麦生过来，更是火上加油："你走开，少在这里纠缠……"

王小堂是真心反对周麦生这样的整地办法，正是捧着豆子找锅炒，便趁势又喊又叫："周总指挥，你今天说成啥也要当着大家把你的那个整地办法说个透。……"

王云他们更是跟着王小堂喊叫起来："对！快把你那个整地办法说明

白……"

周麦生在郭天林身后，仰起脸，挥着手，仍是扯着嗓子高叫着："同志们，不要跟着乱起哄！大家静下来，听我讲，这样整地可突破水平沟果树生长空间小的瑕疵，利于缩短果树的盛果期和提高产量……"

"就你那样是科学，人家就不是科学？咱前南峪的板栗树、苹果树都长得那么粗了树冠倒有一大圈了，长得倍儿壮倍儿好怎么好好的倒成了瑕疵了？实际的东西在那儿摆着倒成了瑕疵，没影的东西却不是瑕疵，世上哪有这个理呢？"

"照你这样的整地办法，每亩地得少种一少半果树，那五只母鸡下的蛋能跟十只鸡下的蛋相比吗？"

周麦生在村里干将们的步步进逼，连番"轰炸"之下，他再有理再"伶牙俐齿"也有点拙于言辞了，这可真是"秀才遇见兵，有理说不清"了，何况这些"大兵"们都是长期滚在大山上栽种果树的好手呢！只是他们栽的管的和当前要栽的管的果树绝非是一样的果树，论档次也不在一个水平上。

正在这时，郭成志一推村委会办公室的门，走进会议室，伸手扶住周麦生在屋地上站稳，厉声问道："你们这是干什么？"

王云领着人，正在大喊大叫的时候，突然看到从门外走进了郭成志，立在他的面前，不由猛然一怔。郭成志的出现，把在场的人全都惊得目瞪口呆。连周麦生也成了泥塑木雕一般，惊得两眼动也不动。

郭天林看到郭成志连忙走过去，低低地对郭成志说："周总指挥提出搞新品种果树需要重新整地，主张变水平沟为水平梯田，遭到王云、小堂、富强和大家的反对。"

郭成志向前走了两步，站到会议桌前，炯炯的目光，在这群"干将"们的脸上扫视了好久，说："王云、小堂、富强，你们几个讲的那个道理貌似有理有据，其实在根本上你们就把事情闹混了。"

郭成志的神态非常镇定，讲话的声音，也和许多老干部一样，非常平静。可是在这群干将们的耳朵里，却是春雷一般轰鸣："人家周总指挥讲的是什么样的果树？你们指的不就是咱们前南峪的板栗、苹果及山楂这些果树吗？你比如樱桃树吧，咱们第一个要种的果树就是樱桃，那照你们那老道道来种行吗？你们知道那樱桃怎么种、需要怎样的土肥条件、需要多宽多长的空间环境才能长好吗？老话说'樱桃好吃树难栽'，这个'难'是指着什么说的呢？完了，都大眼瞪小眼了吧？"

郭成志连问了数句，见全场鸦雀无声，转脸看看站在屋地上的这群干将们，便又补充说："你、我——咱们都不懂，前天论证会结束后，从下午到晚上大半夜我请教了周工整整一天多的时间才懂那么一小点，你们倒敢和人家周工抬起个死杠没完？我告诉你们，在有关果树的知识上，咱们在人家周工面前就是那个小学生跟大学教授的关系。特别是咱们这次搞的果树是'名优特稀'品种，咱就好好地听人家周工的指挥吧。"

吵嚷的干将们，一个个低下头去。屋里静得半点声音也没有，连一片树叶掉在地上，都能听到响声。

郭成志站在会议桌前，看看众人的情绪安定了一点，非常痛心地说："俺成志还得告诉你们，人家周工是澳援项目组中方专家组组长，光到世界上最发达的林果产地澳大利亚考察就去了几次，总共有四五个月的时间，论肚子里的学问、论实干的经验咱和人家差距大啦。别在那里跟人家较真了。我今天把话说到头里，往后谁要是不照周工指点的样子干，我成志可不答应他！"

他的声音，震动着办公室，也震动着人心。人们一边望着会议桌前正在讲话的郭成志，一边窃窃低语。郭成志在前南峪老百姓的心里那是个怎样的人物？不光是书记不光是领导，就摆弄果树来说，村里的人再能谁能得过郭成志？郭成志的洪亮的声音又响起来了：

"如果谁肚子里有什么话跟我说，别在那里跟周工叫死理。不是不让你们讲话，确实是咱们的那套旧理旧道道不沾，照着你们那旧道道来就得砸锅，就得失败。这个道理等干完了咱们的第二次创业几年后你们就明白了。为什么我今天坚决支持周工，你们也就彻底地知道是怎么一回事了。"

人群又活动起来，他们听了郭成志这样的一席话，也都平心静气了，知道自己的理确实是不对了，都暗暗表示："咱们确实错了，往后都听周工的就是了，他指哪儿就打哪儿吧。"

周麦生如梦初醒，紧紧握住郭成志的双手，他的眼眶润湿了，他自知他的泪点已经滴在眼镜面了，镜面是模糊的。周麦生有一种说不出的感动！

周麦生，一个钢铸铁浇的硬汉子，活脱脱一个于宗周。他和我国著名的山地水土保持专家于宗周长得简直像极了，连强壮的身材、走路的姿态、响亮的嗓音，都和当年的于老专家有一比。初看上去，他似乎有点粗拉，有点土头土脑，但要认真地注意他那双炯炯的摄人心魄的眼睛，聪明的人一定会看出这是个不同凡响的人物。

周麦生从小在农村读书的时候，他年年都在班上考第一，但也是全校穿戴最破烂的一个。有时候，家里饭不够吃，他就饿着肚子去学校。后来，由于他的精明强悍和可怕的吃苦精神，1973年考入河北农业大学林学系。那时候学生到农村实践的机会多，周麦生经常到河北省的各个林场搞学习实践活动，再加上周麦生在校期间勤奋读书，毕业后就留在河北农业大学任教。

当时，我国著名的杨树育种和培育专家、中国杨树协会主席王世绩，看上了周麦生的学识、勤奋和吃苦精神，就把他带到了自己搞课题研究的邢台市沙河林场基地。从此，周麦生逐渐地对杨树的优选育种专题，产生了极大的兴趣，进行了深入的研究。

春雪已经融化，空旷的田野上，弥漫着拖拉机刚翻耕过的土地散发出来的泥土气息。那一排排犁痕，像是鱼鳞一般，在阳光下闪着光。远方，太行山脉的崇山峻岭和刚刚返青的麦田之间，绵亘着一片金色的沙海，一排排起伏不平的白杨树，仿佛奔腾的波涛向天边涌去。此刻，杨树树种优选研究专题的业务组长周麦生，正带领同学们在沙河林场栽种杨树优选树苗。

大自然慷慨地奉献给人类以笔直、坚韧、速生、挺拔的杨树。它树种繁多，宜旱宜涝，抗风固沙。它能渐渐改变小气候，能快快献出好木材。那时周麦生曾想，如果我们的国家大力推广换种上适宜于当地条件的优良杨树品种，那么，全国每年增产的木材，只有用电子计算机才能计算出来……

1981年，酷爱林业的周基任了地委书记，亲自点名委派周麦生到山西坊山考察沙棘的培植和管理。周麦生一行数人，驱车驰过莽莽太行山之巅。高山上，麦子收了，柿子坐果了。小松鼠被机鸣声吓得四处逃窜。在那人马牛羊上不去的峡谷里的陡峭岩石缝中，小松鼠丢下了沙枣，也许明年春回大地时钻出绿芽。

沙枣园的同志们，一路上指点给周麦生看，这是板枣、相枣、木枣、梨枣、壶瓶枣、蛤蟆枣……花瓣金黄的沙棘向他们点头微笑。窄梁尖峁坡地、川道平垣河滩，一片片金黄，好一派山乡风光。

至此，周麦生腹中不仅装有杨树、果树的深厚知识，连沙棘这个粒粒小果的有关学问他都耳熟能详了。

后来，致力于山区改造并酷爱果树的王世平调到邢台县任县委书记，便把同样酷爱果树并极有培育实力的周麦生调到了邢台县林业局任常务副局长。自此，来到了周麦生生命的辉煌时期。

为了在邢台县尽快发展十万亩果树，周麦生的足迹踏遍了全县十七个乡镇的山山岭岭，无论是烈日炎炎，还是刮风下雨，他都坚持长年深入生产、科研第一线，用自己辛勤劳动的汗水换来了农民果树的大丰收。如今正是枣子成熟的季节，满树的枣儿，像是殷红的珍珠玛瑙，分不清是红雾落霞，还是金秋野火；即使在明月惊鹊的夜晚，也仿佛漫坡的篝火在绿林中燃烧。难忘的是那打枣的景象：开竿者，是最有权威的长者。那长竿，在枣杆上梆梆一敲，于是，漫坡爆发了一片炒豆般的响声。"梆梆梆""梆梆梆"，枣乡最热闹的时刻——打枣开始了……

由此，澳援项目一来到邢台，中方专家组组长之职顺理成章地由周麦生担当。既然前南峪村第二次创业的建滩沟的改造任务刚好纳入澳援的项目中来，这项创业无论对于太行山区的示范作用，对于邢台县山区的未来发展，还是对于前南峪这个全国新农村建设的样板提升，都有着非常重要的意义。县委书记慧眼识英才，把这副重担交给一个在林果业有非凡实力的重量级人物，再加上有郭成志这样一个全国著名劳动模范做他的后盾，能不预示着前南峪村第二次创业的圆满成功吗？

周麦生接受总负责的任务后，实施动员大会一结束，就急如星火地赶往县林业局。太阳已经沉到西山背后去了，它的余晖给连绵的群山镶上了一道金光闪闪的边饰；由于这道镶边的反衬，逶迤西去的山脉，变得更加遥远了。山脚下，稀稀落落的灯火闪烁着，更给山色增加了一种深邃莫测的感觉。

到了县林业局，周麦生饭顾不上吃一嘴，水顾不上喝一口，就急急忙忙从文件包里掏出邢台县林业局"第二次创业"的设计方案，又从文件柜里翻出有关果树栽培的技术书籍，一一摆放在办公桌上。他根据中国林科院等单位在前南峪村第二次创业设计方案交流会上介绍的先进经验，立刻开始重新修改邢台县林业局的设计方案。……

时间一分一秒过去了，等到周麦生修改好邢台县林业局的设计方案准备回家时，已是大半夜了。

周麦生回到家，他觉得自己疲倦得到了从来没有到过的地步，两腿软弱得不能支持。他走到门前，用手推推门，见门插着，便轻轻在门上拍了两下，低低地叫道："红梅，红梅，开门来！"叫了几声，将半边身子贴到门上，侧耳听听，屋里没有丝毫动静。又举起手，拍着门，放开嗓音喊道："红梅，红梅，怎么睡得这么死，快醒醒……"他说了好多不耐烦的话，屋里仍是半点动静也没有。

他站在门前，低下头，焦灼地皱着眉，两条又浓又密的眉毛挽结着一颗疙瘩，暗自沉思：这些年来，他几乎是每天晚上这么深更半夜摸回家。吕红梅等他，也成了惯例。周麦生说过几回："你甭跟我比，早点歇着你的。"吕红梅不听。日子久了，他习惯了这种等待。不管开会多晚，工作多忙，一推院门，看见屋里有亮，窗户纸上有人影，心里就感到快慰，好像一天的劳累，全都得到了补偿。可是，今天晚上却没等他，想必是吕红梅白天忙得太累了，倒下头便睡。同时，天气这样冷，孩子又小，事实上也难怪她，埋怨她更是不应该的。便转身走到窗下，轻轻地叫："红梅，红梅，睡着啦？快开开门来。"停了停，听到床上吱吱吱吱地响动起来。他以为吕红梅起来了，一想到终于能吃到东西，他的食欲，更使他堕入难忍的苦刑。他的饥饿变得那么尖锐，从下午起，他就一直空着肚皮，没有吃过东西；虽然他很有力气，但他的壮实的身体是那么笨拙，他拍拍墙壁说："哎，哎！快一点，肚子早叽咕叽咕地叫啦！"

屋里不仅没有应他，连一点响声也没有了。

吕红梅这几天，对周麦生实是生气极了。头几天晚上，在周麦生临去前南峪开会之前，她就和周麦生说，她的母亲生病，要他到超市去买几斤鸡蛋糕，让她领孩子去瞧瞧外婆。周麦生一早起来，烧点吃的，不声不响地走了，她满以为他是到超市去了。她吃了早饭，就忙着为两个孩子收拾，一个个都打扮得干干净净，准备去瞧外婆。吕红梅还沉浸在美妙的梦幻中，等周麦生买回鸡蛋糕，他们说走就走，这不是东西都拾掇好了。他那自行车驮不了我们娘儿仨，这不要紧，到镇上买张票，坐上汽车就到啦。可是等啊，等啊！快中午了，不见人回来。吕红梅等不及了，给县林业局一打电话，说是周局长到前南峪开会去了。

今天上午周麦生又打电话说是前南峪的会议一结束，下午就赶回来了，可晚上还不见人回来。天黑了，仍不见他的影子。周麦生走后第二天，炜杰发起高烧，消瘦下去，两眼无神，她看着觉得应该去看医生了，只好抽空抱到附近卫生所去看。晚饭时候，喂了第二次药，热度开始消退。她抱着这个不到周岁的孩子在屋子里踱来踱去，想哄他睡。但孩子却怎么也不肯睡，反而哭起来。吕红梅气得晚饭也没有吃，将门一闩，便抱着孩子上床睡了。

吕红梅真的睡着了吗？没有，半点也没有睡。她连衣服也没有脱，躺在被窝里，一边哄着孩子，一边在自言自语地骂着："大魂掉在山里，让你找吧！就死在山里吧，烂在山里吧，你忙着外面的事情，没有这个家，家也没有你。"她骂，声音里带着感情，"你为大家忙着，但你以为他们都感谢你吗？他们不只不感谢你，有的人还埋怨你，骂你。你呀，'贴功夫买难受'何苦来？你现在搞什么新品种果树，什么变水平沟为水平梯田，缩短果树的盛果期和提高产量。万一不行，你说怎么办？恐怕有人还要掩着嘴笑你呢！"当她听到外边的风雨声，又在为他担心。他在山里，东奔西跑，几天了，还不知吃好了没有？天下雨了，风又这么大，大衣也没有穿。她不由自主地坐起来，开开门，看看外边的风雨大小。

外边的风雨声越来越大了，衰黄的草地都洗湿了，聚着水珠。青草已经在许多地方鲜艳地冒了出来。四周非常静寂，什么地方传来鸟儿的嬉戏声。她在床上越觉得不安，越闭不起眼来。

她坐在被窝里，左等不见周麦生回来，右等也不见周麦生回来。一股怨气又涌上心来，放下孩子，靸着布鞋，走出房门，又加上一条大板凳，抵到门上，喃喃自语道："随他死在山里吧，做鬼也别想再进俺的门。"

她回到床上，刚刚睡下，忽听咚咚的敲门声，知道是周麦生回来了。她发现不满周岁的儿子安详地躺在自己身边。她一骨碌翻身起了床，开了一隙窗户，冷风夹着雨点掠过窗口，扑击在吕红梅热乎乎的脸上，她打了个寒噤，生怕熟睡中的孩子受惊，随即关上了窗户。然后她又躺下，将被子往头上蒙蒙，心里在骂道："俺说你死在山里了，还有家啊！"

周麦生在窗户下，仍是低声喊道："红梅，红梅，快开开门，外边下雨啦！"

这时，她不由自主地从被窝里伸出头来，没好气地冲着男人说："下雨,下雨怕啥?下雨不往山里跑,还来家干啥?"

"唉,唉唉,求求你,快开门,外边冻死人啦!"

"外边冷,家里更冷。"

"嗨嗨嗨,你真好意思不开啊!呔,外边雨下着,身上衣服都湿了,快让我进去。"

"衣服湿了怕啥,再往山里跑两趟就干了。"

"呃,呃呃,红梅,你听听,外边的风,吹得呼呼叫,雨点下得沙沙响,衣服淋湿了,浑身骨头都吹凉了。你当真不心疼吗?"

"心疼,谁叫你到山里去的?俺不开!"她大声说,虽然感到自己蛮横无理,但也不管了。

她抱着小儿子炜杰下了床。炜杰哭起来,她咬牙切齿地骂道:"哭什么,该死的?你现哭,还早着呢!将来没人管你,你才知道!"

周麦生脸色唰地一红,说:"好好,你发脾气,怪我不是,回来迟了,没有到超市去帮你买蛋糕,到屋里任你数落吧!深更半夜,用不着骂孩子,吵吵闹闹,落人家笑话。"

"笑话,不提笑话不丢人,怕人笑话,就不该装孬种!"

"你你你,越说越不上理了。"

"谁不上理,你把话说清楚。说你做工作,你又不顾家。我只有一个亲妈妈,她生病,求你买二斤蛋糕,你都不放在心上。跑出去到山里,别人都不能去,你究竟是为的啥?"她站在那里,似乎还想说是为的穿还是为的吃,是为着名还是为着利的话,但又克制了自己。

周麦生站在窗户下,低着头,像一个被审讯的囚犯。他的脸色苍白,显露着一种深深的委屈。他努力使自己冷静,再冷静。他相信一切都是可以讲得清楚的。

"进山以来,我常有这种感觉,觉得我们两个太不相同。"周麦生缓缓地说,"我很苦恼,可是我又无法消除这种念头。我并不想对你隐瞒这种已经发生了的事实,也不伪装自己的感情,我想,你是应该理解的。"

"理解?"吕红梅冷笑一声,说,"一个不要家的丈夫,还谈得上什么理解!"

"不要家?"周麦生愕然了。

"不要同我做戏了!你表演得够了!假如不是为了你,我何必着这个急?"

"天哪！"周麦生失声叫起来，嘴唇剧烈地颤动，"为什么要这样说呢？进山，是工作需要……"

吕红梅又激怒又沉痛地说："真想不到，麦生，你会是这种人。难道这就是工作需要所给你带来的结果吗？！"

"你听我说，"周麦生喘着气靠在墙上，在他那受了深深的伤害的心里，还抱着一点对吕红梅的希望。他无论怎样的不了解她，可她总应该是了解他的。他是一泓清水，一眼见底。即使他与她意见不合、吵嘴生气，她怎么可以怀疑他的工作呢？他想，那一定是她一时的气话。于是他强忍着泪，压着火，在窗外恳切地说："你问的就是这个吗？好好，我告诉你，一不为名，二不为利，三又不为吃和穿。我是一个共产党员，为着前南峪村早日变成大景区，为着山区农村翻番致富奔小康。"

"呸！打肿脸充胖子。白天黑夜，在外边跑了十几年，连个正局长都没跑成，还说为着党，为着山区农村，为着这个，为着那个。你也听听人家怎样讲你的！再跑两年，连老婆孩子也要跑丢了。"吕红梅好似一挂鞭炮，啪啪啦啦地爆炸起来。

周麦生在窗外，听到这一番话，心里更加难过，埋怨说："你这是说的啥啊！我们这号人，说出这样的话，也不觉得害臊吗？"

"俺落后！你去找进步的，你去找好的，不要到这个穷家来……"

周麦生脑瓜嗡嗡直响，两眼直冒火星，他磨着牙根，在心里连连说道："这该死的女人！这该死的女人！"

他心情激愤，猛地想起吕红梅堵住院门发的话，像一堆正烧得火旺的干柴，又泼上了一瓢汽油，顿时浓烟滚滚、火光冲天了。

门外的风越刮越猛。风声中夹带着河水和树林的声涛，高一阵，低一阵。电线呜呜直响，灰砂扑打着玻璃窗。

周麦生好似一只猛虎，两眼射出逼人的光芒，突然咆哮起来，吼叫道："你开不开，我晓得你那身上骨头作痒了。"

吕红梅更是火上浇油，她完全变成另一个人了。她没有了早些年的温顺神态，也没有了进山以来的忧虑表情，而是气冲冲地把孩子往床上一放，冲到门口，搬去板凳，拨开门闩，"呼噜"一声，拉开门，奔着周麦生迎上去，说："你打，你打，你不打就是孬种。"

周麦生怒睁着两眼，直棍似的瞪着吕红梅，吕红梅本能地感到不妙，她还没来得及躲避，周麦生已经像老虎扑食一样，奔着吕红梅蹿了上来，他一手揪着吕红梅的衣领，用另一只手举起拳头就要打……当他的拳头快落到吕红梅胸上的时候，膀子软了，在半空中，试了几试，再也落不下去，慢慢地缩回来，说："如今的社会，不兴打人；要是在前些年，我非将你的骨头砸扁。"

吕红梅两手将腰一掐，挺起胸脯，向周麦生跟前跳跳，像一堵墙似的横在了他的面前："你打，你打，你……"

周麦生无可奈何地往后倒退几步，在桌旁坐下，痛苦地冷笑："我实在为你难过。"

吕红梅听到周麦生这种冷酷的笑声，只觉得头晕目眩，打了个趔趄。她退到房门口，站定身子，痴呆地看了周麦生好久，咬着牙，指着周麦生，好半天，才说："你这说的是什么话呢？你才吃了几天饱饭，就连姥姥家的大门都不认得了，你这个没有良心的！"吕红梅声色俱厉地说，"忘了自己是什么样的人了啊！今天这样翻脸不认人，再过几天，连你爹你妈都不认识了！"及至后来，吕红梅的脸色，由红变紫，由紫变青，变白，已无法控制自己的怒气，"俺自从进了你周家门，家里家外，推呀挑呀，煮呀烧呀！大人小孩，穿呀吃呀，哪一件不是俺，哪一样是做错啦，你的心肝弄哪去啦！"

吕红梅好似疯了一般，指着周麦生的鼻子骂。骂得周麦生脸色惨白，周身发抖。要哭，哭不出声，要骂，张不开口，要打举不起手，哭笑不得。他双手抱住额角，坐在桌旁，有气无力地说："离婚，离婚，我再也受不了这份熊罪啦！"

吕红梅向他冷笑道："好！你都算计好了，你去离吧。都是你说了算！看我在家里跟着孩子能不能饿死？你这是算计好了来整我吗？"她把满腔的愤怒都发泄在周麦生身上，邪气十足地吼叫道，"咳！咳咳咳，你也不用拿离婚吓唬谁，离婚谁也饿不死。离婚，你离吧！"捏起拳头，又在桌上捶了几拳，"告诉你，这个家是俺的，孩子是俺的。"

周麦生无可奈何地站起身，向她摆摆手说："好好，我认识你了。这家是你的，孩子也是你的，一切一切都是你的，我走，我走。"

他走进房，见两个孩子，呆瓜似的坐在床上。他的眼泪不由自主地流出来。俯下身子，在最小的孩子额角上，亲了亲。狠狠心，打开箱子，一件一件把他的衣服拿出来——这些衣服没有一件不带有他的气味。他很冷静，至少在表面上看是这样。

"人穷也好，穷人离婚简单，你的、我的，一分就完了！"他居然还有这么一份幽默感。

他继续在敞开的箱子中掏着，仿佛神秘的箱子里有掏不尽的东西。他最终找了几件单衣，包包裹裹，往胳肢窝里一夹，走出房间。吕红梅在门口拦住，一把抢去他身上的小包袱，狠狠往房里一扔："这衣服，是俺做的，你放下。"周麦生眨巴眨巴眼，看看她，含着泪水，轻轻拉开门。

吕红梅见周麦生真的要走了，心里又有些慌张，有些空虚，跟着他追出门，想上前拖住他，不让他走。可是又不愿丧失自己的尊严，不愿向男人低头、屈服，只有强装着硬汉，朝着周麦生的背影，吐了一口唾沫："呸！出了这门，你就不要再进这个门。"当她看着周麦生真的走了，黑壮壮的身影，忽然，她支持不住了，像一个孩子精心搭置起来的积木在一刹那间全部倒塌，她冷漠、冰凉的、严厉的表情陡地垮下来，她用拳头堵着嘴，哇哇地号啕起来："麦生，麦生，你这个没良心的，老天是有眼睛的……"

她的头无力地垂着，语句断断续续的，耷下来的肩膀一耸一耸的，一副被悲伤压倒的模样。她两手捂着脸，坐在箱子旁边，宛如从箱子里钻出来向男人索命的鬼魂。那姿势分明召唤着男人去安慰她，去把这一笔孽债算清楚。周麦生犹豫着，他知道他无法跟她解释明白，他不能把既是为了她，而又是为了解决他复杂的感情的这一举动——离婚，说成是单纯为了她，或是说成单纯是他对她已经失去了感情的结果。她的脑子只能理解黑的就是黑的，白的就是白的，灰色的事物、模糊的事物，对她来说是太费解了，对他来说又是太难表达了。理性不能代替感情，理性更不能分析感情，在心灵相互不能感应的关系中，任何语言都无能为力。

周麦生走出家门，抬起头，向前一看，那黑乎乎的街道，阵阵吹来冷风和雨点，扑打着面孔。他的脚步停住了，到哪里去，哪里是家？他沉思了好久，缩缩头，又往回走。

呜呜，呜呜……阵阵冷风，夹着细雨，直往身上灌。细雨扑打着面孔，冷风侵入他的骨髓。他心里阵阵涌出冷气，周身抖颤。

他思前想后，想到他和吕红梅已是十几年的夫妻，如今就这么轻飘飘地离开了，他哪经历过这样的坡坎？他哪遭受过这样的打击？自己在一气之下，扔下媳妇和孩子走了，周家院的半个天都如同塌了下来。媳妇的咒骂，孩子要找爸爸的哭啼声，把他搅得心烦意乱。他跟所有遭受同样打击的人一样，有一种非常特殊的心理：凡是失掉的东西，不论平时怎么不喜欢，不论以后有没有什么用处，在心目中都会立刻变成无价之宝。自己一离开媳妇和孩子，他那无名火很快便消掉了，完全变成了爱惜。他不由自主地把媳妇跟县林业局的其他家属作起比较；比来比去，他觉着自己的媳妇是个最齐全、最合适、最可他心意的人。吕红梅是多么贤惠的一个人啊！他们自从结婚，他参加了工作，一年三百六十日，都在外边。吕红梅除了在单位上班，回到家里，哪样不靠她！一切一切，全是吕红梅一人承担。她白天黑夜，腰累断了，背累弯了，从没有说过一声苦，也没有叫过一声屈。多么痴情，多么刚强的媳妇啊！她那羸弱的肩头承受着多么沉重的压力呀！她风里雨里，不分昼夜，是为着啥呢？还不是为着那两个孩子，为着那些孩子穿得暖吃得饱，为着把孩子养大成人！吕红梅代他承担了父亲对孩子一切应尽的义务。

可是周麦生并没有回头顾家理业，他是一个有理想的人，但又是一个务实的人，还是整天在外面东奔西走，把家务扔给吕红梅，吕红梅不能忍受了。劳累、烦恼、怨恨，孩子们的吵闹，活活把一个倔强的吕红梅，折腾得心肝欲裂。整天不见一刻的笑脸，没有一句和气话。周麦生极其单纯，他不能理解吕红梅的复杂感情，只觉得她变了：只看到目前，看不到未来，只想把自己小家小业搞得富富裕裕，没有想到大家，没有想到集体。因此，双方时常口角。不过，不管怎样争吵，如何嘀咕，吕红梅始终是疼他的、爱他的。她疼他，疼在心尖上；她爱他，爱在肺腑里；她恨他，只是恨在嘴上。

他回忆起他和媳妇初婚那段甜蜜的日子。那时候，他们互相体贴、互相疼爱，亲亲热热，好得不得了。他在单位工作半天，好像离开家一年半载那么长，总要想个办法，找个借口，溜回家来，看媳妇一眼。不论工作多忙多累，只要身子一挨床、脑袋一沾枕头，他就来了精神，跟媳妇有说不完的体己话儿。……这样的兴致乐趣，没有接茬享受下去，竟在周麦生为事业奔波的忙碌中，不知不觉地淡漠了；这样的日子，本来还有再度重现的时候，竟被周麦生一时冲动冲没影了！过去就随它过去，周麦生没有意识到这种"过去",也自然谈不上惋惜,更用不着查究原因。如今这一离婚,迫使他"意识"到了,"惋惜"起来了:他和吕红梅离婚了,将来怎么办呢?他不敢想下去,越想越觉得可怕。自己打自己的脑袋,用力打,狠狠地打:"这,这……我这是干啥!我是在做梦,还是小孩子在闹着玩的。十几年的夫妻,就这么三言两语,憋一憋劲就离了。吕红梅不恨我,别人不骂我,也不能叫那两个孩子没有爸爸啊!"他缩缩头,弓着腰,直往家里跑。

一跑进家门,周麦生赶紧来到妻子跟前,一边痛心地责备自己,给妻子赔不是;一边帮妻子擦眼泪,好不容易劝住了妻子不流眼泪,才向她细心解释:"这次前南峪实施二次创业不同寻常,具有非常重要的意义……县委书记把这副担子交给我,关系着全县山区的未来发展,你说我肩上的担子有多重!再说我刚才说要在前南峪待六七年是事实,但并不是总在前南峪待着不回来,只是今年正是施工改造较劲的时候,我得在那里死盯着。话又说回来,今天晚上的事都怪我不好,一是岳母有病,你又托付给我到超市买蛋糕,我光急着上山宣读前南峪第二次创业的设计方案,把这个大事情都忘了。二是我没有把握好自己,一时的气话,伤了你的心。"

吕红梅开头气得想拧周麦生两把解解恨,可她又何尝不理解周麦生的苦心,她知道丈夫是一个要强的人。刚在邢台县林业局任常务副局长那会儿,为了发展全县十万亩果树,他积极带头长年深入农村,受到上级部门的表扬。自从他接受了前南峪村生态观光旅游景区的方案设计任务,整整一年不知耗费了多少艰辛的劳动,简直到了痴迷的地步。如今,又为在前南峪村实施第二次创业,周麦生更是没日没夜拼命地工作。想到这里,吕红梅什么都忘了,忘记了对周麦生的"恨",也忘记了一刻钟之前,她还称英雄,称好汉,赌咒发誓,说她这一辈子,绝不找丈夫,她要独身到老,等等。她光想着心疼丈夫了。

忽然她想起丈夫忙了一天大半夜,从山上回来还没有吃晚饭,赶紧走出房门,从柜子里拿出白面,烙了饼,还炒了一盘鸡蛋和一盘辣酱,端进房里。猛听周麦生说:"你想,我不盯在那里我能放心吗?"就把热腾腾的饭菜放在床前梳头桌上,看看周麦生"扑哧"一声笑了,说:"就你能?离开你这头烂蒜人家就不吃饺子啦?"

周麦生仰起脸笑着说:"甭管烂蒜好蒜,这也是国家交给我的任务,我必须完成。但在我的指挥之下，我估计最长到今年年底一定能漂漂亮亮地完成，一完成光剩下管理，我就有时间回家啦！"

吕红梅白了丈夫一眼，说："什么在你的指挥之下，别臭美了！人家郭成志是什么人物？全国都有名哩，有事多跟人家商量啊，可不敢独断专行喽，你听见没有？"

其实，妻子不嘱咐周麦生遇事多跟郭成志商量，他也得商量。周麦生早就想好了两条：一是坚决按设计方案办事，任何人不允许擅自改变；二是根据具体情况若有局部的变动，必须跟郭成志商量，征得他的同意后才能做下去。于是周麦生连连点头："听见了，听见了。"

四

初春的夜晚，还有点冷。

郭成志手里捧着一只玻璃茶杯，坐在木椅上，正在考虑前南峪村实施第二次创业，按照设计方案，第一要引种的果树是樱桃，樱桃这个果树品种，确乎在太行山自老祖宗开始就没人种过或者没人种活过。可是太行山为啥种不活呢？

郭玉金双手支在地上，伏在一个圆圆的铁火盆旁，伸着头对着堆得尖尖一盆木炭，呼——呼！一口接一口地在吹火，吹得火星子从木炭隙缝中往外乱飞。一会儿，木炭渐渐烧红了，冒起蓝色的火苗。

郭玉金爬起来，又提上一只白铝水壶，到院子里的水缸跟前，揭开缸盖，抓起一只小水瓢，灌满一壶水，刚刚转回身，背后有人叫一声："嫂子。"她回头一看，笑嘻嘻地迎上去，亲切地叫道："周工！你来啦！"

"打水哪，嫂子。"周麦生一边迈步走进院子，一边招呼说，"这么晚了，还没歇着吗？"

郭玉金一手提着水壶，一手拉着周麦生，忙不迭地回答说："你大哥正叨咕着，为了引种樱桃的事，要去找你商量呢，这还没去，你倒先过来了。"

"我年轻，腿脚快，就先来了一步。"周麦生说。

"进屋坐，你吃饭没有？"

"吃过了。"周麦生一边走，一边微笑地望着郭玉金说，"嫂子，你真能抓空子干活呀。俗话说：'老不舍心，少不舍力。'你可是两样都不舍呀！"

"哪里，我这也是刚吃过饭，闲着没事，看暖壶里没水，就打了一壶。"郭玉金说，把水壶放到火炉上，然后，又要继续朝着周麦生说什么。

只听屋里一个粗粗的嗓音亲切地叫了起来："周工！你来啦！好好，到屋里来坐。"跟着这热情的叫声，郭成志已出现在门口，右脚迈出门来。他拉着周麦生的手，走进屋子，把周麦生推到木椅跟前，热情地说："坐下，坐下，我正要找你。"

周麦生扭头看看背后的木椅，拉过郭成志说："你坐，我就在这里坐。"说着身子一跃，跨过火盆，在靠着山墙一条长凳子上坐下。

郭成志谦让一番，在木椅上坐下，抽出一支烟卷，扔给周麦生，问："你从宿舍来的吗？"

周麦生伸手没有接住烟卷，烟卷落在他的腿上，又滚下地。他低头拾起烟卷，将烟卷伸到火盆里，吸着烟，笑笑地答道："我是来找你，商议引种樱桃事情。"

郭成志边端起杯子，喝了一口浓茶，边答道："好啊！咱们想到一块儿了。需要什么支持，你说吧。"

周麦生说："我想在太行山引进樱桃没啥理由种不活。咱这里的片麻岩风化土那么肥沃，再经过我们的精细操作绝对是果树生长的'温床'，土肥水条件都相当好，为什么就种不好呢？"

郭成志双手捧着杯子，略思片刻，笑一笑说："甭信那个邪，咱就种它，失败了咱不是还取得了经验教训吗？经验教训也是成果。周工，你亲自到中国农科院下属的郑州果树研究所去引进。人家若是劝你，你别给人家硬顶，你说热话虚心地向人家请教原因。如若人家也说不出来所以然只是说太行从来没有人引进成功过，那咱们就做第一个引进成功的人。不怕，咱们引进定了，我成志支持你！"

黑色的小汽车在山村的公路上飞驰，一个又一个的山头抛在了后边。眼前闪过村庄、房屋，自动列成一队向他们鼓掌欢呼的穿得五颜六色的女孩子，顽皮的、敌意的、眯着一只眼睛向小汽车投掷石块的男孩子，喜悦地和漠然地看着他们的农民，比院墙高耸起许多的草堆，还有树木、田野、池塘、道路、丘陵地和洼地，堆满了用泥巴齐齐整整地封起了顶子的麦草的场院，以及牲畜、胶轮马车、手扶拖拉机和它所牵引的斗子……光滑的柏油路面和夏天的时候被山洪冲坏了的裸露的、受了伤的砂石面，以致路面上的尘土，全都照直向着周麦生和他的黑色小汽车扑来，越靠近越快，"唰"地一下，从他身下蹿到了他和车的身后。指示盘上说明黑色小汽车的时速已经超过了六十公里。车轮的滚动发出了轰轰声。车轮轧在地面上的时候，还有一种敏捷的、轻飘飘的沙沙声。

周麦生从车窗里看一眼给他送行的郭成志和村民们，看一眼前南峪，坐在去中国农业科学院郑州果树研究所的小汽车里，点燃一支香烟，吱吱地抽着。郑州果树研究所地处中原，在中国农业科学院下属的三个果树研究所中，属它规模最大、技术实力最强，研究和培育果树的类别最多。东北的兴城果树研究所只研究寒带果树，比如红富士苹果到东北称之为寒富。南方果树研究所研究培育的是常绿品种。郑州果树研究所呢？研究培育的是落叶品种。当然是一到冬天就落叶的果树最多。郑州果树研究所所长名叫方金豹，他在我国果树界享誉八方。方老是个博士，对于果树及其他树种的研究都有深厚的功底和独到的见解。

天晴了，明亮的夕阳有点晃眼，周麦生把车内的褐色的遮光板放了下来。透过褐色的遮光板，他看到的是城市的薄暮。然而他的身上有阳光。他的上衣和膝盖头上的阳光交幻着。路旁的树枝切割着夕阳，把光的碎屑不断地洒向他的全身，这给他一种捉摸不定的行进的感觉。他沐浴在这瞬息万变的光网里，渐渐地觉得舒适和满意。随着这嗡嗡声、轰轰声和沙沙声，随着指示盘上的红字的旋转和黑字的跳动，他离山乡越来越远，离郑州越来越近，离郭成志越来越远，离方所长越来越近。

小汽车驶过郊外大片的蔬菜大棚地和工厂区，进入了市区。鲜艳的夕阳的光辉，像调和得适度的脂粉，涂抹在高耸的楼房顶端。浸浴在晚霞中的垂柳，像无数缀满着珠宝的缎带。傍晚的风，饱含着黄河杨柳的清香，迎面吹拂。

周麦生终于来到郑州果树研究所，值班员就把他直接领到二楼主管工程师李延杰的办公室。李延杰和一位副所长杨景生在那里恭候，可屋里那气氛更像是下好了夹子在等他。李延杰不用说了，有杨景生在场，他对周麦生是鼻孔朝天，半阴半阳，好像不认识他。转过脸对杨景生说话的时候就低眉顺眼，唯唯诺诺。杨景生则是派头十足，脸上的神色傲慢而又冷漠。旁边还有一个周麦生不认识的人，一副莫测高深、喜怒不形于色的样子。

呀！这是要三堂会审！周麦生就觉着肚里有股气直撞天灵盖。他在心里嘱咐自己：沉住气，今天可不能图痛快，他们既是专家又是现管，咱为的是来引种樱桃。

想不到正戏是由李延杰开场："周麦生，今天你来，是想引进樱桃。你应该知道，你们河北南部无论是平原还是山区都不适宜栽种樱桃……"

他的词儿是一套套的，十分现成。周麦生对他的腔调特别熟悉。倒退三年他因业务关系到邢台县林业局来过，当然他对周麦生的家底也知道得很清楚，因此说话的口气就相当不客气："你先说说，在你们河北山区能引种活吗？"

周麦生一听这话就又有点上火，心想："你在河北栽过樱桃吗？就那么说栽不活？"刚要跟李延杰开口较真，想起了郭成志的嘱咐，就把火气又压了压，改成了谦虚谨慎的态度说："李工，南太行为什么栽不活樱桃？"

……

李延杰心里乱了阵脚，自己既没有到南太行去栽种，又没有充分理由证明南太行不能引进樱桃。对方再这样追问下去，如何是好呢？

周麦生讲的是事实。杨景生感到自己再不出头，李延杰就可能收不了场，他说："你觉得引进有十分把握吗？"

周麦生坦诚地说："我也没有十分把握。"

杨景生接着说："那你为什么还非要坚持引进樱桃呢？"

周麦生坚定地说："我认为前南峪村的片麻岩风化土那么肥沃，再加上我们的精心操作，为什么就种不好樱桃呢？如果咱郑州果树研发没有充分的理由证明南太行不能引进樱桃，那我们就做第一个引进成功的人。"

杨景生都差点被他说笑了，说："行了，其他问题先不说，你身为一个基层林业局副局长，也太骄傲了！"

周麦生说："毛主席讲骄傲使人落后，我们邢台县果树连续四年翻了五番，这怎么叫骄傲？"

李延杰意识到必须为杨副所长解围，他站起来一摆手说："你不是找原因吗？我实话告诉你，南太行来过好几家引种都失败了，这就是原因。"

周麦生赶忙去找所长方金豹，因为他们曾经有过交往的经历。在沙河林场的时候，周麦生和老专家王世绩拜访过方金豹。王世绩和方金豹同属于我国农林研究系统又是基本上同级学识水平的专家，私交大约也不错，知道周麦生是王世绩的爱徒，也就耐心地听了他引进樱桃的理由。方金豹大大方方，谈笑自若，一副亲近而又随和的样子，说："小周，干得不错。等你们前南峪引进樱桃成功了，可不要忘了带我去看看你们的生态观光旅游景区，到各处转转。"

连周麦生都觉得有点不大自然："到时候您是想坐着飞机去，还是坐着汽车去？"

"坐汽车。"方金豹怕坐飞机不安全，就选择了汽车。他用极关切的口吻说，"小周，你的气色怎这么难看？认识上有分歧，这是很自然的嘛。"他说话就像搔痒痒一样轻松。

周麦生觉得今天也许可以向方金豹掏心窝子解释一下自己的想法了，说："方所长，不搞'名优特稀'哪来山区果树大发展，哪来农村实施第二次创业？我们不能让山区农民像过去那样等着城市喂一口，吃一口！"

方金豹坐在沙发里，喝着热茶，很自然地把话题转到了引进樱桃的问题上："我也觉得这樱桃在河北南部引种不成没有理论根据，有几家引进失败了也还属于个别现象，可能由于这几家没做好引进成功的准备，管理上可能也欠火候，所以才失败了，他们的失败不能代表河北南部或者太行山都不能种樱桃。"说到这里，他又喝了一口热茶，抬头望了周麦生一眼，满怀希望地说，"小周，我支持你引进樱桃！"

方金豹的坚决态度使周麦生感动不已。周麦生回到住处，立刻给郭成志拨通了电话，他拿起电话筒，大声地喊着："是成志，成志，嘿嘿嘿，我是周麦生！"积了满肚子的话要说，蓄了满肚子的问题要问，这会儿，他简直不知道先说哪一句，先问哪一件好了。

他靠在桌子边上，稳一稳心，想要舒舒服服地跟郭成志聊一阵子，又伸脚一踢，把门关上了，怕的是自己说的话，被走进院子里的闲人听见。

周麦生开始汇报，他恨不能长出三张嘴，再有三只话筒，一齐对着郭成志说。他把在郑州果树研究所的前前后后都说了一遍，并把主管工程师不同意引进的意见也向郭成志讲了一遍。所有这一切，都应当让郭成志知道，都应当听听郭成志的意见，都需要郭成志帮他拿拿主意。

他的话一句追一句往外冒，就好像打机关枪一般。

正在前南峪村主持领导班子会议的郭成志，是被人从会场上找来的。他一只手拿着讲话的提纲，一只手抓着话筒，眼神直着，耳朵伸着，捕捉着话筒里传过来的每一个字儿。周麦生离开了前南峪,他想知道那儿的一切,越详细越好。

他们相隔千里之远,两个人的笑模样却是一样的,心情也是一样的。

周麦生把情况汇报完了之后,郭成志很有分寸地对郑州果树研究所的情况做了分析,在重要问题上肯定了他的成绩。同时,又指出在前南峪村引进樱桃的前途。郭成志认定:太行山的自然环境是可以改变的,山区不适宜引进樱桃的现状是可以扭转的,以此来增强周麦生的信心,鼓舞他前进。

接下来,郭成志结合前南峪村的实际情况,做了一个激励人心的讲话。他提出,要周麦生放手大胆地引进,以改革者要勇往直前的精神,以科学的方法来搞好引进,尽快地打造前南峪村生态观光旅游景区。郭成志的讲话,充满了激情,充满了发奋向上的豪气,给予虚心探求的周麦生,一种燃烧似的力量。

郭成志接着说:"为了引进得好,应该设想到,前进的路上是会有许多困难的,要有足够的勇气和信心,冲破一切困难!"

周麦生直觉地叫起来:"吃饭也有困难的。"他的孩子般的纯真的话,引起郭成志咧嘴而笑。

"怎么引进,你要根据实际情况,多请教方所长。"郭成志最后说,"引!咱们引进定了。记住,咱们不仅要引种,而且要多引种,各种品种的樱桃都要引种。失败了算我的,成功了算你周工的。可有一宗,若是失败了,咱们找到了原因接着还引种,非得把引种成功不成!"

郭成志的话,从头到尾都像火一样地透进周麦生的心灵,使他感到自己有更加充沛的热力。他对前南峪村实施第二次创业引进樱桃从来没有失望过,从来都相信他能引进成功的,现在他的信心更强了,他曾经设想过而没有实现的事情,将会得到实现了。他兴致勃勃地想到这些事情,仿佛看见前南峪村实施第二次创业引进樱桃出现一个欢乐的美景,看见全村干部群众都有鲜美樱桃的愉快的笑脸。

五

开工的第一天,前南峪村就有二百多名精壮劳力齐刷刷地上阵,两台大铲车开到原来建滩沟的水平沟围山转挖树推土,人们紧跟在后面,按照周麦生的设计方案做高标准的水平梯田。周麦生紧盯在工地。他首先看见了郭天林，没有穿棉衣，只穿一件褪了色的运动外套，卷高了裤筒，弯着腰用劲地铲土。随同郭天林一起来的前南峪村民，也都是浑身泥土，互相鼓动着，在挖树掘土。

挑荆筐的队伍一字儿排开，担子一个跟着一个，像走马灯似的，从水平沟底跑到水平沟上。这里领头的是胡立刚，穿着一件红背心，头上呼呼冒着热气，干起活来猛冲猛打，是一员闯将。行为举止，也还带着不少军队作风，说起话来，像炮筒子一样冲，全是火药味。你就从眼时挑荆筐的队伍里看吧，他每次总比别人多挑一倍，走起来快步如飞，生龙活虎一般，还不停地替别人鼓干劲。

胡立刚挑完一担土，很轻松似的摇摆着两个空荆筐，从周麦生的背后闪出来，故意开个玩笑，大喝一声："碰！"周麦生闪闪身，正碰在荆筐上，衣服碰脏了，几乎连手上的笔记本都掉在地上。

郭长同也从另一边叫道："碰！"周麦生闪过身来，又碰在荆筐上。

李文大笑，说："这才像个泥观音。"

郭天林用一块小坷垃掷中胡立刚的大脑袋，笑说："别开玩笑，立刚。"

胡立刚说："这不是戏场，走下来就是脏的。"

周麦生说："幸亏没有把笔记本弄脏。"

胡立刚、郭长同、张利群、郭庆福、郭更仁，都咧嘴而笑。周麦生含着得意的笑容，往前走去。

走不远，他看见王小堂站在大铲车挖过的地方铲土。王小堂的衣袖口，裤脚上，都沾满了泥土，寒风一吹，很快就透骨冰凉。手冻麻木了，使劲搓一阵，脚冻得失去了知觉，就在地上跺几脚，他已经不停地干了三个多小时。水平沟里的泥土，差不多全被铲出来了。王小堂见只剩下中间高凸处的一些泥土，就叫一同铲土的张龙上去，自己留下来扫底。他的宽大的胸脯贴着湿淋淋的旧单衣，就像大热天一样，一点不觉得寒冷。他一边忘我地铲着土，一边用着洪亮的声音，关照着别人："衣服湿了的，要换啊，别受凉！"

站在上面传土的王景林，回答道："你早该换啦，小堂。"

王小堂拍拍自己的胸膛，说："你看，王小堂是铁打的，下雪也冷不坏！"

王景林道："你别逞强，好汉没病是一条龙，老虎都打得几个，病起来就是一条虫，难医的啊！"

王小堂哈哈笑："我不会病。"

周麦生迎面碰上张龙，他正在吭哧吭哧地搬一块挡在路中央的大石头。周麦生走上去，一弯腰，抓住石块的一角，"嗨"的一声顺势一掀，就把这块拦路石翻到了路边。

张龙由于精力集中，并没有注意到有人前来助阵，当他拍拍手，抬起头来时，才发现周麦生满脸含笑地望着自己，便说："啊，周工，你一来就帮了我的大忙。我想大石头怎么变得像小石头一样轻巧了。"

"是你力气大嘛。"周麦生拍了下张龙宽厚的肩膀，关切地说，"瞧你，浑身都是泥土，快去换件衣服，不可冻坏了。"

周麦生又过了不远，看见郭立杰和徐智宏，在竞赛似的，挑着装满尖尖黄土的大荆筐走着。

郭立杰走在前头，兴奋地说："加油干吧，等水平梯田修好了，再栽上五十多个新品种果树，你看咱前南峪那个美劲！"

"是呀！"徐智宏充满激情地说，"到那时候，满坡都是红艳艳的大樱桃，前南峪一下子就变成了旅游大景区。"

郭立杰被徐智宏的激情描绘，深深地感动了，在他的眼前，好像出现了这样一幅诗意盎然的美景。他喜不自禁地说："太好啦！智宏快成诗人了……"

"嗨！就是诗人也写不出这么好的景来！"

两人越谈越兴奋，忽然，郭立杰不知为什么，脚板一滑，摔了一跤。郭双群连忙从沟里跳起来，扶起郭立杰，问道："没压着吧？"

郭立杰道："坏啦。"

郭双群心急问："什么坏啦？"

郭立杰指指身边的大荆筐："挑得太重，扁担断了。"

郭双群捏捏他的大脑袋，笑着说："嘿，我以为腰骨跌断啦，别挑那么重。"

徐智宏很神气地捶捶自己的腰骨，大声说："这腰骨不是麻骨的，打也打不断。"

徐智宏那一股子要强的神气，逗得许金泉和沉默地铲土的马少东，笑出声音来。周麦生也在发笑。

郭双群把一筐土装完，转过身来，仰起脸对着工地抽出毛巾擦汗。瞅见周麦生，便赶忙掖起手巾，满面春风地大声打着招呼说："周工，你放心检查吧，我们保证按你制定的方案高质量干好！"

郭双群这一声喊不打紧，登时惊动了工地所有干活的人，大家都仰起脸来，一齐把目光集中到周麦生身上，弄得周麦生一时好生发窘。他望着郭双群那张兴奋的、汗渍渍的脸，不好意思地回答说："咱们上下一心，打好这一仗！"

离开郭双群约莫几丈远，在工地的另一面，郭素平和张丽娟、马秋英、刘春棉等人一道，紧跟在铲车后面铲土挑筐。郭素平把本来挽起的黑布裤的裤脚再往上挽了两圈儿。她站在山风里，手持一把亮晶晶的铁锹，一步跃到前边，只大喊一声："干哪！"说时迟，那时快，郭素平的喊声还在齐人深的水平沟上空回荡，她走过的水平沟里已经铲出一片泥土。霎时间，风卷残云一般，只听得泥土被铁锹铲得"嚓嚓"响！

郭素平头不抬，腰不直，她的圆圆的柱子一般的腿，冷得透红，但她的动作很灵活，一种共产党人藐视困难的干劲，使她显得粗犷和灵活。她好像要跟张丽娟赛一赛，越干越猛。多年的劳动，像铁打的一样，练出了郭素平浑身的本领。在这广阔的山野里，她好像入水的鱼儿，尽情遨游。她好像展翅的雄鹰，勇往直前。

张丽娟是个麻利人，干粗重活儿决不让人。她裤管卷得高高，双腿站在山风里，丝毫也不畏惧寒冷。她有时用着挑战的口气，催促郭素平："快！"她的前面，身娇力弱的刘春棉，在热气冲天的人群里，她也劳动得很卖力。她的娇嫩脸儿也冻得通红，花衣裳也弄得很脏，都没心思顾了。

周麦生被她们那种不避严寒、奋不顾身的姿态，生龙活虎的活跃姿态，蓬蓬勃勃的热烈姿态所感动。

郭成志从旁边走过来一拍周麦生的肩膀说："周工，放心吧，前南峪人就是这个脾气，只要是思想通了，你不让他照着你那道道干，他都不答应。"

前南峪的兵马开到建滩沟已经两三天了。他们挥动着钢锹、镢头，修建出一道道又平整、又壮观的水平梯田，好像一条条缠绕在大山上的黄色的绸带，给正在歌唱的姑娘们，抹上了一片新的色彩……

水平梯田的进展已经十分顺利了，可那"有机果"的事情又开始出来揪郭成志的心。请教归请教，等真的自己要做起来了，郭成志的心里还是有点扑腾：他要的是让周麦生把话说得有百分之百的把握，还要怎样一步一步去做才能把那把握夯实。

这天，当前南峪村民们扛着钢锹、镢头，挑着荆筐，顺着新修的水平梯田就要进入工地时，广漠的云海正在稳稳托出一轮红日。那红日好像是炉火纯青的大熔炉里喷出的一个大火球，红艳艳溅着金花，暖烘烘散着温热。

马上就要栽樱桃了，周麦生引进的各种樱桃树都到齐了，正派专人在温度合适的地方当宝贝一样地照看着呢。

从远处山口吹来的阵阵春风，越过一条条林带和水渠，变得温和、湿润，轻轻地抚摸着他们的面颊和衣衫。

郭成志找到周麦生时，他正站在潮湿的泥土上，眼神一眨不眨地盯在水平梯田修建"战场"，就说："周工，还不放心呀？看来，你是不相信俺们前南峪人啊。"

周麦生一怔，连忙笑着说："哪敢哪，你成志书记领导的前南峪人，我还能不放心？"

郭成志用手指了指眼前的一段水平梯田，刚要说你不敢，你那眼珠子跟锥子一样，恨不得扎在水平梯田上，那是干啥？没等说出口觉得这样说不合适，会伤了周麦生一片烫人的责任心，就用手轻轻地碰了周麦生的热手一下，说："周工，俺再请教你一个事儿。"

周麦生拍了一下手，就随着郭成志和郭天林、郭双群来到半山腰的泽后亭。这是一座凉亭，屋顶是用琉璃瓦盖成的，在阳光的照射下放出耀眼的金光。屋顶有六个角，每个角都各有一条龙，每条龙的嘴里都含着一个小铃铛。微风吹过，便响起一阵阵清脆的铃声。

他们坐下后，就热烈地讨论起他们的有机果预埋底肥的计划。开始时照例是没有中心的，你一言我一语，思想活跃，情绪急躁，各种杂乱的高朗的音响，就像没有调子的大合唱，谁发言，发给谁听，也不知道，总之是一股热烈的声音。

一进入正题，郭成志用含笑的眼睛望着周麦生，说："我听小堂说，那高山顶上羊圈里的老羊粪是在山西和顺县马连曲村的东山顶上，离前南峪大约一百多里路，一个来回就是二百多里。周工，你知道马连曲的东山顶上有多高吗？"

周麦生不假思索地说："多高？"

郭成志说："两千米呢！"

周麦生瞪大眼睛，吃惊地说："多高，两千米？！"

"周工，你知道这两千米那是几里路？整整四里路。这四里路可不是躺在地上平铺在地上的，是竖起来的，虽然有点坡儿也跟爬梯子差不多。"郭天林的声音特别响亮，跟平时那种平静的低沉的语气，截然不同。说着，他站起来，指着面前壁立的大山，"比那座大山还高一千米呢。"

众人都站起来，抬头看那座大山，简直高耸到天上去了，从脚到顶，全是苍黑的岩石。有些地方，非常突出，好像就要崩下一样；有些地方，又凹了进去，如同里面有很深的岩洞似的。岩石上下的缝隙里，到处长着枝丫弯曲的野生杂木，看来极像巨人身上长的粗毛一样，再涂上一层苍茫的暮色，抹起向晚的阴影，就更加显得吓人了。

"哎哟，要上比那还高的山上去背老羊粪，太危险了！"众人都惊魂未定地坐回原处，七嘴八舌地说开了。

"从那么高的山上往下背老羊粪，万一出点风险，别说摔个半死，就摔伤摔个半拐不拐的咱咋跟人家家里人交代？不要你成志赔人也得要周工赔人。不沾不沾，那马连曲村的两千米高的东山咱们就此否了吧？"

"那路途也太远效率太低，怕赶不上建滩沟这边用耽误了进度。退一步说，就是去，也要多挑些精兵强将，以年轻的、腿脚利索的为主，千万不要超过五十岁。"

郭成志觉得有人支持他，心里很兴奋，看着周麦生说："周工，你不是说越高越好嘛，山越高太阳光就越充足，晒给那温羊粪的热度就越大，发酵起来就越好越成熟。我问你周工，就非得用那么高的山上的老羊粪当底肥才能营养咱们那有机果？矮一点的山上沾不沾？"

周麦生懂得土壤与有机果树的特性，很坚决地说："你说那马连曲村的东山顶上的老羊粪，我乍一听太兴奋了，我要得就是这个，那对于果树的发育真的是再好不过了！真想在咱那高科技果园里三万多棵果树都用那种老羊粪做底肥。可是不沾呀，成志书记，我考虑的跟你考虑的是一模一样，咱们首先考虑必须是人！这是第一位的。光老羊粪好不行，得人安全。可有一宗，山西那边的矮一点的山，比如千米左右的山顶上的老羊粪咱还是得要，在山顶上也挺得阳光，发酵得也不能说不成熟，也是上好的底肥有机肥，咱不能不要。"

郭成志又说："周工，非得到山西那么远才行吗？咱们河北的不行吗，像水门的在半山腰建的羊圈不沾吗？"

周麦生说："我听说近处的河北太行的羊圈，最高建在不太陡峭的半山腰，没有建在山顶的羊圈，那羊粪得阳光肯定要差，发酵不能说都不成熟，但比山顶上的差，应该说差得远。咱们用起来不能说不行，因为咱们用量太大了，九百多亩地三万多棵果树的底肥，每棵得下百多斤，那该是多大的用量？好的没有了，稍差一点的也能用。成志书记，这就是我的意见。最后怎么拉，用什么圈里的羊粪，还请你来定夺！"

主持会议的郭成志听完周麦生的一席话，出了一身汗。他面临着命运之路上的关键时刻。如果像周麦生讲的那样，用上山西高山顶的老羊粪，这在今后前南峪村第二次创业的发展道路上，肯定会发挥积极的推动作用。从这点出发，郭成志恨不得一口气把山西高山顶上的老羊粪全部拉到前南峪村。但客观条件不允许。长远的利益和眼前的困难在他心里尖锐地矛盾着。想到这里，于是他只轻轻地答了一句"好了，我心里有底了"。就扭头告别周麦生他们，去找王小堂开会了。

六

郭成志朝前走着，他看着看着前面的山岗慢慢地大了，好像有一大群人从山顶上往下背老羊粪。他又看那山岗上的道路慢慢地变小了，小的像一条银线那么细。他猛然想起去山西背老羊粪的那二十五个人。他步伐沉重地来到热火朝天的建滩沟工地，立刻被沸腾的劳动场面吸引住了。一台大铲车开进了水平沟围山转，大铁铲伸进板栗树的根部挖树铲土。大铁铲挖开了树根底部，村民们就一拥而上，在大铲车的隆隆巨响里，锹飞人喊，如同暴风雨扑落在咆哮的浆水河的浪波之中，混成一片。

王小堂他们这组，在王小堂的具体指挥下，这伙有力气的庄稼人刚挖下多半棵板栗树，旁边那个组的村民已经全部挖掉，立刻到这儿，帮他们一起挖。接着，王小堂一声口令，他们又跟协助的村民一起，奔到另一个工地。

这儿正拔一棵大板栗树，郭文刚和张晓奎正在这儿指挥。一伙村民在树下往深处挖，另外有一伙人，抻着一条拴在板栗树上的大绳。王小堂把他们组安排在拉大绳的行列里。

　　本来郭成志想先找王小堂和张云，后来一想，把那二十五个人都叫上，这个会一起开，每个人把精神都消化了，再做起来他更放心些，就临时改变主意，走到王小堂跟前。

　　王小堂停住手里的铁锹，说："我估计你得下午过来呢，提前啦？"

　　郭成志一边在土堆旁找脚窝，一边回答说："我觉着这就来晚了。"郭成志站稳之后，接着问，"小堂，明天去山西的人开了会没有？"

　　王小堂抽下腰带上的毛巾，一面擦着满脸的热汗，一面坦然地说："还没有，是想着下午把人都集中起来开个会，连那十个拖拉机手也叫上，一起听听，让他们也明白明白，有好处呢。"

　　郭成志说："是啊，人人都听听是有好处。我想就现在立马在建滩沟坪上给二十五个去山西背老羊粪的人开个会。那十个拖拉机手等下午再个别传达吧。咋说，小堂？"

　　王小堂在郭成志的脸上盯了一眼，带着挺大的抱怨情绪说："成志书记，有啥新精神吗？这么急，像发烧似的，想起要开了，就让一镐掘出井来，那怎么行？就半天时间呢。"说罢，朝那热火朝天的工地上一颔首。

　　一切就绪了，郭文刚说声"预备"，张晓奎就带着喊起了"号子"：

　　"嗨哟——嗨呀！"

　　几十个人，像一部完整的机器一样，一开电钮，完全协调一致地、有节奏地动作起来。如同一间房子那么大的一棵板栗树，在张晓奎带领呼喊的号子里，在众人汇合成一股力量的牵拽之下，在稳稳地移动着，一节一节地移动着；最后，终于被人们把它从大树坑里拔出来。

　　郭成志听出了王小堂话里的意思也看到了他表示出的担心。——你书记看看人们手里的活儿干得正猛，冷不丁撤下二十五个精壮劳力，怕是要影响这二百多个人的情绪呢！就拍了一下他宽厚的肩膀，用一种既是解释，又是批评的口气对他说：

　　"小堂，不怕。现时这水平梯田做得顺利着呢，抽出二十多个人，不会有啥影响，可我对你们明天到山西高山上背粪人的安全问题，着实担心哩。早没个准备，临时能不抓瞎？有问题，给大家早点讲讲，事情就顺利了。俺想，咱这会儿早开半天是半天，好让这些人早消化咱们领导层的意图，给他们以足够的思想和其他准备时间。这二十五人，除张云外，下午一律放半天假，算上工。张云我想得换个人，工地上不能离开他。小堂，你觉得怎样？没意见马上召集人吧，都到建滩沟的坪上，咱们立马开会。记住，把张云也叫上。"

王小堂有一个特点，虽然倔强、火爆、任性，对上级领导却能无条件地服从；他认为上级是代表党的，一个党员不服从上级，那就不像党员样子了。可是，今天这个事儿，实在让他不好办，就皱眉头说："人好办，大家都憋足了劲儿想去山西高山上背粪，一吆喝就来了，这没二话可说。"说到这里，他随手把铁锨放到一边，拍了拍身上的土，张眼向四周望了一望，就朝工地走去。

大约不到五分钟，二十五个人齐刷刷地立在山坪上。会议开得很紧凑，气氛也很热烈。先由脸孔晒得又红又黑的前南峪村党委副书记王小堂，淌着汗，用着高亢的声调，宣布开会。接着，党委第一书记郭成志讲话。

郭成志站在土台上，他满腔热情地结合本村的实际情况讲道：

"同志们，为了全面实施'二次创业'，尽快把我们村建成生态观光旅游大景区，经村委会研究，临时选拔出你们今天这支精明强干的青壮年队伍，明天就到山西高山上去背老羊粪，你们的任务很重，每天要来回二百多里，拉回六百吨老羊粪。并且时间很紧，要在二十多天完成。困难当然也就很大。但困难算什么？困难是纸老虎，一捅就破。只要你们在党委副书记王小堂同志的带领下，上下一心，排除万难，就没有过不去的火焰山！……"

郭成志像往常一样声音洪亮，滔滔不绝。这些年，他练就了一个演说家的风度，深信自己每句话，每个手势，甚至头部的转动和眼睛的张合都能被人理解，都能激起听众反响。加上他那特有的表达方式，非常政治化和通俗浅近的比喻，他的讲话确实感动人。

现在郭成志也是这么自信地讲着，说明着前南峪村"二次创业"的意义十分重大，说明着青壮年村民到山西高山上拉羊粪的任务十分艰巨而光荣。接着话锋一转，提出一个重要的实际问题："安全"。他说：

"我今天要讲的主要是安全问题。首先你们每个人，到山西的山上，首要的和必须的要留心脚下的安全，把你的精力全部集中到你那脚跟底下。一开始，不要过快。指标是要有个要求，也要求每台拖拉机都能做到。但是小堂你要听明白喽，这速度要服从于安全，如果你安全做不到，我看咱们宁可把速度降下来，调整指标，也要保障咱们人的安全！"

土台下有一个人大声鼓掌，就在张龙旁边，看不清那是谁。台上台下立刻响起热烈的掌声。

郭成志接着果断地说："大家都要注意，为了这个安全问题，经我和二次创业的总负责人周麦生同志研究决定，取消明天的登马连曲村两千米东山顶背或者挑羊粪的决定。原因就是一个，那山太高，一趟上下就得一个小时才到路上的拖拉机旁，这几趟下来累得人们脚底下就没根了，脚底下一没根还能做到安全吗？……"

郭成志的话还没说完，人高马大、一身雄气的王小堂就噌地挺直了硬邦邦的腰板，说：

"成志书记，我有点儿小意见，咱们前南峪人就那么熊？连那两千米的山都不敢碰了？"

还没等郭成志开口讲话，台下的人群中有人挥着粗壮的胳膊喊道："我们前南峪人是钢打铁铸的，别说上两千米高山，就是再高的大山也敢上！"

台下的人们一齐挥着山林般的胳膊，跟着大喊，"对，再高的山也敢上！我们前南峪人就是战天斗地闯出来的！"

王小堂连忙伸开两只粗大的手掌往下压，等群众的激情渐渐平静了之后，接着说："我再问书记一句，那马连曲村高山顶羊圈的肥，是不是下到咱们的果树下，是最好的有机底肥？如果是，我们为啥要放弃那好东西？"

郭成志回答："当然是最好的发酵最成熟的羊粪，我和周工都恨不得咱们的高科技果园里全部施这样的底肥。"

王小堂倔劲上来了，想今天我不管它三七二十一，郭成志今天我算是顶到底了，就一摇他那个大脑袋说："要是那样，我得向上级说明情况，不能取消明天的决定。明天一定要登马连曲村两千米东山顶背羊粪。"

台下骚动起来了。有人大声问：

"这是为什么？"

"怎么回事？"

……

王小堂说："我们现在就要有足够的思想准备。"

这下会场全乱了，台下群众大哗，纷纷站起身来。郭成志赶忙阻止王小堂："小堂，你怎么现在还没听明白我的话呢？我再告诉你一次，你可得给我听明白喽，就是为了两字'安全'。这次你可给我听明白了吧？也不许再装糊涂！"

王小堂对着一群叫喊得特别厉害的人镇定地说下去：

"有些情况同志们不完全清楚。我只想说明一点：为了种好咱高科技果园的有机果树，必须横下一条心，把山西高山顶上的老羊粪拉到咱前南峪！"

王小堂没想到反应会那么激烈，人们议论纷纷，从前台到最后一排，发出诧异、震惊、恼怒、不解的喧声，有人甚至互相争吵起来。

"那不是硬往危险上闯吗？"

"万一谁从高山上摔下来咋办？"

混乱中，只听见郭成志那火辣辣的大嗓门喊道："那仅仅是你个人的看法，王小堂同志。"

"是我个人的看法，但要我带队到山西拉羊粪，就只有这样！"王小堂强硬地回答。

郭成志一听王小堂说开了这话，心里头就有点纳闷，王小堂平时不是爱抬死杠的人呀？平时有个不同意见什么的，思想工作很好做呀，道理明白得比谁都快，今天这是怎么啦？

张云这时忽然站起来冲王小堂喊："你别只想自己不考虑大家。行不通！"

仿佛一声令下，有几个人立刻哄闹起来，冲王小堂直嚷。

这时，立在后排的村民忽然一齐大声喊起来：

"别嚷嚷，让小堂说话！"

"让小堂说下去！"

这些中年人浑厚、粗嘎的嗓门有较大威力，跟着他们镇场的越来越多，终于把喧嚣声压了下去。

郭成志把对王小堂不满的火气压了压，心平气和地说：

"小堂，把你那个道理讲完。我知道你是这次拉羊粪行动的总负责，考虑得兴许比我们周全，你还是咱前南峪唯一一个到山西的山上考察过的人。有什么话你就说吧。"

只见王小堂用手捋了一把宽阔黑红的大脸，仿佛要将刚才的不满全都捋去，也许又有将思路捋顺的意思，就直截了当地把自己的意见说了出来……

黄土高原，这个名词在中国的史籍中早已有之。在占全球陆地十分之一的黄土覆盖面积中，黄土高原是世界上最大的黄土堆积区，海拔在一千至两千米，一般黄土层的厚度超过一百米，我国包括山西、陕西、甘肃、青海、宁夏、河南、内蒙古七省（区）面积就达五十九万平方公里，其中山西省全部位于黄土高原地区；东起太行山脉，西至乌鞘岭，北连内蒙古高原，南抵秦岭。因为黄土具有垂直节理发育、孔隙性大和湿陷性等特点，所以遇水极易流失、滑塌和崩解。天长日久，这片广袤的黄土地已经被水流蚀割得沟壑纵横，支离破碎。

就在这大自然无数黄色的皱褶中，世世代代生活和繁衍着千千万万的人。无论沿着哪一条"皱纹"走进去，你都能碰见村落和人烟。村民们长年累月用牲口到沟道里驮水吃，一个往返二三十里，半月下来，驴掉了钉在蹄下的铁掌，人烂了新婚的布鞋。这还算好的。有些地方根本没有水源。如果说有，只在天上。人们总是在眼巴巴地望天的同时，在身边挖个窖。下雨了，就让那满地雨水一股一股地流进窖里；下雪了，就把满地的积雪一筐筐地都倒进窖里。人，牲口，全年就饮用这窖水。

一个星期前，王小堂已经走过一个这样的"死角"村子了。他不是专门来这些地方解决问题的，而是前南峪村临时决定他到马连曲村东山顶和周边千米上下的山实地考察。

那天，当王小堂来到这个村子的时候，村民们几乎都跑出来站在远处观望他，就像来了一个外星人。现在，太阳刚刚从东山上升起，王小堂独自走在一条山间小路上。望天，云彩是晒干了的手帕；望地，山峁是烤煳了的面包。一步步走向前，一步步踢起的都是滚滚的黄尘。他那褐色的长方脸，晒得更黑了。满下巴的短胡子碴，长得更长了。头上的旧草帽，破了边缘。身上的旧衣服，褪了颜色。他一路走着，不住地东瞧西看。

原来山西的大山不少都是坚硬的岩石构成的，山上泥土少，岩石大都裸露在外，而多数的山有比较厚的土层覆盖。太阳越升越高，马连曲的东山里蒸腾的热气越来越闷人。王小堂全身汗湿，他解开胸前的纽扣，露出黑红色的胸膛，摘下头上的草帽当扇子扇着，噔噔噔，一口气攀上了半山上，抬眼一看，有一位须发特别白亮，肉色特别黑红的老羊倌，穿一件粗布衣服，挥动着铁锹，正在修路。

王小堂大声喊道："老人家辛苦啊！"

老羊倌回过头来，手搭凉棚眯着眼一看，认出了来人，首先笑着大声说："哈哈，看你呀！两脚泥巴一身土，你才辛苦呐！"

接着，老羊倌问过王小堂的姓名和来意之后，就对他说："通到山脚下的山路挺多也不难走。十多个年头了，我自个儿连铲带平又经常修补的不太宽也不太窄的那条路，大伙儿凡是上山走过的都举大拇指称道俺的好处。我这十多个年头，除去赶羊到中山去放，再到傍晚把羊从中山往圈里赶。"

王小堂问："你为啥到中山放那羊？"

老羊倌说："那中山草厚哇，还有密密的柞木林，密得风雨不透，雨下来不是还能到那里去避雨？"老羊倌滔滔不绝地说，"除去这一放一赶，咱就是修路，修通上山到下山的那条路。有时被雨冲断了被人破坏了被牲口踩得不甚平整了，咱半时都不敢耽误，无论多难多累，咱都得把它修好。咱这是为自个修的，也是为乡亲们修的。"

王小堂点了点头，佩服这老人想得远想得深。

老羊倌一边说，一边领着王小堂到山上看山顶的羊圈。羊倌的锹镐都在那摆着，十多个年头了，让他使的和磨的短了一少半，原来锈乎乎的，硬是让那石呀砂呀磨得锃亮倍儿快。

老羊倌说："咱马连曲的东山在这一带算个大山，光大山头就有三个，中小山头也有那么十几个，那圈里的羊粪都有半米多厚，肥着呢，你就背吧。王……你叫王什么来着，你是支书吧，你好大的个子，比俺高有多半个头，横是有二百斤重不少吧？真是好骨架呀！"

王小堂说："我叫小堂。请问你们这山上的羊粪卖多少钱一方？"

老羊倌摸着胡子说："价钱咋说来着？一方十块钱，不算贵吧？"

王小堂点点头，说："还行。"

老羊倌又兴奋起来，说："带上你的队伍，挑年轻一点的，一点问题没有，百十来斤一麻袋，到你们手里还算回事？俺修的那条路，就跟给你们河北前南峪人修的一样，你们可得了大济了。没有这条路可不沾。当初俺想背一箕子粪下山都不敢背。当初那山路你一脚踏空了，这个世界就没你那号喽！现时，你半眯着眼唱着歌都能走下山去。"

临近中午的时候，王小堂才走到那个叫石猴沟的小村子。山野和村庄几乎没有什么界限；村庄也是黄土的，人就住在黄土挖成的窑洞里边。吃过午饭，王小堂在当地向导的引领下，又去了关家峪、赵家沟等村的山。这些山大都在千米上下，路比较难走。最后，从圈马坪的山下来，已是傍晚时分，山峦上蒙起一片晚霞，林丛的阴影也开始扩大、加深……

"成志书记，这就是我考察马连曲山的结果。当然老羊倌的话也不能全信，据我考察，起码老人修的那条路的安全性可信。当然千米上下的山俺也考察了几条，比如青家寨、圈马坪的山。山是不太高，路和人家马连曲村老羊倌修的是有差距。不是还有个山不太高的好处吗？一个是山高但路好走，另几个是山不高可路不如人家山高的好走，平均起来这两者差不离。"

会场静静的，四周围沉浸在一片难耐的寂静之中。高高的晴空，阔阔的山野，森森的树林，远远的山路，都是淡而有味的。在这样寂静的地方，真是连三两个落叶的声音都可以听得出呢。大家屏声静气地望着王小堂，他忽然觉得眼眶潮湿了，两行热辣辣的泪珠，从倔强的脸颊上，沿着一条条的皱纹，涌流出来。

"成志书记，你给咱评判评判，是抛弃马连曲那高山顶上的羊粪不背呢，还是要高山和中低山的羊粪一齐背呢？你决定吧。反正你指哪儿咱们就打哪儿，这个，咱没的说。"

郭成志听到半截，额角上冒出的汗珠，从他的脸颊上，一滴一滴，滴到那已经洗得发白的衣襟上，直到汗珠把衣襟都浸湿了，才在心里说出一句话来："怪不得你在一条一条地否定我，原来是这样！"只觉脑子晕晕地旋转，就知道自己犯了官僚主义，他恨自己，当王小堂主张到马连曲那高山顶上背老羊粪，沸腾着满腔的激情的时候，你为什么要对王小堂冷若冰霜？为什么要把众人难以接受的错误决定强加于王小堂？为什么光凭自己听别人介绍过马连曲的山高两千米以上，想山高必然路险，就武断地否定了去马连曲背羊粪的主张，当时的否定也并不全错，是为了保证乡亲们的安全嘛，可没仔细听王小堂说道说道究竟路怎样？啊，是因为……官僚主义！他误解了一个不该误解的人，一个始终如一为了发展生态观光旅游园区的人！亏是王小堂今天上来这个倔脾气，否则俺可是犯了大错！

想到这里，王小堂的话音刚落，郭成志就说："今天这个事儿，是俺犯了官僚主义。没听亲自去山西的山里调查情况人汇报，就先做出了决定。俺现在就宣布取消这个决定，背粪拉粪的人今后一切听王小堂的指挥。"

会场沸腾了，像大河里的浪涛在翻滚，发出哗哗的赞许声。一些村民两臂大开大合地鼓掌。

准备散会了。只是那"散"字还没有说出口，郭成志忽然又想起一件事儿，说了声："别的人可以回家休息了，注意把自己的工具拿好擦好，准备明天到山西用。小堂和张云留下，我找你们俩商量点事儿。"

他要找俩人商量的事儿，就是上山的人中要留下张云。既然张云是村里水平梯田围山转工程的负责人，又是在实施动员会上正式宣布的，哪能随便离开？就问王小堂："你的意见呢？"

王小堂看郭成志一眼，立刻接上话茬："我的意见张云也不能离开工地，他自己非要去，说是怕到山西的高山有什么风险咱们俩好商量。我一看工程进展得挺顺利就答应了他。现在想想这个答应是错误的。工程的'主帅'离开了位置，能不错吗？"

郭成志又冲王小堂问："这二十五个人中有没有张云的数？"

王小堂说："有。"

郭成志说："有不沾得换人顶上。"

王小堂思索着说："我听说郭老三自告奋勇。"

郭成志嘬着牙花子，两手往后一背，挺着胸脯，眼睛望着蓝天，想了一下说：

"老三这个人平时干活没见过偷懒耍奸，也服从命令听指挥，只一样，就是岁数稍大了一点。哎，小堂，你去问问他是不是想去山上背粪？如若说乐意去，证明你听到的传话不假。咱们再把得吃苦向他讲明，如若还乐意去，就算上他一个。"

太阳当空，天气有些热了。打中歇的时候，王小堂想找找郭老三，早点把村委会的安排告诉他，就跟大伙说了一声，独自往村里走。

他把脱下来的衣服挎在胳膊肘上，赤裸的胸膛，直挺着，闪着光泽，像一段经过油漆的梨木。前几个月的辛苦操劳，曾经使这个年轻气壮的汉子很明显地消瘦下去；开展"二次创业"之后，一切随心如愿，不仅恢复了体质，好像比过去更壮实了。这几天，媳妇见他常常熬夜开会，又出现翻来覆去不能很快入眠的毛病，就一再警告他别把身子搞垮，劝他把心放宽，干活、想事都不要用过了力气。王小堂对自己的体质是十分自信的。三十出头了，他还没有进过医院的大门，没有花过一分买药的钱。偶尔头疼脑热，他有个专治的妙方，就是多喝开水、猛干活；出一身大汗，睡一夜好觉，立刻就身强力壮、精神焕发。如今美好的希望鼓动着他，沉重的担子压在肩上，他的心，怎么能够轻松一下呢？

他一边往前走，一边盘算：当郭成志决定换人顶上张云，他一拍脑袋，在心里说，换谁呢？年轻力壮的、腿脚利索的还得稳当又不惜力，四十五岁以下几乎都各有岗位了，这可是不好找了。思索了片刻，有一个人突然在他眼前晃悠起来。这个人身体不错，还算得上腿脚利索，干起活来也稳当，平时又不惜力，但有一样，就是年龄稍大了一点儿，已经五十一岁，刚刚出了一岁的头，不算太多，看上去像四十五六岁。若有人说他年龄超过了五十岁，大多数人都会说不像。听说要到山西的高山上往下背老羊粪，还真有些跃跃欲试的劲头，有点儿想去的意思就是没敢提出来。怕领导问他你多大岁数了？若是说出来，估计得挨一顿训：你到我这儿起什么哄？如若隐瞒几岁吧，自觉得领导可能也相信，但禁不住细追问呀，别说有人"揭发"，就是妇女们一拉起闲话说谁谁谁都五十出头了，还装成四十五六岁呢，糊弄鬼去吧！那可就砸了锅。算了吧，谁让咱早生了几年呢！这个人和一个不错的人拉闲话时，一不小心把自己的想法泄露出来，早就传到了王小堂的耳朵里，他没太在意，大概是觉得人员已经齐了，还能轮到你——郭老三。这张云一不能去，还真能轮到了郭老三的头上……

短墙那边"哗啦"一声响，出现一个五十岁刚出头、长得像石碌碡似的中年人。他一纵身跨上墙头，一旋腿又跳了过来。

王小堂收住步说："老三，我正要找你。"

郭老三用胳膊腕子擦了擦脑门上的汗水说："我知道了，成志书记有指示，派我参加青壮年背羊粪队伍，咱钢得使在刀刃子上，对吧？"

王小堂笑笑说："王云回来就告诉你了？你怎么个看法？"

郭老三说："我的看法你还猜不到？搞二次创业，建设生态观光旅游大景区这是喜事儿呀！领导怎么指示咱们就怎么干呗！"

王小堂听到郭老三这句可心的话，不由得点点头，说：

"老三，那你下午在家里做些准备，明天早晨按照咱们的出发时间，一起集合出发。"

七

第二天凌晨，还不到日出的时候，天刚有些蒙蒙亮，可是，空气里却已弥漫着破晓时的寒气，草上也已掩盖了灰色的露水，早起的云雀在那半明半暗的空中高展着歌喉。在东方，太行山坳映着吐露青铜色的天边，显示出它的黑影；耀眼的太白星正悬在这山冈的顶上，好像是一颗从这黑暗山坳里飞出来的灵魂。

十台大拖拉机，碾着村街上皎洁的月光，迎着凛冽的但并不刺骨的早春冻脸的山间小风，载着二十五名威风八面的前南峪的英武斗士，朝着通往山西的大道，奔驰而去。

坐在拖拉机上的村民在高声说笑。徐智宏穿着棉袄，肩膀上靠着铁锹，问坐在他对面的郭老三："你老人家怎么也来了？"

郭老三扬起了粗黑的眉毛，反问他："你说我老是不是？我跟大山做了一辈子死对头，想改山也想了多少年，我怎么不来？你没通知我，我还怪你呢！哈哈！你看这——"他把胸膛拍得嗵嗵响，表示自己力气足。

徐智宏说："老三叔跟力维都参加了突击队，你一家父子两代全上阵啦！"

郭老三乐呵呵地说："你不是要我多当参谋吗？怎么参，怎么谋？今天'开工大吉'第一炮，我来给大家鼓鼓劲，参谋参谋呀！"

徐智宏连忙笑着说："说得对，做得好，太好了！"

此时路上车辆和行人稀少，大拖拉机可着劲地奔突，轰轰的机声一直响到邻省的一个山村的东山脚下，只离和顺县马连曲村不到一里路的乡镇公路上，才戛然停下。

齐臀的大棉衣里裹着那个卖山顶羊粪的羊倌，大约对于河北前南峪人的准时守信，使他守在山间冷风中的自信得到了满足，所以老人的一双眼中几乎欢喜得溅出了点点泪花，忙过来和已经跳下车的王小堂握手，然后便引领着后边的一队荷镐持锨挑筐的精壮兵马，英勇地向那条山间小路拔腿而上。

这时东方开始发白，月亮消失了光辉，整个天空逐渐变成玫瑰色。当村民们来到东山的脚下，仰望它耸天的巍峨时，都会清清楚楚地觉出自己小得如它脚下的一块卵石。天空像一块窄窄的铅板，严严实实盖在它两壁的顶上。那正在合拢的两壁就像巨鸟扑翼，仿佛要遮盖整个世界，把人像小鸡一样抓了起来，悬挂在宇宙间。脚下一片深渊，无可攀扶，无可呼救……

村民们惊恐地走过它窄窄的峡谷，冷风呼呼地作响。大约三十多分钟后，这支只是有微许气喘、汗水涔涔的兵马到达了东山最西边的一个山头。他们已经看见东山顶上的老羊粪在阳光下闪烁着幽幽的微光。仔细一瞧，满山顶都是最好的发酵最成熟的老羊粪。这不就是前南峪人昼思夜想的高山顶上的老羊粪吗？

多么令人兴奋啊！赵宪文和郭力维一边向前跑，一边高扬着棉帽，向他们身后的熙熙攘攘的人群呼喊着："老羊粪！老羊粪！"

整个山顶上的青壮年顿时都沸腾起来了。人们一边加紧脱下外边的棉袄，有的摘下了还冒着热气的棉帽，迅速地执镐和持锨，在老羊倌的指引下，朝那半米厚的老羊粪下了手；一边兴奋地喊叫着，张望着前边的老羊粪。

徐智宏和郭老三已经撅着屁股，开始拿锨镐在山顶中间挖上了。接着所有的青壮年都使出了最大的劲，一个个都咬牙切齿的，似乎不是拿镐头挖粪，而是用刺刀往死捅敌人！是啊，多大一山顶老羊粪！幽微微的看了真叫人高兴！

不多一会儿，一大堆大土丘一样的散落的羊粪堆便堆在羊圈外。一部分人便用锨往荆筐或麻袋里装。

按照预定的秩序，两人一车，先后陆续负重，或担双筐，或肩扛麻袋下山而去。

王小堂光着肩膀，扛着一百多斤老羊粪，在那弯弯曲曲的山径上，弯腰哈背，哼哧哼哧地向前移动着脚步。郭老三他们也都挑着沉重的荆筐，朝山下走着。汗水从他们的头顶流到眉毛上，又顺着通红的两腮滴到地上。他们上身大都只穿着一件汗背心，臂膀的肌肉隆起，在阳光下闪闪发光。

突击队员们都以最快的速度下山，以保证在既定时间，使每辆车装满六千斤的羊粪，奔赴返家的路程。

四天的背挑老羊粪，十分顺畅。

第五天，王小堂带领青壮年突击队依然从马连曲东山顶上往山下背挑老羊粪。这时正是响午，太阳像一团火，晒在高山上。王小堂扛着一百多斤的老羊粪，向着山下脚步艰难地迈着，又稳，又有劲儿。我们知道，王小堂是前南峪村党委副书记、农业党支部书记，也是这支队伍的灵魂人物，但他又是这群普通劳动者中的一员。他肩上的麻袋一点儿都不比其他人轻，甚至比所有人都重。他告诫自己：谁让你长得比旁人都高都壮呢？他那黑里透红的脸颊，不断地淌着黄豆般的热汗，他的衣服几乎给汗水浸透了。

突然山后一阵狂风呼啸，刮得漫天黄尘，整个的山川像沸腾了一样，冒出无边的黄气，整个的大山像煮沸在黄气里。

这阵狂风稍一停息，西北天上涌上了一片乌云。起始还仅仅是一朵朵一团团偷偷摸摸似的在出现，淡淡地在游走，小心地在舒展。那湛蓝色的天空也还是显得那样广大和开阔，比较起来，这些云朵也只如在一幅巨大缎面上织就的几朵小花，轻盈疏落地存在着。可是这些小花们竟像被看不见的弹棉弓弹动起来的新棉絮，它们一刻比一刻在涨大，向他们的头上直压下来，它飞驰倾压的速度，使人看了就要头晕欲倒，像整个的西北天塌下来一样，眼看就要把整个的大山压平，把所有的树木和突击队一起挤压成柴末肉饼。

村民们对着突然袭来的恶劣天气，都有些恐怖。

王小堂仰望着压下来的乌云，皱了皱眉头，叹息地自语道："大风沙就要来了！"

在村民们阴郁的目光下，他立即命令："注意！走稳脚步！"村民们十分紧张地动作起来。

此刻，王小堂肩上扛着一百多斤装着老羊粪的麻袋，一边在山路上稳稳地走着，一边时时地监护着郭老三的踽踽步履。昨天晚上郭成志来到他的家里，落下脚就说："小堂，我今天上午忘记叮嘱你一句话，想起来心里很不安，这不，刚撂下饭碗就跑来了。老三虽说年龄不算太大，也已经是超过五十的人了，凭着自己的勇气自告奋勇参加到高山上背粪的队伍，可毕竟年龄不饶人呀，那五十岁的人腿脚再利索也比不了三十多岁四十多岁的人哪！小堂，我要交给你一个重点保护老三的任务，这也是前南峪党委交给你的任务。你扛着麻袋下山时要寸步不离老三，他走在前边，你一定走在他后边，看到他有什么异常现象，绝对得让他停下，即使把他那一担羊粪扔了也不能让他遭什么危险。小堂，记住我的这句话，一点也不能含糊……"

呼啸的大风随着云头的下压来临了，好像塌下来的西北天把所有的空气一点不漏地驱赶着挤过来，狂风好像在拼命地反抗这种驱赶和挤压。它从苍凉的远处，席卷而来，浩荡而来，使明媚、爽朗、愉快的山野暂时变得一片黑暗。风扯着人的衣襟，摘着人的头巾，沙子射着人的眼睛。从村东南回家的人被风阻挠着，直不起腰；而从西北方回家的则被风推送着，站都站不住。河沟里树枝摇曳着，似乎要挣脱树干随风而去的样子；枝丫间，喜鹊辛辛苦苦筑起的巢，被风毫不费力地拆掉，那一根一根衔来的干枝枯草都纷纷飞去了。池坝里水面上盖了一层尘土，涟漪的河水和棉籽油一样混沌。风削着山梁，刮着沟洼，腾腾落落，直驰横卷，发出暴烈的狂吼，这吼声好像是在拼尽平生的所有力量要把西北天鼓破。世界上恐怕再没有任何声音比它再大了！暑天的霹雳，海洋里的惊涛骇浪，这一切如果和这里的声响比起来，只不过和折了一根小树枝、一声牛叫差不多，都会被这暴风的呼啸淹没得一点声没有。

突击队已经不能用语言来传达他们的决定和行动号令了，因为此刻说话的人就是把嘴像电话耳机一样紧贴在听话人的耳朵上，也不可能听见他说了些什么，甚至连声音也没有。

王小堂赶快来到郭老三身旁，一边肩扛着一百多斤的老羊粪，一边伸手死死地抓牢郭老三肩上的扁担。风沙打得人无法睁眼。他们的耳朵、鼻孔、嘴巴，全都像灌进了沙粒。稍不留神，就会随风跌进千尺深的谷底。同时，他也十分理解这点老羊粪来之不易，很珍爱它，无论如何是不能让它受损失的，于是他咬紧牙根，迎着逆风狠命地往山下走去。

狂风卷起的黄尘，扬得四处都是，空中几乎拥挤不下了，两人相隔三步的距离，这密尘就像一堵尘墙一样把两个人隔开，谁也看不到谁。它肆虐着，破坏着，炫耀着粗野。天、地、空、尘，成了无空间的一体，小山沟填平了，百年的老树折断了腰，人在山上甚至连几秒钟也立不住。在这里，人和飞尘的重量几乎是相等了！谁也不敢说可以凭着自己的重量，而不会和飞尘一样被大风刮跑。

风急，沙急，王小堂的心也就更急了。在焦急中，他一边死命地保护着郭老三，还一边张开冷得发颤的喉咙，喊道："乡亲们，一定要注意安全！"

但风沙太大了，谁也听不清他的声音，人们只能模模糊糊地看见他的手臂一挥一挥……

强风吹乱王小堂的头发，他的眼睛都睁不开；飞沙打在他的脸颊上，打在他的只穿了薄线内衣的腰背上，打得他隐隐作痛。同时，全身吹透了,他开始觉着寒冷。他只好闭上眼睛,咬着唇皮,拼命地朝前走,竭力忍受着沙打和风冷。

王小堂那种不避艰苦,因公忘私的姿态,似乎感动了村民们。突击队无时无刻不在和风沙搏斗。

郭老三冷得牙齿打战,同时看着风吹沙打的王小堂,禁不住替他难受。他稍稍愣了一会儿,又关照王小堂:"你也要注意安全,别管我!"

王小堂毅然咬着牙,一刻也不离开郭老三,牢牢抓着他肩上的扁担,继续前行。山路非常曲折。大小不等的青石块,高一块低一块地乱嵌在土里,晴天已经就凹凸不平,很容易使脚受伤;风沙天更是坎坷不平,时时有使人跌倒的危险。

狂风,黄尘,持续了一段时间,灰沉沉的天空,渐渐地晴明。

慢慢地,狂风隐去了,黄尘停息了。又慢慢地,一轮淡淡的灰色太阳,疲乏地挂在西天,好像它也被这狂风黄尘打击得筋疲力尽,夺去了它无限的热量。它对着大地也是冷冷淡淡的无精打采。整个的山林被寒冷的威严吓得寂静无声。只有天空剩下的黄尘碎末,像霜渣一般下落,它遮蔽着太阳的光芒。

在山西海拔两千米的高山上,或是在一千米左右的山上负重奔波中,五十多岁的郭老三,以非凡的坚毅,和全体英武的男子汉一样,将数万斤老羊粪从高山上负重而下,顺利地完成了任务,也因此赢得了众多男子汉的尊重。

在采访中,我被这次高山负重长达二十多天的壮举震撼了,继而想起在1942年抗日战争最艰苦的岁月中,一群英雄的抗大女学员,从前南峪村出发,越过无数道山梁,到山西背粮的故事。我想她们背负的绝不仅仅是几十斤粮食吧,她们背负着一支军队和民族的希望;在营养中国革命的宝贵食粮中,不也包括了她们以瘦弱的肩膀背过来的那点红高粱吗?

今天,英勇的前南峪人跃上两千米高山的背负,与当年英雄的抗大女学员到山西背粮,是一脉相承。一座不是名村的名村,以英雄的姿势站立,站成血肉丰碑,站成一支队伍的光荣。前南峪把一个民族不屈的头颅抬起,前南峪把祖国带向光明,前南峪随着国歌的音阶上长,长高的是中华强盛的信心。我知道,抗大精神已经在新时代跨越了,在大跨越中迈进了我们新时代的血液中。或者说,在一个铁硬的前南峪村中已经得到了实实在在的体现。

哦，我们前南峪的高科技果园，那果树上盛开的仅仅是繁花满枝吗？在繁花满枝中也有一种伟大的精神在闪耀着永不熄灭的光芒！

八

前南峪的村民在群众会上会下，议论纷纷：

"杜玉林和咱们两股劲。对人处事，钻心觅缝。这一阵子又搞什么假果树组，黑天白夜，四处撺弄，确实不能不防啊！……"

"是要防备，要不是他那个党委委员，果树组修剪果树能受影响吗？"

"他哪像个党员！"

说起杜玉林，会场里多半人都把话题转了过来。霎时充满了叹息、愤怒，以及关于杜玉林搞假果树组的追述。郭成志望着那些满是皱纹的激动的面孔，默默地想："是哩！正是因为这样，庄稼人才迫切要求走共同富裕的道路哩！"刹那间，他仿佛觉得自己的心，和村民们的心贴得更加紧了，对要走的道路信心也更加大了！郭成志根据这样的情形，做了一番仔细的思考，跟郭天林、王小堂交换了意见，又在党委会上汇报。党委经过研究，同意郭成志他们提出的建议：决定为了在思想上来个比较彻底的清理，召开一个有群众积极分子参加的党委扩大会议。

头一个晚上学习党章，第二个晚上学习中央关于农村深化改革的文件，第三天每个人要联系思想进行检查。为了能够做到认真和充分，他们又拿出半天时间，从吃过午饭会议就开始了。

天气是醉人的温暖。桃杏树正恣情开放，嫣红的桃花，浓妆淡抹，鲜艳夺目，杏花粉瓣红蕊，含娇带羞。花枝伸出墙头，真个是争妍斗美，千丽百俏，把半面村庄，装点成个锦花世界。

会场在高台阶的村委会办公室。二十多人，在桌子旁边围了一圈，两个床铺上也坐满了人，把个墙上贴满各种各样图表和挂满优胜锦旗的办公室，几乎要胀破。

因为大家都才吃过午饭，进屋后，男人们大都把巴掌长的叶子烟杆儿咬在嘴里，蛮有兴味地吸着。有了这批大大小小的"烟囱"，屋里烟雾弥漫。孙云芳躲在窗下，皱起两条清秀的眉毛，连连咳嗽，光景很是难过；

郭素平、郭双群冲着阳光，同看郭成志从县上带回来的那份深化农村改革的文件，不时抬手在脸边扇一扇，好像也不怎么习惯。在座的人都是很庄严的。不论党员或群众，都用党章和中央文件精神联系自己的实际，检查自己在哪些事情上认识不足和做得不够，诚恳地让大伙儿批评。

所有人中，唯有杜玉林例外。今天的会议对他来说，无疑是一记不及掩耳的迅雷，他简直无法思议事情怎么会这样发展，怎么会这样快地发展！交手不过短短的几天啊，他的全部防线就叫人家突破啦！杜玉林在会场上，他偏要坐在显眼的位置，一边慢慢吸烟，一边细想着什么。偶尔大睁眼睛，闪烁着灼灼的光波，俨然像个会议的主持者，点这个发言，催那个开口，替这个舀水，给那个递烟。他还常常把别人的发言插断，人家刚说个头，他马上给安个尾，光跑题儿，拉都拉不回来。

眼看一场联系思想进行检查的会议，叫杜玉林阴阳怪气地一吹，弄得毫无生色，而且一些人已经十分不痛快。

火辣的郭素平、郭双群、张贵云、郭天刚和孙云芳，知道杜玉林玩的什么把戏，你看我一眼，我看你一眼，气得肚子鼓鼓的。

王小堂、张红岐、袁明雪和王松，慢慢地抽着烟，猜测着会议发展趋势，都有几分担心。

记录的小学教师岳亮，故意停住笔，表示不满。

郭天林呢，今天有意不先发言，皱着眉头，强压怒火。

主持会场的党委第一书记郭成志，坐在杜玉林的对面。桌子上摆着笔记本和扭开笔帽的钢笔。他披着一件白布褂子，一只手搭在蹬在凳子上那条腿的膝盖上，一只手按着桌子边，好像随时都要抽身站起的样子。他那两只闪动着复杂神情的眼睛，紧盯着杜玉林的脸。他和郭素平他们不同，对杜玉林只有种深刻的厌恶，究竟为什么，又明确说不出来。总之，他讨厌杜玉林这个人，讨厌那溜光水滑的扯淡话，讨厌那不带一丝感情味道的干笑以及时常夸张打皱的眉头，故意显现的姿态。只要看到、听到，都极不舒服。好像一个人走路，偶然不注意，踏着了一只癞蛤蟆时的心情一样，只想快点远远离开。然而，郭成志是没法离开的，他到底还常要和杜玉林一道开会，一道工作。许多时候，郭成志也告诫自己，不该那样看待一个同志，特别是为了互相配合做好工作，不能老那么格格不入。但是，他毕竟是个直率而又热得像火炭般的党委书记，任理智很难管住自己的感情，他没法内外不统一。现在的情形就是这样，他掌握火候，等待时机，希望杜玉林能够有一点自觉，这样，就会增加大家帮助他的热情和信心，使他杜玉林受到教育，使大家得到提高，使党委会议取得预定的效果。

杜玉林早就断定要"挨整"，打定主意要滑过去：先泡，泡不过去，就顶。泡到快吃晚饭的时候，窗户上的阳光收走了，院子里变得阴凉了。杜玉林想：这半天算泡过去了！

郭成志放下蹬着凳子的脚，抻了抻肩上的小白褂，一只手按着本子，一只手拿起钢笔，随后开口点名了："玉林，现在该你发言！"

杜玉林估计会有这一手，就摆出一副忧郁不堪的神气，深深叹口气，嬉皮笑脸地说："这半天，我嘴没有闲着，讲得不少了。"

郭成志说："你的话不少，都是东一榔头西一棒槌地扯闲篇，没接触思想问题，不值半分钱。你要认真地清理清理自己的思想呀！"

杜玉林故意打个沉，说："思想嘛，前一段，我只顾忙着贯彻上级的指示，奔着抓工作，想得少。"狡猾无比的杜玉林，凭他特殊的敏感，一下就猜到郭成志心里起了怀疑，晓得不讲不行。可是要讲，要是按照郭成志的路数讲，那不是拆自己的阵脚吗？……不，如果仅仅是拆阵脚那就好了，充其量不再摆这个阵势也就罢了，可这是在拆自己的鬼脸壳呀！你刚才还在当众大讲共产党员要真心实意搞农村改革，现在却要打个滚，翻过来讲自己搞假果树组，这不等于向人家说你原先那套都是故意搞的鬼吗？平时都在人面前挽着圈圈套套的杜玉林，直到现在第一次懂得，原来搬起石头是可以砸住自己的脚的。然而，杜玉林到底不是简单的角色，他那副精明的脑壳，也总会给他想出办法来的。"最近呢，提高啦，对领导我服从，对同志们我团结，上边布置下来的任务积极完成。比如前几天我带着十几个人修村边那段让雨水冲坏的道儿，中午饭都没顾上回家吃……"

郭成志打断他的话："今天组织上要你检讨错误！"

杜玉林看郭成志一眼，抽两口烟，说："嗯！唉！错误嘛，人非圣贤，谁能无过呢？回想起来，前一段虽然辛辛苦苦，离着上级对我的要求，还差得很远。……我有时候，还有那么点官僚主义，总是忙啊，忙啊。还有都怪我平时不爱学习，政治水平很低……"

杜玉林很爱自我检讨，也很会自我检讨，差不多每次开党员大会，他都少不了来这样类似的几句，前南峪的党员却十分清楚。正是由于这点，许多人都觉得党委委员作风谦和，行事虚心。不过，对他的检讨与自我批评，也有点司空见惯了，平时不大注意。但是现刻却有点迷糊，怎么一开口就唉声叹气，究竟为了啥啦？

郭成志比在场的任何人都更感吃惊，也更加注意，很快就听出这空空洞洞的、故意夸大其词的自我责骂，气味很不正派，就大手一摆，高声说："杜玉林同志，这是党的会议，你要严肃点儿！"

杜玉林说："当然严肃，我这儿不是在猛检讨吗？"

郭成志说："不是一般浮皮潦草地检讨问题，应当向党、向群众认错！"

杜玉林好像吃一惊："什么？认错？我一天到晚为前南峪的人干工作，忙得连一件衣服都顾不上给家里洗，我还犯什么错啦？"

紧张的空气使人感到呼吸难于平静，郭素平和其他好些干部，真担心双方要大吵起来。正要开腔劝解时，郭天林没等杜玉林的话音落，"嗖"地站了起来，并且做出要说话的样子。

不少人心头为之一振。在这个时候，只有威信仅次于郭成志的郭天林出来讲话最合适。他大声吼着："杜玉林，你还敢不认错吗？告诉你，在场的人心里都有一本账！"由于激动，他的声音仍然有些发颤，"你是我们村党委委员，又是分包果树组的干部，照理，你应该热情支持农民搞好农村社会主义改革。可是，你……我得直说，你的观点，你的态度，你的主张，都是完全错误的。你方才讲的那些东西，不符合我们党的方针，跟广大农民的心离得太远太远。前南峪的村民们盼望搞好农村社会主义改革，盼望走共同富裕的道路，眼睛都快望穿啦！你还在那儿欺骗组织，损害集体！前一段，拉你，你不回头，拽你，你打坠儿，从明转到暗，越干越不像个党员的样子了。今天，我们还想给你一个自觉的机会，可是你在这样的会上故意捣乱，真把人气得没法忍！告诉你，今个要你彻底检讨，不论使啥手腕，都跑不了你！"

杜玉林怕郭成志，不过，亏他脑壳灵动，很快便找到了解救自己的办法，并且在心头冷笑开了。这会儿，他正找薄弱的缺口，瞄准了郭天林这个对象，想从"软泡"转入"硬抗"，吵得凶点，引诱郭天林说过火的话，好让郭成志出来和泥，趁机再混过去。他想到这儿，也照样"嗖"地跳了起来，龇牙瞪眼地冲着郭天林喊叫："郭天林，你要干什么？你们要扯伙整人是怎么？……"

郭天林说:"你说对啦,这回就是要整你!"

郭素平、郭双群一齐跳起来,同声喊:"对!对!"

张红岐说:"再不整你,还等啥时候呀?"

杜玉林对这几个人的吵嚷不仅不害怕,倒认为自己的"激将法"的计策成功了。他把眼光落到郭成志脸上,这才真吃一惊:郭成志对这些人是一副赞许的表情。杜玉林嘴壳子张不开,半天才使出他老练精到的插科打诨的招数:"你那个嘴巴,你那个脾气!天林同志啊!……嘿!我玉林算惹之不起!"又干笑又摇头,仿佛他遭受了什么既可笑又明显的冤屈。每当处于难堪境地的时候,他往往用此妙法逃遁。然而,此番遁术不灵。严肃的气氛,并没照往常那样化为一场哄笑。对手郭天林、郭素平、郭双群和张红岐,也没因其滑稽表演而减弱进攻锋芒,抓住这点又给了他一顿火辣辣的批评。旧手法固然可以一用再用,但老历史毕竟无法重演啊!

四张嘴巴短兵相接,碰得叮当作响,火花四溅。杜玉林本来就只有招架之功,毫无还手之力,又把眼光转到王小堂脸上,这会儿王小堂要出马制止众人的行动吧?

王小堂已经看出杜玉林的心思,立刻开口补充一句:"从杜玉林今天这副态度证明,咱们党委开这样一个会太应该啦!这样的思想要不整一整,我们党委成了啥啦?"

杜玉林见势不妙,想在列席的群众里边找同情人。可惜呀,这些人,一个个都对他杜玉林怒目而视,连最老实巴交的郭立光,都朝他瞪眼、撇嘴。到了这一步,杜玉林的锐气立刻大减。

郭成志站起身,朝大家打手势,说:"同志们,都坐下,咱们要摆事实、讲道理。党把我们这些人安排在村里带头人的位置上,就应该把自己当作一条拉车的老黄牛。大伙要瞅着松套了,就甩两鞭子;要瞅着道走歪斜了,就吆喝两声。咱们一起使出最大的劲儿来拉这个改革车,一直拉到共同富裕。咱们不光要搬石头,搬山头,还要搬掉整个错误观念,道儿长着呢!不提高自己的思想觉悟,能改革到底吗?今天,杜玉林要是不认错,不悔改,咱们决不罢休!"

杜玉林故意使劲儿一坐,把凳子压得直叫唤,同时有气无力地说:"我不怕,我不怕,没啥了不起的;我没错……"

郭天林马上就质问他:"一个共产党员,不一心一意搞农村改革,算不算错？"

杜玉林说："我怎么没一心一意搞农村改革呀？前南峪实行集体专业承包责任制，我作为党委委员分包果树组，还怎么着？"

郭天林又质问他："杜玉林，你不用装糊涂，你做了多少果树组的事，你自己知道。我对果树组调查过，不假，我们是不会平白无故冤枉人的。现在，你先坦白你分包果树组的事吧！你刚才说你自从分包了果树组，就一心一意搞农村改革了，事实是这样吗？你现在回答我，你分包那个果树组是真的还是假的？"

杜玉林大模大样坐在凳子上自鸣得意地说："当然是真的！我杜玉林总是说话算话的。我说我自从分包果树组，就一心一意搞农村改革。"他马上又补了一句，"就是没经验，搞得一般点儿。……"

郭天林心头气愤极了。他轻蔑地瞪着那张被烟雾包围着的柿饼脸，愤愤地想：你杜玉林的鬼八卦只管耍出来！我倒要看你如何收场！他转身对郭天刚说："天刚，你是他分包那个'组'的，你替他抖落抖落吧！"

郭天刚早就憋着劲儿，听到郭天林一点名，立刻就冲着杜玉林喊道："你别再骗人啦！你分包的那个果树组，一点真东西都没有……"

杜玉林朝郭天刚瞪眼珠子："你别胡说八道！"

郭天刚说："谁胡说八道？咱们几家人在一块儿干过一天活吗？"

杜玉林说："我们是灵活着干，分工合作。"他外表装出一副被冤枉了的可怜相。但实际上骨子里却很硬，是主动的进行攻击。没有工作经验的人，可能一下子被他的假象迷惑，可对于同村居住三四十年的党员干部和群众积极分子，谁不熟悉像狐狸一样狡猾的杜玉林哪！更不用说事前已经开过会，做了准备。因此，还没等杜玉林话落音，郭天林就插一句："噢，你们这样灵活——天刚跟他爸爸合作，你跟你媳妇合作？"

好几个青年被这句话逗得要笑，赶紧捂住嘴。

杜玉林说："我们有组员，有组长，反正我分包的是果树组。"

"杜玉林，你别空耍嘴皮子。"郭天刚气得满脸通红，愤愤不平地说，"我可以做证，你分包假果树组那会儿，就明明白白给我爸爸许了愿：光挂牌牌，实际各人干各人的。你说，有没有这件事？"

杜玉林仰头瞑目，假作回想的样子，然后向郭天刚反问："啊！唔，是不错，我是向你爸爸提过……可我现在忘记了，郭天刚，你帮我想想，那是哪一天来？"

郭天刚明确而肯定地回答说："你忘记了？我不相信你会忘记。就是你盖小房的那一天，我爸爸从你家大门口走过，你赶着拉我爸爸的衣服袖子……"

杜玉林说："啊！是哪一天呀，唔，嗯，是，对啦，就是我盖小房那一天，确实你爸爸糊涂，把我的话听错了……反正咱们是果树组，春天的时候……"他刚要说修剪果树，又发觉说错了地方，赶忙收住嘴。

郭天刚却揪住不放："你说春天的时候统一修剪果树了吗？党委号召统一修剪果树，你从村里开会回来，就停止搞假果树组的活动了，这话可不对，我看你从来也没停止活动。这不，那天上午你还到我家找我爸爸唠过雇人修剪果树的事儿。你当我爸爸说：你眼下不搞挂牌果树组了，怕党委说你唱对台戏，先雇人修剪果树。你拉我爸爸，还拉杨少锋。你明面上好像没活动，暗中在拖大家的后腿。你这不是搞假果树组是什么？你说说看。你这又是安的什么心？可前南峪村的干部群众哪一个不认识你，哪一个不知道你的用心呀！就是因为大家都熟悉你，才谁也没上你套儿。杜玉林，今天你要老实检讨。你说你没有搞假果树组，可你却偏偏在这个时候把我们找到一块儿，让我们各户雇人修剪果树。"

几个青年人喊起来了：

"党委委员不按党委的指示组织村民统一修剪果树，而去雇工做活，这叫什么果树组？"

"你这样做，能保证党委的指示贯彻到群众中去吗？能保证果树的修剪进度和质量吗？"

郭天刚接着说："张利群提出来雇不起人，你怎么说的？你说实在不行，就应付应付过去了。"

满屋子一阵哄笑后，一片质问声又包围了杜玉林：

"你说说，有这样专门骗人的果树组没有？"

"你说呀，你们干过果树组的事儿没有哇？"

郭天刚这番话，切中要害，揭了杜玉林的老底，使他一时张口结舌，无言答对。他想把这几笔账都赖掉，又怕办不到，急得脑门子直冒汗。但他梗着多肉的脖颈，低着头，想了一会儿，便突然神经质地把脸仰起，紧皱着眉头，厚嘴唇哆哆嗦嗦地开口朝郭成志质问说："郭书记，这会你是主持人，你们对我有意见，提问题，也得一个一个说，一个一个提呀……这样一窝蜂似的，还让不让我答复，让不让我说话呀？还讲不讲一点民主呀？"

郭成志又一次让大家坐好，他把脸转向杜玉林说："杜玉林，谁不让你讲话啦？又怎么不讲民主啦？大家揭发完了，你要彻底检讨。你不讲清楚不成！要知道，这是批评你，你搞假果树组的活动，事实俱在，你要认认真真接受批评。你表表态吧，你分包那个果树组，到底是真是假？"

杜玉林说："等到秋后，我们要好好整顿整顿……"

郭成志说："大家让你回答，是真是假！你要把这点说清楚。你真心是咋打算的？蒙混过不了关，群众眼睛是雪亮的。"

杜玉林低着头，太阳穴的青筋暴跳，他被逼不过，像一头犟牤牛，沉重地呼呼喘着气，只好说："不太真……瞧明年吧！"

郭成志说："你不清理今年的错误，就不可能有个好的明年。你能承认你分包那个果树组不太真，态度有了转变。可是停在这儿不行。"他严正地告诉杜玉林，"你得认识到，就是因为你挂个假果树组的牌子，才不能保证集体专业承包责任制落到实处，不能保证全村板栗管理的'五改一加强'，直接影响到板栗的稳产高产……"

他的话语像烧红的铁块那样往外迸溅，最后几句简直是用他生命的全部力量喊出来的。直震得杜玉林浑身麻木，天旋地转……

杜玉林像被针扎了似的叫喊起来："哎，哎，怎么把这些事儿扣到我头上？这是发展集体经济的大问题！"

郭成志高声说："杜玉林，告诉你，今个党委清理你的问题，是党委连着开了两次全体会决定的。你不要当儿戏！"

郭成志话刚落音，王小堂马上把小烟袋从嘴上拿下来，他一面向桌边磕打着烟袋锅里的烟灰，一面带着气愤的声音说："郭书记说得好。我赞成他的话。"他把褐色的脸膛转向了杜玉林，用小烟袋锅指点着，接下去说，"你杜玉林不愿意分包果树组，我们不勉强。可是你作为党委委员，为啥分包了果树组又要搞假果树组呢？直接影响全村集体经济的发展？你的用心，是想拖住干部群众的腿，不让大家搞果树组。可杜玉林，你的主意打错了。我们今天就是要彻底清理你的错误！"

郭素平禁不住大声说："杜玉林，你不彻底检讨，我们决不答应！"

这时，人们愤怒地一起嚷叫说："让杜玉林彻底检讨！"

杜玉林听到这里，抽了一口冷气，脑袋一扑棱，垂得更低了。身子微微有点发抖，大颗汗珠子从他的多纹的前额上沁出来，吧嗒吧嗒地滴落在地面上。他赶紧用褂子袖擦擦流到下巴上的汗水，打个愣，小声对郭成志说："我，我请会儿假，上趟茅房。"

郭成志一摆手："快去快回来！"

杜玉林一出屋，党员、群众就愤怒地议论起来了：

"不用白费时间了，他不会认错！"

"干脆讨论对他的处分！"

郭成志说："同志们，再耐心一点。咱们要按组织原则办事儿，对于犯错误的同志，我们党历来的方针是：惩前毖后，治病救人。只要他愿意检讨，我们能拉就不推，有一口气就得救。"

杜玉林转回来了，脸色苍白，两手打抖，进屋往椅子上一坐，黝黑的面孔突然变成一副哭泣的怪相，又可怕又丑陋，嘴唇拉得很长，嘴角往下撇，脸上所有的肌肉都绷紧了，哆嗦着，眉毛扬起来，脑门上皱出一条条深纹，豌豆般的大泪珠，连连从眼睛里滚出来。他两只手抱着头，胳膊肘支在桌子上，随着桌子吱呀的响动，竟"呜呜"地大哭起来！又耸肩膀，又捶脑壳，真是好不伤心！他边哭边说："我搞假果树组骗了组织，害了集体。这都是我的错……我承认错误，接受大家批评……我今后一定彻底改正，重新当一个好党员……咦……唔……"

大家让他这个突然大变闹愣了，因为多数人没有经历过这个样的阵势，一时都不知道应该怎么办。

郭成志一直没动声色，等杜玉林把话说得差不多了，就又提出问题："经过大家的批评，你能改变态度，愿意承认错误，不管多浅，我们都欢迎。你得进一步挖挖思想根子：为什么前一段不按党委的指示办，为什么还搞假果树组？彻底地向大家抖落抖落吧。"

杜玉林想了半天，回答说："因为我想出出风头。"

众人说这不是根了，还让他挖。

杜玉林两手一摊："我就检讨到这儿了。"

郭天林严正地告诉他："玉林同志，在发展农村集体经济，走社会主义改革道路这个原则问题上，我对你是有看法的。从根本上讲，你的思想根子的产生，是因为你没有看到农村社会主义改革的目的是引导广大农民摆脱贫困，实现共同富裕。而要深化农村改革，就必须按照中央一号文件精神，因地制宜，在前南峪实行集体专业承包责任制，极大地调动广大农民的生产积极性，极大地解放农村的生产力。而你作为党委委员，不但不积极按照党委的指示，认真落实集体专业承包责任制，反而搞什么假果树组，既欺骗了组织，又损害了集体，如果全都像这样，不就把集体拆散了吗？"说到这里，他稍微停顿了一下，又继续说，"今天，你害羞，我替你脱裤子——你的病根就一条：对农村深化改革认识不到位！"

杜玉林像被烫了一下："哎哟，天林，让你这一说，我不就是影响农村改革啦！"

记录的岳亮开口了："玉林同志，你要敢于承认这条根子！"

杜玉林听了，眨巴着眼睛看着岳亮，连连弯腰低头，装作一副表示诚恳接受的样子，嘴里不停唯唯诺诺地说："算了，算了。反正我过去错了，从今以后，重打锣鼓另开张吧。"

其实，他嘴里说的是一回事，心里想的却是另外一回事。这正是俗话说的："任你说破了嘴，也说不破他心里的鬼！"要想让杜玉林放弃他那一套做法，可能还不到时候，就在此时此刻，他实际上也还没有服输。

……

这会开到掌灯时分才结束，但参加会的大多数党员和群众积极分子并未散，人们在继续谈着杜玉林搞假果树组的事。党委扩大会像点燃了一把火，在人们的心上挂起一盏红灯，把大家的眼睛照亮了，热血沸腾，心窍开了，明了……

当郭天林见杜玉林耷拉着脑袋，跟在几个列席的群众后边走出村委会大门时，就哼一声，对郭成志说："怎么样？你看杜玉林是真心检讨那些问题了吗？"

"也可能是真的，他看出来：就是他不干，咱也决心干了。他不和咱党组织站在一起，也不行啊！"郭成志沉思地说，"但最要紧的，还得看他今后的实际行动！"

九

郭成志这天晚上忙着开完一个会，刚刚走进家。

郭玉金听到关门声，赶快拉着电灯，冲着外边说："小年，锅里有饭，自己加把火热热吃吧。"

郭成志轻轻关上了堂屋的门，说："我在雪梅婶那儿喝了一碗粥，不吃啦。"随着声音，走了进来。

郭玉金借着灯光，察看着男人的脸色。那张英俊的脸，比过去消瘦了，嘴唇裂开一道道的小口，头发该理了，胡子该刮了；眼睛虽说还是明明亮亮的挺有精神，却带着一点儿疲劳的神色——这种不易察觉的神色，是她用一个媳妇的心境体会出来的……郭玉金看着看着，心里掀起一层热浪。一种翻江倒海的感情冲击着她，她喉咙哽咽了，眼睛模糊了。郭玉金猛地爬起来就要下床，她仿佛听到了男人那坚定的声音："引！咱们引进定了。"她仿佛又看到了男人，在那天夜里支撑着疲惫的身子，在新修的水平梯田里，精心地栽下一棵一棵樱桃树。栽着栽着，一头歪在梯田里沉沉地睡着了……

郭成志脱下白褂子，抖落一下，搭在吊竿上，问："你起来干什么呀？"

郭玉金猛然愣了一下，打断了思路，两只脚在床沿底下摸着鞋，说："你太累了，歇一会儿吧，我给你热热饭。"

郭成志的眼圈红了，他为有这样的好媳妇而高兴，他为有这样的好媳妇而自豪，他为有这样的好媳妇而感动得快要流下眼泪，说："要饿我自己就热了，还用你起来呀！不饿。"

郭玉金抬起头来，看了男人片刻，回到床上，又说："不吃，就洗洗睡吧。"

郭成志故作轻松地答应着，从缸里舀了多半盆子凉水，就蹲在床沿下边洗起来了。他怎么能够轻松呢？洗着洗着，两只手按在水盆子里，又想开心思了。

郭玉金又朝男人看了一眼。现在，她更加清楚地理解男人那颗激烈跳动的心；更加深刻地体会到男人那宽阔的胸怀，蕴藏着一个极其丰富的内心世界。她说："小年哪，我心里边有多少事儿要提，也要压下去，这会儿，就跟你说一宗……"

郭成志抬起头来，说："还留一点儿干什么，你有什么话儿，全都跟我说吧。"

郭玉金说："你可得把心胸放宽点儿，千万别把脑筋累坏了哇！"

郭成志静静地听着郭玉金的话，深深地点了点头，说："你放心吧，没事儿。"

"只要你别把身子累趴架，就好好地干吧！大伙儿把这么一个担子交给你了，咋能不干好呢？"

郭玉金今夜动了情感，本来有好多的话要对男人说，可是，当她看着男人洗了脸，擦了身子，又泼了水，上了床，就没有再说什么，他们的心是相通的。同一个农村改革的风雨，把他们火一样的感情融化在一起了；共同的理想和抱负，把他们的心紧紧地连在一块儿了……想到这里，为了让男人早点儿歇着，她就翻过身去，闭上眼睛，不吭声了。

屋内响着孩子均匀的呼吸声，月色从小方窗照了进来，可以看见外间天空挂着一个缺了小半边的明月。

郭成志怎么能够"早点儿歇着"呢？从打高科技园区建成后，他就没有一时一刻松过心。新的问题像山一样摆在他面前：你想想，这五十多个品种的"名优特稀"果树，虽说在管理技术上有相近的地方，但绝大多数管理方法都是不相同的或截然不相同的。比如说最平常的浇水，有的需要多浇，有的要少浇，有的需要在春天浇，有的要在夏天浇。有的水是它的命脉，时时得浇；有的你浇过了头反倒蔫头耷脑，到头来连果都不结多少了。再比如樱桃，太行山有好几个村都栽活了，树也长得欣欣向荣，可就是不往树上结果实，任你请能人改变管理技术等等怎么收拾，就是一个红色的果实不在树上露出来！实在没办法了，才把一大片长得绿生生的樱桃树给砍了！所以说这樱桃的两个字"难栽"，还包括管理的内容。树栽活了你管理不对路，不到位，不细心，不是跟栽死了一个样？你要的不是果实吗？不结果实的樱桃留在那儿不是又占地方又障眼又让人看着堵心？那其他管理措施就甭提了，一树一样，反正多了去了！没有拔尖人才的一双手，一个脑子，一颗心的认真护持能行？况且，管理也要不断探索，就是周工也在不断学习人家澳大利亚专家。再说，即使周工都会，你总不能长期都让人家干吧！更别说高科技园区九百亩果树呢。因此，选上的拔尖人才，除了有强烈的事业心，还要当好周工的助手，学会全套管理技术，并能组织全体员工统一管理。选谁呢？谁有这样工作的热忱和责任心？谁有这样突出的管理才能、组织才能？他躺在床上，东想想、西虑虑，好久才睡着。过了一会儿，媳妇翻了个身，说了一句梦话，又把他惊醒了。这一来,困劲儿全没,乏劲儿全消,浑身上下反而显得很清爽。在这种情况下,再想睡一觉是办不到了。不能睡就不睡。他从来都没有把睡觉看成是享受,有时候当成任务执行,有时候又觉着是个负担。他常常想:如果一个人不睡觉也不困,从白天到黑夜,连轴转地工作、劳动,那该多好哇!

他爬起来,举举胳膊,伸伸腰,看看玻璃窗还是发白的颜色,就从吊竿上拉下小白褂子披在背上,蹲在床沿上,掏了一支烟卷抽了起来。

发香的烟味儿,在这有点清凉的屋子里散开了。

这些日子里压在他心里的选人的事情,又一个一个地在他脑袋里翻腾起……他把村里的果树技术能手都选遍了。忽然他眼前一亮,跳出一个人——郭双庆。此为何许人也?郭双庆1972年从浆水高中毕业后,一回村,就进了林业队。那时候的林业队,只是上山栽些杨树、槐树,同时见缝插针地种些板栗树,也干些种红小豆、黄豆和少量药材等"技术"活。1975年,他有幸参加了中国人民解放军。复员后不久,正赶上于宗周带领一群学生在麻峪沟做大山改造的规划,他就连学习带跑上跑下为规划组服务,还管理着麻峪沟最早建成的四百亩果树。后来麻峪沟改造成功,他就在那里任果树队队长。西沟坡地上那块西洋参也栽植成功,他又转任了药材队队长。跟省药研所高级工程师王世贤学习管理西洋参,王工那责任心,那管理西洋参的技术,是郭双庆取之不尽,用之不竭的源泉,真可以说是天字第一号。结果郭双庆将西洋参的重任扛在肩上,把人参园管理得十分成功。

……

烟卷燃烧着,冒着烟,越烧越短,直到烧痛了手指头,郭成志终于下了决心,赶快扔去手中的烟卷,兴奋地自言自语:"郭双庆品行优秀,技术全面又年龄适中,出任高科技果园的园长,非他莫属!"

2003年春天,郭双庆承包了高科技园区——万邦珍果园。

这天夜晚,春风带点寒气,吹在脸上,凉到心里。

柳梢头挂起一弯新月。千年的大山,在月光下,显得分外柔和,好似笼罩着一层薄薄的面纱。石桥下的小溪,静静地流着。碧空里,泛起朵朵白云,在繁星下飞旋曼舞。月儿从白云后面钻将出来,自豪地、悠然地洒下银色的光辉,似乎是在向郭双庆传递未来的光明。

郭双庆站在前南峪村建滩沟上,面对九百亩容纳着顶尖技术含量的大果园和三十六名高中毕业生组成的两个果树组，压力极大。他一边在思索如何提高万邦珍果园的管理、技术含量，一边又考虑今后如何开展工作。同时，他也想到，当前最大的困难是自己对五十多种"名优特稀"的果树缺乏应有的管理技术，又何谈将管理和培育各种珍稀果树的知识教给三十六名果树管理者？

他深深感到，在困难面前，明确目标，坚定信心，担当起前南峪村"二次创业"的职责，是一个共产党员的神圣使命。

冷静之后，郭双庆才渐渐理出思路。先跟周麦生学习"名优特稀"的果树管理。可那时的周麦生，虽是澳援中方专家组组长，但管理"名优特稀"的果树却没有现成的模式，只能靠不断探索。

那一段时间，周麦生夜晚待在办公室的时间比谁都长，往往大家都吃完饭了，才见他匆匆奔往食堂。为什么他的研究做得那么慢呢？郭双庆有些纳闷。有一天晚上，快熄灯了，郭双庆想起珍稀果树管理上有个难题需要请教周麦生，怕第二天人多，乱哄哄地找不着，便跑到办公室去问。办公室里人已经走光了，还亮着灯，一看，只有周麦生在那里，他还在苦苦研究。为因地制宜，实行多种管理措施，他把在书本上看到有道理的部分拿来一试，还真有用，就用起了那个部分，有的是和人家澳大利亚专家请教后"偷"来的东西。郭双庆忽然感到难为情，他从来没有想到这一点。等郭双庆请教完珍稀果树管理上的疑难问题，已是深夜十二点多了。周麦生亲自把郭双庆送出办公室。

春夜的前南峪科技招待所里，夜深人静，空气中浮动着丁香花的阵阵暗香。幽静的小路上，橐橐地响着郭双庆和周麦生的脚步声，一个重浊稳实，一个步履矫健。这双双起落的脚步声，在静夜里听起来，竟比郭双庆平时独自一人的还要整齐，它是那样和谐，那样美妙、悦耳……

郭双庆问周麦生：

"您这样苦钻苦研于办公室，怕是将来一生都要搞果树研究吧？"

谁想他站住了，蛮有兴趣地看着郭双庆：

"那你呢？"

"我……没想好，我爱大自然，爱种植，我想过拓荒者的生活，亲手在前南峪村种庄稼、种果木、种各种树，让太行山上布满浓荫，大地开遍鲜花……"

郭双庆惊惶地停住了，以为周麦生要笑他，可周麦生接了下去：

"让太行满山遍野的果树更加葱茏！我也是这么想的，双庆，我觉得，没有比改变我们山区农村的自然面貌更美好的职业了。目前就拿前南峪村二次创业来说吧，要实现生态观光旅游景区的建设，任务还十分繁重。所以我将来一生都要扎根太行山区，发展林果业，为山区新农村建设作努力……"

于是周麦生在前边探索，郭双庆在周麦生的指导下，在后边大胆实践。同时将他从周麦生那里学到的管理和培育各种珍稀果树的知识，再一项一项地教给他属下的两个组。

春天来了，杨柳树发出嫩芽，灌木和葛藤披上了绿色新装。夜里蟋蟀在叫，白天有各种各样爬的、蠕动的东西沙沙地爬进阳光里。鹧鸪和啄木鸟在树林里咕咕地和笃笃地敲。头顶上的野雁在鸣叫，它们从南方飞来，排成精巧的人字形划破天空。

到了樱桃树"摘心"阶段，万邦珍果园的果树管理人员，都像凑热闹似的，赶来观看。一会儿，郭双庆和技术骨干们，仰面朝树，大睁锐眼，双手异常灵活，正像蜻蜓点水一般，巧妙快捷地将在樱桃树上长的一个个白嫩的幼芽掰掉。四周观看的人，不断地发出啧啧的赞叹声，姑娘们佩服，小伙们喝彩，好像是第一次发现似的，都纷纷跷起大拇指，露出惊喜的神色。一会儿，郭双庆和技术骨干们又都蹲在树下，聚精会神地听周麦生讲"四门紧闭"："为啥叫作四门紧闭呢？那'四门'就是指把树上东南西北的'门'都给关上，把有可能分抢养分的芽苞之门全都掰下，只把那养分留给果枝，只有果枝才是生长果实的亲生母亲。"周麦生眼睛亮闪闪地看着郭双庆和技术骨干们，"这个道理似乎人人都懂，但要做起来人人都糊涂：你把嫩芽都掰除，那还能抽枝长叶吗？你这不是毁树吗？对不起，只能把有可能妨碍果枝吸收营养和果枝抢养分的一切不利因素全部除掉，这就是紧闭，这一个'掰'字，是让'紧闭'二字给形象注解了。你想，这四门一紧闭了，营养还能不自动地都跑到果枝上？注意，到时候，你可得把那四门关紧，别偷懒或故意图省眼力不去认真地察看……"

五月里，麦子黄了，被风一吹，荡起滚滚的麦浪。那一片片、一株株的樱桃树，樱花簇簇，缀满枝头，在绿叶的映衬下，那样耀眼夺目。该是花期喷水的最佳时期。郭双庆背着喷雾器站在高腿木凳上，一边唰唰唰地给樱桃树的繁花喷水,一边听周麦生讲课:"前南峪不是有很好的水利保障吗?那当然是最根本的最有力的保障,没错,可那保障是浇在根部的水利。你千万不要忘记有了根部的滴灌、微喷就完事大吉了,你还得到花期准时给花喷水。"

郭双庆转动一下喷雾器的喷头,插言说:"周工,那花期是指啥时候?"

周麦生看一眼郭双庆,说:"是指盛花期,不到盛花,你还是不能喷水。这花期喷水也叫麦口喷水,一般指麦子成熟的时候,就像现在该收麦子啦,你也该给樱桃树的满树繁花喷一次不多不少但要周到的水啦。"

郭双庆一边用胳膊腕子擦擦脑门上的汗水,一边又问:"麦口这么忙,为啥要喷水,不喷水不行吗?"

周麦生接着说:"你不给它喷水,那花坐不住果,或者坐的果不够多。如果按期喷水了,可以提高成果率百分之五以上。这百分之五,对价格不菲的樱桃,特别是乌克兰大樱桃来说,那可是不少的钱嘞!"

六月上旬,正是樱桃成果的季节,进入了"环剥"阶段。已经熟练掌握了珍稀果树管理技术的郭双庆,一边在樱桃树下作示范环剥,一边给全园的管理人员讲:"所谓环剥,就是在树干上,用刀子环状剥去零点五厘米左右宽的皮层。刀口要对齐,宽度要均匀,剥口要平滑,剥后用塑料薄膜保护,有利于愈合。"他发现刘静悄悄地往后躲,就说:

"刘静,你过来!"

刘静慢腾腾地走到樱桃树下边,刚把环剥的刀子拿在手里,又连忙把它放下来:

"园长,我干点'摘心'活儿吧,要不喷喷水算了。一大早环剥,没什么把握。"

郭双庆心里直发毛:前两天周麦生还表扬你在这些方面有进步,怎么现在又缩回去了呢?他憋住火问道:

"你不是已经环剥过几次了吗,怎么今天反倒没把握了呢?"

"我每环剥一次,这担心就增加一成。"刘静说。

"我们搞果树管理,就得从难从严,未必一大早就不环剥了?"郭双庆强压着心里的火气说,"你看着,我先来一遍!"说着,他手持刀子,在樱桃树主干基部十五厘米处,嗖嗖几下子就环剥去零点五厘米左右宽的皮层。

"环剥樱桃树,一要胆大,二要心细。胆子不大心很细,你根本不敢下刀子;胆子很大心不细,环剥就不容易成功。你把两条一结合,那环剥,就一定能顺利完成!"

看见园长的示范动作麻利干脆,果树管理人员挨个都上去了。刘静也二话没说,开始环剥,直到把动作摸熟了,没有一个人能撵上她。

那些日子,郭双庆一头扎进万邦珍果园里,忙得昏天黑地,连家也顾不得回。一天深夜,牛毛细雨下起来了。郭双庆抱着两件衣服,走到周麦生门前,伸出两个手指,轻轻在门上敲敲,低声喊道:"周工,周工,睡啦!把门开开。"

周麦生在床上,睡得蒙蒙眬眬,忽听有人敲门,懒洋洋地支起身,揉揉眼睛,问:"谁啊?"

郭双庆在门外,耸耸肩膀:"怎么,连我的声音您也听不出来吗?快开开。"

"双庆吗?半夜了,你还跑来干啥?我已睡了。"

"您把门开开,我有事情。"

"啥事?这么晚了,你走吧。明天再来。"

郭双庆眉尖子拧起:"不行,不行!找您有要紧的事,快起来。"

他知道自己要讲的事情很难开口,但这种事情却沉重地压着他。过去好一阵了,这种事情又分明地出现了。他站在门外,看着院门,这股烦躁劲呀,就像脑子里有千军万马在闹腾!疲劳、痛苦、愤怒,这一切好比千百条绳子一样捆着他的心。他很想摆脱这一切,但是他提不起精神,唤不起力量。现在,他那种不能对人说的事情,更加分明,更加尖利:"我要用什么方法赶快离开媳妇!"一想到这儿,一股冰水就流过脊梁骨,心也冰凉透冷不跳了!他像一个深更半夜走在三岔路口的人,又急又累又拿不定主意。猛乍,他想起媳妇。从婚前的有限接触和婚后几年的共同生活,他完全感到丽洁的纯洁、温柔、善良,她把她的心都给了他,给了那个家。可是,自从他承包了万邦珍果园,媳妇就开始不理解他呀!甚至夫妻吵嘴呀!没死没活的家庭问题包围了他,像越来越沉重的大石头,又压在他的胸脯上……

"哼!等我把灯拉着。"周麦生在床上边哼着边坐起身,披好衣服,拉着电灯,踏下床:"嗯,咳,咳!到这时候,你还不睡。"走到门口,伸手拔下门闩，拉开门，定睛一看：郭双庆周身衣服，被毛毛雨沾湿了。不由呆愣住："你，你这是从哪里来的啊？"郭双庆走进门，把胳肢窝里两件衣服，朝周麦生床上一扔，说："散伙啦！"周麦生大为震惊，一把抓住郭双庆："你也要走？你要离开前南峪，就不要进我的门。"

"不是走，同丽洁散伙了。"

"丽洁！"周麦生惊呆地看了郭双庆好久，怀疑地问，"你真的和丽洁散伙？"

实在，郭双庆的媳妇可会疼人啦！一天到晚，家里家外，该有多少事情要做？可是媳妇从来不让郭双庆操心，甘愿承担生活的全部重担，毫无怨言。果树组上山修剪板栗树，她带着感冒也要强撑着去，她说党员家属要事事干在前边。郭双庆晚上出去工作，她坐在灯下补衣服或是学习科学技术，给他压着热被窝；郭双庆回来多晚她等多晚，多晚到家也有热茶喝。她活儿干得多，话说得少，她的理想和乐趣，都是逐渐地显示在她朴朴实实的行动里。村民们都是这样熟悉郭双庆的媳妇，越是熟了，越觉得一切都是理所当然。郭双庆媳妇从来不计较这些。真的，她是个不求功利的无名英雄。

郭双庆向周麦生笑笑，转身把门关起来，拍拍周麦生的肩背问："有吃的没有？弄点吃的。"

周麦生仍呆呆地站在那里，紧紧锁着眉头，默默深思，摇摇头说："不行，你跟我一道回家去。"

他心里毛辣火热地在屋里来回走动。他觉得，这不是一个普通人夫妻之间的问题，这是对郭双庆承包万邦珍果园的一次考验！

郭双庆说："不成啊！已经闹翻啦！"

周麦生瞪起眼来，责问道："有啥不行，别人不知道丽洁，难道你也不知道丽洁吗？"

郭双庆把周麦生拖到床边，要周麦生坐下，倾诉说："你不要急，先坐下来，听我慢慢把事情说清楚。是这么一回事：我今天一早到万邦珍果园，晚上回去迟了一点，她就发疯煽火，把门关起来，喊她……"

周麦生又站起来，把手一挥："她没有开门，你的牛脾气又发起来了。你只知道这么一抛，你就没有想到丽洁和那两个孩子，你要知道，一恨千古怨啦！"

郭双庆说:"我给她说了,可是她不听。你拿她有什么办法?你就是钻进她的肚子,把你闷死,把她撑死,也解决不了她的思想问题呀!"

"你就是恨铁不成钢。你们夫妻之间闹矛盾,你也有一份责任。"

郭双庆冒火啦,他脸红脖子粗地喊着:"她要我负责任?"

周麦生说:"郭双庆,你的主观性太强!别人一批评,你就来个反冲锋。这不是成心脱离群众?"

郭双庆见周麦生越说越来劲,好像气很大,看样子三言两语也解释不清楚。缩缩头,双手抱起来,放在嘴边哈了几口暖气,互相搓搓,然后把身上的湿衣服脱下来,换上从家里拿来的干衣服:"好好,我是牛脾气,我脱离群众,都怪我,我不好,行了吧。"

周麦生怜悯地看着郭双庆,他实在需要安慰,需要温暖,需要更多的爱啊!周麦生帮他把湿衣服搭在衣架上晾着,带着长辈的口气向郭双庆说:"回去,一定要回去。"

周麦生的手抚着他不断抽动着的背,好半天没有开口。他受了些什么痛苦?他不便寻根问底。然而他并没有真正理解他、关心他的朋友,这一点周麦生是清楚的。

郭双庆没有答话,拉过一只小凳子,坐下身子,拿出烟卷儿,捧在手里发愣。"双庆,"周麦生看他平静了些,说道,"过去的事,永远让它过去吧!过去的不愉快我相信不会再重演了,你会得到幸福的。前南峪马上变样,前南峪的人可以傲起来。你知道外面的情况吧?拿工资的比起许多个体户,简直可怜!城乡的差距正在缩小,农民的经济条件正在改变,这不是安慰你。你一定会幸福的。人是三节草,还有一节好。你的痛苦已经过了,苦菜还会开出香花……"

周麦生讲不出也不愿讲空洞的大道理,搜索枯肠,用农村的话来安慰他。

"别说了,"他斜过头来,以求救的目光,看着周麦生,叹息一声,"唉,泼水难收!已经出来了,就不好再回去。"

周麦生又蹦起来:"啥的难收,夫妻吵嘴打架是常事,拉架人是多事,一夜过来没事。"

郭双庆说:"那您也就不用管这些闲事。"

周麦生当下觉得,郭双庆夫妻之间的问题倒是更应该尽快解决,又认真问郭双庆:"你硬是不想让我管吗?"

"我硬是不想让您管。"郭双庆很固执,"清官难断家务事嘛。"

周麦生说:"断不了,也要管。"

郭双庆说:"您一定要管,我就请您来评评理:您是知道的,丽洁原来对我并不坏,一没吵过,二没闹过。就是从我承包万邦珍果园变了,不是吵就是闹。您知她是为啥突然变了吗?"

周麦生非常清楚,郭双庆自从承包了万邦珍果园,只是回家吃饭睡觉,其他时间不是在果树园里,就是到外地参加技术培训班。万邦珍果园建成不到一个月,事情很多,要编果树组,培训员工,要制订短期作业计划,审定工作定额。同时修剪果树要限期完成,浇水施肥、喷洒农药必须按时作业。过去他当前南峪村果树队队长的时候,管的只是板栗、苹果和核桃几种普通果树,现在管的却是五十多种"名优特稀"的果树的事情,忙忙乱乱。日间和夜里,各种各样的人来找他。不管他在果树园里,在家中,不管他在工作,在吃饭,他们找他,就要他解决各种各样的问题。这样就把家里的小事情搁在一边了。想到这里,他便不假思索地说:"我咋不知道。就为你,承包万邦珍果园忙得团团转,连家都不顾了。"

郭双庆说:"这是您的想法。"

周麦生说:"那你说她还有啥?"

郭双庆说:"自从咱村实行了集体专业承包责任制,家庭日子一天一天过好了。小家小业,一不愁吃,二不愁穿,三又不愁烧。大人小孩,穿得暖暖,吃得饱饱,住得好好,她就……就满足了。"

周麦生摇摇头:"我不信,丽洁不是这种人。"

郭双庆说:"她没有忘记集体,这不假。但她却生怕我的心全顾着工作,她要我一头栽在家庭这个小窝里,啥也不想,啥工作也不干,就做她一个服服帖帖的丈夫。说一句到顶的话,我和她的矛盾就在这里。"

周麦生说:"你不要把丽洁想得那么落后。你和丽洁闹家庭矛盾,你不带头想办法解决——她有不是,说她几句也就算了。丽洁埋怨谁?埋怨组织?"停了好一阵,他站起来又说,"做事不近情理的人,就不是好的共产党人。"

郭双庆说:"您今天晚上,一定要我回去,那可以!可您不该老逼着我向一个落后的人去低头吗?少了她,我们不能改革?没有她,我们不能建设社会主义新农村?啥都可以,叫我向媳妇低头,不干!"

周麦生看着郭双庆，拍拍床边，向他说："你坐过来，我今晚就给你解解这块'心病'。"

郭双庆在周麦生床上坐下。

周麦生先给郭双庆点燃一支烟，亲切地说："多奇怪的想法啊！同志，要是高科技园区中有一个人的想法和我们奋斗目标有抵触，那么，我们就要耐心细致地做工作，使大家齐心。不做细致的工作，光说'高标准完成目标责任制'，那是一句骗人的空话。"他深沉敏锐的目光，慢慢地从郭双庆脸上移开，"一个高科技园区的承包者他应当了解全园区每个员工和他们家属，像了解他的五个手指头一样！特别是，当他发现哪个员工发生了家庭问题，要及时帮助解决。可是你郭双庆和丽洁出现了这样的问题，非但不能及时解决，反而使矛盾进一步激化，这怎么能行呢？"他看着郭双庆，说，"我问你，你对自己的工作，对自己的思想，是否经常有点反省呢？"

周麦生突然提出这个问题，使郭双庆一时回答不出，只有瞪着两眼，眨巴眨巴地看着周麦生。

周麦生停了停，又补充说："人，和那机器一样，要不断地保养和刷洗，不然它就要生锈。一个人，只看到别人的短处，看不到别人的长处，是不对的；只能看到自己的长处，而看不到自己的短处，同样是不对的。把别人看得高些，把自己看得低些，只会使人进步，决不会使人落后的。"

郭双庆觉得脑袋像要炸开似的，他眼睛发直，心里好像被大火烧着了一样。他沉痛地想："看来，周工对我的分析完全正确！是我……错了。我这盲目自信，不愿意进行自我检查的老毛病，可把我坑苦了！我跟不上形势，犯了错误，误解了一个人人称赞的好同志，委屈了一个真正的好媳妇！……"周麦生的批评和忠告，好像一堆熊熊大火，在郭双庆心中猛烈地燃烧起来。它将会烧掉他心中那些主观主义、自以为是的错误思想，烧掉他对同志、对媳妇的错误做法。

郭双庆明白了，感到周身火辣辣的，羞愧地低下头去，抱屈地说："我从来没有看不起谁。"他和丽洁发生的家庭纠纷，把他单纯的心境搅乱了。什么鬼把心窍迷啦？自己成天跟媳妇一块滚，有些问题硬是看不见。周工一来，那些自己看不见的问题又偏偏跳出来露丑！郭双庆那颗年轻而要强的心，让一种强烈的责任感攫住在审问。

周麦生感觉到郭双庆的心情了,他说:"没有看不起谁?你对丽洁的看法,都是带有个人偏见的,是不全面的,这是为什么呢?"

"您以后会明白的。"

"用不着以后了,我什么都了解了。我问你,你为什么不回去看看两个孩子呢?难道你对子女毫无一点抚养责任?你说丽洁思想落后,你对她有过教育没有?你知道别人有短处,就不知道自己有责任帮助她。我们常说,共产党员就要会领导落后的人跟农村改革一块前进,可看看我们!你就没有想到,你是一个共产党员,丽洁还是一个普通的农村妇女。要是每个群众,都有你想象的那么高的政治觉悟,人人都具备了农村改革的思想,还要我们这些共产党员做啥的工作呢?"

"教育,我说话她能听吗?"

"不怨天不怨地,只怨我们工作有缺点!"

"反正……我该说的都说了……"郭双庆不知道自己嘴里嘟哝什么,只觉得挺难受又委屈。

"一次不听,两次。两次没用,三次。要耐心去教育,什么事都得慢慢来的。你自己还不是一样从普通的农民,而成为共产党员的嘛!"

"……"郭双庆低头不语,自知理亏。在周麦生耐心细致的帮助下,他终于又回心转意了。

毛毛雨飘洒过后,春夜的月光,照着大山,如同白天一般明亮。

郭双庆走在自家门口,见大门半掩着,怕惊动媳妇,就悄悄地伸手推开门,走进院子。

后屋的门关着,但没有上锁。

他走进屋,站在房门口听听,房里静静的。他以为高丽洁已经睡觉了,探进上身,借着月光,向床上看看,她并不在床上。床边上挡着木椅,可是被子,已经滚到一边了,两个孩子,肉滚滚地搂抱在一起。哥哥小江好像不是在睡,而是在幸福神秘地微笑。他的脸上,从来看不出什么是痛苦什么是疲劳。他那高高的前额,紧闭着的薄薄的小嘴唇,都像在显示出他有无穷的力量和勇气,还远没有使出来似的。三岁的小涛偎在哥哥怀里。他睡觉不安宁,头歪在一旁,圆鼓鼓的小脸蛋在微微搐动,像是在哭似的。他嘴角上流下一丝口水,两唇吧嗒吧嗒几下,又用力向哥哥怀里偎偎。郭双庆看着小儿子的样子,心里一阵酸痛。他猜想,孩子一定是为他养大的灰兔被邻居家的狗咬死，而伤心地在梦中哭吧！郭双庆一见这种情景，也顾不得别的了，走进房门，拉着电灯，抱起被子，轻轻盖在孩子身上。

"丽洁，到啥地方去了呢？把两个孩子放在家里，她也能放心？"他站在床前，心里暗暗在寻思。

他拉着院里的电灯，走出房门，在东西厢房里看看，一切如故。家里家外，收拾得有条有理，纹丝不乱，整整齐齐，干干净净，不由更使他产生留恋的心情。

他又回到房里，在床边上坐下，抽起烟来。

一支烟抽完，又接上一支，一连抽了三支香烟，精神渐渐地焕发起来。

他对着窗子轻叹一声，在孩子身旁躺下。

他躺在孩子身边，再也合不上眼皮。心里颠颠倒倒，好多事情都涌上心来。他是爱丽洁的，真心实意地爱她。他一直以为她是值得他爱的，为了得到她的爱，他曾经有多少个夜晚辗转床头不能入眠；仅仅为了使她在小伙子们中间能对他留意地看上一眼，他精心地选择衣服。他曾经在严寒的冬天到河滩去垫地，比谁拉车都猛；酷热的夏天顶着骄阳割小麦，比谁割得都快，那都只是因为她在那里。昔日那如胶似漆的感情，如今都到哪里去了呢？为什么连踪影都不见？难道是他不想念她吗？不是的。出于一种极其矛盾的心理状态，他觉得刚刚跟媳妇吵过嘴，他又有何颜面回家呢？他到周麦生宿舍，虽是只隔几百步远，但是，好似相隔千山万水。他，是不是想回到自己家来看看他的两个孩子呢？他是想看看孩子，可是进不了自己家的大门。他是不是也想回来看看丽洁呢？他内心里是想念丽洁的，可是丽洁见到他，眼皮也不向他翘一翘。一想到丽洁对他的态度，他又把对儿子的思念之情，埋藏到心里。

现在，终于回到孩子们的身边了。小涛身上的奶香，是多么令人心醉啊！他在小江额角上亲亲，轻轻将小涛搂在怀里，贴到自己的胸上，甜甜地闭起眼来。梦里他好像一把将丽洁揽进了怀里。媳妇的心"咚咚"地跳了起来，幸福地闭上了眼睛。只有第一次投入男人怀抱的媳妇，才有她此时的甜美。啊，第一次，人生仅有的第一次！她感到了那灼热的柔润的嘴唇在她额头上轻轻地吻着、移动着……

高丽洁到哪里去了？她怎能丢下两个孩子，通夜不归家呢？就连郭双庆也无法想象,也很难理解。

原来这天夜晚,郭双庆赌气离开家后,农业专业组组长通知高丽洁和全体组员,趁着月夜突击送肥。共青团员们,青年们,还有那些虽说过了年龄仍喜欢在青年堆里热闹的人们,轻巧地推开自家的院门,一个个先还闭着嘴,生怕惊醒了梦乡里的老人和孩子,等上了街,三三两两聚在一起,就毫无顾忌地大声说笑起来,暂时忘却了家庭带来的烦恼。原定只送两个钟头,谁知越干劲头越高,一直干到五更天。

收工时,东方已经现出霓虹色的霞光。

灿烂的朝霞妩媚地满照着高丽洁的全身,她低头望望自己被阳光照红了的污泥斑斑的双脚,又抬头望望笑脸盈盈的人群,猛然想到孩子,放快脚步回家。在门口,她便听到了熟悉的鼾声,她心跳了;略一停顿,走进房,一见郭双庆抱着小涛,甜呼呼地睡在被窝里,不由周身一抖,百感交集。

她站在床前,发起呆来。现在农村改革以来,大家热热闹闹,为什么自己这样孤单呢?她本来是有一个家的,到底有什么事情,能使她非和男人决裂不可呢?她呆呆地看了好久好久,轻轻退出房门。

她的心情和郭双庆一样,希望一家重新团聚,只是说不出口罢了。

十

清晨,郭成志离开村党委会办公室,朝前南峪刚刚建成的十大生态观光旅游景区走去。他首先来到"生态观光区"的精品景区。夏天的太行山上到处是翡翠绿。村庄让绿树罩了绿,沟坎让青苗盖了绿,被切成一条条一块块的大山,让鲜嫩的板栗树染成了绿。一切一切,都绿得那么深沉和生动。一道白绸子似的云雾,静静地悬挂在天的边际,转眼又被即将出来的太阳涂上一层橘红。花喜鹊登在山顶的小板栗树上喳喳地叫唤。小麻雀擦着路面呼啦啦地飞去。草棵和树丛里有各种小虫子在活动。远远的公路上有汽车奔驰……

郭成志漫步在绿树掩映、鲜花芬芳的林荫小道上,板栗树千姿百态、枝虬叶肥。人们在唐代女皇武则天亲自命名的"千年板栗王"树下驻足拍照;苹果园里,春天鲜花惹人醉,秋季果实枝满头;迷人的红果树、茁壮的橡子树以及叫上名和叫不上名的奇花异草、药用植物，构成一幅幅和谐、优美的动人画卷；金丝柳、牡丹、石榴、四季玫瑰、日本黄杨等观赏性花木争奇斗妍，使人沉醉在大自然的梦幻里，忘却尘世的一切忧愁、烦恼，抚慰一颗颗或激动、或浮躁的不安心灵。

接着，他又走进"万邦珍果园"的经典景区，在这万千生命欢腾的绿色天地里，用常青小柏树栽植而成的"再造秀美山川"六个绿色大字，闪耀着云霞的光彩，浓缩出前南峪人战天斗地的革命精神和艰苦奋斗的英雄气概。站在泽后亭下放眼远望，工程浩大的层层梯田令人肃然起敬；展现在眼前的一片片奇花异果，美国的凯特杏、红提，乌克兰的大樱桃，澳大利亚的秋红油桃园区，欧洲的榛子区，西洋参园区令人大开眼界，使人不由得发出不出前南峪便可"列国游"的赞叹与感慨。果实成熟时节，信手采摘品尝，六国的风味一起纷至沓来，真是别样的享受，令人神往、陶醉。

当年，前南峪村仅门票收入一项就进账二百二十万元，带动其他经济效益六百万元。更重要的是，村里人还收获了偌大的喜悦和自豪。

头一份缴上爱国粮的大个子许金泉，在这个世界上生活了五十九年，两万一千多个日日夜夜，像今天这样的光景，还是第一次。

一家人围着餐桌在大客厅坐下吃饭。桌子上是丰富的：一碟辣椒炒土豆丝，一碟肉片炒茄子，还有一碟漆青碧绿的腌黄瓜。这一切都是他们自己的土地里生长出来的。桌子旁边有一个大盆子里盛着小米粥，高粱秸穿成的盖帘上摆着雪白的馒头。这一些也是他们自己的土地里生长出来的。

许金泉伸手拿过来一个馒头，掰开来一边吃着，一边笑着说："这样的菜饭，嚼咬着真香甜。"

"是呀！"媳妇笑着带着感叹的神情说，"多亏国家搞改革开放，才过上富裕日子，咱可不能忘本！"

许金泉一边吃着饭，一边看看媳妇，媳妇健壮了；看看振荣，振荣长高了；再看看两个儿子，两个儿子也都变胖了。他越吃越有味，不知不觉中肚子已经吃得饱饱的了。他放下饭碗，站起身，踱到窗前，抬头看看窗外，天晴了，雨后的早晨分外爽快。大地散发着潮润清凉的气息。太阳出来了，照耀着一片新生气象。那座座的山峰被雨水浴洗过后，搽着层淡淡的朝霞，矗立在蓝得像海洋一样的天空中，显得格外庄严和秀丽。三道眉、闹天背、黄嘴壳成群地在山林子里飞，百灵儿从板栗树林里飞到庄稼地里，有着一身漂亮闪光羽毛的蓝靛颏，一直钻进天上淡淡的白云里，声音最清脆响亮啦，打老远就能叫人听着它的歌声。

他走进一间大屋子里，灿烂的阳光从玻璃窗上斜射进来，照亮了新楼房立着的囤尖，地下摆着的面缸和口袋。让人感到满屋新粮香，满屋生光辉。过惯了盆里盛、罐里装的穷日子，什么时候见过屋里放着这么多的粮食呀！不要说吃和用，就是在这儿待一待，坐一坐，都是最幸福的享受。这个善良的人，每当处在这样欢乐的时刻，都要前思后想，喝水叨念着挖井人。他伸出手，轻轻地拍着粮食囤，暗自想：这样的好日子是从哪来的呢？是神仙送的？天上掉的？还是坐在炕头上等来的？他摇摇头：都不是。他从小迷信过南海观音，也信过真龙天子，于是他虔诚地相信，只有命好才能够福自天来。土地改革使他初步地破除了迷信；为奔社会主义新农村，他们艰苦创业，又使他进一步破除了迷信；农村改革开放的成果，实实在在摆在面前的时候，使他彻底地破除了迷信。从土地改革的境地到抚摸这满囤的新米新粮的状况，大个子许金泉走了一段多么长的路程？经一事，长一智，他的智慧增长的标志就在于认识到：要彻底解放思想，要过上小康生活，不靠天，不靠地，全靠共产党；全靠改革开放，走社会主义大道；全靠郭成志这样的干部领导，郭明耀、郭明谦这样的干部、群众帮扶；靠人民自己，不回头、不歇气地齐心团结往前闯！这是大个子许金泉新的信念，这信念将在他的心田扎根，并将传给他的后代。

村中七十三岁的张兴，眉阔额广，精神矍铄，一头霜雪一样的银发，说起话来，声音像洪钟一样的响亮。他每天用个塑料袋装上自己家产的黑亮亮的板栗或红通通的柿子，坐在路边等着络绎不绝的游客路过时购买，十元钱一袋，一天居然能卖十多袋。可在平时，板栗才能卖到四元一斤。

张兴老汉乐呵呵地逢人就说："别看我是'五保户'，生活好得没法说，一摁，吊灯亮了；一拧，自来水来了。大米、白面、鱼肉，村里给。换季了，村里拿小轿车拉俺上商店挑衣裳，看上哪件给俺买哪件。可我在家里闲着也是闲着，坐在这儿顺便弄点果品卖，只当玩哩。城里人稀罕这个，玩着就把钱挣了。"

还有村民吕二梅，身个子不高，也不胖，笑脸黝黑，显出长年的曝晒和风吹雨打的深度。看样子，该是四十好几的人了。她开了个家庭旅馆，连吃带住一天二十五元。入夏以后，这里游人如织，小旅馆天天爆满。叮叮当当的刀勺声，嘻啦嘻啦的吵闹声，跟窗前树下"哞哞"的牛叫声混在一起；满餐馆的烧酒味儿、肉脂子味儿和旱烟叶味儿，跟从门外冲进来的拖拉机的柴油味儿掺和在一块儿。

她高兴得像个孩子地说："五年前成志非要弄掉工厂干旅游，我咋就看不透呢，现在才知道，这里面可是有太多好处哩！"

在胜利的喜悦中，前南峪又获得农村改革后的第二次创业的巨大成功。

前南峪生态旅游区

第九章　飞雪迎春

一

秋日的清晨，一轮红日从东方地平线上冉冉升起，喷射出千万道光芒，给层峦叠嶂的太行山上和红黄相间的别墅，镀上了一层金黄。街道上，飘动着各种饭菜的香味儿，响着雄鸡的鸣唱和孩子们的欢笑。

在前南峪，我自村东路北当年由中共中央总书记胡耀邦题写的"中国人民抗日军事政治大学纪念碑"开始，从村头新塑成的毛泽东主席高扬手臂的巨幅汉白玉雕像下起步，向西徜徉在总长七百余米宽敞而平坦的街道上。

这哪里是人们印象中的偏僻而闭塞的小山村啊！又有别于都市的嘈杂与喧嚣。呈现在我们面前的是一个阳光灿烂、充满生机的农村里的"都市"！

进入新世纪，前南峪人明确把生态环境保护摆在更加突出的位置。他们既要绿水青山，也要金山银山。他们大力实施山场开发，推进经济沟升级改造工程，新建了高标准水泥浆砌地2268米，更新引进优果树12659棵，引进以色列高科技农灌技术，在宜林山场建起了2160立方米微灌等高科技水利设施，建起了11个特色珍果示范区，圆满完成了生态农业绿色通道升级改造工程，为"再造秀美山川"竖起了一座绿色丰碑。也许，这就是当今我们国家所倡导的"中国绿色村庄""全国十大名村""全国文明村镇"，或者今日中国特色社会主义乡村振兴的样板吧！但在我看来，其他一般的乡村，一时也难以企及现今前南峪村的整体布局与独特面貌。因为，这里有太多的东西，是其他乡村没有的，比如全村人自力更生、奋发图强的坚强意志和以国为怀顾全大局的高尚风格等等，但其中最为重要的，是这里哺育成长了一个全国人大代表、全国劳动模范郭成志，他从四十年前当支书开始，一直在始终不渝地为当初默默许下的诺言而义无反顾地打造着前南峪：让前面峪村人比啥地方过得都幸福！为一个誓言的实现，为一个梦想的成真，为一个求索的成功，他不管多难多苦多委屈，都在只争朝夕、一往无前，如同开弓射出的箭一般。

漫步于前南峪的村街，感受到这里的角角落落里，枝枝丫丫上，沟沟洼洼处，似乎都浸润、铺陈或散发着抗大精神和意志，还有那如影随形的气息。

阔宽笔直的水泥街路上，是通往山里的通道，现在的山里是生态园区，也是风景游览区。穿梭着轿车、旅游车，还有拖拉机。街道两旁农家乐、农村电商等招牌的门都开了，到处是熙熙攘攘的人群。大橱窗里花花绿绿，五光十色。姑娘们都穿着鲜艳的衣裙，手里拎着时髦的小皮革包，挺着高高的胸脯在街市上穿行。人行道上的右侧披散着缕缕枝条犹如盖状的"龙爪槐"，左侧高高的白蜡树和珍稀的黄杉樵，芬芳的香味飘满全村……一幅静谧的乡村生活图景，也充满着城市的某些元素和气味。大街两旁是整齐而富有特色的二层红顶楼房，独门独院，现代化别墅建筑格局。临街的一面一律冲着街面，愿意的可以拿出一间做小店铺，后门则是庄稼地，大多数人家都会围成一个院子，种上蔬菜和花卉。

你怎么也不会想到，二十几年前的前南峪也和人们印象中比较落后的农村一样——"土屋顶，黑洞房，窗户糊纸石头墙，天上下雨地下流，地上刮风土扬场。"如今，只有家家户户楼前大门上鲜红耀眼的对联，还向人们昭示，这里确实是一个村庄。"家过小康欢乐日，春回大地艳阳天""东风化雨山山翠，改革开放处处春"……对联中还流露着勤劳朴实的中国农民的传统心声。

我跟村党委第一书记郭成志随手敲开了一家的大门，进门一看，竟使我这个城里人感到羡慕不已了：村里统建的二层红顶小楼建筑面积一百八十平方米。一进楼门便是一间大客厅，摆着真皮沙发、彩电，一水儿大理石地面，室内横着一辆摩托车。厨房里立着一个一百八十升的电冰箱，开门一看，里面两层放肉，一层放鱼，装得满满的。

从屋里走出一个细高个的中年妇女，因为正涮洗锅碗，腰间扎着围裙。女主人叫马杏敏，是新上任的村委委员兼妇女主任。这时候，她一眼就看见郭成志领人进屋来，喜笑颜开地打起招呼："哟，郭书记呀？哪阵风儿，把你这个大忙人给刮到我们家来了？"

郭成志说明来意后，笑着回答："来给你问个好。晓刚在家没有？"

马杏敏笑出声来："你呀，一开嘴就露了假，说来给我问好，进门就先找晓刚。"

郭成志一边往里走，一边说："不要重男轻女，也别重女轻男，给你们两个一块问好，省事儿。"

马杏敏说："你真会说话，快屋里坐吧。"

她看我一眼，还没等问我，我就问她："你这房子有多少平方米？"

"三百六十。"

"啊！"我惊叫一声，"你怎么有这么大的房子！"

马杏敏自豪地说："我有两个儿子，按村里的规定，分我两套，这两套串着呢。"

我感慨地打量着装饰一新的楼房，手扶着油漆一新的楼梯栏杆说："盖这房子，村里不是给拿一半的钱吗，那你自己花了多少啊？"

马杏敏说："也就十几万吧。"

"十几万你就住了这么大一栋别墅，这在城市里几百万也买不下来啊！"我羡慕地说，"生在前南峪，你是不是感到很自豪啊！"

"那是，那是……"马杏敏高兴地说，"这可得感谢你郭书记。亏了你带头搞改革。"

郭成志半开玩笑地说："那是靠党的解放思想、实事求是，怎么是我的功劳呢？你这个村委干部，也随帮跟唱地说这种糊涂话。"

马杏敏分辩说："咱前南峪集体大发展，还不是党委打的先锋？全村的成绩，跟你这个领头的干部还掰得开吗？"

二楼上，是儿子住着。一间大屋子里地上还摆着茶花、君子兰和一盆盛开的幽兰。黄的如珍珠，红的似珊瑚，显得又风雅又华贵。雪白的墙壁上挂着两幅立轴，上面草书着："福照家门千家旺，政策归心万事兴。"写字台上放着一台电脑，电脑旁边有个烟灰缸，烟头满满的。

我问："能不能上网？"

马杏敏连声道："能，能，村里有电脑的，都上网。我小子一天到晚总鼓捣这个。"

在各个房间转了转，竟让我找不到进来时的门了。马杏敏领着我们："你跟着我，咱从南门出来，到我这套房子再看看。"

这位妇女主任像是对我这个外人炫耀着他们村的房子。

我是从北门大街进来的，出去时，转到另一套房子里，然后再从南门出来，眼前豁然开朗。山脚下是一大片庄稼地，主人用树枝扎了一圈篱笆，在里面养花种菜，形成了室外是田园风光，室内是都市温馨家居的环境氛围。

返回客厅时，马杏敏非让我在她家坐一会儿，还要沏茶，我说不了。这时，愣没看见村民郭春山扶着瞎眼郭大娘是什么时候来到了我们眼前。

"这边，这边，他在这边。"郭春山把母亲扶到郭成志面前。"成志，"郭大娘凭着她的听觉，感到了郭成志的存在，颤巍巍又朝前挪了一步，冲着郭成志伸出手。那仅有的一只眼受坏眼的牵累，视力早已减退，再加上被泪水糊住，什么也看不清，嘴唇抖动，"你帮俺办了件大事，是俺郭家的大恩人，大娘谢谢你！"她拿起衣襟揩着眼泪，想到家境的贫困，想到自己带着儿子度日艰难，想到儿子刚出生就痴呆，她忍不住为自己的命运落泪……

自从死了丈夫，土坯院变得多么荒凉！那两间向西的土坯屋，虽说是用两根木料，把倾斜的房顶撑着，但毕竟好像一个东倒西歪的老人，蹲在那里。土围墙有的地方在秋天的淫雨中垮了大缺口，寡妇主人没心思去修补它，反正院里既没有猪羊，又没有鸡鸭，哪怕山狼和黄鼠狼夜里来访问呢？！院心的面积不宽大，任意生长一些杂草，一直长到窗台一般高低，郭大娘和儿子也懒得铲锄它。锄它做什么呢？除了她和儿子，谁又进她的院门呢？好，现在前南峪实行集体专业承包责任制，农民富裕了，儿子娶了媳妇，她家从土坯院搬进了二层红顶小楼。邻居笑说："嘿嘿！从今往后，郭大娘的案板和小柜上，再也不会总是盖着一层灰尘了。"

郭大娘说着忽然双腿一软跪了下去。

郭成志慌了，赶忙也双膝跪下："大娘您这是干什么？您老人家这是折我的寿啊！"

马杏敏和郭春山先扶起郭大娘，郭成志才敢站起来。他恼怒地瞪着郭春山，有大娘和我在场他的口气却不敢太硬："春山，你这演的是哪一出啊？"

郭春山今儿个不二乎了，说："自打我娶了媳妇，我妈高兴透了，白天她见人就讲，夜里连觉也睡不着，总是说，你成志哥，领着全村人脱贫致富，给咱家办了件大事情，说什么也要好好谢谢大恩人。前几天，我妈闹病还没好，原在家里发汗，天黑时听说你在家，便独个忙忙慌慌摸出楼房。那时天已黑得伸手不见掌，她又是个生病的瞎子，东摸西摸，把路走错了，接着跌到了水沟里，幸好郭更仁大叔走去碰上，才把她拉回家。全家都着急地埋怨她一回。今天一大早，她又催我到超市买了糖和烟。"说到这里，郭春山咧咧嘴很不好意思地说："成志哥，要不是你领着前南峪发了大富，凭我郭春山还能说上媳妇！"

"还有哪，"马杏敏快嘴快舌地接过话茬，"书记亲自到县上开的证明，把你媳妇的户口从四川办到咱前南峪。那天又叫我坐着村委会的小轿车到邢台站把她给你接到家来，这够多排场！"

"是啊，人家看上的不是俺这个傻儿子，更不是俺这个瞎老婆子。人家图的是前南峪，是春山这一年三万多块钱的工资。"郭大娘还是喜泪不止，用无限幸福的眼光呆呆地看着儿子。她半信半疑地朝着马杏敏说："我这该不是又在做梦吧？"

"不是做梦，你儿子是真娶媳妇了。"马杏敏快乐地开着玩笑说，"不信，你就咬咬手指头，试试看，疼不疼？"

"你别调理我了。"郭大娘带着掩饰不住的欢乐说。

"大娘，春山是个好劳力，往后您就光等着享福吧！"郭成志扶着大娘走出马杏敏家，"天快晌午了，春山，快扶老娘回去。"

"春山，还不快把糖和烟交给成志。"郭大娘忽然想起还忘了送礼，急忙指使儿子从兜子里掏出一盒没开封的铁盒巧克力糖和一整条红云烟，往郭成志手里塞。

"不行。大娘，这礼我们不能收。"郭成志立刻拒绝道。

"这是我的一片真心。"大娘说。

"您的真心我知道，您的真情我领了。但共产党的纪律是不拿群众的一针一线。"

"你是我家的大恩人。"

"不能这样讲。我当村干部，是全村党员群众选的。为全村干部群众服好务，带领全村人脱贫致富，带领大家奔小康是我们当干部的天职。大娘，我在全村干部群众大会上订下的规矩，不论红白喜事、盖房唱戏、过年过节，干部不许收一分钱的礼！自己怎么能破坏？您老还叫我当不当这个村党委书记？"

郭大娘见软的不行就来硬的，说："成志，共产党的纪律我知道，既然我动了这个心，你总不能让我再拿回去吧，你是嫌礼轻，还是看不起你大娘我！今天你就是说破大天，也要收下！"

"大娘，你再着急，我也不能收。你要从心里感谢我，就更应该支持我们的工作。"说到这里，郭成志坚定地说，"这礼，您一定要拿走，这本身就是对我们工作的最大支持！"郭成志急忙向马杏敏使眼色。

马杏敏不愧是精明能干的妇女主任，巧妙地给书记解了围。她打开糖盒拿出八块糖，又打开一包烟抽出四根儿，笑着说："喜糖必须吃，喜烟必须抽，这不叫受礼，这是老令儿！四根烟，八块糖，四平八稳，大吉大利。"

她让郭春山搀着老娘回去了，自己跟在郭成志后面又回到了家里。

这时，马杏敏不知不觉地回想起农村妇女工作中的老大难问题，朦胧之中，她觉得自己走在一条漫长的风雪路上。风在她的耳边呼叫，雪直往她的脖子里灌。风雪仿佛要把她从地上卷起来，抛上天空，又扔到地上。

漫天风雪，击打着整个山野，也击打着马杏敏的心……

马杏敏想：妇女工作中出现的老大难，就像遇上了这样大的风雪；这只是困难的开始，接着就会有十件、百件艰巨的任务压在头上，挡在面前。杏敏啊，你是叫鬼迷住了心窍，什么明年"五一"全村所有大光棍儿都找上对象，那只能是梦里的事情。想到这里，一阵寒冷的感觉从头顶直流到脚跟，一阵战栗传遍全身。

"成志，"马杏敏在人前喜欢称他"书记"，在没有别人的时候却喜欢像男人们一样用这种亲昵的称呼，"我得向你汇报，我那一大摊子可玩不转了，求你高抬贵手，就把我这个妇女主任给抹了吧！"

"有事说事，别尽想着撂挑子。"郭成志看着她，发现她嘴里在诉苦，一对明亮的眼睛里却分明含着笑意，忽闪忽闪十分有神地盯着自己，就说，"做好新时期妇女工作不是别的事，谁过去也没干过，没有一点经验，是摸索着干。咱光着急火上房也不行！思想不通，就是做了也还是有问题！我倒赞成事先把思想解决得彻底一点。依我看，光靠开会听报告不够，咱妇女干部得随时随处做说服、宣传、解释党的政策工作。你说呢？"马杏敏是前南峪数得着的漂亮媳妇，清秀美丽的椭圆形脸上，配着一副细细的眉毛，月牙儿般晶莹明亮的眼睛，聪慧、秀美而又楚楚动人，站在那里亭亭玉立。而且热情洋溢，性格开朗，前几年嫁到前南峪来，很快就成了妇女界出头露脸的人物。

她笑着说："你们前南峪历史上遗留下来的五十几个大光棍儿，大部分已经结了婚，或者已经找好了对象。还甩下几个老大难我实在没办法了，我不说你也知道是谁。除去脑袋上没头发的，要不就是脸长得不顺溜，疤癞流星，也有的像个大漏勺。还有一个脚步不利索，走道身子朝一边倒，另一个是喘气不匀乎，老气管炎……"

郭成志叫她说笑了："你好像在拍卖我们前南峪的男人。"

"这几位本来就是处理品，我把前南峪爱管闲事的人几乎都动员起来了，四处打听，到处保媒拉纤儿，人家一看那份长相就堵心了。"

"小马，你已经为前南峪立了一功，年底会好好奖励你的。"郭成志跟她谈话感到轻松愉快，他慢慢地说，"目前，在为大光棍儿找对象这个历史遗留问题上，确实难度极大，咱们村明年'五一'要为所有大光棍儿都找到对象，今年你要摸索点经验，在全村起带头作用才好。不过，你可要有足够的精神准备，农村妇女工作是长期的、艰苦的，可没有在学校里那么痛快。你千万不要以为这比在部队打仗容易。对于我们来说，农村的工作就是党给我们的战斗任务。"他停下来，然后又接着说，"我们建设社会主义美丽乡村，就是要关心群众生活，大力发展集体经济，全面实现小康村。"

党委书记生动的谈话，和他那种坦白直爽的态度，给了马杏敏很大的鼓舞。她听着他对农村实际情况的分析——那许多明确的观点，就好像一颗颗明亮的星星，把它们的光线投射在她的心上，给了她很大的启发。"他原来是这么精明的人哪！"她暗想着说，脸上不由一阵发热，心里微微感到了歉意。党委书记仿佛看出了这一点，但却没有表露出来，仍旧十分安详地继续说，"农民一生有三部曲：盖房、打家具、娶媳妇。你千万再努努力，不能怕麻烦，世界上哪有不麻烦就办成的事，就当行善积德。对方提出什么条件咱都可以商量。"

"要是买西红柿搭茄子，去一个饶三个，你答应吗？"

"娶媳妇还有饶的？"

"不是再饶个媳妇，是饶孩子和老人，拉家带口全得搬到前南峪来。你只要敢答应这一条，我保证前南峪的光棍一个剩不下。"马杏敏自己也忍不住"扑哧"一声笑了。

"这不是小事，我得想想，在党委会上讨论一下。你可以先找着。"

马杏敏说："明白了，成志，我们就是头拱地，也要叫剩下的老大难找上对象！"

郭成志笑了："对啦，就得有这股子干劲才行！"停了停，又说，"要说没干劲是屈了你们，没干劲咱村大光棍儿能从五十几个干到剩下的几个？可要说干劲够了，我看不能说这个话，跟先进比，就有差距。有条件咱就上，没条件就创造条件上！总有一天要让所有大光棍儿都找上对象。"

"成志，说真格的，我真正担心的倒是前南峪的姑娘们。她们不愿意嫁到外村去，说白了就是舍不得前南峪的高工资和现代化的生活，老姑娘越来越多，她们很仇视跟本村小伙子搞对象的外村姑娘。"

郭成志一边听着，一边连连点头，他怀着激动的心情，注视着站在自己身旁的这个质朴的农村妇女主任。她用简短的话，说明了一个很深的道理，使自己明白了一个农村走上共同富裕道路的重要性，这不就是解决农村大光棍儿找不上对象的根本原因吗？

"噢，我还真没想那么远！"郭成志不觉对这位妇女主任肃然起敬。

我原以为或许这是村干部家，所以阔气些。谁知在村子里转过之后，才知道马杏敏家太普通了。如今，前南峪百分之八十的村民都住着跟马杏敏家一样的别墅。楼房外观一致，而内部格局、装修、摆设等却因主人情趣不同，各显其妙。另百分之二十的村民因为房子是当年"抗日军政大学"的旧址，需要保留，所以没有改造。因此，从街路往北，仍保存着几条碎石铺成的小胡同，两旁是清一色的石头房子，村里正在配合有关部门研究保护"抗大旧址"的措施。

穿行了两条胡同，我问郭成志："你家在哪儿？"

郭成志用手往北指指说："就在前边的岗上。"

"走，领我去看看。"

郭成志有点犹豫，迟疑片刻说："这……算了吧，还是别去了啊……"

"哪能不去？一定得去你家里做客。"

"好，好，听你的，咱现在就去。"

一条狭长幽深的胡同，弯弯曲曲地通往山岗上的半腰，走至大约二百米的半山坡上，有一个向南开的门，门东侧长着一丛茂密旺盛的翠竹，然后沿着褐色石头砌成的台阶拾级而上，就走进郭成志的家了。

看见郭成志的家，我的第一感慨就是："这么偏僻，胡同又这么深、这么窄，车都进不去啊！那要拿点重的东西，还得从那么远的大街上抬进去啊，太不方便了。"

自从1963年那场大洪水冲掉了郭成志的祖房以后，这栋房子，是他领着全家拉了好几个月石头重新翻盖的。盖房的时候，村里许多干部和村民都热心来帮忙。

村干部郭明耀、郭明谦、郭玉先争先恐后地来了。

一向助人为乐的村民胡立刚、郝文刚、张红岐来了。

难得回家休息，又有好多事情要办的王云也来了。

……

诸如此类，来了一群。就是这样一群人，组成了队伍，一齐动手，帮着郭成志重新翻盖房屋。

郭成志坚持，不要钱不让帮忙。大家没有办法，就同意要工钱了。

铁镐叮叮当当地刨，排子车吱吱扭扭地推，土烟飞腾，喊声一片，真有点办大事情的气氛。这墙本来就是坍塌着的，没有用石灰黏合，只是抹着一层泥；把泥层铲掉，用镐一扒一撬，整排整块的青石就下来了。这里重要的活是推排子车搬运。

郭成志一肩满脸的灰土，手脚不停，跟着来回跑。到施工地点，他指给别人卸石头的地方，亲自动手卸车；到起石头的地方，他又指点别人小心刨，轻轻装，别砸着人。

胡立刚摊开一双又大又厚的手掌，往掌心里吐了口唾水，搓了两下，蹲下身去，用下巴指着身旁那块斗大的青石，对郭成志说："来，成志，掮一把！"

郭成志弯下身去，双手使劲抱起石头，感到很有分量，便说："咱俩抬吧！"

"不要紧，来吧！"胡立刚双手帮着托起了大石头，毫不在乎地把肩头伸过去。

郭成志一使劲把石头搁到胡立刚的肩上，胡立刚缓缓地站起身来，飞步走到垒石墙的地方，放到石墙上。

胡立刚是个膀阔腰粗的人，说起话来像是放大炮。由于辛勤的劳动，他全身上下晒得红黑发亮，看上去就像是用红铜铸成的一样，似乎一敲就会发出当当的响声来。

随着，郭成志也扛起了一块大石头走过去帮着他垒起石墙来。郭成志看着这又大又结实的石头垒在墙上，从心里高兴。因为他今天特别高兴，也为了鼓励张红岐，一边干活，一边当着大伙喊："我说红岐，操持这种土木工，我可是个外行，一点算计都没有。盖房子的这摊子事儿，我全交托你了。你就出谋划策，说怎么办咱们就怎么办，你就是总监工的。"

张红岐笑了笑，说："我也没经过什么大阵势。反正你瞧得起我，我就尽力。丑话说在前边，要是砸了锅的时候，你可别后悔呀！"

郭成志摇摇头说："没事儿，没事儿，你就撒开手干吧。凭你这身本领，能砸锅，那才怪呢。我信得住你。"说着，他又跑到另一边帮着推排子车。

房子盖好了，郭成志发工钱，可没人要，都跑了。郭成志心里仿佛系着块石头，只好挨家去送钱，但大伙说："这是你看不起我们。"

当时，郭成志感动得两行热泪扑簌簌地滚到棱角分明的长脸颊上，他发誓："以后我要是在村里做了主，一定先让群众住上最好的房子！"

现在，郭成志一大家子就住在这栋五十年前盖的旧石头房子里，他有两个儿子，两个儿子也都有了孩子，但他一直没有在村里盖过新房。我不知道，他是不是为了当初的那个感恩，但我知道他对外一个公开的理由是："我老娘不住楼房，不愿意离开这个老院子。"

用老母亲做借口，不盖新房子，不住像马杏敏那样漂亮的二层楼别墅，是郭成志最堂而皇之的理由。在农村，房子是一件大事，过得好不好，首先看房子，祖祖辈辈基本上是为房子在奋斗。郭成志如今也是四世同堂了，难道就没想过房子的事吗？他没有说不想，他只是说老母亲不愿意住。

郭成志现在的住处实在没什么可说的，简单普通得很。坐北朝南一排石头平房，大概有五六间吧，一个东屋，大儿子郭和平住，一个西屋，二儿子郭海平住，围成一个小院，院子里的地也不是很平，有几棵树，有点花草，有一根绳子拴在院子里的两棵树之间，用于晒衣服。平常的山区农家小院而已，别的没了。

郭成志领着我去他家时，大门没关，院子里没人，堂屋的一个门开着。村干部喊了一声"嫂子",还没等有人出来,我就走了进去。

见了郭成志妻子,郭成志连忙介绍:"玉金,作家来啦!"郭玉金正在屋子里摸黑做着什么,听见丈夫说话,赶紧丢下手里的活儿站起来。她完全是一个做妈妈的样子了,身子比过去壮实,清秀中带着一股稳重劲儿;上身穿着大襟的素花衣服,下面的青布裤子,裤脚很肥大。见一位身材高大的男子站在自己跟前。屋外透进来的一缕光亮,照在她那热诚而亲切的脸上。

"作家……"她迈着一双脚,走上前,紧紧抓住我的手。

"大嫂,来看你啦!"我亲切地说。

"谢谢作家!"郭玉金转过身子,用一只手抓起炕上的一把笤帚,在炕上那块新床单上扫呀,扫呀。可谁知道,她是在掩饰自己激动的泪水。

是啊,如今前南峪富裕了,村上有多少妇女羡慕她呀,说她命好,有后福!丈夫不用说了,是前南峪独一无二最受人尊崇的人,而且这种尊崇并不是因为他有权势。大儿子在邢台市桥西区工作,也曾为前南峪立过功。二儿子在邢台市工作。这样一大家子人够多美满,多顺心!但郭玉金感到幸福和知足吗?

现在她没有什么可抱怨的,没有什么特别使她不满意的。当前南峪这个属于她的世界突然变了样子,许多她从未想过、从未见过的东西一下子都推到她面前,属于她所有了。她的心急剧地怦怦跳着。她看见数不清的美满、幸福向门口涌来,她的大脑已经失去指挥自己行动的能力,也不晓得上去迎接它们,木头一般地站在那里不动,愣着两只眼睛发痴地看着她从未想过、从未见过的东西。她感到惊恐、慌乱、兴奋和得意,原来世界上还有这么多好东西,人还可以是这样活着!她需刮目看待自己的男人。当她看到村上的人一谈起自己的男人,脸上就现出折服和无比敬重神情,当她看到周围干部对自己男人强烈的忠诚心和归属意识,作为一个女人她感到心满意足,感到脸上有光。嫁给这样一个轰轰烈烈的男子汉,也不算白跟他遭罪受难!越是不断从男人身上发现新的品质,觉得跟自己在一个炕上睡了多半辈子的男人突然变得陌生了,好像不认识他了,他就越有一种新的吸引力,更加依恋他。可他偏偏不再属于自己了,不再属于这个家了。

农村实行集体专业承包责任制,郭玉金希望能分得一片好责任田。但郭成志却和她的希望相反,都让了别人,虽然领导了全村里的农村改革,分到的责任田却是很不好的。郭玉金生气了，责怪他道："你们当干部，日日夜夜搞改革。你呀，连嗓子也喊哑了，现在却落得这样！"

"自己当干部，难道好意思和人家争吗？"郭成志一笑置之。

"难道当干部就要让别人！"郭玉金很不服气。

"难道当干部就要占先？"郭成志看了她一眼。

郭玉金没有话说了，但她心里还是不平。后来许多事情她越看越不顺眼了，不知道应该对谁说好，只得又向郭成志发泄："瞧，这样下去可越来越不像样了！"

"唔……"郭成志支吾着，"慢慢来吧！"

"慢慢来？你自己准备怎么样？"

"没有怎么样。"

"人家干部都回家照顾自己的责任田了。可是只有你们几个傻子，还是忙来忙去，天天开会，又要上镇政府，又要上县委。活儿荒在地里也不管，看你将来吃什么！"

"当干部还能不耽误点活儿？当干部并不是要你享福的！"郭成志到底有点冒火了，"现在你要享福吗，还早着呢！"

郭玉金横了他一眼，感到自己的男人已经慢慢离开她了。她觉得自己很孤单。

就是这样，他经常外出，有时一走就十天半月。他走到哪里都有人围着，有人抬着供着……

"复苏前南峪，洗刷老山区的龌龊，开创一个从没有过的大事业"——这成了男人生活中压倒一切的第一需要。可这又意味着他要付出多么大的代价呀！别的不说，就说村里家家户户都住上了别墅，还用上了水磨石地板，葵花吊灯，好几对单人和三人的沙发，反正有的是屋子。还有彩色电视机和电冰箱，还有什么新式空调机……可自己还住在这个五十多年前盖的旧石头房子里。男人是这样自己又何尝不能呢？要不，自己咋做他的女人，又咋叫同甘共苦呢？

想到这里，郭玉金不由得说："俺现在生活高哩，党的政策好啊。"边说边要拉着我往炕沿上坐。

我没坐，细细打量着屋内说："这么小，这么黑啊！"

由于太突然，郭玉金有点慌乱，一时不知道说什么了。

我找了找电灯拉绳，正好在我身边，我顺手拉亮了灯："怎么也不开灯啊？"

郭玉金有点不好意思说："我也没事，在屋里随便做点什么，没开灯。"

我笑笑道："是不是为了省电啊？"

屋里很简朴，可以说有点简陋，好像没什么值得说道的家什和摆设，但很干净整洁，烟熏色的立柜，擦出漆红颜色，茶壶茶碗擦得锃亮，油醋瓶瓷瓦罐摆得整整齐齐，显着一股子生气勃勃的样子，与郭玉金的外表和神态很相似，干净利落，朴素大方，还有几分文静。郭成志的家，无论是"硬件"还是"软件"，都太简单了。

我故意说："这房子也该换换了啊！"

郭玉金却轻松地说："住着挺好的啊。"

也许，这正是郭成志的心声吧——"住着挺好，没必要换新的。"

我转过身子，问郭成志："你打算什么时候换换房子啊？"

郭成志不假思索地说："等村里人都换完了吧，我是第三百六十八户，也就是最后一户。"

"吃苦在前，享受在后。"我突然想起了毛主席的一句语录，那时候，他是要求共产党员和干部要继续保持艰苦奋斗的作风。今天，望向民族复兴的光明前景，习近平总书记强调，全党同志一定要不忘初心，永远保持艰苦奋斗的作风，勇于变革、勇于创新，永不僵化、永不停滞。艰苦奋斗的召唤更加发人深省、催人奋进！

大凡一个时代人物、一种时代精神，其影响力能持续下来的本来就不多，像抗大精神这样被很好地继承和发扬的，更是罕见。

是的，一些时代的英模，往往是"时势"造就的。而大寨，走过一段弯路之后，出了一个郭凤莲，郭凤莲重新发扬了大寨精神，地还是大寨的地，人还是大寨人，就是把农业经营体制彻底改变了，极大地调动了广大农民的生产积极性，使走了弯路的大寨复兴；小岗，这个中国改革开放标志性的村庄，走了不少年弯路，沈浩积极推进改革发展致富，也使小岗农业生产出现了历史性的转折。

半个多世纪以来，前南峪人一直没有放弃抗大精神，即使在十年浩劫的"文化大革命"期间，前南峪人也丝毫没有放弃抗大精神。特别是党的十一届三中全会后，郭成志积极实施农村深化改革，从站起来，到富起来，奔向强起来，才使前南峪全面走进了小康社会。

二

"位卑未敢忘忧国。"如今前南峪富裕了。但郭成志没有忘记当年创业的艰辛，没有忘记当年他们在最困难的时候上级领导给予的信任和大力支持，没有忘记那些大专院校、科研院所的科技人员给予的无私帮助。他们牢记着"社会主义就是共同富裕"的教导，为消除贫困，把帮扶尚未富裕的村庄共同富裕视为自己的责任，制订了科技扶贫攻坚计划，建立了"太行山板栗技术开发中心"，并被列入国家星火计划。

20世纪80年代的初春，光秃秃的树木在阵阵的寒风中颤抖。沟渠里，秋天的败叶正在腐烂，但那里，黄色的莲馨花已在潮湿的草丛中开始探出头来。从整个山野上，从村庄的院子里，从渗透了水分的耕地里，到处可以闻到一种潮湿的、发酵似的气息。无数嫩绿的幼芽从褐色的泥土里钻出来，在阳光下闪闪发亮。

地处太行山革命老区的邯郸市武安县楼上村党支部书记王雪飞和大队长高云生慕名来到前南峪，当他们看到了前南峪的山，看了东沟、西沟的板栗树，觉得好像做梦一样，眼睛都直了：瞧，那满山满沟的板栗树林多么宏大，密密层层，枝丫交错，阳光很难射到地上，而难得漏下的一点阳光，就像色彩鲜艳的昆虫一样，仿佛是在苍苔和淡红色的枯萎的羊齿上爬行似的。百年老板栗树和茁壮的新板栗树互相结合，透出一片蓬勃的气象。

待听了技术骨干郭俊刚说："那沟里整治过的百年老板栗树，从每棵树结果十斤已经到了五十斤、一百斤；十年、二十年的板栗树也每棵不少于十斤。"他们更是羡慕得不行，说："俺村里咋也一个板栗毛都不结？百年的老树俺那里是没有，十几、二十年的倒是有三千棵，硬是让你馋掉了牙，一个板栗也不往树上挂！"

他们谨慎而又迫切地试着向郭成志提出一个看似额外的要求："俺们那个村的坡上二三十年的板栗树有三千棵，至今没见到过一个板栗毛，能不能派个师傅去帮助看看？"

郭成志二话没说，即刻表态：

"行，到节气了俺们派几个人帮助你们。"

惊蛰一过，前南峪村里的大拖拉机就送郭俊刚一行四人上了去武安县楼上村的路。郭俊刚带队，其他三个人都是全村最优秀的果树技术能手。他们随车带去三千棵优质板栗码子。

初春时节，虽说已过了惊蛰，气候还是很冷的。刮了一冬而累得精疲力竭的西北风，仍然像小刀子一样，削着行人的脸。

三个果树技术能手在拖拉机上颠簸着。尽管挤在车厢的果树技术能手，都变成了电筛里的煤球一样，被拖拉机摇来摇去，他们还是竖起老羊皮袄的领子，拉下棉帽子的耳扇，揣着袖口，像三只把头缩进脖子里的鸵鸟，弓着背依偎地坐在一起打瞌睡。郭刚奎是他们三个技术能手的临时果树修剪组长，他正做梦，梦见他们在楼上村修剪成功，全村群众送给他们的一封一封感谢信变成了树叶子：风一吹，那树叶子就呼呼地往下落，有的像蝴蝶翩翩起舞，有的像黄莺展翅飞翔，还有的像舞蹈演员那样轻盈地旋转。地上满是落叶，像铺了一层厚厚的地毯。他们用一个个大竹笆子，使劲地搂，搂着这棵树下边的叶子，眼睛还盯着那棵树下的叶子，提心吊胆，唯恐这当儿突然跑来一个人，也背着笆篓筐子，也拿着竹笆子，把那棵树下边的叶子都给搂走。

朱红色的拖拉机在太行山上行驶的时候，真像是一匹抖动着青鬃的骏马，它纵情驰骋，跳跃咆哮。郭俊刚坐在驾驶座上，两手握紧方向盘。他头顶上的棉帽子，那没有结扎着的耳扇，一高一低地朝两边伸着。他的嘴上叼着烟卷，眯缝着眼，信心百倍地看着前方。

前方是起伏的山峦，山峦前边是长满果树的坡岗。坡岗下，散布在渠边、坑沿上一棵棵一丛丛的树木，撑举着枯枝，闲散而恬静地挺立着，也变得跟土地同样的颜色，几乎看不出它们本来的模样。东西南北的村落，因为脱去了夏天翠绿覆盖和秋天的金黄笼罩，也仿佛低矮了许多。坐在车上的人，用不着跷脚，一抬眼就能看出很远很远。这样一来，太行山上显得更加辽阔得没边没沿。如果缺少从村庄传来的阵阵声波，缺少偶尔出现在远远公路上的车辆影子，那就太过于空旷寂静了。

他在心里寻思着，有好半天，他闷着头，不言语，只是一个劲儿地大口大口地吸烟。一会儿，他似乎从很远很远的人家屋顶上的炊烟里看出了什么似的，呆呆地出起神来。他看见缕缕的炊烟，在晨曦影里现出不同的颜色，有的发黄，有的发白，有的淡蓝，有的乌黑。那几缕浓浓的烟柱，又粗又壮，是从那些车马壮实的大院烟囱里冒出来的。其次就是那人口多，新修的砖烟囱，也很有气势。但更多的是贫困人家的烟囱里冒出来的烟却是那么无力，断断续续，萎靡不振，没有一点生气。郭俊刚看着，不知怎的，那从小时候来到楼上村的记忆，一下子都扑到心坎上来了。他抬起头来，看看那巍峨的太行山顶，看看那郁郁苍苍的大林子，墨黑的巨影，仿佛还是和三十多年前他小孩子时候一样。三十多年了山和大林子没有一点改变，可是他郭俊刚，却经历了多么大的变化啊！

过去那些年，郭俊刚也去过不少村庄。他很不喜欢去别的地方。他觉得到处乱乱哄哄，没有前南峪安静；什么东西都离奇古怪，看着眼生，没有前南峪熟悉。如今，他不知不觉地改变了看法，习惯了那里的环境，因为他知道前南峪富裕了还要帮助其他贫困落后的村庄，如果光顾自己富裕不管别人，那还怎么去实现共同富裕？

拖拉机驶过深山峡谷，又过了一道并不宽的干沙河滩，爬上一个大坡。一百多里的路，全部是崎岖的山道，中间还有一段尚未铺柏油。拖拉机不敢往快里开，下午三点钟才到了村边。

郭俊刚的心思被打断，振作一下，叫了一声："醒醒吧。到了！"

三个技术能手猛睁开眼睛，郭刚奎说："啊，这么快？我的一个梦还没做完，就到了！"

离村还有二百米远的时候，他们就看到了村口上站着黑压压的人群，可想而知楼上村人的殷切之情了。

郭俊刚一行四人来到楼上，给这个已经热闹起来的村子，增加了喜悦，增加了力量，增强了信心。

郭俊刚的老朋友王雪飞和高云生在这样的时刻，迎接他们，心里真高兴啊！他的新朋友陈江波和胡振生，跟他一块忙起来，交情一下子就深厚了。

广播响起来：修剪板栗的事儿。

黑板换上新的：修剪板栗的事儿。

群众大会召开了：修剪板栗的事儿。

培训班办起来了：修剪板栗的事儿。

屋里、院子、街头、巷尾，到处都有人议论纷纷，都是修剪板栗的事儿。

郭俊刚在楼上住了十天，成了一个最受欢迎、最忙碌的人。他到村的那天下午，楼上村的支部委员陈江波和农业技术员胡振生就陪着他，先在楼上做起修剪板栗的技术传授和示范。他详细地介绍嫁接、修剪以及"五改一加强"等经验。

第二天，楼上村组织了三四十人，跟郭俊刚他们上了山。正是嫁接板栗的季节，目的是给楼上人做示范教徒弟。

一到楼上的沟里，郭俊刚的眼就不够使了。在两面山坡中间，是一片宽阔的山谷，一条浅浅的山涧流经其间。山坡上面是一片连绵起伏的山岗，其后更高处是山峦。他左瞄右瞄，东瞧西看，着实是爱得不行。那楼上的大沟比前南峪的宽阔开展，让人看着也舒服，把劲使在里边，保险还给你最大的收获。他一边看一边建议楼上的王雪飞，赶快治山，说着弯下腰去，抓了一把山土，细细地看了一看，拿近鼻尖闻闻，再放一点到舌头尖上品品滋味，然后他把头垂下去轻轻地点几点，喃喃地说道：

"这土是一脚踩出油的好土……"

他喜欢得不行，恨不得填进嘴里吃喽！忙把土抓到王雪飞眼前：

"你看，这片麻岩风化土多成熟，够多肥！快栽板栗吧！前南峪人要有你这土，早就坐不住了。"

王雪飞说："有您郭师博这话，俺楼上肯定干，干的时候谁也不指望，就指望您郭师傅啦。"

到了嫁接的树旁，郭俊刚噌地一下子上了树，让下边的人把剪刀和板栗码子递上来，就边嫁接边示范讲解。一棵树嫁接了小二十根码子后，才下来将楼上的人分成四个组。前南峪的"师傅"每个人带七八个人，开始干了起来。

嫁接的枝条需要缚棍了，郭俊刚就领着人到了。入冬到了剪枝的季节，在红艳艳的天空中，旭日像醉汉的面孔般涨得通红地从树后出现了，山野上覆满了白霜，干燥而坚硬，在山村里的社员们的脚下，踏得簌簌作响。一夜之间，板栗树上的叶子完全落光。在那片野坡后面，望得见一条长长的碧绿的波涛，翻腾着白色的泡沫。核桃树和苹果树的叶子在疾风中纷纷凋落了。每吹过一阵寒风，经霜的树叶猝然脱离树枝，像一群飞鸟一般，在风中飞舞，向路上的行人脚下滚着。郭俊刚就又带领修剪队员们顶着刺骨的北风上了山。郭俊刚时而攀在树上精心修剪，时而拿着树枝，给楼上的徒弟分辨结果母枝与白吃饱枝的细微区别。斧砍，锯截，胳膊粗、碗口粗的大枝子直往下卸。几天下来，手脚冻得流脓淌血。

……

第二年秋天，楼上村从来没结过果的板栗树挂果了。那绿绒的栗蓬一嘟噜挤一嘟噜，挂着水珠儿，圆溜溜，亮晶晶的，就像刚从水晶宫里捞出来的绿宝石缀在绿网上了。不用吃，看一眼，便觉得那甜津津的栗汁渗出来，透进心里。郭俊刚应时赶到，他就是要看楼上的栗蓬来的。可巧，碰到几个楼上的人正在搓带栗蓬的枝子。他们觉得四周都生刺的圆滚滚的栗蓬挺新鲜，搓它一个枝条回家看稀罕吧。一个人一带头，大伙都搓了起来，毁了不少板栗树上的果枝。

郭俊刚心疼极了，也气愤极了，当场把这些人喊了一顿："你们要干什么，啊？这是全村群众的血汗！瞎了眼啦！看不见这是栗蓬。你们把那些栗蓬都糟蹋了，还想叫板栗树结果不叫？啊！……"

晚上郭俊刚让支书立即召开全村社员大会，说不放电影你支书也得把人给我召集来。干部们费了九牛二虎之力把人才召集齐。郭俊刚在会上好不容易克制住了自己的脾气，他以在这种情况下少有的耐心给社员们讲搓果枝的危害，说："你今年一搓，起码三年长不起来；你搓一枝，第二年就损害十枝。像这样下去，全村的板栗树还咋长果？全村群众的血汗还不白流了，啊！……往后，咱们大家的心里要多装全村的大事，要支持村干部搞好板栗树管理。我想，有三件事，咱们能办到，也应当办到。头一件事儿，咱们要当好村干部的耳目。"

有人说："你讲细致一点儿，怎么当耳目？"

郭俊刚说："咱们在楼上住着，活动着，要多听，多看，多管。听清了，看准了，发现有人损害果树要立即制止，制止不了的要往上汇报，让上边知道下情，领着咱们把板栗树管好。"

社员们都拍手赞成："对！把咱们听到的、看到的、管不了的事情都汇报上去，上边知道了就能进一步采取措施加强管理，就会往咱们心愿上管。"

郭俊刚接着说："还有第二件，咱们要想方设法地宣传板栗管理，让全村家家户户都能长这个心，留这个神，别再发生这样的问题。这中间，都要立个志，把分到的板栗树管好，把致富的日子过好。做到这两步，那就保险不会让人损害，保险能加强对板栗树的管理。"

社员们最拥护这一条:"对,对。全村人就是得齐发动,合成劲,绝不能再损害一颗栗蓬啦。"

……

社员们听明白了道理,又被外来的郭师傅的精神所感动,此后,搓果枝的事再没有发生过。

第三年春天,郭俊刚又是自带优质板栗码子到楼上嫁接。这回,他有了楼上庞大的"徒弟"阵容,嫁接的速度快了许多。"缚棍"之后,他来楼上检查成活情况,看到几个放牛的正从板栗树中间穿过。长满胡须的公牛走在牛群前面,把头低低地靠着地面,时常停了下来,仿佛在考虑该从什么地方进击。它们的庞大肺叶发出一种低沉的吼声,犹如隆隆的雷鸣,水汽从它们的鼻孔中直冒出来。它们一面用脚不断地在山地上探索,一面好像在用它们那双深藏在鬣鬃下面充血的眼睛警戒着它们的敌人。

待郭俊刚一仔细检查,有好几个缚棍让牛给碰掉了。又仔细地察看了一下,他把挂在果枝上的一撮黄黄的牛毛摸在了手里。

郭俊刚紧追了几步,拉着几个放牛的,非去大队部不沾!

路上,郭俊刚铁青着脸,一言不发,只是紧盯那牛倌和牛,把他们一个不落地"押"回了村。

到大队部,让人把支书和大队长都喊来了。那几个放牛的起初不承认是自己放牛闯的祸,说:"我们的牛管得好好的,你咋知道是我们毁了树?"

郭俊刚把摸牛毛的手猛地一张,眼珠子瞪了起来:"板栗树上能长牛毛吗?毁了树还嘴硬!"

"就是板栗树上有牛毛咋的,放牛的又不是光我们几个?"

郭俊刚再也忍不住了,发怒地一跺脚,吼叫一声:"你们这纯粹是发赖!"

那几个放牛中为首的一个名叫武辉的中年人更不能忍,胸脯子一挺,逼视着郭俊刚喊道:"谁发赖啦?你又没有亲手抓住我们,就凭几根牛毛,算个啥证据?这地是楼上村的,我们愿在哪儿放哪儿放,我们愿啥时候放啥时候放,谁也管不着!"

郭俊刚怒不可遏地说:"你少来这一套!那码子是俺前南峪带来的,嫁接也是俺前南峪的人工和手艺,你们就这样胡糟蹋,不沾,俺不答应!"

武辉冲着郭俊刚说:"你不答应顶啥事儿。少了你们这一伙修剪的,我们楼上的板栗树就不结果了？我们楼上人就不过了？哼，我们反而会过得更美气点儿！"

大队长高云生跳起脚来："你给我住嘴！"

武辉说："我偏要说！"

"我看你是发昏了！"

"你才发了昏！今儿个我非要说到底不可！"

支书王雪飞故意不搭腔，让武辉把要说的话吐一吐。到了这会儿，他终于忍不住地开口了。他语气平静，却又态度严肃地问武辉："你一肚子这样的话，都是自己想出来的，还是从别人那儿趸来的呢？"

所有大队部里的人，都不禁愣住了。王雪飞看大家这样，就面带微笑解释说："我刚进大队部，就听见你们这里吵吵，我赶紧走来看看。怎么啦，武辉哥？"

武辉一看见王雪飞，先是一愣，但很快便转过味来了。他感到王雪飞的到来，很好；他一直认为王雪飞站在他这一边才不开口，是跟他武辉"想到了一块儿"，是给他撑腰的；但经他这来一插手，事情可就有点不好办了。他想应当抢个原告，因此，听到这句问话，回答起来自然腰杆子很硬。他说："当然是我自己想的。支书，怎么惊动了你？幸亏支书你来了，你要是不来，今天就怕把人脑袋打成狗脑袋了，吃不了我不得兜着走啦！"武辉企图用花言巧语，灌米汤，软化王雪飞，又接下去说，"支书，你来得正好，你是一村之主，办事最公正，你来给评评这个理，哪有为郭师傅嫁接、修剪板栗，就硬不许我们放牛的道理？郭师傅发现板栗树的几个缚棍让牛给碰了，他不调查，硬说是我们放牛毁的，我说不是，他不信，就逼着我们认错。咱社会主义国家，也有政府有法律呀，遇事也要凭理讲倒人，光依仗大队干部也不行呀！从打郭师傅他们一入楼上，我就看不惯他们这些外村人，总是憋在心里，嘀嘀咕咕，一直到今天，高云生老压着我，不让我说……"

王雪飞还没来得及回答武辉的话，高云生哼一声："你露脸嘛。我应当让你登到大槐树上广播去！"接着，高云生又气呼呼地说，"你说，谁不凭理讲倒人，你的理究竟占在哪里？郭师傅他们，宁肯放下自己村的工作不干，从前南峪带着板栗码子，翻山越岭，到咱村无偿帮助嫁接、修剪板栗树，到底为个啥？还不是想让咱村的板栗树长得旺，结果多？可你们倒好，为了自己家的牛䐁肥腰圆，就不管不顾，叫牛闯进板栗树地，把缚棍碰掉，集体的板栗树还咋嫁接、修剪？如果嫁接、修剪不好，集体的板栗树还咋能长得旺，结果多？你说，你们肆意放牛碰掉缚棍这不是损害集体利益？这合乎什么理呀？你今个非把底里根情说清了不可。"高云生最后生气地说，"唉，人心变得可真快，你武辉刚刚吃了几天饱饭，就忘本了！"

武辉被问得直扑闪两只老牛眼，不知怎样回答好了。

王雪飞站在人群当中，听着双方的辩论，心里暗自思忖解决问题的办法。经过郭俊刚、高云生的说理，要诉诸争吵解决问题的情绪是平静下来了。而且看起来谁是谁非已经摆得很明显了。王雪飞一下子就懂了：这是武辉他们不顾集体利益，肆意放牛碰掉缚棍造成的矛盾。因此，他们才死缠蛮搅。王雪飞从双方的对垒争辩中，看穿了武辉藏头露尾的底里根情。他听高云生讲倒这里，就用手势制止他说下去，又面向武辉说："你自己评议评议，心里边生发出这样的一套想法，对不对呢？"

"当然对啦。照这样下去，我们牛也别放了，光嫁接、修剪板栗，把人管得格挺挺的，出个气都不舒展，社员们还咋过舒坦日子？"

"嫁接、修剪板栗本身就是为了增加社员的经济收入，没有经济收入，社员脱不了贫，咋过舒坦日子？再说了，我们不是常说，骨干社员应当像个车头，带领全村人都奔社会主义小康吗？可你倒好，别说对跟不上趟的社员不肯拉一把，自己有了错误都不改正，要像这样，咱们的社会主义新农村怎能建成？这样做，咱们还算搞社会主义新农村的人吗？"

武辉听到这儿，才听出一点味道，发觉王雪飞跟自己并没有想到一块儿，就反问一句："你说说，郭师傅这样编派人，是对呀，还是不对？"

王雪飞看出武辉故意在发问，他用眼睛看了看站在他面前的武辉，思忖了好一会儿，才坚决而又果断地说："武辉哥，刚才你表明态度，说郭师傅编派你，要我评理。好，这个理我评。我是党支部书记，要对党对群众负责。理评错了，我检讨。"他理直气壮地提高嗓音，接下去说，"用正当的眼光看，咱们不会管理果树，影响全村收入，所以请郭师傅他们来做示范指导，他咋能眼看着费尽千辛万苦架起的缚棍叫牲口毁掉？郭师傅在这上边坚持了生产队的原则，执行了党支部和大队的决议，我们应该坚决支持他。他在这方面，不怕得罪人，很热情，我很感动，我们要向他学习。"

王雪飞在话说到结尾时，加重了语气。武辉不服气，又急了眼："说

· 750 ·

一遭儿，你们是一个鼻子眼儿出气呀？"

王雪飞说："我们咋是一个鼻子眼儿出气？我是党支部书记，我能看着你们争吵，坐山观虎斗，还是看着集体利益受损失，袖手旁观呢？我们是遵照党的政策办事，一个心眼带着大伙儿奔小康。遇着不合党的政策的事，就是要管。武辉哥，过去那几年，你也是这样做了，今天和以后，都应该跟我们一个心眼儿……"

本来，王雪飞一进大队部，武辉就有点气馁了。他早就知道，党支部书记要来大队部，但没有想到，正好在这个节骨眼上，出现在大队部，这可真叫作半道上凭空杀出个程咬金来了。别的他还勉强可以接受，就是那句你应该跟我们一个心眼的话很刺耳，使他感觉不是滋味，有点噎脖子，又咽不下去。他大手一摆，打断了王雪飞的话："我没你们那么高的觉悟性儿！我没你那副活菩萨的好心肠！我舍不得割亲人身上的肉，往外人的疮上补！哼，这回我才明白了。怪不得云生总是梗着脖子不听我的话，越泼洒越手大，敢情是有你当后台呀！告诉你们，村里的一根柴火秆儿，都是社员一个汗珠子掉八瓣拼出来的，不是偷来、抢来的，谁想随便送给外村人去讨好，也不行！"

王雪飞朝他跟前移动一步，说："武辉哥，你今天这一套话，太不对味儿了……"

"怎么不对味儿？不对啥味儿？"武辉一会儿用手搓搓脑门子，一会儿又搔搔下巴。在这样一种场面，他武辉应该咋表现才好呢？他头脑里一时捉摸不定，因此，他就用手使劲搓脑门子，希望它显点灵，神速地拿出一个主意来。按现在的情况，他是应该立场明确地站在党支部和群众一边，对于自己今后参加生产队肯定有好处。这样就可以使大家对他有个好印象。他何乐而不为哪！可党支部书记对他的批评有点过火。这就是他之所以像墙头草似的摇来摆去，拿不定主意，浑身像着了火一般站不安，心里也像失了火似的焦急。

细心精明的王雪飞把武辉这个不同于众的表现看在眼里，说："不像个生产队社员想的、说的！不对社会主义的味儿！"

"我看我这味就很对！"武辉说。

"那是因为你的心思变了。你害了病……"

"我看是你们变了！你们害了大病！"

王雪飞语气沉重地说："武辉哥,到底谁变了,谁害了病,你自己前后想想就清楚了。过去,你为生产队利益,实干,肯吃苦,敢于坚持原则。可你现在,你说说,你为了个人放牛,毁了社员的板栗,还不敢面对现实,改正错误。"

对于武辉来说,王雪飞的批评,无疑是一声春雷,轰在他的心上,震得他天旋地转。

不行,得想办法。"支书!"武辉火急地表白,尽量抑制住颤抖的嘴皮,"我的确真心实意拥护集体,连做梦都在想呀!"

"想啥?"王雪飞问。

"搞社会主义呀!"

"真话?"

"完了!完了!你连这个也不相信。如掺了半点假水,我赌咒,赌咒!"

又慌又乱,他指着屋顶,真要发誓了。

猛然,王雪飞一声怒喝:"你说你是搞社会主义,那你说说,你心里的集体有多大呀?"

"你说多大?"

"让我回答,你准不认账。"

"你说多大嘛!"

"不大,也不小,你那个集体,就是你那三面墙、一面房的小院子……"

"你说我为自己?"

"对,你的病根就在这儿。真正搞社会主义的人,心里就得装着全村群众,而你实际上只装着你自己——你不外乎是个人放牛发财,毁坏集体果树。别的还有什么?你想到损害板栗,就会减少全村果树收入了吗?你想到保护板栗,就能壮大集体经济了吗?你不用瞪眼珠子。你说呀!"

武辉的病根真让支部书记给揭到了,可惜他死也不能承认这一点。他梗着脖子,提高嗓门道:"好,好,我没有你能讲!我讲不过你!就算今儿我们几个放牛的错了,还不行?"

郭俊刚那里却来了真格的,说:"俺不答应!"他非要罚每个牛倌五十元钱,并且立即回家去拿,现钱交来才算完事。

王雪飞一时没有省过意思来,把交来的钱随手递给了郭俊刚。郭俊刚看一眼支书伸过来的手，来了比先前更大的火气，额角上青筋随着呼呼的粗气一鼓一胀。火气压在话里显得无比严厉，用他那双带着血丝的眼盯着楼上支书的眼睛说：

"王支书，俺郭俊刚来楼上就是为的这几个钱？"

楼上王雪飞的手伸出去的一刹那后悔了。

后来，楼上村党支部为这件事专门开了一次领导班子会，会上决定为放牛毁树的事召开一次全村社员大会。那次社员大会是在放完一场电影之后开始的，郭俊刚第一个跳到戏台上发表了一番极中肯、极耐心又极动人的讲话，他讲了碰掉嫁接缚棍的害处，又讲了自己如何挂念楼上村的板栗，还讲了前南峪支书郭成志在他每次来前的嘱咐，最后他说：

"这些年来，实际上楼上人过的不是生活，仅仅是活凑合！几十年来走了一条漫长而坎坷的路，始终没治了一个'穷'字。楼上的人天生就是受穷的脑袋吗？就活该世世代代吃橡子面吗？你说下个大天来，我也不信这个理儿！

"这回俺前南峪的成志支书，派俺们来楼上村传播科学管理板栗技术，目的只有一个，就是共同致富，希望楼上父老乡亲对俺们的工作要继续大力支持。成志支书对俺海庆可是下了死任务的。你楼上要是搞砸喽，俺海庆回去还有脸在前南峪的大街上走吗？……"

郭俊刚这么一激动，连自己的小名都不小心泄露给了楼上人。此后，楼上的街上山上就消失了郭师傅、俊刚师傅的称呼，全部用海庆或海庆师傅替代了。现今楼上村已经有了前南峪人帮助栽植管理的小板栗树两万多棵，还有前南峪人帮助建设管理的五千棵优质苹果的二百亩果园。

在胜利的喜悦中，楼上村又夺得改革后的好年景。

丰收，给庄稼人带来了安定的情绪、快乐的日子。

丰收，给国家带来了灿烂的秋色、累累硕果。

丰收，也给农业集体带来了积极、稳步的发展。

修剪冬天的果树，收获秋天的果实，楼上的村里村外，到处都洋溢着喜悦的气氛。

天也晴得好！看吧，秋高气爽，蔚蓝色的天空万里无云，绿色海洋般的果树林一望无际，远山上烟雾缥缈，小河里绿水在起伏不平的山石河床上欢跃地奔流着，发出琴声般叮叮咚咚的响声。秋风阵阵吹来，吹得那青青的垂柳，披着金色的阳光，闪着透明的光彩摇来摆去，在大地上投下了淡墨色的影子，跟画儿似的，真美！

满山遍野一群一伙的人，都是有条有理地活动：一伙人在前边摘苹果、打板栗，后边的一伙人就搬筐装包，拖拉机很快就拉运，犁沟，施肥的紧紧地也跟着上；采摘一行行树，犁开一条条沟，就施一沟沟肥，像一个连环套，一环套一环，真叫带劲儿！

翠霞一手提着塑料桶，侧着身子，飞快地顺着果树沟把肥料撒了下去。她脸是红的，身上的褂子也是红的，像一团火似的在果树园里跳动。

跟在翠霞后边撒肥的武辉，经过这一阵折腾，他心里踏实了。还是科技进山好哇！你看他干活多仔细，像是在弥补前些日子的过错。他一手端着塑料盆，一步一迈，手里的肥料一把一把撒进果树沟里，不多不少，每回撒出的都一样。这还见不出真功夫。要是种玉米，你看吧，经武辉点的种，出了苗，不用很拾掇，株距是株距，行距是行距，那真叫技术！

三

前南峪人帮助楼上村管理板栗大获成功的消息传出，撤县设市后的武安市林业局局长高望臣，亲自驱车穿过数座大山来到前南峪，除了感谢之外，要求能不能再多派点技术能手，帮助把本市四个山区乡的板栗树都给"诊治"一遍。郭成志满口答应，说："惊蛰一过，先组织村里几十个技术人，带人和码子分别到武安的四个乡去嫁接。"

1985年的春天，对于前南峪人，对于郭成志，都是一个春光无限美好的春天。

前南峪的春耕生产，遵循着人们的理想和安排的那个样子，热气腾腾地展开了。

山药沟已经高标准地治理完毕，只待"晒土"，之后分层次栽上各种各类的果树。村办化工厂已经投产。

搞春播的人们，按照新结合的农具，一组一组地忙碌在田野上；分别土地远近，一块一块地耕翻撒籽儿。

这样大集体的劳动，一开始就收到了显著的效益：干部不忙乱了，村民不紧张了，人拉耧子、砘子的现象取消了。而山里人祖祖辈辈从没见过的化工产品——硫酸钡，像那白花花的面粉一样，流成了大把大把的钱。另一个更大的工厂，也正在由班子人筹划，不久也将要动手兴建。

当然，年前的秋收，更是一个比往年大得多的粮丰果茂。

本来对"集体专业承包责任制"这个创举拥护的人，看到的优越性，比预想得还要大，干得更欢了。曾经犹豫的人，看到了成果，出乎他们的意料，也有了劲头。至于那些反对的——这类人当然是各种各样的，单说那些安下坏心眼，怕农业集体搞好，盼郭成志摔跤的人，一看这架势，就开始彻底失望了。所以，人们劳动起来特别带劲。歌声、笑声、拖拉机的突突声，以及成群结队不时从低空缓缓飞过的、拖着美丽长尾巴的鸦雀呷呷呷声，互相交织成一片特殊的音响，从早到晚，不断飘荡在前南峪的田野上……

繁忙的日子，过得非常快。谁也没有留神，杏花开成了白雪团，桃花开成了火烧云，越过冬天的小麦地，变成了绿毯子。那一块块因为改良而改变了颜色的土地，又改变了颜色：春小麦种和豌豆种，从垄沟里钻出了幼芽了，嫩绿嫩绿的，特别讨人喜欢。

"嘿，咱们这一样，又算抓住了，瞧这地，变得多有劲！"

"不假。等苗子长起来看吧，春麦准能赶上秋麦。"

"要是不搞集体专业承包责任制，哪能改这么多地？怕是春麦种不了这么多，棒子、谷子说不定还没有动手撒籽哪！"

……

郭成志接待了武安的高望臣之后，心里便盘算开了去那里的人选，他想到了果树技术掌握得差不多的小青年，有不少抽到了化工厂，那里需要有文化的人。工业战线嘛，文化水准太低了哪行？这样一来，给去武安造成困难，得去三十几个人呢！自己山里的果树，每年春天也都得收拾，人用得也不少。去武安，就只有从工厂里多抽几个了。

可那工厂是流水作业，丁是丁，卯是卯，一个萝卜一个坑，哪能随便抽呢？不能抽也得抽，咱要保持住在武安楼上的好名声！

再说，你前南峪走过的路真难呀，可再难咱也过来了，还不是亏了外来的科技人员的帮助？今天，咱掌握技术了，人家求到咱头上，咱反倒在帮助人的路上犹豫啦？

不沾，武安人的忙，非帮不可！还得是诚心诚意、半点不打折扣地帮！

所以，他给化工厂的厂长李永卫下了个"死命令"："掌握果树技术的人，都给我抽下来，去武安帮半个月。"

李永卫反问他："支书，你光叫我安排人去武安帮半个月，抽谁？谁都没有闲着，一个顶一个，要是有闲人也算。再说了，产品正是热销，厂子正在高潮时期，生产一天，最少挣上万块钱，这是钱呀！咱前南峪人苦苦干这些年，图个啥？不就是多挣钱，奔小康，让乡亲们有钱花，过上富裕的日子？要是硬抽三十几个人，停了产，乡亲们答应不答应，损失可是我们的呀！"

郭成志听着李永卫刚才的一席话，不由得回忆着前些年那个穷困的李永卫。接着，又使他回忆起三十多年前，他的岳父郭增群的一句说富裕中农李三江的话，就是"人富心变"。那么，走社会主义道路的人，过得富足了，心也会变吗？如果会变，应当变得觉悟更高，变得越发热爱社会主义，变得越发努力奋斗呀！李永卫为啥变得落后了，自私了呢？处处为他那个小企业利益着想。对，这是私心的根子没有挖干净，从那上边冒出来的新芽子。看样子，他的病根很深，得好好说道说道，把他的眼光，从这个小企业圈子引出来，想到这里，说：

"永卫，你说的也不是没有道理，可你说的是小道理，说白了，是咱化工厂的利益，要拿到国家这个大局上看，还是个局部利益，是扩大了的自私自利。你有没有想到，没有大局哪有局部利益？党中央号召咱们走共同富裕之路，翻番致富奔小康，咱不能自己富了，忘记了依然处在贫困落后地区的村庄啊！那里的老百姓是多么需要咱们雪中送炭，下场及时雨呀！再说了，咱富了，就忘记了咱们是怎么富的？要是在咱们当初创业时，没有那么多部门领导的热心支持，没有那么多科技人员无私帮助，咱科技能进山吗？咱企业能开工吗？所以说，在国家这个大家庭里，要互相帮助，互相支持，哪怕是暂时牺牲咱们局部利益，也要挺身而出，只有全国各个家庭成员都脱贫致富了，咱们国家才能富裕，你想是不是这个理？"

李永卫听着党支部书记的话，内心激动得热血沸腾。他望着郭成志那棱角分明的脸，感到他每一句都好像在批评自己，但李永卫听出，每一句都是对他的批评。他震惊于这些话里所包含的巨大内容，同时震惊于这些话竟有不少和郭明谦说的这样相似。最后的一句话，特别引起他的深思。

"他真是个了不起的人哪！你看他，多么有眼光，多么有远见。

是啊！我们不能只看眼前这一点点，要看到依然处在贫困落后地区的村庄！"随着党支部书记的热情和带有鼓动性的话语，李永卫的思想像长了翅膀，飞翔起来了。他的眼前闪现出一道光辉灿烂的彩虹——他仿佛看到了前南峪人奔忙在一个个贫困落后地区的村庄上；他仿佛看到楼上村那里已经修剪了成千上万株的板栗树，风从那里传来了斧头砍树和铁剪剪枝的响声；他似乎也闻到了板栗花的清香，多么沁人心脾的板栗花香啊！他在哪里闻到过这种香气呢？……唔，想起来了！那是在太行山上的前南峪村；他在前南峪村修剪板栗树和在一个个贫困落后地区的村庄修剪板栗树的一些感受，此刻都一齐涌到心坎上来了。

是呀，支书说得句句在理，有什么理由埋怨郭成志呢？假如没有郭成志这样一个好心人，"文化大革命"以后的那一段，好多人家的艰难日子，咋能度过来？前南峪能有今天吗？李家大小五口人，能有今天吗？为了乡亲们硬起翅膀，科技进山，建设生态经济沟，创建村办企业，过上好日子，郭成志不要说自己的家，连自己的性命都舍出来了。这是他一辈子都要记下的恩情。

想到这里，李永卫说："理倒是这个理，可是……我心里一时转不过弯呀！"

"转不过弯也得转，"郭成志的"命令"下得更死，"宁可我们村的企业停产，不能让远道而来的朋友失望！"

李永卫这才真正理解了郭成志的心思，回去一丝不苟地照着支书的话办了。厂里的人谁反对他批谁："懂得个啥？就看得见眼皮底下的那点硫酸钡！"

结果，厂长也顶了工人使，会计白天都上了"岗位"。工厂一天没停机，去武安的人一个没少抽。

这天，还不到日出的时候，天刚有点儿蒙蒙亮。村民们从熟睡中就被广播喇叭叫醒了，他们听见广播就要准备车辆装板栗码子，到武安嫁接板栗去，一个个急急忙忙地穿衣服、下床、开屋门，往铁锅里舀水和抱柴火……

老拖拉机手张利群，没等喇叭广播，突然从梦中醒过来了。他蒙蒙眬眬地从床上爬起，披上衣服，先走到草栏子里，习惯地端起草筛子，装上草，一边轻轻地筛着，一边来到牲口圈跟前。当他看见他的黑骡子，蜷起四蹄，躺卧在圈栏里，他不由得有点怔住了："这是咋的了？……啊！难道它病了？还是……"他急切地在心里想，连忙走近槽头，刚要把筛子里面的草倒进槽子，却发现槽子里还有很多草没有吃完。这时他才记起来，今天要去帮助武安嫁接板栗，昨晚他在一种惜别情绪支配下，把草添多了。"唉，它可能已经吃足脖子了。"他把草筛子搁在槽子上，伸手把骡子牵起来，透过圈棚里朦胧的微光看过去，果然不错，骡肚子吃得鼓胀胀的，像带了两个月驹子一样："唉，唉，这怎得了，我真是发昏了，这样放开量让它吃，没有病也会撑出病来的……"他后悔地自己责备着自己说，心里充满了内疚。他站在那里想了一会儿，然后，走去打开大门，又转回来准备发动停放在院里的拖拉机。

这个村的上山管理果树任务，比原计划加快了进度。人们靠着一春节给鼓动起来的热情，挤时间赶任务。他们说，帮助武安嫁接板栗，不能光让化肥厂去人，我们会果树嫁接的也要参加，多去一个人就多一分力量。特别是那些积极分子们，从打昨晚上下山，听到村委会临时决定提前动工的时候起，就兴奋地到处谈论：

"上山管理果树的任务往前赶了，工厂人抽出来了，这下子，咱们可以一心地干这件大好事儿了。"

"过去咱们在难处是外来的科技人员帮助咱们，今个咱们到武安也要好好帮帮别人。"

"这话不假，咱村富裕了，也不能忘了还没有富裕的村。"

街上笼罩着一片深沉而又朦胧的寂静。满天星斗，闪烁放光，像无数支小火把似的，把它们亮晶晶的光点儿，照向大地。村子里，所有人家的院门都关闭着，连狗都仿佛睡熟了，没有为张利群的脚步声和拖拉机的发动机声所惊觉……是谁家的公鸡第一个从睡梦里醒转来了，发出一声长长的、像银笛般的、悠扬的啼鸣，划破了黎明前的寂静；接着，村子里所有人家的公鸡都被惊醒了，此起彼落地啼鸣起来，互相应和。顷刻间，一支充满欢乐的大合唱，就作为这个光明的、美丽日子的序曲，在村子的街巷里开始演奏了……

上工最早的人，是拖拉机、汽车司机和跟车的村民。昨天晚上，他们就对车辆做了检修，就给车加了油。老拖拉机手张利群，这会儿早就把拖拉机开出院门，所以挂起车斗来，比哪一天都快当。

只有马少东那台拖拉机，挂在了后面。那天生产队把他和小算盘张云海给拆开了，换上郭双群给他跟车。郭双群是临时嫁接板栗队的副队长，他要张罗别的车，顾不上给马少东挂车斗，所以就慢多了。等马少东把拖拉机开到村委会办公室门口的时候，意想不到连张利群那台老拖拉机都已经到了村委会办公室门口。这时村委会办公室门口外面的广场上，有很多人站在那里看热闹，人声鼎沸，就像集日的市场一样。

"嗜，这些人真他妈的积极！他们也不管天亮不亮，就把拖拉机都开来了……我还往他们头里开不开呢？"马少东犯难地琢磨了好一会儿，然后暗自决定着说，"等一等，我得看一看再说！何必这么急呢？……"

郭双群把头一台拖拉机送出去，转回来招呼马少东，发现了张利群，就说："利群大叔，您这是干什么呀？"

张利群笑着说："我正找不着头儿呢，你来得好。我也拉板栗码子去呀！"

郭双群一摆手说："您这个老破车，要我说，算了吧。"

张利群挺认真地说："咋啦？"

"这还用说。"郭双群看了一眼张利群，"我这不是打击您积极性的，说个不中听的话，万一拖拉机坏在半路上，可就麻烦了。甭说去干活了，还得派人给您往回拉。"

"看你说的，我这车是旧了点儿，哪就能破成你说得那样。"张利群笑着说，"再说了，拉一点儿，咱那板栗码子就少一点儿，总比没拉强。"

郭双群被他的热情打动，又说："愿意去就去吧。可是，没有给您派跟车的呀。您一个人装卸，啥年啥月走一趟？"

张利群笑着朝身后一指："这个不用你带队的操心，我早配好对儿啦……"

他们的背后跑过来郭立强。他一边系着衣服纽扣一边说："我，我，我跟张利群配对儿……"

这时，星星悄悄地在晨曦中隐没了。天边出现了彩霞，平静碧蓝的天空宛如大海倾入了嫣红的脂粉，不断地向四周浸染、流淌。金色的太阳露出半边，霞光射向四面八方。刹那间，山村镀上一层玫瑰色，仿佛变得轻盈、透明了。道道淡紫色的雾气在树丛里摇颤飘荡，似乎为这壮观的景色所激动。

一群拿着剪果树铁剪的妇女正巧经过这儿，夹在里边的刘改棉插嘴了："这可不行，这可不行！"

郭立强一扭头，挺认真地说："怎么不行？我们昨天晚上就商量好了。"

刘改棉说："你跟张利群配成对儿，把赵秀芹搁在哪儿去？"

那群妇女"轰"的一声，笑翻了天。有的仰天嘎嘎大笑，有的捧腹笑岔了气。张玉珍一边擦着脸上笑出的泪水，一边打了刘改棉一巴掌，说："你再也没话说了，真没大没小瞎胡闹。"

徐秀萍推着红了脸的赵秀芹说："别理她。往后，她再叫你婶子，你就唾她！"

这群人里面，只有张俊丽没有笑出声。她出生在那个荒凉的前坪村上。那边没有太大的村子，东一家西一家地分散着住，一天到晚，难得见个外姓人。如今这么多的人在一块儿，真够新鲜的了。况且，她长这么大，也是头一次参加这样既热闹又这样有意义的集体劳动。这种劳动的本身，就使她感到无限的幸福。自从早晨在广播里听到村委会的决议以来，加上刚才人们说笑中谈到的张利群和赵秀芹，张俊丽心头全很激动。在以前，她觉得实行集体专业承包责任制也好，生产劳动也好，是别人的事情。现在却清楚地意识到他们是在改革，是在为着全村干部群众进行农村社会主义改革。"原来我们做的一切，都是和全村干部群众奔农村社会主义改革的大事情连在一起的啦！"她自豪地对自己说："展劲吧！再展劲吧！全村的干部群众，看着我们哩！我们多朝前走一步，农村社会主义改革就会有更大发展哩！"身上越来越有使不完的力气。她小声地问了男人一句："你也没有多穿件衣服？"

郭立强说："不用，干起活儿来一出汗，还得脱呢！"

刘改棉又朝张俊丽来了一句："对啦，这儿还有个不让你们俩配对儿的哪！"

"哈哈哈！你把人逗死啦！"好几个笑出了泪水的妇女，一齐抱不平地朝刘改棉扑打过来：

"朝嘴上打，朝嘴上打！"

"看她还瞎胡呛不！"

……

又是一年一度的惊蛰，阳气催动万种活物生机的时候，一群群麻雀散落在路旁的白柳梢头，它们叫得那样响亮，那么激昂，以致在这一片叽叽喳喳声中，其他什么声音也听不清了。处处都能感到生命的骚动和欢乐。去武安的大队人马浩浩荡荡地上了路，三台拖拉机拉着二十万棵优质板栗码子，人们都坐在敞篷的东风汽车上。

郭成志、王金章，还有副支书郭玉先带队，村里果树技术的顶尖高手郭双群、郭俊刚、郭岗山等全上了阵。其他的人也都是硬邦邦的角色，在果树技术上哪个都不含糊。

郭岗山家里统共五口人，这次倒来了三口。大闺女、大儿子技术都不错，平时动不动就有点不服当爹的那两下子。这次，在别处的战场上练练你们究竟是块金还是块银？

到了武安，欢迎的人群顿时热闹了起来，人们跳啊唱啊，锣鼓喧天，鞭炮齐鸣。村子上空到处弥漫着灰白的硝烟。高个子的武安市林业局局长高望臣，高兴得不单眼睛笑成了三角形，白白的四方脸上一下子露出了许多平常不大看得出的皱纹，走起路来还连蹦带跳，显得个子又高了小半个头。他指挥着四个乡里的乡长："赶快做好各种安排，千万不能慢待了支援的技术人，不能出点啥闪失，那可是关系到你们乡里的前途。"还特别向各乡党委书记交代，"市领导都要来，不是有个重要会早就到场来欢迎了。"

前南峪除去郭成志和王金章，一共来了三十六名技术人，在家里就分了四个组安排了负责人，到武安和四个乡一挂钩刚好严丝合缝。杨圈乡由郭双群负责，马店头乡由郭俊刚负责，庙上乡由郭岗山负责，列将乡由副支书郭玉先代管，郭玉先同时负总责。

这样，每个乡正好摊上九名技术人员，七十五个村差不多每两个村一名。

郭成志和王金章待一切就绪之后，在泪光莹莹的高望臣的送别之下，返赴前南峪。

在各乡、各村，前南峪的技术人员都是先做示范，然后边嫁接边讲解，有一些基础之后，各村的人上树边实习边熟练。

晴朗朗的天空，一丝儿云彩都没有。半晌午的时候，郭玉先连着呼喊了三遍，嫁接板栗的人才肯停住手休息。这是最后一块嫁接的板栗树地，当它嫁接上优质的板栗码子，架起缚棍的时候，前南峪的嫁接培训就算胜利结束。谁还顾上累，不赶快抢着干活呢？

胡振生送来的两桶凉白开水，让先跑来的小伙子们这个一瓢，那个一碗，很快就喝去了半桶。接着，张玉珍、张翠平、马秋英等一大群妇女也跑来喝水。胡振生跟人们夺着瓢子说："匀着点儿吧，先让妇女们喝！"

一个小伙子跟他开玩笑："哟嗬！振生大叔，您可真会偏向妇女！"

胡振生认真地回答："这话，起码也得男女平等呀！"

妇女们一阵哄笑，齐声说："好！"

"女人嘴巴硬，眼泪不值钱！"另一个名叫振玉的小伙子嬉笑着说。

张玉珍的嘴巴哪里肯饶人："时代不同了，男女都一样，振玉，你年纪不大，脑袋瓜太旧！"

妇女们跟着一齐发起了进攻："振玉，你这是封建思想！该好好教育教育，到时候，你自己不淌眼泪就算好的了！"

"好了好了，三个女人抵群鸭，吵得我耳朵也——"没等振玉说完，但他已犯了众怒，"好啊，振玉污蔑咱妇女，该打，该打！"

振玉见一大群妇女都瞪着眼睛七嘴八舌地对着他嚷，更怕张玉珍的嘴厉害，嘟哝着说："好好好，有错就改嘛。"说罢顾不得大家的吆喝和嘲骂，撒腿就跑了。

见他狼狈逃跑，人群中爆发出一阵哄笑。

妇女们每人喝了一点儿，就都跑进板栗树地搭起的小窝棚下的阴凉里，叽叽嘎嘎地又说又笑。

马秋英和张玉珍一边说笑着，一边一人纳一只鞋底子。

马秋英从张玉珍的话音里，已知张玉珍发现她内心的秘密。霎时眉头一皱，故作镇静地说："我的姑奶奶，你做做好事吧，让我把这只鞋底子赶快纳完吧。"

张玉珍说："你不要扯远了。我不是问你纳鞋底子的事，我是问你为啥不把你的事情告诉我，难不成我是外人吗？"

马秋英佯装傻笑，笑得前仰后合，抹抹张玉珍的鼻子说："鬼丫头，我有啥事还能瞒过你呢？"

张玉珍说："在你心里，只有你自己知道。"

马秋英笑着扬了扬手中的针锥："你再在这里胡说瞎道，小心我戳通你的嘴。"

齐剑峰的媳妇，是个心里有数，不大爱说爱笑的人。她瞧见张玉珍手里拿着一只小孩子穿的鞋底子纳着,就伏在张翠平耳边,小声问:"成仙媳妇怀上了?"

张翠平看张玉珍一眼,摇摇头说:"没有,你看她那样子,像吗?"

"都准备上小鞋了。"

"那是马秋英给她儿子做的,张玉珍她俩一人纳一只。"

"噢。马秋英这人真怪。我瞧见她春节前做了一双,这会儿又做。小孩子刚会迈步,能穿这么多的鞋?"

"孩子离开怀,她不是想嘛!做点针线,又占着手,又占着心哪!"

"要是我,我就不想。这有什么好想的。"

"振敏,你还没有孩子,你是不知道的。"

"咄,人家和你说正经的,你却开玩笑。"

"不,我不是开玩笑,我也是说正经的。"

她们沉默了一会儿。振敏忽然问道:

"那家不让她看孩子?"

"她咬着牙抻着呗。隔一天晌午,云芳就把孩子给她抱到马四奶奶家,跟她待一会儿。孩子是当妈的心肝儿,谁离开不难受!"

她俩小声嘀咕,让背后的马秋英听见了。自从马秋英和婆婆因为参加果树组大吵了一架,丈夫火爆骂了她,她离开了那个自私落后的人家,天天和组员们劳动在一起,那段不愉快的事情暂且搁下了,只是在闲暇之时,思念起来又扯痛了自己的心。她疼爱自己的孩子,她恨婆婆的自私落后,她恨丈夫受婆婆的影响,变得离自己越来越远。但这些心事,她是从不愿意跟别人提起的,哪怕是像张玉珍这样知己的人,只是深深地封存在心底。她装作没听着,朝张玉珍跟前挪挪。她得拿出一副刚强的劲儿,要跟所有的人一样欢乐,绝不让别人看出她肚子里边藏着的那一缕愁苦的影子。

稀稀疏疏的树叶摇晃着,翻卷着,把阳光筛到板栗树地上,筛到她们的身上。大地在温暖的阳光下慵倦地舒展开,像婴儿睡在母亲的怀抱,微风仿佛是它轻轻的呼吸,空气里充满了春天醉人的芳香。一对金翅鸟在晴朗的蓝天上追逐着,欢叫着,忽而蹿高,忽而俯冲。两只带"后灯"的硕大的淡绿色花蝶从她们眼前翩翩而过。

张玉珍把针往鞋底上一插,从棚子里伸出脑袋,冲着胡振生大声地喊:"送水的,我们还没解渴哪!"

马秋英推她一把说:"你不是管他叫大叔吗?怎么这样吃喝呀?"

张玉珍说:"他刚说的,男女平等嘛!我试试真假。"

妇女们被这句话逗得又叽叽嘎嘎地乐起来。

郭玉先擦着汗,走过来,从板栗树上,摘下扁担,挑起水桶。

胡振生连忙跟他夺着说:"你嫁接了半天板栗了,快歇歇吧,我再去挑一趟就行了。"

郭玉先笑着说:"这些水罐子,都渴极了,您再挑一趟也禁不住他们装。我们一块去,一人挑一担来。我顺便到第三生产小队那块板栗树地看看嫁接的情况怎么样?"

胡振生说:"三队那块板栗树地的活挺顺当。郭双群说,响午抓紧一点儿,就把那块板栗树地嫁接出来。这一来,只剩下这块地,明天好天气接着嫁接,就算大功告成。真是人多力量大呀!"

培训一晃过了半月,大约训练了武安深山各乡村千余名嫁接和剪枝人员,较熟练的操作者也不下五六百名。临走前,又手把手教会了他们在接码处的缚棍技术。前南峪人才放心地离开了武安山区。

依依惜别的那一天,由武安市林业局主持,四个乡及所属各村领导全部参加,马店头乡开了一个感人至深的千余名"徒弟"送别师傅的欢送会。武安市委书记、市长、市人大常委会主任听说后接连赶来为无私援助的前南峪人送别。

在热烈的掌声中,市委书记张宏伟激动地称赞"前南峪修剪队精神":"……这就是不畏艰苦、甘于奉献、共同致富、大爱无疆。前南峪修剪队精神不仅是激励一代又一代武安人民不懈奋斗的强大精神动力,也是我们中华民族精神的生动写照。"

一片雷鸣般的掌声又一次响遍整个武安大地。

欢送会上,师徒共祝前途美好者、热泪同湿衣襟者不乏其人,更有半月来青年男女友谊日深恋恋不舍之情尤为令人感动。

村口柳树下,郑立静将挎包给郭保强放上肩膀,打掉挎包上的细沙,理扯好他身上的衣服。

"立静!你对我还有什么话吩咐?"郭保强激动地一边说,一边望着她。微风轻轻拂着她那乌黑的短发,淡雅的浅蓝小花布衫得体地显露出她那浑圆的肩头、柔媚的腰身,一抹桃红色线衣领子为她平添了无限的艳丽。

郑立静那双细眉下的黑亮大眼睛，妩媚地脉脉含情地端量着郭保强。她深情地说："话说得不少了，可是还多得像大河的水似的，永远也说不尽。我只盼你记住我送给你的小手绢上绣的那四个字——"

"争当模范！"郭保强马上背诵出来了。他使劲握了一下郑立静那烫热的手，毅然地转回身，大步向停在前方的前南峪的东风汽车迈去。

他不知不觉地被一条小路引到一个熟悉的地方。那地方恰巧被一块突兀的岩石精心地遮掩着。在岩石的怀抱里有一小块平地，小溪从那里流过，花草、树木、石块点缀其间。那平静的溪水中，曾经摄下过他们多少令人难忘的影像啊。……哦，有多少回，他和郑立静单独坐在那光滑的青石板上，谈理想，谈抱负，谈前程……

郑立静紧望着他那在闪光的水面上迅速前去的背影，胸膛里激情澎湃，使姑娘抑制不住，高声喊道："保强哪！你有时间，勤来马店头！"

"放心吧，我记住了！"郭保强用力地向她挥挥手。

……

可见支援的无私会产生世界上最为伟大的情怀。

此后，四十里武安深山，处处可见板栗的欣欣向荣。每当七月中旬板栗开始结篷，至采收前，葱茏的绿叶下，密密的栗蓬，小太阳似的开在树上，和天上的太阳交相辉映，照亮了山里村民们黑红的笑脸。

人们说，那板栗树上，也结着前南峪人亮堂堂的心眼！

四

1989年冬天，太行山上气候特别干燥，半个多月后，田野上的雪大部分都蒸发了。那背阴的沟坎，那潮湿的坑洼里还留有残雪，乡间的土路上却又飞扬起了尘土。这天，太阳已经高悬在明净的天空，街上显得安静、豁亮，只有几个小孩子在那儿玩耍。

忽然，一阵车轮响，一片黄土烟，一连声地呼喊："嗨，借光喽，小心点儿！"

郭明谦扭头往东一看，只见一个人拉着一辆排子车，朝这边"呼隆呼隆"地冲过来。

那车上载着金子一样的黄土，装得满满尖尖，还扣放着一把小铁锨。

拉车的人两只手攥着车辕子，套在肩上的拉襻被扯得紧绷绷的，弯着腰，低着头，两只大脚蹬在地上，像一头稳健的牛，用力向前猛走。

郭明谦跑过来，帮他推车，说："成志，你来得正好，我正有事和你说呢。我到你家找你没找见。"他看郭成志仍旧用力地往前拉车，顾不上跟他多说话，只是点点头，就又大声嚷嚷说，"你拉土干什么呀？"

郭成志回答说："垫道。你看看从街东口到野外这条道儿，一秋一冬，人踩车轧，到处弄得坑坑洼洼；等开春闹起生产来，行人走车多不方便哪！"他说着，用胳膊腕子擦了擦脸上的汗水。他那件拆洗缝补得十分整洁的棉袄袖口上，有一个新撕开的三角口子，露出棉花。

郭明谦说："改日再干这个吧。我有件重要的事情跟你说：镇里下了通知。"

郭成志一听是镇上有通知，马上停下来，倚坐在车辕子上，擦着汗，细心地等着听。

郭明谦没有接着往下说，只是笑嘻嘻地把一封信交到郭成志手里，就带着一脸沉稳凝重的神情，站在一旁，一会儿看看郭成志，一会儿向村子四下望望。郭成志拆开了这封信，是镇党委书记写给他的。信里的内容大意是县委组织部要来，让支书去开会，一定是要了解改革之后农村的新气象，得多搜集这方面的好材料，汇报上去，让领导放心；同时，要大胆放手，继续抓好村办企业等语。郭成志看罢信以后，便顺手把通知递给郭明谦，他想了想，感到镇上的决定和对工作的指示都来得很及时，说："我估计，除了听下边汇报，县里也一定要布置新的任务。"

郭明谦心里本来就装满了欢乐，一听说要有新任务，更加高兴起来，他那晒得红黑的脸膛上闪出憨直的笑容，眉毛眼睛乐得直忽闪。他高兴地大声嚷嚷说："这可好啦！这可好啦！那咱就马上召集会吧！成志，你琢磨琢磨，咱从哪开头呢？"

"会是要开，不过现在可不是长篇大套争论的时候了。"郭成志说，"昨天我去找过赵建忠，把前途给他指了指。我看出来，他现在是站在十字路口上，只要咱们领着隔热防水粉厂的职工干起来，他就会往上靠。这办法保险比啥都灵。所以，我想今晚在会上把隔热防水粉厂领导班子的架子搭起来，不知行不行？"

"行，行，一准行。"郭明谦像个急猴子似的说，"你这个办法对头，我想起来了，你还记得不？创办太行硅铁厂那会儿，赵建忠他们也是动摇来，动摇去，不敢参加企业，后来咱干起来了，他们也靠向咱这边，投产的时候，一个个都上前了。"郭明谦回忆似的笑着说。

"那你去通知支委晚上开会吧。"

"好，我这就去。"郭明谦快活地答应着，不顾帮着把车推到地方，转身就跑了。

郭成志望着郭明谦的背影，略微沉吟了一下，就又把车子拉到村东口，停下来。他脱掉棉袄，夹在一棵小柳树杈上，把小白布褂子的袖口往胳膊上卷了卷，就从车上抽下铁锨；先把路面上高低不平的地方该铲的铲铲，该挖的挖挖，随后又一锨一锨地扬撒着车子上的黄土，垫在路面上。铁锨在他那双有力的手上舞动着，那土扬出去一团云，落在地上一片金；冰冻着的山村道路上，好像在铺展着一床驼绒的大地毯。

郭成志拉来最后一车土，一边往道上垫，一边想："等镇上开会回来，把上级的指示带到前南峪，群众都会从心里拥护，都会踊跃参加；搞起农村深化改革之后，农村将会发生怎样的变化，又会出现多大的喜事呢？对！有那么一天，我们也许在这建成一个有多家企业组成的村办工业群体。我们应该看到未来，这不是空想，五年以前，谁会想到前南峪村建成重晶石化工厂呢？我们应该有这种理想，现实的问题是要发动群众讨论这个计划，把它变成全体村民行动的计划！"

他满心欢喜地放好车子，来到村办工业硅冶炼厂，迈上了高台阶。

两只喜鹊登在核桃树上，朝着他喳喳叫。

窗户是新安装的玻璃，办公室里明亮亮，地下扫得干干净净。炉子也安装起来，连用的煤球和劈柴都准备在一边了。

郭成志心满意足地看着这一切，忽然瞧见武安市庙上乡后掌村五十多岁的村支书李凤路，协同村主任王清润坐着乡政府的吉普车来到了前南峪。他立刻认出这两个人，紧走几步，把他们迎进了村办工业硅冶炼厂的办公室里。

李凤路偌大的岁数脸上愁容隐约可见，如同挂了霜一般，说话时总像带着哭音。他说："你们前南峪1985年帮我们嫁接过板栗，那时候挺好。可原任支书前两年老婆得了瘫痪病，支书老婆一瘫痪，山上的那三万棵板栗树都得了栗瘤疯，像疯了一样地传染开来，连一个板栗也不给结了。换了俺当支书,这才想起来找前南峪。"

郭成志一听板栗得了栗瘤疯,和来人一起愁得直嘬牙花子。李风路说:"成志支书,楼上人请了你们的海庆,我后掌也要请海庆,让他帮帮我们吧。"

郭成志说:"海庆那人可倔呀,逮住理有时候连我都不让。你们要是配合不好他,那真要给你点难看呢。"

李风路说:"还有那事?烧香供着俺们都恐怕不周到,还能不听他的话。就是海庆啦,他到俺后掌叫俺干啥俺干啥,绝没有半个不字!"

但郭成志又来一个"嗤",他摸着长脸颊说:"不是说不让海庆去,那栗瘤疯是顶难治的了,就是请专家、教授去也不一定能行。"郭成志是为郭俊刚挡驾。那栗瘤疯听说是板栗树上顶厉害的一种病,前南峪从没见过。郭俊刚不见得能治得了,果真一时半时治不了,倔俊刚还不在后掌村跟板栗树拼了命。"我看呀,等过几天河北林学院的教授来前南峪时,我给他们说说你们村的情况,看有什么办法没有,再说,行吧?"

"我看成志支书说得有道理,不了,咱们就先回去,等等再说吧。"王清润也提出了驳议,"反正一时半会儿也不会治下栗瘤疯。"

李风路却说:"成志支书,既然我们大老远来了,甭管成与不成,就让海庆为我们跑一趟看看吧,你说呢?"差不多是哀求的语气。

无奈人家李风路一个劲儿地点将,就认定了郭俊刚能给后掌村解决问题。郭成志想,不行,那就试试吧,让郭俊刚走一趟,果真能治好,岂不是解决了后掌人的一大难题?俺心里不也去了一块大疙瘩。

没想到,郭俊刚来到办公室门口,刚才的一番对话全让他听到了,顿时胸口猛跳,两眼发潮。他走进办公室后,瞧见李风路眼圈都红了,越发激动了他的心。他举着拳头喊:"李支书,你放心吧,俺们前南峪人即使遇到天大的困难,也不会让你们的板栗树一直疯长下去,俺们一定要争这口气!没这根骨头,就不是前南峪人!"

郭成志说:"应当这样讲,我们是共产党领导下的新型农民,我们要豁出这一百多斤,不仅要管好前南峪的板栗,更要帮助后掌村根治栗瘤疯,让后掌村跟我们前南峪一样硕果满枝,人强马壮地奔小康!"

李风路两个巴掌一拍说:"这话说到俺心上了,对啦!"

说干就干!郭俊刚连犹豫一下都没有,愣是当天就跟后掌村的支书上了路，说："咱这回也蹭它个高级的坐坐，拖拉机换成了小吉普，也算'鸟枪换炮'啦！"

去后掌村整整地要绕一个京娘湖的半个圈儿。其中穿峡过谷钻岩洞，惊险异常又趣味无穷。据说当年赵匡胤千里送京娘，送了半天，一不留神还是把个倾倒半个宋朝的天姿绝色给送到几十米深的湖里。郭俊刚早就想一览京娘湖的全貌，看看湖面平静，水清见底，高空的白云和四周的山峰清晰地倒映水中，把湖山天影融为晶莹的一体；看看那个绝代佳人跳水的地方，何以对她有那么大吸引力。只是半路上让李风路百讲不歇的栗瘤疯病，把他弄得心神不安，到了京娘湖只看了几眼那凝脂一样的冰，想象着那冰下碧清的水，在肚子装了二十年的故事，也就随着冰下悠悠的水流荡荡地流远了。

郭俊刚果真让"栗瘤疯"给迷住了。

他一到后掌村，就仔细查看了全村三万棵得了栗瘤疯的板栗树。不看则已，一看不由得骇然站住了，两腿像生了根，目瞪口呆地望着眼前那令人悚怖的景象。

就在七沟八梁，满山遍野长满了板栗树林！但这分明不是一座生命的树林，而是一座死亡的树林，七长八短的躯干，扭曲零乱的身姿，使人感到凄惨、恐怖和怪诞。

是幻觉吗？郭俊刚揉了揉眼睛，不是。这是一片板栗树林，山野上横七竖八地长着的怪状。这些生不如死的板栗树，像沙漠里大多数高秆植物一样，在长年不断的西北风压力下，身躯朝东南方向倾斜，犹如倾身躬立的人群。整个树林就这样倾斜着疯长着。一些树零落残败的枝干，颓然搭在另一些树上，互相乏力地依靠，像死人的尸骸互相撑持；细长纷乱的树枝互相纠结缠绕，像落满尘土的蛛网，似乎只要用手轻轻一碰，它们就会变成粉末。这一切真像一场浩劫，一次屠杀！这是失去管理后栗瘤疯破坏造成的毁灭。

四年前，这片年轻茂盛的板栗树林也有过它美丽的青春。这里有过鸟雀争喧，有过柔枝在春风中婀娜起舞，金黄金黄的栗花，在春风里微微地婆娑。那一簇一簇的花朵，在叶芽中间开放着，嫩黄衬托着金黄，非常协调，又特别醒目。如果一株一株地看，它就像地下冒出来的一股又一股的喷泉，那花朵，就像是金黄的浪花；如果站在远处眺望，它就像金灿灿的珍珠缀成的项链，挂在太行山上的脖颈上……而现在，周围是一片凄惨，疯长的板栗树林这样死寂，这样安静，静得可以使他听见自己的心脏在突突跳动，他觉得自己仿佛来到冥世，看见了地府中的悲惨景象……

突然，在他身后响起一声嘶哑的锐叫，悲惨得使人毛骨悚然。他立刻吓得喘不过气来，屏声静气，动也不动地站在那里，可是毫无动静，万籁无声，他又继续腿软脚酸地往前走着，连踩到一片枯叶，听到一个石子滚动的声音，都会使他心惊肉跳，出一身汗。紧接着便传来微弱的哼哼声，像是有人在呻吟，又像有人在弹琴，琴弦单调地颤动，发出呆板的、单一的嗡嗡声。

郭俊刚周身的血都冻结了！他心里感到一种莫名的恐惧，整个幻想的天国已经在他周围崩溃了，而且崩溃得踪迹渺然，无声无息，如同过眼云烟的梦境，并且就连他自己也回想不起究竟幻觉见过什么。当他拨开那树枝，看到苍白的日光把一长条白光泄到那株像鬼怪似的板栗树上的时候，他靠到树上，几乎失声大喊起来。他似乎快要疯了。他使劲摇摇头，四下张望，一只不知名的怪鸟正慌忙朝远处飞去，而嗡嗡的琴声还持续了好久。

这时，天边云缝里漏出来几束惨淡的阳光。太阳西倾得很厉害了。毫无生气的、惨白色的夕照，把山野上的一切照耀得更加悲惨和怪诞，它使地面上每一样突出的物体都拖出了长长的影子。疯长的板栗树林经过夕阳放大投影，伸展出疯枝，张牙舞爪，像一些可怕的怪物在窥伺着行人。每棵树的后面，都像隐伏着什么活的东西。郭俊刚的身影也变得颀长可怕，在起伏不平的山野上，蛇一样弯弯曲曲地爬行着。

就在这一刹那，一个念头像闪电一般照亮他的思想：为什么好端端的板栗树就得了栗瘤疯？为什么该嫁接的不嫁接，该修剪的不修剪，该喷农药的不喷药，该施肥的不施肥，该培土的不培土？一个支书的妻子瘫痪了，其他领导班子成员都干什么去了？其他板栗管理人员都干什么去了？他进而想到，改造自然的板栗树固然重要，但改造社会的板栗树更加重要。不然的话，因为放弃管理，即使现在又将这片被栗瘤疯破坏的板栗树修剪好了，有朝一日，又会变成像刚才见到的那片得了栗瘤疯的板栗树林一样……

当天晚上，在全村群众大会上，郭俊刚首先心情沉重地讲了后掌村三万棵板栗树,因为放弃科学管理,导致栗瘤疯,给全村群众造成了极大的经济损失。其次他认真剖析了造成这次经济损失的最主要原因,是从党支部书记到每个村民都没有充分认识到科学技术是第一生产力,是管好板栗的根本途径。同时指出目前当务之急,是要加强党支部领导,高度重视科学管理;制定切实可行的长远规划,抓好具体措施的落实,特别是找出治理栗瘤疯的突破口。

最后,郭俊刚大声说:"乡亲们,摆在我们面前的困难很大,但有了困难怎么办?"他举起双手,"后掌村的乡亲们,搞农村社会主义改革的创业者,用我们的双手,克服困难,创造条件!"

……

经久不息的热烈掌声,像浪涛般地滚动着。

这是多么振奋人心的会呀!后掌村男女老少的掌声比楼上还甚,只是郭俊刚在掌声后的激动持续的时间较楼上村要短多了。

何以如此?栗瘤疯的病害在啃咬他的心!

后来,他看准了一棵疯得最严重的板栗树,细心观察后决定精心剪枝。他拿出技艺中最精彩的一手,又融合他先前从教三个恩师之长,把那棵树分成上中下三个层次,修剪得疏密适度,通风透光。再把后掌的新任弟子召集在这棵树下认真传授。此后便率领三十个男女弟子,在凛冽的寒风中,钻了整整二十天大山,把三万棵板栗尽数剪好。

第二年早春,积雪初融,虽然屋檐还不见滴水,却有冰凌条在慢慢加长、增大,闪着银光。他又一次次地出入前南峪的"科技招待所",研究课题和果树沾上边的科技人员都被他请教到了。

大街的街道很宽,挨着一条从东向西、注入浆水河的小河沟。傍晚,河沟结冻了,斜阳余晖照在上面,闪出一片青幽幽的亮光。河沟两旁生长着高大的细柳树。它那柔韧的枝条长长地挂下来,在春晚的料峭的微风里飘荡着,像年轻姑娘的发丝一样纤纤舞动。郭俊刚静静地骑着自行车从河岸边细柳树下骑过。当他骑过人家的院门时,不时地听见从房屋里面传出来愉快而又兴奋的、家庭生活常有的笑语声。他听出来,人们仿佛在谈论科技兴山的事儿。他一面听着,一面加快了脚步,骑向东半街。

大杨树下的大门大开着,从街上一过,就能看到里边的"科技招待所"，因为仍在春寒季节，那一间间房屋，所有的窗户门儿都关得严严实实的。一个个圆圆的烟囱口，从里边冒着烟，烟一团团地升上去，从浓到淡，消失在无边的天际。那偶尔从烟囱口滴落下来的发黄的汤水，也积少成多，在台阶上冻成一个个像窝头似的冰坨。

两个浑身穿得像皮球一样又厚又圆的孩子，正在院子里跳方玩，发现郭俊刚推着自行车走进院子，闪动一下眼睛，挺亲切地叫起来：

"郭叔叔，郭叔叔！"

"李老师在家，别人不让进，让你进！"

郭俊刚笑笑，说："好，好，谢谢你们啦，小朋友！"说完，就一直往里走。跟往常奔到这儿来一样，每逢进到大门里，他全身的血液仿佛一下全凝住了，只有一颗心，忍不住"扑通扑通"地乱跳一气。郭俊刚甚至感到它撞击在胸膛上的分量。这一刻，好像很长，又好像很短，直到他们坐到一块儿，谈过一阵儿话，那紧张的情绪才会消失。回到前南峪他那小屋子里，回味起当时的景象，他又总是要在心里把自己嘲笑一顿：你呀，真是个笨家伙！

这会儿，郭俊刚终于来到河北林学院李保国夫妇的宿舍门前了。

他是为了治愈后掌村三万棵板栗树得的栗瘤疯，才肯在大忙的时候，来找李保国夫妇请教。这一回，他的脑瓜里装着好多问题，让他烦恼，也让他急火。可是，要跟好久没见面的李保国夫妇会谈了，他的心里仍然是忍不住地激动。

晚饭的时候，住在这个大院里的各种专业的科技人员，都回来吃饭。每一个窗子都传出说笑的声音。郭俊刚把自行车靠在一棵树上，随手从车后架摘下装着栗瘤疯标本的挎包，就三步并作两步跨上了台阶。

李保国教授正在屋门外面等他。两个人走进屋，灯光下面，郭素萍迎上来亲热地招呼着说："你来啦，俊刚，我们正打算去看你呢。一听说你从后掌村回来，我们就急着要去看看，就是课题研究把我们缠住了。后来，你李老师说，你吃过晚饭到我们宿舍来，这不，我把茶水都给你沏好了。"她一边洗茶杯，一边又接着说，"俊刚呀，你到后掌村走了这段时间，可真把我们想坏了，特别是又听说你发了栗瘤疯的愁。咋样？有进展吗？"当她听郭俊刚说还是困难很大以后，就又接着说，"哎呀！这果树栗瘤疯，真是难治愈哪！这样吧，等会儿你喝杯茶水，再往细里谈谈，咱们一块想想办法解决吧。反正没有过不去的火焰山！"

李保国从炉子上提下水壶，用通条捅了捅那焦结在一块的煤火，又扭头看一眼郭俊刚说："快来烤烤吧，看你这两只手冻的。我送给你那双手套呢？"

郭俊刚在那喷吐起来的火苗上反复地烤着手，回答说："我舍不得戴，怕丢了，放在箱子里了。"

郭素萍笑着说："太有意思了。是手重要，还是手套重要？丢了，我再打一双，也并不费事嘛。"她说着，给郭俊刚倒了一杯茶水。

郭俊刚感觉心里一阵热乎乎的，乐呵呵地接过茶杯，喝了几口，然后放下茶杯，坐在床边上。见桌上乱摆着许多书籍、纸片，还有一个盘子，里边盛着彩色光纸的糖块，他就从里边拿了一块，剥开，扔到嘴里。

郭俊刚边吃糖块，边慢慢地把后掌村因为板栗树得了栗瘤疯，请他进村治理，但遇到很大困难，所以特来请教李保国夫妇，从头至尾，详详细细地跟他们讲述了一遍。

李保国夫妇立刻就被郭俊刚帮助别人的那份热心，感动得赞叹不已，"书本"被他们夫妇俩翻了一册又一册，治疗栗瘤疯的方法也逐步有了头绪。郭俊刚当然会一招不落地吃进肚子里。

不久，郭俊刚又来到后掌村，先按照河北林学院教授教给的方法，带领他的弟子，在染上栗瘤疯的板栗树下，精心地培土。后来，每当板栗树生长的关键时节，又适时地喷药、涂药。为了治疗后掌村的栗瘤疯，郭俊刚那一年奔波于前南峪到后掌村的六七十里的大山之间，用了常人无法比拟的心劲儿，洒下了烫人心肺的热汗。

一天，媳妇杨丽琴心情沉重地瞧着男人的脸。男人的眼窝已经有些下陷，两腮也抽了进去，黑胡子楂跟两鬓的头发连在一块儿，脖子也似乎变得有些细长；说话、动作明显地露出劳累过度的那种气力不佳的样子，有两次几乎跌倒。她想，男人日夜操劳了这么多日子，白日奔波六七十里大山到后掌村修剪板栗，晚上请教科技人治愈栗瘤疯的办法，整夜整夜身不沾炕，两眼不合，就是铁打的人也支持不住。可是"我是党员"这句话，就如同钢板上的钉子，不容有分毫的移动。她最熟悉男人的心境，熟悉男人在什么情况下会说出这句话，这句话的后边又有多少翻江滚浪般的思想。

她说："这阵子，你白天黑夜忙后掌村栗瘤疯的事儿，有点效果吗？"

· 773 ·

"没多大效果。"郭俊刚一边用眼睛看那睡在炕上的儿子,一边回答说。

"那你打算再往下咋干?"杨丽琴像担心什么似的问。

"还能咋干,"郭俊刚回答说,"这事挺缠手,可是,也不能拖,再拖就要耽误后掌村的果树生长啦。"

杨丽琴没有作声,停了一刻,她走去给儿子掖掖被角,把身子俯向炕沿,压低声音说:"我听见人家背地说……"她说了一半,就把话咽下了。

"谁又在背地说什么鬼话?"郭俊刚追问着说。

杨丽琴迟疑了好一会儿,才吞吞吐吐地说了:"也不是什么背地,我听人家这么说,栗瘤疯是板栗树上的不治之症,省里大教授都拿它没办法。……要这样,你说可咋办呢?"

"你说可咋办呢?"郭俊刚微笑着反问。

"我说,要这样,"杨丽琴看着男人的脸色,迟迟疑疑地说,"你就先回村,停一段时间想想办法不行吗?"

"这不行!"郭俊刚斩钉截铁地朝女人说,"我已经说定了,就是钢刀搁在脖颈上,也绝不能缩脖子。"

杨丽琴看他这么坚决,就说:"天这么晚了,你饿着肚子,还要非去科技招待所,我再给你做一点东西吃。"

郭俊刚笑笑说:"我这会儿什么也不想吃。别急,等治愈后掌村的栗瘤疯,多给我做几顿。"

杨丽琴说:"我不是拉你的后腿,我怕你把身子累垮,这是一辈子的事情。"

郭俊刚伸伸胳膊,抖抖精神,说:"放心吧,垮不了,我浑身上下的劲头足着哪。"

男人这样说着,端起茶缸,咕咚咕咚地喝下去半缸水,用手掌抹抹嘴,就走出去了。

杨丽琴望着男人的身影消失在夜色里,她已经没有心思听男人继续说笑些什么,轻轻地叹息一声,转回屋。她收拾了碗筷桌子,堵上鸡窝,关上屋门,挨着儿子躺下。她睡不着,眼也不想合。夜很深,也很静,月光像水似的泻向大地,什么动静都没有。这个结婚几年来一直对郭俊刚倾心的女人,这一次可是有些受不住了:"你为什么总是不理解我的心情,你呀,总是把别人看成人事不懂的孩子。唉,唉,什么时候,你才能懂得我这一片心意呢？……"想到这里，心里不由一阵难过，泪水一下子涌上了眼眶。她竭力咬着嘴唇儿，想控制住这种感情，但怎么也控制不住。她生怕让人看见，迅速地转过头去，偷偷用手拭了一下眼睛。但这个动作却被儿子注意到了，他从她长着浓密的睫毛的大眼睛里，发现了闪耀着的晶莹的泪光。他一时不知所措地注视着默默无闻的妈妈，有点呆住了……

自从结婚起，杨丽琴发觉男人时时刻刻都在变化着；越来越热情，越来越有使不完的劲头，也越来越深沉难测。她永远都摸不透男人那宽广的胸襟。如今男人到底为什么奔波，为什么拼命，她说不完全，可是她坚信男人的行动是重要的，一行一动都是为了群众的甜和暖，都是为了子孙后代不再受他们这一代人曾经受过的苦与寒。她要跟男人同心协力，不让家里的事情给男人增加一点累赘和烦恼，让男人随心所愿地干自己热心干的大事情。

结果第二年秋天，武安市林业局局长高望臣派到后掌村察看栗瘤疯的技术员一看，惊奇得好像做梦一样！那原来令林业局技术员一筹莫展的"疯"栗树竟然秋果满枝。

瞧吧，山野上有多少人用吃惊的神态听着摇落板栗的声音，看着这个场面呀！

王清润和年轻人一手攀着粗壮的树身，一手摇着挂满一嘟噜一串黄澄澄栗蓬的树枝。于是，"噼噼啪啪"，亮晶晶的大板栗从树冠上纷纷落下，像降下黑亮的雨。板栗儿，欢跳着、滚跑着，落到草棵里，跳进了树旁的庄稼地。

郭俊刚的脸上放着光，他一会儿跑在前边，观看小伙子们奋力摇着板栗树枝，一会儿落在后边，跟妇女们弯腰捡拾板栗。当他看着治愈了栗瘤疯的板栗树又结满了果实的时候，心里有一股子说不出的兴奋。

这才又传开了郭俊刚的神奇剪刀。高望臣闻之半天都不舍得耽搁，"飞"到了后掌村，请教郭俊刚竟有何等灵丹妙药？郭俊刚腼腆而笑，说俺只有一把破剪刀。

于是，一年、两年、三年，后掌村另外的一万棵苹果树、三千棵山楂树，都在郭俊刚率领三十名弟子的剪刀之下，挂满了累累果实，亮闪闪的，像夏夜晴空的繁星。

五

20世纪80年代中期的一个秋后,街头的树叶在秋风中枯黄了。前南峪周围的山野,也在不知不觉中被大片的黄色所覆盖。山上,有些树叶被秋霜染成深红,如同燃烧起一堆堆大火。天格外高远而深邃,云彩像新棉一样洁白。河南林州县（今林州市）桑园村的人带着同样的问题也慕名找到了前南峪。郭成志一看,是红旗渠畔来的客人,一分钟也没敢耽误,急急忙忙来到村委会。叫村主任郭明谦先安排客人的饭,住处就在村"科技招待所"。

夜里,群星像雨洗后的果子缀满了柔蓝的天幕,月亮在吐放着光辉,普照着幽静的像海一般的太行山,浆水河幽静地流着,水波斜闪出迷离的白光。

三个河南来客住在村"科技招待所",为首的一个年长些的是林州县桑园村的党支部委员邢国华。另外两个,一个是中等身材,壮实得像头牛的胡文灵,一个是身材高大的武冬林。煤火炉在旺盛地燃烧着,坐在上边的大水壶"吱吱"地响着,热气在电灯光里升腾着。对着面的那张床上,摆着他们的黑提包。邢国华和武冬林坐在一块兴致勃勃地聊天。

武冬林说:"没来之前,听说干科学管理的活儿,总觉着隔行如隔山,心里犯嘀咕。今天来前南峪一看,实在也没啥。"

邢国华看武冬林一眼,心情不觉沉重起来。看起来对前南峪人科技兴山,武冬林的看法是和他完全相反的。他感到事情很严重。怎么办呢？原则问题不能退让,应该说的还是要说。但他提醒自己也要极力注意到彼此的工作关系,而不伤害感情。

"冬林同志。"邢国华说,"我觉得对这个问题的看法,我们俩是不一样的。既然前南峪村是太行山区科技兴山的先进典型,人家又实实在在干在那里,我们就应该对照咱们村的实际来个检查,哪些地方有差距,迎头赶上去。这是个态度问题。咱们要学习前南峪人对待科学管理的样子,把工作干得好,很不容易,可不能这样轻心哪。"

武冬林抬起头来,把已经烧着手的烟头扔了。可是他发现自己太不冷静了,又强使自己平静下来,对邢国华说:"你呀！"一时他浑身冒汗,感到屋子里很气闷，便把衣扣一个一个解开来说，"不论对待什么事儿，总比别人想得多。科学嫁接、修剪这样的差事，咱们当然搁不上手；喷药、施肥，从小就干，全都是科班出身，肯出力气就行了。"

邢国华望着武冬林那强行镇静的脸，他很生气。他觉着这是关系到一场科技进山的大问题。当时，他真想狠狠教训武冬林一顿。可是，当他想到党对他的极大的信任，想到桑园村广大干部群众的期望，想到今后要和这个同志一起共同来完成这个艰巨而重大的科学管理板栗任务时，他冷静了下来。他觉得一个同志在思想上发生障碍的时候，首先不是打击和伤害他，而是应该说服和帮助他。于是，他热情而诚恳地说："你这个看法不对。这儿的活计虽说也是喷药、施肥，跟咱们庄稼地传统干法完全不一样。它跟科学技术连在一块儿。咱们都得相信科学，处处听指挥，事事照前南峪技术人员的样子干，千万不要有一丁点儿马虎。"

他们说话之间，胡文灵已经躺在被窝里睡着了。他的一只胳膊伸在被子外边，总是皱着的眉头舒展了，随着均匀的呼吸，厚嘴唇也像憨笑似的，不住地抽动着。

邢国华走到胡文灵跟前，轻轻提起胡文灵的胳膊，放进被子里，笑笑说："这个傻家伙，睡觉也不安生，到了前南峪，莫非还想你家里那一亩三分地。唉，是该换换脑筋了，要是咱全村的板栗树，都能像前南峪那样靠科学管理，还愁过不上好日子？"

武冬林转过脸，嘴角一咧，几乎笑出声来，说："国华，说实在的，要是咱全村都像前南峪那样科学管理板栗，果真能脱贫致富吗？"

邢国华听了武冬林的话，就直截了当地说："我看用不着顾虑，科技进山是党中央给咱们农民指出的富裕之路，咱可别想错了。咱那还不就是因为不能尽快脱贫致富，才来前南峪求助技术人员进村管理板栗吗？咱村没别的，就是人多，俗话说：众人拾柴火焰高，只要组织起来，大伙学好科学技术，还愁不能实现共同富裕吗？"他充满信心地望着武冬林，说，"咱们这次回去，马上就动手搞板栗修剪，眼下这一点儿困难算不了什么。"

武冬林听他这么一说，精神非常振奋，从对面床上跳过来，一把揭开胡文灵的被子，在他屁股上拍了一下子，喊道："响铃了，集合了，快起来吃饭了！"

胡文灵被惊醒，一边拉被子，一边说："你们这些精神鬼，不好好睡觉，闹什么呀？"

邢国华这才说："这儿是前南峪，不是桑园村，谁像你随着太阳进被窝。"

胡文灵擦着眼说："坐着再舒服也不如躺着。长这么大，我还真没这么自在过。"

武冬林说："一个人干吗要睡觉呢？几十年的时间，睡去了三分之一，太浪费了！要是一天能够少睡几个小时，那就能挤出一二十年来干多少事情。"

邢国华想了想，说："不！把什么问题看得太绝对了，就叫作不懂辩证法。睡眠和休息丧失了时间，却取得了明天工作的精力。如果一个人拒绝睡觉，那他明天就没有精神去工作了。"

胡文灵嘿嘿笑着说："冬林，你听见了吧，还是国华说得有道理。"

武冬林说："别念你那自在经啦，快起来，看看前南峪怎么科学管理板栗的吧。"

胡文灵一边往袖子里伸胳膊，一边说："什么科学管理，我就知道，赶上如今的好时代，吃饱了猛劲儿干活儿。"他说着，神情忽然一转，"嘿，你们吵醒我那会儿，正巧做着梦。梦见村西我家分到手的那块地里，一棵秸秆长了五个大棒子。我跟你嫂子背着笆篓去掰。掰一个，又长出一个，再掰一个，又长出两个。把你嫂子压得喘不过气来，直喊：别长了，我受不了啦！"

屋里的人听到这儿，轰的一声都笑了。

他们的笑声，惊动了外边的两个人。他们推门进来了，带进一股冷风。走在前边的是他们熟悉的村主任郭明谦，他进来报信：

"郭书记来了！"

一语未了，人们立刻围了上来。三双手伸了过来，三张脸挤到前头来，郭成志被包围了，他回了武冬林的话，又回了胡文灵的话，胳膊被邢国华摇晃得又酸又疼。

郭明谦拍着郭成志的肩膀，给大家介绍说："下午你们一来，我们光忙了，也顾不上介绍，晚上又急着参加团员会，刚散，支书郭成志马上来看大家。"

人们一听，更加郑重起来。他们虽然过去没有见过郭成志，却听到过好多传闻。科技进山、治理生态经济沟、创建村办企业，把前南峪的工作搞得十分出色，连续多年夺到了"全国造林绿化千佳村""全国农业科技推广先进单位""全国科教兴村计划试点村"等荣誉称号。

郭成志满脸喜悦，眉开眼笑地看着大家，说："桑园的同志，到我们这儿，条件差，吃啦，住啦，怎么样呀？"

邢国华赶紧代表大伙回答说："很好，很好，我们太满意了。"

郭成志说："比起过去，如今，好是好了，不能太满意。国家改革开放，我们得往更好更美处奔。"

邢国华听着，又看看武冬林和胡文灵，不住地点头。是啊，得往更好更美处奔，讲得多深，真是这么回事，一丝也不差啊！

郭成志把话停了停，又问："你们来了，习惯一点了吧？"

武冬林抢着回答说："习惯了，跟在家一样……"

邢国华截断他的话说："我们各方面都挺差，这次来参观，学习了不少新东西，一定坚决响应党的号召，走科技进山之路，往后得好好跟着前南峪老大哥学习。"

郭成志笑笑说："干工作就是每天每时克服困难，学新东西；克服一个，学会一点，就前进了。拿我们自己来说吧，二十多年前，一场山洪暴发，冲走了前南峪村仅有的三百四十亩保命田，但冲不走前南峪人发扬抗大艰苦奋斗的革命精神，我们治山植树，科学种田，夺取了一个又一个大丰收，从根本上解决了山区人民的温饱问题。难不难呢？难。事业需要，越难越得闯。党的十一届三中全会后，农村社会主义改革又往前发展了，为彻底改写前南峪板栗产量的历史，我们大胆探索，从省果树研究所请来了板栗专家，破天荒地进行了一场'绿色革命'，全村板栗喜获丰收。现今全村兴起了人人学科学、用科学的热潮。难不难呢？更难。我们正在学，正在闯。咱们就一块儿学，一块儿闯，一块前进吧。"他扭头对郭明谦说，"你给大家说说正题，说完了，好让同志们休息。"

郭明谦说："支书有一肚子宝贵的经验，有空儿你们就多从他那儿往外掏点。今儿，先请你们说说支书敬佩已久的'红旗渠'吧。"

当年，一个开山劈岭的红旗渠，把年轻的郭成志羡慕了很长时间。那是神话中盘古开天地的地方。林州人一手执凿，一手执斧，面对高高的太行山，胸中涌动的正是一股天地间正大沛然之气。郭成志想起来心里总是怦怦地跳，仿佛红旗渠的建成，给他树立了一个榜样。那时候他想：人家能建成一个大的红旗渠，俺前南峪人在家门口就能建成一个小的"红旗渠"！那些天，他出门上邢台和省城，开民兵会什么的，没少专门寻红旗渠的电影和话剧看，连公共汽车都舍不得坐，就为得省几角钱看人家林州县人民的干劲。

那一段时间，不知道从哪儿让他学到了一首歌，一天到晚就是那么两句："劈开了那万丈高山岭哟，挖穿了那个地下的老龙泉……"

后来他带着群众截潜流、修防渗渠等等，"红旗渠"兴许也起了不小的"鼓动"作用呢。

今天，果真来了几个红旗渠畔上的人，跟他们好好聊上一聊，等于圆了青年时期的梦。所以郭成志和三个河南来客，把当年的红旗渠刨根寻底地问了个"底儿掉"。

郭成志问："你们开挖红旗渠当时在全国影响够大的，得动用多少人，干了多少年？"

邢国华回答说："那是从20世纪60年代开始，俺们林州县十万人，舍生忘死，整整苦干了十年，硬是在太行半山腰开石凿壁修了一条红旗渠。"

郭成志又问："听说开凿红旗渠，涌现了许多英雄人物，能不能给我们讲讲他们的模范事迹？"

河南的三个客人争着说："能啊，就是太多了，讲十天十夜也讲不完。"

郭成志说："那就拣最感人的讲。"

武冬林先说："大垴村是林州最高最偏僻的一个村，海拔1750米，四面都是一眼望不到底的悬崖。许存山接村党支部书记担子时才26岁，他扛起了全村人富裕的梦想。村委会全部资产摊在他手心上——三个硬币，一共九分钱的积蓄，18360元的欠账也摆在他面前。当兵时，许存山常常梦到家乡，梦到孩子们进了学校，梦到路修到了山下……但他想不到，梦想的实现，竟是这样艰难。摆在他面前的有六难：行路难、吃水难、吃穿难、照明难、通讯难、娶妻难。太行山的石头多是石英岩，这种红脸蛋的石头，出了名的坚硬。但红脸蛋的岩石这次碰到的是黑脸蛋的许存山。他召开支部会，全村12名党员在党旗下发出梦想的誓言：'握紧拳头不松手，卒子过河不后退。'很快，蓝图摆在村民们面前：两年通电，三年通水，五年通路，十年之中大植树，二十年兴科技……有人说，爱做梦的许存山，这次是在白日做梦。"

说到这里，武冬林抬起头来，眼睛定定地看着郭成志，显出非常激动的样子,"然而,理想的太阳一旦升腾,就能激发出精卫填海般的无穷力量!架电,重五百多公斤的水泥杆往山上运,要绕过几道悬崖;两三千米的山路,全靠许存山和村民们抬,小孩棉衣当垫肩,肩膀还是肿得馍一样。就这样,一百多根电线杆,二十四个壮劳力,整整抬了两年。电终于通了,村里的小太阳,照亮了太行。再之后,又修了四年,大垴村的人,把路修通了。一个村子的人,挖了四十八万土石方。黑脸蛋最终胜了红脸蛋。看到汽车开到山顶的第一眼,许存山一头倒在地上,晕死过去。……"

还没等武冬林讲完,胡文灵也抢着说:"要说英雄,谁也比不过张运仁。1960年,红旗渠开挖不到两月,张买江的父亲张运仁就牺牲在修渠的工地上。……"

自然,今天讲起林州县英雄们的事迹,更是浸染着浓烈的悲壮色彩。再加上人家河南人正想跟村支书疏通感情套近乎,那真是百问不厌,有问必答,答必详细:就是在自己脑瓜顶上发生的事,咋能不清楚?三个人中有两个还是当年修红旗渠戴过大红花的青年突击手,在山上劈山引水是"勇"字里头拔尖的,腰里都系着大绳子在高耸巍峨的绝壁上打过钢钎,自己干过的事,一辈子也忘不掉!

唯有憧憬梦想的大脑,才能酝酿这样的史诗,唯有洋溢激情的人们,才能谱写这样的史诗!

林州人就是一群有梦想、爱做梦的人,他们的梦是一张张叠加的蓝图。

整整两个钟点,郭成志都在被林州人历尽艰难险阻,表现出的一个民族的勇气和豪气,激动着,震撼着。后来觉着话也问得差不离了,远道的客人也该休息了,一看手表到了十点多啦,赶忙起身向客人告辞。

郭成志这么一要起身迈步,河南的三个客人可慌了,心想:你支书光顾自己的耳朵舒服了,俺们肚子里还敲鼓呢!一晚上求助的事根本没空儿唠,俺们是干啥来的呢?可不行,俺们千山万水就为了板栗而来,整整一个晚上,板栗的边儿都没沾,倒让红旗渠全给占了。你支书到底能帮我们不能帮,摸不上一句肯定的答复,俺三人晚上能睡得着觉吗?

三个人中的邢国华赶紧把话递给了郭成志:

"支书,不紧睡,再坐会儿,俺们那儿那件事,咋说着呢?"

"啥事,你们还有啥事?有事尽管提,红旗渠的人,俺郭成志早就佩服过了。"郭成志的话实实在在,"咱们自己对自己可不能讲一点客气。

你们说吧，到底有啥事？"

郭明谦也帮着说："你们有什么事尽管说，成志支书为全村操碎了心，已经够忙的，不要再耽搁时间了……"

郭成志提高声音说："不对，你说得不对。要是怕为群众操心，那还叫什么共产党员呢？如果群众不让党员为他们操心，那还要党员干什么用呢？"

郭明谦说："我没把意思说完全。我是这样想的，应当多给你腾出一点功夫。"

郭成志说："河南来的三位客人跟我们，都是一条藤上的瓜，都是一家人。十个指头，根根连着心。过去我们在党的领导下，一块搞合作社、人民公社，眼下搞农村改革我们村是先富裕起来了，可更要帮助后富裕的村，去实现共同富裕。因此，不管是谁遇到什么困难，也得一块克服，我们好按党的指点，一块儿往社会主义奔。这就是我们的真情实感。"

郭成志此时不是把三位客人求援的事忘了，他在心里头早就点头答应了，而是忘记了把答复的话说给人家，自己还以为已经告诉了人家。你这么一忘，那三个"求贤若渴"的河南客受得了吗？

那三个人觉得支书根本没把他们的大事当成个事，到头来反倒问他们还有什么事，这下子可坏了，肯定是情况不妙，一晚上的"红旗渠"，就是为了打马虎眼来的。那可不行，你这么一打马虎眼，俺们回去咋交代？

"支书，是这么回事，俺那板栗树实在是得需要技术人治理治理，您看，不是太需要了，俺也不会大老远地来麻烦……"

"啥？是啊，不是答应你们去人了吗？不过，你们得等一两天，容我安排个人，别太心急，我说红旗渠边上的伙计！"

那三个河南人面对这样一位共产党员，听着这样一些出于肺腑的声音，他们还能说什么呢？赶忙一齐站起身来递烟。

邢国华先喝彩了："支书真了解民情啊！"

武冬林也帮了一句："可以说体贴入微。"

他们直到把烟卷递到郭成志的下巴底下，被郭成志的手推在一边，才想起人家支书早已戒了烟，又笑容可掬地让支书喝水，一倒水暖壶空空如也，胡文灵赶忙起身要到外边去灌。

郭成志一摆手拦住了去灌水的客人："早点歇着吧，明天安排个人领你们上山看看，后天人安排得顺利，就相跟着你们去河南。"边说着，边快步出了屋门。

把三个河南人乐得在屋里一蹦三尺高，不知道应该叫好，还是应该祝贺。他们觉着两分钟前还愁得够呛，两分钟后就这么着解决了，而且解决得还是这么圆满，后天就要派人同行：

"哎呀！成志支书和我们这一夕促膝谈心，受益匪浅，实在是三生有幸啊！"

"看来人家前南峪的郭成志真是个痛快人。"

"不！不完全是痛快，还是那叫什么来着'把别人的事当作自己的事对待'，说官词叫作'大公无私'，人家这才真叫大公无私！"

桑园来的庄稼人这回更加开了眼，第一次看到、尝到了共同富裕的滋味。他们热烈地谈论了好久，怀着从来没有的喜悦，再一次进入了甜蜜的梦乡。可是邢国华因为过度的兴奋，一点困意都没有，他怕自己的动作惊醒伙伴们，就披着衣服，轻轻地下了床，走出宿舍。

他站在科技招待所的台阶上，浓黑眉毛下那双深沉的眼睛，一动也不动，凝神地看着灯光中美丽富裕的前南峪村，仿佛听到了前南峪人正在轰轰烈烈修建生态经济沟，钢锹挥动，人声鼎沸；还有那新崛起的村办化工厂，繁忙喧闹，热烈欢腾……

他看着，看着，忽然，那灯光中美丽富裕的前南峪在神奇地变幻着，变成了一幅宏伟壮丽、光彩夺目的图画。这幅图画，和半个世纪前，县委书记杨贵为林州县人民铺开的那张红旗渠工程图，和三个月以前党支部书记李金亮跟一班人，在红旗渠下桑园村画的那张依靠科学技术管理全村板栗树的图画叠印在一起，线条更加清晰，色彩更加丰富，层次更加鲜明。邢国华被这幅图画迷住了，他的整个身心，都进入了这幅最新最美的理想画图中去了。透过这幅画图，他看到了，那些挥着铁剪、充满着豪情与热血的绘图人：党支部书记李金亮、村主任张明德、老支委许鸣丽……还有桑园村的广大干部群众……

夜色显得无限美好，谁不晓得深秋之夜，不晓得深秋夜里那既远又近的分外明亮的星星！每一颗星都清晰在目。瞧，有一颗星，边上像是沾满了霜花，周身发着冷光，带着天真烂漫的惊讶神情从漆黑的天上望着大地。

邢国华深情地遥望着远方，他觉得天是那么高，山是那么阔，心里是那么豁朗。

月亮升起来了，高高悬挂在缀着星星的夜空，它把皎洁、温柔的银辉洒向大地，使茫茫夜幕染上了暖融融的夜色。

秋天的风很有生气地吹动着，带着小河流水的清凉，带着山野泥土和成熟庄稼的芳香；蓄满精力的绵软的柳枝儿，欢快地飘摇，仿佛在捕捉着银色的月亮。……街巷里，没有一点动静，只有人们走路的脚步声，惊起的一两声犬吠。从一些院落传出很好听的牲口嚼草料的响声……

多么诱人的乡村之夜呀！

郭成志和郭明谦从科技招待所出来之后，郭明谦就回家了。郭成志又习惯地走进生产队饲养院。从西边的马棚里，传出来一阵牲口嚼草和梆铃的声音；牲口棚的木桩上，挂着一盏电灯，闪射出橘黄色的亮光，可以看见附近石头槽子的轮廓和晃动的马的头影。饲养员的房子的窗户也亮着，从开着的门口闪出灯光，传出唧唧哝哝的谈话声。是什么地方传来雁的鸣叫，在静夜里显得十分悠扬而又遥远。郭成志仰起脸来，向黑暗的天空搜寻了一下，却连一点踪影也没有见到。他在院子里站了一会儿，就迈着轻松的步子，往家走。

他推开了自己家那虚掩着的门，不让它发出响声，又轻轻地掩上。他在院子里站了一会儿，在房前房后，转悠了转悠，就钻到小下屋里去。他仔细地察看了一番，放在角落的农具：铁锹、钢钎、镐头……他一件一件地拿起来，用手指头搓弄着铁器上面的黄渍，然后又一件一件地安置回去。这些农具每一把都让他用手茧磨光了，而且，无论哪一把，他都清楚地记得：它是在哪一年添置的，什么时候修理过，回过炉……虽然他们不会说话，但在郭成志的生活里，它们都好像是有生命似的。他是多么经心而又爱惜地使用这些农具呀！它们曾经帮助他度过穷苦的岁月，同全村干部群众一道，治理九条生态经济沟。他的每一件农具，都有自己的名字。而且他是用一种特殊的语言，和它们保持着亲密的联系——他有时自言自语地和它们说话。此刻，他一边摆弄着他们，一边在心里想："今年是个大喜之年，从开春筹建到目前，全村第一座重晶石化工厂，仅用了5个月，就生产出1200吨工业硫酸钡、400吨硫化碱，获纯利润20万元。现在，党支部又决定充分利用秋冬两季，大上麻峪沟，治理最后一条生态经济沟……你们要派上用场了，可要不惜力气呀……"

他在那里摆弄了好一阵,才理出个头绪来。等他转回身,又往里走的时候,忽见自己住的那间屋的窗户上身影闪动。他马上加快了脚步。

　　郭玉金在屋里把什么碰倒了,咣当地响了一下。门帘子呼啦一声,郭玉金从里间出来,打开了堂屋的独扇木板门。

　　月光像清水一样,泻进屋里,洒在媳妇的身上。两只刚摆脱困倦的眼睛,深情地望着这个好不容易才盼回来的男人。

　　他们面对面地站着,你看着我,我看着你,好像都不知道第一句话应该说什么了。

　　郭成志咧嘴笑笑,郭玉金也对他笑笑,这就算打了招呼。

　　郭成志进了里间屋,立刻发现正面墙壁上,悬挂着一个镶在大玻璃镜框里的毛主席彩色画像,两边贴着鲜红的对联。床头墙壁上贴着四扇屏新农村四季耕耘图。桌子上挂了旧花布的帘儿。角角落落都起了一些变化。这些使他对这个家产生一种既新鲜又亲切的感觉。

　　郭玉金见男人这瞧那看,同时脸上流露出一种又惊讶又欣赏的神态,倒觉着有点不好意思了,就说:"今晚上的会咋开这么长呢?"

　　郭成志回答说:"开会时间倒不是很长,是我开完会,和郭明谦一同去看了红旗渠畔来的客人。"

　　郭玉金惊讶地睁大眼睛问:"红旗渠?"

　　郭成志兴奋地说:"是啊,就是当年轰动全国的红旗渠。"

　　郭玉金激动地说:"那你可要向人家好好学习学习红旗渠精神。"

　　郭成志点点头说:"这不,听他们讲红旗渠的故事入了迷,才回来晚了。"郭玉金这时才明白她男人晚上迟迟不回家的缘故了。

　　"我说呢。"郭玉金平静地说。"饿坏了吧,我给你做点汤吃吧。"

　　郭成志慌忙拦阻:"哎,哎,不用了,我在明谦家吃的粥,大娘还给我摊了好几个鸡蛋。"

　　郭玉金说:"我给你烧点水洗洗脚吧。"

　　郭成志说:"这倒行。山上的尘土真多,脚上好像打了泡,烫烫解乏。"

　　……

　　郭家的这顿饭吃得实在太晚了,一切家务处理完毕,月亮显得更亮,星斗显得更多。

　　郭成志躺在炕上。他这一天走了多少路,说了多少话,又花费了多少精力和心血呀！他却没有一点困乏的感觉。直到郭玉金吃完饭在他身边均匀地响起熟睡的呼吸声，他还是睡不着。他想着明天，不，已经过了半夜，是今天的工作了。他考虑着去河南林州县的人选。有一个人一直在他脑子里转悠。一开始有点拿不准，主要是觉得这个人技术上是绝对没问题，理论上也当当响，就是此人有点内向，平时话太少，不知道到一个人生地不熟的地方，能不能压住阵？想来思去，还是觉得让他去合适，就是要锻炼锻炼他，如果锻炼个差不离儿，将来还有大任交给他呢。对，就是他啦：郭俊利！郭俊利当时四十三四岁，浆水中学开办高中之始第一届高中毕业，那是六十年代初期，算是正经八百的"文化大革命"前的老高中毕业生。与在垫地时砸着腿，后来到县菱镁矿当了矿长，对前南峪人甩掉贷款的包袱做出贡献的郭明祥属于同一届学生。好像郭俊利的学习成绩更好一点。只是为人不好讲话，心里的事也很少向外表达，所以在村里出头露面的事干得不多。可他绝不缺少心计和智谋。真正要是在正式的场合，比如学问上的或者说国家的政治大事，也能够一二三四地讲出个道道来，讲出的还是别人讲不出来的和别人驳不倒的。只是家长里短、老百姓圈子里的事，他就显得低能了，不懂得如何"处"，也不善于精到的"理"，这样的人，人们总用"书呆子气"来形容。其实，一个"书呆子"形容得也准确也不准确，单看你站在怎样的角度，用什么样的眼光来看？他又翻过来想，事前没有想到郭俊利，更没有给郭俊利说，今天让他带着河南林州的三个客人上山看看，同时，村里还有好多事情，得提前给他安排一下……

经过一天的奔波，他累了、乏了，因而，尽管他极力思考问题，却在不知不觉中睡着了，睡得很香。当他下床的时候，窗户已经抹上了又红又亮的霞光。

郭成志晃悠悠地走出家门，弯过村委会办公室的后院墙，朝郭俊利家奔去。

六

郭俊利听说之后，自然欣然从命，将家事草草地安排了一下。媳妇吕春艳几乎一夜没有睡觉。前半夜心里有事，惦着地里的活计，睡不着；后半夜她怕睡过了点，耽误给出远门的男人做饭，就没敢躺着。她摸着黑，坐在炕上，望着灰蒙蒙的窗户格子。

夜，格外地沉静。露水压倒了青草。微风把小河湾腐烂的芦苇、池沼的泥土、被露水打湿的青草的混合气味送到山村来。野地里偶尔传来的几声人喊、昆虫的鸣响。后来又是昏昏沉沉的寂静，又传来了辽远辽远的、几乎是刚刚能听出的野雁的沙哑声和稍近一点地方的鸭子的回答声，一阵在黑暗里看不见的翅膀的猛烈震动声。夜，越发加重了这种沉静分量。

她想了好多好多的事情。自从跟郭俊利结合以后，她一方面对这个知疼知热的男人心满意足，增加了她的期望；另一方面，她也尝到了过日月的艰难。男人不在家，她肩上的担子重；千难万难，也要把队里分给自己的几亩责任田抢着种上小麦，保住收成。

她又下了炕，抱柴火、点火、刷锅，先烙了一摞子白面饼，又捞了一盆子小米绿豆水饭，还切了一盘平时舍不得吃的老腌黄瓜。她不仅把碗和筷子都重新刷洗一遍，连小饭桌都擦抹得干干净净。她把一切都料理停当，天还不亮，就催男人起床吃饭，又忙着为男人打点行装。她把煮熟的鸡蛋偷偷地放在饭盒里。郭俊利看见了，忙站起来和吕春艳抢着提包："春艳，你别往里装了，这么多让我怎么拿呀？"

吕春艳舒心地笑着说："带着吧，带着吧！都是乡货土味，让红旗渠畔的来客都尝尝。"

尽管郭俊利左拦右挡，吕春艳还是把他的提包装得鼓鼓的。最后，那一包炒花生仁没地方放了。

一切都打点好了，吕春艳又坐在堂屋里等着，望着那又高又神秘的天空上闪耀着的小星斗，把刚才想过的事，又重复地想了一遍。天空渐渐地变幻颜色，从黑变灰，变成蓝色。槽头上吃饱喝足的骡马在放声嘶鸣，睡了一夜的公鸡飞上墙头翘首高歌。家家户户的开门声、水桶撞击声、孩子的哭声，渐渐增加，从四面八方传到她的耳朵里。东边哥嫂的院里一阵又一阵杂乱的脚步声响，一会儿又安静下来。她站起身，移动着两只坐麻了的腿，来到大门口。她隔着那小栅栏门看见一群一伙下地的人，从门前走过，就又催男人去跟那三个河南来客上路。

节令进入深秋，天气明显增加了寒意。逐渐枯黄的树叶禁不住风吹雨打的摧残，一片片、一叶叶飘落在高高低低的屋顶上，飘落在大大小小的道路上，飘落在纵横交错的河沟里。只经过了晓行尚未到夜半，郭俊利和三个河南客便乘车来到了红旗渠之下的桑园村。

来桑园之后，郭俊利也是第一要看红旗渠。当年的红旗渠影响了一代人，谁不想到在他心里"神圣"了那么多年的地方印证印证？

那太好办了，简直是举手之劳。桑园的支书、村主任亲自陪同，攀上半山腰尽管看个够！

半个世纪前的一个清晨，山谷中刺骨的寒风，吹扑着林州县委一班人热乎乎的脸颊。一夜的疲劳，被晓风吹得干干净净。人们怀着一腔火样的激情，在微明的天色中，踏着山石小径，沿着工程规划的线路，察看了几十公里外的水源，察看了陡峭的悬崖。当他们来到林州县山谷口的时候，天已大亮，金红色的朝阳，从东方的地平线下升起，给祖国山河染上一片金辉。

县委书记杨贵和一班人，站立在太行山的山坡上，全身沐浴在金红色的、火样的晨辉中。他们放眼向东望去，脚下是辽阔的大地，淡绿的麦苗，蓝蓝的炊烟，迷蒙的树林，稠密的村落，整个林州县在一片耀眼的朝霞里……

县委一班人铺开一张关于林州县"引漳入林"的蓝图。面对这张红旗渠工程图的县委书记杨贵，豪情满怀地把实现理想的手，指向了太行山，对站在自己身旁的战友们说："……到那时候，林州县可不再是'水缺贵如油，十年九不收'啦，而是'渠道网山头，清水遍地流；旱地稻花香，荒山果树沟……崖头建电站，夜晚明如昼'啦！"

县委一班人被杨贵的激情描绘，深深地感动了，在他们的眼前，仿佛出现了一幅壮丽的、欣欣向荣的社会主义新农村的图景。

那是一个多么浪漫的理想啊！

然而这个浪漫的理想，距离现实是那么遥远——

晋、冀、豫三省交界的林州，地处太行山腹地，山多水少，石厚土薄，远近闻名的"特产"是：旱！

《林州县志》载，这里自明朝建县始便"旱、大旱、连旱、凶旱、亢旱……"老天不公，没有给林州安排一条像样的河。那时候，你在林州大地上走，往往一里，二里，八里，三十里……一滴水都遇不见。你也许觉得眼睛发涩了。眼里的水分，是被干燥的空气、干燥的黄土、干燥的草叶啄走吗？也许走了五十里路了，前面是道山湾，你惊喜地听见，山湾里传来潺潺的水声。你几乎是一头扑过去。可是到了山湾，何曾有水，那是赶车人赶着的牲口，牲口的铃铛在响。那时候，林州有些人家常常会有这样一口水井：井口非圆非方——为的是只有自家自制的水桶，才能伸进水井。

水，是林州人生生世世的想，年年岁岁的盼哟！

难道只能如某些人所说，人类只能安于宿命，既生于此，必终于斯？

林州取水于邻省的浊漳河，是古籍《山海经》上赫赫有名的河流，传说中衔西山之木石而誓填东海的精卫鸟，就产生在这里。

精卫衔微木，将以填沧海，以弱小之身撼博大之物、抗冥冥之天，中国古人的想象力是多么充沛，理想又是多么高远！

远古的思绪难以追寻，但昨天的记忆仍十分清晰。

那是1960年，县委书记杨贵带领十万林州县人民，一头扎进茫茫太行，他第一个抡起了十字镐。这是一声进军号！霎时间，一把把铁镐飞舞起来，咔嚓咔嚓，响成一片。这就是战斗！漫天大雪，好像是为修渠者盛开的朵朵银花；大风的呼啸，好像是为修渠者助威呐喊。雪越大，修渠者的斗志越加昂扬；风越猛，越能激发修渠者无穷的力量！这就是战斗！很难分清人们是怎样动作，所看到的，是车飞镐舞；感觉到的，是排开风雪的一股巨大的热力！这就是战斗！很难分清是一种什么样的声音，铁锤砸着钢钎声，凿子敲击岩石声，修渠者的号子声，和着风雪的声音，是震天动地的战鼓响了起来！他们舍生忘死，苦干十年，硬是在太行山腰凿开了一条七十多公里长的红旗渠。

山的地图上，从此多了一条代表水的蓝色曲线。

这条在悬崖绝壁上"抠"出来的红旗渠，是在共和国最困难的时候，林州人勒紧裤带创造的奇迹。那是一部昔日太行人的英雄史诗！

现在，郭俊利终于亲眼看到这思慕已久的红旗渠了。啊！好一座雄伟的红旗渠！果然名不虚传：那气势的雄伟，那山势的险要，在他所看到的长渠中，是没有能与它伦比的了。

这条百里长渠像一条活蹦乱跳的长龙，顺着那连绵起伏的山势，由西北面蜿蜒南来，向着南面伸展开去。清水从太行山高峰飞泻而下，滚滚地流下太行山。在太行山脚下，大渠像一支箭似的直射向平原大地。水，欢畅地穿过干旱的地带，穿过浓密的树林，奔腾澎湃，激起无数雪白的浪花。这么多的水！一路翻滚着，吆喝着，喧嚣着。

人们是用纵情的声音、笑声、锣鼓声迎接最初的红旗渠水的。清澈见底的水渠里，闪动着天上的白云和两岸欢乐的人影。滔滔不绝的红旗渠水，沿着人们开拓出来的道路，酣畅地流到庄稼地和果树园里去。

哦，青年的梦，又从长久尘封的记忆中复活了。复活在这百里长渠的红旗渠之上、悬崖绝壁之间，复活在这20世纪80年代，复活在这农村改革的一个励精图治的秋天。

尽管两位村主要领导殷勤之至，郭俊利在生人面前还是没把红旗渠看个够。他本来想在半山腰走出它个三十里、五十里远，把劈山开水的陡险地段都看一看，好把当年在电影里看不到的地方实打实地补个圆满，甚至，他还想在李先念同志题词的地方多待一会儿，包括词意包括书法的笔力等等都研究一番消化一番。无奈，人家支书、村主任对你的所看所思早都不感兴趣了，你咋好意思让人没完没了地"奉陪"你？

郭俊利只得余兴未尽地下了山。不过后来在一次闲暇的时间里，他到底足足地补了个够。

那天晌午，他们走进了桑园村，走进了一个神秘的境界里。

位于河南林州县城西的桑园村，虽然名为桑园，实则一棵桑树也没有，或许老祖宗的时候是个桑蚕之乡，现时只剩下一片片不大结果的板栗树，以及一片繁茂的山楂林。

人们用自己的双手和血汗创造着世界上一切最美好的东西，桑园村的自然风景是美的。一丛丛树林，一条条水沟，一片片芦苇，一块块开垦的土地，还有一簇簇的农家小屋。眼下正是百花齐放的季节，景色更是动人的。特别是偶尔出现一两朵山花，点亮了这里的一切景物，使它们充满着生机。

郭俊利沿路走着，很快就喜欢上这块地方。他觉得这里的村庄虽没有前南峪那种创建生态经济沟的紧张气氛，这里的土地上也没有喧闹的村办企业的机器轰鸣，但是千里之外的生地方，却能随时听到熟悉的乡音，倒好像什么时候来过，又住了好久一样。

郭俊利到东沟南坡里一转，发现满山遍野的板栗树头杂乱无章，就弄明白了这里的板栗树为啥不结果？除去象鼻虫的严重危害之外，主要是光种不管的结果：实生繁殖、劣种树种居多数；树枝也很少修剪，枝条长得少有层次，枝杈相交相叠，如何通风透光？又如何进行光合作用？

郭俊利麻利地攀上一株板栗树，站在树杈上，从怀里掏出一把亮闪闪的剪子，一边"咔嚓咔嚓"把多余的枝条剪除，一边对身边的徒弟们讲："……骨干枝过多的，剪掉部分密生枝、竞争枝、重叠枝、把门侧枝和交叉枝，以改善光照。"

在剪枝时节，郭俊利是非常忙的，除了要在前边领着徒弟们修剪板栗树，还得经常检查各修剪队员的工作；同时，他晚上组织全村群众讲板栗修剪课的任务也是相当繁重的。每天他顶着星星上山，又顶着星星回家，大天白日在村子里很少见着他的面。连支书李金亮也难得跟他碰碰头儿了。

这位技术员越来越爱动脑筋，也越来越显得干练。满地二十多名修剪队员，让他指挥得有条不紊。他心里边高兴，精神格外旺盛。他觉着，这次用不了半个月，就能把全村三千棵板栗树普遍修剪一遍，就会在群众里边激起更大的劲头。这一程子，他总是干在前头，对繁茂的山楂林也特别有了兴致。他也经常思索起桑园的板栗树发展远景。其实，从他一懂事儿的时候起就爱上了绿色。那团团的榆树钱，那串串酸枣子，曾经填满他多少次饥饿的肚皮；那发芽的香椿，那长长的山草，给他带来多少次生存的希望！满山的绿色不止一回把他和乡亲们从春荒的贫困里拯救过来！现在呢，这绿色成了鼓动人们为农村改革奋斗的力量，成了桑园的聚宝盆。只要他一闭上眼睛，就好像看见了满山遍野的果树，就看见了成车成辆的板栗，他的心口就像扯起一片绸子那样抖动起来……他想，只要保证这次板栗修剪顺利完成，明年秋天山上就长出累累硕果，全村群众都会觉着富裕的日子更有指望了，桑园就要大步前进！你看他干得多卖劲儿呀！有人怕光膀子树枝扎肉，他不在乎，那古铜色的脊梁上好似刷了一层桐油闪着亮；有人怕光着脚树枝硌脚，他也不在乎，那双有力的大脚丫子，把树枝踩得颤颤巍巍，好像杂技演员在走钢丝绳……

桑园村干部见不大善言辞的郭俊利讲得居然头头是道，再看他抄起剪子上树干起来，果真是出手不凡，比本村的"果树能人"出的活地道，还确实有点"科学性"。特别是郭俊利本来性格内向，平时在家里尚且"埋头死干"，在不太熟的人面前，更是以干为主，很少指指画画。这样就更感动了桑园的人，一感动，便把郭俊利当成了"宝贝"，以为拯救全村不结果的板栗树，非此人莫属。

板栗树变样了,不要说跟几百年、几十年相比,就是跟几天前相比,一片一片的都变成了跟原来不同的另一种样子。

事实是尺子,又是镜子,是看得见,又摸得着的物体。对于世世代代走惯了既艰险又痛苦的旧路子,刚刚跨上新路子的庄稼人来说,几乎都不例外地用小心审慎的目光盯着脚下,向前举步。所以他们是最尊重事实的人。一件事实胜过一万句空话呀!

桑园村的板栗树,谁也说不清有多少年都是乱蓬蓬地自生自长,如今被郭俊利带人拉枝、开角修剪得通风透光。这是一个事实。对这,谁还能睁着两只眼睛硬说不是事实呢?

开头几天,被吸引到这儿看热闹的,还只限于毗邻的石井村的一些人。他们到地里参观回来的路上,悄悄地研究起已经出现的桑园村的一连串事实:

"我看,这种用拉枝的办法,打开层次的板栗修剪,兴许有效。"

"那还用说,前天,林生在暗里采用剪掉部分密生枝,改善树形光照的方法去修剪,挺管用。"

"既是这样,那咱们也派人参加桑园的板栗技术培训班,跟郭师傅学学,咋样?"

"行。他们能干,咱们就不能干?这又不是吃亏的事儿。"

石井村一行动,跟着动的村就更多了。正因为他们都一齐行动,出动的人又多,就给科学修剪板栗的活动增添了气势。

桑园村干的这件大事没有登报,也没有广播,就在周围村子里传开了。空旷的大地上,有那么多的人修剪板栗,谁还看不见?这个村有那个村的姑娘,那个村有这个村的女婿,来往串通,谁还听不到?"事实"这个最权威的动员令,把西坡庄、白羊山、逢石等等村子都给号召起来了。

很快,乡领导也知道了,匆匆来桑园看过了,也慰问过了,回到乡里之后便产生了一个想法,意思是你桑园有好事别独占,全乡的板栗树多着呢,怎么好意思只顾个人?正想筹划办全乡的学习班,不知怎么消息让邻近的几个乡得了过去。几个乡领导一串通再一商量:干脆几个乡联手办班吧,每村出一个人。结果郭俊利在林州县又当开了"果树教员",培养了不少林州县的男女弟子。

潮水似的人流,往逢石乡的礼堂涌去。白的纱巾,黄的草帽,闪耀于浅红色的海棠丛中，穿过了新修建的红砖甬道。各乡的板栗修剪队员，按照县里通知参加板栗技术培训班的钟点，准时进入会场。虽然是普通的果树管理课，来的人却空前之多。他们一路谈笑、议论，脸上带着一点庄严而激动的神情。看来，在他们的心目中，郭俊利的名字并不陌生。

上午八点，他走进了会场，会场上立刻响起了热烈欢迎的掌声。

逢石乡李乡长简单地介绍了技术员郭俊利，最近从邢台县前南峪村来到林州县讲授科学修剪板栗树的情况。

那就是他吗？被无数人敬仰、赞誉的那个人。

人们都目不转睛地望着他——

他是一个十分健壮的农民，中等个子，腿粗腰壮，脸颊和额头都很宽，透着一种爽朗而坦然的气质。鼻梁高而直，嘴角微微向上挑着，显得沉着刚毅。猛一看，似乎还不到四十岁，那扎实的脚步里充满了力量。

修剪队员们从看见他的第一眼起，似乎就在心里肯定了他就是郭俊利。郭俊利就应该是这样的，他们似乎没有再想象过他会是什么别的样子。他们只是觉得他比他们想象中的年轻了些，他是那么健康、精力旺盛，完全看不出这些年为建设山区新农村前南峪艰苦奋斗在他身上留下的痕迹。他那饱满的前额，好像高山上光滑而坚固的岩石，任凭风雨吹打，依然如故。这样的额头中一定是有深刻的思想的……

此刻，人们都想亲耳听一听这个给林州带来"科技"的前南峪技术员，会对板栗树整形修剪做出怎样的讲授。

他用一种平静而热忱的声音开始讲课。他说，他今天讲课的主要内容，是怎样对放任板栗树的修剪，怎样对直立旺盛不结果板栗树的改造。

郭俊利虽然平时不善言辞，但肚子里的"学问"确实不少。当年以他老高中的文化基础，在村里的技术夜校拼命地听课、狠狠地吸收，又在果树上不倦地实践。把自己充实得可谓专业知识和技术够得上"饱满"两字，他又不是人们称之为"大肚葫芦"那种类型的人，只自己肚子有却倒不出来，讲起课来还是条理分明、有板有眼，让修剪队员们听起来感到透彻明白。

由麦克风传出他响亮的声音在礼堂震荡：

"……直立旺树修剪不能通过重剪刺激生长，否则造成旺长消耗养料。如全缓放，又会使背上枝增粗快，造成背上粗枝过多，因而影响骨干枝的背下枝和侧生枝的生长，旺树应给出路，采用第一层主枝和主心干互相调节的办法，前期对中心干适当重截打头，刺激旺长作为出路，缓和基部三大主枝的生长势力，当三大主枝具有相当枝量后，再对中心干缓放、控制、直到结果……"

他的课刚刚讲完，礼堂里顿时响起了一阵海涛喧嚣般的掌声。掌声从人们心底发出，由四面八方向台上飞去，几乎要把他包围起来。它像震耳欲聋的鼓乐，敲击着人们的心房；又像早春的天空中滚过的一声轰鸣的春雷，激动而又庄严。它持续了很久，在乡政府的礼堂上空震荡，好像要冲破那深灰色的屋顶。

郭俊利在林州县，拿到了上上下下赞的一个"好"字！

于是，林州县县长甚至林州县归属的安阳市政府的领导，都亲自来到桑园村对他表示慰问和感谢。

本来，郭成志原订计划让郭俊利在桑园村待半个月最多二十天，却让林州县的领导和老百姓再三地挽留，实在没有办法，郭俊利只好走进桑园村委会办公室里，焦急地往邢台县前南峪村委会挂电话。

"喂，是成志支书吧？"

"是我，"郭成志几乎带着几分紧张的心情，接着电话说，"俊利，你在桑园修剪还顺利吧？"

"顺利顺利，这半月来，我除在桑园带人修剪完了三千棵板栗树，还在林州县的四个山区乡培训了五六百名弟子，非常受当地群众欢迎，特别是林州县及林州县归属的安阳市政府的领导，还在百忙中到桑园对我表示慰问，对前南峪党支部表示感谢。"郭俊利紧握话筒，激动万分地说，"并要再三挽留我。……"

"是吗？那太好了，这说明你干得不错，也给咱村争了光。"郭成志听着听着，他的两只眼睛，渐渐地放起光芒。到后来，当他了解到前南峪人在林县的重要地位，再也抑制不住兴奋的心情，当即回话："服从当地安排，需要多少天留下多少天！"

七

郭俊利是十月中旬从家出发的，眼看要过春节了，前南峪的鞭炮就开始响,哩哩啦啦时断时续。到了腊月二十三,鞭炮声开始滚成一个蛋,噼噼啪啪,从早到晚就接上趟儿了。可他人还没回家,急得吕春艳早晨起来往郭成志家里去要人。

天空没有云,没有雾,像洗刷过的,明净、晴朗。苇坑的水结了冰,让朝霞照成了桃花红。

吕春艳在村头井台上找到了郭成志。

郭成志从地里转了一圈回来,正大弯着腰,在那饮牲口的石槽子里捧着清亮亮的井水洗脸。他听到喊声,抬起头来,那乌黑的头顶和通红的脖子上,往下滴答着水珠。看清喊他的人之后,才从腰带上抽下毛巾,擦擦脸。

吕春艳站在他跟前,关切地说:"大清早使井水洗,不凉吗?"

郭成志笑笑说:"这样清爽。"

吕春艳眉头微皱说:"我说大侄子,你叔一去桑园就是仨月,到年根了,连个人影也不见,他啥时候才能回呀?"

郭俊利本来是郭成志的堂叔,那吕春艳理当是支书的堂婶。郭成志对吕春艳笑笑说:"俺俊利叔留在了河南,回不来了。"

吕春艳狠瞪了郭成志一眼:"你还哄你婶呢?"

郭成志说:"知道我哄你还跟我要人?俊利叔在河南干得太好了,人家愣是几次不放人,等着吧,过大年还能不回?"

果然,春节前夕,郭俊利"载誉"而归。一进村,党支部书记郭成志和乡亲们都热情地围上来,像办喜事一样闹闹吵吵。一群小孩子缠在他眼前,仰着脖子,带着亲热而又好奇的眼光,看着他提着黑提包。"你们小孩子都来挤什么,大人唠嗑,你们到一边玩吧!"是谁这样吵嚷着说,但孩子们哪里肯听!郭俊利一身干净的新打扮、一副喜气洋洋的神情,站到众人面前。看那样子,他走得挺急,宽大的脑门上挂着几滴汗珠子,还有点儿气喘。大家都亲热地问寒问暖。

"好哇,俊利,你回来啦。"郭成志亲热地招呼着,第一个握住了郭俊利的手。

郭俊利一个一个地招呼着,一面向大家问春节前的准备,一面简短地回答着大家的问话。他们——从小在一块长大起来的朋友们,被久别重逢的热情燃烧着和鼓舞着,他们彼此端详着,拍打着肩膀,表示知心和亲热。

李雪梅拉住他的手,很久不放。她非常动感情地笑着说:"大兄弟,你可给咱村争了光！"

张玉珍说："过春节，趁空儿，把你在桑园那些先进事儿给老少爷们讲讲，让大家也高兴高兴！"

郭俊利回到他那变得有些陌生感的小院子的时候，天色已晚，黄昏笼罩了他这座恬静的宅院。鸡鸭猪兔，也都吃饱了肚子，上窝的上窝，进圈的进圈了。狗趴在窗户根底下的石阶上，把嘴巴放在两只前腿当中，闭起眼睛打瞌睡。媳妇吕春艳已经把水缸挑满，把明早晨烧饭的柴火抱进屋。院子扫得干干净净，仿佛家庭生活的一切，都已按日常的规矩，收拾停当了，就等他来查看似的。这些陌生感的产生，是因为这段时间他不在家，特别是媳妇的勤快，参加集体劳动之余，不断地修整这个小院子，今天修修墙，明天栽棵树，后天再垒个鸡窝或是养兔子的小棚棚；加上季节的变化，柴草垛的渐渐升高或是渐渐地降低等等的变化。

郭俊利怀着一种高兴的心情，走进自己的屋里，不由得东张西望起来。按照习惯，农历腊月二十三，农民要对住宅来一次大清理，连屋顶都要打扫干净。这间屋子，不仅打扫了，媳妇又把四壁上刷了一层石灰。雪白的墙上，新贴了两张年画。一张是《改革开放富起来》，一张《在希望的田野上》。第一张画上，画着雄伟的天安门前，五星红旗下，人山人海，簇拥着穿着节日盛装的人，载歌载舞。他们舞啊！扭啊！欢乐啊！中国，你什么年月见过这样的日子？这不是一家一户的喜事儿，不是谁家娶媳妇，也不是谁家聘姑娘。这是全国各族人民的喜事儿，这是跨进社会主义改革的大门，走向富裕好光景的大喜庆的一天哪！那人群里，有蒙古族人，有藏族人，有苗族人，有维吾尔族人，有打扮得新奇百样，各种少数民族的人。所有的人，都是那样喜悦异常。欢乐呀、欢乐，快把鼓擂得更欢一点吧！快把镲子打得更狠一点吧！快把锣敲得更响一点吧！快把全国各族人民都召唤在天安门广场上来吧！谁家还有鞭炮，都拿出来放吧！让整个中国都跳起来吧！欢呼声、歌唱声、乐器声，仿佛从那色彩缤纷的画面响了起来，震撼着人的心。

郭俊利，好似已经挤进这狂喜的人海里，你跳得再火烈一点吧！你舞得再洒脱一点吧！你笑得再开朗一点吧！……

媳妇吕春艳已经擀好面条等他，听到男人的脚步声，她提着一把用布条子绑的掸甩子把郭俊利拉出屋。她带几分喜气地望着男人，眼睛弯成月

· 796 ·

牙儿，嘴角布满笑意，举起掸甩子说："看你这一身土，快站过来，让我给你抽抽吧。"

郭俊利听到这个招呼，很习惯地往前跨了一步，一会儿像做操那样平伸两只胳膊，一会儿像投降似的举起两只手，一会儿像货郎鼓那样摆动着脑袋，一会儿又像碾砣子一般地转动起来——任凭女人使劲地但没有一丁点疼痛感觉地在身上抽打。

带着树皮气味的土烟，在啪啪的抽打声中，从郭俊利那半新的薄棉袄上飞起，消散。然后，郭家的夫妻俩，相跟相随地进了屋。

尽管已经天黑，媳妇的肚子早就饿了，但是她仍要等着这个家中最受尊重的人回来一同吃饭。男人在家里也和他在整个村里一样，以他的稳重、忠厚和正直而受到媳妇的喜爱和尊重。

"春艳，你先吃嘛！等俺做啥？俺回来早晚不定呢！"

郭俊利每逢遇到这种情况，总是十分不安地这样叮嘱他的媳妇。

他媳妇总是这样回答："就这么两口人，一块吃热热闹闹的，多好！"

此刻，他也的确感到肚子饿了。

吕春艳一手撩着门帘，一脚跐着门槛子问那个提暖水瓶往洗脸盆里倒水的郭俊利："面条擀好了，还没下锅。你是吃过水的，还是吃热汤的？"

"你随便吧。你弄的面，冷的热的都好吃。"

吕春艳笑了笑，说："我摸着你身上热乎乎的，许是上火了，吃过水的吧。"

当郭俊利盘腿坐在炕里边，端着碗，一边"稀里胡噜"地嘬那沾着黑色炸酱的面条，脑袋里还在一边想着怎样把桑园村地里的劣种板栗大树嫁接改劣换优。由于搞板栗科学修剪，今年截主干促枝解决得好，明年开春就可以顺利实施嫁接改劣换优了。想到这些，郭俊利觉得充满了信心。

吕春艳跨坐在炕沿上，拿过一只正上口的鞋帮，两眼直瞪瞪地看着男人吃。她好像在数点着郭俊利吃了几根面条，每一根又嚼了几下那样。

这是一对美好的夫妻，是在前南峪有名的几对中的一对儿。当人们在背后比较、议论的时候，不知不觉地对他们流露出羡慕的口气。

郭俊利的春节返家，从实际上来讲，实在是让人家河南林州县给放的"年假"。回来时人家千叮咛万嘱咐，节后无论如何要返回，俺们那"劣种栗树"就等着郭师傅您改造了。郭师傅讲课时，曾讲到植物生理，举例说明时说桑园村绝大多数是劣种树，必须得经过优选嫁接改造。

人家可就在这里等上了郭俊利。

第二天春节，全村张灯结彩，户户门口都程度不同地出现了一派新的气象：大红的对联，鲜艳的门画，雕刻着各种图案的彩纸，花花绿绿地闪耀着，飘动着；出来进去的人，都穿了新衣服，戴了新帽子，换上了新鞋，拜年、访问，互相祝贺"新春之喜"。

"大哥，过年好哇？"

"好，好，过一个好年。"

"是呀，科技进了山，越过越有奔头呀！"

"圆了农民的致富梦啊！"

……

郭俊利趁郭成志给他拜年的工夫，吞吞吐吐地说："开春……桑园人还等我去给人家嫁接改造劣种板栗树。……"

郭成志当机立断地说："好事，干啥不理直气壮？俺前南峪人在红旗渠露了脸是全村的光荣。去！过惊蛰一准去。火车上给桑园发去优质码子，彻底把人家帮好！"

弄得吕春艳在旁边恨得只咬牙，心里说："你们光知道光荣啦，俺在家里多受多少罪呀！"

转眼惊蛰过后，郭俊利又光荣出征，还带上了郭成志高中毕业的大儿子郭和平，乘着客车，正迅疾地奔驰在广阔的原野上。车窗外，一阵暖风吹过，带着新生、发展、繁荣的消息，几乎传达到每一个细胞。湖那边的远山已从沉睡中醒来，盈盈地凝着春的盼睐。田里的麦苗犹如嬉春的女子，恣意舞动她们的嫩绿的衣裳。河岸上的柳丝，刚透出鹅黄色的叶芽。鸟雀飞鸣追逐，好像正在进行伟大的事业……

自此，桑园人的板栗树又嫁接上前南峪人一片浓浓的情意。

据不完全统计，多年来，前南峪为省内和河南、山西、贵州等四省二十八个县市二百四十三个乡镇培养林果技术人员五十八万人次，无偿支援物资价值四十万元，把科技的种子撒向祖国各地……如此就像一石击水泛起的涟漪一样不断扩大，我们的广阔农村将会发生多么巨大的变化啊！

不久，从武安市楼上村传出一句话："谁是共产党员？今天我们看到了——人家前南峪村的党委第一书记郭成志才是真正的共产党员……"

第五届全国大学生"村官"论坛在前南峪召开

这话传过百里太行，传到了前南峪。

郭成志眼神凝重地盯着大山，浮想联翩。改革开放之前，前南峪是个远近闻名的穷山村。1978年在党的十一届三中全会的指引下，他们改造恶劣的自然环境，实现了生态效益、经济效益和社会效益高度统一，党的十八大以来，前南峪人在党支部的带领下，大干苦干，在荒山上种植3900亩生态林，4400亩经济林。他们创造的营造生态经济沟模式，被国家科委鉴定为国际同类项目领先水平。与此同时，他们在改善生态环境的基础上，促进一、二、三产业协调发展，形成以高效农业为基础，以绿色环保产业为骨干，以旅游服务业为桥梁，农工商综合经营的经济格局。前南峪的第一产业，主要是林果业。他们对板栗管理采取一整套改革措施，使全村板栗发展到20万棵，产量由过去的7万公斤，增加到40万公斤。前南峪的第二产业，是从矿产加工业起步。利用山上的矿藏，兴办了十二家企业，产值就达8000多万元。为保护绿水青山，前南峪人既要绿水青山也要金山银山，而且绿水青山就是金山银山。他们痛下决心，砍掉污染企业，利用当地资源，投资3000万元，建起具有现代设施的板栗加工厂和冷藏库，开发出板栗小包装系列产品，形成产供销一条龙的板栗加工销售出口基地。前南峪的第三产业主要是旅游服务业。他们利用抗大旧址，修建抗大纪念碑、抗大陈列馆，发展红色旅游；并将十条农业生态经济沟全部建成"前南峪生态观光旅游景区"。并带动全村80%的家庭从事农家乐、生态采摘等行业。全村每年吸引中外游客45万人次。旅游收入6800多万元。随着一、二、三产业的长足发展，特别是二、三产业的崛起，使全村的经济增长实现从贫困到小康的历史性跨越。2017年同1978年相比，全村总收入增长1241倍。公共积累增长408倍。人均纯收入从57元增加到16800元，比1978年增长185倍，比五年前翻了一番。

四十年弹指一挥间。前南峪走出了一条由荒变绿、由绿变富、由富变美的太行山区开发之路。植被覆盖率达94.6%，林木覆盖率达90.7%，主要树种有50多种。1995年荣获联合国环境规划署环境保护"全球五百佳"提名奖，被国家林业部专家誉为"太行山最绿的地方"。前南峪还被评为"全国先进基层党组织""全国创建文明村镇工作先进单位""全国文明村镇"等二十多项国家级荣誉。改革开放的浩荡浪潮，让前南峪在"历史的一瞬"翻天覆地、沧海桑田，即使最大胆的预言家也不会想象到这个古老的山村"史诗般的进步"。此时此刻，他仿佛又看到云涌电闪，又听到冲锋的号角！

　　对于一个献身于人类最壮丽事业的共产党员来说，荣誉是加在肩头上的重担，是注入胸膛里的油与火。郭成志深深地懂得，今日农村的伟大变革，只是历史长剧的又一幕。今天的中国已站在新的历史起点上，在决胜全面建成小康社会、建设社会主义现代化强国的征途上，他将更加勇敢地担起改革重任，跟广大群众紧紧地团结在一起，在这新时代改革开放的大舞台上，威武雄壮地、一幕一幕地演下去！

2012年7月22日初稿于前南峪
2014年2月20日二稿于邢台
2018年3月28日三稿于石家庄

永生永世为中国农村而写作（代后记）

"矢志为中国农村写史"的豪情，激励我踏上太行山最绿的地方——前南峪

前南峪村位于邢台县西部莽莽太行山的中段，从20世纪70年代开始，在党支部书记郭成志的带领下，经历了农村社会主义改革的巨大变化，将一个荒山秃岭的贫穷落后的山村，变成了太行山最绿、最富裕的地方。2007年被全国新农村评选委员会授予"全国首届建设社会主义新农村十大名村"。太行儿女是何等的振奋！一股"矢志为中国农村写史"的豪情油然而生，激起了我以报告文学形式再现农村社会主义改革历史的强烈愿望。但我也深知这一题材的艰巨，在党的十一届三中全会的指引下，我国农村社会主义改革发生了翻天覆地的变化，在这样史诗般的主题的面前从何说起？

我的家乡在太行山的丘陵地带。我长期和农民群众生活在一起，亲自参与了我国农村社会主义改革的全过程。经过较长时间对党的十一届三中全会文件的深入研究和思考，我的思路渐渐清晰了，决定以太行山区新农村建设的典范红色前南峪村为背景，全力塑造出闪烁着共产主义思想光辉的英雄群像，突出刻画全国人大代表、全国劳动模范、党支部书记郭成志带领全村干部群众艰苦创业，真实描写出我国农村社会主义改革的巨大变化，深刻反映党的十一届三中全会路线的无比威力。1940年11月，中国人民抗日军事政治大学在抗日战争最危急的关头来到前南峪村，铸造了"艰苦奋斗、不怕牺牲"的伟大精神。1943年1月抗大虽然按照党中央的部署离开了前南峪，但抗大艰苦奋斗的革命精神却在激励着、召唤着一代

又一代太行人。他们发扬抗大艰苦奋斗的革命精神，治山植树，战胜了特大暴雨的洪灾；他们为彻底改写前南峪板栗产量的历史，破天荒地进行了"绿色革命"，实施科技兴山；他们为大力建设高标准的生态经济沟，顶着村里少数人的恶毒攻击和疯狂暗算，因地制宜实行了集体专业承包责任制，终于使昔日荒山变成了林茂粮丰的花果山。这是我国农村社会主义改革"三部曲"的一个总结。前南峪村发扬抗大艰苦奋斗的革命精神，战胜山洪暴发，大兴科技治山，坚持专业承包责任制，实施"二次创业"，事件紧凑，人物贯穿，比较适合一部长篇报告文学的基本框架，再以前南峪人牢记"社会主义是共同富裕"的教导，科技扶贫作结，首尾呼应，浑然天成。我仿佛找到了一把打开改革之门的钥匙，兴奋不已！

1978年以来，由于我在邢台县委宣传部和邢台市委工作的关系，曾无数次到前南峪村采访，并写下了长篇调查报告《他们为什么能够长期实行专业承包责任制？》和报告文学《希望，从这里升起——前南峪有个郭成志》（原载中共河北省委宣传部《河北十年改革文集——先进人物卷》）。这次，在中国作家协会、花山文艺出版社的支持下，我再次踏上了太行山最绿的地方——前南峪之路。

面对中国人民抗日军政大学纪念碑，抗大英烈在我心中复活了

国人凡是学过中国革命战争史的，对于抗大诞生于陕北，发展于延安大都耳熟能详，唯独抗大在敌后驻留时间最长的前南峪这一段史实，教科书要么一笔带过，要么只字不提，有关的历史著作更是如凤毛麟角。莫说国外人，连国内人对此也知之甚少，更不知道在那里曾经发生过多么惨烈的故事……

抗大在党中央的指示下，挺进敌后办学，进驻邢台县浆水镇前南峪一带，历时两年零三个月。在日寇频繁"扫荡"和物质条件极其艰苦的情况下，抗大师生贯彻中共中央和毛主席制定的"坚定正确的政治方向、艰苦朴素的工作作风、灵活机动的战略战术"的教育方针和"团结、紧张、严肃、活泼"的校风校训，坚持一面战斗、一面教学、一面生产，顺利完成了第六期学员的毕业分配、第七期学员的教学任务和第

八期学员的招生工作，并于1941年6月1日隆重举行了建校五周年纪念庆祝活动，取得了1942年5月反"扫荡"战役的重大胜利。抗大在前南峪村共创办了六、七、八三期，为中国人民抗日战争和解放战争培养了13450名德才兼备的军政干部，铸造了"艰苦奋斗、英勇牺牲"的抗大精神，为抗日战争和解放战争的胜利建立了惊天动地的伟大功勋。

我从邢台来到前南峪，怀着无比激动的心情，亲自到中国人民抗日军政大学纪念碑前拜谒革命先烈，并走进气势磅礴、高大壮观的抗大陈列馆，瞻仰了抗大在敌后太行的峥嵘岁月。历史不会忘记，抗大在前南峪度过了艰苦卓绝的三年，也正是这峥嵘岁月，使抗大放射出耀眼的光芒，给太行山区人民留下了不怕吃苦、不怕牺牲、自力更生、艰苦奋斗的革命精神。在硝烟弥漫的抗日战争时期，前南峪村却度过了极不平凡的岁月。那里每一条山路，都血管一样连着人民。那里每一粒石子，都纪念碑般庄严。巨碑高耸，英灵无言，我默默地站在中国人民抗日军政大学纪念碑前三鞠躬。那一刻，我的耳畔响起一个声音："由此上溯到1840年，从那时起，为了反对内外敌人、争取民族独立和人民自由幸福，在历次斗争中牺牲的人民英雄永垂不朽！"那一刻，含恨长眠在抗日战争中的抗大英烈在我心中复活了，我要写，把那一页血染的历史写出来，不然，将无颜面对这些抗大英灵！

大山不会忘记前南峪人艰苦创业的事迹，我把它们看得比命还重

我一次又一次从繁华市区，穿越前南峪的十条高标准的生态经济沟，登上前南峪的西山，从东沟到建滩沟，从小捻川到大篷岭，沿着英雄的前南峪人当年走过的路，查询他们的姓名。时过境迁，物是人非，许多年来的往事，人民还记得吗？

当年抗大在前南峪村虽然仅驻了两年零三个月，却留下了一笔无价的财富，这就是抗大精神。在这种精神的激励和鼓舞下，前南峪人历经五十多年坚持不懈的努力，自力更生、艰苦奋斗，走出了一条"太行山道路"，留下了许许多多可歌可泣的感人事迹。

在治理荒滩最艰苦的前十年，全村人不分男女，一律顶着星星上山，

又顶着星星下山。他们早起四点上工,往返四里多地到邻村土埫上拉土担土,晚上还挑灯夜战,硬是靠苦拼苦战,在荒石滩上垫起了四百多亩水浇地,使全村耕地增加到七百多亩,从而一举结束了吃返销粮的历史。

为了绿化荒山,前南峪人每年从大年初二开始,群众就把锅灶架到山坡工地上,啃干粮、喝凉水,一天两头见星星,两顿饭吃在工地上;严冬里,人们手冻裂了道道血口,他们贴上胶布继续干;三伏天,骄阳似火,大伙儿头顶烈日挥钎抡锤一身汗;妇女们扛石头,脑后磨得不长头发。许多人累倒在山坡上,没有一个人退缩,就连小学生在放学后和节假日也来到工地参加劳动。前南峪那辈儿的小孩都没吃过几天母亲的奶。只要孩子满月一过,女人们便上了山。为了照顾小孩方便,村里把托儿所办到了山上,托儿所一办就是四五年,无论冬夏都有托儿所长期不离治山的"大军"。

为了使果树生长有足够的养分和水分,他们需放炮崩碎梯田中一块块万年卧牛石,再把肥料一车车、一担担运上山;垒石堰的石料有的可以就地取材,而大部分需要从山下的石场去采。1963年以来,前南峪全村累计投工二百多万个,动土石一千七百多万方。有人作了一下形象的比喻:如果把砌造梯田所动用的土石垒成一道宽一米高一米的石墙,能从北京至广州来个往返。

看到这样大的工程,你可曾想到,当时前南峪村连同"上不得马"的孩子和"拉不开弓"的老人统算,也仅仅是一千余口人。有人计算,这些年的工作量相当于整整搬了一座大山。没有人为他们调动劳动力来无偿支援,没有人背着钱袋子来恩赐布施。他们仅有的是1943年中国人民抗日军政大学撤离前南峪后留下的历经半个世纪生生不息的艰苦奋斗精神;是乱石磨不破的一双铁脚,荆棘扎不烂的两只铜手和泰山压不垮的一副钢肩。

从崩山垒石到刨坑填土,从播种育苗到担水栽树,前南峪人付出了艰苦努力和巨大牺牲。民兵连女指导员郭海文在悬崖塌方的危急时刻,舍己救人,献出了宝贵的生命,当时年仅22岁。老支书郭明耀年逾七十,是位1952年退伍复员的"扛过枪"的老兵,治山的大事、难事、险事,处处想在先、干在前,1979年全村治理东沟时,一块滚山石砸伤了他的腿,顿时鲜血直流,老支书疼得面色煞白,满脸淌汗,伤后第三天,他瘸着一条腿,竟又出现在抡镐挥锹的治山人群中。和他一起的还有几位六十多岁的老党员一起和年轻人比着干。

在采访中,党支部书记郭成志瓣着指头用十分沉重的声音对我说:"五十多年的治山中,我们这个村死掉了四人,伤腿断臂、眼睛失明致残八人。"

从前南峪村创业史的展室资料中,我看到几十年来,全村治山用坏了数以万计的扁担、钢钎、镐头和箩筐,用去了可以用列车拉的炸药;仅包扎伤口和粘贴皲裂的手脚,用去的胶布竟以吨计!

更不能让前南峪人忘记的是那年,郭成志借开人代会的机会背着石头到石家庄请教专家。由此,弄清了前南峪的山上到处是石英石、重晶石、大理石、石棉石等三十多种丰富的矿山资源。他们首先集资筹建一座重晶石化工厂。由于资金不足,他们就从林业积累中拿出46万元,到邯郸化工厂购买廉价旧设备;没有技术,就从浆水中学聘请教师赵泽昌。仅五个月,他们就生产出1200吨工业硫酸钡、400吨硫化碱,产品远销北京、云南、黑龙江等八省十五市,获纯利润20万元。

1986年,群众集资和贷款156万元,又建成一个硅铁厂。投产一个月,生产一百多吨,由于市场不景气,全部积压。郭成志带头承担责任。全体党员和干部群众一致表示:种庄稼还有个旱涝歉收,何况是办工厂,要说赔,前南峪人人有份。群众的充分理解,激励着党支部一班人。郭成志,孤身一人走东北,下江南,寻找新项目,搞市场调查。他啃干粮,喝自来水,住车站候车室,因劳累成疾,住进石家庄医院。然而郭成志还没等病痊愈就迫不及待地出院了。功夫不负有心人,最终他找上了北方工业硅集团公司,达成协议,将硅铁厂改为工业硅厂。1986年12月1日,一举试车成功。产品达到了国际同类产品的质量标准,远销东南亚和全国三十余个省市,年产值1100万元,利润120万元,工业硅被评为河北省优秀产品,成为全村致富奔小康的主要经济支柱。随后又兴办了木炭厂、隔热防水粉厂、树脂厂、铝合金厂,到1997年前南峪已形成了有12个企业组成的村办工业群体,到1999年产值8350万元,利税800万元,年缴税金202万元。

时间推进到2001年,前南峪已经是一个名副其实的小康村,成为太行山区一颗璀璨的明珠。但郭成志并没有满足,他开始谋划一个新的目标,他要让"太行山最绿的地方"变成"太行山最美、最富裕的地方"。"农村干部也要开放,也要面向世界,面向未来,面向现代化",成为郭成志经常说的一句话。他做出一个惊人的决定:调整结构,二次创业,再创辉煌。

"二次创业"谈何容易，所有风险都系于郭成志一身。

风险首先来自对现有果树的破坏和高额的投入，万一收不回来怎么办？其次是这片土地能不能生长国外优良品种？很多群众担心前南峪若能长出国外的果实，全国是不是到处都能生长？再次，要关闭全村人历尽千辛万苦，在20世纪80年代创办的工业硅、金属镁两个冶炼厂和生产硫化碱硫酸钡的一个化工厂，这将使全村年纯收入损失440万元。

最终，身处深山的前南峪人没有被耸立的大山遮住眼，也没被眼前的蝇头微利诱昏头。当东部沿海发达地区和大城市的"三高"（高污染、高耗水、高耗能）企业纷纷向内地和农村转移的时候，他们既要绿水青山，也要金山银山，痛下决心，砍掉污染企业，发展农业生态观光旅游园区建设。

如今，农业生态观光旅游园区里已引进日本樱桃、欧洲榛子、美国红提、白提葡萄等五十多个品种的果树，并推广了以色列滴灌工程，成为太行山区唯一一个精品示范园区。

那时候，我住在前南峪。每天采访回来，泡上一杯从邢台带来的茉莉花茶，打开电视，调到中央一台，我听着它的声音，整理好当天的采访记录，然后再准备第二天的采访提纲，一切就绪，已经是凌晨两点左右。草草睡几个钟头，起床后又出发了。在长达数年里，我的生活几乎天天如此。支撑我的，绝不仅仅是对文学的热爱，更是重负在肩的责任感、使命感，仿佛那些英雄的前南峪人，不，更准确地说，是整个中国的九亿农民都在注视着我，期待着我，催促着我，使我不敢有丝毫的懈怠。

那些年，我凭着两只脚踏遍了前南峪，前前后后，召开民兵、妇女、党员、干部和科技人员参加的各种会议不下数十次，采访各类农民数百人次，查阅中外文献资料数千万字，探访文物、照片不计其数。半个多世纪的反差，前南峪早已旧貌换新颜，街道、建筑、车辆、服饰……全变了，而在我的笔下，却必须时光倒流，抗大故居、昔日街道、治山铁姑娘队、民兵大战荒山、科技兴山、坚持集体专业承包责任制、兴办乡镇企业、二次创业……都要恢复当年原貌，谈何容易！

我把所有的资料都复制了备份，为什么要这么谨慎？因为片纸只字都来之不易，我把它们看得比自己的命还重！

在新中国成立第六十九个春天，
《春风吹绿太行山》霞光绚烂

　　详尽地占有资料只是报告文学创作的第一步，报告文学不同于教科书，它必须以血肉丰满的人物和引人入胜的情节来征服读者。这是一项十分艰辛而又十分幸福的事业。

　　我在稿纸前和主人公一起经历了久远的跋涉。我和主人公一起生活。每天从早到晚，又夜以继日。我为他们的欢乐而欢乐，为他们的痛苦而痛苦。我的稿纸常常被眼泪打湿。我甚至担心自己的身体顶不住，那么，我就太遗憾了，什么人都对不起了！

　　我有幸在中华人民共和国成立第六十九个春天，写完了这部对祖国、对农村社会主义改革充满深情的八十多万字的作品。

　　长篇报告文学《春风吹绿太行山》通过前南峪的沧桑巨变，描写出了一幅真实动人的中国农村改革的绚丽画卷，为读者报告了社会主义改革时期农村发生的巨大变化，讴歌了以郭成志为代表的共产党人的英雄群像，深刻反映了党的十一届三中全会后，中国农村改革取得的巨大成就。

　　党的十一届三中全会后，前南峪村同全国广大农村一样，打破旧的生产管理体制，艰苦创业，大刀阔斧地进行了农村社会主义改革。从那时以来，在党的十一届三中全会的指引下，前南峪党支部书记郭成志带领全村干部群众高举科学种田的大旗，夺取了一个又一个大丰收，从根本上解决了山区人民过去几十年治山治树都无法解决的温饱问题；为彻底改写前南峪板栗产量的历史，破天荒地进行了一场"绿色革命"，第二年板栗喜获丰收；为大力建设高标准的生态经济沟，因地制宜实行"集体专业承包责任制"，终于使昔日荒山变成了林茂粮丰的花果山，被誉为"太行山最绿的地方"；为带领群众走上共同富裕之路，充分利用大山资源兴办村办企业，历经拼搏，组建了邢台县当时最大的乡镇企业集团；当东部沿海发达地区的"三高"企业纷纷向内地和农村转移时，他既要绿水青山，也要金山银山，痛下决心，砍掉污染企业，实施"二次创业"，发展农业生态观光旅游园区建设。所有这些事实完全证明，党中央召开的十一届三中全会对于当时我国农村社会主义改革发展所起的作用，实在是非常巨大，十分突出的。在这样的史诗般的主题的面前,我的创作当然不是表现在被动地服从事件的外表的真实上面,而要着力表现的是如何去真正掌握事件的本质及根本的、重要的精神上面。

中央一号文件中指示农村要实行联产承包责任制,要分田到户。对于平原地区的农村来说,这应该是一个福音,但对地域特殊的山区来说,若要脱贫致富,就不能不另辟蹊径。于是,郭成志创造性地提出了"专业"承包责任制的新路子。二字之易,足见胆识。在中国盛行"一刀切""大呼隆"的思维模式下,有独立见解和独立思想的人寥若晨星,而郭成志则是太行山上为民立命而屹立的"消息树"。我运用了一组数字,在分还是不分的三次"全民公决"中,前南峪全村338户人家,主张分山的第一次为37户,第二次为24户,第三次仅有17户。这组数字足以说明郭成志的抉择是深深植根于民众之中,这也是他"不唯上,不唯书"精神的思想基础,是党的群众路线发挥了无比重要的作用。我在层层剥茧的叙事后面,显现的是太行山人的精神特质。这些正是前南峪人成功的秘密和郭成志改革走向辉煌的路径。但这一切得来,却是他们解放思想,实事求是,因地制宜,锐意进取的思想大飞跃的结果,正是拥有了这个强大的思想武器,前南峪人才焕发出改地换天的英雄气概。

我正是把握了诸如此类的至关重要的思想脉络,因此才使自己的抒写栩栩如生,且充满大山般的力度。

作品中,我掌握和描写人物的现实主义的精神和史诗的精神,是贯彻到每一个人物的描写的,力争成功地塑造郭成志和像郭明耀、郭俊刚、王世平等这样的典型。在描写省委第一书记高扬时,如果作为报告文学作品中的典型人物来看,作为高扬同志的崇高精神以及在这次农村社会主义改革中所表现的全部力量和作用的反映来看,在这部作品中描写省委第一书记高扬的分量还占得轻一点。但我留下了这样的余地,读者也可以替我解释:作者主要是采取间接的描写方法,即从对于农村社会主义改革发展的描写和对于所有这些人物的描写中去反映党的十一届三中全会的精神;作者并不以对于省委第一书记高扬的描写,为作品结构上的核心;作者自己的结构,是以当时太行山区新农村建设的典范前南峪为主线,更实际地说,是以前南峪党支部书记郭成志为主线的,因此,作者在人物的描写上就把重点放在郭成志等人的身上。

省委第一书记高扬是一个卓越的人民勤务员，一个卓越的模范的共产党员，是最忠实于党的十一届三中会路线而又能创造性地运用于实际改革的我们光辉的高级领导之一。要把这样的高级领导的精神和性格，全面地充分地描写出来，我是以端正的、老老实实的，但也是深刻而有概括力的笔法和清楚明确的线条，画出了这一幅肖像来。

我的直接描写，主要的是限于省委第一书记高扬和党支部书记郭成志，和"老房东"孟永平的接触时的场面，同时只限于两方面的事情。即一方面，描写了他对于在农村社会主义改革中，如何创造性地贯彻落实中央一号文件精神，特别针对前南峪村的具体情况，实事求是地冷静、全面、精细的分析和正确的判断；描写了他如何实地察看前南峪生态经济沟建设，然后果断地指出，前南峪因地制宜实行集体专业承包责任制符合中央一号文件精神；描写了他如何留心在农村改革中，广大农民的社会主义积极性越来越高，以及农村基层干部的每一个人的思想情绪，如何推进农村社会主义改革深入发展；描写了他如何教育农村基层干部不要急躁而要攻坚克难、要有全局的观念，如何耐心地、具体地思索一切问题和一切问题的一切方面，也反复地教育和帮助农村基层干部去精细地思索和理解一切问题和一切细小的事情；描写了他如何事先替农村基层干部想到了大的和小的困难，如何具体地指示他们去克服这些困难，如何提醒农村基层干部去避免一切可能的错误；描写了他如何重视抓住农村改革的机会，加快发展山区经济建设的机遇意识，如何反复地教育农村基层干部以何种精神状态推进农村改革，直接决定着山区建设的未来，又如何愿意倾听农村基层干部的意见和信任群众的创造性，等等。同时，也描写了他在农村社会主义改革中的沉着、从容以及平实无奇得像一个普通农民的那种神情。又一方面，描写了省委第一书记高扬和普通人民群众的关系，描写了他和一个在抗日战争时期入党的普通农民结下深厚友谊的情形，描写了他诚心诚意地关心爱护劳动人民的精神。我的这些描写，真实地表达了省委第一书记高扬的崇高精神。

我画出了省委第一书记高扬的这一幅肖像，使这部作品更生色，更有重量；同时，这个成就，对于我们当代的文学事业也是极有意义的。

我对于郭成志，是集中地描写的，是把他作为一个农村基层干部的代表，也作为一个普通的农民来描写的。在我们农村的广大农民中，农村基层干部和普通农民的思想感情本来是完全相通的，因为农村社会主义改革的目的和意志是完全一致的。农村基层干部们也都保持着普通农民们的特色，因为农村基层干部们的优秀精神就是从普通农民的精神中提炼和提高起来的东西；无论农村基层干部和普通农民都来自人民群众，都为党的教育、农村教育和农村社会主义改革所培养和锻炼，同时大部分农村基层干部就都是从普通农民中成长起来的。在郭成志身上，普通的然而又放射着灼人光辉的农民的特色尤其鲜明；他是我们农村广大农民的一个典型。他的性格的成长，体现着一个普通的纯朴的农民怎样成为一个英雄和出色的农村基层干部的成长，而尤其体现着一个普通人怎样成为一个不能摧毁的坚强的共产党人的成长。郭成志成长的具体历史，反映着我国农村的一长段艰苦创业的历史。作为贫农的儿子，他只是从父辈那里继承了勤劳、朴实、坚忍不拔的劳动者的优秀品质。在农业集体后，党和农村的教育以及一次一次的艰苦创业把他逐渐炼成了具有铜筋铁骨和钢的意志的人。他的成长也可以说明：他是那种除了自己的农业集体就没有另外的家，也不相信还会有比这更好的另外的家的人中的一个。在这些人的心目中除了党、人民、祖国、人类实现共产主义理想，就再也没有别的什么了。在他们，唯一快乐、光荣的事情，就是为山区新农村建设而艰苦创业，而献身。这样的人，看起来诚然是单纯的，然而却是内心最富有的人，是真正有信仰的人，是体验着党性的人。因为他们最深刻和最密切地联系着人民的贫困和希望；他们任何一个行动和思想，都会先去体会党的教育和党的意志。他们是亲身地体验着贫困的农民群众的切身要求的，也是亲身地体验着贫困的农民群众只有在党领导之下组织起来发展经济才能走上共同富裕的道路的；因此，社会现代化建设，党的领导，农村社会主义改革的成功，就成为他们的最坚强的信仰力量，这使他们在困难面前成为大无畏者。这是真正的人民创业者和英雄，是千锤百炼出来的英雄；这样的英雄，只要在内心上不失去和党、和人民的联系，不失去信仰力，是无论放到什么地方去都不会被毁灭的。在这部长篇报告文学中，我所描写和歌颂的英雄和创业者，在根本上就都是这样的人物。那些经过长期的锻炼和考验而已经成长为出色的农村基层干部的人物固不用说了，像饲养员郭大昌和前南峪的许多老创业者也不用说了，就是马少东和刘改棉，甚至连张庆波，也正在逐步被教育和锤炼成为这样的创业者。又如生产小队长张贵云、生产小队会计郭春海，他们是郭成志年轻时的影子；在我们的农村社会主义改革中这样的青年又怎能数得完呢？

郭成志就是这样的人民创业者和英雄中的一个典型人物。

这样的人，当山洪暴发，冲走了全村仅有的340亩保命田时，自然带领前南峪人，治山植树，咬定青山不放松；这样的人，也自然会为尽快改变家乡人民吃粮靠返销，在封闭落后的太行山上第一次实施玉米谷子间作套种；这样的人，更不用说，当"分产到户"在整个中国农村全面展开的时候，无论在怎样地闹分山人的恶毒攻击和疯狂暗算中坚持"集体专业承包责任制"，也不会稍露怯色，无论受了怎样的伤害，陷于昏迷状态中，也不会失去战斗的意志的。这样的人，也是时刻能够接受党的教育，农村社会主义改革的教育，时刻在提高自己，时刻在成长中的。在这部长篇报告文学中，我全面地写了郭成志的这样的性格和他在这次农村社会主义改革中新的结结实实的成长。

我为了展开对于郭成志以及郭明耀、郭俊刚、郭素平、郭双群等等这一群人的英雄性格的充分的描写，除了各章都有描写外，还特别选择了郭成志冒着被上级革职的危险，依然坚持"集体专业承包责任制"的情景，写了第五章"沧海横流"整整的一章。

这一章在全书的结构上是统一的，而在这次农村社会主义改革的艰巨性和气氛的表达上也是很有作用的。最有关系的，是在这样的描写中，郭成志等人的性格就确实能够最充分地展开了。把这样紧张的、接连不断的、少数闹分山人疯狂反对"集体专业承包责任制"的不可想象的攻击，加以充分地描写，无论为了真实地表现这次农村社会主义改革的精神，为了人物的典型化，都是有用的，而且是有必要的。而人物的重量，也就让人们真正感觉到了。

在第八章"二次创业"中，我更是进一步描写了郭成志历尽千辛万苦，冒着九死一生，组建了邢台县当时最大的乡镇企业集团。但当东部沿海发达地区的"三高"企业纷纷向内地和农村转移时，他却以超人的胆量和勇气，反其道而行之，断然砍掉污染企业，实施"二次创业"。作品充分展示了郭成志为国为民的宽广胸怀和崇高的精神境界。

这样，由于全部长篇报告文学各章的描写以及这一章的这种充分的描写，郭成志的人民创业者的形象就确实强有力地在艺术上描写出来了。

关于郭俊刚，我不多谈，这是大家知道的我们农村中许多惊人的创业英雄在艺术上的一个写真。我们农村中许多英雄的创业事迹，确实是像郭俊刚这样惊人，甚至还有比这更惊人的；这部作品写了这样一个人物，咬定青山不放松，把科技扶贫的种子无偿撒向太行山上，给我们这些永远光辉的创业英雄描下了一幅图影。郭俊刚性格中有最可贵的纯朴和坚毅的精神；他还正在成长着，还要更坚强起来，这在长篇报告文学中是有描写的。

在这部作品中，加以最充分地描写的，除郭成志外，还有一个王世平。这个典型人物被塑造出来，也是这部长篇报告文学的一个重要的方面。

这是可以代表人民政府中山区建设工作干部的艰苦卓绝精神的一个典型人物；是那些真正不知辛苦、不知疲倦地惊人地工作着的山区建设工作人员的一个生动的灵魂；是一个以特殊材料制成的——然而完全可以了解的——真正的共产党员的一幅图影。

所有人物在作品中都作为这次农村社会主义改革的一个脉搏而跳动，同时都有自己生动的面目和个性。由这些人物和全部作品所反映出来的革命英雄主义精神，也是具体的，最富于实际精神的；它是普通人所不可企及然而却是普通人在农村社会主义改革中所表现出来的，因而它也最能感动人和鼓舞人。

长篇报告文学《春风吹绿太行山》的出版，对我来说，重要的并不在于出版，而在于它记载着我曾为伟大的农村社会主义改革尽了一份心血。在此，我深深地、深深地为这片苍天圣土祝福！

徐富敏

2018年8月18日于邢台